《唐代文学研究年鉴》编委会

主　　编　马自力
副 主 编　郭　丽
编　　委　（以姓氏笔画为序）
　　　　　马自力　王友胜　李　浩　刘重喜
　　　　　吴在庆　吴相洲　余恕诚　张明非
　　　　　陈尚君　尚永亮　查屏球　赵昌平
　　　　　康　震　郭　丽　葛晓音　董乃斌
　　　　　戴伟华
编　　辑　杨雅茜　路明伟　韩春萌　陆　萍

唐代文学研究年鉴

TANGDAI WENXUE YANJIU NIANJIAN

【2023】

中国唐代文学学会
首都师范大学文学院 编
广西师范大学出版社

·桂林·

图书在版编目（CIP）数据

唐代文学研究年鉴.2023／中国唐代文学学会，首都师范大学文学院，广西师范大学出版社编.--桂林：广西师范大学出版社，2023.11
　ISBN 978-7-5598-6553-3

Ⅰ.①唐… Ⅱ.①中…②首…③广… Ⅲ.①中国文学—古典文学研究—唐代—年鉴 Ⅳ.①I206.2-54

中国国家版本馆 CIP 数据核字（2023）第 219480 号

广西师范大学出版社出版发行

（广西桂林市五里店路9号　邮政编码：541004）

　网址：http://www.bbtpress.com

出版人：黄轩庄

全国新华书店经销

桂林日报印刷厂印刷

（广西桂林市八桂路1号　邮政编码：541001）

开本：880 mm×1 240 mm　1/32

印张：15.75　　　字数：500 千

2023 年 11 月第 1 版　　2023 年 11 月第 1 次印刷

印数：0 001～1 000 册　　定价：88.00 元

如发现印装质量问题，影响阅读，请与出版社发行部门联系调换。

目 录

一年记事

中国李白研究会第二十届年会暨李白学术研讨会在兰州召开
………………………………………………………………… 3

高质量创新视野下的唐诗之路学术研讨会在新昌召开 ……… 4

中国李商隐研究会第十一届年会暨国际学术研讨会在合肥召开
………………………………………………………………… 5

刘禹锡与中唐文学国际学术研讨会在广州召开…………… 6

2022 年东亚汉诗史国际学术研讨会在上海召开 ………… 7

中国唐代文学学会第二十一届年会暨唐代文学国际学术研讨会
在线上召开………………………………………………… 8

会议综述

高质量创新视野下的唐诗之路学术研讨会综述 …… 房瑞丽 11

中国李商隐研究会第十一届年会暨国际学术研讨会综述
………………………………………… 元 亮 17

刘禹锡与中唐文学国际学术研讨会综述 …………… 侯本塔 28

专 载

中国唐代文学学会第二十一届年会暨唐代文学国际学术研讨会
综述 ……………………………… 倪 超 贾淦博 37

中国唐代文学学会第二十一届年会暨唐代文学国际学术研讨会
　　开幕词……………………………………………… 李　浩 50
中国唐代文学学会第二十一届年会暨唐代文学国际学术研讨会
　　闭幕词……………………………………………… 李　浩 52

一年研究情况综述

初唐文学……………………………………………… 钟乃元 57
盛唐文学………………………………… 莫道才　周贤斌 70
中唐文学……………………………………………… 李芳民 86
晚唐五代文学…………………………… 亢巧霞　吴在庆 101
王维研究………………………………… 钟文轩　康　震 113
李白研究……………………………………………… 王友胜 130
杜甫研究………………………………… 赵　一　李　翰 160
韩愈研究……………………………………………… 张弘韬 183
柳宗元研究…………………………………………… 李　乔 199
白居易、元稹研究…………………………………… 陈才智 208
李商隐、杜牧研究……… 高　璐　刘　娟　王　彬　吴振华 231

新书选评

《唐代文学的文化视野》(杜晓勤著)………………… 王　伟 249
《王维集》(陈铁民解读)……………………………… 于春媚 256
《刘学锴讲李商隐》(刘学锴著)……………………… 王树森 263
《新定杜工部草堂诗笺斠证》(曾祥波新定斠证)
　　………………………………………………… 戎　默 269
《融通与建构：〈唐声诗〉研究》(张之为著)………… 罗婵媛 274
《浙东唐诗之路唐诗全编》(卢盛江编撰)…………… 吴钰欣 280
《李杜韩柳的文学世界》(李芳民著)………………… 田恩铭 290

《大唐创业起居注笺证(附壶关录)》(仇鹿鸣笺证)
　　　　　　　　　　　　　　　　……………… 徐紫悦 298
《音乐雅俗流变与中唐诗歌创作研究》(柏红秀著)
　　　　　　　　　　　　　　　　……………… 蒋瑞琰 305
《西域文化与唐诗之路》(海滨著) ……………… 秦帮兴 312
《晚唐五代士风递嬗与古文变迁研究》(李伟著)
　　　　　　　　　　　　　　　　……………… 范洪杰 319

问题研究综述

唐代新出石刻文献的新视野与新潮流 ………… 宋德熹 327
唐诗之路研究断想 ……………………………… 尚永亮 338

港台及海外研究动态

香港唐代文学研究概况(2021—2022) ………… 吕牧昀 345
台湾唐代文学研究概况(2021—2022) … 洪国恩　林淑贞 363
日本唐代文学研究概况(2022) ………………… 佐藤浩一 386
韩国唐代文学研究概况(2022) ………… 金昌庆　黄玥明 394
美国汉学家陈受颐和他的《中国文学史略》(下)
　　　　　　　　　　　　　　　　……………… 吴琦幸 414

盛德清风

横山弘先生与魏晋隋唐文学研究 ……………… 郝润华 443

索引目录

2022年唐代文学研究专著索引 ………………… 李青杉 455
2022年唐代文学研究论文索引 ………………… 李青杉 458

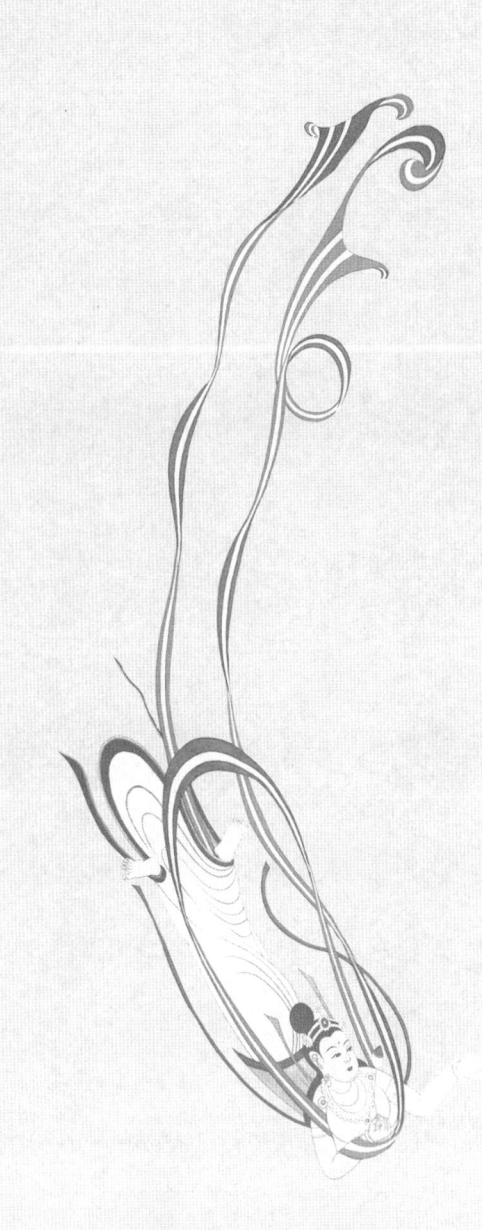

一年记事

中国李白研究会第二十届年会
暨李白学术研讨会在兰州召开

  2022年7月9日至10日,"中国李白研究会第二十届年会暨李白学术研讨会"在兰州大学召开。此次大会由中国李白研究会主办,甘肃省唐代文学学会、兰州大学文学院承办。中国李白研究会会长、北京大学钱志熙教授致开幕辞,兰州大学雷恩海教授主持开幕式。来自北京大学、复旦大学、中国人民大学、兰州大学、北京语言大学、北京外国语大学等院校机构的百余名专家学者共同分享学术经验与心得。

  与会专家围绕"李白文化精神:传播与接受""李白生平事迹与思想艺术新探""李白艺术渊源与文献考释""唐诗之路与李白诗乐精神"四个议题进行主题发言和分组学术交流。詹福瑞、薛天纬、钱志熙、张瑞君等8位专家学者结合各自研究专长做主题发言,探讨了李白的学术价值和文化意义,展现了国内学界对相关问题的最新研究成果。研讨会期间还进行了中国李白研究会第九届换届大会。

高质量创新视野下的唐诗之路学术研讨会在新昌召开

2022年7月22日,由中共新昌县委、新昌县人民政府、中国唐代文学学会唐诗之路研究会联合主办的"高质量创新视野下的唐诗之路学术研讨会"在浙东唐诗之路首倡地新昌举行。来自全国各地的唐诗之路研究专家和新昌本地学者40余人参加了会议。会议紧紧围绕"浙东唐诗名城建设""李白与诗路文化""浙东诗路与佛道文化""诗路文化与高质量创新""新昌经验与诗路发展"等主题展开讨论。新昌近年来积极参加浙东唐诗之路文化带建设,广泛开展宣传推介,大力推进学术研究,取得了丰硕成果,成为浙江诗路文化带建设发展的示范地。此次会议是唐诗之路研究会与地方合作的盛会,对于深入开展唐诗之路学术研究和唐诗之路地方文化开发建设都具有非常重要的意义。

(房瑞丽)

中国李商隐研究会第十一届年会暨国际学术研讨会在合肥召开

  2022年8月2日至4日,"中国李商隐研究会第十一届年会暨国际学术研讨会"在安徽合肥召开。会议由安徽师范大学中国诗学研究中心、文学院,中国李商隐研究会,黄山书社,中州古籍出版社联合主办。来自我国大陆和台湾地区以及日本、马来西亚、新加坡等国家70余位学者通过线上、线下方式参加了会议。原文化部部长王蒙视频致辞,相关单位领导和刘学锴、陈冠明等学者出席开幕式并致辞。会议主要围绕两个议题展开:一是诗歌文献的本体研究,二是文学理论与文学方法的研究。会议期间还举行了《刘学锴讲李商隐》新书首发式,该书是刘学锴从事李商隐研究的总结性著作。

(黄振新)

刘禹锡与中唐文学国际学术研讨会在广州召开

2022年10月22日,"刘禹锡与中唐文学国际学术研讨会"在广州大学召开。会议由广州大学人文学院、中国刘禹锡研究会、《学术研究》杂志社、广州大学粤港澳大湾区语言服务与文化传承研究中心联合举办。来自各地的70余位专家学者参与了本次会议。广州大学人文学院纪德君教授主持开幕式,广东省社科联专职副主席、《学术研究》主编叶金宝,广州大学副校长张其学教授,中国唐代文学学会会长李浩教授,中山大学中国语言文学系主任彭玉平教授,广州大学人文学院院长禤健聪教授,中国刘禹锡研究会会长戴伟华教授分别致辞。

会议围绕"刘禹锡研究史回顾与相关史实考证""刘禹锡文学创作与经学、佛学之关系""刘禹锡及其文学作品的传播与接受""文学地理学视野下的刘禹锡诗文创作""中唐文学相关问题"等多个方面展开了讨论,共收到学术论文40余篇,研究内容涉及刘禹锡的研究回顾、史实考证、文学创作、经学观念和传播接受等多个角度的问题,成果丰富,观点新颖,展现出刘禹锡与中唐文学研究学术前沿的热点和动向。

2022年东亚汉诗史国际学术研讨会在上海召开

2022年11月26日,"2022年东亚汉诗史国际学术研讨会"在上海教育国际交流中心顺利召开。本次会议由上海师范大学人文学院和上海市国际比较文学创新团队主办。开幕式由国家社科基金重大项目首席专家严明教授主持。上海师范大学人文学院院长查清华教授,延边大学原校长、资深教授金柄珉,北京大学中文系刘玉才教授,《文学遗产》副主编孙少华、日本福冈国际大学海村惟一教授分别做大会致辞。来自中国内地、台湾和香港地区,以及日本、韩国、越南等国的100余位学者参加了会议。此次研讨会共收到论文百余篇,经专家组审议评定,76篇论文入选分论坛汇报环节。研讨会分别围绕"日本汉诗""朝鲜汉诗""越南汉诗""琉球汉诗"4个主题,设置12个平行论坛,依托腾讯会议平台同步进行研讨,线上线下观看人数达1500余人次。

中国唐代文学学会第二十一届年会暨唐代文学国际学术研讨会在线上召开

2022年12月10日至11日，由中国唐代文学学会、陕西师范大学文学院联合举办的"中国唐代文学学会第二十一届年会暨唐代文学国际学术研讨会"在线上召开。来自中国内地、香港和台湾地区以及美国、日本等国的百余位专家学者参加了会议，会议共收到论文140余篇。

会议开幕式由西北大学李芳民教授主持，中国唐代文学学会会长李浩教授、中国唐代文学学会名誉会长陈尚君教授、国家图书馆原馆长詹福瑞教授、台湾成功大学廖美玉教授分别致辞。李浩教授指出，学会成立四十多年来，唐代文学研究硕果丰累，立体多元，呈现繁荣弘远的学术前景。陈尚君教授鼓励青年学者广思博取，力求形成自己独特的研究风貌。詹福瑞教授分析自20世纪以来唐代文学研究成果的前沿性与丰富性，得益于传世经典、出土文献、域外文献的关注与整理。廖美玉教授表示唐代文学学会提供了彼此交流的平台，参会学者从中获得了新材料、新启发、新方法。

会议围绕"经典作家、作品与文体""传世文献、新出文献与文化""文人心态、制度建构与题材书写""宗教习俗、接受传播与域外交流"4个专题，设16个分会场展开讨论。闭幕式上，尚永亮教授做了大会总结，他指出，本次会议论文中名家经典仍是首选，单篇名作备受关注，墓志等新出文献、域外汉籍研究众多，反映了涉及领域广、观察角度新、研究方法多样的当下唐代文学研究面貌。李浩会长表示唐代文学体系庞大，光彩夺目，其时代精神、审美理想和文学特质值得学人不断挖掘，并期待中国唐代文学学会初心如始，砥砺前行，持续促进国内外唐代文学研究与学术交流。

（延驭、高子芹）

会议综述

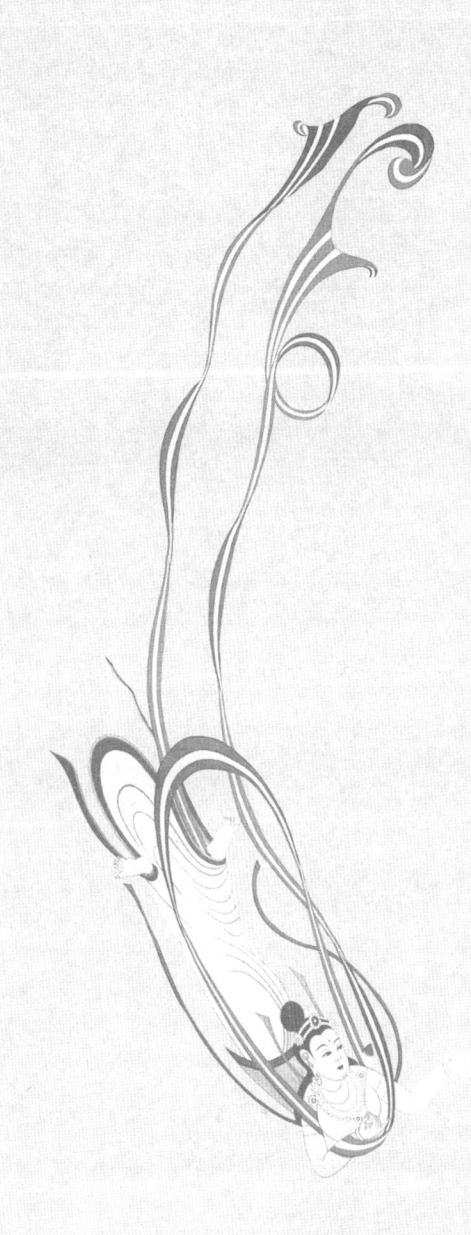

高质量创新视野下的唐诗之路学术研讨会综述

□ 房瑞丽

2022年7月22日,由中共新昌县委、新昌县人民政府、中国唐代文学学会唐诗之路研究会联合主办的"高质量创新视野下的唐诗之路学术研讨会",在唐诗之路首倡地浙东新昌举行。全国各地的唐诗之路研究专家和新昌本地学者共计40余人出席了会议。

新昌县委副书记、县长王奇洲先生在致辞中表示,胜利闭幕的浙江省第十五次党代会明确了"打造新时代文化高地"的战略目标和"着力推进全域文化繁荣、全民精神富有"的具体任务,为我们指明了前进方向。要让静态唐诗"活"起来,为助力诗路文化带建设做出更大贡献。

唐诗之路研究会会长卢盛江先生在致辞中指出,新昌为唐诗之路做出了历史性贡献:"唐诗之路研究会成立以来,一直得到新昌县委县政府的支持和指导。我们成功地举办了成立大会。新昌县资助的'唐诗之路研究丛书'第一辑六部著作有的已经出版,有的将要出版。第二辑已完成组稿。第二辑六部著作总体学术质量有明显的提高。借助学界力量支持地方文化建设,借助地方力量支持学术研究,我们取得了会地共建的宝贵经验。"

卢盛江会长还强调了"唐诗之路精神",即"从竺岳兵先生到后来的建设者领导者,坚持初心、执着理想,锐意创新,勇于突破,敢为人先;在艰难中坚韧执着,脚踏实地,不懈奋斗与探求;重情重义,无私奉献,饱含家乡情怀而视通万里,五湖四海,和谐共建"的精神。

大会随后进行了《天姥山志》《浙东唐诗之路学术文化编年史》《浙东唐诗之路唐诗全编》新书发布仪式,徐跃龙、李招红、卢盛江三位作者分别向新昌县图书馆赠书,新昌文旅局高雪军局长向三位作者颁发了图书馆收藏证书。

主旨演讲环节,南开大学教授、唐诗之路研究会会长卢盛江先生,浙江工业大学教授、原副校长、唐诗之路研究会副会长肖瑞峰先生,浙江大学教授、唐诗之路研究会副会长林家骊先生,浙江大学求是特聘教授、唐诗之路研究会副会长胡可先先生四位专家分别做了主题演讲。

卢盛江教授围绕唐诗之路高质量创新背景下的学术研究这一主题,从编纂唐诗之路名山名水志方面提出了自己的意见。提到首先要注意编纂中的选题问题,要选择能够代表这个地域的文化特色,具有典型意义的名山名水;还要规范架构;注意古今关系处理;并运用现代技术手段等。其次提出要有实地考察。最后指出:"诗路应该落实在路上,也在诗人、诗歌、历史,但最终一定要落实到路上,这是唐诗之路的特色,一定要作出特色来。"

肖瑞峰教授在如何进一步深化浙东唐诗之路研究方面,提出了三点建议:一是以丛书出版为抓手、课题实施为契机,在时空两个维度上进行拓展;二是将浙东唐诗之路研究纳入浙江诗路文化研究的整体版图;三是致力于诗路文化研究与宋韵文化研究的有机融通。

林家骊教授在关于浙东唐诗之路旅游文化圈建设的现实意义的主题演讲中,提出了三点意见:一是构建浙东唐诗之路旅游文化圈;二是定点打造浙东唐诗之路的历史人文与自然景观;三是以历史文化名人带动浙东唐诗之路旅游文化圈的建设发展。最后指出:"浙东唐诗之路的建设对浙江地区的文化建设、生态文明建设、绿色经济与可持续发展建设都有着深远意义。"

胡可先教授关于唐诗之路与文学空间研究的思考，提出要以空间因素为切入点，聚焦唐诗之路，研究唐代诗歌分布特点；致力于唐诗之路的核心区域长安与洛阳以及关键区域浙东和浙西等地的研究，发掘出诗坛图景、诗人群体、诗歌分布、诗歌艺术等方面的重要问题；拓展诗路研究的空间美学维度，利用考古遗址扩大唐诗之路研究格局，立足实证研究加深唐诗之路研究专题。并从诗路长安、诗路洛阳、诗路浙东、诗路浙西、诗路蜀道五个方面，深入分析了唐诗之路与文学空间研究的问题。

最后是大会发言环节，与会学者结合诗画、山水、佛道、名人等唐诗之路相关主题，从学术研究和创新应用思考两个方面进行了深入探讨。主要内容有：

一是对浙东唐诗之路名人个案进行深入研究。安徽大学文学院院长吴怀东教授以《早发渔浦潭》为例，论述了孟浩然的江南书写。指出在《早发渔浦潭》中，孟浩然以"外来客"的新奇视角耳闻目睹，展示了新鲜的渔浦观感和越中"第一印象"——富有山水野趣，充满浓郁的生活气息，流露出"遁世无闷"的解脱感、自由感。中国计量大学仲秋融博士《论浙东唐诗之路诗歌中的园林景观空间——以孟浩然诗歌为考察中心》，以孟浩然诗歌为考察中心探讨浙东唐诗之路诗歌中的园林景观空间，对孟浩然巧妙地以"舟行"与"山行"场景绾合各处游线，形成自然景观、建筑与诗性想象等景观空间内涵进行了细致的分析。武汉大学孟国栋副教授的《一位中原诗人的"浙右心"——周贺的江南之行与江南记忆》，从周贺诗歌中的南方意象、南方意象频现的缘由、周贺北归后的江南记忆三个方面，论述了周贺的浙右书写。

二是对唐诗之路的精神内涵进行探讨。中国计量大学人文与外语学院院长邱高兴教授的《唐诗之路的精神内涵》指出，诗歌承载着人的情感、道德、理性乃至多方面内容。在这多种内涵当中最终的指向是解决人生的问题：如何存在、如何生存、如何获得心灵的自由，也就是说如何来诗意地栖居。心安是归处，或者回家之路就是唐诗之路。中国计量大学房瑞丽教授的《地理符号与浙东唐诗之路》指出，地理符号是浙东唐诗之路研究非常重要的命题，地理符号不仅能绘制出诗路路线图，还助力浙东地理空间的想象，并成为浙东山水文化的代言。

三是从佛道文化的角度对浙东的佛宗仙缘进行复本溯源。南京大学杨维中教授的《唐代诗人梁肃诗文中的佛教内容》，提出唐代文人所写的诗文中佛教因素很多，应该用综合的方法进行研究，不光是注重诗歌本身的艺术形式和艺术内容，也应该注重它的文化、宗教、信仰等内容。苏州大学韩焕忠教授的《荒野寒山的隐居体验——寒山子隐居诗浅析》，分析了寒山子隐居天台之后的隐居诗，真实地反映了他隐居于荒野寒岩之中的生活体验。得出寒山子归隐荒野寒岩，不是静观时变的权宜之计，而是寒山子生活方式的最佳选择和价值观念的终极取向。浙江外国语学院宣传部部长毛振华教授的《智𫖮与浙东朝圣之路》，指出了智𫖮法师与陈代宣帝、陈后主、陈代文士的交游，形成了频频互动的朋友圈，在交游、交流过程中，围绕建康至浙东留下了诸多诗歌篇章，形成了浙东朝圣之路，这条朝圣之路对唐诗之路具有一定的影响。浙江大学孔令宏教授的《唐诗之路的道家文化底蕴及其现代发展》，论述了唐诗之路的路线上布满了道教文化的山水，唐诗之路的代表性诗人深受道家文化的影响，唐诗之路上产生的诗篇洋溢着道家文化。并从唐诗之路道家文化底蕴的现代发展角度提出，洞天福地提供了观念与实践相融合的地理空间。梳理并认识唐诗之路的道家文化，在今天可以增强我国的文化自信，能够在传统文化的创新性继承和创造性发展中走出新的路子，是实现健康中国目标的重要途径之一，也是实现中国梦的一个侧面。苏州大学王耘教授的《中国隐士与家具文化》，以榻为例，论述了隐居浙东的隐士的家具文化意涵上一个重大的转折，即从权利文化到修行文化的转折，这次转折往往不是身体上的变化，而是精神上的推演。

四是对诗路建设进一步开发应用的创新思考。淮阴师范学院文学院院长许芳红教授的《发挥李白在诗路旅游中的明星效应，打造新时代唐诗文化名城》，指出新昌城市精神应该与唐诗建立联系,并就新昌如何紧紧抓住两个字"诗""仙",发挥李白重要的"明星"作用提出了自己的意见和建议。广西师范大学莫道才教授的《唐诗之路文学遗迹与研学旅行结合的新视角》提出,文学遗迹是文学描写场景与创作场景的遗存,是体验中华文明遗存的现场,是沉浸式研学旅行的重要场所;浙东唐诗之路是唐诗遗迹的经典代表,新昌是浙东唐诗之路的发源地,也是首倡地,应该成为唐诗之路旅行的标杆和示范。并建议新昌或浙江牵头发起申报唐诗之路国家文化公园,为弘扬传承中华优秀传统文化提供体验式文化旅游的新尝试,发展旅游新业态。浙大宁波理工学院王军伟教授的《地方文化数据库的重构及其场景应用》,以全球重要农业文化遗产数据库为例,谈到了地方文化数据库重构的标准化和共享问题,以及如何应用数字文化展示、数字文化设计、数字文化创作、数字文化传播,针对不同的应用场景来进行制作的问题。

下午,举行了2022全国唐诗之路文旅融合高质量创新发展大会,大会以"传承 互联 共享"为主题,汇聚全国各地文旅部门代表、诗路文化研究专家学者等,共同探讨推进全国唐诗之路高质量创新发展、诗路带的能级提升的路径策略。

活动现场,全国唐诗之路发展联盟正式成立。南开大学教授、唐诗之路研究会会长卢盛江发布了研讨会成果。他表示:"浙东唐诗之路不是原来所说的450多位诗人、1500多首唐诗,而是550多位诗人、2500多首浙东诗,这是符合历史面貌的,'精华地'名副其实。"清华大学新闻与传播学院在站博士后、清华大学元宇宙文化实验室成员尤可可现场作了"数字化如何赋能唐诗之路文旅融合高质量发展"主旨演讲,提出将元宇宙技术融入唐诗之路文旅项目建设,给予数字文旅更多的"新鲜感"。新昌分享了当地高质量打造唐诗之路精华地、文旅发展促进共同富裕示范区建设的宝贵经验。来自诗路沿线安徽、重庆、四川、山东等地的代表从不同角度出发,分别讲述了当地围绕唐诗文化资源,推进旅游事业发展的成功实践。

圆桌讨论环节以"诗路文化应用"为主题,邀请文旅规划、美术设计、数字科技、展览策划、诗路文化研究等行业代表,在分享和讨论中,为促进唐诗之路开发利用,提供更多思路。

  此次会议,是唐诗之路研究会与地方合作的盛会,对于深入开展唐诗之路学术研究和唐诗之路地方文化开发建设都具有非常重要的意义。

中国李商隐研究会第十一届年会暨国际学术研讨会综述

□ 元 亮

2022年8月2日至4日,安徽师范大学中国诗学研究中心、文学院会同中国李商隐研究会、黄山书社、中州古籍出版社在安徽合肥联合主办"中国李商隐研究会第十一届年会暨国际学术研讨会"。原文化部部长、获得"人民艺术家"国家荣誉称号的著名作家王蒙,安徽省教育厅副厅长储常连,安徽师范大学党委书记胡朝荣,安徽日报社党委书记、社长范荣晖,时代出版传媒股份有限公司总经理郑可,中原传媒股份有限公司总编辑李文平,中国诗学研究中心研究员刘学锴等出席会议。来自复旦大学、中国人民大学、吉林大学、华东师范大学、华南师范大学和中国台湾地区以及日本、马来西亚等国家70余位学者通过线上线下相结合的方式参加了会议,200余名师生现场在线旁听会议。

大会开幕式由安徽师范大学中国诗学研究中心主任胡传志主持。王蒙在视频致辞中对大会的举办表示祝贺,称赞刘学锴先生的道德、文章、品性、学识都令人尊敬,对李商隐的历史、著作、版本、评价、疏解方面都做出了杰出贡献。储常连在致辞中代表安徽省教育厅对会议的顺利召开表示祝贺,指出安徽师范大学中国诗学研究中心是李商隐研究的"重镇",尤其是刘学锴先生推出的一系列成果在学界引起了重大反响,改写了中国文学史;强调要拉高标杆、奋力作为,加强建设、提升水平,以诗化人、以诗兴业,为安徽省文化事业和文化产业发展做出更大贡献。胡朝荣在致辞中向与会专家表示热烈欢迎,向刘学锴先生为学校学科建设和中国诗学研究中心创建、发展做出的突出贡献致以崇高敬意和衷心感谢,介绍了安徽师范大学办学情况和中国诗学研究中心发展情况。

李商隐研究会会长陈冠明在致辞中对主办单位表达了敬意与感谢,表示刘学锴先生作为中国李商隐研究会的创始人及首任会长,始终引领着李商隐诗歌的现代研究,号召广大学者以刘先生为榜样,携手推进李商隐研究向前发展。郑可和李文平分别介绍了集团图书出版情况和与中国诗学研究中心合作取得的丰硕成果,期待加强合作,携手铸就精品。刘学锴最后致辞,表示李商隐研究会成立30年来取得了扎实成果,通过对李商隐《乐游原》《嫦娥》等诗歌分析,阐释了李商隐诗歌中的"无端"与"有端",指出李商隐的诗歌创作是一个融通的艺术整体,前无古人、后无来者,是文学史上的绝唱,并引用林庚先生的书信为学者们指明了科学研究越来越细的趋势和方向。开幕式上还播放了《从〈李商隐传论〉到〈刘学锴讲李商隐〉》视频,举行了《刘学锴讲李商隐》新书首发式。

本次会议设置了三场主题报告和三场小组讨论。安徽师范大学项念东等6位学者主持了主题报告、小组讨论,李商隐研究会副会长米彦青等6位学者担任评议人,华南师范大学蒋寅、复旦大学陈尚君、查屏球等14位学者作了主题报告,安徽大学汤华泉等34位学者作了小组发言。与会人员围绕李商隐文学创作与思想研究、李商隐与唐代文学研究、李商隐接受传播史研究等课题开展了深入研讨,相互交流研究成果和治学心得。本次研讨会共收到论文47篇,兹分类综述如下。

一、传播接受研究

陈冠明(鲁东大学)《"听雨"文学文化的承传:论李商隐"听雨"诗的创作影响力》认为,"唐代大诗人中,杜甫、白居易、李商隐是'雨诗'特别是'夜雨''听雨'诗写得最多的三位诗人。三位大诗人从各个角度,对后世的'雨诗'创作及文学文化产生了巨大的影响力"。海村惟一(日本久留米大学、日本福冈国际大学)《日本五山诗僧的李商隐受容》指出,"五山文学带有浓厚的禅味,对日本文化产生了重大的影响。本文仅以五山文学'双璧'留学诗僧绝海中津国师(1336—1405)和其法兄未留学诗僧义堂周信禅僧(1325—1388)为考察对象,考证五山诗僧是如何受容唐诗,尤其是对李商隐的受容"。侯婷(牡丹江师范学院)《〈唐诗品汇〉与李商隐诗歌接受研究》指出,高棅《唐诗品汇》选录李商隐诗达五十七首(包含无题诗六首),为后世李商隐研究的开展创造了条件,且所选李商隐诗大多为七言律绝,体现出高棅对李商隐近体诗艺术成就的高度认识,确立了宗法盛唐格调的诗学取向。胡健(安徽师范大学)《〈海录碎事〉的新奇典故与叶庭珪的西昆诗阅读》指出,"南宋类书《海录碎事》作者叶庭珪阅读李商隐及西昆诗人作品主要依靠《西昆酬唱集》。《海录碎事》以收录'新奇'典故为多,李商隐及西昆诸作因词语独造而受到重视,在南宋仍然有人喜好和阅读,尤其受到类书编纂者的偏爱"。罗雁泽(南京大学)《诗启义山与兼学梦得:从刘禹锡到李商隐的诗法传衍与诗风递变》认为,开成元年,令狐楚举荐李商隐于刘禹锡。同年秋冬间,李商隐或尝与梦得交往,追和梦得之诗。宋至清初,诸诗家以义山、梦得七言诗远嗣杜甫,但又有风格之别。吴怀东(安徽大学)《李商隐〈河清与赵氏昆季宴集得拟杜工部〉学杜释证(初稿)》指出,杜诗从中唐就受到主流诗坛的高度推崇和学习,李商隐正是在这一风气之下关注杜诗并自觉学习杜诗,在继承基础上发展、创造并最终形成自己的风格。《河清与赵氏昆季宴集得拟杜工部》就是李商隐的学杜之作,反映了李商隐对杜诗及其特点的认识。吴留营(上海师范大学)《清初李商隐诗歌接受的多重语境与现象补构》认为,王士禛作诗填词,以义山诗为效法对象,这在其早期和晚年的创作中尤为突出。王氏以《倚声初集》的编纂为契机,在艳词创作热潮中,掀起义山品评活动;在诗词、诗话、词话等著述中反复提及李商隐,成为义山诗歌接受史研究不可忽视的重要线索。徐婉琦、沈文凡(吉林大学)

《李商隐排律对杜甫的接受》指出，李商隐五言排律被列为"集中第一"，这很大程度源于其对杜甫排律的继承和接受。在章法结构方面，李商隐学杜而能做到叙事性和抒情性兼具，将抒情性很强的中国叙事文学的特征表现得十分充分、鲜明。情感意蕴方面，李商隐排律直承少陵的诗史气质，心怀社稷，处处流露深沉厚重的家国情怀。

二、诗歌阐释研究

蒋寅（华南师范大学）《李商隐〈无题〉诗诠释与古典诗歌的解释传统》认为，诗歌作品中意象化的程度，到李商隐达到一个新的高度，给诗歌解读带来意旨多歧、虚实难明的困惑；诠释态度也分成四派，即梁启超式的不可知论或者说不求甚解派、苏雪林式的索隐派、冯浩式的比兴寄托派和当今许多学者所默认的诗无达诂派；李商隐《无题》诗的诠释已同后世作者对古典诗歌比兴寄托的言说传统的体认密接起来。胡文梅（安徽大学）《春心莫共花争发，一寸相思一寸灰——义山王氏的爱情诗浅论》认为，李商隐爱情诗的抒发对象可以系名的有三位。其中写与妻子王氏的爱情诗感情真挚深永，通过对具体篇目的解读和分析，以及艺术技巧的简单概括，体会诗人与爱妻的伉俪深情，并感受这一部分诗歌创作的魅力。赖涤（西华大学）《浅析李商隐尚真、任情的诗歌思想》指出，李商隐是继杜甫之后，在抒情艺术上做出巨大贡献的诗人，诗歌中所体现出的尚真、任情的审美思想，是造就其诗歌在题材、内容和风格上别具一格的重要原因，由此形成李诗整体上的"缘情"特征。陆金莹（华南师范大学）《〈锦瑟〉的互文性解读》企图为互文性理论在古典诗歌研究领域的实践应用提供参考与反思，认为《锦瑟》是李商隐由锦瑟发兴，思忆起青年时期的美好时光，同时又因为现实生活中美好事物之短暂、消逝、不可再得而深感悲痛、怅惘而创作的诗作，在阐释《锦瑟》时，需要注意它"一体两面"的思想情感和风格特征内蕴。田恩铭（黑龙江八一农垦大学）《〈韩碑〉阐释史》指出，《韩碑》是李商隐诗作中较受关注的诗作。早期的《韩碑》阐释是在史事与文事交融的状态下进行的,关注的是《韩碑》与《平淮西碑》的价值判断问题。历代评家看重《韩碑》与韩愈诗文的关系,形成一种跨文体阐释现象。一说是仿韩体,一说是仿韩碑,另有一些评家,只是说仿韩,却旨在突出义山自家特色。田竞(兰州大学)《清人引赋注义山诗的方法考论——以朱鹤龄、程梦星、姚培谦、冯浩四家笺注为例》详细梳理了清人朱鹤龄、程梦星、姚培谦、冯浩为注解义山诗引用的一百一十六篇赋,指出他们用赋作注的四点原因:一标明语典,二为科场制艺重赋的习气所浸染,三自觉追求语言美感,四缓解以史注诗的僵硬感。吴嘉璐(西华大学)《李商隐〈行次西郊作一百韵〉考论》认为李商隐的五言百韵诗《行次西郊作一百韵》从用韵等方面继承了杜甫所创制的古体百韵诗"古朴"的特点,同时又受到杜甫之后律体百韵诗的影响,律句和对句有所增多,且适切于诗歌所要表现的内容。历来诗评家均以《北征》为该诗的对照,认为其同样具有"诗史"的特质。张浩杰(长江大学)《文学与现实的结合——论〈行次西郊作一百韵〉》认为,李商隐《行次西郊作一百韵》是人民苦难的真实记录,也是李商隐的学杜标志,更是诗人政治观点的表达;通过对《行次西郊作一百韵》的文本细读,考察文学与现实的关系,可以更为全面地了解这首诗的价值和意义。

三、诗歌艺术研究

韩凯(晋中学院)《对话李商隐:"武夷格调"的生成与"变态"》认为,杨亿《武夷新集》所形成的"武夷格调"密切关注现实,书写视域从传统宫苑题材中解脱出来,抒发个人性情,自我形象得以显露,与传统西昆体作品相比具有明显"变态",具有不容忽视的诗歌史意义。刘海莲(马来西亚拉曼大学)《声韵学与文学的相遇:探李商隐〈锦瑟〉之美(草稿)》以李商隐代表作《锦瑟》为例,尝试从语言学中的声韵学和文学这两个角度来赏析其美。刘青海(北京语言大学)《论李商隐五绝的艺术渊源及创变》认为,李商隐擅长绝句一体,这和他广泛地取法从汉魏六朝到唐代五绝的传统是分不开的,应该也和令狐楚的影响有关系。义山五绝一体的创作起步较晚,很可能是在入令狐楚幕之后开始的。但由于传世文献有限,这一点很难展开论述。路鹏(牡丹江师范学院)《浅析李商隐诗歌中的乐器意象》通过梳理李商隐现存作品中近百首运用了乐器意象的诗歌,选择其中的琴、瑟、箫、笙、钟、鼓六种重要意象进行细致分析,认为李诗中的乐器意象多与典故相结合,用以抒写超越意象本身的感情或人事。罗燕萍(四川外国语大学)《李商隐爱情诗中的"窥看"与"聆听"》指出,李商隐爱情诗歌"窥看"和"聆听"似是李商隐爱情诗独特而重要的感觉维度,他爱情诗的空间书写集中体现在以"窥看"和"聆听"视角对"阻隔"空间的表现,不仅体现出李商隐隐秘而丰富的感情世界,还展现了他吉光片羽式的意识流思维及敏锐深沉的审美体验。马骙(牡丹江师范学院)《李商隐诗中的"桃"意象》认为,"桃"意象作为中国古代的传统意象之一,有着深厚的文化底蕴,李商隐诗中运用了丰富多面的"桃"意象,用"桃"意象书写女性,讽刺社会现实,也慨叹自己的命运。史磊(日本二松学舍大学)《李商隐诗歌研究二题》指出,多义性是李商隐诗歌一贯的风格,《夜雨寄北》延续了这种风格;在情感主旨上,对于该诗是思亲还是怀友,作者从李商隐对"涨"字的使用上判断,其或许也有李商隐对自己怀才不遇的惆怅。辛鹏宇(北京语言大学)《论李商隐悼亡诗的意象特质及生命意识》认为,李商隐的悼亡诗因其独特的意象体系建构而在历代同类诗歌中脱颖而出;李商隐倾向选用独立的自然意象营造清冷的审美境界,使其悼亡诗中生成了极冷和极热两种类别的意象群;李商隐生命意识使其悼亡诗的艺术魅力历久弥新。

郭自虎、崔新一(安徽师范大学)《睹物惊心话义山——兼论"惊艳范式"对后代叙事文学的影响》指出,李商隐在其近体律绝诗中采用略形取神、加重咏叹、特殊字词、对比、感事讽托等方式传达睹物瞬间的深层感受,形成了一种有别于杜甫"外透式震惊"以及韩愈天马行空式想象的"内敛式惊惧"的"惊艳范式"。李翰(上海大学)《叙事视野下的义山七绝》以叙事为观照角度,从叙述时空、叙述意涵、叙述语言等三方面对李商隐七绝分解梳理,并引征诗例串讲论析,认为义山七绝或因其故事性,或因"千丝密网"之结构,或因创作思维及句法语式,使之具有叙事分析之可能。

四、诗学理论和诗歌批评研究

程维(安徽师范大学)《唐代的"无端"诗学与无题诗歌》主要讨论唐代诗学发生论的新变、无端诗学的佛教思维内核、无题诗的无端性四个方面展开、无端诗学的诗学史意义,并指出唐代的无端诗学在诗题形式上主要表现为无题诗。米彦青(内蒙古大学)《"小李杜"诗文中晚唐长安的历史记忆》认为,长安作为唐王朝的都城,衍生出多重社会网络,并成为"记忆之场"。长安"记忆之场"在"小李杜"诗文中呈现以下特点:一、杜牧樊川别业和李商隐樊南新居带来物质化的特点;二、河湟争夺、藩镇割据、宫廷政变、牛李党争带来功能化的特点;三、围绕李贺、元白诗学认知带来象征性的特点。王树森(安徽省社会科学院)《幕府经验与李商隐的诗歌创作》指出,李商隐有长达三十年之久的幕府生存经验,特殊的人文环境保护了他的诗歌创作热情,为其在政治诗等一系列传统诗歌题材上的成就提供了从形式到内容上的重要帮助;在义山一生所拥有的各种人生经验中,幕府经验是对其诗歌创作产生推进作用的最为潜在深层的一种。熊啸(浙江财经大学)《无题体与香奁体的异同及其诗学渊源与新变》认为,无题体与香奁体的概念源自李商隐的《无题》诗与韩偓的《香奁集》,二者皆涉及男女私情的书写,其叙事、笔法及主旨则存在隐与显的区别,其内涵皆在后世的诗学阐释中经历了由艳情向寄托的演变。

诗歌批评方面,胡传志(安徽师范大学)《元好问对李商隐诗的三次评价》称:"元好问《论诗三十首》其三第一次拈出'温李新声'的概念;其十二第一次拈出《锦瑟》一诗,将它作为唯一的代表;其二十八以'精纯'二字概括李商隐诗歌的风格,特别符合其无题诗的特点。元好问抓住了最具特色的无题诗,故能一语中的,赢得了后人的认同。"潘务正(安徽师范大学)《桐城派李商隐诗歌批评》认为,桐城派最推崇杜甫,至于李商隐,此派抱持非常矛盾的态度，或爱之同杜甫，或厌之如王彦泓，亦有爱恨交织者；关于桐城派诗人对李诗的接受，其中著名者如钱澄之、姚鼐、方东树、曾国藩等均有或多或少的论述，并从总体上对桐城派的义山诗评论加以考察。武道房（安徽师范大学）《〈诗经〉汉宋学分野与李商隐诗歌的诠评向度》认为，宋至明代，义山诗颇受冷遇，负面评价者为多，至明清之际直至清代，又大受追捧，至于为什么会出现这种现象，刘学锴先生所说"李商隐诗在极端道学的批评家眼里，简直成了洪水猛兽"的判断是准确的。笔者同时认为，从《诗经》汉宋学的分野，可以给出一个妥洽的解释。

五、诗人诗作研究

杜松梅（山东大学）《清代李商隐人品经典化研究》认为，李商隐多被认为是一位"背恩无行""恃才诡激"之人，清人为其进行了辩护。清人的辩护主要从四个方面展开：一、从牛李党派性质或李商隐与两党的关系方面辨正其人品；二、从李商隐在晚唐时局中的表现分析其政治品质；三、考察他与忠义之士的交往以间接认识其人品；四、推崇其性情之正。尹文磊（西南大学）《此楼堪北望，轻命倚危栏——浅论李商隐诗歌中的中原身份认同》通过考察李商隐在南方宦游时期创作的诗歌，发现他对南方一直保持着一种强烈的疏离感，身在南方时怀有对中原地区的思念以及强烈的客者意识。这可以归因于南方地理位置的偏远、地理环境的恶劣以及迥异的风土民俗。查屏球（复旦大学）《义山情感世界参照系——由〈雁塔题名〉看李商隐及第及与令狐家族关系（初稿）》指出，宋人柳珹所存《雁塔题名帖》有蔡京、李商隐并列之名，而李商隐与蔡京并列，又为释读义山情感世界找到一个恰当参照系，李、蔡仕宦命运的比较以及二人在令狐绹发迹之初不同的政治表现，可表明李商隐的政治选择更多的是出于人格追求，而非由利益所定，由此可对传统的"背牛投李说"作出一点修正。

陈立新（东吴大学）《综考李商隐〈无题二首〉〈凤尾香罗〉》认为，李商隐之《无题二首》（凤尾香罗）其实为悼念其妻之悼亡诗，原因有二：其一，李商隐描述过往与其妻婚礼情形，以怀念、悼亡其妻；其二，透过现代行为心理学所述丧偶后之质疑与愤怒等行为，论证此诗中李商隐完全吻合丧偶者之心理行为。古静（西华大学）《李商隐入蜀地诗歌创作研究》称李商隐入蜀诗作有57首，按入蜀活动的地点顺序排列，一一考证，可见李商隐入蜀所作的诗歌，在题材上开始出现蜀地的风景事物，所表达的感情基调是悲伤的。

六、刘学锴研究

此次大会恰逢中国李商隐研究会创始人、首任会长，李商隐研究权威学者刘学锴先生90大寿，其新著《刘学锴讲李商隐》正好出版发行，故为刘先生祝寿和著作首发式也作为重要节目穿插在大会之中。

大会有5篇刘学锴研究论文，陈冠明《温庭筠诗词文研究的集大成之作——读刘学锴先生〈温庭筠全集校注〉》认为，刘先生整理、研究的《温庭筠全集校注》，是温庭筠作品校注的集大成之作。其学术特点主要体现在多方面的"精审"，体现在对于诗题精密的考订之上，体现在注重词义的训释之上，体现在对于诗句周全的诠释之上，体现在对于诗篇"笺评"之上。卢欣欣（中州古籍出版社）《从〈刘学锴讲李商隐〉说起——兼谈刘学锴先生与中州古籍出版社的交往》指出，《刘学锴讲李商隐》一书在中国李商隐研究会年会首发，又恰值刘先生耄耋上寿之际，更显得意义非凡。这部书是他专精研究李商隐30年的总结性著作，相信该书的出版对于推动李商隐研究的深化一定会起到重要作用。沈文凡、聂垚（吉林大学文学院、内蒙古民族大学）《刘学锴先生的李商隐研究述评》认为，对古典文学研究中少有的"李商隐现象"，刘学锴先生作了客观和实事求是的探析，尤其是对李商隐的诗歌和人生进行了深度的学理研究和艺术品评，形成了独具特色的文献笺注与审美鉴赏的融通，将20世纪李商隐研究推向了高峰，受到了学界极大的瞩目和关注，奠定了李商隐研究走向显学研究的重要基础。汤华泉（安徽大学）《我与〈增订注释全唐诗〉》

称："《增订注释全唐诗》是新千年之初出版的一部全唐诗歌全注本，近年又作了修订即将由黄山书社出版。笔者曾任本书副主编，参加了本书前后两次编撰、修订工作，都是业师刘学锴先生、余恕诚先生提携、推荐的。"周啸天（四川大学）《赭山师表　锦瑟解人》说："刘学锴师在与余恕诚师合作完成了《李商隐诗歌集解》（全五册）、《李商隐文编年校注》（全五册）、《李商隐资料汇编》（上下册）及独著《李商隐评传》《李商隐诗歌研究》悄然退休之后，仍笔耕不辍，新近又完成了《温庭筠全集校注》《温庭筠评传》《温庭筠选集》等，可谓著书等身，且皆传世之作。"

此外，尚有祝寿诗词。陈冠明有《刘师学锴先生九旬大寿敬献颂辞三首》，邓小军有《刘学锴师九十大寿》，汤华泉有《业师刘学锴先生九十大寿庆典献诗》，郑虹霓（阜阳师范大学）有《玉楼春·集句贺刘学锴先生九十大寿兼贺李商隐研究会第十一届年会召开》等。

七、其他

陈尚君（复旦大学）《李商隐人生导师令狐楚的人生大节与文学交往》认为，令狐楚在中唐，文学为官名所掩。《新唐书·艺文志》著录其《漆奁集》《梁苑文类》《表奏集》，与沈传师等编《元和辨谤略》，皆不传。今传其编《御览诗》，为唐人选唐诗之一。他与李逢吉唱和诗曾编为《断金集》，与刘禹锡唱和诗由刘编为《彭阳唱和诗集》，与僧广宣唱和诗不知由谁编为《广宣与令狐楚唱和集》，皆不传。他担任翰林学士期间，与同僚王涯、张仲素编《翰林歌辞》，此书稍残，以《元和三舍人集》之名保存至今。早年曾得多位前辈提携，中年官显，以擢拔人才为志，李商隐就出自他门下。他在党争中的作为颇多争议，但史籍肯定他处事深得大臣之体，给以肯定。李俊标（江苏师范大学）《朝鲜活字本〈李商隐诗集〉考论》指出，中国国家图书馆所藏朝鲜活字本《李商隐诗集》乃《李商隐诗歌集解》未收录之新见版本；其文本与今存众版存在大量同异之处，未能归属于一个统一系统之内；其文字良莠兼呈，有诸多嘉善之处可以弥补今日版本校勘之不足，有助文本是非之论断,具有较高校勘价值。罗英虹(东莞市塘厦初级中学)《我是如何写〈李商隐诗歌直解〉的》主要论述其本人创作《李商隐诗歌直解》的缘起、过程及方法。其中创作方法分三个方面:一、大量阅读典故,做了几十万字的笔记,用以解决李商隐诗歌用典问题;二、充分利用精通几种南方方言的优势进行解诗;三、遇到暂时无法解读的地方,暂且搁置,留待思虑成熟或有灵感时再行释读。莫山洪(南宁师范大学)《论李商隐的文体意识与四六的定名》认为,李商隐以"四六"为文体的名称,注重的是文章语言形式上的特点,从文体学的角度来说,是从对文章内容及实用的关注转向对文章外在形式的关注,更能体现出一定的美学特征;李商隐为文体的定名,体现了李商隐文体意识的自觉,为后世文章文体的界定奠定了基础,在文章学史上具有重要的意义。

刘禹锡与中唐文学国际学术研讨会综述

□ 侯本塔

2022年10月22日,"刘禹锡与中唐文学国际学术研讨会"以线上线下相结合的方式在广州大学举行。会议由广州大学人文学院、中国刘禹锡研究会、《学术研究》杂志社、广州大学粤港澳大湾区语言服务与文化传承研究中心主办。来自北京大学、复旦大学、浙江大学、中山大学、浙江工业大学、华南师范大学、暨南大学、西北大学、上海师范大学、内蒙古大学、香港城市大学、广州大学,以及日本南山大学、神户大学等国内外高校和科研机构的70余位专家学者参加了会议。

开幕式由广州大学人文学院纪德君教授主持,广东省社科联专职副主席兼《学术研究》主编叶金宝先生、广州大学副校长张其学教授、中国唐代文学学会会长李浩教授、中山大学中国语言文学系主任彭玉平教授、广州大学人文学院院长禤健聪教授、中国刘禹锡研究会会长戴伟华教授分别致辞。

叶金宝先生指出了今后刘禹锡研究的三个方向:一是对新史料的发掘和整理,二是对地方史料的关注,三是对刘禹锡研究和岭南文化的域外传播间联系的关注。他表示:"对刘禹锡的研究深化细化,有助于打通文本、诗人、时代语境三大要素,呈现出一个立体的刘禹锡。"张其学教授结合推进文化自信自强,认为研究刘禹锡及岭南文化有助于增强中华民族伟大复兴的精神力量。李浩教授认为近四十年来刘禹锡及唐代文学研究成果丰硕,主要表现在七个方面:一是传世典籍与文献整理;二是新出土文献的发布和研究;三是海外汉文文献的整理与译介;四是新的断代文学史书写的突破；五是专题研究成果涉及领域多，推进速度快；六是学术研究数据库的建设；七是学术研究服务国家、服务社会。彭玉平教授关注到了刘禹锡与广东的渊源，认为应把刘禹锡与连州的关系更有规模、更有深度地宣传出来、研究出来。禤健聪教授认为云端相见也是引诗情到碧霄的表现，他代表广州大学人文学院对各位专家的到来表示感谢，并对各位专家的发言表示期待。戴伟华教授总结了学会成立以来的工作，并赋诗"天际碧蓝色，云端相见晚。欢欣群鹤飞，诗意正高远"表达欣喜之情。

一、刘禹锡诗文研究取得重要进展

大会收到的 40 余篇学术论文内容主要以刘禹锡诗文研究为中心，涉及刘禹锡诗文创作、史实考述、传播接受、刘禹锡与中唐文学及地域文化之关系等多个层面的问题，成果丰富、观点新颖，展现出刘禹锡与中唐文学研究的前沿热点和学术动向。

其一，刘禹锡诗歌研究。华南师范大学蒋寅教授从诗学史角度论述刘禹锡七律的典范性，以刘禹锡《奉送李户部侍郎自河南尹再除本官归阙》为例，指出刘诗突破以往送别诗常套，建立了新的诗学规范。浙江工业大学肖瑞峰教授将刘禹锡唱和诗置于唐诗新变视域中考察，认为渗透其间的哲学元素、豪健爽朗的抒情格调和对艺术形式的极致追求是刘禹锡区别于同侪的特征所在。复旦大学查屏球教授重勘刘禹锡《金陵五题》，指出刘禹锡由和州北返洛阳，越江到金陵东行过江至扬州，再经运河北行，与从和州直接北返相比，是舍近求远。其主要原因是刘禹锡借官道传播效应高调宣示自己回归政坛中心，通过游访金陵，以真切感受修改之前悬想式吊古之作，同时会见白居易，发表近期完成的怀古咏史类力作，展示诗家"国手"实力。由此产生了极大的接受效应，其金陵怀古诸作征服了诗坛领袖白居易，以厚重的学人气为元轻白俗之时调开掘出新的流向。上海师范大学吴夏平教授对中唐竹枝词提出新解，认为刘禹锡《竹枝词九首》突破新乐府传统，其思想当渊源于《公羊传》采诗古义，体现了刘禹锡求真务实的政治理念,是中唐《春秋》新学会通正变、守正知变思想在乐府诗学上的实践,由此探索了研究经学与文学及政治等复杂联动关系的新方法和新路径。广州大学戴一菲以刘禹锡《答东阳于令涵碧图诗》为中心进行考察,指出"涵碧"不仅以其审美视觉特性完成了从景到图再到诗的准确复制,也经由刘禹锡的名人效应建立起为政清明与"涵碧"景观之间的正向联系。内蒙古大学赵乐从客观上的流寓、归守经历和主观上的唱和诗写作入手,对刘禹锡诗风嬗变的过程、原因和表征进行分析。日本神户大学早川太基对刘禹锡与白居易描写觱篥的音乐诗进行比较,指出刘禹锡善于描写音乐演奏场景,而白居易则重在描述由音乐产生的幻想。广州大学杜玉俭通过对刘禹锡《夜闻商人船中筝》和白居易《琵琶行》的比较,认为琵琶女不可能独自一人居住在江口船上,她在湓浦口弹琵琶实际上是卖艺为生,而白居易改变琵琶女身份的原因则在于抒发迁谪之感的现实需要。华南师范大学白怡宏对刘禹锡诗论中的"妙"和"风骨"的具体内涵及其所受佛学之影响进行了考察。广州大学程诗淇指出刘禹锡写给窦常的酬唱诗呈现出视觉上多远景、多铺排,听觉上直接写物声、间接写人声以及首尾与人相关、他处与物相关的特征。西安培华学院吕明凤认为刘禹锡与牛僧孺、裴度、李德裕三人进行大量酬唱,有着努力获得政治援助以改变现实处境的考虑,并对其相关作品进行细致解读。惠州华侨中学林晓燕认为刘禹锡唱和诗主要有求仕、友情、归隐三类主题,其间典故运用则表现出切人、切事、切物、切地、切言五种特点。

  刘禹锡对文人词的贡献极大,广州大学戴伟华教授认为《忆江南》格式是在白居易与刘禹锡唱和题名互证中完成,"曲拍为句"的实际意义是指依词式填词,而非依曲调填词,进而指出白居易《忆江南》首唱"山寺月中寻桂子"不在"春词"之中,并对调名与音乐及"词谱"诸问题、王国维评论《忆江南》的是与非和刘白《忆江南》的差异进行了深入剖析。

  其二,刘禹锡相关史实考述。浙江大学胡可先教授对刘禹锡在苏州期间的生平经历和交游史实加以钩稽,并深入发掘刘禹锡苏州任职期间所作唱和诗、写景诗、怀古诗对于唐诗之路研究的重要价值和意义。常德市刘禹锡研究会丁兴宇从猜疑、论争和托孤三个视角入手，对刘禹锡、柳宗元、韩愈三人之间的恩怨进行考察与辨析。和县文化研究会徐斌对张籍与刘禹锡的交游始末予以细致考索，并指出段平仲是否担任过和州刺史、是否为刘禹锡前任，尚需进一步探讨。广州大学罗瑾怡对陶敏先生所考刘禹锡诗文涉及的28位人物进行详细辨析，并指出陶注本认为"水部李郎中为李仍叔"的观点有待商榷。佛山市第一中学杨宝祺讨论了刘禹锡能够与"公卿大僚"相交的性格优势。华东师范大学庄家琪通过对刘禹锡碑铭文中的佛教书写考察刘与佛教之关系。

其三，刘禹锡诗文传播接受。华南师范大学马茂军教授、郑晓财同学对明清古文选本中刘禹锡古文的选录和接受情况进行分析，指出刘禹锡《陋室铭》的经典化程度最高、论辩类古文以及朗州所作古文的占比最大，并认为这有助于深入理解刘禹锡古文的传播接受及经典化情况。怀化学院唐亚飞在考察吴伟业诗学理论的基础上，详细分析了吴伟业对刘禹锡诗歌的效仿情况，进而指出吴伟业拓展和批判刘诗的接受史意义。华南师范大学侯本塔在系统梳理佛禅典籍所见刘禹锡资料的基础上，对刘禹锡形象的禅学演绎以及刘禹锡诗歌的禅林接受情况加以考察，进而就禅林"借诗说禅"现象的价值意义进行了讨论。

其四，刘禹锡与地域文化。广东开放大学刘春霞从地理书写视角，结合方位用词、自然空间、社会空间和文化空间等，指出刘禹锡在朗、连二地心态之异同，并从历史背景、心理预期和思想境界方面分析了个中原因。连州市博物馆黄志超从作品系年、艺术特色、政务实践等方面对连州学者的刘禹锡研究成果进行评述，并对连州市刘禹锡研讨会、中国刘禹锡纪念馆的相关情况加以介绍。广州大学梁夏萌对刘禹锡连州诗文中的自然环境、民情风俗和个人情感进行了分析。广州大学卢杰以《海阳十咏》《吏隐亭述》为中心，指出了刘禹锡连州诗文对"吏隐"传统的承续和发展。连州刘禹锡研究会张志超认为刘禹锡的连州印象既有风景幽美、风俗独特的一面，也有地处海隅、瘴疠四起的一面，并指出这种现象的产生与诗人的贬谪心境密不可分。常德刘禹锡研究会应国斌对刘禹锡被贬常德的缘由经过，以及贬谪常德期间的活动和诗文创作成绩进行研究，进而认为刘禹锡的哲学家、文学家地位主要奠基于常德时期。和县文化研究会薛从军、祝兆源认为刘禹锡以厅壁记记载地域文化，为后世地理志的编撰提供了可贵的文献资料，并从地域名胜入诗、文化景点唱和等方面指出地域文化对刘禹锡诗歌创作的影响。

其五，刘禹锡与中唐文学。广东外语外贸大学吴肖丹认为中晚唐三国诗在抒发怀抱的同时开创出虚拟历史的艺术手法，其间对三国人物的评价呈现出对天命、正统等问题的思考，三国诗中的联想和对历史的追问还影响到后世三国故事的发展演变。上海师范大学胡梓玉以中唐士人"引经决狱"现象为切入点，考察其与中唐社会经学转向之间的关联性，进而对中唐士人借用经学来解决社会矛盾、统一话语权和建立话语体系的尝试进行深入分析。

其六，海外刘禹锡研究。日本南山大学蔡毅教授介绍了日本学界刘禹锡诗文研究的学术渊源和基本情况，为了解海外刘禹锡研究最新进展提供了重要信息。

二、《刘禹锡研究》广受好评

大会还设置了"《刘禹锡研究》1—3辑座谈会"环节，与会专家学者对《刘禹锡研究》展开热烈讨论。香港城市大学张隆溪教授结合自己撰写英文版《中国文学史》的经历，从哲学思想、辩证思维和政治观念方面指出《刘禹锡研究》的重要价值。北京大学钱志熙教授从共性和个性方面对刘禹锡诗歌给予高度评价，并从"专"与"通"相结合的角度指出《刘禹锡研究》的未来道路。中山大学吴承学教授认为《刘禹锡研究》的编辑出版是唐代文学学术史上的亮点，并从栏目设置等方面对该刊物的后续发展提出了切实有效的建议。他认为："《刘禹锡研究》的表现非常优秀！从2017年出版第一辑，每两年出版新的一辑，坚持得非常好，我看了这三辑，无论是作者还是论文，都是一流水平。我想说的是，在当前学术环境下，以戴伟华教授为首的《刘禹锡研究》学团队取得这样的成功，极为不易，他们明知其难为而为之，他们的学术责任感、学术担当的精神和坚守学术的信念，都非常值得敬佩。"他还提到："《刘禹锡研究》从创刊号开始，就显得比较成熟，无论是学术规范、栏目设计、刊物的封面与美术设计，乃至出版质量都很不错。比如，它的栏目基本包括了刘禹锡研究的题中应有之义。《刘禹锡研究》出版的成功，一方面是吸收了前人的经验，另一方面也与编辑团队与时俱进的学术和编辑理念相关。《刘禹锡研究》是一本既有中国本土传统研究特长，又有当代意识和国际视野的学术刊物。可以说，这三辑《刘禹锡研究》的出色表现，已让这个刊物在海内外学术界尤其是唐代文学研究界产生了较好的影响，我们可以期待《刘禹锡研究》这个刊物将成为唐代文学学术史上有亮点的一部分，成为一种学术品牌。"暨南大学文学院程国赋教授在介绍卞孝萱先生刘禹锡系列研究的基础上，从深度和广度两个方面对《刘禹锡研究》给予了高度赞扬。《华南师范大学学报》编辑部赵小华、《学术月刊》杂志社刘青分别从刊物编辑的角度发表了各自看法。

三、刘禹锡与地方文化研究成果丰富

借助历史文化名人发展地方文化事业和文化产业，是增强中华文明传播力、影响力的重要途径。为此，会议专门设置了"地方刘禹锡研究专题视频会"环节，广东省连州市刘禹锡研究会曹春生、湖南省常德市刘禹锡研究会魏胜权、安徽省和县刘禹锡纪念馆邢俊等，通过线上视频分享了各地刘禹锡研究成果，并介绍了宣传刘禹锡思想和文化的相关举措，得到与会者广泛关注。

闭幕式由广州大学李茂增教授主持。广州大学杜玉俭从研究选题深入重大、研究视角多维并举、地方研究如火如荼等方面指出第一分组相关论文的研究特色。陈咏红则从深度、广度和精度方面对第二小组的论文进行总结，认为该组论文体现出十分自觉的当代理论意识。华南师范大学张巍教授指出地方刘禹锡研究是刘禹锡研究的重镇，中国刘禹锡研究会与常德、连州、和县的刘禹锡研究机构构成了"一鼎三足"的研究局面,共同推进刘禹锡研究走向繁荣昌盛。复旦大学查屏球教授认为文学色彩浓厚、学术规范意识较强和讲究学术传承是《刘禹锡研究》所收学术论文的重要特色。浙江工业大学肖瑞峰教授在大会学术总结中指出本次研讨会具有形式丰富、论题广泛、视角别致、见解独到的研究特色,并勉励与会学者善于汲取刘禹锡作为"诗豪"的大无畏气概,以笑对人生的态度去漠视所有挫折与相关苦难,从而对未来充满自信。"如果说这还是学术会议的一般套路的话,那么,播放地方刘禹锡研究专题视频,召开《刘禹锡研究》1—3辑座谈会,这些环节则该是形式上的创新之举了。座谈会汇集了广东学界的翘楚及蜚声中外学界的张隆溪教授,有的此前并不从事刘禹锡研究,有的甚至也不从事古代诗词研究,却从百忙中拨冗莅会。"这昭示了一代"诗豪"刘禹锡经久不衰的艺术魅力。广州大学人文学院王琼书记对与会学者表示感谢,并期待相关学者继续支持学院的相关工作。

综观本次研讨会提交的论文及相关讨论,整体上呈现出学术视野开阔、研究方法多样的新气象。前辈学者功底扎实、研深覃精,学界新秀思路灵活、眼光独到,展现出百花齐放的研究氛围。另外,来自不同职业的学者也在研究中体现出各自的长处。大会学术气氛浓郁,充分展现出专家学者们对刘禹锡与中唐文学研究的高度热情与创新精神。

本次会议顺利举行和研讨盛况,得到了《人民日报》《光明日报》《中国社会科学报》《南方日报》《羊城晚报》等媒体的关注和报道。

专载

中国唐代文学学会第二十一届年会暨唐代文学国际学术研讨会综述

□ 倪　超　贾淦博

2022年12月10日至11日,由中国唐代文学学会和陕西师范大学文学院联合主办的"中国唐代文学学会第二十一届年会暨唐代文学国际学术研讨会"隆重召开,来自中国内地和香港、台湾等地区,以及美国、日本等国家的百余位学者参加了会议,大会共收到论文140余篇。因时疫所阻,本次会议采取线上参会形式。

会议开幕式上,陕西师范大学党委常委、副校长党怀兴教授致欢迎辞,介绍了陕西师范大学文学院的悠久历史和发展成果。中国唐代文学学会会长李浩教授致开幕辞,指出本次年会回到了唐代文学学会的肇始之地,值得庆祝和纪念。40多年来,前辈贤达勇毅拓荒,后进学者奋发努力,使唐代文学研究硕果丰累、立体多元,呈现出繁荣弘远的学术前景。中国唐代文学学会名誉会长、复旦大学陈尚君教授致辞鼓励青年学者要做有辨识度、有温度、有深度、有分寸的学问,形成充满生机的研究队伍。国家图书馆原馆长詹福瑞教授和台湾成功大学廖美玉教授相继发言,向唐代文学学会成立40周年重返长安召开盛会致敬。

一

薛天纬、陈尚君、尚永亮、卢盛江、戴伟华、钱志熙、罗时进、胡可先等20余位知名专家，先后在开幕式和闭幕式上作了大会主题发言。

薛天纬的《读范碑知李白》通过对碑文逐字逐句的释读和与其他文献的对照，整理出史籍对于李白经历的一些缺载。卢盛江的《初唐浙东诗路的发展》整理概括了六朝浙东诗的创作，对初唐浙东诗的创作群体与范围进行了梳理。戴伟华的《中日文献互证的理路和方法——张志和止作〈渔歌〉一首考》通过中日文献、《续仙传》、李德裕《玄真子渔歌记》等不同史料佐证张志和仅作一首《渔歌》。钱志熙的《李白融合佛道的生命哲学试探——联系东晋以来士大夫接受道佛两教的历史背景》结合其作品的人物形象，反映了李白复杂而深刻的生命哲学意识。罗时进的《"五代文学""十国文学"概念史与话语语境》对这段时期的文学概念进行了必要的概念史研究，既看到了阶段性分裂割据，更看到了发展后的接续合龙。吴琦幸（美国）的《北美第一部中国文学史略述》对美国汉学家陈受颐的生平经历、求学过程、著作编写都进行了详细的介绍和学术价值评点。江岚（美国）的《"汉风禅境"里的孟浩然诗歌域外英译》以两首孟浩然的英译作品为例，分析了诗歌中英转换之间的微妙区别。

陈尚君的《自序：每个诗人都有活生生的人生》认为研究作品必须要能够与古人共情，深刻体会作品中的情感力量。詹福瑞的《李白〈行路难三首〉用典释读与系年再议》对学界尚无定论的《行路难三首》的创作时间进行了讨论。尚永亮的《离合·酬赠·题壁——以元、白贬途互动与诗路书写为中心》关注元稹与白居易二人在被贬之后的文学互动，体现出细微的情感意义。胡可先《杜甫蜀道诗的艺术表现》分析了纪行特点、奇险表现、风物描写以及《同谷七歌》的典范作用。李芳民的《论柳宗元"大中"思想的独特性及其思想史意义——以〈非国语〉为讨论中心》论述了"大中"思想对于儒学由汉学向宋学的转变的推动之功，以及其富于质疑与批判的理性精神，强调"辅时及物"，注重政治实践的品性。刘宁的《从对才性品评的疏离看韩愈碑志的艺术创变》认为韩愈碑文对人物才性品评的笔法创新，突破了当时普遍的写作范式。佐藤浩一（日本）的《〈杜诗详注〉的删掉及漏洞》通过发现清代禁书中钱谦益之名的删除与漏洞，探析清代禁书运动与图书出版的互动与关联。

查屏球《义山情感世界参照系——由〈雁塔题名〉看李商隐及第及与令狐家族关系》通过宋人所存的《雁塔题名帖》中的题名顺序对李商隐与令狐家族的关系进行发微。沈文凡的《韩愈〈南山诗〉版本异文初考》探讨了韩愈《南山诗》不同版本的异文情况。陈翀（日本）的《市河宽斋〈全唐诗逸〉所收伪唐诗考——以无名氏〈海阳泉〉十三首为例》认为《海阳泉》十三首为平安时期的文人所作。卢燕新的《从〈古今类序诗苑〉到〈江南续又玄集〉——唐人选唐诗的三百年历程探赜》分析了编者群体与选诗动因，总结了唐人审视唐诗的两种视域和选本的共性。米彦青《"小李杜"诗文中晚唐长安的历史记忆》将长安比作"记忆之场"，分析了樊川居址的物质化记忆、牛李党争与藩镇割据的政治化记忆等方面。黄大宏的《唐新丰常氏的世系、祖茔与迁徙》通过对新出新丰常氏家族七方墓志的研究，对其世系进行了订补，考察了常氏六代二十五人中的重要人物。陈才智的《仙境、梦境与诗境——王维〈桃源行〉重绎》通过逐句对比，分析了王维不同于陶渊明的书写情趣与精神内涵。童岭的《日出处天子致书日没处天子——隋代的国书事件及其文本阐释探微》对比了中、日、韩不同国家的日本遣隋使记录，重点分析了607年小野妹子等人引起的国书事件。

二

本次会议分为4个专题,"经典作家、作品与文体""传世文献、新出文献与文化""文人心态、制度建构与题材书写""宗教习俗、接受传播与域外交流",每个专题各为一组讨论,每组讨论分4场进行,共有16个分会场。各位专家学者云端论道,磋议热烈,气氛浓郁,在对象内容、方法层序、视域维度等研究方面都产生了很多新的拓展。

第一组以"经典作家、作品与文体"为研究主题,从名家的诗歌体裁、思想意境、审美风格、语言艺术等多方面展开探析。

独领风骚诗苑去——杜甫研究。刘明华、黄珊怡的《清代杜诗学文献补辑》在《杜甫资料汇编》的收集整理过程中新辑不少材料。傅绍良的《论杜甫的朝班记忆与谏官形象重塑》认为杜甫不断地忆写自己为官时期谏诤经历,完成了谏官形象的重塑。汪聚应的《杜甫侠义文化人格论》从任侠精神和侠者角度审视杜甫及其诗歌创作。吴怀东的《杜甫〈天狗赋〉"献赋"性质考论》认为《天狗赋》从写作目的、性质上看可以定为献赋之作。王新芳、孙微的《杜甫家族中的道教信仰及相关杜诗新解》通过研究《唐故范阳太君卢氏墓志》中隐含的线索为杜甫的道教信仰来源提出新的认识视角。罗宁的《杜甫的〈幽人〉诗以及他的幽人朋友们》对"幽人"的含义和人员做了详细研究。魏景波的《少陵野老与长安布衣:杜甫旅食京华居所寻踪》认为杜甫长安居所应在启夏门内同济坊。师海军的《杜甫"犹瞻太白雪,喜遇武功天"读解与间道至凤翔考论》认为杜甫间道至凤翔的路线避开了两军对峙的前线与布防严密的渭北诸县,沿着终南山北麓小路经鄠县、周至而后渡渭河。胡永杰的《也论杜甫之父杜闲的卒年问题——兼谈杜甫天宝七载前后的行迹》推断杜闲当卒于天宝七载,天宝七载秋冬至九载秋冬杜甫应在洛阳一带守制。刘燕歌的《杜甫诗歌善用"细"字的语言艺术》认为杜甫用"细"字建构起自然独特的意象语言。徐芳的《杜甫诗歌中的陇右生活记忆与文学书写》重点关注了杜甫陇右诗中的一些弱小物象,如病马、蒹葭、归燕、促织、萤火等等。魏娜的《杜甫诗歌自注贡献探析》阐明了杜诗自注在盛唐诗歌自注发展中的独特贡献。徐婉琦、沈文凡的《开阖排宕,抑扬纵横——论杜甫排律的诗法》展现了杜排兼顾古体疏宕与律体整密、自由中矩度与变化回环的排律诗法。谢贤良、谷曙光的《论以赋为诗对杜诗"沉郁顿挫"风格的影响》研究了以赋为诗对杜诗"沉郁顿挫"风格形成的关键作用。王晓彤的《高楚芳〈千家批点〉诗注中新增宋人诗话笔记价值考论》对元人高楚芳《千家批点》这部书的内容、新增诗话笔记等做了考疏。

文山处处映明霞——诸名家研究。李定广、陶然的《诗词名家张泌与张曙是否同一人?——"张泌即张曙"说补证》补充新证据证明唐亡后张曙易名张泌之说当可成立。倪超的《杜审言"文章四友"制造论》根据"文章四友"史载现象和张说的文学评论,认为"文章四友"可能不符合杜审言在初唐文坛的真实评价,而是宋人为尊杜而制造出的说法,颇具新意。李思弦的《王维佳句形式的一致及"淡远"之意的营造》、张锦辉的《论王维禅诗的美感特质》从不同角度对王维诗的美感、意境之特质做出了独到阐释。郭树伟的《元稹〈莺莺传〉"尤物论"劝诫主旨与文本建构之关系研究》认为《莺莺传》反映了中唐士人对唐代安史之乱及女性参政问题的反思警醒。罗曼的《祖咏"移家归汝坟别业"考——兼谈唐开元二十五年的朝局政争》论究了祖咏归隐的时间,进一步探赜其与朝中政治形势的关系。杨玉莲的《天与俱高,青且无际:论李白诗中青象的构建》对李白尚青的特点和青之意象做了全面细致的考察统计。尤雅的《参伍因革,通变之数:卢照邻旧题乐府中的重复与重写》分析了卢照邻在乐府诗貌似重复旧体的表象中蕴含的新变、创新及其意义。

扶云挥笔秀江山——文体综合研究。郑慧霞的《空间的文本意义——以〈古镜记〉〈任氏传〉〈孙恪〉为考察中心》从三篇小说中的"长乐坡""马嵬坡"和"峡山寺"入手，对唐代文学的空间现象做了启发性的研究。咸晓婷的《唐代联句诗的体式、结构与功能递变》论述了联句诗的发生发展是中古诗歌整体发展史的缩影和倒映。郭丽的《论唐代燕射乐曲、歌辞归类及相关问题》对郭茂倩《乐府诗集·燕射歌辞》未收唐代燕射歌辞的现象做了考察分析，指出了郭茂倩对唐代燕射歌辞的看法、收录标准和归类考量。田苗的《悲悯中的觉悟：唐代悯物护生诗的生态意蕴与文学意义》揭示了唐人初步的生命平等价值观，天人合一、物我一体的理念。罗燕萍的《风气·格调·范式——论西蜀宫廷园林对花间词的生成作用》认为诞生于宫廷、园林之间的词的生成背景对"花间范式"的形成也起到定型的作用。杨向奎的《唐宋行状创作目的变迁及其影响》认为六朝隋唐奠定了行状文体的基本格式，宋代成就了它的摇曳多姿，元明清完成了对宋代的继承的影响。张谦的《题写与超越：唐代道士题壁诗创作探论》在唐代道士题壁诗这一独特题材的研究基础上，考察了宗教、诗学与文化之间的融通与互动。刘晓旭的《唐代早朝诗述论》阐述了早朝诗的整体面貌和发展阶段，呈现出宏大场景的铺排和肃穆氛围的营构的类型化特征。

第二组以"传世文献、新出文献与文化"为研究主题，无论在新资料的挖掘，还是新观点的阐释方面，都具有很大的启发性。

一是新出文献研究。霍志军的《新出石刻与唐代文学研究的新拓展》综合论述了新出土石刻文献为唐代文学和民族文学的研究提供了新资料、拓展了新广度。马立军的《论唐代亡宫墓志的文本生产及象征意蕴》认为亡宫墓志的程式化是唐代独有的，没有身份等级与时空差异，隐含一定义例。孟祥娟的《隋〈李士谦墓志〉疏证》在精详的校正基础上，对李士谦的一生做了知人论世的解读。和谈的《新出〈大唐进士卢洵亡室河东裴夫人墓志铭并序〉略考》认为此墓志乃《东观奏记》作者裴庭裕为其姊所作，纠正了相关著作文章的疏误。杨琼的《中晚唐高氏家族的学术与仕进——以新发现高少逸墓志为中心的考察》补充和纠正了史籍对高少逸生平记载的阙误。延驭的《一位诗人后嗣的仕宦逆袭——唐代〈李虞仲墓志〉考析》补充了两唐书李虞仲本传内容，并展现出士族家学的特点和政治关系的网络。严寅春的《李白集中安州马都督再考》推断出李白《上安州裴长史书》中"郡督马公"为马克麾。

二是作品形态研究。孟国栋的《合撰现象与唐文创作的原生状态研究》考察了新出土六朝隋唐墓志铭中的合作撰文现象。周相录的《〈新雕白氏六帖事类添注出经〉琐考》认为此本不是白居易所编类书的普通传本，而是一个经过宋代晁仲衍改编过的本子。任雅芳的《白居易的"正声"观念及其讽喻诗的创作与编次》认为白居易讽喻诗多表达出对"正声"的追求，融合了"乐教"与"诗教"。赵红的《唐代宋氏〈女论语〉考释》考证《女论语》的《序》及后二章系后人参考《太公家教》所补，其时间最早在金代。张明华的《论〈楚雨集〉的不同文本形态》详细考察了光宣年间曹元忠、汪荣宝、徐兆玮、孙景贤等人在北京曾拟结集的一部集李商隐诗集《楚雨集》的相关情况。

三是文史文化研究。吴夏平的《类书异构与唐人文学史观之变迁》由《北堂书钞》《艺文类聚》《初学记》的结构性变异推知唐人文学史观的变迁。杨晓霭的《唐太宗、玄宗畋狩诗之军礼仪义与诗教互摄》认为畋狩诗表现了军礼衍义与诗教主张的相互感发。刘重喜的《"石上题诗"：白居易诗刻的文献、文学和文化内涵》认为白居易以石为友，赋予了石的自然天成和人格品质两重属性。陈冠明的《汉唐记室文学的辉煌铸就的李商隐〈樊南四六〉》认为李商隐是唐代记室文学的最成功者，"四六"作为骈俪文专名由此产生。李伟的《"子学精神"与中晚唐五代古文中文道关系的嬗变》认为中晚唐士人群体继承了先秦汉魏的"子学精神"，极大地推动了此时逐渐展开的古文革新。

　　四是本体艺术研究。王书艳的《初盛唐园林的写意艺术及其诗画渊源》认为写意园林与诗歌题咏、绘画写意密不可分。郝润华的《〈凉州词〉"黄河远上"文本的文献学解读》从语典词汇、乐曲名称、艺术技巧上论证"黄河远上白云间"这一通行本是相对比较接近原貌的文本。王早娟的《王维〈辋川诗〉生态构成中植物的作用》指出王维运用植物营造诗境色彩、表达远近高低及虚实关系抒发内心情志。王福栋《王昌龄的〈出塞〉诗与他的艺术想象论——从"飞将"并非确指李广说起》从语义分析、使用习惯和版本对比三方面论证"飞将"只是普通用典，并非确指李广，亦非指卫青。窦旭峰的《"临邛道士鸿都客"考辨》指出白居易《长恨歌》中"临邛道士"是一种道教文化品牌，是虚指而非具体的某一个人。邱晓的《论唐诗宋词中的"巫山神女"与"望夫石"》认为王昌龄的《闺怨》诗以望夫石为原型塑造思妇形象，《花间集》又把巫山神女与望夫石的传统绾合在了一起。张永吉、李定广的《论柳宗元山水诗的两种主要风格》论述了柳宗元山水诗中并存的两种反差极大的风格，"淡泊"风格的山水诗多为古体五言诗，全部作于永州；"幽峭"风格的山水诗多为近体七言诗，大多作于柳州。刘真伦的《时空跳跃、精诚交通：韩愈、孟郊、李翱〈远游联句〉解读——兼及韩愈阳山心结的最终消解》通过逐句解读其情景本事，解读文本的独特结构和韩愈的阳山心结。赵乐的《流寓与归守中的唱和——刘禹锡诗风嬗变的双重视角》讨论了"诗豪"刘禹锡晚年诗风由雄直劲健向闲适放旷的演变。刘青海的《论李商隐五绝的艺术渊源及创变》认为李商隐的绝句创作对从晋宋以来的吴声歌、齐梁拟乐府、杜甫韩愈五绝都有着广泛的汲取。郭海文、米佳鑫、张平的《唐五代女性诗歌综论》从诗歌内容和形式论述了唐代女性诗歌的文学史意义。张巍的《战争文学视角下的〈讨武氏檄〉》认为骆宾王《讨武氏檄》兼顾骈体和檄文的双重特点，檄文变化与战争结果有着鲜明对比。凌郁之的《论秦刻石体及其在唐代以后的嗣响》所载秦刻石文融合了诗骚元素的四言变体,元结《中兴颂》可能有所继承。杨为刚的《配角与主角:唐代婚恋小说中的奴婢叙事》综合分析奴婢在唐代婚恋小说中的作用,现实生活中作为配角的奴婢发挥了主角的功能。

　　第三组以"文人心态、制度建构与题材书写"为研究主题,借助传世或出土文献,对文本深研细读,建构唐人的制度、情感与思想世界。

　　首先是文人心态与文本考论。柏俊才《王维早年长安生活与诗歌创作》梳理了王维初入长安至贬济州司仓参军的生活。胡旭、肖悦《元和"三舍人"及其政治、文学考论》研究了王涯、令狐楚、张仲素的政治地位和文学史价值。赵厚均、王洁松《洪舫〈苦竹轩杜诗评律〉论杜诗句法发微》分类讨论了33种句法。曹瀛月、徐晓峰《孟浩然"韵高才短"考论——兼谈唐宋诗学中的"韵""才"观》揭示了"韵"是高古人格与诗歌余味的化合,"才"是先天禀赋与后天学力的统一。张翼驰、党圣元《北宋初期古文家韩愈观异同论》论述了宋初古文家在韩愈观上的分歧及其对宋文发展的影响。任声楠、戴欢欢《江右派诗人刘永之的诗学思想及其创作实践》考察了刘永之超然物外的志趣和反对"穷而后工"的创作。郑珂《钱锺书的〈李贺集序〉批评刍议》诠释了钱锺书对风格、索隐、"少加以理"三方面的批评。李小奇《辋川别业文化传统的建构和影响》认为王维辋川别业的文学书写开创了文人建园、写园、画园的艺术传统。韩潇《"初唐四杰"的文风变革与高宗朝政局之关系》认为"初唐四杰"与高宗集团所推崇的儒学思想存在差异,造就了他们悲剧性的人生格局。王滋颖《从入世赞颂、经世忧患到出世澹泊——论唐代慈恩寺诗中的文人心态》揭示了唐代文人在慈恩寺驻足活动的多重空间以及特有心态。

　　其次是制度建构与文体观照。左汉林《从〈龙池乐〉的创制看唐代宫廷选词入乐的机制》从《龙池乐》的创制看唐代宫廷选词入乐的机制。袁书会《唐太宗的封禅和唐代有关星象的文学书写》考察唐太宗封禅活动及其相关诗作的历史价值。聂永华《唐代铨选试判与官员文学素养》认为铨选判文造就了优雅的人文环境与优美的人文生活。田子爽《现存唐代制举策文中的〈毛诗正义〉诗歌功用》论述了唐代制举策文中重贤意识、为政以德、以史为鉴的功用。余丹《唐宋礼制建筑与赋体演进的互动:以明堂为中心》考察了明堂礼制与明堂赋之关系。王聪《唐代日食禳救礼仪与相关表状文意旨演变》强调君臣通过诗文加强太阳不亏祈禳有应的政治宣传。韩达《论初盛唐宗室贵戚子弟的文学教育与宫廷诗风演进》揭示了经史修习、杂艺熏陶的文学教育对宫廷诗风演进的作用。王瑞《干谒、游幕与唐末诗人生存方式——从〈尚书新创敌楼〉看方干与刘汉宏的幕从关系》展现了文士和节帅交往的双向互动。哈雪英《制度·仪式·朝班:韩偓樱桃书写的文化记忆》考察了晚唐韩偓对于樱桃荐新寝庙、颁赐朝士的朝仪书写。

最后是题材书写与文化阐释。高建新《"孤城遥望玉门关"——王昌龄笔下的丝路戍守》图文并茂地展示了王昌龄丝路戍守的精神世界。吴淑玲《驿路唐诗边域书写中的中原中心写作》认为边域书写给唐诗描写带来了陌生美、狞厉美、感伤美。崔际银《"旗亭画壁"故事的文化阐析》从文本、文学、文化视角考察画壁故事的文化价值。陈燕妮《自由真实的书写与个性:论孟浩然的交游诗》基于京城、襄阳两地的交游诗来探求孟浩然的个性。陈可《"濯足"书写的唐宋转型》论述了"濯足归隐"在唐宋诗叙中的变迁。杨照《论南北朝到初唐的贬谪行旅诗与地理因素之关系》认为南朝诗人灵活的地理观念使之对贬谪地域有着较为个性的思考。房瑞丽《唐代文人集会唱和群体与浙东唐诗之路》重新梳理了浙东唐诗之路。邵颖涛《贯休诗歌的浙东文化记忆与天台思想印痕》认为贯休的思想涵容了牛头禅、南宗禅、天台宗的观念元素。汪子玮《陇右地域文化与唐代陇籍作家的传奇创作》认为杂技魔术等民俗、尚武勇敢的民风正有助于陇籍作家传奇创作的"惊奇"叙事。高子芹《晚唐赵嘏的羁旅诗及其新变论考》诠论赵嘏羁旅行程中的乡思、仕怨、友情、国殇、逸趣。

第四组以"宗教习俗、接受传播与域外交流"为研究主题,使文学传播在多维观照中被赋予新的生命,从而构建起新的文学研究格局。

一是图文相济新论证。蒋寅《杨万里向唐人学习了什么?》探讨了杨万里诗歌排比和反复的鲜明风格标记与唐人尤其是杜甫的关系。郭发喜《"韩柳齐名说"新论》对"韩柳齐名说"进行了理论建设和内涵扩充。田恩铭《传记文学视角下元结形象的书写与重构》考察了作为隐者、政治家、诗人的元结形象。李翰《李商隐接受史中的杜甫》大胆提出了"杜李律"的核心观点。刘锋焘《王维诗所写香积寺位置小议》认为王维所写为长安香积寺更合理。陈嫒《万里奉王事:岑参首赴北庭考》重新考索岑参首次出塞情况。张勇《"〈论语〉学"史上的柳宗元》体现了"以知道为宗"、通经致用、援佛入儒的柳宗元特色。陈勤娜《试论唐代以判为贵的社会风尚》阐述了判文创作对社会风尚产生的重要影响。杨松冀《王维〈使至塞上〉诗考释》论证了此诗所作的时间、路线和意象。张弘韬《韩愈的初心与〈原道〉》认为《原道》达成了韩愈著"唐之一经"的初心。高淑君《陆龟蒙执守"古道"文化心态析论》认为陆龟蒙守道之意与科举时代的旧士族的困境密切相关。贾淦博《李白的诗史之评与创作特点》研究了李白的"诗史精神"和叙事手法。

二是域外文献的新成果。曹丽芳《元代刊刻刘辰翁批点本唐集考论》认为元刻本首创了将评点附在正集中的版本形式。金程宇《日本杏雨书屋藏高丽本〈玉川先生诗集〉小考》认为该本刻于元大德五年,是东亚存世卢集的最早刻本,具有校勘价值。汪欣欣《明代杜律选评本补考》对张孚敬《杜律训解》、徐常吉《杜七言律注》两种散佚文献进行了补考。张之为《日本所见〈拜新月〉一首辨析：基于文化语境与写作模式的考察》认为日本《拜新月》的性质当体认为乐府诗。刘万川《乐府诗人：长谷川真史元稹研究的定位和结论》阐释了长谷川真史对元稹《乐府古题》《连昌宫词》《会真诗》的讽喻定位。张景昆《朝鲜宣祖时期唐诗接受特征论》认为宣祖时期在宗唐缘起、创作指向性、唐诗观、模拟方式、唐诗典范的选择等方面有其独特之处。李娜《圆仁〈入唐求法巡礼行记〉中的天人图景书写》认为其丰富细致的天象、灾害记录在文学史上有一定意义。

三是内外关系的新角度。吴言生《〈心经〉与唐诗》认为"五蕴皆空""色即是空"思想影响了唐诗创作。李小荣《略论中唐至清末佛教类诗歌对孟郊的接受》分析了诗集阅读、典故运用、题咏感怀、和韵、续作、自注、集句等接受形式。张震英《从〈凝寒阁诗话〉看李宪乔对孟郊、韩愈、苏轼、陆游的评价》总结了李宪乔关于孟郊的狷介人品、韩愈的《山石》、苏轼为李白之后第一人、陆游"南宋一大宗"等评价内容。王治田《晚唐松陵唱和隐逸题材组诗与中古文学的"征事"之风》认为组诗呈现出征集典故和"学问化"的特色。李谟润《唐代文人国忌佛寺行香及其诗歌创作》表现了唐代文人对已故帝王功业的尊崇仰慕与对当下政权稳固的忧虑及思考等重要心理印迹。梁树风《试论唐代紫檀木相关器物书写的变化》论述了唐代文学的紫檀书写特征。亓娟莉《西安周边唐墓乐舞图特征及所绘乐舞原型考》展现了"三联式"和"左右式"的唐墓乐舞图整体结构。赵阳阳《唐开元二十年信安王北伐出兵地考——兼及李白初入长安的时间范围与行踪》认为信安王北伐之出发地在洛阳，李白《送梁公昌从信安王北征》即开元二十年正月作于洛阳。刘晓《诗可以群：中唐南方场域中的酬赠诗书写与交往维系》阐释了"怀旧""共情""酬恩"的南方场域中文人的交际心态。辛鹏宇《唐诗中鸟意象的儒释道思想底蕴》认为凤凰、鹏鸟、飞鸟意象寄寓着唐代诗人的儒家入世思想、道家逍遥思想、禅宗性空思想。姜卓《秦树：一个源自长安道路绿化的诗歌意象》研究了"咸阳树""长安树""潼关树""官树""行树""驿树"等诸多树意象。

三

闭幕式上，新疆师范大学薛天纬教授作为参会代表，回顾了中国唐代文学学会的成立盛况和风雨历程，重温了美好记忆和昔愿初心，引起了诸位专家的共鸣。

陕西师范大学尚永亮教授作会议总结，指出本次会议既标志着特殊节点的必要总结，也预示着新阶段的再度起步，更是对开创先人的怀思告慰；会前邀请了12位顶流专家作系列讲座，进行了很好的铺垫和预热；会议论文量多质高，展示了多方面的研究新成果，大家名家仍是研究重点，单篇名作也备受关注，文献考察数量可观，新出石刻和域外汉籍的研究保持旺盛势头，整体研究既回归经典、细读文本、注重文献、深化理解，又积极介入新领域、利用新材料，反映了涉及领域广、观察角度新、研究方法多样的当下唐代文学研究面貌。

陕西师范大学王伟教授介绍了本次会议的筹办过程和会务工作。天水师范学院副院长汪聚应和海南大学海滨教授分别表达了承办下一届唐代文学学会年会的意愿。

中国唐代文学学会会长李浩致闭幕辞，认为唐代文学是中国文学史上的岑岭高峰，体系庞大，光彩夺目，其时代精神、审美理想、文人风貌和文学特质期待更多学人不断地挖掘、阐发，中国唐代文学学会将初心如始，砥砺前行，持续开展唐代文学研究，促进国内外学术交流。

中国唐代文学学会第二十一届年会暨唐代文学国际学术研讨会开幕词

□ 李 浩

主持人、怀兴校长、廖老师、詹老师、尚君老师、各位线上线下的嘉宾朋友：

大家早上好！

经过几次调整后，中国唐代文学学会第二十一届年会暨唐代文学国际学术研讨会终于在云端召开了。在此请允许我代表参会代表向为承办本次会议付出辛苦努力的各位，特别是向以苏仲乐院长为首的陕西师范大学文学院工作团队表示诚挚的感谢！

根据疫情防控规定的要求，我们的此次会议全部采用线上交流的形式。最近，全国各地的防控规定都有一些新变化，陕西在社会面上也放宽了很多，但是对学校的防疫要求暂时没有变。单从学术交流角度来看，线上线下区别并不大，加之会务组提前将会议论文集电子版发给了大家，会议还有录像，所以线上线下差别不大。但是，我与师大各位给大家的承诺未能兑现，各位相约在现场的交流互动也泡了汤。特别是对那些还未来过西安或者未对西安周边有过深度考察的朋友来说，这是一大损失。元好问《论诗三十首》其十一曰："眼处心声句自神，暗中摸索总非真。画图临出秦川景，亲到长安有几人？"但这一次不是大家不愿"亲到长安"，也不是承办单位不愿接待，都是祸国殃民的疫情造成的，容以后再找机会给大家还这笔欠账。

本次会议的承办方陕西师范大学，是国家双一流和211建设的高水平综合大学，文史学科积淀深厚，从事周文化研究的斯维至先生、唐史研究的黄永年先生、历史地理研究的史念海先生、民族史研究的周伟洲先生，都是全国知名学者。中文学科在霍松林、高海夫、寇效信、畅广元等先生的带领下，在马歌东、梁道礼、李西建、李继凯、党怀兴、张新科、苏仲乐等几代院系负责人的努力打拼下，科研队伍兵强马壮，学科建设成效显著，已经跻身于国家一流学科建设的行列，也就是教育部一流学科建设的第一方阵。在此向师大文学院表示祝贺，也希望各位同行能一如既往地支持师大文学学科的发展建设。

今年适逢学会成立40周年，40年前的春天在陕西师大召开了全国首届唐诗讨论会，入夏后又由西北大学发起首届全国唐代文学讨论会。我与怀兴兄一样，也是以大三学生的身份聆听了会议。这两次会议不仅催生了学会的成立，更重要的是它标志着中国学术文化春天的到来。"海日生残夜，江春入旧年"，"人歌小岁酒，花舞大唐春"，40年后的今天，我们借用美好的唐诗追忆那个时代、那个起点，大家应该不会觉得言过其实吧！蒋寅兄曾以《古典文学研究四代人》为题撰文，梳理20世纪古代文学学术史，他所罗列的这四代人在我们唐代研究这一段每一代都有代表人物。蒋寅兄的文章是1996年发表的，距离今年又过去了26年，至少又一代人成长起来了。《庄子·养生主》中说："指穷于为薪，火传也，不知其尽也。"经过几代学人的共同努力，我们的唐代文学研究进入了一个新的历史时期，被王国维评价为"三百年来第一人"的沈曾植说，"其所以继承前哲者以此，其所以开创来学者亦以此"，距离沈曾植先生去世恰好又是100年，我们这一代究竟如何"继承前哲"，又如何"开创来学"？时代的重任摆在我们面前，我们不能以任何理由"躺平"。希望在接下来的两天中能听到学人们的精彩见解和学术宏论。

预祝会议圆满成功！祝各位师友和学术新秀幸福喜乐，身笔双健！

中国唐代文学学会第二十一届年会暨唐代文学国际学术研讨会闭幕词

□ 李 浩

主持人、永亮教授、各位线上线下的嘉宾朋友：

大家下午好！

经过两天的紧张工作，本届年会暨学术研讨会马上就要结束了。刚才各小组代表就本组讨论情况分别做了汇报，永亮兄又对本次会议的总体情况做了很好的学术总结，小组的概括和永亮兄的总结都很精彩，我完全同意。

除了他们总结的内容外，我根据这两天聆听三场大会报告，"潜水"听了四个小组的十六场报告，也有几点个人感受，我概括为以下几点：一是云端论学，开放共享；二是少长同屏，学术民主；三是多有重磅，精彩纷呈；四是雏凤登场，后继有人。

当然，也有一些遗憾。因为是线上会议，使用互联网技术和PPT技术就显得比较重要。目前总的感觉是境外的比境内的做得巧，年轻的比年长的做得好。这不是针对我们这一次会议，而是近年的一个整体的印象。另外一方面，就读文献来说，年轻人往往就某文献谈某文献，容易忽略相关文献，喜欢痛快淋漓地下断语。我们注意尚君先生昨天在开幕式上语重心长地讲道："学术老成的一个标志就是有分寸。"我希望年轻的朋友能琢磨一下"有分寸"三字的含义以及所标示的学术境界。

本次会议虽然就要结束，但是还有一些学会工作要借此大会汇报一下：

一是在本次会议期间没有召开理事会。这不是工作失误，而是我们特意留了一个伏笔。初步拟在明年五六月份专门补开一次理事会，有些工作会在理事会上专门讨论，并形成决议。目前内蒙古大学和陕西师范大学都有意承办理事会专题会议，具体在什么地方开，随后再确定。

二是下次年会暨学术研讨会的举办地点和时间。刚才天水师范学院汪聚应校长、海南大学海滨教授分别谈了申办下届会议的设想，我们没有用"承办"而用"申办"，就是继承学会办会的传统，有办会意愿的单位都可以向理事会提出申请，由理事会择优而定。所以在明年召开理事会之前，有意愿的其他单位也可以提出，最好是在下届理事会上给全体理事做个汇报。

三是给学会的两个刊物做一下学术广告和征稿启事。《研究》《年鉴》两个刊物都是学会主管，自创刊以来，服务学会，服务会员，长期坚持，成效显著。但是，国家对公开出版的期刊包括集刊也有一些要求，我们拟在本月中旬专门召开一次关于提升刊物质量、创建精品期刊的专题研讨会。届时将邀请各位名家参会，希望大家能一如既往地支持，也希望中青年学人将你们的部分重要成果交给两个刊物发表。昨天尚君先生站在年轻学人的立场上，呼吁关注年轻人的学术成长，具有同理心和共情力。我个人理解，刊物与作者除了工作关系，也要互相支持、互相帮扶。目前刊物需要大家支持。另外一点，我对所谓的A刊、C刊分类本身也抱质疑态度。所谓的店大欺客，可能主要是欺年轻人。但现代学术发表的制度，首先是看时间，如果在一个大刊排队等待两到三年，而在一个小刊半年内就能发表，发表后很快被公众号转发，被各种文摘转载，被大家在论文、著作中及时引用，你的新发现、新论断、新理论、新方法已被大家接受，成为公共学术资源；但拖两三年后，可能你的新成果反倒会落在别人的后边。人文科学、古代文学学术研究究竟如何处理这类问题，大家可以讨论。但是科技史上这类公案很多，其中之一就是达尔文的《物种起源》赶着出版是因为华莱士也要发表与他类似的成果。

过去我总以为，学术诉讼只在国内有、文科有，近年来才知国外、理工科、理论科学、专利发明的案件更多,更"狗血"。建议各位看一点科技史和发明史,对如何处理自己的论文、论著的发表和出版会有启发。涉及的几个核心范畴分别是:著作权、观点首发、技术规范与学术伦理。而不是 A 刊与 C 刊、权威期刊与一般刊物。

最后,再次感谢陕西师范大学文学院的各位领导、各位教授以及王伟工作团队的辛勤工作!感谢各位国内外同行的积极参与和学术奉献!

现在,我宣布本届年会暨学术研讨会圆满结束。下次年会再见。

一年研究情况综述

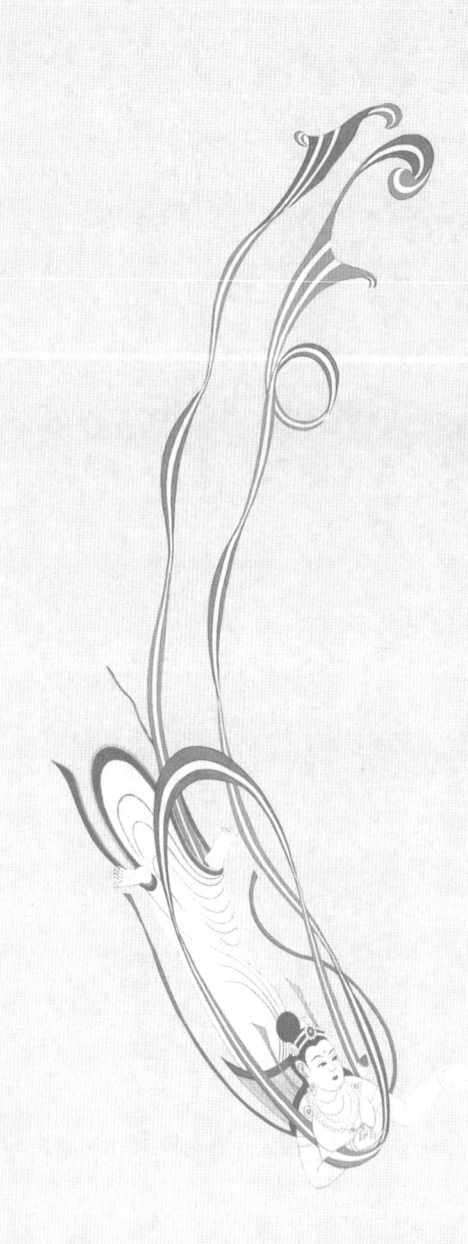

初唐文学

□ 钟乃元

据中国知网、超星期刊数据库查询统计，2022年直接或间接与初唐文学研究有关的期刊论文与学位论文总计约105篇，数量略少于2021年。本年度的研究态势呈现出聚焦文本、方法视角多样化、将研究对象置于文学史演变中观照的基本特点。部分研究对象如王梵志、"文章四友"等，虽有若干文章涉及，但无所创获，限于篇幅，不再单独论列。现就有代表性的成果综述之。

一、总体研究

在初唐文学的整体视野中进行研究的相关论文有10余篇，研究类型大致有三种。第一种是文体研究，包括诗歌和散文。诗歌研究方面，涉及边塞诗、游侠诗、和亲诗、叙情诗和七言诗。观点较新的论文有2篇。刘顺《初唐应制与七言近体》(《文艺理论研究》2022年第3期)一文认为，"七言近体何以可能与如何演进"的问题，学界关注较多，葛晓音、赵敏俐、赵昌平等学者均有论及，赵昌平先生更以实证研究佐证谢榛"七言近体起自初唐应制"判断的可信度，但关于"七言近体何以必要"仍有研究的空间。文章认为，语言学条件的成立及语体的雅化是古典诗歌特定诗体流行的前提与助援，"四字句"的成立是七言成体的语言学前提，也是依赖"二二"节奏的四言诗最终衰落的要因。而应制对于七言的语体提升则是七言迅速发展的重要推动。七言近体之所以能够与五言近体并立,自语法层面而言,七言能够强化殊相,利于拓展写景、言情、论理的表现空间,且更具语法密度;于韵律层面,七言"上四下三"结构所形成的表现功能,则较五言更具修饰性,情感表现的层次与空间亦更为丰富。杨照《论初唐叙情长篇诗歌的艺术特征和诗史意义》(《文学评论》2022年第6期)一文认为,叙述个人经历与抒发情思相结合的长篇诗歌,存在于七言歌行、五古、五排等多种诗歌体裁中。初唐的叙情长篇具有承前启后的诗史意义,不仅淡化了对社会背景、家族影响的叙述,充分围绕主体的经历、情志来展开并用以述怀、陈情,使叙情长篇具有了稳定的主体叙述视角,而且还探索出比较稳定的长篇结构和艺术创变的基础路径。其突出的主体性和稳定而富于变化的结构使其成为叙情长篇发展中的重要一环,为后来诗人进一步拓展长篇艺术奠定了基础。该文力图勾画长篇诗歌叙情艺术的源流演变。散文研究方面,赵乾坤、张蕾《初唐谏文的尚道精神》(《河北大学学报(哲学社会科学版)》2022年第2期)认为,初唐谏文围绕重大历史事件及重要国策,针对君主的决策提出异议,进行谏止乃至抨击,臣不从君的现象非常突出。进谏者将君道而不是君主奉为最高权威,体现出尚道精神。谏文依据儒家仁政、王道的思想,执经力谏,广引六经及孔子之言,以经旨为论点,且将其作为论证技巧中的核心理论支柱,尤其是首尾的引用,作用更为明显。魏徵"良臣"之论对君臣之义的探索,发展了传统的"臣道"说,诠释了尚道精神的深层内涵。

第二种是从广阔的文化视角来研究初唐文学。毛妍君、王影菊《论初唐"关中本位"文化政策对文学的影响》〔《陕西理工大学学报(社会科学版)》2022年第2期〕探讨主流文化意识形态对当时文学特质产生的影响。卢盛江、李谟润《初唐浙东诗路的发展》〔《江西师范大学学报(哲学社会科学版)》2022年第4期〕提出,东晋南朝时逐渐形成的浙东名山文化和名士文化,伴随着诗人们游历的行踪,促进诗路雏形的形成,诗路文化已初具特色。到初唐,随着较多浙东本地诗人的出现和北方诗人游历浙东,以及诗人游浙东范围的扩大,描写浙东风物的诗作渐多,且具有浙东诗路特点的名士文化开始进入诗歌。一些诗人贬浙东而少怨愁,甚至向往留恋,这与南北统一的政局和浙东宜居的环境与文化氛围有关。但与盛唐以及中唐前期浙东诗路相较,无论诗人、诗歌数量、漫游、隐逸诗人即诗人群体情形,均相差甚远,这充分说明初唐只是浙东诗路发展的初级阶段。这与初唐士风、政风以及漫游之风的发展有关。初唐浙东诗路是东晋南朝诗路向唐代诗路高潮的一个过渡。

第三种是初唐文学理论研究。张晶、黄俊婷《初唐秀句语境与元兢的秀句观》〔《河北师范大学学报(哲学社会科学版)》2022年第2期〕认为,初唐开始,受魏晋文坛秀句意识萌生的影响,唐代诗坛出现了专门辑录秀句的句集和句图。元兢在《古今诗人秀句》的序文中通过对谢朓诗歌的摘句批评,集中阐述了其选录秀句的审美准则;他继承了刘勰和钟嵘的诗学观点,提出"情绪为本""直置为先"的秀句观。自元兢创作《古今诗人秀句》后,秀句集与诗歌创作开始呈现出一种双向互动的发展态势,诗文界逐渐出现的了句图、诗式、诗话等新的摘句批评形式,这对文学作品的传世及后代文学活动的开展有着重要意义。

二、帝王与文学研究

初唐帝王与文学研究主要涉及唐太宗、武则天两位初唐帝王自身的文学作品以及他们对文学艺术的影响,相关论文约有10篇。对唐太宗的研究,着眼于分析其诏文以及太宗对于文学艺术家地位提高所具有的重要影响力。赏析类文章此不赘述。赵辉、罗锐升《唐太宗御撰〈晋书·制曰〉与王羲之经典地位的确立》(《美术观察》2022年第1期)一文通过分析《晋书·制曰》编纂的历史背景、修撰要旨等,探析太宗御撰背后所隐含的政治改革和文化建设的意图,进而从中探赜唐太宗崇王诸因以及王羲之"书圣"经典地位确立的意义。该文还提到,贞观二十年唐太宗下诏重修《晋书》,其中御撰《宣帝本纪》《武帝本纪》《陆机传论》《王羲之传论》,这在历代帝王重修史书中屈指可数,御撰中的政治观点和文学审美折射出执政者的时代背景和太宗亲自为之的"目的",尤其是《晋书·陆机传论》的编纂,可看作唐太宗政治与文学相关主张的映照。唐太宗言陆机未遇英明君主,若遇圣主命运绝非如此,以此吸引天下英才而用。

武则天研究,涉及其唯一留存诗作《如意娘》和署名为武后的疏文、哀册文等作品的阐释,以及武则天与类书编撰、初唐诗歌发展的关系。刘青海《巧用意象,曲写怨情——说武则天〈如意娘〉》(《文史知识》2022年第12期)认为,武则天唯一存世作品《如意娘》由传统宫怨诗发展而来,属宫怨诗。她十四岁入宫,当常读《玉台新咏》,"看朱成碧思纷纷"借鉴了南齐王僧孺《夜愁示诸宾》"谁知心眼乱,看朱忽成碧"的描写,"石榴裙"也是出自《玉台新咏》中的"宫体"意象,主要用来表现宫中女性的妖娆之态。《如意娘》全诗不仅逻辑周密,意象也前后呼应,章法细密。梁陈的宫体诗,风格平庸,往往沦为意象与辞藻的堆砌。《如意娘》却通过巧妙的情节安排,曲折地抒写相思之怨,一气直下,显得比较生动,声情摇曳,具有一种唱叹之美。宋代郭茂倩《乐府诗集》将《如意娘》收录在近代曲辞中,它或许是初唐的新曲,在当时是可歌的。孙英刚、朱小巧《"离猫为你守四方"——〈大云经神皇授记义疏〉中的武则天》(《社会科学战线》2022年第2期)认为,保存在敦煌文献中的《大云经神皇授记义疏》(简称《大云经疏》)是武则天上台过程中颁行到各州的宣传文本,反映了当时政治理论和政治运作的实态。与传统官方史书相比,其语言更加民众化,而且宣导的政治倾向也多有不同。传统观点认为武则天忌猫,因狸猫是李唐的象征(对应象征武氏的鹦鹉),但是在《大云经疏》中,武则天将自己比作为百姓守护四方的狸猫。我们通常认为武则天上台是改朝换代,但是在《大云经疏》中,武则天反复强调自己才是李唐事业的继承人。她在现实政治操作中没有采用禅让的方式建立新王朝,在《大云经疏》中沿用李唐的德运,强调自己代表的是土德。武则天统治期间,围绕德运问题多有争议,而《大云经疏》保存了武则天及其支持者进行理论探索的最初尝试。卢娇《武则天的盛世构想与初唐诗歌》(《延安大学学报(社会科学版)》2022年第4期)论及武则天作为皇后建议并参加了封禅,独自主政时则实施建明堂、拜洛水、受"宝图"、立天枢、封中岳等大典,这一系列的礼乐活动成功地营造了浓厚的盛世氛围，激发了诗人们对政权的信心和"以道自认"的热情。加上"润色鸿业"的需要，她又特别提倡文章诗赋，这些共同引发了宫廷诗歌的繁荣。吴在庆《〈唐高宗天皇大帝哀册文〉笺释解读》(《国学》2022年辑刊)认为，《文苑英华》卷八三五载有署名"天后武氏"之《唐高宗天皇大帝哀册文》，虽然文署武后，且内容情感确实符合武后身份，但按照当时惯例，此种哀册文乃当时朝中之大手笔或重臣所代撰。此文虽然因"称美弗称恶"及着意粉饰，难免有讳言虚饰之处，但确实也记叙了唐高宗生平功业道德等方面的某些事，也展现了唐高宗薨逝至葬于乾陵之过程情景，颇具史实价值。同时此哀册文乃当时大手笔所为，且其大部分均为韵文，文章确实文采灿然，典丽雅正，叙事抒情多带情韵以行，委婉含蓄而情事内蕴，颇能体现当时此类文体之特色与水平，具有史学与文学研究之双重价值。甘生统《〈三教珠英〉的编撰特点及其对文学思想之影响》(《古代文学理论研究》2022年第1期)认为编撰于武周时期的大型官修类书《三教珠英》内容并无太多创新，编撰人员大多为文学之士，编撰过程呈现出游戏化倾向。这些特点在一定程度上是武则天晚年出现的享乐意识、游戏心态在图书编撰上的曲折反映。在这种心态下，编撰工程普遍缺少严肃的使命感和浓郁的学术气，一大批专门化的文学之士聚集一堂，有更多时间可以"日夕谈论，赋诗聚会"，客观上为学士们的文学创新和理论探讨提供了更为宽松的环境。李峤、崔融等人的诗歌理论及《珠英集》中出现的创新特征当与这部类书的编撰有密切关系。

三、作家作品研究

(一)王通、王绩研究

对于隋唐之际河汾硕儒王通、文士王绩兄弟的研究，本年度均有若干篇文章论及。王通研究方面，关注点在其对儒家思想的创新和其政教观对初唐文学的影响。程海涛《从"五谷不分"到"艺黍登场"——论河东大儒王通对孔子"耕教"观念的完善与开新》[《山西师大学报(社会科学版)》2022年第5期]认为,在以孔子为代表的传统儒家思想中,一方面赞美禹、稷教民稼穑,一方面对农业生产持"君子不耕"的态度。这种儒家"耕教"思想的割裂认识在王通的思想中得到了完善与创新。王通对"耕教"思想的发展,既源于外在社会的发展变革又可归因于儒家思想成为社会统治思想后的"下移"。"耕教"观念即"耕而教之"的思想,即在育人体系中加入"耕种"等具体的农事活动,进而达到对人心志的磨炼和对儒家古圣先贤教诲的深刻领会。"耕教"以耕种等农事活动为依托,突破"温衣饱食"以满足生存为目标的单纯生产抑或社会化劳动的狭隘认识,上升到儒家思想体系"礼乐政教"意识形态建构的高度,成了维持中国古代农业社会精神架构的重要支撑。廉水杰《王通经典视域中风雅精神索隐——兼论初唐的文化趋向》[《安徽师范大学学报(人文社会科学版)》2022年第1期]认为,隋末唐初大儒王通,生前即有"王孔子"之称,初唐名士魏徵、房玄龄等都出自其门下,其儒家经典视域中的"风雅精神",不仅体现了古代文士的"君子才性",还蕴涵了个体"教化天下"的使命,是一种新的具有时代意义的"风雅文教精神"。王通希冀通过"道"的"文教"功用来影响天下,其批评谢灵运、沈约等而褒美曹植、颜延之、王俭、任昉等六朝作家。在王通的经典视域中,"君子才性"是风雅精神的形而下呈现;"教化天下"是风雅精神的形而上呈现,初唐文士们的视域与王通的视域出现了融合,"风雅文教精神"从而演绎为初唐的文化趋向,并推动形成了盛唐气象的蔚为大观。

本年度王绩研究的重点是对《野望》文本的阐释和主题的新诠。值得关注的文章是李忠超《王绩〈野望〉的创作主题新诠》(《写作》2022年第3期),作者认为明清以来传统文学批评观念认为王绩《野望》是纯粹的写景抒情之作,并不指涉政治理想和抱负,在批评实践上,较多侧重于对其隐逸主题的诠释,从而一定程度上轻视了《野望》创作主题蕴含的政治隐喻。王绩《野望》不单是写景抒情之作,也是表达其政治美学理想的兴寄之作。传统批评观念认为,《野望》尾联用典"采薇"政治阐释是附会之说,却并不能完全抹杀其创作主题的政治抒情性。恰当引入政治美学批评，有助于我们澄清对《野望》创作主题的认识误区，加深我们对中古时期士族传统、士人文学精神的认识。

（二）"初唐四杰"研究

对"初唐四杰"作整体研究或个别研究的论文有近20篇。总论"四杰"的文章，主要就"四杰"并称的来龙去脉（周晓宇《初唐四杰"王杨卢骆"并称考论》，《巢湖学院学报》2022年第2期）、"四杰"骈文观念从文以载道向述怀言志的转变及其骈体文创作的革新（王亚萍《论初唐四杰骈文观念的嬗变与骈体革新》，《理论月刊》2022年第4期）等问题进行论述。

王勃研究的文章涉及王勃骈体文、诗歌、墓志的文本考订和作品阐释，及其在后世的传播与接受等。王腾《〈滕王阁序〉类俳"考辨——兼论宋代文章学视域下的王勃骈文接受》（《名作欣赏》2022年第27期）认为，宋代有"《滕王阁序》类俳"这种贬损性评价，但遍查诸书，仅邵博《闻见后录》最早记其来源，其后诸家多是对邵博记载的转引，除此之外别无他据。这种说法代表了宋代一段时期内骈文批评领域对王勃骈文的看法，尽管属于孤证，但它在一定程度上代表了宋代文章学重理趣、重思辨的批评旨趣。《滕王阁序》在接受史称赞和争议的不断互动中走向经典化。胡明柯、张中宇《王勃诗在明代的接受起伏——以诗选和诗评为考察中心》（《宿州学院学报》2022年第7期）认为，王勃诗歌在明代唐诗选本中的诗选量整体高于杨炯、卢照邻、骆宾王，为"初唐四杰"第一。明代对王勃诗歌的接受以律诗及绝句为主，对其古诗则持否定态度。原因在于明代"古诗宗汉魏"的观念下，王勃古诗被批评"调未纯、语未畅""气象不足"，但其律诗"兴象宛然、气骨苍然"、绝句"洗削流调"，故在"四杰"中接受度最高。林洁《新出土王勃撰〈赵士达墓志〉一误》（《江海学刊》2022年第1期）认为志文有"殷游暂见，即推方伯之才"之语，"殷游"为"游殷"之倒误。据《三国志·张既传》引《三辅决录注》："既为儿童，（为）郡功曹游殷察异之……"王勃用典，正切"游殷"之事。新出墓志，原石之误极为少见，这是难得一例。此误之源，到底是王勃撰文时笔误还是石工刻石时误刻，则难以考证清楚。

杨炯研究方面,主要涉及文献考订。李秀敏《新出杨炯佚文〈上官恕墓志铭〉考释》(《古典文献研究(第二十五辑上)》2022年第1期)指出,新出土杨炯撰写的一方墓志《上官恕墓志铭》(全称《大周故丝蒲岐播四州司马安养县开国伯上官公墓志铭并序》)拓片,是自清代项家达辑刻《盈川集》后,240年来发现的第一篇完整的杨炯佚文,不见于任何传世文献,具有重要的文学与文献研究价值;可以用来补充和纠正《元和姓纂》有关唐初上官氏京兆房家族世系的记载,探究杨炯人生后期的仕履情况,对于理解杨炯墓志文以及骈文的典故化写作方式也具有一定意义。

骆宾王研究方面,本年度主要成果是由王志清教授组稿,以"解密骆宾王"为主题,发表于《博览群书》2022年第2期的4篇系列文章。其中,吴振华《骆宾王诗前为何多"序"——"解密骆宾王"之四》一文提到,初唐时期留存至今的"诗序"一体文章约110篇,其中,王勃创作最多,骆宾王排名第二,有"诗序"19篇。诗前多序的原因是序体继承南朝骈文遗风,轻便灵活,适合文人雅聚场合和文士游宦宴会。王勃"序重诗轻",骆宾王则是初唐诗歌与诗序并存的重要诗人,不仅诗序可以媲美王勃,而且诗歌显然更胜一筹。从诗与序交融的角度来看,骆宾王应该是初唐第一人。

(三)陈子昂研究

有关陈子昂的研究文章有10多篇,主要围绕陈子昂的"风骨""正始之音"文学观念的辨析、陈子昂经典作品的深度阐释、陈子昂诗歌的接受等问题展开讨论。赵晓华《陈子昂〈修竹篇序〉"正始之音"辨》(《中国典籍与文化》2022年第4期)指出,陈子昂在《修竹篇序》中称赞东方虬的《咏孤桐篇》为"正始之音","正始之音"既非指正始诗风,也未必拔高到"正风正雅"的高度,而重在称赏东方虬超拔于俗流的创作旨趣与审美特征。参之陈氏的《修竹诗》,它当是继承托物比德的言志传统,表明君子有自修之德而志在侍奉有道明君的出处理想,具体地展现了陈子昂所力倡的"汉魏风骨""兴寄"的内涵。孙绍振《从宫体浊流中崛起的直接抒情神品(上、下)——读陈子昂〈登幽州台歌〉》(《语文建设》2022年第15期、第17期)一文对中国古典诗歌中的情景关系以及如何抒情进行了梳理,认为王国维《人间词话》"一切景语皆情语"的提法得到广泛认同,但仍可商讨。情景交融,借景抒情,性质上是间接抒情。"一切景语皆情语"虽然包含特定历史时期总结出的某种规律,但"一切"有概括不周延的缺陷。中国古典诗歌中尚有直接抒情一路,自有其规律。文章以陈子昂《登幽州台歌》为典型案例,对直接抒情一说进行了剖析。李乃龙、陈文畑《历史循环论基础上的陈子昂文学史观与"文宗"期许——以"文章道弊五百年"的双重意蕴为起点》(《文化与诗学》2021年第1期)认为,陈子昂"文章道弊五百年"之说,作为一种文学史观的表述,体现了他以"天道"释"文运"的思维模式,其思想基础是颇具历史循环主义色彩的"天运论"。陈子昂文学史观的内涵,主要包括以"变"为常的文学发展理念、"文道"实质"显""弊"循环往复的文学发展模式、以承载天道国运政事为意旨的文学价值把握等。此文学史观直接影响了他以"复古"为径由的文学新变逻辑、以建安文学为范本的复古参照选择、对"文道"实质和诗文变革理想的阐释及其诗文复古实践的总体风貌。在陈子昂的"天运论"视野下,"五百年"既是一个相对具体的历史时间跨度,又是天运循环周期之尤为长者,隐含着由此而兴与由我而兴的双重转折性意蕴。后者在陈子昂身上的具体表现亦可谓"必为文宗"的自我期许,在诗文中外化为以"圣人"自喻、以"鸿笔"自况的情结书写,而《修竹篇序》是其文宗情怀淋漓尽致的展现。

(四)沈宋研究

本年度直接或间接论及沈宋的文章有若干篇,涉及比较研究(如龚安南《宫廷文人阎朝隐和宋之问诗歌对比研究》,《文学研究》2022年第9期)和后世对沈宋的文学接受等。胡明柯《明代宋之问诗接受研究——以明代唐诗选本为考察中心》(《洛阳理工学院学报(社会科学版)》2022年第2期)认为,明前期100余年间,以温婉平和著称的宋之问诗受到各选家重视,重要选本录宋之问诗数量多居初唐诗人前列,远超陈子昂、王勃等大家。明中期,前后七子主张"诗必盛唐""高古"等,宋之问诗因不合文坛主流选诗标准接受度降低,但仍高于杨炯等初唐大家。明后期社会审美渐趋多元,《唐诗归》《石仓唐诗选》等录宋之问诗远超明前、中期。宋之问诗在明代整体接受度较高,这与明代推崇"和而正"及"盛唐理想"等密切相关。

(五)苏颋张说研究

直接或间接论及苏颋、张说的文章有近10篇,涉及碑铭文、制诰文、颂文、诗歌等文体。朱玉麒《皇权阴影下的"燕许大手笔"——〈凉国长公主碑〉的御书刻石与文本流传》(《社会科学战线》2022年第10期)指出,凉国长公主是睿宗皇帝的第五女,开元十二年去世时她的兄长玄宗皇帝恩诏其墓陪葬桥陵,神道碑敕使当时的大手笔苏颋撰写,并由玄宗皇帝御笔隶书上石。《凉国长公主碑》在后世分别以石刻拓本和文集本的方式流传并产生影响。《文苑英华》收录的碑文文字与拓本歧异,是其为别集本系统的明证。明清以来,金石著作里对《凉国长公主碑》的讨论,集中在公主的名字、卒日、婚嫁等方面。碑刻中失载凉国长公主与薛伯阳的第一次婚姻,反映了唐代公主失去自由的婚姻悲剧。郭海文、米佳鑫《〈高安长公主神道碑〉再考——兼论高安公主受到唐玄宗礼遇的原因》(《古籍整理研究学刊》2022年第1期)一文指出,《高安长公主神道碑》的作者是苏颋。高安公主是唐高宗与萧淑妃的女儿。由于李武间的激烈政治斗争,公主晚婚,半生被幽掖庭,家人也被武则天残害殆尽。不过唐玄宗却礼遇公主,选择在晖政门为她举办了一场隆重的丧葬礼。这场丧葬礼包含着玄宗巧妙的政治手段,既发出了后宫不得参政的警告,又拉拢了朝臣和宗室的人心。同时,玄宗也借此表达了对姑姑坎坷、隐忍的一生的同情。其他值得关注的文章有孟国栋《双人合撰墓志铭——以张说、苏颋为例》(《文史知识》2022年第1期),刘建荣《苏颋制诰文研究》(西藏民族大学2022年硕士学位论文),贾晓倩《唐代颂文研究》(华中师范大学2022年硕士学位论文)等。

(六)张九龄研究

本年度直接或间接研究张九龄的文章亦有近10篇,论及张九龄的文学思想、诗歌内蕴、"九龄风度"、文化传播等内容。潘林《论唐宋时期岭南诗歌美学思想的初建》〔《嘉应学院学报(哲学社会科学)》2022年第1期〕认为,唐宋时期岭南诗歌是以形"雅"与意"正"为核心的美学思想构建的滥觞,形"雅"外化为诗歌摒弃华靡,而崇尚古雅,意"正"则内聚为在"进"时匡时济世、导扬讽喻,在"退"时通达自然、独善其身。岭南古朴的民风、"曲江规矩"的传承以及儒释道在岭南的融合正是岭南诗歌美学思想形成持久稳定的重要因素,也由此影响明清岭南诗派审美风格的形成。官方《论张九龄其人其诗的"九龄风度"及所蕴含的禅意》〔《佛山科学技术学院学报(社会科学版)》2022年第5期〕认为,记载着张九龄审美意识、政治意识、君子之德和文人气质的"九龄风度",在张九龄的诗歌上体现为对中国诗歌的"风雅""比兴"传统和汉魏"风骨"的继承和发扬,对现实政治的忧虑,竭力匡扶社稷的心意和逢时报恩的思想,对高洁品性的推重、对独立人格的看重、对坚守正直的表达和对功成身退的期待,并展示出他的禅意人生观:"自性清净、不粘不滞"的思想,"据于儒,依于老,逃于禅"的人生模式,忠直守正的君子风度、进退从容的旷达心境、随缘自适的禅宗精神的完美结合。戴伟华《张九龄对岭南文化的传播》(《岭南文史》2022年第2期)一文从文化传播角度审视张九龄之于岭南的意义,作者从解释"九龄风度"的内涵入手,强调张九龄的气概、器量、格局及言谈举止和仪态在当时都是拔出流俗的,认为张九龄是有唐一代第一流人物,他的出现使得岭南"不为海内士大夫所鄙夷"。从立功、立德、立言三点看,张九龄是岭南对外传播史上的标志性人物。从张九龄的成长历程看,他以"土著姓"的身份,靠着自身的努力,凭借张说与之"通谱系",从而走出岭南,这对岭南文化研究而言更有意义。张九龄热爱故土,有深重的乡恋之情,通过精心结撰《荔枝赋》来推介岭南物产,在传播岭南文化、岭南风物方面也是功不可没的。

（七）刘希夷、张若虚研究

本年度研究刘希夷的文章仅有1篇，内容属老生常谈，此处略而不述。研究张若虚的文章多至18篇，焦点依然是《春江花月夜》，除有1篇进行创作地点考证外（参李金坤《张若虚〈春江花月夜〉作于镇江焦山之再考——兼与徐振宇〈张若虚《春江花月夜》诗中景地推测〉商榷》，《语文学刊》2022年第4期），其余文章涉及典故词语的考证阐释、作品文学艺术内涵和美学内涵的挖掘等。值得关注的文章是陶慧《〈春江花月夜〉中的"海"》（《古典文学知识》2022年第6期），陶文对《春江花月夜》中较少被研究者注意的"海"的意指及内涵进行挖掘。《春江花月夜》三次提到海，首韵"春江潮水连海平""海上明月共潮生"与末韵"斜月沉沉藏海雾"。作者指出，朱东润《中国历代文学作品选》注首韵中的"海"为"宽阔的江面"，于句意不通，"海"仍应解作一般意义上的大海。历代学者如清人徐增等也多将《春江花月夜》中的"海"按"大海"理解，今人刘学锴、莫砺锋等观点与之相近。《春江花月夜》中第三次出现"海"字，即"斜月沉沉藏海雾，碣石潇湘无限路"，此处的"海"实际上指的是游子所在之地，即北方的"碣石"，而"江"则指代思妇所处之地，即南方的"潇湘"。王尧衢称"此篇首以'海潮'起，故并'海'字结"，注意到了艺术形式上的前后呼应。"海"意象还有另一重含义：它既是明月升落的起点与终点，也是游子所处之地，是诗中女子的思之所起，忆之所结。从这一角度重新审视《春江花月夜》，对于全诗的结构脉络、主题归旨以及作者的创作意图，得到与既往观点不同的理解。作者本以"江"指代思妇，以"海"指代游子，那么这首诗从第一句开始，就已经切入了爱情相思的主题，并非等到"白云一片去悠悠"才陡然转题。全诗从始至终都是女主人公月夜怀远时的内心独白，包括"江畔何人初见月"等数句，也应视之为代言体，而非作者以第一人称叙述主体向读者直抒议论。作者认为，《春江花月夜》中的"海"意象并非仅为营造壮阔宏大的意境而存在，而是与"江"共同构成了"游子思妇"的主题情境，首尾呼应，以一片迷离惝恍的月光为纽带，将全诗统摄在相思爱情的传统主题之下。

将其中"江畔何人初见月"等数句理解为作者着意表达的"宇宙人生意识",或许是一种"读者之心何必不然"的创造性阐释。总之,陶慧此文对于重新解读张若虚《春江花月夜》提供了一种崭新的视角。

综观本年度成果,初唐文学研究依然锚定重要文学现象、代表作家、经典作品等进行综合性、多向度的研究,虽有部分观点陈旧的论文,亦有少数作家研究无人问津,处于被冷落的状态,但总的研究趋势是,学者们力图在基本文学史问题清理和关键问题解决的基础上,推动该领域的研究继续向前发展,精神可嘉,未来可期。

盛唐文学

莫道才　周贤斌

依据中国知网全文数据库、国家哲学社会科学学术期刊数据库统计,2022年盛唐文学研究的论文及相关论著共约200余篇(部)(不包括李白、杜甫、王维),与往年基本持平。从内容上看,盛唐文学的整体研究、山水田园诗派和孟浩然研究、边塞诗派和相关作家研究及张说、张九龄和其他作家研究依然是学界关注的热点和重点。从研究方法上看,学者们在运用文献考证和文本阐释等传统方法的同时,也引入了文学地理学、音乐文学、"唐诗之路"等新研究视角,关注到了新出石刻墓志等新材料。现择要综述如下。

一、整体研究

2022年盛唐文学整体研究取得了相当丰硕的成果。在学术著作出版方面,杜晓勤《唐代文学的文化视野》(中华书局2022年)一书采取文学史研究与文化史观照相结合的方法,全面梳理了唐代文学发展的社会文化原因。书中第二章至第四章从政治、思想、文化等多角度切入对盛唐诗歌精神的形成与内涵进行了整体思考,认为无论从诗歌的情感质素还是从艺术形式上看,初盛唐诗歌都不全是对南北朝诗歌的一种反拨,而是在递嬗渐进中对南北朝艺术传统的继承和发展,并从"士庶力量之消长""地域文化之整合"两条线索着手,对初盛唐诗歌的文化历程进行回顾,追溯盛唐诗歌文化精神的形成过程和动因。张效民的《张九龄研究》（商务印书馆2022年）是一部对张九龄进行系统、深入研究的专著。作者在前人研究的基础上，利用不同史料，考证辨析，厘清史事，提出新论。全书共五章，第一章为研究述评，针对2005年至2020年张九龄的相关研究论著，明晰目前张九龄相关研究的进展和疑点。第二章至第五章为专题研究的系列文章，作者通过对史料的梳理辨析，对于张九龄之父张弘愈生卒年、张九龄赴举时间、开凿大庾岭路时间、沈佺期考功受赃案等较长时期内莫衷一是的问题，进行了详细的考证，得出了新的观点，为学术界提供了新的参考。

在古籍整理方面，李翔翥整理有《孟浩然诗全集》（崇文书局2022年）。该整理本后出转精，充分吸收了历代学者的成果，对孟浩然的诗歌、散文进行辑佚，共收诗二百七十五首，残句三联，是目前最全的孟浩然诗歌辑本。在编排体例上，按诗体即五言古诗、七言古诗、五言排律、五言律诗、七言律诗、五言句、七言句分类编次，并采取汇校、汇注、汇评的方式，在每首诗后均附有题解、校勘、注释以及历代名家评点。另有补遗部分，收录误入孟集或有争议的作品；附录部分，收录孟集序跋、史书志传以及唐人有关孟浩然之诗文等。该书资料性强，文献价值大。

在学术期刊方面，丁放《再论李林甫与盛唐诗坛》（《文艺理论研究》2022年第5期）探讨了李林甫"尤忌文学之士"的多方面的原因，认为主因是其为固宠而谋立寿王为太子，结果失败，忠王立为太子，他因此十分忧惧，一直设法废太子，而以张九龄等人为代表的盛唐文士，是他实现这一目标的重要障碍，这也就构成了他与盛唐文学之士矛盾与斗争的主线。李林甫对身居高位的"文学之士"无情打击、痛下杀手，对普通文士则予冷遇，并操纵官吏的铨选，为所欲为。李林甫的所作所为，对盛唐文坛造成了恶劣的影响，也改变了不少诗人的生活与创作道路。

万伯江《盛唐诗人群体的构成与分野》（《中国文化研究》2022年第2期）一文研究方法新颖，运用文献分析与统计学的方法，依据《全唐诗》《河岳英灵集》及唐人唐诗选本对诗人的存诗数量与诗歌名篇入选情况进行统计和分析，确立开元天宝时期的核心诗人群与边缘的中小诗人群。并在开元天宝时期诗人分类问题上提出了几种新的思路：一是从时间上考察，分为"年辈较长，在开元以前已经成名，进入开元以后依然作为诗坛的重要力量而活跃着""主要的生活和写作都在开天时期""年辈较晚，生长于盛世，在开天时期已经有或多或少的作品，很快就遭遇安史之乱，他们集子中更多的作品是乱后写成"三代；二是从身份上考察，分为进士诗人和非进士诗人两大类；三是从社会阶层的角度考察，分为权贵诗人、下层官吏诗人、布衣诗人三类。

郭伟欣《盛唐诗人壮游活动略考——以李白、杜甫等十二位诗人为例》（《广州广播电视大学学报》2022年第3期）一文选取李白、杜甫、王维、孟浩然、高适、岑参、王昌龄、刘长卿、崔颢、王之涣、李颀、常建十二位诗人为代表，对其壮游活动进行考辨，总结出盛唐诗人壮游活动主体多元、目的复杂、范围广阔、持续时间较长、文学性浓、审美情趣的多元化六个方面的特点。并探究了这些特点的内在关系：其审美情趣多元的特点建立在主体广泛、客体丰富等基础上，其持续时间较长的特点则与壮游地域范围大、目的复杂等关系密切，其文学性浓的特点离不开创作主体阶层变迁、壮游持续时间长等带来的影响。这种错综复杂的内在关系，昭示着壮游文化与社会生活的双向互动。

杨玉莲《盛唐诸公慈恩寺塔同题诸作的几个问题》（《国学》2022年辑刊）通过翔实的文献考据，对储光羲、高适、薛据、岑参和杜甫"慈恩同题"的真相进行了重新思考。认为盛唐储、岑、高、薛、杜的慈恩寺塔题诗中，根据文献确知系唱和之作者只有岑参、高适和薛据之诗。而根据同和之规定性，岑诗当以《与高适薛据登慈恩寺浮图》为是，且为唱作，而岑参极有可能并未与高适一起登塔，而储、杜之作很可能不是同次唱和。而检索宋、元、明三代诗话和《文苑英华》《唐诗品汇》及陆游诸著，均未言诸公同登慈恩寺塔之事。在跳脱同登同题的逻辑束缚后，作者重新梳理诸家慈恩寺塔诗系年，认为目前并不能蘧断即为天宝十一载，依据同登慈恩寺塔而来的高适天宝十一载行迹亦需要重新考虑。

边国强《论盛唐送别诗酒意象的突破》（《中北大学学报（社会科学版）》2022年第5期）以"酒"作为切入点，对盛唐送别诗进行研究,认为送别诗到唐代时又一次迎来全面繁荣,在这一过程中,"酒"也逐渐发展成为送别诗的主要意象。作者在将盛唐送别诗与前代送别诗进行比较的基础上,指出酒意象在盛唐送别诗中实现了三大突破,即数量上的突破、内容上的突破、意境上的开拓,成为送别诗的核心意象,对后世送别诗的发展产生了深远的影响。而这些突破,既与酒文化的发展和风俗的变迁密切相关,又是文学自身发展的必然结果。

杨玉锋《两京巡幸与京洛唐诗之路》〔《中国石油大学学报(社会科学版)》2022 年第 5 期〕认为京洛唐诗之路是唐代最为繁荣的诗路之一,与其他诗路相比,这条诗路的政治性更强。唐代两京制的实行,使得洛阳一度跃居于与长安一样的政治地位,初盛唐的多位皇帝频繁地往来长安、洛阳。皇帝两京巡幸的路线大体与两京驿道走向一致,不过因驻跸长春宫改道同州,开拓了京洛唐诗之路的路线版图。巡幸促进了诗歌的创作,在京洛唐诗之路上,皇帝与扈从官员留下了纪行、咏怀、怀古等主题的诗歌,这些诗歌政治性较强,是京洛唐诗之路的宝贵成果。

音乐文化与盛唐诗歌的研究在本年热度不减。龙正华发表有《羌笛意象与盛唐诗歌》(《民族文学研究》2022 年第 5 期)、《胡部新声与新词新风——论胡乐对盛唐诗歌的影响》〔《新疆大学学报(哲学社会科学版)》2022 年第 6 期〕两篇文章。《羌笛意象与盛唐诗歌》认为盛唐诗人的羌笛描写,给其诗注入强烈的主观情绪,使咏笛诗从之前较为纯粹的咏物,转向抒情与咏物的水乳交融;在诗歌风格的变化、创作技巧的创新及艺术魅力的升华等方面,其意义也十分突出。《胡部新声与新词新风——论胡乐对盛唐诗歌的影响》指出了胡部新声的流行对盛唐诗歌的发展四个方面的影响:一为净化初唐诗歌残留的南朝文学的雕琢绮靡之风,形成平实自然、通俗易懂的语言风貌;二为改变初唐诗歌以言志为主导的发展脉络,形成以言情为主导的演进态势;三为促进近体诗、古体诗的繁荣,推动盛唐诗体的发展;四为给盛唐诗歌的发展注入创新的活力。盛唐诗歌的繁荣发展离不开胡部新声的助力。

2022 年有关盛唐文学研究的学位论文数量较往年有所增

加。李菁堃《初盛唐诗歌中的夜间生活》(河北师范大学2022年硕士学位论文)一文认为初盛唐诗歌中夜间生活的参与者主要是皇亲贵胄与文人墨客,山林寺庙与舟船湖泊是他们主要的夜间生活场所,夜间生活形态以夜宿、宴饮、游赏为主。总体而言,初盛唐诗歌中丰富多彩的夜间生活从新的角度向我们展现了这一时期的社会风俗与文化风貌,传达出盛世之中人们的心态情感和精神世界,体现出初盛唐蓬勃而有朝气、青春而有活力的时代特征。林虹伶《盛唐留别诗研究》(广西师范大学2022年硕士学位论文)一文将"留别诗"从广义送别诗中区分了出来,认为从主客体的角度来看,"送别诗"强调的是"送",诗人送行他人,而"留别诗"强调的是"留",诗人留诗而别。认为在盛唐诗赋取士制度、漫游之风及留诗而别的风尚的影响下,盛唐留别诗在内容和思想上达到了一个新的高度。盛唐留别诗情感类型多样,描绘了盛唐诗人丰富多样的情感空间,在艺术特色上具有语言含蓄隽永、善用意象和修辞、多寓情于景等特征。刘晶《盛唐诗人隐逸心态研究》(哈尔滨师范大学2022年硕士学位论文)一文认为盛唐时期的帝王对隐士的优待是促进盛唐时期隐逸发展的重要原因之一,科举、制举对盛唐隐逸繁荣也有促进作用,同时佛道思想为求仕失败的诗人的心灵提供了栖息之所。盛唐诗人的隐逸由山林走向市井甚至走向朝堂,由身隐走向心隐,使诗人们在仕与隐之间找到了全新的可能性。刘雅静《盛唐中央官员视事诗歌研究》(天津师范大学2022年硕士学位论文)将目光放在"视事诗歌"这一前人较少关注的诗歌类型。作者认为唐代的"视事"乃官员到职办公、就职治事之意,盛唐时期的很多著名诗人都有在中央官僚系统视事的经历,他们将视事生活与视事心态反映在他们彼时的诗作之中。作者分析了不同职务的官员,视事时所作的诗歌的不同内涵,认为盛唐中央官员视事诗歌具有宝贵的价值,不仅文学艺术价值丰富,对历史实况、宫廷文化和民俗风情也皆有展示,可弥补史书的不足,也能赋予盛唐历史文化新的灵魂。爱蒂《盛唐诗歌在法国的翻译、流传、演变研究》(广西大学2022年硕士学位论文)一文对不同版本的法译唐诗集进行了对比分析,对王维、李白、杜甫的经典诗歌的流传演变进行了梳理,并研究了盛唐诗对法国诗歌的影响,认为一些法国诗人模仿中国诗歌,或受到中国诗歌的启发而创作出中国化的法语诗歌,给法语诗歌注入了新的活力。

二、山水田园诗派和孟浩然研究

本年度山水田园诗派的研究主要集中在孟浩然研究上。吴怀东《孟浩然的江南印象——〈早发渔浦潭〉析论》〔《阜阳师范大学学报(社会科学版)》2022年第1期〕一文认为义桥渔浦是孟浩然在科举失利后越中之游的第一站,渔浦也是越中山水的起点——一个诗意高潮的起点。落第之心与越中风景的初次相遇,诞生了《早发渔浦潭》。孟浩然以"外来客"的新奇视角耳闻目睹,展示了新鲜的渔浦观感和越中"第一印象"——富有山水野趣,充满浓郁的生活气息,流露出"遁世无闷"的解脱感、自由感。此诗不同于一般情景结合的抒情诗,属于纪行诗,具有鲜明的纪实性,容易获得一般读者的"共情",如此朴素的写法在孟浩然山水诗、行旅诗中并不多见,别具一格。

刘芳、徐薇《孟浩然诗歌之水意象研究》(《湖北工业职业技术学院学报》2022年第5期)认为在孟浩然的诗歌中,"水"是一个高频意象,它形式多样,运用广泛。水意象以其多元的表现形式,呈现出质朴的自然美、丰富的情感内涵和精神内蕴。诗人更以水意象来表达对生命的思考与尊重,使其诗歌汇集了山水风貌、人生理想与生命感悟,成为唐代山水诗中体认艺术美感与生命价值的重要代表。

随着"唐诗之路"研究的兴起,学者们也开始探讨孟浩然诗歌的当代文旅价值。胡正武《孟浩然浙东之游的文化和旅游价值刍议》(《浙江水利水电学院学报》2022年第6期)考证了孟浩然游温州的路线是从台州天台山沿始丰溪经灵江出台州湾,沿东海边航线到达瓯江登陆并原路返回;认为这一路线开创了浙东唐诗之路的新途径。孟浩然是浙东唐诗之路的代表人物,其名人效应产生的文化价值、旅游价值,可以为浙东唐诗之路建设成为全国各唐诗之路样板提供借鉴。

黄晔、薛任琪《湖北唐诗之路背景下的孟浩然诗歌旅游开发》(《湖北文理学院学报》2022年第7期)一文对孟浩然湖北诗作的地点和内容进行了分析：在地点上，孟浩然有关湖北诗作共计145首，其中襄州125首、荆州11首、鄂州3首、随州2首、房州2首、郢州1首、三峡1首；在内容上，孟浩然湖北诗作中描写自然风景的有18首、抒发诗人情怀的有100首、展现民俗风情的有27首。认为孟浩然诗歌旅游开发具有可行性，可以追溯孟浩然诗作踪迹，可从对唐诗之路景区资源进行统筹规划、开发有关孟浩然诗歌内容的唐诗之路文旅体验项目、打造孟浩然诗歌旅游特色品牌等方面进行孟浩然诗歌旅游开发。

研究者们也从其他角度对孟浩然进行了研究。张晓涵《孟浩然送别诗情感的模式化特征》(《湖北文理学院学报》2022年第6期)认为孟浩然的送别诗情感真挚丰富，由别情引发诸多情绪，是作者于送别之时的真情流露；其送别诗的情与景有多种组合关系，分别是情景交融、情景疏离和情景互证，通过独特的情景关系表现诗人情感的复杂性；时空的抽象建构缩短过去—现在—未来的距离，相聚的欢欣、离别的悲伤和未来的忧虑缠绕于胸，离别之情在意识的超时空流动中更加深沉感人。因此，孟浩然送别诗的情感表达呈现从单一到复杂的情感流动、情与景的互动关系和时空的抽象建构三方面的模式化特征。

雷正娟《明代唐诗选本中孟浩然诗的接受起伏及其原因》(《湖北文理学院学报》2022年第10期)一文梳理了明代不同时期唐诗选本选孟浩然诗的起伏变化状况，并分析了其中原因：明前期，孟浩然诗"韵高""兴致清远"符合选家审美理想，选本录孟诗颇多，接受度较高；明中期，前后七子看重诗歌现实精神与盛唐高迈雄壮一格，孟诗在重要选本中接受度降低；明后期，孟诗符合竟陵派的审美旨趣，《唐诗归》等选本录孟诗增多，孟诗接受度回升。孟诗在明前期接受度高与崇尚"和而正"思潮相关；中期孟诗接受度降低，与推崇格高调逸有关；明后期，诗歌审美多元，孟诗接受度再度回升。孟浩然诗歌在明代唐诗选本中的接受起伏，正是孟浩然诗歌审美特征是否契合明代社会思潮、文学主张等的结果。

陈绪平《孟浩然"端居"用词考——兼及几首端居诗》（《古籍研究》总第75辑）一文以小见大，考察唐宋以来的"端居"诗，发现"端居"训为"隐居"是语境义。历代都有"端居"书写，它构成了一种"古今之沟通"，即"端居"作为典故，连结了古今，形成了一个丰富的思想世界。"端居"不仅是一个用字问题，其背后隐含着传统士大夫的人生态度等。经典记录的故事是汉唐以来士大夫的共同知识结构，"庙堂之高"与"江湖之远"是士大夫精神世界中的重要内容，历代的"端居"叙事是士人精神史的冰山一角。

张九龄的山水田园诗也得到了关注。官方《试论张九龄诗歌的禅意》（《韶关学院学报》2022年第1期）认为张九龄诗歌借山水田园自然景色感怀际遇，抒发曲折际遇中难行能行的禅心，春风得意时的山水纪行诗充满"清""澹"禅意，曲折际遇时的感怀诗饱含"九龄风度"的禅定。张九龄诗歌的禅意不是宗教性的，而是一种"自性清净、不粘不滞"的思想；是对"据于儒，依于老，逃于禅"的人生模式的反映；是一种稳定和优化内心的手段。张九龄诗歌的禅意既兼顾了诗歌的审美境界，又充实并深化了诗歌的感情，是对生命禅观照、内化后的表达，充满生命禅意。

三、边塞诗派及相关作家研究

2022年，盛唐边塞诗歌研究既有整体性的观照，也有个体作家和具体文本的微观切入，其中岑参、高适则是研究的热点。龙正华《盛唐诗人的塞外想象及其文学意义》（《青海师范大学学报（社会科学版）》2022年第3期）认为世情、人情的变化及想象本身的特点，导致盛唐诗人的塞外想象形成了四个较为突出的特征，具体表现为：一、诗人的塞外记忆表象多不准确及想象的过渡性决定其塞外想象不可避免地产生了显著的模糊性；二、诗人采用不同的方式，或从不同的角度改造丰富多彩的塞外物象，其塞外想象因而形成了明显的多样性特征；三、在诗人情感激流的作用下，塞外物象呈现出极致化的纯粹，其塞外想象因而变得更为极端；四、想象所经的联想程序相对多样，加之塞外物象又琳琅满目,致使诗人的塞外想象呈现出灵活性的特征。想象、诗歌紧密相关,塞外想象作为盛唐诗人的想象内容之一,对其诗歌创作产生了深刻的影响。这主要有四个方面:其一,描写了丰富多彩的异域风情;其二,开创出准确而多样的情感表达;其三,营构出雄浑悲壮的诗歌意境;其四,形成了新奇特异的诗歌风格。可见盛唐诗人塞外想象的文学意义不容忽视。

孙宇男《丝绸之路视域下的盛唐边塞诗研究》(《洛阳师范学院学报》2022年第12期)认为唐代的西域处于特殊的地理位置,是连接中西文化交流的纽带,也是一个多元文化的圣地,为盛唐边塞诗人提供了别样的素材。这些边塞诗在不同地域意境迥异:九曲回肠的陇山有幽咽哽塞的意境;凉州有凉诗的壮美;阳关、玉门关有凄凉哀婉的意境。丝绸之路的文化交流给盛唐边塞诗人提供了更多的想象空间,拓宽了诗人的创作思路。从某种意义上看,丝绸之路的开拓影响了盛唐边塞诗基调,而盛唐边塞诗为丝绸之路演绎出响彻千古的华美乐章,两者交相辉映,为后人研究盛唐边塞诗和丝绸之路留下了宝贵史料。

王心宇《探析草原风情影响下唐边塞诗中表现出的民族融合性》(《语文学刊》2022年第3期)将草原意象分为自然地理意象、气候环境意象、风俗文化意象三种,认为自唐太宗以来,为了缓和与异族政权之间的矛盾冲突,争取协作、缔结盟约等政治目的,中原统治者实行了和亲、册封、招抚、朝聘、互市等开明的民族政策,使草原游牧民族和中原民族实现了频繁的交流往来,而在长期的交融碰撞中,中原文化不可避免地受到草原风情的熏陶影响,体现在边塞诗上,则表现为草原意象的输入、刚健雄浑艺术风格的塑造和文化上求同存异的包容精神。

任志宏《论初盛唐边塞诗人仕进思想的矛盾性》(《巢湖学院学报》2022年第4期)认为初盛唐时风尚武,边塞诗中多有所谓"重武轻儒"之句,这源于对历史传统的不自觉承袭、对个人怀才不遇经历的自嘲和愤懑。这种文化惯性和瞬时情绪并不能全面、准确地说明初盛唐边塞诗人具有鲜明的"重武轻儒"思想。实际上,初盛唐边塞诗人虽尚武,但也有着积极的读书仕进思想,主要体现在:认同文人身份,赞美、同情读书人,有积极的从文做官经历和文治思想，仕进建功是初盛唐边塞诗人心中的执念。这种仕进思想的复杂性反映了理想与现实的深刻矛盾。

田雨鑫《类书与岑参送别诗的模式化探讨》（《唐都学刊》2022年第3期）对岑参"诗歌雷同"这一经典问题进行了新的探讨，分析了类书在其中的推动作用，指出岑参送别诗的模式化主要体现在语意雷同重复和结构章法的模式化两个方面。其模式化的创作存在多种成因。首先，送别题材具有丰富的诗歌传统，社交功能性决定了其具有较高的创作频率，送行场合亦存在相似性。其次，部分重复虽或许有诗人才力不足的因素，也有部分体现了诗人主动重复，以锤炼、彰显诗艺的意图。再次，许多语意与结构模式化均与类书选录裁剪作品呈现出的特征相合。这种相合性应考虑到类书与时人创作思维的共性，这体现了初盛唐习练诗歌与应酬文学创作的一种方式与倾向，由此也可以看出类书在近体诗定型过程中产生的推动作用。

裴佳敏《岑参西域诗中的汉代情结和英雄意识》（《新乡学院学报》2022年第2期）认为岑参的西域诗具有广阔而深厚的汉代情结和英雄意识。汉代情结让岑参在追忆汉代名将的同时，对唐朝的社会和军武文化进行了对比与反思。深沉而强烈的英雄意识使岑参对古今英雄在景仰中赞美，在崇拜中歌颂。岑参以历代英雄为榜样，呼吁将士们勇建功勋、成就大业，并勉励自己坚定建功立业的决心。为了国家的强盛，岑参希冀更多具有高尚道德情操的英雄出现。

张明华《论岑参的赋物送人诗》（《南昌师范学院学报》2022年第3期）认为就创作性质而言，岑参的赋物送人诗是分题或同题创作的产物。这些诗歌都可归为咏物诗，或者以山水关隘为题，或者以自然现象为题，或者以乐器为题，而咏物的方式主要是描写和叙述。在此基础上，岑参很好地处理了咏物与送别之间的关系，进一步密切了两方面的内在联系，大大提高了赋物送人诗的艺术水平。虽然赋物送人诗本身发展得并不充分，持续时间也不长，但岑参的诗歌足以代表其取得的成就和达到的高度。

邹源芳《安史之乱后岑参诗歌的转型研究》（《河南广播电视

大学学报》2022年第1期)认为安史之乱后,岑参的诗歌特点不复北庭边塞诗中的雄奇瑰丽,发生了从哀怨到华丽、又从华丽到凄清的两次诗风转变。诗风的转变与岑参的经历和其所处的环境息息相关。与安史之乱后杜甫诗歌的关注现实、高适诗歌的闲适不同,岑参诗歌逐渐呈现出内向、沉郁的风格转型,凄清暗淡的意境中依稀可见后来大历诗风的样貌。

李振中《"有唐以来,诗人之达者,唯适而已"中"达"之意略论》(《古籍整理研究学刊》2022年第6期),对历来争议较大的《旧唐书》卷一《高适传》中"有唐以来,诗人之达者,唯适而已"一句进行了考释,并提出了新见。作者通过对《旧唐书·文苑传》所立传记及其不列文苑传中而文学有建树者进行考察比较,发现在高适生活时代及其以前的诗人,均没有高适之"达"。"达"之意不仅指官位显贵,也有仕途顺达、畅达之意,还有"达见""达识"之意,即对形势透彻预见、见识通达。

石涛、陶彦姝《高适辞赋探微》(《哈尔滨学院学报》2022年第8期)将目光放在了前人较少论及的高适辞赋作品上,认为高适的辞赋在题材、内容、创作手法方面对前人学习借鉴较多,在语言、句式及抒情方式方面颇具特色。由于高适的个人经历、文学传统及时代精神等因素的影响,他的辞赋中始终洋溢着"不遇"还"自励"的乐观之气,具有较强的艺术性与思想性。

王昌龄《送柴侍御》一诗中"柴侍御"究为何人,古今学者皆无从考索。龙成松《新出〈柴阅墓志〉与王昌龄〈送柴侍御〉诗发覆》(《杜甫研究学刊》2022年第2期)一文利用新出墓志,考证柴侍御即为柴阅。根据墓志记载,天宝八载(749)至九载(750)间,柴阅在龙标县尉贬官任上待了一段时间,后量移邵阳县尉。作者还从地理角度举出相关证据,唐代沅溪水和无水在龙标合流后称沅水,则《送柴侍御》中"沅水"代指王昌龄自己的贬所无疑,而诗中"武冈"则是柴阅由龙标往邵阳需经之地。在判定"柴侍御"就是柴阅的基础上,作者又根据王昌龄生平、作品和柴阅生平信息,对王昌龄贬龙标的时间、原因作出新的判断:王昌龄很可能是因为天宝八载牵连刘巨麟赃案而被贬。

章继文《"关"和"闺":王昌龄诗的两种情结——兼论王昌龄

的家国守望情怀》(《岭南师范学院学报》2022年第1期)认为"关"和"闺"以及与二者相关的物象、意象大量而密集地直接或间接地出现在王昌龄的边塞诗、闺怨诗甚至羁旅赠别诗中,两类意象不仅体现了王昌龄诗的风格,更成了王昌龄诗的两种情结。两种情结也并非互相孤立无关,而是在矛盾中紧密伴随的,共同凝结了王昌龄的守望情怀,前者守望国家、民族,后者守望家园、情爱。

吴昌林、刘泓希《论王昌龄对盛唐离别诗创作传统的悖离与新创》〔《中北大学学报(社会科学版)》2022年第6期〕一文认为,盛唐时期离别诗体式已臻于成熟,王昌龄一反主流,放弃已经程式化的离别诗创作传统:在诗歌体式上,悖离主流中具有应酬性的律体诗,转而大量使用短篇绝句和长篇古诗抒写离别真情;在叙景手法上,悖离"沿路叙景"的"隔离"功能,形成了个性化的"临水意境"叙景程式;在意象营造上,发展了"月"意象的联结性,帮助双方情感沟通。王昌龄写作离别诗,纯以一片冰心,毫无应酬,又出于诗人的自觉,避免与人雷同,努力探索出个人创作风格。

四、张说、张九龄及其他作家研究

本年度张说、张九龄研究的论文并不太多。孟国栋《双人合撰墓志铭——以张说、苏颋为例》(《文史知识》2022年第1期)以张、苏二人相关作品为切入点,认为志文和铭文在文体形式、具体功用等方面的差异,造成了两者的相对独立性,也促成了二人合作撰文现象的出现。实际上,凡是由相对独立的两部分构成的文章,均存在合作撰写的可能。被称作"燕许大手笔"的张说和苏颋,有不少文章即是与他人合作完成的。作为开元宗臣,张说与别人合作撰写文章的方式也引得了其他文士的模仿。

戴伟华《张九龄对岭南文化的传播》(《岭南文史》2022年第2期)从文化传播角度审视张九龄之于岭南的重要意义,认为张九龄走进中原,天下始知岭南有人。"九龄风度"至少包括"文行""文雅"、体弱而蕴藉、谠言先觉三个方面的内容,张是岭南对外传播史上的标志性人物。张九龄的《荔枝赋》在客观上起到推介岭南物产的作用,其传播岭南文化、风物方面也是功不可没的。

官方《论张九龄其人其诗的"九龄风度"及所蕴含的禅意》〔《佛山科学技术学院学报(社会科学版)》2022年第5期〕也对"九龄风度"进行了深入的阐释解读:"九龄风度",在张九龄的诗歌上体现为对中国诗歌的"风雅""比兴"传统和汉魏"风骨"的继承和发扬,对现实政治的忧虑、竭力匡扶社稷的心意和逢时报恩的思想,对高洁品性的推重、对独立人格的看重、对坚守正直的表达和对功成身退的期待,并展示出他的禅意人生观:"自性清净、不粘不滞"的思想,"据于儒,依于老,逃于禅"的人生模式,与忠直守正的君子风度、进退从容的旷达心境、随缘自适的禅宗精神的完美结合。

郭佳琦《张九龄文章风貌嬗变研究》(河北师范大学2022年硕士学位论文)以张九龄的人生遭际为切入点,将其文章创作分为前期、中期、晚期三个阶段,总结了不同阶段的文章风貌的特点。认为文以感世、情志并茂,是张九龄从初仕至被唐玄宗第二次南召回京前的前期文章风貌。文以辅国、事理并举,是张九龄被唐玄宗第二次南召回京后至被罢免宰相前的中期文章风貌。文以陈诉、情思犹存,是张九龄被罢免宰相后直至去世前的晚期文章风貌。由此系统感知,可以观照出张九龄文章风貌从强调"个人"到注重"国家"再到对"国家"与"个人"双重关注之嬗变的整体情况。

此外,本年学者们利用出土墓志考证、补充了部分盛唐作家和作品,这是值得关注的一点。张驰《新出墓志所见盛唐翰林学士韩泆考》(《天水师范学院学报》2022年第5期)考证了盛唐翰林学士韩泆的仕宦及生平情况。霍志军《出土石刻文献中新见唐人著述辑考》(《古籍整理研究学刊》2022年第4期)中据杨景《汉阳太守赵承碑》考证杨景为盛唐文士,曾任秦府法曹参军,开元十二年(724)撰《汉阳太守赵承碑》,为盛唐文坛增列一位作家;据《唐故谏议大夫韩公墓志铭并序》考证韩泆有文集十卷、《南郊颂》赋一篇。唐冬冬《开封市博物馆藏唐刘升墓志考》

(《收藏与投资》2022年第6期)证实刘升确为盛唐时期的诗人和书法家。

五、文学理论研究

本年度盛唐文学理论研究主要围绕殷璠《河岳英灵集》展开。黄琪《盛唐"兴寄""兴象"范畴中的诗歌体制实践和诗歌功能观念》(《北京大学学报(哲学社会科学版)》2022年第1期)认为"兴寄""兴象"范畴在初盛唐革新齐梁诗风的诗史背景下产生、发展,体现出盛唐诗人对诗歌体制的实践以及对诗歌功能的具体认识。从体制上看,"兴寄"说呼应的是发扬汉魏比兴艺术的唐人古体创作。"兴象"之确立则受到近体诗演进过程的实际推助,与盛唐律诗创作存在紧密联系。从时人对诗歌功能的认识来看,"兴寄"说强调诗歌抒情言志,针对的是南朝后期诗歌逐渐演变为娱乐性的工具的弊端;"兴象"突出的是诗歌审美功能,盛唐人延续了南朝诗歌重视艺术美的传统,并结合晋宋以来的山水审美意识加以改造,以当时士人清新壮大的审美理想革清了六朝余弊中的低级趣味。盛唐"兴寄""兴象"范畴相互补充,体现出初盛唐以来诗歌发展的时代要求,在唐诗史上有其独特价值。

唐婷《古典诗学"兴象"概念的生成及其内涵》(《中外文化与文论》第52辑)认为殷璠在《河岳英灵集》中首次提出"兴象",这是孔颖达诠释《诗经》所提出的"兴必取象"引入诗学领域后衍生而来的新概念。继承"兴必取象"意在言外之精神,受"兴义"关涉政教人伦之影响,"兴象"重在情兴有余,反对轻艳,有助于诗歌形成情深趣远、格高调雅的艺术风格,成为盛唐诗的典型特征之一。

王雨晴《论〈河岳英灵集〉的"雅调"观》(《重庆第二师范学院学报》2022年第2期)认为"雅调"是《河岳英灵集》提出的诗学概念。在盛唐诗学语境中,"雅调"蕴含着丰富的审美要义与批评内涵。在评王维与孟浩然诗时,"雅调"透露出浓厚的体式批评意味。以"以古行律"的体式为界,"雅"与"逸"形成了美学风格的潜在对立。"雅调"观中体式批评指向的介入、对近体规范的尊崇维护，以及"雅""逸"之间的流通，呈现了融通开放与尚新求变的诗学特征。

亓颖《从〈河岳英灵集〉看殷璠"雅调"旨趣》（《贵州师范学院学报》2022 年第 1 期）认为《河岳英灵集》集中所标举的"兴象""风骨"等选诗标准鲜明地反映了盛唐诗歌创作高峰期的审美标准。殷璠作为诗选家，自觉对盛唐诗歌进行了多角度的文体审视，集中多用"调"字品评，推崇"雅调"的诗学旨趣。概括来看，殷璠以"调"审美表现在：声律上，"既闲新声，复晓古体"，重五言古诗，也推崇对仗精工的律句；格调上，承袭汉魏风骨，提倡兴象玲珑，力求"词与调合"，推崇清逸自然。这既是对初唐"以复古求新变"的延续，也是近体声律发展的必然趋势。"雅调"不仅是盛唐人殷璠诗学体系的重要部分，更在明清时期发展为中国古典诗学理论体系的核心概念之一。

钱志熙《论南朝至唐代"人文化成"文学观的流行历史》（《北京大学学报（哲学社会科学版）》2022 年第 5 期）认为"人文化成"之说源于《周易》"文"说，具有原始美学的价值。在齐梁文学风气兴盛、文笔说流行的背景下，被刘勰及萧氏兄弟等人适时引入文学理论范畴，成为齐梁文学的基本原理。唐初诸史沿用齐梁文说，使此说更得以流行，成为初唐文论的常调。但在初盛唐复古文学流行之后，其说逐渐淡出。传统评价，将此论仅视为对齐梁文学的批评观点、单纯从文学复古、重视教化的方面来阐述，并没有凸现从齐梁到唐代人文说流行的全部事实真相。"人文化成说"，至少是在使用过程中，具有用其来缘饰上层的文治及其文学创作的功能。

丁玉《王维、孟浩然、高适、岑参诗歌之"隽永超逸"议——以王士禛的〈唐贤三昧集〉为考察对象》（《黑河学院学报》2022 年第 10 期）认为王士禛通过四位诗人揭示出盛唐诗歌的真面目，即以王、孟为代表的山水田园诗派和以高、岑为代表的边塞诗派，由此构建出以"隽永超逸"为选诗原则的盛唐诗歌体系。其中"隽永超逸"就体现在王、孟诗风的平淡清远与高、岑诗歌的雄浑悲壮上。

综上所述,盛唐文学研究在2022年度取得了不俗的成绩,无论是从数量上还是内容上抑或是研究方法上来看都有了新的进展。纵观本年度的盛唐文学研究,有诸多进步之处,但也存在一些不足。期待来年的研究有更多新的突破。

中唐文学

□ 李芳民

2022年度有关中唐文学研究的论文,据中国知网学术期刊数据库及中国人民大学报刊资料中心所编《中国古代、近代文学研究》两者统计,约有百二十余篇(不包括白居易、元稹、韩愈三家)。与往年相较,论文数量有所下降。总体而言,宏观综合性研究与以往大致持平;作家作品研究数量有较大萎缩,高水平论文占比亦有所下降,但在运用新材料与文献考辨研究方面,则有一些值得称道之作;传奇小说研究虽整体突破不大,却也不乏深入思考而见新意者。以下就其中之出色者,略作介绍。

一

本年度围绕中唐文学宏观综合性研究的论文,约有十多篇,其中围绕中唐贞元诗风、中唐文学生态、中晚唐"苦吟"诗风与诗学、中唐文章观念新变、中唐的骈文批评以及晚清文人的"中唐"想象与建构等的研究,尤见出色。

就整个中唐诗歌研究而言,学界于贞元诗歌的关注,似不及大历与元和。本年度罗时进的《贞元时代的南北文学集群及其诗风趋尚》(《文学遗产》2022年第1期)一文,则就贞元诗歌特征及其意义做了新的探讨。作者认为,讨论大历与元和文学应与贞元文坛的存在协调起来,看到三个阶段发展演变的连续性、复杂性,注意贞元时期因文学中心与政治中心分离而形成的一系列新特点。文章通过对贞元京师台阁文人及创作与江南文人集群的形成及影响的分析，指出贞元文坛的几个主要特点：一是文坛出现了江南化的倾向；二是文学理论形成新的驱动力；三是诗歌创作形式与风格走向多元化；四是诗歌题材更多世俗性与日常性；五是精神向度趋于娱乐化与宗教化。认为前人谓贞元、元和间诗道始杂，然正是贞元诗道之杂，为元和开启了法门，积累了经验、提供了动力。文章还对李肇"贞元之风尚荡"中"荡"之义重做了检讨，以为贞元之风绝非一个"荡"字所能涵盖，走出"尚荡"看"贞元之风"，对于研究中唐诗史以及整个唐代文学史都是必要的。

"苦吟"是中唐至晚唐五代诗歌创作的一个突出特点，学界对此曾多有讨论，本年度仲瑶的《玄学视域下的中晚唐五代"苦吟"与诗学发覆》（《文艺理论研究》2022年第4期）一文，则对"苦吟"诗学中的深层议题及其历史发展脉络做了掘发与阐释。其认为"苦吟"是魏晋玄学影响下的六朝文论在唐代诗学中的一种重要实践与发展，以"作者"自居的苦吟诗人将诗上升到幽远玄微的"诗道"层面，玄学的审美与超越意蕴也被一寓于诗，"诗"成为这一畸零群体安顿灵魂的不二之途。其沿六朝"言意之辨"，一面由"言不尽意""文外之旨"衍生出"重意""含蓄""语穷意远""象外格"等批评概念与命题，一面则由"言尽意"走向"苦吟""磨炼"以求自家面目。"苦吟"也蕴含着对"天机""兴会"的重视，且以"清新""自然"为一以贯之的诗学追求。由于"苦吟"诗学对宋人诗学乃至明清诗学诸方面都有深远的影响，故对其诗学、诗史意义与价值也有待重估。

钟志辉的《文学交游的自觉与中唐文学生态》（《长江学术》2022年第1期）一文，则从文人的交游关系变化分析中唐文学的新特点。作者以"交游的自觉"概括中唐文人交游关系的变化，认为这一新变亦渗透于中唐文学的诸多新现象中。一是诗文唱和在时间和空间上扩展，文学互动表现为跨地域、长时段的特点，文学传播因之呈现网络状；二是文学交游的文本与文体的变化，书信被大量运用，其讨论的内容更为丰富多元，联句唱和在文人交游中呈复兴之态，其形式、风格也发生了新变；三是文学交游的心态与动机的变化，表现出强烈的论辩、竞争色彩。文学交游自觉与以文选士科举制度成熟的背景有关,同时"交游的自觉"也促进了中唐文学良性生态的形成,并为中唐文学的繁荣提供了内在动力。

中唐文学突出的特征是新变,不过阐释新变的原因与新变的内涵,显然更富于挑战性。本年度吕家慧的《史学意识与中唐文章观念的新变》(《复旦学报》2022年第4期)一文,则就此做了出色的分析。作者立足于文章观念的变化阐释中唐诗、文新变,并从史学意识的渗透与影响对之做出揭橥。认为初盛唐文章是盛世文学观,其以《易传》人文化成及《诗经》雅颂传统为基础,强调文章润色鸿业、颂美盛世的功能;而中唐以后盛世不再,取而代之的则是中兴的文章观念,其立基于《诗经》之美刺传统及《春秋》的褒贬观念,强调文章在重建理想秩序中,改善政治、改良道德的作用。以文章改造社会乃中唐文士的共识,元、白与韩、柳作为中唐诗、文代表,前者重建诗学,强调《诗经》之美刺,后者提倡古文,发挥《春秋》之褒贬,其说虽异,精神实同。诗之美刺,重在直言实录;文之褒贬,则出自对《春秋》的重新阐释,两者都体现出浓厚的史学意识。中唐这一文章观念的新变,乃是中唐文学大变革的重要原因。

相较于中唐古文研究,骈文则较少为人所关注,本年度于景祥、张力仁的《中唐骈文批评中的功利派与折中派》(《内蒙古民族大学学报》2022年第1期)一文,则于此展开讨论。文章从中国古代骈文批评史的角度,对中唐时期的骈文批评及其地位做了论析。认为中唐时期的骈文批评虽门派甚多,但从文学批评的角度看,则主要有两派:一派是功利派,其特点是着眼于政治教化,从功利主义和实用主义的角度,大倡散体古文,反对骈体;一派是折中派,其特点是从折中的角度出发,对骈散两持其平,批评古文家对骈文的过激态度,想强调用骈用散顺其自然。前者以韩愈、柳宗元等古文家为代表,后者则以皎然、裴度等人为代表。文章对上述两派的特点做了具体分析,并指出中唐时期两派骈文批评的出现,不是文学批评的退步,而是巨大的进步,反映出当时骈文批评的深入,说明中唐文学批评家们在文体意识上明显超过初盛唐的先辈们。

"中唐"的意义,在文学、历史以及学术史、政治史等层面,都有值得关注之处。本年度郭文仪的《晚清文人的中唐情结与文化想象》(《国学学刊》2022年第1期)一文,即就晚清士人对"中唐"的认同与想象做了梳理,分析了他们的不同体认。作者将晚清不同时期的士人的"中唐"体认分为三种,即道咸至同光中兴时期,主要是对贞元、元和士人士气昌昌的社会责任感的认同;光绪中后期主要体现为对贞元、元和士人所处变革时代的无奈挣扎与政局多变的体认;以及对贞元、元和士人所经历的时代悲剧和个人命运悲剧具有相同的感伤。而晚清士人又多身兼朝士、文人与学者之职,故其对贞元、元和士人的心理认同也影响到他们对学术史中"中唐"价值的判断,其中围绕元和诗史的论证,即有陈衍的"三元说"与沈曾植的"三关说",而陈寅恪则是对中唐的枢纽意义做出论述者。晚清士人对于贞元、元和的定位多是正面的,这与唐代史著与论著中对中唐士风与元和士风多有负面评价不同,因此,晚清诸老以自己的感受来建构中唐的士风与诗风,形成了一种关于中唐的情节与想象,在此基础上,中唐的枢纽地位在学术史与政治史序列中也得到确认。

如果说本年度吕家慧文是对中唐新变的一种宏观层面的论述,那么,陈文芝的《古文运动视域下唐代佛像赞的演变》(《太原师范学院学报》2022年第1期),则是围绕一种具体文体就中唐文章新变所做的考察。文章指出,自六朝出现的佛像赞,至唐则出现了序文散体化、赞文不局限于四言偶句的现象。序文散体化表现为采用介绍造像者的史传格式、以倒叙或插叙方式记事、引用人物话语、采用第一人称外视角,塑造出虔诚发愿的人物形象特征。细节与情感的真实可信在序文中得到强调。赞文则或改变四言的章法安排,或采用七言等形式,以便于流畅地叙事抒情。佛像赞中教义的言说和画面的描述让位于叙事言情,带来了文章体式的改变,使这一实用文体具有文学性和形式美,抒情传统与叙事传统在宗教韵文中得以交汇。这些变化,应被视为唐代古文运动的一个环节,也可借此看出宗教信仰与文体改革之间的张力。

除上述诸文,本年度吴夏平的《神人之间:晋唐"桃源"形塑与流变》(《南京师大学报》2022年第1期)一文,论题虽非集中于中唐,但论述自晋至唐"桃源"的形塑与流变而涉及中唐的相关作家与作品,也可资参考。尤其是对刘禹锡《桃源行》与其后谪居朗州时所作《游桃源一百韵》的分析,以及由此引出的图经与桃源图、文学地理与历史地理的差异及关系的讨论,都颇有启发意义。

二

本年度作家作品研究涉及的中唐作家约有20余人,包括元结、韦应物、皎然、钱起、卢纶、李嘉祐、朱湾、司空曙、李华、独孤及、陆贽、梁肃、权德舆、符载、王涯、王建、贾岛、姚合、李贺、陈鸿、吕温、李幼卿、李虞仲、刘禹锡、柳宗元等。

元结研究,本年度肖献军《论元结的"漫家"思想及其思想史意义》(《海南大学学报》2022年第4期)是较出色者。文章从元结"漫家"思想形成因素、"漫家"思想四个维度以及"漫家"思想的后世接受与传播三个层面,对元结"漫家"思想之形成及特色做了分析,并从思想史的角度,揭示了其在后世的影响。肖本年度还有一篇元结文献研究的论文《〈元结年谱〉补正》(《湖南科技学院学报》2022年第4期),对孙望、杨承祖之《元结年谱》,结合新资料做了修订补正,也提出了一些新看法。

围绕皎然研究,本年度金建峰《僧身与士心:论皎然诗歌的现实性》(《湖州师范学院学报》2022年第1期)、高帆《从皎然题画诗看其佛教思想与诗、画观念的融通》(《江苏科技大学学报》2022年第1期)以及张培峰《唐代诗僧皎然生年新证》(《古典文学知识》2022年第1期)三文,皆不乏作者的新思考。金文认为皎然虽是一位僧人及诗论家,但无论是为僧前还是为僧后,都写了不少反映现实生活的诗作。这些诗歌的现实性表现在三个方面:求仕不畅,抒发怀才不遇之感;身遭战乱、忧心国事,体现忧国忧民之情;赞扬边塞将士保家卫国、英勇杀敌,体现爱国之心。皎然诗歌的现实性实际上是一位生活于伟大时代背景下身为僧人却士心不已的亦僧亦士文学家的典型文学创作表现。高文则就皎然题画诗展开讨论，分析其中的佛教思想与诗、画观念的关联，认为皎然的题画诗不仅渗透着其诗学观点，还反映出他深厚的佛学修养以及对绘画的独特见解。具体表现在，联系佛教中的"作用"论，其认为诗画创作都需要精心构思；结合佛教的真实观，认为诗画创作应当体现真风格；受佛教空观思想影响，论诗强调取境，书画注重取势，"气韵"与"体势"密切相关，取势得当而后"气韵"自高。张文则就皎然的生年问题，通过文献细读，指出学界所定生年有误，认为学界考定皎然生于720年，衡以所依据之诗，实则对诗中诗句理解有误。皎然之生年虽不能确定，但作者也提出了合理的推测。

卢纶为大历十才子之一，本年度吴淑玲、宋波的《卢纶生年新考及卢纶诗作中生年诗句新解》（《保定学院学报》2022年第6期）结合卢纶诗作及其父、母墓志及弟卢绶墓志信息，并联系卢纶所处时代的边境战争，对卢纶生年作了新的推考，认为学界关于卢纶生于737年、739年之说俱不可靠，生于748年之说亦不准确。综合各种材料，推定卢纶应生于天宝元年（742）。

独孤及、梁肃、权德舆是著名的古文家，其文学思想与观念，应是中唐文学研究值得重视的论题。本年度刘青海的《独孤及、梁肃、权德舆三家文学本体论试述——围绕言志、缘情之说及文道观的发展》（《文艺理论研究》2022年第3期）一文，从文学本体论的角度，围绕言志与缘情以及文道论的发展，对独孤及、梁肃、权德舆三家的文学思想做了分析，认为独孤及标举以王道教化为本的言志论，梁肃提倡"先道德而后文学"，都属于古文家一派的文学本体论，但他们在发展传统言志、比兴说的同时，也使用六朝以来流行的缘情说。权德舆对独孤及的言志论有较多的继承，但他倡言"缘情放言"、肯定"丽藻""清词"，甚至有"焕然丽藻，丕变时风"的表述，结合其创作看，总体上是偏于缘情的。在这种复杂、多重的表述语境中，不但传统上被视为正宗的言志说获得了新义，更重要的是被视为六朝绮靡诗风之根源的缘情说也被赋予了新内容，因此，可以说在中唐诗文的创作实践中，某种意义上言志、缘情两说获得了新的统一。

同样关注中唐古文作家及其文学的田恩铭《从独孤及到权

德舆:唐代姻亲与文学补论》(《社会科学论坛》2022年第2期)一文则是由古文家之间的交往与姻亲关系,来探讨其对中唐古文运动的影响,认为独孤及作为古文运动承上启下的重要人物,其与权氏、崔氏联姻对于政事、文学产生群效应,对于中唐文学格局的形成意义巨大。李华、独孤及、权德舆构成了政事与文学并置的文儒集团,这个集团将政事与文学紧密结合起来,以交谊和婚姻构成稳定的交游群落。自独孤及到权德舆是古文运动不可或缺的一个传承环节,由此韩愈、柳宗元陆续进入尊道而重文的阶段。姻亲关系能够发挥强化文学观念的作用,用联姻而形成合力,既能够助推文学观念的代群传承,也使得古文运动进入理论和实践相结合的时期,这样的一个传承过程标志着文学实践的全面落实,古文经典化更是不可避免。

姚合与贾岛齐名,本年度涉及二人较出色的论文分别有张震英的《论姚合、贾岛诗歌清新奇峭之美学风格》(《广西社会科学》2022年第6期)与周衡的《论姚合五律诗的写作程式及其生成》(《中国韵文学刊》2022年第3期)两文。张文重在探讨姚、贾诗歌美学风格之幽赜,辨析二人风格中细微的同异之别。认为二人齐名并称,与其诗歌清新奇峭之美学风格密不可分。其诗中之"清",除了与盛中唐山水田园审美主题一脉相承外,更多表现为形式上的"清词丽句"及风格上的"清幽清苦",诗歌语言、格调与韵律方面也常常体现出清绝、清整、清硬、清峭、清奇的特色。二人诗"清"的特质同时也与弱、浅、浮等审美风格息息相关。他们在诗歌创作上"刻意求新",不仅是对大历元和以来主流诗歌的变革,也形成了一种在立意、谋篇、遣词、造句、形貌、境界等等多方面全新的五言律体,并被时人追捧和后人认可。其诗中"奇"的表现也同中有异,姚诗可以"奇中藏巧"概括,贾诗则可以"大巧若拙"概括。二人的"峭",除表现在总体风貌、声律、格调等方面外,也表现为一种在精神与人格上的追求。周文则以姚合的五律为中心,分析了其创作中表现出的程式化特点及其生成之因。文章结合姚之五律作品,从其诗歌结构、句法、对仗和平仄运用等方面,分析了其五律创作的程式化的具体表现,并认为这既是姚之诗人意识、"大众诗人"创作能力平庸的自然结果,也是中晚唐诗歌从规范化向自动化发展且精细化的必然结果。而套路性的写作程式一方面引导唐代诗人快速掌握律诗的创作路径,但也挫伤了唐代律诗求新求变的动力机制,导致唐代诗歌走向衰落。

本年度关于李贺的研究有多篇,其中葛晓音的《李贺部分七古中的"断片"现象及其内在脉理》(《北京大学学报》2022年第6期)一文最为出色。文章集中讨论的是李贺部分七古中的"密集断片"现象,认为造成李贺诗中的这种现象,并非如古今论家所说是因李贺锦囊中碎句的凑合所致,而是出于诗人自觉的创作意图。通过对李贺此类作品内藏的意脉的分析,认为其中内在的理路大致有三:一是因典故意象的重组或融化成情景而隐蔽的脉理;二是在意象大幅度跳跃中暗藏的思路转折;三是在密集细节时断时续的堆砌中暗示的情思。此类诗之所以出现"断片",乃是由于句意之间跳跃的跨度太大。而李贺之所以要违背传统写得如此断续晦涩,其中更重要的原因是要通过对七古跳跃跨度的探底,摸索中短篇古诗在表现方式和表现功能上的拓展空间。尽管李贺这种突破传统的做法容易导致晦涩难解,难以仿效,但其富有暗示性与跳跃性的意象组合技巧,对后世少数天才诗人如李商隐、温庭筠的表现艺术仍有极大的启发。

龙成松、张晖敏的《速度与激情之歌:李贺古体诗转韵技巧与诗风生成》(《中国韵文学刊》2022年第3期)讨论的则是李贺古体诗创作中的转韵与其诗风的关系。认为李贺诗以古体为主,而篇中转韵又是其显著特征之一,这一手法在其诗歌的章法布局、内容层递、诗境切换中都起到了重要作用。李贺通过韵段长短的特殊处理与韵段位置的灵活排布,增加了诗歌速度、节奏的变化,打破了创作及批评传统"中和"原则的限制,形成了独特的文本张力与音乐效果,同时韵段又反过来放大了他诗歌跳跃、荒诞、意蕴多重而隐晦的特点。在这种相互作用下,转韵彻底化入了李贺独特诗风的生成之中。

本年度刘禹锡研究论文数量虽不及往年,但也有十余篇,其中有新意者,则有肖瑞峰的《唐诗之路视域中的刘禹锡》(《河南大学学报》2022年第1期)、余莉的《先立言而后体物——刘禹锡的古文思路与审美倾向》(《天中学刊》2022年第6期)以及杨恬、张中宇的《明代刘禹锡诗歌接受研究——以唐诗选本为考察中心》(《平顶山学院学报》2022年第4期)数文。

肖文主要从唐诗之路这一研究视角，分析了刘禹锡对唐代诗路形成的意义。认为在唐诗之路形成中，刘禹锡是功不可没的诗人之一。他一生命途多舛，因屡遭迁谪而与唐诗之路结缘甚深，其中与沅湘、岭南、巴蜀、京洛、浙西诸条唐诗之路皆有关联，一篇篇华章伴随着他跋涉唐诗之路的脚步适时而生，又反向滋润与丰富了这条道路，赋予其文学史与文化史意义。刘对唐诗之路形成的最大贡献，在于其通过风景画、风俗画与风情画的勾勒与融合，赋予了这条诗路横亘千古的生气，使它变得鲜活、明媚与生动。

刘禹锡既是中唐著名诗人，也是重要的古文家，但因诗名之盛，文名反为所掩，其有关文章写作之理念，论之者鲜，余文则于此展开讨论。文章主要围绕"立言"与"及物"、"气"与"道"、"识度"与"精微"数端展开论析，认为刘禹锡的文章观念是以"立言"为基础，强调文章的"致君及物"的政治功用；创作路径上注重"气"与"道"，重视天赋与灵性；审美倾向上强调"精微"与"识度"，对形式上的"古文"与否保持冷静态度。刘禹锡以"立言""及物"为基础的文学精神，与韩愈的古文运动异轨，体现了中唐士大夫复兴王朝的另一种努力。

杨、张文则属于刘禹锡的后代接受研究。文章主要通过对选录刘禹锡诗歌的相关唐诗选本的考察，对刘诗在明代的接受状况及其变化的原因展开分析。认为在明代前、中期，刘诗的接受度不高，甚至一度陷入低谷，至明后期，选本选录刘诗数量才略有增多，但仍低于白居易、元稹等中唐诗人。明人对刘禹锡的接受以七绝为主，对其律诗、古诗则多有批评。刘诗在明前、中期的接受整体热度低，与"和而正""崇盛唐"的社会思潮及"正变"观念密切相关，明后期文化思潮趋于多元，中晚唐诗歌重受选家关注，故刘诗接受度出现起伏。

柳宗元研究历来备受学人重视，本年度的论文数量依然远过其他作家，约有20余篇，但高质量论文的占比则未能尽惬人意。较为出色者有王娟的《略论柳宗元的民族观及其当代价值》(《中华民族共同体研究》2022年第2期)、刘雨晴的《柳宗元文章取法诸子论及其文章学意义》(《社会科学》2022年第10期)、范晶晶的《黔之驴：一个文学形象的生成与物种迁徙、文化交流》(《民族艺术》2022年第2期)以及刘城的《柳宗元的人物传记对〈史记〉的师承》(《渭南师范学院学报》2022年第1期)数文。

柳宗元曾为少数民族地区行政长官且颇有政绩，这与其民族思想是有密切关系的，故王文即因此而就柳宗元的民族观展开论述，并分析其思想来源。认为柳宗元的民族观包括华夷一体、夷夏若均、以夏变夷和对少数民族地区文化的认同四个方面。其中"华夷一体"的共同体思想是基础，"夷夏若均"的平等思想是核心，以夏变夷是以中原文化助力民族共同体的形成，认同少数民族地区文化是实现途径，是双向的互动互化方式。柳之民族观的来源，既受到儒家民族观的影响，也和唐代的民族政策、历史与现实以及其遭贬的个人经历有关。而柳宗元处理民族关系的智慧对当下维护国家统一和加强民族团结依然有借鉴意义。刘雨晴文则是围绕明清至民国时期柳文批评出现的柳文取法先秦诸子的观点及其相关问题的讨论。指出古代文论中有关柳文取法先秦诸子的议论主要集中于明清及民国时期，由此，文章围绕柳文批评中柳文取法诸子的议论以及明清及民国时期此论产生的背景做了概括与分析。认为这一时期子学的复兴，使得评文者自身的知识结构发生了变化，对四部之学辨章学术、考镜源流式的梳理，也推动了文论家去勾连唐宋古文与先秦诸子之间的发展脉络。而对柳文取法诸子的强调，使其论辩文受到更多的关注，有助于改变柳文接受史中山水游记独受重视的局面。关于柳宗元寓言《黔之驴》的故事来源与所接受的影响，学界相关的讨论曾有所追溯，如有印度民间故事、拉封丹寓言以及《佛说群牛譬经》《百喻经·构驴乳喻》的影响等说，范文则结合物种的驯化与迁徙路径、文化交流中的继承与变异，梳理了"驴"从古希腊、印度到中国的形象变化，指出驴最早被驯化于近东，引入希腊后成为寓言中来自东方的他者形象，进入印度后染上了种姓色彩，而走进汉地后则丰富了文人创作与佛道传统。

范文的这一研究视角与方法，无疑对于加深包括柳宗元《黔之驴》在内的中国文学有关驴书写的认识具有启迪意义。刘城文则就柳宗元的人物传记写作与作为中国传记文学经典的《史记》之间的师承关系做了探讨，认为柳宗元为下层百姓立传并加以颂扬，于文中或结尾发表议论以寓寄托，于他人传记中融入自己的身世之感，为文尚"洁"与尚"奇"等方面，都体现出对《史记》的师承与开拓，柳对《史记》的推崇，不仅是其本人文章写作的精进之途，也是推动《史记》经典化的关键一环。

本年度与中唐作家相关的新出土文献研究，亦成绩突出，其中如杨琼的《新见唐文学家李华墓志考疏》(《文献》2022年第1期)、黄大宏的《陈鸿〈常府君夫人河东柳氏墓志〉考释》(《宝鸡文理学院学报》2022年第5期)、王守芝、严寅春的《大历诗人李幼卿墓志考释》(《滁州学院学报》2022年第3期)、王静、王荣艳的《唐李虞仲墓志及相关问题探析》(《保定学院学报》2022年第1期)皆对相关新出土的墓志文献做了细致扎实的梳理考证，于相关作家家世生平及文学创作颇有推动与进益之功。此外，马聪的《唐刘禹锡书〈崔迢墓志〉辨伪》(《文献》2022年第1期)通过墓志文相关信息的辨析，指出此方墓志志文内容虽大致可信，但撰者、书者之信息当出于后人伪造，不可信从。对于读者正确认识此墓志标识的相关信息，也颇有价值。

三

有关唐人传奇小说研究，本年度论文约有30余篇，涉及的范围虽广，但新颖而富有开拓性的论文数量相对不足，以下仅就其中较为出色者略作介绍。

陈文新的《论唐人传奇的历史进程与风格流变》(《长江学术》2022年第4期)是一篇从宏观角度勾勒唐人传奇的发展与流变之作，而以描述不同阶段唐人传奇之精神气质与艺术风貌为核心。文章将唐传奇发展分为初、盛、中、晚四个时期，认为从唐初到代宗朝为初期，此期唐人传奇带着六朝杂传记的印痕，渐趋成熟；从德宗起至宪宗止为盛期，单篇传奇臻于鼎盛，其特征是对"无关大体"的浪漫人生的热烈关注,"传、记辞章化"这样一种新的叙事惯例逐渐完善;从穆宗起至懿宗止为中期,是传奇集创作大获丰收的时期;随着爱情题材作品的急剧减少,苦心构思曲折情节的作家占据了核心位置,裴铏、李复言是他们中的佼佼者;从僖宗起,延续到五代初为晚期,是传奇的衰退变异时期,陈陈相因的情节和连篇累牍的议论削弱了其美感魅力,尽管侠盗形象不乏新意。

关于唐传奇文体概念及其内涵的辨析,学界多有讨论,本年度仍有两文围绕此论题展开,但角度则有所不同。其中王庆华的《论宋人对唐传奇的文体定位》(《学术研究》2022年第8期)一文,是以围绕宋人对唐人传奇的目录归类来分析其对唐传奇文体的体认的。认为宋人将大部分唐人单篇传奇文归入集部之"传记文",同时,亦将唐人单篇传奇文和传奇集看作"小说",以资谈暇、广见闻的价值定位为主,反映了他们对唐传奇文类性质、特征、价值的认识判断,揭示了唐传奇作为一种独特文类的文体规范。宋人对唐传奇的文体定位为后世理解、认知唐传奇以及整个传奇体小说类型奠定了基础。宋人将唐人传奇介于集部"传记文"和"小说"之间的文体定位,也开创了集部之"传记文"与子部之"小说家"交叉混杂的传统。而王瑜锦的《名随事迁:唐传奇文体名称在后世之因革》(《语文学刊》2022年第3期),则梳理了自宋以降下迄民国不同时代关于"唐传奇"与"唐小说"概念的体认。认为在宋代,"唐小说"一词常作为唐传奇的代名词而使用,"传奇"则多指裴铏《传奇》一书。明清以降,"传奇"既可指唐代传奇小说,又可指明清戏曲文体,而"唐小说"此时仍然作为唐代传奇小说的代名词而出现,这一共存的状态一直延续到民国。20世纪20年代后,随着小说史学科的成熟,"传奇"作为唐代传奇小说的称谓由此而确定,与之形成鲜明对比的是,"唐小说"一词只是偶现,这一变化与民国小说概念的改易密不可分,其中鲁迅的影响至关重要。

借鉴海外学者的相关研究理念与方法,对于促进学术进步颇有意义。本年度也有几篇与此相关的文章,分别是刘晓峰的《怪异与边界——对唐人小说中边界与秩序的个案分析》(《探索与争鸣》2022年第7期)、张莉莉的《以西释中——论英美汉学界的唐传奇研究视角》(《文化学刊》2022年第5期)以及查屏球的《来去自由神俗通》(《读书》2022年第9期)。

刘文借鉴日本学者的"妖怪学"理论,对戴孚小说《广异记·唐参军》一篇中千年之狐赵门福为同类报仇的故事做了新的阐释。文章认为尊重古代社会存在的思想逻辑,不割裂古人的世界结构,用古人的眼睛看世界、理解世界,接受在假想和虚构的知识基础上再生产的文化历史为自己历史的一部分,是真正进入并理解古代世界的前提条件。故其认为从《广异记·唐参军》中的狐精复仇故事的内在逻辑出发,可探析古代中国世界的人域、妖域、神域之间的边界与秩序。认为这个古代世界是一个有天意、有情、有心的世界,是按照人的思想和逻辑安排的井然有序的世界,有关它的诸多想象虽不是真实的实在,但在这些想象和认识的基础上所构建的巨大的精神世界却是实在的,且一直对古代社会发挥着作用和影响。张文着重介绍了英美一些汉学家研究唐传奇新的理论与视角,认为英美汉学界对唐传奇研究存在传统的批评视角,但更多的是运用西方文学批评理论探究唐传奇文本言说的内容。文章主要介绍了阿德金斯运用原型批评理论对唐传奇故事、蔡凯文借鉴维克多·特纳与布迪厄的仪式理论对《李娃传》隐藏的仪式文本,以及冯睿借鉴尤里·洛特曼文化符号理论对"南柯一梦"故事的阐释与分析,认为英美汉学界以西释中的研究方法,无疑是对唐传奇文本意义的多维阐释,建构了无限衍生的多元、变化、不确定的意义阐释空间,给国内唐传奇研究带来深层思考。查文则主要介绍了杜德桥的《神秘体验与唐代世俗社会——戴孚〈广异记〉解读》一书研究《广异记》的理论、方法以及其阐释分析《广异记》所体现的特色与学术风格。认为杜的学术风格更接近欧洲早期东方学特色,即以解读东方文本与文献为基础,综合多学科知识说明与西方有异的文化特质,但杜的研究模式也不全然是复古的,他不仅吸取西方汉学界最成功的学术成果,也汲取了最新的研究方法,是旧中有新,旧而不腐,因而本身也就是可供人学习的新范式。

围绕唐传奇作者考证,本年度则有李小龙的《都城文化视角下〈三梦记〉作者及相关问题新考》(《陕西师范大学学报》2022年第5期)与王晶波的《李公佐身世新证》(《甘肃社会科学》2022年第1期)两文值得称道。李文是就《三梦记》作者为白行简而做出的新考证。文章通过对《三梦记》文本的细读分析、文本不同版本底本的比勘、作家交往及行迹的梳理,并从都城文化观照等方面,对《三梦记》的作者为白行简做了进一步的新证。王文则是围绕传奇作者李公佐的身世展开的考索。学界认为唐有两李公佐,一为小说家李公佐,一为宗室李公佐,二者并非一人。文章通过对后者身世材料的梳理以及《古岳渎经》中相关人物关系背景的考察,认为两李公佐在官职、年龄、交往、行迹等方面都颇接近乃至巧合,因此说明两李公佐实为一人。

单篇传奇的研究,则以李博昊的《〈崔炜〉的墓葬想象与现实合契——兼谈南越王墓映现的民族交融与文化认同》(《地方文化研究》2022年第2期)与周承铭的《论唐人小说〈异梦录〉的思想主题》(《淮北师范大学学报》2022年第2期)二文较为出色。李文从历史、地域文化、民族文化交融与文化认同等方面,对裴铏《传奇》中《崔炜》一篇做了新的阐述分析,认为小说以南越王赵佗的墓葬为切入点,对秦汉时期南越王国的政治、民俗、文化等诸多层面进行了摹写,其中既有想象的元素,亦有一定的现实含蕴,折射出其时岭南与中央王朝及周边民族交往交流交融的情态;作品对墓葬形制及陪葬品等的描绘,与南越王赵眜墓所呈现的一致,映现出民族融合的时代背景下,唐人认知中的岭南风土及岭南气象。而周文则通过对沈亚之《异梦录》小说文本的深细解读阐发小说的思想与主题,认为小说描述的梦境具有一定的现实指向与意味。其中陇西公讲梦意在表白,姚合讲梦意在评判,沈亚之记梦意在担忧。小说主题是劝谏当政掌权者真心纳士用贤,奉行礼贤接士之道,对满怀憧憬登门求仕的文人士子应给予充分尊重,对治下幕客应充分重视并加以重用。

本年度还有两篇综述之文值得一提。一为陈才训的《唐代小说研究七十年——以研究的维度与问题的考察为中心》(《文学遗产》2022年第4期),一为贾彦彬的《日本唐传奇研究综论》(《古籍整理研究学刊》2022年第3期)。陈文依问题与维度,对七十年来的唐人小说研究，从十个方面做了梳理与概括，同时也分析了存在的问题与不足，并就唐代小说研究提出了一些思考。贾文则对自进入现代以来的日本唐代小说研究，分别从文献整理研究、文学史论研究、文学艺术研究、宗教文化研究几个方面的主要成果与成绩做了介绍，概括其研究方法与视角的特点，评点成绩与不足，以期为中国的唐代小说研究者提供借鉴。两文对于从事相关研究的学者展开进一步思考，当不无价值与意义。

晚唐五代文学

□ 亢巧霞　吴在庆

2022年晚唐五代文学研究，整体论文数量增多，特别是对《花间集》与花间词人温庭筠、韦庄的研究，单篇文章数量多于去年。另外，本年度也有利用新出土文献展开研究的论文。下面分别述之。

一、晚唐五代诗人研究

莫砺锋《罗隐七律的成就及其在唐末诗坛上的地位》(《文艺研究》2022年第4期)一文从唐末诗歌最重要的诗体七律入手，将罗隐与其他唐末各具特色的六组诗人进行基于文本分析的对比研究。文章认为罗隐七律在思想内容与艺术造诣两个方面都达到了唐末诗歌的最高水平。"罗隐题破"指罗隐出口成谶，所言之事经常应验，相关故事主要见于杂史、小说和方志之中。曹栩宁《论"罗隐题破"现象及其成因》(《宜春学院学报》2022年第10期)一文归纳"罗隐题破"故事中罗隐谶言与应验现象的关系包括推论、巧合、附会、虚构四类。文章提出"罗隐题破"现象的成因有三方面：首先，罗隐诗歌语言通俗、意蕴深刻，能在广泛流传的基础上被后人解读成为谶言。其次，罗隐一生行迹遍及四方，留下不少传说故事，被作为谶言的应验性事件流传下来。再次，杂史和小说作者的猎奇态度、百姓的崇敬爱戴心理，共同促使传播主体附会甚至伪造出许多神异的谶言故事。张忠纲《皮日休、陆龟蒙学杜与"吴体"之谜》(《杜甫研究学刊》2022年第1

期)一文梳理皮日休、陆龟蒙以"吴体"唱和的6首诗歌及其宋、元、明、清诗歌中直标"吴体"的作品,详细考证何谓"吴体"。作者提出杜甫"吴体"是对"吴均体"的改造创变,是"不拘声病,自创音节"的七言拗律的一种特殊形式。莫砺锋《杜荀鹤的〈春宫怨〉是恶诗吗?》(《古典文学知识》2022年第6期)一文否定王夫之"晚唐饾凑,宋人支离,俱令生气短绝。'承恩不在貌,教妾若为容。风暖鸟声碎,日高花影重',医家名为关格,死不治"中对杜荀鹤《春宫怨》的论断,提出该诗是唐代宫怨诗中难得一见的佳作。

吴在庆《略谈〈香奁集序〉之误读与解读》(《古典文学知识》2022年第4期)一文对清末民初震钧对《香奁集序》部分文句的误读依次进行辨析,并对徐复观依《香奁集》中绝句"思录旧诗于卷上凄然有感因成一章"一诗而断定《香奁集序》非韩偓作的观点作了辨析。洪越《〈香奁集〉的编录与唐末回忆性书写》(《中国人民大学学报》2022年第5期)一文认为韩偓将自己的艳诗旧作编为《香奁集》,主要有两方面原因。一是唐朝末年的战乱和社会剧变、个人处境的变化促成韩偓回忆性书写,而辑录艳诗成集正是这种"怀旧"的组成部分;二是9世纪下半叶,随着进士出身的新型精英成为政治文化的主导力量,士人群体对"风流"现象及其书写的认识和评价发生变化,使保存艳诗更能被接受。作者提出韩偓《香奁集》是一部唐末士人怀念已经逝去的太平年代的作品,它通过回忆"风流文化"来保存和延续唐代的政治文化秩序。沈文凡、孙越《薛逢行年考补苴》(《吉林师范大学学报》2022年第4期)一文以薛逢现存诗文为底本汇总梳理今人成果。文章认为薛逢约生于宪宗元和元年(806)丙戌,及第前多游于江浙一带,及第后薛逢由校书郎转任魏州县吏,再随崔铉镇河中。至崔铉回京,薛逢被调为万年尉。宣宗大中十三年(859)己卯入蜀,在成都府任少尹兼西川节度使副职。懿宗咸通七年(866)丙戌,薛逢回长安,官太常少卿。咸通十一年(870)庚寅,历给事中,后迁秘书监。咸通十四年(873)癸巳或任京兆尹,后或入闽任侯官令。文章提出薛逢或卒于闽中,其确切卒年尚不可考。胡丽娜《郑谷诗歌的禅宗美学意蕴》(《文化学刊》2022年第9期）一文认为郑谷诗歌禅宗美学的意蕴展现在四个方面。一是对自由生活和闲适自然之美的追求；二是追求逍遥的生活境界；三是借助禅宗美学意蕴，表达自己追求自然和空灵的心境；四是透过禅宗美学意蕴去展现自己对闲适生活的向往。李小山《试论郑谷诗歌的末世文人心态及艺术表现》（《河南社会科学》2022年第12期）一文提出郑谷心态具有衰飒之气和悲郁底色。文章认为郑谷诗歌继承了贾岛、姚合"苦吟"作派和"逃禅"习气，发为末世清幽孤寂之吟，也不乏僧禅韵味的自然流露。辛馨《许浑诗歌创作的地域文化阐释》（《黑河学院学报》2022年第10期）一文认为许浑一生的出处行藏及其诗歌创作与其家乡润州关系都较为密切。文章将许浑与润州相关的诗歌分为送别诗、酬唱诗和题咏诗三类，作者认为这些诗歌都在一定程度上反映出润州的地理、宗教、农业及其隐逸文化等。刘春景《高僧与俗人之间——论唐代诗僧齐己的"俗化"问题》（《唐都学刊》2022年第3期）一文立足齐己诗作，认为齐己作为一名高僧，追慕并效法慧远及白莲社成员，试图与世俗权力保持距离。同时，受晚唐五代禅风日趋俗化的影响，齐己生活亦有俗化的表现，如蓄积私财，服食丹药，与友互赠贵重物品等。文章认为齐己俗化的原因有三个方面，一是唐末社会风气的影响；二是禅宗教义遭到破坏；三是齐己在江陵府受到礼遇。杨成凌《晚唐选家对元稹诗歌的审美接受》（《新纪实》2022年第6期）一文通过对《又玄集》《才调集》的版本流传、审美倾向、选录情况等进行梳理，窥探晚唐及五代时期文人士子对元稹诗歌的审美接受态度。霍志军《出土墓志所见晚唐翰林学士崔凝考》（《西北民族大学学报》2022年第5期）和孟国栋《〈李朋墓志铭〉与郑谷生年新证》（《江海学刊》2022年第2期）是学界重视并利用地下考古发掘新成果，推动古代文史深入研究的两篇例证。霍文立足新出土《崔凝墓志》，考证崔凝科第仕宦的事迹。孟文依据新出土墓志铭，推考郑谷生年为大中七年（853）。

另外，2022年晚唐五代诗人或诗人群研究的硕士论文有：贺卓妮《昭宗时期韦庄游踪及心态考论》（延边大学2022年硕士学位论文）、阮云艳《五代谭用之诗歌整理与研究》（上海师范大学2022年硕士学位论文)、王婷《张祜的政治命运与诗歌创作》(浙江大学2022年硕士学位论文)、郑毓姝《李咸用及其诗歌研究》(闽南师范大学2022年硕士学位论文)、蔡雅茹《李郢及其诗歌研究》(闽南师范大学2022年硕士学位论文)、刘槿《唐大中十年至十四年襄阳诗人群体研究》(南昌大学2022年硕士学位论文)。

二、《二十四诗品》与司空图研究

王宇《〈二十四诗品〉"诗化"批评模式分析》(《汉字文化》2022年第7期)一文从意象的组合与意境的营造两个角度解读《二十四诗品》的"诗化",归纳出"诗化"批评方式的价值与不足。清代以来,学者们关于《二十四诗品》是否具有体系这一问题始终众说纷纭、莫衷一是,其中以"周易体系说"最具代表性。各种"周易体系说"或侧重于总体架构,或侧重于各品顺序,或二者兼而有之。章华哲《〈二十四诗品〉"周易体系说"辨析——兼论〈二十四诗品〉体系问题》(《海峡人文学刊》2022年第1期)一文着重对"周易体系说"进行梳理与辨析,并对众多学者热衷于为《二十四诗品》架构体系这一现象背后的原因及其所反映出的问题进行探讨。文章认为一百多年来众多学者都热衷于探究其体系,其原因有客观、主观两方面。客观上看,这与近代以来的治学风气有关,"宗经""原道""六经注我"等文学观念以及"天人合一"、对数字敏感等文化传统亦是重要影响因素;主观上看,这背后也有着微妙的阅读心理在发挥作用,越是朦胧难解的作品,往往越能够引发人们"探秘"的兴味。谭宏旭《〈二十四诗品〉中的中华优秀传统文化融入初中德育课程的价值与路径研究》(《名作欣赏》2022年第26期)一文从奋斗观、审美观、学习观和生态观四个角度挖掘《二十四诗品》中的德育元素。文章提出对《二十四诗品》的思想进行创造性转化、创新性发展,或将传世格言与《道德与法治》课程相结合,是将《二十四诗品》有效融入初中德育课的路径之一。

2022年司空图或《二十四诗品》研究的硕士论文有:任美云

《司空图"全美"思想及其实践》(青海师范大学2022年硕士学位论文)、张琦《清代〈二十四诗品〉接受研究》(山东大学2022年硕士学位论文)。

三、南唐词研究

吴晨骅《李煜词的章法新变》(《中南民族大学学报》2022年第10期)一文提出李煜现存词作,存在锁链结构、双层结构、点面结构、圆形结构四种主要的章法结构。文章认为李煜综合应用这四种结构,并借助过片处的暗转、使用问句、打破单句长度限制等发挥结构性作用的词句细节处理,实现了全篇浑融的艺术境界。谷文彬、秦凡森《论李煜词中暮夜书写的作用及其成因》(《邵阳学院学报》2022年第5期)一文以李煜词中涉及暮夜书写的20余首词为研究对象,认为李煜对暮夜的偏爱,是由于外界环境的骤变、阶下囚的困境使他把目光转向夜晚、转向自身,并将自己的所思、所感融入作品之中;加之李煜的敏感与多情,也催生了他对暮夜独特的审美感知。王强力《从"当行本色"反思李煜与李清照词》(《名作欣赏》2022年第8期)一文认为"当行本色"这一历史概念,每个阶段的所指要求不尽相同,后一阶段是在前一阶段上的继承和发展。李清照词实是李煜词的继承和发展,二人之词各自为相应阶段"当行本色"的代表。

邵启凤、王为刚《南唐冯延巳任职宰相考》(《东吴学术》2022年第4期)一文通过对文献的综合分析,得出冯延巳曾三次担任同平章事,分别为保大四年正月到保大五年四月(由中书侍郎提拔为集贤殿大学士、同平章事,罢为太子少傅)、保大十年三月到十一月(由太弟太保、潞州节度使提拔为左仆射、同平章事,罢为左仆射)、保大十一年三月到显德五年五月(由左仆射提拔为左仆射、同平章事,罢为太子太傅)。文章认为有关文献记载的冯延巳第四次担任同平章事并不存在。朱馨悦、颜庆余《冯延巳词中的自省意识》(《汉字文化》2022年第23期)一文梳理冯延巳词中"酒""水""镜"三个意象,作者认为这三个意象在冯延巳的自省过程中有重要作用,并为词人不同风格的作品提供深层情感结构上的文化心理背景。

四、花间集与花间词人研究

涂慧《〈花间集〉的现代审美症候与福瑟克的对等译介诗学》（《文艺理论研究》2022年第1期）一文从中国古典诗词英译传播角度出发，提出美国汉学家罗伊斯·福瑟克译介的《花间集》具有不可忽视的阐释价值和诗学启示。文章认为就阐释角度而言，福瑟克从普遍审美意识和现代性理念出发，对中国花间词予以现代性体验和创造性阐释，认为它具有现实超越性、文本自律性、人工技艺性、创造想象力、主题多义性等特点，契合并遥指19世纪晚近西方兴起的现代审美症候。就译介诗学而言，福瑟克从跨语际译介和跨文化诗学出发，重视词作的结构布局与意象安排，关注词体形式的诗学维度及其与主题的关联，以"结构对等翻译法"赋予译文结构形式以审美意义和诗学价值。

郑文焯（1856—1918）是晚近词学大家，其批校本《花间集》今藏上海图书馆，是值得重视的花间词研究史料。杨传庆《郑文焯批校〈花间集〉三题》（《古籍整理研究学刊》2022年第1期）一文提出郑文焯批校本《花间集》中，有三个内容值得注意。第一，郑文焯认为温庭筠《金荃集》是诗词合集，非词专集。第二，郑文焯提出《花间集》"非选家例"的推断。第三，《花间集》具有明显的曲子词总集特征，令曲体例不一。文章认为郑文焯对《花间集》令词体例的考察，虽然未必准确，但并不拘泥，体现了清季学人对令词体例的可贵探索。蒋昕宇《〈花间集〉的庭院建筑空间书写与词体体性建构》（《西安建筑科技大学学报》2022年第3期）一文认为花间词人对庭院空间的书写，表现了唐末五代宫廷怨妇、女冠和闺阁女性不同的生活心理状态。文章提出花间词人对门窗、屏障、帘幕等边沿空间格外喜爱，不同词人对该抒写方式的认同或背离，建构出词体体性的内在差异，也为后世词体体性建构提供新的可能性。王雨晴《论花间词中的闺阁器物意象》（《六盘水师范学院学报》2022年第4期）一文对《花间集》闺阁器物意象进行分类统计。作者提出《花间集》500首词作中，器物意象共计240种,出现603次,包括帘帷、衾枕、屏风、香熏、灯烛、乐器和镜匣扇笼七大类及其下属众多品类。文章认为众多闺阁器物外观审美上,呈现富贵精奢之貌、鲜明亮丽之色、轻薄纤巧之质与清新淡雅之韵。艺术表现上有聚焦动态感、营造光影感、构建层次感、刻画细腻与综合运用多种感官的特色。沈传河、刘睿《〈花间集〉里的边塞情结》(《宜春学院学报》2022年第4期)一文提出《花间集》词作在"主调"之外,边塞词是重要的"花间别调"之一。作者认为其边塞情结主要表现在四个方面:一是边塞闺阁两相思念的情愁,二是对立功受赏的渴求,三是对连年征战的厌恶,四是对边塞风光的不同感受。罗玉清《〈花间集〉中"青"词群研究》(《名作欣赏》2022年第3期)一文统计《花间集》中"青""绿""碧""翠"四个颜色词的使用情况。文章认为花间词人对"翠""绿"构词使用最多,较喜欢用颜色稍浓郁的颜色词,在使用上大多使用其颜色义而非社会义。花间词人利用颜色的明亮艳丽增添环境的色彩感,带来突出的视觉对比效果,塑造出"香软绮媚"中"绮"的特质。李彦湄《〈花间集〉中的"眉"意象及其文化意蕴》(《文化学刊》2022年第6期)一文统计《花间集》中"眉"的称呼和形态。文章认为男子对闺阁女子之"眉",在细节上的自然刻画,表现了花间词人对女性的关怀,具有一定的进步性。同时,柔婉纤美的"眉"意象也是作者境遇上的不得志等情感的流露,一定程度上是封建男权文化的折射和反映。武亚雯、张春梅《论花间词内外部空间的书写——以温庭筠与韦庄词为例》(《汉字文化》2022年第22期)一文认为以温庭筠为代表的花间本色词以内部空间的书写建构了以女性生活空间及其内心世界为核心的文学审美;同时,以韦庄为代表的词则构建了动态社会空间图景的"花间别调"。花间别调词抒情主人公大多是男性,以男性视角写景抒情,寄寓个人身世之感和家国情。这极大地拓展了花间本色词的词境和审美空间,使花间词不再局限于幽闭闺阁的内部空间,而呈现出更广阔的艺术表达。弱德之美是叶嘉莹在研讨词体美感特质过程中提炼的重要概念,涵盖作者创作、文本空间和读者接受三个层面。王方文祺、方盛良《论〈花间集〉中的弱德之美及其差异性——以温庭筠、韦庄为中心》(《皖西学院学报》2022年第4期)一文对照分析了温韦词弱德之美的差异性。

符继成《"画屏金鹧鸪"与"弦上黄莺语"新解——〈花间集〉温、韦词风的叙事学分析》(《深圳社会科学》2022年第3期)一文用叙事学理论分析温庭筠和韦庄的代表作《菩萨蛮》,并探讨二人词风差异的原因。张杏《从情景融合的运用看词体在发展初期的演进——以敦煌曲子词、〈花间集〉、冯延巳词为例》(《德州学院学报》2022年第5期)一文从情景融合运用的角度出发,分析敦煌曲子词、《花间集》、冯延巳词。文章认为敦煌词以情感表达为主,景物处于次要位置,未能留给读者过多的回味余地和联想空间;《花间集》景物描写占据主体地位,情感表达往往只是某种情绪的偶然流露,造就出能引发更多联想又无法确指的"中间地带";冯延巳词景语作用极大提升,"景"句有了独立承担情感甚至容载深邃意蕴的能力,实现了景情的深度融合。黄静《温韦词女性形象的异同及形成原因探析》(《盐城师范学院学报》2022年第2期)一文认为韦词中女性身份更为多样化,韦庄对女性形象的塑造也更鲜明。作者认为这与温韦两人所处的时代、人生经历及其对传统"美人"意象的继承都有密切的关系。

陈鹏宇《率真与含蓄——浅谈韦庄词的艺术风格》(《名作欣赏》2022年第17期)一文认为韦庄词是一个矛盾的综合体。文章认为韦庄词除去用语上的天然真率、抒情上的直露之外,其词中喜用铺叙之法,而铺叙带来的曲折效果和抒情的不完全性一同构成韦庄词中不易察觉的隐性特点。沈芳《论韦庄词的叙事性特征及其抒情风格》(《辽宁工业大学学报》2022年第2期)一文认为韦庄词具有完备的叙事要素与清晰的叙事结构,认为其词中使用独特的叙事视角与多样的叙事手法。作者提出韦庄词的叙事性特征承前启后,在词学史上有着承接、转化、生发的独特地位,为后人的诗词创作提供了一个范型。孙海鹏《论韦庄词中时间的表现形式》(《名作欣赏》2022年第5期)一文将韦庄词作的时间表现形式划分为直接型时间表现形式和间接型时间表现形式两类。文章提出韦词的时间表现形式以"春""夜"为主,直接表现时间的词语具有间接化倾向。《秦妇吟》是韦庄的一篇叙事诗,然《秦妇吟》没有传世本。在敦煌遗书中发现相关写本14件,廖小红《敦煌写本〈秦妇吟〉综合研究》(《平顶山学院学报》2022年第3期)一文以敦煌写本为切入点,阐析敦煌写本《秦妇吟》的形制、功用及传抄流布等。文章提出现存14件《秦妇吟》写本的保存形制主要有三种,即卷轴装、册子本与残片。从写本的功用来看,又可分为文士写本、学郎写本和讲唱写本三类。文章认为《秦妇吟》在唐末五代时期的广泛流传,与诗歌内容、传抄人群、社会环境以及传播方式都密切相关。罗曼《百年来韦庄研究的"竟"与"未竟"》(《宁夏大学学报》2022年第3期)一文分别从韦庄集整理与文献研究、韦庄生平及行迹考订、韦庄词研究、韦庄诗研究、《又玄集》与韦庄思想研究五个方面作了研究述评。文章提出当前韦庄研究尚存在"基础研究瓶颈化""研究视角狭窄化""研究方法静态化"等问题。作者认为将韦庄诗、词、文、选本等相结合进行联动研究,并将其作品置于唐末历史图景中进行互动研究,或许是未来韦庄研究的新思路。廖小红《〈秦妇吟〉作者的叙事学考察》(《保山学院学报》2022年第4期)一文认为《秦妇吟》一诗从叙述者的层面来看,讲述了人物在战乱中的生活与经历;从隐含作者的层面看,诗歌揭示了黄巢之乱给人民带来的深厚灾难,揭示了社会的黑暗,表达了作者对战争的批判。

王雯婧、明言《温庭筠乐评诗作初探》(《音乐文化研究》2022年第2期)一文立足文本,从音乐描写角度分析温庭筠乐评诗,如《夜宴谣》《弹筝人》《郭处士击瓯歌》《虇簝歌》《舞衣曲》等,认为就"摹写声音"的细腻度、艺术性而言,温庭筠乐评诗皆不可小觑。胡文梅《温庭筠乐府诗中的"春"意及其审美意趣》(《滁州职业技术学院学报》2022年第1期)一文整理和分析了温庭筠乐府诗中与"春"相关的诗歌,并归纳了其诗歌的审美意趣。文章认为温庭筠乐府诗中与"春"相关的作品体现了清新的自然美和浓艳的艺术美,这两种艺术风貌和审美体验是诗人唯美主义的诗歌追求。侯佳宁《温庭筠对李贺乐府诗的继承与创新》(《三门峡职业技术学院学报》2022年第1期)一文认为温庭筠乐府诗对李贺的继承体现在三个方面:一是深隐曲折的抒情方式,二是诗中多塑造富贵美人形象，三是新奇秾丽的艺术风格。创新则体现在使用客观化手法、采用多感官描写和深化李贺诗风中"艳"的一面。廖明星《明代温庭筠诗接受研究——以明代唐诗选本为中心》(《唐山学院学报》2022年第4期)一文考察明代具有广泛影响的唐诗选本选录温诗的情况。文章认为明前、中期"诗必盛唐"的诗学理念使此一时期温诗的接受度不高；明后期随着文人选家诗学理念的转变，晚唐诗不再被极端忽视，温诗的接受度也稍有提高，其艺术价值也逐渐得以被发掘。这一变化为清代学者如金圣叹、贺裳等人进一步认识温诗价值奠定基础。

五、晚唐五代诗风与笔记小说传奇研究

朱红《规则的对应与逾越——唐五代笔记小说中人物的饮食行为与道德形象》(《复旦学报》2022年第1期)一文以唐五代笔记小说为中心梳理书写饮食的资料，并在此基础上，提炼出以饮食细节描写人物道德品行的多种模式，阐述了唐人的道德书写与饮食行为之间所存在的对应规则。文章认为唐五代笔记小说中的饮食行为描写与人物形象之间关联紧密，通过饮食行为描写人性的良善与卑鄙，并出现情节反转，此类反转加强了对人物真实形象的刻画。周承铭《论晚唐小说〈东阳夜怪录〉主题与创新成就》(《集美大学学报》2022年第4期)一文提出《东阳夜怪录》的主题思想是通过描写往返科举道路经历的艰辛困苦、意外惊吓与莫名屈辱，反映求仕者从身体到精神所遭受的折磨与痛苦，发泄求仕失败的抑郁和悲伤。《东阳夜怪录》最鲜明的个性特征和独特价值是作品突出人物在故事中的主体地位和导向作用，从而比较自觉地实现作者的主观表达意图。周承铭《略论晚唐小说〈灵应传〉的思想主题及价值》(《兰州文理学院学报》2022年第2期)一文提出《灵应传》的写成时间至少应是唐僖宗中和元年后。文章认为小说通过孝亲与守节、守义与守节、仁爱与守节等一系列道德冲突凸显守节的特殊与重要，赋予守节在伦理道德系统中的至高地位与价值。朱越《由母题叙事看〈酉阳杂俎〉叙事艺术》(《汉字文化》2022年第8期)一文认为段成式

《酉阳杂俎》一书选用民间常见的母题叙事的同时，还叠加其他的故事模式。作者提出《酉阳杂俎》的整体叙事艺术复杂而独特。郑雅匀《论晚唐传奇集〈潇湘录〉的小品化倾向》（《新纪实》2022年第16期）一文认为《潇湘录》采用讽刺、议论等手法，在内容上多关注社会现实、抨击黑暗，思想上反对虚幻的宗教观。这突破了以往谈神论怪、传达虚幻的传奇文体局限，呈现出与晚唐小品文相近的倾向，显示出向宋代文风过渡的特点。

王见楠《从咏物题材看晚唐诗歌与词的互动》（《新余学院学报》2022年第6期）一文认为在晚唐诗词趋近的交互影响过程中，咏物题材扮演着重要的角色。作者提出晚唐艳情类咏物诗与词在审美倾向上共趋精致绮艳，造境手法上皆善以微物寄幽情，咏物诗和词共同表现出情志相悖、既哀且伤的创作特征。王见楠《晚唐花鸟画与咏物诗的融通》（《大连大学学报》2022年第5期）一文认为在题材内容上，晚唐花鸟画与咏物诗皆长于借微物抒怀，侧重表现花木鸟禽的细微情状。花鸟画元素依托画壁、屏风、扇面等载体频频出现在晚唐咏物诗的意象世界中。同时，花鸟画的折枝式构图，能够从色彩特写与意象结缀两方面为诗人咏物注入绘画艺术的审美特质。仲瑶《玄学视域下的中晚唐五代"苦吟"与诗学发覆》（《文艺理论研究》2022年第4期）一文认为中晚唐五代"苦吟"之风有着深刻的哲学根基和美学意蕴。文章提出就方法论而言，魏晋玄学"言意之辨"在中晚唐五代苦吟诗中朝两个维度展开：一是由"言不尽意"衍生出对玄微之理和"象外之象"的追求；二是由"言尽意"发展为"苦吟"，并集中体现为诗格中的"磨炼"理论。同时，就构思方式而言，中晚唐苦吟派的冥搜也蕴含对天机与兴会的重视。王荣《晚唐宴饮诗中的情感内蕴及审美意象》（《文学艺术周刊》2022年第12期）一文认为悲凉感伤之情是晚唐宴饮诗的主流情感。孙振涛《论唐僖宗避难入蜀时的巴蜀文学生态》（《集宁师范学院学报》2022年第4期）一文认为唐僖宗寓蜀期间，南衙阁僚主宰文坛自成群落。寓蜀朝廷中和年间两次开科取士，此举吸引各地文人热情关注。蜀中科举考试，对巴蜀文坛的生成态势和文学创作影响深远。作者认为唐僖宗入蜀，不仅将川蜀地区的各种社会矛盾迅速激化,而且还造成人口大量迁徙和文学板块的重组。

  2022年以晚唐五代诗风、笔记小说为研究选题的硕士论文有:任杰《中晚唐笔记小说书写偏好及审美转型研究》(黑龙江大学2022年硕士学位论文)、向卉《中晚唐讽谕赋研究》(华中师范大学2022年硕士学位论文)、李姝睿《晚唐诗歌泪意象研究》(吉林大学2022年硕士学位论文)、敬一丹《韩鄂〈岁华纪丽〉文献研究》(华中师范大学2022年硕士学位论文)等。

  综合来看,2022年晚唐五代文学研究成果丰硕。学界研究更趋于精致化,扩宽了晚唐五代诗人研究的广度。同时,本年度对于花间词人和《花间集》的研究成果较为集中,且温韦之比较研究仍是学界热点问题之一。另外,本年度晚唐五代文学研究亦加深了对传奇小说、小品文的研究深度。

王维研究

□ 钟文轩 康震

2022年度的王维研究在继承往年研究成果的基础上又有一定程度的开拓和创新。据统计,本年度共出版王维诗歌选评本1部,再版王维诗歌校注本1部,出版相关研究著作1部。据中国知网检索,期刊论文、会议论文约90余篇,相关硕士论文共6篇。以上研究成果按论题可大致分为生平与作品考证、思想文化研究、艺术特征研究、比较诗学研究、传播接受研究五个方面。现择要予以论述。

一、生平与作品考证

本年度王维生平与作品考证的论文较少,研究成果主要集中在考证王维诗画作品的传世与流变情况。

在绘画作品方面,学界主要聚焦于王维所作雪景图的流传情况与母本溯源。李苏杭《王维〈雪溪图〉传绪稽考》(《西北美术》2022年第2期)认为现有材料可证《雪溪图》的传绪能够追溯的上限是宋徽宗宣和时期,且暂无前人否认《雪溪图》属王维真迹。董其昌的题跋表明他对此图属王维真迹深信不疑且情感极为深厚复杂,据此画钤印可知该画册之后也曾为王时敏和梁清标收藏过。乾隆皇帝的题跋与增设的副页内容不仅肯定了董其昌与王时敏的鉴定结果,还充分展现出他对此图的喜爱珍惜之情。此画册在入清宫前曾为安岐收藏,安岐在《墨缘汇观》中对《雪溪图》注录的信息可与《石渠宝笈》相互印证。安岐在行文时虽常有夸赞之语但更多的是对画作进行冷静客观的描述叙事，对于该作是否为王维真迹却不置一词。此外，作者猜测或许是宋徽宗将《雪溪图》改名为《雪渡图》，因此《宣和画谱》所收王维画作中却无《雪溪图》。现今存世传王维的三件雪图长卷作品《江山霁雪图》、《江干雪意图》和《长江积雪图》被学界认为源出同一幅早期母本，王洪伟《传王维三件雪图长卷流传与母本探源》（《中国国家博物馆馆刊》2022年第1期）发现画作景致取意于北宋中期才开始出现的"雪景寒林"与"潇湘八景"主题，画意中亦包含了对士大夫政治境遇的隐喻，因此认为这三件传王维所作雪图的共有母本的出现时间不会早于北宋中期，甚至可能晚至南宋或元代。

在诗歌作品方面，既有对诗歌音意流变的考定研究，也有关注到诗作衍生歌曲流变情况的研究成果。程少峰《王维〈鹿柴〉中"柴""景"二字的读音及意义》（《语文建设》2022年第8期）对"柴""景"及其相关词语的音义关系进行了系统梳理，认为王维《鹿柴》中的"柴"读作 zhài，取栅栏篱障之意，"鹿柴"是辋川的一个地名；"景"读作 jǐng，取日光之意，"返景"指落日的回光。王维的《送元二使安西》一诗"后被于歌"为《阳关曲》，李凤能《〈阳关〉不止是"三叠"》（《文史杂志》2022年第3期）对于苏轼"阳关三叠"之说提出异议，考证推断此曲一直处在发展变异中，唐代时《阳关曲》就已不止一种唱法和一种叠法。

二、思想文化研究

王维的佛学修养对他的文学创作产生了深远的影响，在本年度的研究中，对王维及其作品的思想文化研究仍以探讨其佛禅思想为主。

大部分研究成果都从整体性视角探讨王维诗歌中的禅意。魏宝丽《论王维山水诗的禅意》〔《陕西教育（高教）》2022年第8期〕从王维禅意思想形成的原因、禅意诗与禅画的有机结合、禅意思想对后世诗画艺术的影响三方面展开论述，全文研究思路建立在诗画艺术相通论的基础上，强调其诗画创作讲究诗意入画,画意入诗,意先于笔的艺术特色。申依灵《论王维与禅意》(《语文教学与研究》2022年第15期)则从诗歌的意象意境、诗画结合、佛禅思想三方面讨论王维与禅意的关系。陈竹在《俗世桃源人——"身心相离"的王维》(《汉字文化》2022年第24期)一文中认为儒释道融合的思想底色是王维得以建立俗世桃源的基础,而王维在《与魏居士书》中所言的"身心相离"则在他人生历程中通过不断实践得以突破,最终形成了他以出世之心而成入世之事的超然态度。曹艳《唐代山水诗人诗歌的"禅意"——以韦应物诗歌为例》(《语文教学与研究》2022年第16期)中提到王维诗歌中"禅意"的表达主要体现在他对佛禅的直接表达和"以禅趣入诗"的间接表达。但较为可惜的是这些研究的结论普遍缺乏新意,论据较为单调,因此论述容易流于浅平,综合而言,其教学实践意义大于学术研究价值,若是将其运用于语文教学则为搭建更全面明晰的教学框架提供了新的思路。

另有部分研究从"栖居"的角度把握王维诗歌的禅理意趣。刘希庆《古代士人心居的境界》(《文史知识》2022年第2期)着眼于中国古代士人在人居空间里是如何通过自我的主观投射实现心灵的栖居状态,其中以王维为重要个案,深入解读王维在辋川空间留下的情思观照与禅理意趣。李天娇《诗意地栖居——从生态美学视角重读王维的山水田园诗》(《名作欣赏》2022年第36期)认为王维诗歌体现出整体和谐而又浑然一体的生态审美意蕴,其审美以禅心、禅趣、禅悦为基本,通过空寂来观照万物,建立了一种众生平等、物我相契的生态观,并通过山水田园诗表达出来,最终形成了自然美、生命美和禅境美的统一,这也阐发出王维在自然生态、精神生态和文化生态的多重审美的统一。

王维既是诗人亦是画家,因此佛禅思想在他的绘画作品中也有所体现。雍文昂在《王维"雪中芭蕉"的佛学解释层次与图像意涵再研究》(《美术大观》2022年第1期)中指出,历代学者对王维所绘《袁安卧雪图》及图中"雪中芭蕉"的寓意阐释多从佛学视角出发,产生了"身"与"意"层次上的多种解释,但对"雪中芭蕉"的意涵解读却也逐渐出现了图像与释义脱离、过度思想化绘画者创作意图等误区。作者认为《袁安卧雪图》作为一幅咏史题材的绘画作品可体现出王维将"神情寄寓于物"的构思,且通过比对王维在安史之乱中的现实遭遇与其关于"袁安卧雪"的诗画创作,合理推测"雪中芭蕉"也意在表明王维在安史之乱突发后的心境与感受。兰雪《生命的安顿——解读王维〈雪溪图〉》〔《美与时代(下)》2022年第1期〕在持《雪溪图》摹作与王维作画风格相符观点的基础上,重点阐述《雪溪图》昭示人们观照生命的审美意趣,最终导向一种不着意于"真"却恰得"真"的生命安顿之意。

关于隐逸思想与道教文化对王维及其诗歌创作影响的研究成果有吴怀东的《樵夫何为者?——王维〈终南山〉"欲投人处宿,隔水问樵夫"意蕴解读》(《文史知识》2022年第12期)。该文的探讨对象虽是前人多有论述的经典诗句,但作者的解读在前人研究基础上又有翻新。前人诸家认为这句诗不仅再现了一日游览后的投宿过程,也进一步表现了终南山的山高林密、人迹罕至,具有隐逸之趣。作者则认为诗句中的"樵夫"既是对终南山遍布道士、隐士的现实写照,更是对王维与道教联系的具体反映,最终认为这句诗不仅是行踪纪实与风景呈现,在表现出王维隐逸志趣之外,还客观反映出终南山浓郁道教隐逸文化及其对王维心灵的微妙触动。龚艳《新时期唐代隐逸文学研究述论》〔《宁夏大学学报(人文社会科学版)》2022年第4期〕对1976年以来学界中关于唐代隐逸文学的研究成果进行综述,其中王维作为唐代隐逸文学史上不可忽略的重要人物,学界对于王维隐逸范式的辨析、隐逸思想的分析、隐逸与诗歌创作关系的探讨都有丰富的研究成果。

本年度研究中还有专注于辨析王维及其诗歌情感内涵之作。高萍《论王维初入长安与帝都文化的融合与疏离》(《唐都学刊》2022年第5期)进一步发展了王维与地域文化的关系研究。该文指出长安文化对王维的人格构建与诗歌风貌都有重要的形塑作用,王维的一生基本表现出与帝都文化既融合又疏离的矛盾形态。王维初入长安时主动接受和融入帝都文化,遵循盛唐的主导文化模式去设计和塑造自我,诗人昂扬豪迈、积极进取的精神特质和追求建功立业的长安文化精神一致。但伴随着王维在都城文化的政治漩涡中逐渐深陷,人生无常的忧虑感与怀才不遇的悲屈感给诗人带来生存与心灵的双重痛苦,使诗人又对都城文化逐渐疏离。目前学界对于王维的"大漠孤烟直,长河落日圆"主要有两种阐释模式,会解读出不同的情感指向,郭洪洋《两种阐释模式下〈使至塞上〉颔联情感辨析》(《语文教学通讯》2022年第23期)认为,指向"激愤抑郁"的"背景—意义"阐释模式忽视了隐含作者与真实作者可能存在的多重关系,而另一种"语言—意义—背景"阐释模式则从艺术风格、时代背景和创作心理层面,都确定了轻快乐观的情感指向。

三、艺术特征研究

王维诗歌的艺术特征与艺术成就一直是王维研究中颇受关注的热点问题,本年度该领域的研究成果大致可分为美学特质研究、诗画关系研究、文体研究等。

美学特质研究方面,本年度研究成果主要围绕王维诗歌的淡雅清空与盛唐气象两种美学特质展开讨论。王维作为山水田园诗的代表人物,其淡雅诗风与清空诗境一直为后世称道效仿。王苑《从辋川、柳州到半山——论山水诗的"雅丽"范式与唐宋诗学转轨》(《名作欣赏》2022年第3期)通过以点带面地梳理"雅丽"诗学观在唐宋的发展嬗变,发现盛唐时期"雅丽合一"的诗学观念尤为突出,且体现出一种"以雅参丽"的意识趋向。可代表盛唐诗风貌之一的王维山水诗工于刻画而深于寄托,诗歌意境趋向于自然浑成,在精工雕琢的基础上融入了盛唐气象与士大夫高华之气,饱含贵族意趣的端庄风雅,为之后宋山水诗歌的传承嬗变打下重要基础。张庆龄《浅议钟嵘〈诗品〉中"清远"风格的沿传》(《对联》2022年第12期)认为王维与孟浩然是山水诗中"清远"流派的代表人物。唐尉《人与自然视域下王维诗歌审美研究》(湖北民族大学2022年硕士学位论文)则立足人与自然的观照视角,分析阐述王维诗歌审美的复杂成因、多重维度和深远影响。王波平《试析〈辋川集〉的空景、空境和空灵》(《广西民族师范学院学报》2022年第1期)和魏万霞《空处见性情——王维〈山居秋暝〉"空"字赏析教学引导》(《基础教育论坛》2022年第11期)都抓住王维喜用"空"字入诗的特征,前者从《辋川集》的空景之状、空境之致和空灵之美解读王维山水诗中的"辋川模式",后者则阐述了如何引导学生逐步把握王维诗歌中的清空诗境。罗晨《出入六合,开拓诗境——王维〈使至塞上〉新读》(《语文教学与研究》2022年第9期)认为《使至塞上》的叙述穿梭于现实与历史、时间与空间之间,颈联更是从有我之境入无我之境,诗境的不断开拓翻新造就了这首唐诗名篇。对王维诗境的研究成果大多解读细致深入,可惜论证思路翻新不足,而刘少杰《山水诗的融通之境:王维〈辋川集〉中的空间叙事艺术》(《广西科技师范学院学报》2022年第3期)则从空间叙事艺术的视角出发分析王维的山水书写。作者认为《辋川集》不仅是王维的游兴之作,而是诗人为容纳所念而不可得的理想生活状态在现实生活中的投射:王维欣赏辋川的方式并非陶渊明式的全身心进入外部客观世界,而是用一种旁观者的角度居高临下地观景、写景,把自己置身于田园山水之外,在隐逸优游之余却又透露出深沉悲伤的复杂情感。作者在深入理解中国古典美学中强调"主客一体"的空间性特征后,试图探讨中国古典美学中"体验—同情—反思"的空间方法论意义。

值得注意的是,本年度有两篇论文还关注到了王维诗歌中不同于清雅风致的另一面。莫砺锋《射猎诗中的盛唐气象——读王维〈观猎〉札记》(《古典文学知识》2022年第3期)是一篇读诗札记,作者从细读王维《观猎》诗切入对盛唐气象的描摹理解,可称是个案研究中以小观大的范例之作。作者先从作品本身分析诗人的营构巧思与宏阔气概;而后梳理综述了前人对《观猎》诗的多角度评述,总评此诗颇具盛唐气象;再从比较诗学的角度进行分析,认为王维的《观猎》与张祜的《观徐州李司空猎》二诗体现出盛唐与中晚唐的诗风差异,若以张诗当作王诗的参照对象,可见王诗之境界广阔、技法浑成,盛唐诗人所展现出的悠然自得与胸襟气度是盛唐诗人胜过中晚唐诗人的关键之一。苏莹莹"神存富贵,始轻黄金"——论王维诗中的"富贵气"》(《名作欣赏》2022年第35期)则较新颖地将"富贵气"这一范畴引入王维诗的批评解读。作者首先分析王维诗中"富贵气"的多样表现,在应制奉和诗中为"冠裳佩玉",在山水田园诗中为"鲜润清朗",在边塞游侠诗中为"气势如虹";而后分析其诗"富贵气象"的成因与重要历史意义,既是彰显盛唐长安文化的重要载体,又对后世自然富贵的诗风与仕隐中和的仕宦观念有重要的启发作用。

诗画艺术的融合是王维创作的典型艺术特征之一,前人盛赞王维"诗中有画,画中有诗"。本年度关注王维诗画关系的研究成果数量虽略有下降,但在文本解读的细腻程度和跨学科研究的融合运用上均有所发展。冷加冕《"诗是有声画"——论王维〈田园乐〉的艺术世界》(《新纪实》2022年第15期)在研究思路上较为新颖地讨论了王维的诗歌语言与画面形象、音乐节奏的交融,并将《田园乐》的多元艺术呈现导向为诗人对言外之意、象外之境的审美意境追求。赵云燕《以诗写画:论王维诗歌中的画意》(《美术教育研究》2022年第14期)从绘画理论角度分析王维诗歌中的画意表现与画意对王维诗歌创作的意义。王维诗歌中的画意表现主要见于构图、色彩、光影和意境等方面,其画意是自然而纯真的,通过将理性体验与直观体验结合的方式在诗歌中创造画境,又借富有意蕴的诗歌画面向读者传达言外之意。张敏《〈使至塞上〉的遣词造句锤炼》(《中学语文教学参考》2022年第6期)采取"诗中有画"的视角,认为王维善用物象的组合、情感的统一和细节的呈现来呈现出完整的画面感,主要以形容词、方位词和名词的组织构成诗歌意象。高萍、刘凡的《王维山水田园诗中的人物布局及其美学意蕴》(《西安文理学院学报(社会科学版)》2022年第4期)关注到王维的山水田园诗里总是出现点缀景色、表达自由隐逸理想的人物书写,诗歌中景大人小、景深人远、动静结合、虚实相生的人物布局,既能反映出诗人的理想意趣,又能提升诗歌美感。在技法层面,王诗的人物布局追求层次错落的构图美、不写之写的空灵美和浑然天成的和谐美。张乙馨《〈山水论〉的"意"与"境"》(《美术教育研究》2022年第20期)则从画论角度探索王维的美学思想。就画论思想而言,《山水论》强调的凡画山水时"意在笔先""先看气象""须按四时"都是被后人推崇备至的美学原则,亦谈及对山形、树形、天气等方面的绘画细节处理技巧;就画论意境而言,《山水论》率先提出了通过绘画表现画家内心"自然"的观点,蕴含了文人画特有的人文情怀和诗情画意,强调"意"的理论阐述使作画的过程从表现过渡到再现。

  本年度的艺术特征研究并不仅仅停留在诗歌层面,对王维文章的艺术特征研究亦有开拓和亮眼之处。高文绪《论王维表类骈文的程式特征》(《湖北职业技术学院学报》2022年第3期)认为王维的表类骈文兼具实用性和文学性,其程式特征主要有四:一是突出政教功能,二是融入佛学思想,三是呈现出自然质朴的文风,四是采取骈散兼用、诗文互渗的方法达成文质兼备的效果。张晓涵和戴永新的《温厚典雅,天机清妙——王维送别文研究》(《重庆电子工程职业学院学报》2022年第5期)认为王维的送别文兼备实用功能与抒情功能,强调教化功能也不忽视审美功能,送别文内还寄寓了隐逸思想与政治理想,在艺术风貌上既延续了先秦文学典重雅正的风尚,又吸收了六朝骈体文风,语言骈散结合、简切精炼,既善用经史子集的典故,又把"兴象玲珑"融入文章创作,从而创造出一种温厚典雅、天机清妙的文风,为后世古文运动奠定理论和实践基础。王志清《王维写给裴迪的那封信》(《博览群书》2022年第7期)则是一篇出色的个案研究,通过对王维《山中与裴秀才迪书》细致解读,挖掘出王维提出的关于山水审美"天机清妙"的美学命题,该书信对画面的构图和描写不仅具备形象性与感性特征,同时具有以诗为文的语言特点。

  其他方面,有袁夕、李菲、文萍的《中国诗歌"言志"的语言机制研究》(《作家天地》2022年第21期),以王维《竹里馆》为个案之一分析诗歌意象与情志表达的关系。吴瑶《王维山水田园诗中的"熟"与"生"》(《新纪实》2022年第14期)在借鉴了周裕锴《宋代诗学术语的禅学语源》中提出的"熟"与"生"概念的基础上,探究王维的山水田园诗如何在继承前代文学传统的基础上推陈出新。另有关于王维绘画艺术成就的研究。张彦远《历代名画记》中提到王维"工画山水，体涉今古"，虞仲韦《浅析唐代王维的绘画》(《荣宝斋》2022年第8期)推测"古体"为大青绿金碧山水画法，而"今体"则应与董其昌所言"王摩诘始用渲淡，一变勾斫之法"相符，进一步指出王维对中国山水画发展的开创性贡献主要有二：一是对水墨"皴法"的积极探索，二是以"破墨""渲淡"之法直抒自然之意。

四、比较诗学研究

本年度关于王维的比较诗学研究成果的数量有明显上升，多位学者选择在比较视野下明确王维的身份定位、文化价值和文学特质，也能侧面考察王维诗歌与他人文学创作的内在关联。与王维相关的比较诗学研究可基本分为两个大类：同质文化比较诗学和跨文化比较诗学，此处的"同质文化比较诗学"主要指同属中华文化内部的比较诗学研究。

在同质文化比较诗学研究中，本年度专注于王维与陶渊明、孟浩然、李白等中国典型性诗人的比较研究大都有独到见解，但切入视角与研究方法的创新性却稍弱。杨梅《"临风听暮蝉"与"带月荷锄归"——王维田园诗与陶渊明田园诗比较》(《文化创新比较研究》2022年第10期)认为陶诗重于体验，王诗则重于观赏，王诗继承了陶诗自然清新的意境，语言朴素洗练又刻画精工，自成清淡雅致的格调，将山水田园诗推向新的高峰。岳晓丽《王维与孟浩然诗境之比较》(《延边教育学院学报》2022年第5期)指出王诗在空灵中见高华禅理，以追求"物我两忘"为最高境界，诗歌中融汇多种艺术手段；孟诗在质朴中显出风骨，以"冲淡壮逸"为显著特征，善白描直叙，并未对佛理有深刻领悟。何可《论王维与孟浩然山水田园诗的异同》(《青年文学家》2022年第30期)则主要分析王孟的山水田园诗在思想情感、理趣追求方面的相似性，和表现手法、艺术构思、影响成就的差异性。姜东《王维与李白诗歌创作特色比较》(《长春教育学院学报》2022年第2期)认为盛唐诗歌成果璀璨且风格多元，其中李白与王维可分别代表盛唐诗风格的两极。就体裁而言，李诗纵横捭阖，王诗凝练严整；就技法而言，李诗善以气御物，王诗长于诗画交融；就诗境而言，李诗多倾向于"有我之境"，而王诗则多呈现为"无我之境"；李王二人都常以借物寓意的手法抒发主观情感。季凯《边塞诗之实与不实》(《中国语文教学参考》2022年第24期)则将王维《使至塞上》与王昌龄的经典边塞诗《出塞》进行比较，从诗歌内容与边塞诗定义两个层次说明《使至塞上》亦是名副其实的边塞诗。王艳君《吴国伦与王维禅诗创作心态比较》(《文学教育(下)》2022年第12期)关注到与王维时代跨度较大的明代诗人吴国伦，认为二人的出身背景与时代差异导致禅诗创作心态大相径庭，王诗体现出非功利化与悲观化，吴诗则倾向于功利化与乐观化。

在与王维相关的跨文化比较诗学研究中，与西方哲学家的比较研究意在凸显阐释王维的佛禅思想，与外国诗人的比较研究则以诗歌意象分析为主要切入点，也有涉及文学地理学的跨学科研究。

在张菁《被压抑的欲望与受遮蔽的审美——从王维的"不执—空寂"到弗洛伊德的"压抑—升华"》(《江苏理工学院学报》2022年第3期)中提到，在王维看来，陶渊明对官场污浊的难以忍受只能是一种"以世眼观，无真不俗"的平庸，陶渊明对精神自由的追求依旧是一种执念，因此无法在官场中安适处之；而反观王维，由于深受佛禅思想滋养，他更推崇以"法眼"观世，脱离执念，寻求涅槃，从而达成一种"空寂"的思想境界。因此，王维对陶渊明的批评实际上是一种更高的形上对另一种低层次的形上的贬斥，在当时这种人格等级序列也对应着审美等级序列，因此在中古及更早的中国主流社会的审美评判标准下，充满欲望私情的创作的美学价值远不如少欲、无欲的创作。孟令兵《关于王维"禅境诗"诸特征之跨文化比较研究——基于王维、松尾芭蕉及海德格尔诗作的对比分析而论》(《文艺理论研究》2022年第2期)首先明确是王维将禅宗思想引入格律诗并首创了"禅境诗"，再通过将王维《辋川集》的五言绝句、松尾芭蕉的俳句及海德格尔的晚年诗作进行对比研究，总结凝练出这类"禅境诗"的共同特征：以极其简洁的文字和近乎白描的手法展现"刹那涌现""法尔自然""自存独化"的自然景象;就空间感觉而言,诗境整体往往置于广漠空寂、冲淡孤独的大自然背景下,通过反复选取质朴寻常的意象群,以虚实相生的留白手法表现出流行不息的生命力与澄明的思想境界;就禅宗思想而言,"禅境诗"主要表现出诗人当下无分别意识的现量境思想。以此可见,王维首创"禅境诗"中以诗歌语言表达禅宗思想的文学形式的影响之长远深广,20世纪时已然贯通中西方。

王子涵《济慈与王维诗歌中的植物意象对比》(《名作欣赏》2022年第27期)分别选取济慈诗中的罂粟、百合、玫瑰等明艳意象与王维诗中的松、竹等素净意象进行比较,从而发现济慈的自然观追求自由绚烂、生机勃勃,且只能在幻想和梦境中追求;而王维的自然观则追求淡泊宁静、静谧空灵,强调人与自然的和谐统一。单硕《华兹华斯与王维诗歌"杜鹃鸟"意象异同之探究》(《名作欣赏》2022年第27期)则关注到诗歌中动物意象的使用,认为华兹华斯的杜鹃鸟书写借助了想象的力量,其形象基本是欢快飘逸的;王维的杜鹃鸟书写主要着墨于声音书写,其形象基本是哀怨愁苦的。于海鹏、程济雯的《文学地理学视野下的广濑淡窗与王维汉诗比较研究》(《今古文创》2022年第4期)则是从文学地理学的视角切入比较诗学研究,作者认为王维由于身处三晋和中原文学区,因此诗作中表现出强烈的重农和政治倾向;王维较为频繁的游历活动在拓宽了其所处地理空间的广度的同时,亦助益其诗歌创作在题材、意象等方面的广度发展。

这些跨文化比较诗学研究成果不仅质量颇高,能够更加全面地展现出王维的立体形象与深远影响,在王维研究逐渐陷入瓶颈期的当下,也能为趋于僵化的传统研究思路带来新的启发与生机。

五、传播接受研究

传播接受研究是近年来学界对王维研究不断深入开拓的重要领域,它既包括国内历代文人对王维的学习、评点、接受,也包含王维诗文在海外的翻译、传播、影响和受容。

（一）国内传播接受研究

王维诗歌由于独特的审美风尚与典型性特征，往往被收录在中国各种唐诗选集中，更是成为中国历代文人学习和评点的对象。通过考察王维诗歌的选录情况和评点批评，可以反观选本的选诗标准和编选意图、评点者的文学思想观念、某一时代或地域的文学风尚，以及时人对王维诗歌的接受情况。王雨晴《论〈河岳英灵集〉的"雅调"观》（《重庆第二师范学院学报》2022年第2期）指出将王维与孟浩然诗歌对评时，"雅调"透露出浓厚的体式批评意味，诗歌内部存在"雅"和"逸"对立的语义。王维诗不仅娴静恬淡、雍容典重，其讽喻诗更是符合天宝年间以"讽兴"为"雅"的诗学理想。王维诗中亦有古律成分，但相较孟浩然诗中雅逸参半、以古行律，王诗中"逸"之于"雅"只有少量渗透。柳瑞玲《〈文苑英华〉选录王维诗歌研究》（辽宁大学2022年硕士学位论文）通过考察《文苑英华》对王维诗歌的选录情况管窥王维诗歌在北宋的传播与接受情况。《文苑英华》选录的王诗在体裁上偏好五律，诗风基本呈现为淡远自然，题材侧重于奉和应制之作。北宋初期王维诗歌实际上居于接受的边缘化地位，《文苑英华》作为文治政策的产物，在选录王诗时呈现出凸显尊君意识和标榜风雅，倾向颂美尚采的特点。丁玉《王维、孟浩然、高适、岑参诗歌之"隽永超逸"议——以王士禛的〈唐贤三昧集〉为考察对象》（《黑河学院学报》2022年第10期）指出，王士禛欲通过"隽永超逸"的选诗标准来展示盛唐精神风貌，即清远平淡和雄浑悲壮交织出的古澹峻洁诗风。从《唐贤三昧集》的编排顺序和收录诗歌数量，以及《带经堂诗话》中对孟浩然有"孟不及王"和"未能脱俗"的评价，可见王士禛虽重视王、孟二人但更倾向王维。王孟诗歌的共同特点是平淡自然与清远，本文进一步指出二人诗歌的差异：孟诗的平淡体现在客观描述中而非主观感情的表达，王诗的平淡则表现为语言婉转含蓄，感情淡而有味；清远意境在孟诗为清雅，在王诗中则表现为诗中有画。万伯江《盛唐诗人群体的构成与分野》（《中国文化研究》2022年第2期）则通过文献分析与数据统计的方法，系统化地考察盛唐诗人的存诗数量及在《全唐诗》《河岳英灵集》和唐人编选唐诗集中的选诗情况,从而整体把握包括王维在内的盛唐诗人群体的构成及类别特征,同时对盛唐诗人群体的分野方式提出了时间、身份、社会阶层这三种考察思路。

部分研究则关注到王维及其诗文的流传情况。冀燕桦《王维诗歌异文研究》(《新纪实》2022年第6期)对王维诗歌的异文现象进行成因分析,表明诗歌异文可反映出诗歌流传过程中的语言变迁、社会观念的改变、时人的文学接受、文学审美的变化等内容。陈飞《中国古代文言小说中的王维书写——兼论与正史、传记书写之异同》(《传记文学》2022年第5期)通过对王维书写的个案分析,明确正史、传记和小说的文类规定性与书写异同情况。作者在进行全面而扎实的文献整理工作后,发现文言小说往往只选取王维的少部分杂事、轶事进行文学性书写,塑造出的王维形象更鲜活立体,但有时会为了追求艺术效果而"随意妆点,增饰虚构",而正史与传记则能提供更为宏观、切实的信息,因此三种文类对王维的书写虽存在差异却也能彼此互补。时至今日,王维诗歌仍是基础语文教育的重要内容之一,杨华、冉建权《〈山居秋暝〉跨学科学习路径探究》(《中学语文教学》2022年第7期)尝试把中英文诗歌语言比较和诗画对读的跨学科研究方法引入对《山居秋暝》的教学方法中。

另有研究关注到王维作为画家身份的文化影响。如张文曦《宋代诗画坛对王维的身份认知》(江西师范大学2022年硕士学位论文)一文,关注到王维作品至宋的流传情况总体呈现出诗文数量稳定而画作激增的奇特现象,通过比对唐宋对王维的身份认知差异,多方面把握宋人对王维身份认知的复杂面貌与动态变化过程,即王维画手身份的地位不断提高,诗人身份的地位则时升时降,从而进一步探察宋代的文化环境与社会风尚。该文注重文化的动态生成过程和文学艺术的互通性,这是很值得肯定的研究思路,另外附录中对唐宋有关王维的诗评、画评和事迹的资料整理也具有较高的文献学价值。而张赫《历代辋川图与辋川意象研究》(云南师范大学2022年硕士学位论文)则采取了文学史、艺术史和绘画学结合的研究视角,明确了"辋川"如何从一个单纯的地域符号演变为美学意象的过程,辋川山水作为物质载体被赋予了文人简淡空远的审美追求,在文人隐逸思想的覆盖与王维画史地位的阶梯式提升的影响下,成了同时具有寂空禅意、文人雅意和南顿画意的独具文人审美情趣的传统山水画意象。

(二)域外传播接受研究

翻译是文学在域外传播接受的重要环节,翻译让文学得以顺利传播流通于文化背景、语言表达与逻辑思维都差异甚大的不同地区。诗歌译文既能体现出译者对原有诗歌的理解与接受,又必然会受到诗歌原生文化系统与译者及读者所处文化系统的双重影响。王维的诗歌语言清雅质朴,少冷僻之词,其文学影响力又极为深广,是作品最常被翻译的中国诗人之一,因此译介学一直是王维诗歌传播接受研究的热点研究方向。

本年度的王维译介学研究成果颇丰,既有总论之文,亦有个案之例。曹培会《厚译与轻读中展现多面王维:保罗·鲁泽译〈王维诗文〉研究》(《外国语文研究》2022年第5期)对由保罗·鲁泽翻译出版的第一部王维诗歌英语全译本《王维诗文》进行深度分析研究。该译本以赵殿成笺注《王右丞集笺注》为底本,收录翻译了王维全部诗歌,以及涵盖了所有体裁、偏向展现佛教思想的部分王维文章,另收录其他诗人所作的与王维的唱和诗共43首。作者认为该译本兼具汉学家学者型"厚译"和世界文学"轻读"特征:就"厚译"论,该译本副文本丰富,呈现出笺注性厚重、考证严谨、注重还原诗歌原貌与创作背景等特征;就"轻读"论,译本语言采用自由散文体,追求直白流畅、朴素平实,不讲求重音,不刻意追求形式的再现和补偿,但又不失诗的韵味。作者还提到该译本致力于展现出王维在为人、为官、为文时的多面性;如该译本关注到王维与裴迪的《金屑泉》同题唱和创作虽各有特色又彼此呼应;又如该译本在译诗与注释层面都力图印证"仕""隐"矛盾在王维身上的对立统一;鲁泽的翻译语言在散文诗基础上尽量体现对偶、对仗,也符合王维为文时善用对偶、长于格律的语言特征。戴新蕾《王维山水田园诗对维克拉姆·塞斯的影响研究——以〈网师园〉为例》(《作家天地》2022年第31期)分析塞斯如何通过翻译王维的山水田园诗从而获得经验并创作诗歌《网诗园》。虽然唐诗在法国的翻译和传播得到不少学者关注,但目前学界对盛唐诗歌在法国传播的片段式微观视角的研究成果还较少。爱蒂《盛唐诗歌在法国的翻译、流传、演变研究》(广西大学2022年硕士学位论文)一文的第三章以王维诗歌为个案,将《竹里馆》《送别》《山居秋暝》的不同法语译本进行比较,发现王维诗歌的法语译文演变不太明显,仅在选词和诗歌结构方面有较显著的区别。吕晖和陈大亮的《诗歌翻译境界评价模型与应用》(《当代外语研究》2022年第4期)引用"翻译境界论"这一理论体系,建构并明确了诗歌翻译质量评价模型,以王维《鸟鸣涧》英译本为模型实践案例,检验证明该模型具有可操作性,为中国古典诗歌翻译批评研究提供了一种新的视角。

在王维诗歌译介学的个案研究中,《鸟鸣涧》一诗受到众多学者的关注。李星宇和吴蓓的《〈鸟鸣涧〉英译的禅意美学探析》(《东莞理工学院学报》2022年第6期)通过利用翻译审美认知图示分析王维《鸟鸣涧》的两个英译本,发现翁显良散文诗体的"有机创译"在主旨表达、叙事节奏等维度实现了对原诗禅意叙事的"神似"化解读,而许渊冲格律诗体的"经典重构"在音律节奏、主体凸显等方面实现了对原作禅意意境的"形似"化表达,从而探析翻译审美意识系统的运作过程与指导意义。涂效萍《及物性视角下〈鸟鸣涧〉及其英译本的生态话语分析》(《今古文创》2022年第9期)对王维《鸟鸣涧》和五个英译本进行及物性生态话语分析,揭示了该诗及其英译本中的生态观念,这也是对发展系统功能语言学的一次有效尝试。而李晓瑞《唐诗德译本中的意境缺失研究——以王维〈山居秋暝〉德译本为例》(《对联》2022年第15期)则以《山居秋暝》为个案,由浅入深分析德译本诗歌中普遍存在的意境缺失问题。

近百年来,越来越多的外国学者关注到王维及其诗歌创作。胡建次《20世纪以来日本学者的王维诗歌研究述要》(《咸阳师范学院学报》2022年第1期)梳理了20世纪以来日本学者对王维及其诗歌的研究成果,主要包括综括性论述、考证考论和个案分析三个方面，从不同维度展现出日本学者对王维研究的推进和贡献。李松、李培蓓《学术史、译介史、细读法与阐释学：美国〈中国文学〉杂志的王维诗学研究》〔《武汉理工大学学报（社会科学版）》2022年第1期〕全面爬梳整理美国《中国文学》杂志中的王维诗学研究成果。作者分别从学术史、译介史、细读法与阐释学四个方面进行考察，发现汉学界对王维的身份形象与思想精神的解读都越发丰满，研究对象从最开始的诗歌拓展到各种文体，且兼收并蓄了中国古典文学批评的一些观点，这些变化暗含了汉学家对于中国传统更深刻的理解和认识，也反映了中国文论话语权的提升。刘思佳《文体学视阈下宇文所安初盛唐诗研究》（中国矿业大学2022年硕士学位论文）中提到在宇文所安《盛唐诗》中曾提出"京城诗"这一术语，且认为王维可被视为京城诗变体的顶峰。

域外汉学家的研究思维大多根植于他们本土的文化系统，因此他们关注的重点问题、研究的视角和方法、对文献资料的分析解读大都与国内学者们有所差异。通过及时梳理学习海外汉学的王维研究成果，把握汉学界王维诗学研究的关注热点与进展动态，既能为王维的域外传播接受研究提供新鲜养料，也能启发王维研究的新方法、新思路，汉学界与国内研究者在文化互动中共同推进王维研究向更宽广的视野、更精深的层次发展。

另外，本年度出版1部诗歌选评本：陈顺智、徐永丽《王维诗品汇》（崇文书局2022年）。该选评本从现存王维诗歌中精选出200首有代表性的诗歌进行校注评点，"汇评"是本选评本最大的特色，作者在准确注释诗意的基础上，于己评之外大量引入古今褒贬之评，通过对诗歌中重要问题进行讨论，引导读者自己品味与理解诗意。再版1部诗集校注本：杨文生《王维诗集笺注》（四川人民出版社2022年）。该校注本不仅收录了王维的全部诗作400余首，时人与之唱和的63首诗亦附载于诗集之后。该注本为简体横排，不仅注释详细，还选录了古今各家对王诗的集评注解，尤其是对王维诗歌中佛理禅趣与诗画融合的特色剖析甚深。此外还出版1部相关研究著作，即曹培会《世界文学经典重构：王维诗歌在英语世界的译介研究》（对外经贸大学出版社

2022年)。该书全面考察梳理了王维诗歌在英语世界的翻译和传播,认为王维诗歌的英译历史是一个有机的动态文学演进过程,通过分阶段考察王维诗歌的英译历史可以纵向再现世界文学的重构过程。

纵观本年度的王维研究,虽然在王维的生平及作品考证方面成果略显薄弱,在佛禅思想方面的研究易流于浅平和同质化,但令人惊喜的是,有更多学者关注到王维文章所蕴含的深厚价值,从地域空间和生态美学的视角研究王维成为近年来的学术增长点之一,王维研究在大众普及与教育实践方面也得以进一步推进。本年度学界在王维的传播接受研究与比较诗学研究方面尤有创新开拓,诸多研究既能由浅入深地对前代诗选评点提出独到新见,亦能适当引入西方的文史哲理论阐释中国古典诗歌,更多的国内学者关注并吸纳海外汉学的王维研究成果,将其灵活运用于对王维诗歌译介学的学术创新与理论构建。诸多学者将研究视角拓宽到跨学科、跨文化领域,为传统的王维研究注入新鲜活力,不断推进王维研究向更精深、更创新、更全面的方向发展。

李白研究

□ 王友胜

2022年度李白研究呈现欣欣向荣之势。据我们不完全统计,本年度出版的各类李白研究著作凡7种,论文150余篇(其中硕士学位论文3篇)。整体研究呈现出以下特点:李白思想个性和诗歌研究依旧是讨论的重点,文的研究也有突破;李白诗歌的英语译介和跨学科研究十分活跃,并呈现出信息化特征;资深学者在李白研究深度上推进,青年学者不断涌现。

本年度出版的李白研究著作有七部,现简要综述如次:李芳民的《李杜韩柳的文学世界》(中华书局2022年)以李白、杜甫、韩愈、柳宗元四位唐宋大家为讨论重点,其中第一部分论述谪仙李白,围绕李白的文化性格与政治遭际,"从璘入幕"与暮年冤愤,怅惘旧事与记忆重构,佛教接受与文学表现,独家之秘与乐府绝学,个性风神与现代价值几个方面,分析了李白的政治理想、个性品格、家世家风、文学创作、文学影响,并从多个角度做出新的挖掘,阐述新意。葛景春的《李白传》(四川文艺出版社2022年)以简要的语言再现了李白少长巴蜀、出蜀漫游、交游干谒、奉诏入京、誉称谪仙、笑傲权贵、辞京还山、寄情山水、平叛救国等传奇的经历,生动的人物对话结合丰富多彩的诗歌内容呈现了诗人得意与失意、大喜与大悲的人生历程,复杂多变的思想活动和忠心报国的远大理想。胡可先的《李白杜甫十讲》(高等教育出版社2022年)是中国古典文学课堂丛书之一,也是中国大学MOOC教材。全书十讲,有对李白、杜甫的综合论述,也有对新出文献与李白研究的论述,还有《蜀道难》《宣州谢朓楼》

的单篇解读,本书适合作为大学相关课程教材,也可供对中国古典文学有兴趣的读者参考阅读。此外还有任雅芳的《李白》(中华书局2022年)与韩玉龙的《李白:人生得意须尽欢》(台海出版社2022年)两书。前者用故事串联起李白的一生,展示李白才华横溢、放荡不羁、浪漫而豪迈的性格和气质;后书简述李白生平及创作,并选注李白50首诗歌作品,通俗易懂。

经今人整理、重版的李白作品选注与鉴赏著作有1种,即傅东华、钟如雄的《李白诗》(商务印书馆2022年)。本书是由钟如雄校订的民国时期傅东华先生选注的李白诗歌选集,全书选注李白"古风"和"律诗"共215首,是一部弘扬中国古代诗歌创作艺术的普及性读物。书的校订侧重于:(1)校勘修订原书中的错字、衍字、脱文、异体字等;(2)补注勘误原注的漏注或注释不当的字词;(3)纠正且补充完善原注引文的疏漏,使全书用字更加统一规范,注释更加精准贴切,引文更加完整易懂,全面提升这部选集的可读性。

本年度有关李白诗歌英译研究的论著有林何的《李白诗歌在英语世界的传播与译介》(电子科技大学出版社2022年)。本书围绕李白诗歌的译介历史、传播特点、翻译策略、译介评价等多个研究层面,全面评析李白诗歌在英语世界的传播轨迹和译介特点,剖析李白诗歌英译中的变异现象及其成因。通过汇集丰富的史料和文献,采用实证与历史相结合的研究法、个案分析法、比较诗学分析法等多种研究方法,在清晰的历史分期中逐一呈现李白诗歌在英语世界中的译介与传播特点。

2022年7月9日—10日,中国李白研究会主办,甘肃省唐代文学学会、兰州大学文学院承办的"中国李白研究会第二十届年会暨李白学术研讨会"在兰州大学召开。会议以李白文化精神、生平事迹与思想艺术新探、艺术渊源与文献考释、唐诗之路与李白诗乐精神等为主题,采用线上线下相结合的形式进行,多层次、多角度展现了近年来李白研究领域内的最新学术成果,畅所欲言、各抒己见,互通有无、相学相长,取得了很好的效果。中国李白研究会秘书处、马鞍山李白研究所主办的"中国李白研究会历届年会回眸"展在会议期间展出。该展用图片的形式回望每一届年会场景、学人风采及会刊风貌，重温中国李白研究会成立以来那些令人难以忘怀的瞬间，展示中国李白研究会的成长历程及取得的巨大成就。

本文重点对2022年度李白研究论文择要进行归纳梳理，分别综述，以为李白研究者参考之资。

一、家世生平与交游研究

作为中国家喻户晓的历史名人，李白的一生充满了传奇色彩，他的家世族系、行踪、交游等也异说纷纭，历代研究者反复考证、辨析，问题仍然存在，李白家世生平与交游的复杂性也一定程度上成就了李白的奇特性。

关于李白的家世族系，李芳民《"离散家族"与李白的家世记忆——兼论其与李白个性气质及诗歌艺术特征之关联》(《兰州大学学报（社会科学版）》2022年第3期)一文指出，李白的家族在某种意义上成了一个带有"离散"特点的"离散家族"。"离散者"最大的困境在于如何处理本族固有之文化与跨界徙居地之文化的关系。在突厥控制下近90年的碎叶生活，使李氏家族浸染突厥文化与习尚，这种年深月久的"突厥化"，又直接影响了李氏家族的文化承传以及李白的家世记忆。李白表述家族世系的廓落简略，直接缘于其家族谱牒坠失所造成的家世谱系的模糊不明。李白家族谱牒的坠失，有政治因素，与其"离散家族"的特殊遭际密切相关。此外，还受迁徙之地碎叶的文化、战争等环境因素的影响。至于"复指李树而生伯阳"及"先府君指天枝以复姓"二语，实则是李白及其家族逃归后文化寻根与文化认同心理的反映。李白"英特越逸"个性气质，是在家族史与家族杰出人物的历史记忆的熏陶下不自觉地形成，而这种个性气质，又进一步成为李白诗歌多"奔逸气"与不受羁勒、天马行空艺术特征的根基。这也是李白其人与其诗之所以迥异于同时代诗人的根底所在。文章还辨析了李白家世研究中诸多细节问题，对于解释诗歌史上的"李白之谜"大有助益。易耿《破解魏颢〈李翰林集序〉暗码兼论李白出生地及生卒年》(《青年文学家》2022年第1

期)一文支持李白于唐中宗神龙元年(705)生于蜀中,卒于唐代宗大历元年(766)之说。文章主要从研读魏颢《李翰林集序》发现的问题展开论证:首先,作者由《李翰林集序》中的"上元末"展开论述,认为《李翰林集》在唐代宗广德元年,即763年编成,而李阳冰所编《草堂集》的成书早于魏颢编的《李翰林集》,且推论魏颢《李翰林集》编成之时李白尚在人世;其次,由"年五十余尚无禄位"的说法论证李白生于"神龙之始";再次,由李阳冰《草堂集序》和魏颢《李翰林集序》的记载推论李白生于蜀中,并辩驳了清人王琦关于李白出生时间和入蜀时间的质疑。此外,赵家莉的《"李白故里"千年之争的媒介学解读》(兰州大学2022年硕士学位论文),以德布雷媒介学中的"媒介域"为方法论,去挖掘出在各媒介域时期,故里之争的形态是怎样的,其物质性组织和组织性物质以及象征性符号是怎样的,显露出其背后勾连起的人、物、事。

关于李白的生平经历,林静《李白"五岁诵六甲"新考》(《绥化学院学报》2022年第8期)一文从李白作品本身、蒙学教材、出土汉简三方面入手,对李白在《上安州裴长史书》中自叙的"五岁诵六甲"作出新的考释,认为从汉简和甲骨文角度考证,"六甲"确为一种和纪年法相关的且用于古时学童初步学习读书识字、启蒙教育的教材。从李白的家世看,李白并非出身世家,也不是官宦子弟;从唐朝的教育系统看,五岁的李白也不可能进入唐朝的府学中学习;写作动机上,李白作"五岁诵六甲"这句并非为了彰显自己的神童和天才。因此,"六甲"应该是童蒙教材,而非道教方术和六经这类非童蒙读物。屈小强《李白:终生"在路上"的追梦者》(《文史杂志》2022年第1期)一文陈述了李白一生在政治上和创作上的"追梦"过程,在天宝年间于玄宗身边"供奉翰林"、至德年间应永王璘征召入幕,政治上均以失败告终。李白追梦的一生令人叹息,由衷感动。杨津涛《李白的35岁》(《同舟共进》2022年第8期)一文论述认为李白35岁是735年,陈述了这一年李白与胡紫阳的交往,李白居家和客居太原的故事,以及在仕途上的积极进取。胡艺《李白流放夜郎案》(《现代阅读》2022年第4期)一文由《早发白帝城》一诗说起,讲述了李白流放夜郎的起因经过,并从《唐律疏议》的法律条文谈及李白流放夜郎的量刑依据。郭伟欣《盛唐诗人壮游活动略考——以李白、杜甫等十二位诗人为例》(《广州广播电视大学学报》2022年第3期)一文从壮游文学文本资料角度论述了盛唐诗人壮游活动具有主体多元、目的复杂、范围广阔、持续时间较长、文学性浓、审美情趣多元化的特点。其中分析了李白壮游活动中的身份、目的、范围、时间、代表作等。寒石《由李白"献赋谋仕"说起》(《当代作家》2022年第1期)一文由《明堂赋》说起,介绍了李白在京城入仕几年的生活和心态,文章通俗易懂。叶嘉莹《哪首诗可以道尽李白的一生?》(《视野》2022年第4期),本文选自叶先生的《叶嘉莹说初盛唐诗》,题目为编者自拟。

关于李白的交游,丁震寰、于慕清《由仙人俊逸到逐客悲叹——论杜甫前后赠怀李白诗之变化》(《重庆三峡学院学报》2022年第4期)一文认为,杜甫一生赠怀李白14首诗歌,跨度达20年。这些诗歌以永王李璘事件为界,之前杜甫笔下的李白以仙人形象出现,由炼丹饮酒、隐居求道和超于常人的精神风貌三方面构成,此时"仙"的李白形象背后,隐藏着李白内心的伤悲。这一时期杜甫努力用"仙人"形象劝慰李白,掩饰了其中哀伤。这种"仙"与"悲哀"交织的矛盾,正是李白自身的矛盾。李璘事件之后杜甫笔下李白以逐客形象出现,诗中流露出信而见疑的楚骚悲叹。但早在李白的仙人形象中,就已埋藏了楚骚的悲苦之叹。该文认为杜甫并非仅仅论述了李白个人形象的嬗变,还发掘了李白诗歌风格的嬗变,早期称赞李白"清新俊逸",后期称赞李白"楚骚之感",这种评述变化既是杜甫自伤身世的感慨,也体现了时代政治对诗人、诗歌具体风格产生的影响,暗含着时代整体的诗风发生变革。张维薇、李广志《日籍客卿朝衡与李白交往考释——以相关诗文及和歌为中心》(《唐都学刊》2022年第6期)一文论述了留居唐土的日籍客卿朝衡,与同期唐朝文人之间的亲交,并从若干诗文作品论述其与诗仙李白之间的交往细节。李白在《送王屋山人魏万还王屋》一诗中对"日本裘"的情结性注释,是对朝衡"睹物思人"情感的释怀。朝衡和歌《天之原》在表达望乡之念的同时,亦流露了永别唐土友人的苍凉与遗憾。李白的哀悼诗《哭朝卿衡》在诠释二者"莫逆之交"关系的同时，渲染了李朝之交关系的厚重。而后，日本江户时期汉诗人簸孤山的《拟晁卿赠李白日本裘歌》一诗，则在交错的时空中延续了二者的风雅之交，在填补后世文人李朝情结的同时，亦成为李朝诗交流播东瀛的见证。

二、思想研究

唐代政策比较开明，各种思想都得到不同程度的发展，李白曾受各家思想的熏陶影响，其思想的复杂多元性一直备受学术界关注，本年度关于李白思想的研究既有宏观透视，也有微观分析，视角和方法多学科运用。

关于李白佛教、道教、儒家思想的研究。钱志熙《李白与佛教思想关系再探讨》（《社会科学战线》2022年第2期）一文认为李白为崔成甫亡儿所作铭文中的"唯佛与佛，乃能知之尔"一语，可视为李白佛学之纲领。此思想为佛教诸经所载，在净土、天台、禅宗中都有表述，是佛学的基本思想。其相同的文字表述目前可见出于慧思《诸法无净三昧法门》。李白佛学的核心，一是以实相之说来了彻生死之说，体现了其生命哲学的高度。李白佛教思想是融合诸宗的，以决生死为根本纲领。他的佛教思想受禅宗、天台宗等宗派影响，但主要渊源还在于佛教经典。从李白的佛教思想可以看出，南宗佛法的流行有其时代性。南宗是将南朝时代繁复、烦琐论证的佛学简易化，部分吸取中国传统儒、道生命本体观来解释佛教的宗教本体论。李白以佛智慧为纲领，宗乘"唯佛与佛，乃能知之尔"的实相微妙之说，其实也是将佛法化繁为简。二是以极乐信仰为权，以实相证悟为实，开权显实，融合仙佛，构成了李白的生命哲学。李白以"诸佛"之说为纲领，深入实相法门，融汇般若、涅槃、净土众说，参以道家有无之变、重玄之论，又有虚舟之喻、天机之悟。这些构成了李白独特的佛道相融的生命哲学。李白走出了一条非实非相、即空即色的了生死而游戏人间的生命实践之道。其在真常与幻合之间开出入世与出世两道，出入自如，达到了人生自由的境界。张思齐《试论李白对董仲舒思想的积极继承与诗性表达》(《衡水学院学报》2022年第3期)一文认为儒学是李白思想的底色,其儒学思想与董仲舒的儒学思想有多方面的联系。李白留下了许多论及儒生的诗篇。在李白嘲讽俗儒的背后潜藏着他对董仲舒这位大儒的倾慕,而这种倾慕来源于李白对董仲舒《春秋繁露》一书的熟读、记忆和运用。李白对董仲舒《春秋繁露》一书在历史发展观、民族进步观、经济振兴观、日常生活观和积极人生观诸方面,都进行了诗性的言说,采用的是间接性的、具象性的言说方式。此外,任文汇《双重李白背后中国文人的精神困境》(《文学教育》2022年第9期)一文从"达"则孔孟、"穷"则老庄角度分析李白形象与思想,阐释中国文人普遍的精神困境。

关于李白独特人格气质的研究。首先,纵横术的影响及李白独立自由精神方面。雷恩海、张志玮《纵横术对李白思想及行事之影响述论》〔《兰州大学学报(社会科学版)》2022年第3期〕一文论述李白青少年时期跟随赵蕤学习纵横之学,其一生思想及行事皆深受影响。《长短经》乃纵横之学的集大成之作,李白的帝王师思想,激励其君行道,经世济民,积极追求建功立业;婚赘于许氏、宗氏及入永王幕也是受这一思想的影响。李白的政治理想是帝王师,建功立业,其生活理想乃高蹈隐居,问道求仙,因而功成身退乃其人生的最高理想。平交王侯的思想,是对士之才具的自信与肯定,乃精神上的独立与自由。纵横之学以宏阔的视野,通达的知识,秉要执本,颇具辩证性思维,不拘一格,能够认识矛盾的互相转化。因而,李白能够将入世与出世的矛盾统一于一身,对战争有全面客观的认知,对孔子与儒学亦能见其本质,既有赞扬亦有批评;而强烈的忧患意识,使得李白怀有强烈的时光流逝而功业无成的焦虑,对现实的昏暗与不公,予以强烈的批判。纵横之学,使李白高迈的性情和疏放的天性,得到了很好的展现。刘彬《李白诗中自由的诗意体现》〔《文学教育(中旬版)》2022年第2期〕一文通过文献研究法梳理李白各时期的诗作,探讨李白在创作生涯中所表现出不同的自由理念。文章从李白人生的理想,安然自适的心态,仗义行侠的追求,梦幻仙人的理想论述,认为李白的自由是明确的目标,勇敢的选择,无悔的担当。王露雨《论李白山水诗中的自由意识》(《名作欣赏》2022年第5期)一文论述李白山水诗中蕴含的浓厚自由意识,既是源于盛唐开放包容的氛围,也本于他不受拘束、豪放不羁的天性。李白不受传统思想的禁锢,敢于探索宇宙;他人格自由,常将山水当作知己好友;他放浪形骸,面对时代带来的痛苦与撕裂,不愿为之所纠缠,转而寻求隐居或飞仙。此外,还有纪聪聪、田佳琲、杜甜宇、殷奕涵、蒋墨涵《浅论李白的自由精神》(《青年文学家》2022年第15期)一文从李白的身世背景、人生经历、性格思想等方面论述李白的自由精神之美。

其次,李白的诗酒精神和悲剧意识方面。成松柳、张碧云《论李白"酒"中的悲剧意识》〔《长沙理工大学学报(社会科学版)》2022年第1期〕一文认为李白的"酒"中包含了对自身遭遇、人生沉浮和社会现实的无限感慨,使得李白的"酒"及诗中夹杂着一股似淡还浓的有关时间和生命的悲剧意识,最后通过一种自我张扬的方式使这种求而不得的"欲望"得以升华。王雪菲《诗酒精神与酒神精神——李白诗歌创作的独特性》(《名家名作》2022年第18期)一文认为李白的诗歌总夹杂着浓郁的酒气,其创作是在醉态思维下倾泻而出的。不少现代学者研究李白的创作思维直接套用尼采的酒神精神,然而"拿来主义"明显水土不服;另一些学者从诗酒因缘的文化传统对李白的诗歌创作进行分析,指出其创作的历史继承性和独特的时代风貌。实际上,李白的醉态思维源自魏晋诗酒风流和盛唐气象,但诗人放荡不羁的性格、卓尔不群的天才让他超越前代和同代的创作,体现出自由、天真的风貌和独特的生命体验。

再次,李白个性、追求方面。薛欢《李白诗歌中的自称现象溯源与特点探究》(《文化学刊》2022年第2期)一文论述了李白诗歌中存在的大量自称现象,这些第一人称代表一种自信、自尊的形象,具有"有我之境"的自我赞美精神,表达了李白作为一名诗人的孤寂飘零感。根据古典诗歌中自称现象特点,李白诗歌中的自称现象的原因在于:显我,凸显自我意识;直称,表达个人理想与自我形象;挣扎,天才与凡人之间;万物皆我,对天人合一的追求。周静《试论李白个性的形成及其文学表现》(《百花》

2022年第1期)一文阐述了李白在青年、中年、晚年三个人生阶段的社会背景及其个性的演变,将李白的个性转化和诗歌内涵及感情色彩联系起来进行分析,最后从李白浪漫主义的文学表现力进行描述,将其诗歌形式的构成、浪漫主义情怀的养成以及诗风的形成原因进行了系统的总结。谭雅心《浅论李白式中国士大夫的仕隐矛盾——以李白〈忆东山二首〉(其一)为例》(《语文教学与研究》2022年第13期)一文从东山、蔷薇、白云、明月意象论述了李白的仕隐矛盾,并从个性追求、官场束缚、文化影响论述李白仕隐矛盾形成的原因。

关于李白故乡情结与地域文化思想的研究。刘伟安、张力《论李白的故乡情结与精神困境》(《渤海大学学报(哲学社会科学版)》2022年第1期)一文认为李白是一位志在四方的游子,是一位永远在路上的旅人,是安土重迁的中国农耕文化中一个天生的异类。尽管李白并非甘愿老死故乡之人,但他在常年流寓他乡时深刻体验了世态炎凉,且始终怀才不遇、虚度岁月白首无成的境况下,其心灵深处依然滋生出与日俱增的浓挚深沉的故乡情结。于李白而言,故乡不单是物质意义上的,也是精神意义上的永恒家园。但由于故乡已经物是人非、功业未建不甘身退等原因,暮年李白深陷于苦苦思归而始终未归故乡的精神困境中,注定了客死异乡的悲剧性人生结局。相关论文还有孙金荣的《李白的东鲁汶阳情结》(《山东文学》2022年第7期)。

关于李白的爱国思想。周艳华《李白诗歌中的爱国主义思想特质》(《文学教育(上)》2022年第7期)一文论述了影响李白一生的儒家、道家、纵横家思想,并详细分析了李白的爱国思想,包括如下三项:维护国家巩固与发展的意识,对祖国大好河山的热爱,维护国家和平统一的决心与勇气。最后论及李白爱国思想的启示。

三、题材内容研究

李白诗歌的题材内容研究历年来都是李白研究的热门话题,本年度研究成果依然十分丰富,有游仙诗、爱情诗、游历诗等的专门研究;有特定时期作品研究;有意象研究,特别是关于月意象研究的论文可圈可点;还有一部分针对具体文本进行分析的论文。

对李白诗歌中某类题材进行专门研究的论文。钱志熙《略论李白游仙诗体制类型及渊源流变》(《文学遗产》2022年第4期)一文指出李白的游仙诗是唐代神仙道教风气及其自身求仙访道生活的反映,也是对魏晋游仙诗传统的继承与发展。文章对李白的游仙诗及各种涉及神仙内容的诗歌作品进行分类论述,并追溯其各自的渊源,认为作为一种创作体系,李白游仙诗发端于古风与古乐府。李白继承了六朝时期游山与游仙相结合的传统,这是李白游仙诗最常见的一种类型。另一类则是以当代道教人物为塑造对象的,有时也直接将自己纳入神仙世界,这是李白游仙诗的一个重要特点,但李白将自身与神仙的距离拉近,大部分时候还属于想象的层次。李白继承汉魏诸子批评帝王求仙的理性传统,形成讽喻类型的游仙诗。李白的求仙,其实是希望超越现实、追求个性自由的生命意识的一种反映。文章还指出应该重视将游仙作为一种自我抒情方式的中国古代文人游仙诗传统的影响。杨梅《李白爱情诗中隐喻的个人与国家》(《文学教育(上)》2022年第4期)中,着重分析了李白百余首爱情诗中的女性形象、审美风格和价值取向,综合李白生平指出男女离情意象背后的对国家和帝王的忠诚,对国家命运的担忧。

关于李白游历诗的研究,王永波《李白与庐山》(《贵州文史丛刊》2022年第3期)一文历数李白四次游览庐山写下的诗歌,探究李白不同时期在同一地理位置上的心态变化。此外,还探讨了李白对庐山的文学书写对庐山文化形成的助力。李进凤《秋浦河,太白情——李白秋浦与秋浦河书写及其意义探析》(《淮南师范学院学报》2022年第2期)一文综合中外多个版本的李白年谱研究,推测出李白五次游历秋浦的大概时间,统计李白描写秋浦景物的诗句,从而探究秋浦河对李白的独特意义;该河满足李白本人对水的喜好以及他信奉的道教对水文化的追寻。在李白流寓的过程中,该河以及周边景物对他是一种来自自然的心灵安慰。乔国良《青山明月夜 千古一诗人——李白安徽诗路心路之追索》(《江淮文史》2022年第4期)一文叙述了李白在安徽山水间写下的一批诗歌,梳理李白在安徽的行踪,赏析李白在安徽游历所作诗歌中的山水之奇、风物之美,以及李白融于其中的深广忧愤、焦虑甚至牢骚,最后回归豁达的心路,还论述了李白在安徽交游情况等,文章详尽易懂。胡可先《李白诗中的西域风光》(《古典文学知识》2022年第5期)和席蓬、汤洪《李白诗歌中的"胡风"与丝绸之路关系探析》(《四川文理学院学报》2022年第4期),前文论述了交河、于阗、天山等西域风光在李白诗歌中的体现;后文考辨了李白胡族身份及相关争议,结合诗歌指出李白"放归还山"时的自我身份认同便是陇山人,论述李白诗歌中胡地人情风物、民俗风情、边塞战争的描写,以及李白在丝绸之路上的创作给人的启发。此外,还有任蒙《李白的长江岁月》(《海燕》2022年第5期)一文指出李白现存的千首诗歌作品,大多写于长江一带,分析了《赠汪伦》被经典化的原因。王兆贵《遥想李白长干行》(《光明日报》2022年4月8日),从自身对长干里的实地考察和"原始以表末"式的文典追溯,从物理位置上的"长干里"写到历史阐释中的"长干里",再过渡到李白《长干行》,写出《长干行》之创作的历史勾连。李博阳的《唐朝河北道与李白的诗》(《北京外国语大学》2022年硕士论文),以天宝十载(751)李白北上幽州之行为切入点,探讨河北道的地理文化对李白诗歌创作的影响。

关于李白长安时期诗歌创作的研究论文,有卢雅雯、刘桂鑫《论李白二入长安时期的诗歌创作》(《名作欣赏》2022年第2期),刘可萱《论李白二入长安时期的身份矛盾与诗歌写作》(《汉字文化》2022年第10期)。两文都探讨了李白二入长安时期的诗歌作品,前文论述了李白二入长安的境遇及其心态的整体表现,将研究重点放在李白二入长安的经历对其当时诗歌在题材、思想情感和艺术风格的影响上;后文论述了李白二入长安时期身份矛盾的成因,探讨身份矛盾下李白的诗歌写作内容和特点,及李白身份矛盾的思考和当代启示。谢琰《长安经验与李白后期诗歌的自叙模式》(《文艺研究》2022年第4期)一文以供奉翰林为分界将李白创作分为前后两期,将研究视角放在后期诗歌中李白的长安书写。从政治意义、宗教意义上阐释李白的诗歌，并且指出，李白在该时期甚至创造性地用宗教经验包含政治经验，从而制造出新的自叙模式，完成了自我创作上的超越。

本年度李白诗歌意象研究丰富多样，关于"月"意象的研究依旧突出，刘林云《李白涉月诗的"词场"特征与"三元"结构分析》(《许昌学院学报》2022年第1期)一文论述李白涉月诗个性化和习惯化的"词场"和"我—影—月"构成的"三元"结构与思想，是继承自陶渊明等前人，也是李白自身写作的天才型突破。该文指出"月"意象在李白的笔下形成了独创性、系统化的书写，而这种书写使得李白的写月诗经典化，是解读李白对于天人关系思考的一个突破口。刘沫彤《浅谈李白诗中的明月意象》(《文学理论》2022年第4期)一文从李白诗中的明月意象出发，将其分为思念故乡、怀念友人之情，壮志难酬、孤独寂寞之情，理想抱负、执着追求之情，超越时空、思念古今之情四类，并从中体会诗人的人格情趣与形象。相关论文还有黄脆《浅谈李白诗歌中的"月"与"酒"》(《青年文学家》2022年第19期)，李睿《李白诗歌中的"日月"意象研究》(《最小说》2022年第4期)，胡泉《李白与月的不解之缘》(《初中生辅导》2022年第12期)，欧夏《襁褓风雏：李白少作〈初月〉析探》(《作家天地》2022年第26期)。

其他意象研究具有多样性，杨为刚、杜婷《试探"扶桑"意涵在唐诗中的流变——以杜甫和李白诗歌为中心》(《杜甫研究学刊》2022年第4期)一文以杜甫、李白诗歌为代表，探讨"扶桑"在唐诗中体现出"政治隐喻""道教仙树""代指日本、新罗等东方某地"等诸多意涵，从中亦可窥见唐朝重视事功、崇尚道教、对外开放等社会风貌，显示出"扶桑"意涵在唐诗中发生的流变，对研究上古神话元素在后世文学书写中的沿革有所助益。刘向斌、程晓雅《李白诗歌中太白与北斗意象研究》(《新余学院学报》2022年第2期)一文阐述了星象的释义，联系古人称李白为"太白星精"。诗人在创造、选择、运用意象时，会根据其时、其地、其事，在意象中注入主体情感。李白诗歌中的意象体现着他独特的诗风，而星象意象是其诗歌意象群中的重要组成部分。同时李白浸润于二者之中的主体情感亦相当丰富。张帅《论李白诗歌中的云意象及其特征》(《绵阳师范学院学报》2022年第10期)一文从统计云意象在李白诗歌中出现次数出发,发现以浮云、青云、白云这三个意象为代表,李白常用云意象或是进行某种指代,或是进行情感表达。同时通过云意象的拟人化和将人"拟云"化的方式,使自身和外在自然达到完美的交汇。因此,李白诗歌中的云意象有两个显著特征:内涵的丰富性和手法的拟人化。连倬尹的《李白诗歌中风意象隐喻探析》(《文学教育》2022年第5期)以认知语言学的概念隐喻理论探究李白诗歌中的风意象。徐思怡《论李白诗歌中的西域意象》(《汉字文化》2022年第4期)一文论述分析了李白诗歌西域人文意象中的音乐、舞蹈、乐器。卢芮青《昂扬、唏嘘与隐逸——李白涉"髪"诗的情志表达》(《宁波开放大学学报》2022年第1期)一文统计了李白诗中对于"头发"的表达,从青春情态、嗟老伤怀、隐逸情怀三个角度总结了这类诗的旨趣。宫华蕾、高菡的《李白诗歌中女性概念隐喻研究》(《汉字文化》2022年第7期)一文从认知语言学的角度入手,在综合搜集李白诗歌中女性意象的基础上,对其诗中女性隐喻意象进行了"植物、动物、事物"三种分类并分别进行分析,着力于针对其诗中"女性"这一抽象概念得出进一步认知。朱晓青、宗丽《略论黄鹤楼在文学时空中的呈现方式——以孟浩然、李白、白居易诗为例》(《汉字文化》2022年第23期)一文,阐述黄鹤楼在不同诗人的诗歌文本中以不同方式呈现,因人而异,而获得不同特性。在李白的想象空间里,黄鹤楼如他的道具,任其驱遣,代表了他游仙的生存方式。

关于李白具体作品的研究,莫砺锋《李白〈清平调三首〉是美是刺?》(《古典文学知识》2022年第1期)一文综合历史上各家对《清平调三首》的解读,试图厘清两个问题:一、《清平调三首》的主旨是美是刺?作者最后认为是以赞美为旨。二、对"解释春风无限恨"一句的解释。作者认为李白写此句,是对世间情理的极敏锐洞察,也是对李杨二人心事的体认。舒大刚《一篇高尚的"饮酒"哲理诗——李白〈月下独酌〉之二的文化解读》(《文史杂志》2022年第1期)一文对李白的《月下独酌》之二作出了超越"政治失意""借酒浇愁"等传统解读的新解读,指出李白在放纵行为背后达到的"越名教而任自然"的精神境界。姜春羽《李白〈闻王昌龄左迁龙标遥有此寄〉诗情探讨》(《豫章师范学院学报》2022年第1期)一文运用"知人论世"的方法,通过文献考索,明确诗歌创作时间,补足李、王二人交游史,以此作为理解该诗的情感基础。孙绍振《送别诗的经典性:不可重复——李白〈闻王昌龄左迁龙标遥有此寄〉解读》(《语文建设》2022年第13期)一文从还原语言文化的特殊性、意象情感内涵的特殊性两方面对李白此诗情感的特殊性进行论述,并从绝句的句法和内在机制的特殊性分析本诗的艺术性。文章翔实有深度。欧夏《李白〈峨眉山月歌〉辨释》(《名家名作》2022年第8期)一文辨析了诗歌中"三峡"和"渝州"的争议,李白诗中"三峡"指"巴东三峡"无疑,"渝州"才是《峨眉山月歌》诗意之所在,是真正的"诗眼"。邓肯《关于读书法之"自得说"的思考——以李白〈采莲曲〉为例》(《牡丹》2022年第12期)一文从传统读书法"自得说"的概念出发,比较多家观点,对其概念进行分层解释,再以"自得说"为"工具",用以分析李白《采莲曲》,以期寻找"自得说"的价值。

本年度关于李白《将进酒》的研究论文有武国强、余阳、邵宇航《李白〈将进酒〉若干争议综论》〔《赤峰学院学报(哲学社会科学版)》2022年第5期〕,文章围绕李白《将进酒》在学术界的三大争议——该诗"将"字的读音问题,该诗的写作时间问题,该诗的版本流传问题——展开相关论述。此外,还有绳家辉《析体裁 懂类型 晓抒情——深层解读〈将进酒〉中的文学艺术》(《语文天地》2022年第5期),何林《巧用关键词妙抒多元情——谈〈将进酒〉的多元情感抒发》(《中学语文》2022年第23期),韩露润《乐府旧题〈将进酒〉中"将"字的读音辨析》(《成长》2022年第2期),郭健敏《从〈将进酒〉看李白人生的悲剧性》(《文学教育(中旬刊)》2022年第10期)。

四、诗歌艺术研究

本年度对李白诗歌艺术的研究既有对李白诗歌艺术特色的共性解读,也有对其诗歌中夸张、比喻、用典等具体艺术手法的个性探讨。

关于李白诗歌作品艺术特色和风格探析的文章:于雷《李白诗歌艺术特色新探——〈蜀道难〉与〈将进酒〉的对比赏析》〔《语文教学通讯·D刊(学术刊)》2022年第9期〕一文对李白的两首著名作品《蜀道难》与《将进酒》作了对比分析,对于两首作品在"知人论世"视角下的创作进行了概述,分析了两首诗在情感方面的相同之处,风格上的相似性,人生感悟与表现形式方面的不同,思想主旨方面的差异,认为深刻认识到李白诗歌中的丰富内在独白,可以更好地把握诗歌所蕴含的情感,领略他的传奇和永恒。卢青楠《李白——是浪漫主义者又超越浪漫主义》(《青年文学家》2022年第20期)一文从西方欧美传统文艺理论和中国传统诗歌鉴赏角度认为,李白的诗歌艺术不能完全被浪漫主义所定性。文章结合李白诗歌和传统浪漫主义文学特点,分析了李白及其诗歌与浪漫主义的共同性和差异性。从李白精神上看,李白的思想情感不局限于传统的浪漫主义甚至已经超过了浪漫主义的范畴。刘涛《李白诗歌中浪漫主义色彩的现代研究》(《文化产业》2022年第25期)一文围绕李白诗歌中的浪漫主义色彩展开研究,重点分析该种情感表达中的主观色彩、语言表达、主题风格,表现方式中的修辞手法、想象意境、遣词造句,以及投射对象如"蜀"中行景、"酒月"、"鹏"鸟、"剑"。杨云霞《浅析李白诗歌风格的形成因素》一文从时代背景和文化背景两个方面着手,分析李白诗风、诗体的成因。

对李白诗歌具体艺术特色进行个性探讨的文章,在比喻与夸张手法方面有:王红军《李白诗歌中夸张修辞的美学境界》(《浙江工商职业技术学院学报》2022年第3期)一文阐述夸张修辞的文学传统,并提出李白诗歌汲取夸张手法并创造性地运用,圆熟自如、大胆新异,常把读者带入一个美的诗境,展现了诗人独特的阳刚、悲情、新奇、隽永的美学追求。恒南南《李白诗歌中比喻和夸张的艺术鉴赏》(《青年文学家》2022年第23期)一文以李白诗歌中比喻和夸张的艺术鉴赏为例,并对其进行具体的分析。对于比喻的鉴赏,主要体现在借助比喻的方式体现个人特色、浓郁的感情色彩,以及比喻的表达以"眼前景,口头语"

为主。而对于夸张的鉴赏则体现在：数字化的夸张、对比性的夸张、比喻式的夸张，以及动作性的夸张。此外，还有徐红梅《李白诗歌中比喻和夸张的艺术赏析》〔《新教育时代电子杂志（学生版）》2022年第19期〕。在隐喻方面有：孙静《认知视角下唐诗中的情感隐喻》(《名家名作》2022年第10期)，文章从李白诗歌中的大量的隐喻出发，分析其表达的情感。阐述了李白诗歌中的三类爱，即对家乡的爱、对朋友的爱和对爱人的爱，并对情感隐喻中爱的五种主要类型进行了研究。文章认为物理经验、中国神话对诗人的认知模式产生了很大的影响，是构成李白诗歌中情感隐喻中爱的隐喻的主要来源。在用典方面有：王晨《论李白〈行路难三首〉中的用典》(《名作欣赏》2022年第2期)一文阐述了用典的含义以及用典的判断标准，对李白《行路难三首》中所引用的典故进行具体分析。认为组诗中用典繁多，拓展了诗歌的时空境界，构成了诗歌的多重文化意蕴，充分体现了诗人的情感、政治理想，自我慰藉以及微言大义，余韵悠长的行文风格。

探讨李白诗歌审美的论文有：丰晓流、王宏玮《李白古体诗的错乱特质及其审美绩效》〔《文学教育（中旬版）》2022年第4期〕，该文认为李白的《将进酒》等古体诗气势磅礴，情感瞬息万变，这种美学范畴的"错乱"有其产生的可能性及其审美效果。唐魁的《论李白诗歌"以大为美"的审美倾向》(《青年文学家》2022年第23期)一文指出在李白的诗歌中，呈现出一种"以大为美"的审美倾向。意象壮大，意境阔大，主客观对象都具有一种震慑的力量。这种审美倾向既是盛唐气象的重要成分，又是中华民族固有的文化传统。

其他需要关注的文章：张一南《李白融会古诗体与乐府体的尝试》(《古籍研究》2022年第2期)一文阐述了在李白的创作中，存在着融会古诗体与乐府体的现象，其主要表现为：借鉴乐府体的形象表现古诗体的精神，借用乐府体的形式承担古诗体的功能。认为李白的尝试更新了唐诗系统的形态，是整合前代文学资源的成功经验，对后世影响深远。吴胜萍、董凤霞、勾娟《"但愿长醉不复醒"和"但愿长醉不愿醒"之别》(《中学语文教学参考》2022年第27期)一文从李白政治经历、两字字义及折射的情感、全诗内容照应、聚会情境等四个角度进行比较分析，认为该诗句用"复"字比用"愿"字更具说服力，也更符合李白的人生经历和他内心的复杂情感。

五、创作渊源与传播接受研究

李白诗文创作博采众家之长，形成的独特文学魅力对后世的国内外创作者产生了巨大影响，成为人们竞相模仿的对象。

本年度探究李白创作渊源的文章有：肖悦《从赋、书、序看李白文对〈庄子〉的继承》（《绵阳师范学院学报》2022年第1期）和《从表、书、序看李白骈文对〈战国策〉的继承》（《骈文研究》2022年），前文论述了李白文章对《庄子》神话、哲学思想、文风等方面继承的意义；后文则论述了李白骈文的成就与对《战国策》的继承密不可分。李白骈文对《战国策》纵横思想继承的意义体现在三个方面：一是《战国策》对李白的思想产生了很大影响，丰富了李白骈文的思想内涵；二是《战国策》敷张扬厉的辞藻对李白清雄奔放文风的形成起到了有力的促进作用；三是《战国策》中危言耸听的论说被李白骈文吸收，使李白骈文在辩论时展示出了较高的说服力。谷维佳《〈风〉〈雅〉嗣音，体合〈诗〉〈骚〉——李白〈古风〉溯源〈诗〉〈骚〉发微》（《中国韵文学刊》2022年第1期）一文对李白《古风》诗进行溯源，认为李白远绍《大雅》的责任意识与盛世愿景；继承《小雅》的风格内容以及"怨诽而不乱"的情感表达；寄托《风》诗"讽"之精神；传承《骚》的"明君贤臣"模式，"士不遇"主题，以及"香草美人"的象喻范式，同时又多方面加以糅合创新，这才是李白《古风》作为"《风》《雅》嗣音"，能真正做到"体合《诗》《骚》"的精髓所在。胡振龙《史书阅读与李白诗歌的史传思维特征》（《绵阳师范学院学报》2022年第4期）一文将研究聚焦于李白史书阅读对其诗歌写作的影响，认为首先影响了李白咏史怀古之作对人物形象的塑造及历史事件的书写，叙述史传人物经历呈现出简要性与完整性的特点，常借助于典型事件及言谈举止表现人物性情，多人合咏的诗篇则采用史书类传式的叙述结构及书写方式。其次在交往酬赠诗与抒情言志诗中喜用史传人物比附。王尔上《庄子哲学散文境界观对李白诗歌境界的影响》(《今古文创》2022年第41期)一文探究庄子哲学散文境界对李白诗歌境界不同层次的影响,文章细考出李白在庄子"齐物归心""通达养心""知命斋心""真知解心"四重哲学境界观的启迪下所展现出的独特的文化四重境界:自然是我的生命境界,功利本我的现实境界,道德自我的美学境界,天地超我的逍遥境界。杨景龙《李白对唐代之前中国诗歌抒情传统的继承与超越》(《河北学刊》2022年第6期)一文论述了李白对《诗经》《楚辞》、汉魏六朝文人诗和乐府诗较为全面的学习和继承情况,从而指出李白实现了对唐代之前抒情诗艺术的系统总结和整体超越。华乐祺、吴冬红《论李白对大小谢山水诗风的传承、发展与超越》(《丽水学院学报》2022年第6期)一文以大小谢所开创的山水诗风作为起始点,对李白的个体山水作品的传承、发展和超越进行分类研究,指出李白山水诗歌以五古创作为起始,取法二谢"复多变少";以五律五绝为发展,对二谢弊病进行了创造性的修正;及至七绝及歌行、乐府旧题等体裁创作时期,则在艺术手法和思想意蕴上完成了对二谢传统的最终超越。范子烨《"奇文共欣赏":李白、陶渊明与〈山海经〉》(《名作欣赏》2022年第4期)一文以李白、陶渊明的具体作品为例,仔细论述了李白的《山海经》接受与陶渊明的影响密切相连。王红霞、熊梓灼《李白诗文称引扬马探析》(《绵阳师范学院学报》2022年第7期)一文从李白现存诗文中称引扬马(扬雄与司马相如)时所出现的评价褒贬不一的情况入手,辨析在不同语境下李白对扬马作出的不同评价,从而有助于更深刻地解读李白的诗文文本。

关于李白传播和接受研究成果颇丰,陈尚君《李白怎样修改自己的诗作》(《古典文学知识》2022年第2期)一文就李白诗歌存世文本中存在大量异文的现象,探讨导致这些文本歧义出现的可能因素,并试举二例证明这种情况可能是李白本人反复修改定稿的结果。梁海燕《郭茂倩乐府学视域下的李白乐府诗》(《国学学刊》2022年第2期)一文通过《乐府诗集》与诗人本集之比较,结合北宋文人的乐府观念,对郭茂倩立足乐府学所观察到的李白乐府诗形态进行阐释。王定璋《略论苏轼〈李太白碑阴记〉及其他》(《文史杂志》2022年第6期)一文以苏轼《李太白碑阴记》所涉及李白生平为人及才情评价为切入点,探讨苏轼对李白的认知与评骘,进而寻索两位"萧条异代不同时"的巴蜀历史文化名人在政治理念、文化价值、文学思想上的异同,以及他俩在文化史、文学史方面的地位与影响。张佩《20世纪以来的〈分类补注李太白诗〉研究体系与方法论》(《北京印刷学院学报》2022年第1期)和《论清代王琦〈李太白集注〉对宋代杨齐贤注释的借鉴与吸收》(《北京印刷学院学报》2022年第7期),前文对20世纪以来的《分类补注李太白诗》研究的学术动态、学术史进行梳理,进而对李白诗古注本研究的体系与方法论建构展开讨论;后文就王琦《李太白集注》对杨齐贤注的借鉴与吸收予以分析,总结了王琦借鉴与吸收杨齐贤注时所做的工作,并指出王琦对杨、萧注的吸收是进行过深思熟虑的,具有重要的意义。徐小洁《朱熹〈诗集传〉对明代朱谏〈李诗选注〉的影响》〔《苏州科技大学学报(社会科学版)》2022年第6期〕一文研究了朱熹《诗集传》对明代朱谏《李诗选注》的影响:一是以"义理"为旨归的诗学思想,二是以"熟读涵味"为路径的阐释方法,三是以"赋、比、兴"为框架的阐释模式。徐小洁《识真太白处——明代朱谏对宋代诗论的接受与突破》(《汉语言文学研究》2022年第3期)一文从态度、观点与方法三个研究路径,结合《李诗选注》具体的笺注内容,历时性探讨朱谏对宋代李白诗歌艺术论的接受与突破,以期展现不同时代李白接受的演变过程及其诗学理论特征。沈曙东《诗教与审美影响下的清代李诗批评》(《绵阳师范学院学报》2022年第4期)一文以三个分属不同流派的诗评家王夫之、王士禛、沈德潜为例,对清代诗教与审美影响下的李诗批评作出勾勒。李若熙《青莲镇李白民间故事类型及其价值述略》(《杜甫研究学刊》2022年第2期)一文仔细梳理四川江油青莲镇当地流传着的约60余个关于李白的民间故事,将其分为神奇故事、传奇故事与笑话三种,同时指出青莲镇李白民间故事中的文化意蕴以及青莲镇李白民间故事对于李白诗歌拾遗亦有重要价值。

研究海外诗人对李白诗歌接受与继承的文章有:李成坚《"李白抱月"——论爱尔兰剧作〈黄河中的月亮〉中的中国意象》

(《外国文学研究》2022年第4期)一文以"李白抱月"这一文本核心意象为切入口,溯源"李白抱月"进入20世纪英美新诗运动的跨文化传播,进而探讨"李白抱月"与爱尔兰20世纪30年代文化政治诗学的变异结合,揭示剧作家詹斯顿借用"李白抱月"这一东方意象的政治隐喻和文化意图。李宝龙、郭柏彤《李白对高丽王朝诗人及其汉诗创作的影响》(《北华大学学报(社会科学版)》2022年第4期)一文结合具体作品,指出李白对高丽王朝时期代表性诗人在诗歌创作上的深远影响,主要体现在忧民精神、想象神奇的浪漫主义创作风格及纵横开阖的创作手法等几个方面。王红霞、陈泉颖《朝鲜文人徐居正李杜观探析》(《四川师范大学学报(社会科学版)》2022年第1期)一文论述了徐居正的独特诗论和接受李杜的独特视角,同时也梳理出"李杜优劣"论在高丽和朝鲜时期的接受过程。姜维强《浅谈李仁老对苏轼及李白诗歌的接受》(《雨风》2022年第1期)一文论述了苏轼、李白二人对高丽中期诗人李仁老的影响,李仁老从二人那里学习如何做学问,更学到如何做人。

六、比较研究

运用比较研究法,通过对比分析两个及两个以上作家个性气质、创作、影响等各方面的异同,探求其中的普遍与特殊规律,能提高对作家及其创作的全面认识。本年度运用比较方法研究李白及其作品的论文中,既有李白与国内诗人的比较,也有与海外诗人的比较;既有某一题材或意象的文学比较,亦有具体作品的对比分析。

关于李白与中国诗人进行比较的文章有,陈景源的《李白与苏轼隐逸思想的对比研究》(《中国航班》2022年第14期)一文选取李白和苏轼诗文创作中所包含的隐逸思想进行对比研究,从而发现李白隐逸思想中身隐心不隐,推崇个性解放和自由追求的特点。薛施君《王维与李白山水诗意蕴之比较论》(《花溪》2022年第32期)一文论述王维和李白作为唐代诗坛的两位大家,在诗作中毫不掩饰其对山水的挚爱之情,表露出归隐山林的林泉之心和天人合一的精神追求。但在艺术创作中,二人又有着极大差异,王诗冲和淡远,李诗清雄瑰奇。文章通过对王李山水诗的比较分析,意在把握其诗歌的内在肌理,还原盛唐气象。孙岩、孙浩宇《苏轼与李白月意象书写比较》(《对联》2022年第28期)一文重点阐释苏轼与李白月意象书写之异同。在差异方面,李白与月同为一体,苏轼则借月排遣情绪;在相同方面,二人都运用了浪漫主义手法,且都托意怀人,观照现实。而苏轼更壮大了咏月诗歌托意怀人的主流思想,苏轼不仅是借月怀人,更借怀人之际表达自己对人生的感触,形成了独特的风格。段绪林《陶渊明的"酒"与李白的"酒"——〈饮酒〉(其五)与〈将进酒〉比较阅读教学分析》〔《新教育时代电子杂志(学生版)》2022年第21期〕一文,以《饮酒》和《将进酒》两首诗为例,对陶渊明、李白酒诗词文细究研读,分析二人不同的诗酒风格、审美情致和思想情感,在二人诗酒之中寻根探源,分析诗文特色,从而更加深刻理解陶、李二人诗歌中"酒"的意象与现实内涵。孙绍振《李白的笑对人生与杜甫的歌哭血泪》(《语文建设》2022年第3期)一文基于李白与杜甫性格等诸多不同,对二人的诗作进行对比分析,对教师授课有指导意义。

本年度还有将李白与毛泽东、庄子进行比较的论文。汪建新《我欲因之梦寥廓——毛泽东与李白》(《党史文苑》2022年第4期)一文指出,毛泽东对于李白推崇备至,其一生对李白诗作圈阅、手书、评论颇多,而毛泽东的诗词创作也深受其诗风影响,浪漫飘逸,超凡脱俗。文章从"读李白""评李白""师李白"三个方面结合毛泽东的文章,论述了李白对于毛泽东的影响。瞿梓萌《李白的〈大鹏赋〉与庄子的〈逍遥游〉对比剖析》〔《文学教育(上)》2022年第7期〕一文论述了李白思想观念中的崇道精神,并分析了集中体现李白道教观念的《大鹏赋》,从继承与拓展、差异与个性角度将其与庄子的《逍遥游》对比分析,最后论述李白道教思想的古今时代意义。

关于李白诗歌与海外作家作品比较研究的文章,以与亚洲国家作家比较为主。钟卓莹《两个"盛世"的时空对话:再论祇园南海与李白》(《中国诗歌研究》2022年第1期)一文认为从江户时代的祇园南海的贬谪诗中可以看出,祇园南海作为一个异域诗人,一生虽坚持追随李白却不满足于只"学李白",而是将对李白的仰慕落实到理论和诗歌创作的层面上,他在诗歌理论著作《诗诀》《诗学逢源》《湘云赞语》中以"风雅"为诗论核心,提倡"雅诗"、排斥"俗诗"。祇园南海始终明确以李白作为"免俗""医俗"的"雅诗"诗人代表,将李白视为文学上可以并肩的"知己"。该文还对比分析了祇园南海的谪居诗作与李白流夜郎诗,并指出祇园南海不仅一生都在追步李白,同时还能做到保持自我,追求达到能与李白"百篇共商量"的诗歌境界。潘兴《西巴拉与李白的比较研究》(《青年文学家》2022年第3期)一文对比研究了中泰两国各自引以为傲的诗人西巴拉和李白在生平遭际和诗歌创作上的异同。文章指出在个人性格与个人遭际方面,两人有着很多惊人的共同点,都刚正不阿、不畏权贵、敢怒敢言,命运转折惊人地相似;两人都有政治热情,但并不适合政治,缺乏政治智慧。而在宫廷诗人身份、侍奉君主、个人出身上两人又有差异性。在作品风格方面,两人都是浪漫主义的杰出行吟歌者,作品内容上也都有对祖国大好河山的热情歌颂,也有对自身处境的孤愤抒怀。但是两人也存在不同:首先,从中泰诗歌的宏观差异来看,泰国诗歌的叙事性要比中国诗歌的叙事性更为浓烈,作为群体之中的个体,西巴拉与李白的作品就体现了这一点。另一方面,西巴拉的作品中爱情主题占了很大的比重,而李白的爱情诗歌虽然不能用寥寥无几来形容,但绝不是他所描写的重点。从写作情感上来说,西巴拉是位忧郁王子,而李白更像是位化外谪仙,与西巴拉相比多了几分超脱与豪迈。马航《李白与阿拉伯诗人穆太耐比之初步比较》(《今古文创》2022年第5期)一文论述了李白与阿拉伯诗人穆太耐比在才能声望、生平经历、性格与写作风格上的相同之处,并分析了造成李白与穆太耐比创作上不同的社会因素、心理因素和哲学思想。陶青《李白诗歌的审美认知——以济慈"消极能力说"为研究视角》(《重庆第二师范学院学报》2022年第5期)一文阐述了李白与英国诗人济慈的诗歌都极具浪漫主义色彩,均涉及文学创作主体的审美认知方式、认知目的和认知途径。花情感上、艺术主张上,二者虽然在真与美的着重点上不尽一致，但美与真都是二者追求的审美目的。从诗歌创作中的想象角度，也都具备文学创作的"消极能力"。

七、译介研究

诗歌翻译是一个特殊的艺术门类，它与文学创作相通，却又有其独特的审美原则、艺术内涵和方法技巧。两百多年来，李白诗歌在英语世界广为译介，已经成为英美翻译的文学经典。本年度关于李白的译介研究也较为深入，有从文化、美学等多重角度对李白诗歌译介进行探讨的文章，有不同译本彼此间的对比研究、具体诗篇翻译研究，还有探讨如何翻译诗歌艺术特色，以更好地保留诗歌原味的论文。

从文化角度对李白诗歌译介进行探讨的论文相对较多。吕文澎、陈蕾《李白诗歌英译传播中华文化》（《中国社会科学报》2022年3月14日第A07版）一文论述国内外译者在文化"交游"（社会交往）中，为李白诗在英语国家的传播与接受找到了不同的突破口，使外国读者对李白及其诗歌有了更多的认识。这对于中华优秀传统文化的国际传播产生了积极而深远的影响。李白诗英译不仅可以助力中国古典文学的广泛传播和研究，而且在一定程度上丰富了英语文学，促进了中西方文化交融与文明互鉴。黄维樑《英美学者对李白诗的翻译和研究》（《外国语文论丛》2022年第2期）述评现代四位英美学者阿瑟·韦利、阿瑟·库珀、方葆珍（葆拉·华珊娜）、杰尔姆·西顿的李白诗翻译和研究。他们的著述，有对李白诗的英译，有对其诗的评析，有对其生活的夹叙夹议，有对其中国历代"接受"情况的探究。高评其诗者，特别称颂短诗《静夜思》的伟大；贬低其人者，指出其品行的好逸且不仁。英美学者似乎无人将李白与世界级伟大诗人并列，究其原因，在于李白写的是抒情诗，没有荷马、但丁等诗人那样的叙事性作品，因此即使其诗有极好的翻译，在吸引英美读者方面也较为吃亏；还在于不同海外学者观察所得、塑造出来的李白形象，包括对李白其人其诗的评价，不尽相同乃至各异其趣。吴敏捷《从李白诗歌及其德译对比看中德价值取向差异》

〔《文学教育（上）》2022年第2期〕一文运用克拉克洪的价值取向理论，分析了李白的《春日醉起言志》与其德语改译诗之间的差异及其产生的原因，以此管窥两国作者在价值观上的差异，从而加深对中德文化差异的了解。魏春莲《论欣顿的文化翻译对李白山水诗的形象重塑》（《外国语文研究》2022年第8卷第2期）一文以美国著名的中国古诗词及典籍翻译家欣顿的李白译诗为个案研究，从形象学的视角探讨欣顿为李白山水诗建构的生态诗形象及其文本呈现，对山水诗的形象变异进行语境化分析，以剖析欣顿的文化翻译动机。欣顿的文化翻译对中华优秀传统文化的现代化转型与形象重塑具有重要的启示意义。王国英、于金红《生态翻译理论交际维视域下古诗英译研究——以李白〈长干行〉庞德译本为例》（《海外英语》2022年第3期）一文尝试用生态翻译学"交际维"理论分析《长干行》庞德译本，并以此探究中国古诗翻译，以便更好地向西方读者介绍优秀的中国文学作品，实现交际目的，促进中西文化交流。余霞、王维民《小畑薰良〈将进酒〉英译本中的文化意象流失》（《译苑新谭》2022年第2期）一文论述译者在翻译过程中因受制于语言文化的差异，常会造成文化意象的流失，从而影响到对原作品准确的诠释。尽管小畑薰良《将进酒》的英译本被视为经典，但细读也会发现其中不乏文化意象的流失现象。该文在解读原诗意象的基础上，具体分析小畑薰良英译本中"天""物""人"等多重意象流失，并给出相应的意象重建建议，以期助力李白诗歌在海外的有效传播与接受。

本年度还有从美学角度讨论李白诗歌英文翻译的论文。贺琪涵《基于"三美原则"看唐诗中叠词的运用——以〈大中华文库：汉英对照——李白诗选〉为例》（《通化师范学院学报》2022年第43卷第7期）一文，探讨如何在英语中再现唐诗叠词原本的美学特征。以许渊冲教授的"三美原则"为基础，分析许译《大中华文库：汉英对照——李白诗选》中的叠词翻译方法，以期推动业界对唐诗叠词翻译的关注。何新《〈蜀道难〉中的野性自然在英美世界的接受与变异》〔《西华大学学报（哲学社会科学版）》2022年第41卷第5期〕一文，探讨《蜀道难》原诗中蜀道的"野性"特征在多个英译本中并未再现,而是出现了一定程度的变异。文章从比较文学和生态批评的视角考察了《蜀道难》中的地理意象与动物意象在阿瑟·韦利、艾米·洛威尔等西方学者的七个英译本中的翻译,探究了原诗中自然"野性"特征在英译本中的泛化与弱化,并揭示了这一式微现象所蕴含的东西方异质自然观,力图在发掘《蜀道难》的生态内涵和审美特征的同时,为李白诗歌海外传播研究提供新的阐释维度和研究范式。章瑞鑫《"三美论"在英译〈李白诗选〉中的应用》(《雨露风》2022年第4期)一文论述许渊冲先生在《翻译的艺术》中结合前人智慧做出创新,对"三美论"再次做了总结。诗词是中华瑰宝,是中国艺术与文化的结合。该文通过分析许渊冲先生"三美论"在《李白诗选》英译中的应用来展现诗词之精妙,让更多人认识到中国诗词之美。同时也希望为中国诗词翻译的发展贡献力量,并吸引更多学者研究适合中国诗词的翻译理论。

关于不同译本对比研究、具体诗篇翻译研究的论文有庞立新、王新《浅析李白〈月下独酌〉英译——以 Waley 和 Giles 两译本为例》(《今古文创》2022年第14期)一文,以阿瑟·韦利和翟里斯两位翻译家的译本为例,从意境和韵律两个层面分析《月下独酌》这首诗的英译。丰富了李白作品的译介研究,同时增加了读者对两位翻译家及其翻译思想的了解。吴乐《许渊冲与埃兹拉·庞德中国意象诗歌翻译观对比——以李白〈玉阶怨〉为例》(《英语教师》2022年第22卷第2期)一文,从文字、语句、意境三个方面对比分析李白《玉阶怨》的许渊冲和埃兹拉·庞德两个英译本,发现许渊冲的翻译以忠实原文为主,重点在于在对外传播中保持中国意象诗歌的原汁原味,而庞德则以语意对等为主,旨在实现源语言和目的语言最大程度的对等。虽然二者翻译观有所不同,但是共同促进了中国意象诗歌的翻译实践与研究,为中国文化的对外传播做出了贡献。高廷《李白〈月下独酌〉三个英译本比较研究——以王宏印"信达雅"现代诠释为框架》(《今古文创》2022年第26期)一文以王宏印基于翻译文本分类对严复"信达雅"译论进行的现代阐释为框架,对许渊冲、韦利和小畑薰良的唐诗《月下独酌》英译文进行了比较研究。研究发现,在事理层面,许译更为真实;在语言层面,韦译和小畑译更加突出;在风貌层面,许译和韦译更具鲜明特征。总体上,作为典籍英译作品,韦译略胜一筹,更富诗意。张苏亚、王润丽《许渊冲与庞德诗译理论与实践的对比研究——以古诗〈长干行〉为例》(《今古文创》2022 年第 36 期)一文以许渊冲和埃兹拉·庞德为例,对比许渊冲的三美、三化、三之理论与庞德的语言能量和细节理论,并结合二者英译的李白《长干行》,分析二人诗歌翻译中对其理论的应用,以及不同理论指导下翻译实践的异同,以期对诗歌英译研究起到一定的理论参考。吴金键、梁晶《目的论视域下〈长干行〉译本比较——以庞德与威廉斯两译本为例》(《名作欣赏》2022 年第 33 期)一文论述庞德的《长干行》译本充盈着动态画面,威廉斯与王燊甫合译的《长干行》则以静态画面为主导。之所以有此殊异,究其根本,源于庞德与威廉斯各自秉持不同的诗歌创作宗旨,庞德意在构建"漩涡式"诗歌,威廉斯"思在物中"的诗学思想贯穿其创作始终。庞德、威廉斯的翻译行为显然与汉斯·弗米尔翻译目的论倡导的诸原则颇多契合。李一帆《图形—背景视阈下〈夜下征虏亭〉和〈金陵城西楼月下吟〉的英译研究》(《今古文创》2022 年第 21 期)一文基于图形—背景理论,对比分析《李白诗选》中《夜下征虏亭》和《金陵城西楼月下吟》两首诗歌原文和译文的图形—背景关系的构建机制,探究英汉语中存在的差异。

  本年度还有三篇探讨如何翻译李白的诗歌艺术特色。吕琦璨《李白写景抒情诗句翻译中浪漫主义色彩的分析——以许渊冲李白诗集英译本为例》(《雨露风》2022 年第 5 期)一文论述在诗歌翻译过程中,如何展现其浪漫主义色彩是翻译的一大难点,笔者以许渊冲的李白诗集英译本为例,从词、短语和句子三个角度分析李白写景抒情诗译文中对浪漫主义的展现,以期了解译者在翻译李白诗歌的过程中如何更好地展现其浪漫主义色彩,向读者描绘几千年前雄奇辽阔的想象。胡浩文《从许渊冲译李白诗选中看意象词的翻译》(《长江丛刊》2022 年第 14 期)一文主要从文化意象词的内涵和在中国诗词中的使用情况入手,对我国古代诗词的可翻译性做出了剖析,从而给出了一些翻译的方法，并以我国老一辈著名翻译家许渊冲先生所翻译的李白诗集为蓝本，剖析了中国译者在翻译时是怎样处理文化意象词的，内容分为意象保留、意象替代、意象添加、意象省略，以及意象注释。管金莹、钟磊《中国古典诗词的色彩翻译技巧研究——以李白诗词为例》〔《散文百家（理论）》2022年第2期〕一文论述我国诗词翻译作品颇丰，但对诗词中的色彩翻译却无过多阐释，文章旨在以李白诗词翻译为例，通过对带有颜色词的诗句典例的分类分析，探究古诗词中色彩翻译的技巧和方法，使译者明确诗词翻译中色彩翻译的思路，以提升翻译质量和阅读体验。

八、跨学科与其他研究

本年度关于李白的跨学科研究呈现出多学科交叉的丰富性，不仅聚焦文学内部，而且还从艺术、教学研究、版本校勘学、数字科技、旅游资源等领域切入，具有独特的视角和信息化特点。

从书法、碑刻、绘画、音乐等艺术领域探究的文章有：包洪鹏《李白〈上阳台〉帖卷考述》（《楚雄师范学院学报》2022年第37期）。该文指出，《上阳台》帖卷是李白唯一存世的书法作品，但对其创作时间、地点则研究甚少。根据李白史料、诗歌和年谱研究等资料进行分析，李白《上阳台》帖卷应该是在开元十三年春天的某月十八日于巫山县阳台山阳云台游览的时候所作，是一首写景抒情诗歌，描写了巫山"山高水长"之风光，变化万千之物象，抒发了对大自然的钦佩赞美之情。肖汉泽《李白款〈嘲王历阳不肯饮酒帖〉辨伪》（《书画世界》2022年第10期）一文以李白书风的基本特征为参照加以辨别。通过分析李白所处社会的时代特征和李白性格的基本特征，掌握李白书风的基本特征，并用这个基本特征作参照加以辨别。符合这个基本特征的，不一定就是李白书法，但不符合这个基本特征的，一定不是李白书法。夏爱梅《李白"壮观"碑刍议》（《文物鉴定与鉴赏》2022年第6期）一文从唐代书法的典型特征、五处"壮观"碑的历史渊源以及这五处"壮观"碑确切的年代记载，来证明山东济宁太白楼内馆藏的"壮观"楷书石碑为李白亲笔所书。瞿江、左彩龙《江油市李白纪念馆藏清查昉集太白句诗意册页考略》(《文史杂志》2022年第2期)和《诗仙神采——浅谈历代李白形象作品》(《书与画》2022年第7期),前文分析了李白纪念馆收藏的清查昉的一组集太白句诗意山水册页,这是鲜见的清泥金绢画珍品,是准确而生动的太白诗意画。上有后代名家的诸多题跋,反映出清晰的传承脉络,对李白诗的传播接受史的研究,具有重要价值。后文结合李白自述和同时代人对其描述以及后世文人创作的李白相关作品,对李白的形貌进行分析猜测。石坤、谭春艳《李白爱情诗在后世音乐作品中的演绎》(《民族音乐》2022年第1期)一文对李白的爱情诗歌作了分类,并罗列了根据李白爱情诗创作的现代音乐作品及其现状,探讨了李白爱情诗音乐作品的演绎价值。董剑《从〈思乡曲〉到〈李白诗八首〉》(《光明日报》2022年04月08日)一文结合音乐家马思聪的生活经历,分析马思聪对李白诗歌的创造性改编,认为马思聪以和李白相似的心境,将李白所作唐诗进行了基于现代审美和唐代乐律的修改并进行谱曲,激发了人们的爱国热情,使千年前唐诗古韵焕发新声。王燕贝的《诗中有乐　乐中有诗——李白诗歌与民间音乐研究》(辽宁师范大学2022年硕士学位论文),讨论在民间音乐与诗歌相互融合的盛唐,李白诗作不仅有关于民间乐舞的描写,甚至也与民间音乐相融合,不仅诗歌本体如一首交响乐,而且在诗的创作过程中也吸收借鉴了民歌的创作手法,蕴含着丰富的音乐性。

从版本校勘学视角探讨李白的文章有,任文京《师前贤而不泥古　法西学而未失本——詹锳先生整理李白全集的版本学、校勘学思想》〔《宁波大学学报(人文科学版)》2022年第35期〕。该文认为,詹锳先生校勘李白全集,在对校法基础上,增加了是非判断,以"今照改""今据改""当据改"等分类校勘,提升了古籍整理的学术品位;重视唐代唐诗选本的校勘作用,用以系年、解惑、辨伪和辨析诗歌本事;以"预流"的学问开创了李白研究的新境界。

本年度关于李白的跨学科研究还呈现信息化研究的特征,赵亮、周超、于爱民、吴越《唐诗中"望"字视觉空间的意境探析及在地性分析——以李白、杜甫、白居易为例》(《建筑与文化》2022年第3期)一文从视觉空间意境的历史溯源与概念界定入手,分析了视觉空间在中国城市营建以及文脉传承中的重要作用,并结合大量诗词数据对古诗视觉意境的朝代演替进行了分析,选定唐代为时间背景,"望"字古诗为数据范围,李白、杜甫、白居易三人为样本来源。在此基础上对"望"字视觉空间意境进行研究,从意境特征探析、空间在地分析两个方面进行解读。提出了视觉、意觉两种"望"字基本含义与感应、感悟、感触三大视觉意境分类;分析了典型古诗、人物、地域下的视觉意境特征;对样本数据视觉空间进行在地分析,提出了实境观望、虚境展望、虚实相望三类视觉空间,并以特征解析与要素分析交叉融合解读视觉空间的在地性。李扬《IP形象在文化传承中的应用探索——以"李白"文创设计为例》(《明日风尚》2022年第3期)一文基于李白这一大众所熟识的历史人物形象,结合当下主流的计算机辅助设计开发方式,进行数字艺术创意设计及解析。基于大众对李白形象的普遍认知,以及对记载李白人物画像、传记形象等图像作品和文献资料的深入查证,考据其形象特征及文化身份特征在不同时代的共性认同,梳理总结创意主题,并结合现今主流视觉审美偏好进行再设计。通过对李白形象的全面整理及解析,最终设计出符合历史文化名人李白综合设定的IP形象,并进行文创衍生设计与应用推广,使"李白"文化以新面貌、新解读进入当下文化创意新市场,提升公众对于历史文化的关注度与喜爱度,响应"设计赋能",助力文化建设。高劲松、张强、李帅珂、孙艳玲、周树斌《数字人文视域下诗人的时空情感轨迹研究——以李白为例》(《数据分析与知识发现》2022年第9期)一文以李白为例,构建诗人本体模型,对诗人的相关概念和关系进行知识建模,再利用GIS技术展示李白的时空情感轨迹变化,挖掘背后的隐性知识。从而探究诗人在时空轨迹和情感维度的变化情况,为人文领域的知识发现提供新的研究视角。

其他研究方面,王晓珊《文旅融合背景下李白文化景区公示语现状及其文化整合策略》(《旅游纵览》2022年第21期)、闫伟《文化生态学视野下李白文化资源的当代价值及保护意义》(《传媒论坛》2022年第5卷第13期)及杨琪《文旅融合背景下李白故居文化旅游开发研究》(《旅游与摄影》2022年第10期)三文,探讨李白其人其诗的历史文化旅游价值。张瑞君《与李白,做一场跨越时空的对话》(《光明日报》2022年1月22日)与张佩《逝川流光　李白"归来"——生命是一切学问之本根》(《中国社会科学报》2022年2月16日)两文,是对詹福瑞《诗仙·酒神·孤独旅人:李白诗文中的生命意识》一书内容与学术价值的评介。海滨《有谱·有料·有信》(《光明日报》2022年6月20日)全面梳理勾陈了薛天纬先生的李白研究与唐诗研究。

杜甫研究

□ 赵 一 李 翰

据中国知网、维普、万方等国内期刊数据库,2022年中国大陆各类学术期刊发表杜甫研究相关论文有200余篇(一般鉴赏文章和教研论文不计算在内),其中研究生学位论文20余篇,研究范围涉及杜甫生平行迹、思想感情、作品艺术、渊源影响、杜诗学等各个方面,覆盖范围比较全面。另有17种著作出版。下面择要分类予以介绍。

一、作家研究

杜甫的生平、履历、行迹、交游等一直为杜甫研究者所关注,本年度此类研究进一步推进。

生平行迹方面,本年度出现一些新的考辨文章,值得注意。李煜东《安史之乱初期杜甫行踪的史料生成与建构》(《中国文学研究》2022年第3期)重新辨析了安史之乱初期的杜甫行踪,对史书中杜甫"自鄜州羸服欲奔行在,为贼所得"的说法提出疑问。经作者考证,其认为这一说法是《新唐书》对王洙《杜工部集记》所载"独转陷贼中"的改写。"陷贼"是杜甫生平的重要问题,本文的考辨值得重视。张起、邱永旭《杜甫华州去官是弃官还是流放?》(《中州学刊》2022年第11期)对杜甫华州"弃官逃荒说"提出异议,指出《旧唐书》和杜诗中对去官原因避而不谈是为避尊者讳,该文以三首"杜鹃诗"为佐证,系统梳理杜甫与肃宗的君臣关系,认为杜的去官实为"罢官",是被肃宗革职、被迫流放陇蜀。

覃聪《重探杜甫天宝七载前后行迹及心态——以"奉赠韦济"三诗为切入点》(《杜甫研究学刊》2022年第2期)通过对《奉寄河南韦尹丈人》《赠韦左丞丈济》《奉赠韦左丞丈二十二韵》三首诗的重新系年,发现杜甫天宝七载前后主要活动于长安,并进而分析了其"旅食京华"期间心态的变化。乔壮《安史之乱中杜甫北上行迹考——兼论延安杜甫崇祀的文化意义》(《洛阳理工学院学报(社会科学版)》2022年第6期)梳理安史之乱中杜甫北上避乱的行迹,并以延安为重心,论证了该地崇祀杜甫所包含的巩固统治秩序、重构边地印象等文化价值。

交游方面,本年度不少论文再考杜甫与严武的关系。杨胜宽《"穷途愧知己,暮齿借前筹"——杜甫在严武幕府的心境、处境与作为》(《杜甫研究学刊》2022年第2期)梳理了杜甫居严武幕期间以及辞幕后的部分诗作,认为杜甫辞幕并非因为不满严武未能善待故人,而是其向往自由的心境、与同僚不和的处境以及乏善可陈的作为等诸多因素导致。张其秀《杜甫、严武"睚眦"问题覆议》(《唐都学刊》2022年第5期)指出杜甫、严武"睚眦"问题是杜撰者根据严、杜二人诗作并结合严武在某些史籍中的嗜杀形象虚构而成,这一故事最早见于李肇《唐国史补》,经过晚唐五代笔记小说不断演化,才形成了新、旧《唐书》中"冠钩欲杀"的叙述。

除此以外,王晓彤《杜甫未再应进士试及其理想观照》(《石家庄学院学报》2022年第5期)从进士科的取士积弊、进士入仕后现状以及杜甫入仕途径的选择等方面,结合杜甫的性情、交友等方面分析杜在落第后不再应试的主客观原因。张村语《杜甫检校工部员外郎为实职补正——以唐朝鱼袋制度为中心》(《新纪实》2022年第4期)通过对当时相关官职授予情况的梳理,以及"赐鱼袋"惯例的考察,认为杜甫在严武幕府所获检校工部员外郎一职为实职,只是尚未赴任。谢明利《从杜诗看杜甫的消渴症》(《文物鉴定与鉴赏》2022年第18期)从医疗史和日常生活史的角度,结合杜诗,对杜甫的消渴症以及一系列并发症进行研究,认为病因是生平凄惨穷困、饮酒无度和性格急躁,这些原因使其病症愈加严重。这类研究拓展了杜甫研究的范围,有力地促进对诗人诗作研究的细化和深化。

二、作品研究

作品是杜甫研究的根本,也是本年度杜甫研究的重点,成果丰硕。大致可分为杜诗的笺释考证以及内容题材、思想感情、修辞体式和艺术风格等方面的研究,杜甫的文、赋,也是杜甫作品重要的组成部分。

(一)笺释考证

杜诗笺证主要包括字句笺释和作品考证等方面,是作品研究的基础。字句笺释方面,黄人二、童超的《"娇儿不离膝,畏我复却去"之"却"字解》(《文艺理论研究》2022年第3期)从闽南方言考释唐代词语的音、意,认为《羌村》"娇儿不离膝,畏我复却去"中"却"用闽语"又""复"意,音读应类似"搁","复却"就是闽南语发的"又搁"音,意思为"又再","却"为俗体,字形的正形要写成"卻"。王帅、王红蕾的《杜诗"法华三车喻"钱笺辨议》(《杜甫研究学刊》2022年第3期)认为钱谦益对于杜甫《酬高使君相赠》"双树容听法,三车肯载书"一句的笺注是一种误注,文中指出,钱笺《酬高使君相赠》引用《宋高僧传·大慈恩寺窥基传》中"三车和尚"的典故,既不符合高适、杜甫二人赠答诗的本义,也不符合历史的真实情况,"三车和尚"之说是南宋之际才形成。旧注"三车",多引"法华三车喻"的典故,这在杜诗以及唐宋其他文人诗歌中多有出现,钱谦益对此很清楚。但钱谦益注杜有着"刻意求新"的心态和"以注为著"的目的,导致其产生这一误注。谢璐阳《论〈蜀相〉异文"丞一作蜀"的来源与性质》(《杜甫研究学刊》2022年第3期)指出仇兆鳌《杜诗详注》中"丞一作蜀"是仇兆鳌受到尊刘正统观影响,并承续前人以春秋笔法解诗的思路,根据两种不具校勘价值的明清人注本所采纳的异文,本质是阐释而非校勘。这组异文对后人产生了误导,部分杜集或选本也由此开始选用"蜀相祠堂何处寻"作为《蜀相》的正文。陈迟《杜诗"更调鞍马狂欢赏"释义考辨》(《甘肃开放大学学报》2022年第 3 期)结合诗歌意脉、杜诗"欢赏"用例以及《乐游园歌》创作背景,对杜甫《乐游原歌》中"更调鞍马狂欢赏"一句做了辨析,认为"调鞍马"的行为主体是杜甫与长史及其宾从,具体内涵则应该与"鞍马表演"相关,极有可能为唐代驯马活动,但也不排除为马戏、舞马表演的可能。方均《"一片"辨》(《南京师范大学文学院学报》2022 年第 4 期)认为《曲江二首》中"一片花飞减却春"的"一片"并非数量词用法,而是副词用法,是作为一个固定短语用来描述某种或散布,或充塞,或笼罩,或弥漫在某个具体的或相对抽象的空间中的状况。上述杜诗笺释多是对古注的辨正,难得的是在辨正的基础上分析了古注误失的原因,兼具文本阐释和杜诗学的价值。

考证方面,涉及作者考辨、作品系年、创作背景等方面。李煜东《杜甫〈示从孙济〉系年新考》(《中国诗歌研究》2022 年第 1 期)根据《杜济神道碑》所见杜济在天宝年间的经历,推出该诗作年应系天宝八载末至十二载之间。王飞《〈五盘〉小考》(《杜甫研究学刊》2022 年第 3 期)考证了杜甫《五盘》诗中的"五盘"是古金牛道上的一处驿站,为今川陕交界之七盘关古道地界,下临潜溪河,汇入嘉陵江。贾冰《〈忆昔二首〉写作时地考》(《杜甫研究学刊》2022 年第 4 期)通过考察时代政治背景、杜甫授官履历和行迹,再证以其他诗作,确证这组诗是杜甫于广德二年(764)春作于阆州。郭发喜《〈江南逢李龟年〉作者问题新证》(《云梦学刊》2022 年第 3 期)从开元年间的宗室制度改革出发,考证岐王李范和杜甫的生平经历,认为杜甫不曾与李龟年在"岐王宅里寻常见",从而推出该诗非杜甫所作。文章固有新意,但把诗歌的语言理解得过于机械,结论显得轻率。除此之外,杨玉莲《盛唐诸公慈恩寺塔同题诸作的几个问题》(《国学》2022 年辑刊)考证了储光羲、杜甫等五人的慈恩寺塔同题诗并作了系年,认为五人之诗并非作于同时。金志仁《历史的误会,必须彻底纠正——再论杜甫〈登高〉诗的写作时地与评价问题》(《名作欣赏》2022 年第 10 期)对其旧作《杜甫〈登高〉诗指瑕与写作时地考辨》中的观点作了修正,主张《登高》一诗作于四川梓州涪江。这些文章所涉多为杜诗研究中的老大难问题,需要不断探索以接近真相。

(二)题材内容和思想感情

题材、内容一直是杜诗研究的热点,其中,以地域与时段区分,又是杜诗研究的特色,本年度也不例外。寓居陇右、漂泊西南,是杜甫创作的高潮,也自然为研究者所密切关注。陇右诗相关研究有陈江英、蒲向明《杜甫陇右诗的盛唐西北边郡印象》(《宁夏师范学院学报》2022年第3期),该文注意到了杜甫陇右诗歌中的边郡风光、物产以及民俗风情,认为反映了盛唐西北边郡多民族文化的交融与繁荣。这实际上也是杜诗"诗史"的价值所在。王志鹏《诗人杜甫的理想情怀与现实困境——以秦陇诗歌为中心》(《石河子大学学报(哲学社会科学版)》2022年第6期)指出秦陇诗歌在杜甫创作历程中具有重要的转折意义,表现了诗人在现实困境中,坚守儒家理想、同情下层民众的博大情怀。

西南诗相关研究有胡可先《杜甫入蜀诗的艺术表现》(《杜甫研究学刊》2022年第4期),该文从纪行特点、突出表现入蜀的奇险、注重描写入蜀风物等方面分析杜甫入蜀诗的艺术表现,认为杜诗的"诗史"正是通过高超的艺术达到的。丁宁《现实主义的抒情"诗史"——从文本层次看杜甫漂泊西南时期诗歌创作》(《景德镇学院学报》2022年第4期)从文本层次观照杜甫在现实主义的创作精神下对唐诗做出的贡献,论证了杜甫独特的文学存在。高昱《杜甫巴蜀诗作中的博物视野——兼论杜甫的博物情怀》(《四川文理学院学报》2022年第3期)认为杜甫旅居巴蜀时期诗歌取材广泛,内容博大,具有浓厚的博物情怀,体现了杜甫对于天人、物我以及物物关系的思索。杜甫巴蜀诗的这种特点,与诗人受儒家"多闻""物与"思想的影响以及"取类比象""陶冶性灵"的文人性格息息相关。

夔州诗是杜甫西南诗的重要组成部分,本年度相关论文有李芳民《杜甫晚年的家国情怀与诗歌艺术创新——以寓居夔州之初的诗歌创作为中心》(《复旦学报(社会科学版)》2022年第2期〕,文章指出追忆往事与思念故国是杜甫夔州初居时诗歌创作的重要主题,以《八哀诗》和《秋兴八首》为代表,在诗歌体制上以五古长篇以及五古、七律组诗为主,不仅有着丰富的思想与情感蕴涵,而且体现了诗人晚年在诗艺上锐意创新的追求。黎荔《杜甫夔州诗的悲情色彩及成因》(《内蒙古财经大学学报》2022年第2期)和林航《何以悲情做歌——论杜甫夔州诗之哀及其发轫》(《佳木斯大学社会科学学报》2022年第2期)均关注到夔州诗的悲慨色调,文章结合创作背景和诗人经历,分析了这一色调的具体表现及其成因。

除了陇右、西南,杜甫长安求仕的早期诗作,继续得到学者的关注。张子悦、孙微《杜甫求仕长安期间投赠诗中的讽刺意味辨析——以〈钱注杜诗〉为中心》(《杜甫研究学刊》2022年第1期)针对钱注杜诗,对杜甫三首干谒诗《奉赠太常张卿垍二十韵》《投赠哥舒开府翰二十韵》《奉同郭给事汤东灵湫作》的主题作了辨析。钱谦益认为三首投赠诗含有讽刺,而此文认为钱说受诗歌传统、政治道德、诗圣形象等外在因素所影响,并以"诗史互证",对诗中的部分语句作出牵强理解,忽略了投赠诗的创作目的、诗歌体性等内在因素,所论不确,应当予以澄清。李成凯《颂美与自陈之间——从三首赠韦济诗看杜甫长安时期的干谒诗写作》(《上饶师范学院学报》2022年第2期)围绕三首赠韦济诗,考察杜甫长安时期干谒诗的整体创作,发现谋篇布局中颂美与自陈的不同侧重造成了干谒诗内部的分野,这一结构与内容的差异也反映了杜甫天宝七载至十一载间在长安的心境变化。张荣靖《文章憎命达——杜甫长安十年干谒诗研究》(《芒种》2022年第9期),通过分析杜甫积极干谒的背景,梳理、归纳其干谒诗的主要类型和特点,观照杜甫干谒的内心变化及艰辛的求仕之路。

此外,学者们还注意到了杜甫的曲江诗,如赵新哲《何时更得曲江游——试论杜甫的曲江书写》(《杜甫研究学刊》2022年第2期)、诸佳怡《杜甫曲江诗政治内涵发微——以名物为中心》(《杜甫研究学刊》2022年第2期)二文。诸佳怡的文章认为杜甫对曲江的描写一方面承载着作者政治失意之苦和身世之悲,另一方面因其书写多涉及时事政治,又成为时代盛衰的象征,完成了政治意象的构建。

杜诗其他题材的研究,本年度成果也很丰硕。吴夏平、田姣姣《"马骨"与"沧洲"——杜甫"绘事"诗的渊源与义趣》〔《浙江师范大学学报(社会科学版)》2022年第1期〕,魏文强《杜甫在花鸟题材题画诗中的美学主张》(《艺术评鉴》2022年第3期),王瀚《书法审美的诗意表达——以杜甫论书诗为例》(《国画家》2022年第2期),文依依《神话的再现——论"参灵酌妙"观在杜甫评画诗中的行迹》(《齐鲁艺苑》2022年第2期),郜冬杰、王媛媛《杜甫边塞诗中的听觉形象研究》(《汉字文化》2022年第7期),王帅《论杜甫寺院游览诗的题材开拓与体式创新》〔《渤海大学学报(哲学社会科学版)》2022年第3期〕,王馨雨《杜甫亲情诗的日常化书写及其对宋诗的影响》〔《闽南师范大学学报(哲学社会科学版)》2022年第2期〕,刘宁、魏佳乐《论杜甫的送别诗》(《唐都学刊》2022年第5期),吴振华《试论杜甫的咏雨诗及其文化意蕴》(《古典文学研究》2022年第2期)等,分别涉及绘事、题画评画、论书、边塞、寺院游览、亲情、送别等多种题材,覆盖范围广泛,且部分研究涉及跨学科研究,丰富了杜诗研究的研究方法,能给人很大启发。

本年度还有一些论文关注杜诗意象,如邱晓《诗中有神:试论杜诗"大水"意象的神话色彩和原型意味》(《人文杂志》2022年第1期)认为杜诗中的"大水"意象来源于洪水神话,有着丰富的文化含义和生命体验。杨为刚、杜婷《试探"扶桑"意涵在唐诗中的流变——以杜甫和李白诗歌为中心》(《杜甫研究学刊》2022年第4期)指出在杜甫和李白的诗歌中,"扶桑"意象除了代指日本、新罗等地外,还具有"政治隐喻""道教求仙"等诸多内涵,体现了唐朝重事功、崇道教、对外开放的社会风貌。此外,王悦《论杜甫诗歌对民众身体疾苦的观照——以"骨"意象为例》(《文化产业》2022年第4期),韩兴蓉《杜诗中的弱水意象解读》(《四川职业技术学院学报》2022年第2期),王晓彤《客位视角下杜甫陇蜀诗中的桃源意象》(《六盘水师范学院学报》2022年第4期),孙道潮《论杜甫诗中鱼意象的多重意蕴》(《四川职业技术学院学报》2022年第4期),张广交《杜甫诗歌中的星象意象》(《品位·经典》2022年第20期),等等,涉及广泛,部分论文也饶有新意。

杜诗思想感情方面，本年度集中在对杜甫的儒家思想、政治理想、自我身份认知、对道家态度、民族观念等方面的研究。儒家思想方面，赵睿才、赵金涛、夏荣林《杜甫人格论——以"五伦"关系为中心》(《天府新论》2022年第1期)从"五伦"关系着眼，认为杜甫是君仁臣忠关系中的君子、父慈子孝关系中的仁者、夫义妻顺关系中的智者、兄友弟恭关系中的礼者、友爱之中的信者。柯小刚《杜甫诗的儒家解读》(《天府新论》2022年第1期)认为杜甫《春夜喜雨》《江亭》《后游》《过津口》等诗中的喜忧之情都是至性之情，体现了由情溯性、以性化情的中和工夫，是杜诗内圣的一面；《望岳》以阴阳创生之道与天下之义来望泰山，有古礼望祭山川之遗意，是其外王理想的体现。此外，李丽黎《论儒家思想对杜甫诗歌的影响》(《文化学刊》2022年第4期)、刘伟安《论杜甫的仁爱情怀》(《昭通学院学报》2022年第3期)等也从不同角度分析了杜甫诗歌中的儒家思想。

政治理想是杜甫儒家思想的现实实践，李芳民《杜甫"致君尧舜"政治理想论》〔《西北大学学报(哲学社会科学版)》2022年第1期〕对杜甫"致君尧舜"的政治理想作了全面而深入的研究，文章从这一理想的生成语境入手，分析杜甫追求理想的具体实践以及这一理想与他仕宦遭际之间的关联，阐释其在中国古代文人之中所具有的典型意义。该文对研究杜甫以及古代文人的文、政关系均有极大启发。聂济冬《杜甫引贾谊典故诗的特征及政治意蕴》(《汉籍与汉学》2022年第1期)通过考察杜诗对贾谊相关故事的引用，发现杜甫对贾谊的接受，不仅源于政治失意中的精神共鸣，还在于以贾谊故事所蕴含的君道观、用人观以及对藩镇的认识，传达出一个迁客儒生的政治愿望和诉求。此外，王向峰《杜甫诗情的人民性与时代感应》〔《辽宁大学学报(哲学社会科学版)》2022年第1期〕，陶承林、王蕙《杜甫诗歌人民思想的当代价值启示》(《呼伦贝尔学院学报》2022年第4期)，公道、王治涛《论杜甫诗歌的人民性》〔《洛阳理工学院学报(社会科学版)》2022年第5期〕等，通过对杜诗人民性价值的揭示，展现其当代意义，将古典文学研究和当代思想文化建设结合起来，值得肯定。

自我身份认知，关系到诗歌的言说姿态、思想以及诗风，本年度有学者关注到这一问题。蔡锦芳《从杜甫的自我角色认同看杜甫的生存境遇》(《杜甫研究学刊》2022年第1期)指出杜甫在不同时期不同处境对自己的角色或身份有着不同的省视和认同，有时直接用某个生动凝练的词来指称自己，有时则把自己比成某个物象或历史人物，从这些角色或身份认同中可以更好地理解杜甫在不同时期的生存处境和心理状态，有益于更全面地探究杜甫的心路历程和杜诗的遣词用典艺术。张丹阳《杜甫文儒身份意识之形成和嬗变探析》(《古典文学知识》2022年第5期)认为杜甫的身份意识有一个嬗变的过程，从文、儒双重身份意识到儒退文进，再到儒进文变，最后文儒融通，完成自我的身份定位。

杜甫思想的其他方面，也得到学者的关注。赵谓鹏《从〈冬日洛城北谒玄元皇帝庙〉看杜甫对道家的态度》(《闽南师范大学学报(哲学社会科学版)》2022年第2期)认为《冬日洛阳城北谒玄元皇帝庙》通过对洛阳老子庙中景象的铺写，委婉地规劝和讽刺了玄宗对道教的过分尊崇。不过，这并不意味着杜甫反对道家，其规劝玄宗主要是考虑到国计民生，就个人的文化趣味来说，杜甫终其一生都与道家保持着或多或少的联系，道家思想对他的生活和创作也有较深的影响。张宗福《论"舅甥和好应难弃"》(《杜甫研究学刊》2022年第1期)对杜甫150余首"涉蕃诗"进行了分析，认为这些诗为了解唐与吐蕃交流、交往提供了一个全新的视角，杜甫提出"舅甥和好应难弃"的主张，与"大一统"及"华夷一家"思想观念一致，是对唐统治者怀柔政策、和亲策略的肯定。张钰杰《杜诗悲剧意识的价值体现》(《今古文创》2022年第16期)从杜甫的儒家思想和佛学信仰出发，认为杜诗的悲剧意识集中在政治失意、理想破灭、乡愁离绪、生命卑微及历史虚无之感等方面，分为生命悲剧意识和价值悲剧意识两种类型。吴刚《杜甫民族观及其对少数民族诗人影响研究述评》(《杜甫研究学刊》2022年第2期)分析了杜甫对待战争以及少数民族的态度，并对杜甫民族观的研究成果进行了梳理和述评。

本年度的杜甫思想研究，不少是通过文本细读进行的，这是值得肯定的扎实的研究途径。如吕家乡《试论杜甫名篇"三吏""三别"及其相关评说》〔《山东师范大学学报（社会科学版）》2022年第2期〕，张琨、孙浩宇《浅析杜甫〈江汉〉中的情感与精神》（《散文百家（理论）》2022年第3期），王雨梦《杜甫"舍一哀"原因探析》（《齐齐哈尔师范高等专科学校学报》2022年第2期），王昱、李学辰《关于〈茅屋为秋风所破歌〉两个争议的再评价》〔《浙江海洋大学学报（人文科学版）》2022年第2期〕，张磊《论杜甫〈曲江二首〉中的三重悲感》（《延安职业技术学院学报》2022年第2期），冯春辉、陈道贵《杜甫〈草阁〉歧解辨证——兼及杜甫情感世界的一个侧面》（《皖西学院学报》2022年第3期），丁震寰、于慕清《由仙人俊逸到逐客悲叹——论杜甫前后赠怀李白诗之变化》（《重庆三峡学院学报》2022年第4期），赵晓晗《浅析〈醉时歌〉中杜甫的"叛逆"思想》（《作家天地》2022年第25期），董嫚《杜甫〈秋兴八首〉的意脉与家国情怀》（《名作欣赏》2022年第27期），李有林《〈寄韩谏议〉诗旨新说——以家族墓志披露的韩泫生平为中心》（《杜甫研究学刊》2022年第4期），王雅娴《"诗中有画"——杜甫〈观李固请司马弟山水图三首〉析论》（《杜甫研究学刊》2022年第4期），丁玉《试论〈秋兴八首〉中的"故园心"》（《品位·经典》2022年第10期）等，结合文献和史料，在文本细读的基础上，对杜甫思想作了全方位的探索。

除此之外，还有部分论文以现代文艺理论与方法研究杜诗，探索杜甫的思想和心态。如俞宁《"狂的改样"——论杜甫的寓身认知与〈夜归〉诗的风格》（《杜甫研究学刊》2022年第2期）从认知诗学和寓身认知理论解读《夜归》，阐释杜甫的身体书写和"狂态"诗歌美学，方法和角度都很新颖。王丽君《"三吏""三别"与〈伊利亚特〉的文化差异》〔《河南理工大学学报（社会科学版）》2023年第1期〕，丁文晗、侯敏《传承与超越：曹植、庾信与杜甫游侠诗比较分析》（《文化创新比较研究》2022年第6期），将杜诗与他人作品进行了比较阅读，或比较中西差异，或分析历史流变，均能给人较大启发。

(三)诗歌体式和艺术风格

诗歌体式与艺术风格,分属写作和阅读,是从内部对杜诗的深入解析,本年度相关论文也不少。徐婉琦、沈文凡《开阖排宕,抑扬纵横——论杜甫排律的诗法》(《西北民族大学学报(哲学社会科学版)》2022年第6期)从章法层次、体式互融和用韵炼句三个方面解析杜甫排律的诗法,认为其重视章法布置,在句法、音声格律等方面千锤百炼,极具匠心。宋莹《论杜甫"四句皆对体"绝句》(《新纪实》2022年第15期)分析杜甫"四句皆对体"的绝句,从章法结构、"以赋为绝"的手法、提炼句眼以及借助对偶有序组织起句中的密集意象等四个方面,对这类绝句的艺术特点作了透彻的揭示。

孙少华《杜甫〈壮游〉的"逆向阅读"与其"前文本形态"蠡测——兼论解读文本的一种可能》(《中原文化研究》2022年第6期)则别具一格,采用"逆向阅读"的方式,倒序阅读《壮游》,认为诗人在创作之前有一个文本形成之前的构思阶段,通过这一"前文本形态"观察杜诗,可以发现杜甫在诗歌写作、修改过程中对写作技巧的使用与调整。本文的思路和研究方法,对解剖杜诗写作技艺,启发极大。

关于杜诗修辞、字法和声律等方面的研究,郝若辰《从"鹤膝"到"上尾"的概念错置:杜甫律诗"四声递用"说献疑》(《中华文史论丛》2022年第3期)是一篇很重要的成果。文章通过对初盛唐及杜甫七律鹤膝情况的统计,发现杜甫律诗中并不存在显著的"四声递用",只是规避鹤膝的永明声律传统在当时的延续。王芳蓉《杜诗叠字修辞与诗歌意境革新》(《保定学院学报》2022年第3期)和钱婧《杜甫近体诗叠字研究》(《参花(中)》2022年第7期)研究杜诗中的叠字现象,王文除了对杜诗叠字情况作了统计,还分析了杜诗叠字如何呈现诗意以及构建诗歌意境。

艺术风格方面,张高评《杜甫诗史与六义之比兴——兼论叙事歌行与〈春秋〉笔削》(《人文中国学报》2022年第1期)分析杜诗的叙事手法,并将其与诗家之"比兴"、史家之"笔削"作比较,从新的角度阐释杜诗之"诗史",有不少创见和新见。白松涛《构建事象：杜甫体物之法与古典诗歌叙事性》(《河南科技大学学报(社会科学版)》)以"事象"为核心研究杜甫的咏物诗,指出"事"及叙事性因素的多重组合是杜甫咏物诗的体物之法,"物"超越抒情传统的"意象"范畴而成为"事象",不仅使"物"承载了深厚的情志与内涵,也彰显出可贵的"诗史品质"。黄小玲《杜甫诗歌长题的叙事蕴涵及诗学史意义》(《河池学院学报》2022 年第 5 期)指出杜诗长题内容详细、语言朴素自然、结构严谨,有明显的诗序化特征,后世将长题叙事融入不同题材的诗歌中,促进了唐宋诗格的转变。

此外,还有一些论文通过具体题材考察杜诗的艺术特征,如黄小玲、李寅生《杜甫诗歌的写实艺术探究》(《文学教育(上)》2022 年第 11 期)考察杜诗中的饮食书写,认为杜甫饮食诗与其本人的生活经历紧密贴合,表现出诗人对写实的艺术追求,其表现角度生活化、意象朴实、以俚俗语入诗等,使得杜甫区别于其他唐人的饮食书写,而呈现出独特的风格。

(四)其他文体

除了诗歌,本年度也有不少论文关注到杜甫的文和赋。孙微、张其秀《〈越人献驯象赋〉是否为杜甫所作考辨》(《贵州文史丛刊》2022 年第 2 期)考证了《越人献驯象赋》为开元二十四年的进士考试题目,而杜甫恰好参加了此次考试,说明他必作过同题之赋,且《越人献驯象赋》在《文苑英华》中紧列于杜甫《天狗赋》后,故该篇为杜甫所作的可能性极大。孙微《杜甫〈天狗赋〉作年新考》(《杜甫研究学刊》2022 年第 3 期)对旧注提出商榷,根据天宝十载二月西域宁远国贡献"天狗"之事及其他作品佐证,考证《天狗赋》的实际作年应为天宝十载。两篇文章是对《文苑英华》中所选的两篇赋的作者及系年考证,尤其是第一篇文章,将《文苑英华》中阙名之赋定为杜甫,意义重大。

吴怀东《杜甫与"小说"——〈前殿中侍御史柳公紫微仙阁画太一天尊图文〉文体性质考论》(《杜甫研究学刊》2022 年第 1 期)认为该文根据绘画来演绎故事、表现神力,表现出了更多的叙事性、虚构性特点，是采用了俗赋的手法，类似于"辅教"之小说。这一观察展现了杜甫文学才华的全面性，是杜甫研究的重要收获。吴中胜《杜甫研究的文章学本位》(《中国社会科学报》2022年9月26日)注意到杜甫文章的价值，主张应当回归文章学本位来评价杜文。杜甫文、赋的研究虽然得到学者的重视，但依然属于冷门，需要更多更好的研究成果。

三、杜诗渊源影响、杜诗学、杜诗译介

杜诗的渊源、影响及接受，历年来都是杜甫研究的重点，杜诗学也逐渐成为杜甫研究的热点，杜诗译介每年成果也都不少，下面择要予以介绍。

(一)杜诗渊源和文学史影响

杜诗渊源研究，本年度成果数量不多。胡旭、万一方《杜甫"颇学阴何苦用心"考论》(《文艺理论研究》2022年第4期)从意象选择、句法变化及句意镕裁等方面，分析杜甫对梁、陈诗人何逊、阴铿的学习、继承，指出杜甫推崇阴、何在于相似的生活经历和清丽自然的审美趣味，但在学习的具体技法上对二人有所侧重，通过学习阴、何，极大地丰富了杜诗的创作技巧和表现手法。黄恒靓《论杜诗秋燕、春燕书写的承续与创新》(《今古文创》2022年第28期)、饶欣惠、王园园《论杜甫对六朝诗作中飞鸟意象的接受与创新——以陶渊明、鲍照、庾信的诗作为例》(《读与写》2022年第16期)从作品入手，分析了杜甫在诗歌意象的选择和表现上，对前人描写手法以及用典等方面的接受和创新。

杜甫的影响研究，本年度相关论文有张忠纲《皮日休、陆龟蒙学杜与"吴体"之谜》(《杜甫研究学刊》2022年第1期)，文章认为皮、陆学杜所作的"吴体"诗，是对"吴均体"的创变，是"不拘声病，自创音节"的"七言拗律的一种特殊形式"。朱林《浅谈陆游对杜甫诗歌的继承与发展》(《名作欣赏》2022年第17期)和邓江祁《论宁调元对杜诗的传承与发扬》〔《湖南工业大学学报(社会科学版)》2022年第4期〕两篇文章从作品和思想角度，论

证了后代诗人对杜甫的推崇、继承和发扬,窥斑见豹,足见杜甫的影响力之大。

杜甫的巨大影响,使得诗歌史上出现一种特有的"集杜""引杜"现象,极具研究价值。夏小凤、王梽先、刘小凡《论宋代集句词中的崇杜倾向》(《宁波工程学院学报》2022年第1期)通过文献对比发现宋代集辑杜甫诗歌的集句词数量占总数的三分之一,且所集杜甫诗亦为集辑前代文人之冠。文中指出造成这一现象的原因,一是主观层面宋代词人受杜甫人格精神的感召,二是客观层面杜甫诗歌本具"思深"的特质与词体文学暗合。杨海龙《宋代集杜诗的递嬗历程及其诗学阐释》(《忻州师范学院学报》2022年第4期)分析梳理了宋代集杜诗发展过程,并对其诗学观念进行考察,认为宋代集杜诗在游戏性、思想性、艺术性以及"诗史"观念等诗学视域中具有特殊性。黎婕《〈花月痕〉引杜诗研究》(《湖北文理学院学报》2022年第10期)考察小说《花月痕》对杜诗的引用,认为小说通过引杜诗,将主人公的形象与杜甫直接挂钩,在刻画形象、发表议论的同时,将杜诗的悲慨深沉内化为小说美学风貌,摆脱传统白话小说中诗词的赘疣之感,直指主人公的生命精神和情感体验。谭子玮《〈入蜀记〉称引唐诗考论》(《滁州学院学报》2022年第6期)考察《入蜀记》中对唐诗的称引,部分章节涉及杜诗,充分说明杜甫对陆游有着深刻的影响。

杜甫的影响,一直延展到现当代,本年度不少论文注意杜甫在现当代的影响,都比较有新意。如王昭鼎《古典诗人的现代重塑——杜甫在抗战时期的三重面相》(《中国现代文学研究丛刊》2022年第3期)以塑造战时文化偶像的角度看待抗战时期的杜甫形象,文章根据不同政治空间将其表述为重庆政府标榜的"国族的杜甫"、延安所倡导的"人民的杜甫"、南京汪伪政府鼓吹的"非战的杜甫",这三重杜甫形象彼此竞逐博弈,折射出抗战及1940年代文化政治的对抗。刘青青《流徙记忆与诗人的复活——论冯至对杜甫的接受及其创作转变》(《广西科技师范学院学报》2022年第2期)从诗歌创作内容和人格精神角度分析了冯至对杜甫的理解和接受。方伟《朱德与杜甫——兼论朱德的诗歌创作》(《杜甫研究学刊》2022年第1期)注意到了朱德诗中的崇杜意识。这些文章所涉论题此前均无人关注,极大地拓展了杜甫影响研究的范围。

(二)杜诗学

杜诗学一直是杜甫研究的热点,本年度相关研究得到继续推进。部分论文从文献学角度对杜集文献作了考述、研究,如刘晓亮《日本内阁文库藏"集千家注"系列杜集三种考述》(《广东开放大学学报》2022年第2期)对严绍璗《日藏汉籍善本书录》著录内阁文库所藏"千家注"系列杜集书目中的三种作了考述,对周采泉、郑庆笃、张忠纲、严绍璗等所著杜集书目进行了一些补订,首次揭示了内阁文库所藏杜集文献的版式、所附评点等,对目前的杜诗学文献研究有很大助益。王东峰《〈分门集注杜工部诗〉的版本、瑕疵与价值》(《图书馆研究》2022年第5期)对宋刻《分门集注杜工部诗》的编纂、刻印、版本等作了考述,指出此书虽讹误和瑕疵较多,但作为存世稀见的宋代《杜集》完整注本,仍具有较高的文献价值和学术价值。赵国庆、彭燕《北宋王著书杜诗卷》(《古籍研究》2022年第2期)对裴景福《壮陶阁书画录》卷三著录的《北宋王著书杜诗卷》中的异文情况进行了梳理,指出此卷重要异文大多较传世刊本为优,对于整理杜集和正确理解杜诗有重要参考价值。

更多论文则是以诸家治杜的文献为主体,或进行专题研究,或与创作、批评结合起来考察。张正《胡震亨〈杜诗通〉析论》(《中国典籍与文化》2022年第4期)对胡震亨《杜诗通》的编纂和评点作了全面研究,指出该书值得注意的几个方面:编纂体例上以"题类"取代"门类","六等"排序定级的评价模式,提点阐释的注解方法,对我们研读《杜诗通》以及了解胡震亨的治杜特点和成就,均有极大的参考价值。王燕飞、冯昊《张綖〈杜律本义〉考述》(《西华大学学报(哲学社会科学版)》2022年第1期)对清代张綖的《杜律正义》成书、体例沿袭作了考述,文章通过对《杜律本义》《杜工部诗通》相同诗篇的对比研究,发现张綖对部分相同诗歌的注解进行了增补、删改,使《杜工部诗通》更趋完善,体现了其精益求精的治学态度。孙微《杜塈〈十研斋杂识〉对杜甫文赋之评点》(《古典文学研究》2022年第1期)对杜塈《十研斋杂识》中关于杜甫文赋的评语进行了辑录和解析，认为杜塈秉持诗文等同的通脱观念，对于推尊杜甫文赋的地位做出了重要贡献。文中还指出杜塈的解评中有些不易察觉的错误，表明其对杜甫的家世生平尚缺乏全面深入的了解。佐藤浩一《从对仇兆鳌的毁誉来看〈杜诗详注〉的价值》〔《闽南师范大学学报（哲学社会科学版）》2022年第2期〕详细考察辨证清代以来学者对《杜诗详注》的褒贬，指出诸家对《杜诗详注》价值缺陷的指摘有失公允，需重新审视《杜诗详注》的价值。马旭《宋代集注本对杜甫诗自注的运用》(《杜甫研究学刊》2022年第2期)指出宋代杜诗集注本对《宋本杜工部集》中的杜甫自注进行了改造和利用，通过分析这些运用和改造，可以了解杜甫自注在宋代的发展变化情况，并进一步了解宋代以史证诗的注释特点。谭诗瑶、曹霞《〈四库全书〉本〈杜诗攟〉的评注体例与特色》《散文百家（理论）》2022年第4期）分析了唐元竑《杜诗攟》于音义典故方面抉隐发藏、论诗时多引前人评语而断以己意、惯于驳斥前人谬误时提出新见的评注特色。王铮《王夫之选评杜诗研究》(《黄山学院学报》2022年第6期)通过对王夫之《唐诗评选》中杜甫诗的收录及批评的分析，指出回溯诗教传统、提倡"诗道性情"是王夫之杜诗选评的根本遵循。

除杜集研究外，本年度杜诗的历代批评与接受研究相关成果也很多。如林海《学诗当以子美为诗：陈师道的学杜理论》(《宜春学院学报》2022年第1期)，任永刚《论方回对老杜派的诗歌批评》〔《山东理工大学学报（社会科学版）》2022年第2期〕，薛俊芳《刘辰翁的杜诗批评与接受》(《古籍研究》2022年第1期)，何方形《戴复古的诗学史意义——以论诗诗为中心》(《杜甫研究学刊》2022年第4期)，卢亚倩《钱谦益对杜甫〈秋兴八首〉的结构解读析》(《黑河学院学报》2022年第12期)，景浩哲《试论孙洙对〈咏怀古迹〉的选删》(《今古文创》2022年第41期)，这些文章从创作、选诗、批评、评点等不同角度分析了后人对杜诗的批评与接受，都很有价值。还有一些论文考察特定诗学背景下的诗人群体对杜诗的接受，如李新《宋诗话中的杜诗章法和句法艺术批评》(《海南热带海洋学院学报》2022年第3期)，伍飘洋《"虚辇"：明清批评家对杜诗艺术的发掘》(《中国韵文学刊》2022年第4期)，程冲、方盛良《论桐城方氏的杜诗观》(《滁州学院学报》2022年第3期)，杨恬《明清诗学批评视野下的杜甫〈茅屋为秋风所破歌〉》(《湖北第二师范学院学报》2022年第7期)等。这类论文有着较宽阔的视野，扩大了杜诗学的研究格局。

此外，"李杜优劣"及杜诗"诗史"说等经典问题，本年度仍旧得到关注与阐释。蒋寅《李杜优劣论背后的学理问题》(《文学遗产》2022年第1期)结合传统的作家品第论对李杜优劣问题背后的学理进行探讨，指出杜甫的诗歌史意义超过李白的理由在于杜诗创造了一种与古典审美理想相联系的有关"老"境的诗歌美学。文章从经典化的视角出发，对李杜优劣这一话题作了深入的学理性思考，有正本清源之功。吴怀东、胡晓博《孟子"〈诗〉亡而〈春秋〉作"说的文学史意义——论杜诗"诗史"说的思想渊源及其生成的学术逻辑》(《淮南师范学院学报》2022年第1期)寻溯"诗史"观念形成的根本依据、生成源头与思想资源，推动杜甫"诗史"研究继续走向深入。王猛《元代"诗史"说考论》(《民族文学研究》2022年第5期)考察元代文人对"诗史"的阐释，探析元代"诗史"说的流变及生成背景。其他还有唐海韵《四库馆臣对"李杜优劣论"的研判》(《四川省干部函授学院学报》2022年第4期)，吴怀东、潘雪婷《"宁诎青莲而奉少陵"——论梅鼎祚〈唐二家诗钞〉对李、杜的认识》(《滁州学院学报》2022年第6期)等，从思想、审美等角度分析了明清两代崇杜的原因，也值得重视。

还有部分论文从形式批评理论、传播学等视域考察杜诗接受问题，颇有新意。罗小凤《"现代性"作为一种古典诗传统——论21世纪新诗对古典诗传统的新发现》(《文学评论》2022年第3期)指出21世纪以来的一批诗人在对古典诗词之"现代性"传统的抉微钩沉中，不约而同地将杜甫视为"现代性"的典型代表，无疑是对杜甫的重新发现。王汝虎《杜诗注释学中的形式批评理论及其意义》(《杜甫研究学刊》2022年第3期)从形式批评的角度重新审视杜诗注释学,认为通过字法、对法、句法、章法、体式等语言与形式,以勘定诗歌文本细节和确证诗歌体式,含有一种隐在的形式批评理论,这在古代诗文注释传统中起到了形而上的构建作用。查金萍《"杜韩":从并提到并称》(《天津社会科学》2022年第1期)梳理了"杜韩"并称的形成、发展和确立,指出这一发展历程与内涵演变蕴含着丰富的学术史意义;韩宁《"诗以诗传"与唐诗经典化路径——以杜甫与崔涂〈孤雁〉诗的传播为例》〔《湖南大学学报(社会科学版)》2022年第1期〕指出崔涂《孤雁》通过"诗以诗传"的方式完成了经典化;李雅静《早朝大明宫唱和诗的传播与接受》(《杜甫研究学刊》2022年第1期)从传播和接受的立场出发,梳理贾至、王维、岑参、杜甫等人早朝大明宫唱和诗的历史演进脉络。三篇文章均从传播与接受的角度,将杜甫和其他诗人作比较,侧面反映出杜甫诗歌的经典地位和强大影响。

(三)域外影响和译介研究

杜甫在东亚汉文化圈一直有着深远的影响,本年度相关论文也不少,主要集中在杜甫对韩国、日本的影响。杜甫在韩国的影响方面,王红霞、陈泉颖《朝鲜文人徐居正李杜观探析》〔《四川师范大学学报(社会科学版)》2022年第1期〕梳理朝鲜文人徐居正作品中与李白、杜甫相关的材料,解读其李杜并尊的诗学思想,该文也全面呈现了"李杜优劣"论在高丽和朝鲜时期的接受过程。程瑜《韩国诗话中的杜诗批评》(《国际汉学》2022年第2期)系统梳理了韩国诗话中的杜诗批评,比较认为杜诗在中韩两国经典化形成方式上存在差异,李氏朝鲜从官方角度标榜杜甫的典范地位,其对杜诗的批评基本集中于艺术层面,是对杜甫创作成就的求全责备,与中国学术史上的"贬杜论"不同。王成《朝鲜杜诗论评与杜诗学研究——以左江〈高丽朝鲜时代杜甫评论资料汇编〉为中心》(《杜甫研究学刊》2022年第4期)梳理古代朝鲜保存的杜诗论评资料,对了解古代朝鲜杜诗接受、杜诗学在朝鲜的建构等具有重要价值。此外,王红霞、刘佳敏《古代朝鲜文人李晬光接受杜甫的原因探析》(《吉林师范大学学报(人文社会科学版)》2022年第4期]、杨会敏《论朝鲜朝末期文人金泽荣对杜甫诗歌的接受》[《山西大同大学学报(社会科学版)》2022年第6期]等论文,介绍朝鲜在不同时期对杜甫的接受并分析其原因,均有一定的参考价值。

  杜甫在日本的影响方面,隋雪纯《论虎关师炼〈济北集〉对杜甫的接受》(《杜甫研究学刊》2022年第3期)指出《济北集》对杜甫的接受主要在诗话和诗歌创作两方面,推动了杜诗在日本文坛的经典化进程。成天骄《津阪孝绰〈夜航诗话〉的杜甫接受——兼论江户时期杜诗的经典化进程》(《杜甫研究学刊》2022年第3期)与程刚、杨玉琳《津阪孝绰对清代杜诗学的受容》(《广东开放大学学报》2022年第5期)二文研究日本江户时期学者津阪孝绰对杜甫的接受。前文指出杜诗作为津阪孝绰汉诗批评的话语构造方式,呈现出他自我明确的汉诗教学者与域外评释人的角色定位,以及坚定的"格调派"诗学立场。后文重点考察津阪孝绰编注的《杜律详解》,认为其呈现出"知识化""诗格化"与"考据化"的特点。苏德《〈李杜评释〉与久保天随的李杜观》(《蜀学》2021年第2期)以久保天随的《李杜评释》为中心,考察该书的评释特点以及作者的李杜观。

  诗歌译介作为域外传播的重要环节,愈发成为近年杜甫研究的热点。张丹、刘朝谦《切·米沃什选诗集〈明亮事物之书〉诗学立场得失探辨——以所选英译杜甫诗为例》(《天府新论》2022年第2期)指出英译杜甫诗作为米沃什《明亮事物之书》这本选诗集的重点,呈现了西方视野中对杜甫的接受以及文化误读。毛志文《杜甫诗歌在俄罗斯的译介与研究》(《中国翻译》2022年第5期)系统梳理了从19世纪末至今杜诗在俄罗斯译介与研究的历史脉络,探究历代俄罗斯汉学家们对杜诗的译介策略和艺术特色,剖析他们的创新之处。

  宇文所安是美国的唐诗学家,其对杜诗的译介引起国内学者的广泛关注。魏家海《杜甫题画诗宇文所安翻译中的文化形象重构》(《中国翻译》2022年第2期)从形象学理论角度分析宇文所安所译杜甫题画诗,认为其具有文化形象重构的特点,反映了杜甫"意象化感情"在诗中的复杂性和立体性。魏家海《宇文所安〈中国文学选集〉翻译中杜甫形象的个性化建构》(《外国语文研究》2022年第6期)梳理了宇文所安《中国文学选集》中的杜诗译文和副文本中的杜甫形象变异的类型和原因,主要观点与前文一致。胡旻《宇文所安的征兆诗学与杜诗新诠》(《华文文学》2022年第3期)以宇文所安《中国传统诗歌与诗学:世界的征兆》为中心,阐释其征兆诗学,即中国诗是世界的征兆,诗歌揭示世界潜在之模式,并分析其理论渊源和中国宇宙观依据。杨宇晴《关联理论视域下杜甫诗歌色彩词英译研究——以宇文所安〈杜甫诗〉英译本为例》(《现代英语》2022年第16期)从关联理论出发,对宇文所安《杜甫诗》英译本中的色彩词汇翻译进行多元阐释。李洁《理解与建构:宇文所安的〈杜甫诗〉英译研究》〔《燕山大学学报(哲学社会科学版)》2022年第6期〕从宇文所安对杜诗的解读、对杜甫形象的认识、对翻译模式和译本结构的考量、对翻译策略和方法的选择四个方面认识《杜甫诗》的特点和价值,理解宇文所安的翻译思想和路径。

此外,许渊冲的翻译也得到重视。梅启波《杜诗英译的原则、策略与跨文化传播的话语权——以许渊冲与宇文所安的杜诗英译为例》〔《河南大学学报(社会科学版)》2022年第5期〕对许渊冲和宇文所安二者翻译原则和技巧的不同作了阐释,指出影响二者杜诗翻译和传播的最大因素是中西文化的差异。李昕《生态翻译视角下诗歌翻译研究——以〈许渊冲译杜甫诗选〉为例》(《今古文创》2023年第1期)在生态翻译理论指导下,从语言维、文化维、交际维的三维转换视角分析许渊冲对于翻译策略和翻译技巧的选择。

还有不少论文从新的理论视角来研究杜诗译介,也值得注意。如莫烁未《生态翻译学视角下的〈登高〉英译研究》(《人生与伴侣》2022年第15期),黄蕾、运思宇《中华优秀传统文化视域下杜甫诗歌英译探析——以〈春望〉为例》(《作家天地》2022年第18期),赵纤纤、李珊《基于文化图式理论的杜诗巴蜀地理意象英译策略探析》(《作家天地》2022年第28期),王雅颖、胡志雯《图形-背景理论视域下的中国写景抒情诗翻译研究——以杜甫〈登高〉英译本为例》〔《沈阳大学学报（社会科学版）》2022年第6期〕，等等，不同的理论视角对解读原诗意蕴和重构译文会产生不同的作用，应当成为杜诗译介的研究重点。

四、专著和硕博士论文

本年度与杜甫有关的专著有十余种，包括研究专著和普及读物，主要集中在杜诗选本、杜诗笺注、杜诗学著作等类。

选本方面，闵泽平《杜甫诗品汇》（崇文书局2022年）精选了杜甫的198首经典诗作，梳理历代诗评家对杜诗的歧见异说，融通众说，通过注释、评析的形式，对杜诗的吟咏对象、创作时间、关键词等因素进行解读，提供了多角度、多层次的独到赏鉴。

笺注方面，曾祥波整理、点校《新定杜工部草堂诗笺斠证》（上海古籍出版社2022年）对宋代鲁訔编次、蔡梦弼会笺的《杜工部草堂诗笺》进行了重新整理，以国图、北大图书馆及成都杜甫草堂的三个残宋本拼合，校以元本、古逸丛书本，并参考其他杜诗集注本，对杜诗研究有着重要意义。曾祥波还点校了《王状元集百家注编年杜陵诗史》（凤凰出版社2022年），以他校之法对该书中明显错讹处作校记，并对年号、地名、人名、书名等加以专名号识别，通过点校整理，厘清眉目、疏通文义，最大限度地保存宋本原貌。其他文献资料还有冀勤《杜甫历史文献汇编（金元明卷）》（巴蜀书社2022年），从金元明三朝文人著作中摘录有关杜甫的资料，为杜甫研究提供了极大的便利。

杜诗学方面，彭燕《宋代巴蜀杜诗学文献研究》（上海古籍出版社2022年）对宋代巴蜀地区杜诗研究作了系统研究，论及二王本《杜工部集》、吴若本《杜工部集》、赵次公《先后并解》、郭知达《集注杜诗》以及师尹、杜田、师古、蔡兴宗等各家注本，从文献学和学术史的角度，探究各种文献的特点及其间的错综关系，寻求宋代巴蜀杜诗学文献的整体风貌、发展脉络及其在整个杜诗学史中的地位和影响。左汉林、李新《宋代杜诗学研究》（中国社会科学出版社2022年）从诗歌创作和艺术批评的角度，探讨杜诗对宋诗的影响，并重点考察了宋人学杜的阶段性特征，较为完整地勾勒出宋代杜诗学发展的脉络。

杜诗研究与普及类著作，本年度也有不少。韩成武、吴淑玲《杜诗诗体学研究》（九州出版社2022年）对杜甫各类诗体的发展演变、体类特征、主题内容、艺术风貌等作了系统的梳理，堪称全面研究杜甫诗体学的"填补空白"之作。

莫砺锋《杜甫十讲》（北京联合出版公司2022年）精选了十首杜甫代表作，立足文献文本，穿插历史和社会背景，用十个篇章串联起杜甫的生命历程，还原大唐王朝的盛衰史。李芳民《李杜韩柳的文学世界》（中华书局2022年）围绕四人的人生遭际、政治理想、个性品格、家世家风以及文学创作，对其文学世界进行了新的挖掘，揭示了四位作家的独特价值与现代意义。胡可先《李白杜甫十讲》（高等教育出版社2022年）分十讲介绍了李白杜甫，涉及生平、作品及学术研究等方面。田晓菲主编《九家读杜诗》（生活·读书·新知三联书店2022年）收录宇文所安、艾朗诺、倪健、王德威、罗吉伟、陈威、潘格瑞、卢本德等九位学者对杜甫的研究和阅读感受，对本土的杜甫研究有重要参考价值。

其他著作还有日本学者兴膳宏的《杜甫：超越忧愁的诗人》（生活·读书·新知三联书店2022年），张昕《杜甫传：诗中圣哲，笔底波澜》（民主与建设出版社2022年），聂作平《天地沙鸥：杜甫的人生地理》（中州古籍出版社2022年），寒阳《壮志未酬梦夔州》（重庆出版社2022年），屈小平《杜甫与蒲城》（三秦出版社2022年），赖瑞和《杜甫的五城》（清华大学出版社2022年），等等，各有其侧重点，对杜甫及其诗歌的普及有积极意义。

本年度有关杜甫研究的学位论文有20余篇，包括杜诗本体研究、杜诗影响与接受研究、杜诗学研究、杜诗译介研究等方面。

杜诗学研究的有谭诗瑶《林兆珂〈杜诗钞述注〉研究》（西南民族大学2022年硕士学位论文），陈依桑《清初杜集序跋研究》（华中师范大学2022年硕士学位论文），李昊宸《宋代贬杜诗案探赜》（华中师范大学2022年硕士学位论文），张学芬《明末清初杜诗评点研究》（山东大学2022年硕士学位论文），张翼《周甸〈杜释会通〉研究》（山东大学2022年硕士学位论文），张诺丕《李长祥及其〈杜诗编年〉研究》（山东大学2022年硕士学位论文），张子悦《夏力恕及其〈读杜笔记〉研究》(山东大学2022年硕士学位论文),赵蓉《仇兆鳌〈杜诗详注〉征引宋代杜诗学文献考述》(牡丹江师范学院2022年硕士学位论文),田姣姣《〈杜甫全集校注〉注释考补八则》(上海师范大学2022年硕士学位论文),向伦常《清初诗话中的杜诗学研究》(山东大学2022年硕士学位论文),梁伟荀《李黼平〈读杜韩笔记〉研究》(闽南师范大学2022年硕士学位论文),苏朋朋《汤启祚〈杜诗笺研究〉》(西北大学2022年硕士学位论文)。上述论文涵盖丰富,极大地拓展了杜诗学研究的广度。

杜诗本体研究方面有蔡玥《宋代"秋兴"诗研究》(西华大学2022年硕士学位论文),刘哲妤《杜甫江湘诗歌诗骚接受研究》(内蒙古大学2022年硕士学位论文)。杜诗影响与接受研究的有张亚靖《唐五代文人的"杜甫情结"及其对成都杜甫草堂的书写》(西华大学2022年硕士学位论文),李雨晴《谢列布里亚科夫的杜甫研究》(黑龙江大学2022年硕士学位论文),段雨霖《吉川幸次郎的杜甫研究》(辽宁大学2022年硕士学位论文),徐静敏《杜甫对美国诗歌的影响——以新诗运动时期、20世纪中后期及当代的美国诗歌为例》(郑州大学2022年硕士学位论文)。杜诗译介研究的有范钊君《认知诗学视域下宇文所安英译杜甫诗的研究》(电子科技大学2022年硕士学位论文),蒋怡《生态翻译学视角下看肯尼思·雷克斯罗斯英译杜甫诗的选择和适应》(外交学院2022年硕士学位论文)。此外,还有张鹏霞《杜甫诗歌的新媒体传播与接受研究》(吉林大学2022年博士学位论文),赵谞鹏《陕西方志中的杜甫遗迹与题咏研究》(西北大学2022年硕士学位论文)。

以上是本年度杜甫研究的大致情况。在唐代诗人中,杜甫依然是最受关注、研究成果最丰硕的诗人。杜诗学逐渐成为杜甫研究的重心,是近年来杜甫研究的趋势。本年度杜甫研究的学位论文为历年之冠,从杜诗本体研究到杜诗学、杜甫接受、域外传播等,涵盖极为广泛。杜甫研究后继有人,长盛不衰,毋庸置疑也。

韩愈研究

□ 张弘韬

检索中国知网、维普网、万方网等数据库,2022年共发表了百余篇韩愈研究相关论文、六篇硕士学位论文,出版了四部专著,下面从生平、作品、思想、文献、接受与传播等几个方面择要进行简述。

一、生平研究

关于生平研究,韩愈的两次南贬是本年度学者们较为关注的问题。尹逸如《韩愈阳山贬谪文学试论》(《名作欣赏》2022年第36期)认为韩愈在阳山贬所的苦难生活成就了他的文学地位,其作品反映了恐惧忧愁、修身自省、有爱在民的思想感情。刘真伦《韩愈、李翱"幽怀"唱和解读(上、下)——兼论韩愈阳山心结的郁积》(《周口师范学院学报》2022年第1期、第3期)和《韩愈〈岳阳楼别窦司直〉解读——阳山心结揭秘篇》(《云梦学刊》2022年第4期)认为,韩愈南贬阳山最大的纠结是阳山之贬真实的获罪原因,由此郁结为沉重的心理阴影,是韩愈一生扭曲抑郁最为严重的一场心理危机。前者根据韩愈《幽怀》诗和李翱《幽怀赋》的内容判定二者为唱和之作,考定二者均作于贞元二十一年,即韩愈南贬阳山期间。《幽怀》诗最早透露这一心结的郁积。而阳山之贬的真实原因为:刘、柳泄言,韦、王下石,故《幽怀》"不可明言"。后者则认为贞元二十一年朝廷大赦,韩愈量移为荆州参军,途经岳阳时,韩愈和窦庠(窦司直)谈话的内容证实了他此前的怀疑,由此解开了他郁积两年的阳山心结。记录这一过程的《岳阳楼别窦司直》,成为阳山心结的揭秘篇。胡文辉《从政治背景重论韩愈"谏迎佛骨"问题》(《中国文化》2022年第2期)分析了宪宗"迎佛骨"和韩愈"谏佛骨"的动机,认为二者的冲突发生于信仰与政治的错位。韩愈阻碍了宪宗的政治意图,但他只出于文化意图,本无意介入宪宗的政治意图,因此宪宗最终宽恕他,甚至还想重用他。邝永辉《韩愈广州至潮州海路说》(《嘉应学院学报》2022年第4期)以韩愈贬潮路途中的一些诗文为佐证,结合唐代广州到潮州陆路、海路沿途历史地理环境的分析比对,认为元和十四年春,韩愈离开广州后,经扶胥、曾江口,到达屯门,是乘船由海路直抵潮州。董佳欣《韩愈诗文中的家庭观念探析——以贬潮事件为例》(《哈尔滨职业技术学院学报》2022年第4期)认为韩愈自贬潮后遭遇家庭观念背离与现实之家的离散,使得他的诗文呈现从怨怼、苦楚到接纳、改变的态度。这些改变与贬谪潮州路上所触发的家庭记忆、家庭遭遇、家庭居住空间的转变、家庭秩序感的破坏、家族赓续问题密切关联。皮凌斐《韩愈穷困考论》(《韩山师范学院学报》2022年第5期)指出韩愈的"身穷"主要体现在前半生的经济窘困上,其"志困"主要表现在为官之后的伟大志向不被满足。这种身穷志困的现实经历对其身体健康、诗文创作和道统思想均产生了一定的影响。

二、作品研究

本年度关于韩愈诗文的研究,不仅有作品本身的分析,更有通过作品进一步探讨其深层内涵的研究。葛晓音《"以文为诗"辨正——从诗文之辨看韩愈长篇古诗的节奏处理》〔《清华大学学报(哲学社会科学版)》2022年第2期〕认为韩诗"散文化"的句法可以追溯到早期汉诗和杜诗,根源在于韩愈对于古诗表现潜能的探底式尝试。作者指出韩愈的长篇五七言古诗加大了以散句连属的长度和密度,意在最大限度地拓展其叙述和议论的功能。雷恩海《韩愈〈石鼓歌〉:元和中兴的先鸣之声》(《名作欣赏》2022年第1期)认为韩愈《石鼓歌》以石鼓文为载体,将周宣王中兴与大唐中兴绾结为一体,既有古物斑斓之美,也有古今精神相通之奇幻,逻辑结构颇为明晰,彰显其以文为诗、以议论为诗的本色。刘小琳、戴永新《韩愈灾害诗初探》(《湖州职业技术学院学报》2022年第1期)认为韩愈创作的25首灾害诗的主要内容为灾情描写、救灾措施以及自我诉求的表达,韩愈的灾害诗偏重审丑,以丑为美,通过第一人称与第三人称叙事视角的转换,完成对灾害和灾情的宏观展现与微观审视的转换,并且语言艰涩难懂,力求创新,避免循旧。汪琴兰《从〈荆潭唱和诗序〉看韩愈的诗学主张》(《重庆电子工程职业学院学报》2022年第2期)从韩愈《荆潭唱和诗序》分析了韩愈的诗学主张:一是以愁思之声和穷苦之言发不平则鸣;二是注重人格修养与金石之音的气盛言宜;三是通过搜奇抉怪与雕镂文字的崇奇尚怪。刘一宁《论韩愈诗歌创作"以文为戏"特色》(《齐齐哈尔师范高等专科学校学报》2022年第3期)认为韩愈的作品中"文以明道"与"以文为戏"两种观念互为表里,并从作品出发,探究韩愈诗歌"以文为戏"的独特风格。王治田《竞技与游戏:论韩孟联句之文体革新意义》(《古典文学研究》2022年第1期)认为韩孟联句在穷形极相、铺排逞辞和强烈的竞技性方面,继承了大历时期江南联句的传统,但也出现了追求险怪、刻意造语、注重章法和叙事性强的新特点。对于韩诗意象的研究,有单宇昊《论韩愈诗歌中的鱼意象》(《阜阳职业技术学院学报》2022年第3期)和张梦婷《论韩愈诗中的"雨"意象》(《齐齐哈尔师范高等专科学校学报》2022年第4期)。前者通过梳理唐前诗歌中"鱼"意象的发展,挖掘韩愈诗歌对"鱼"意象塑造的新变,探究韩愈透过"鱼"意象所传达的歌颂"元和中兴"、实现高远志向以及抨击黑暗官场的思想内涵,分析其所展现的"以文为诗"的表现手法。后者从韩愈诗歌思想感情和人生体悟出发,探寻"雨"意象的作用及内涵。

陶水平、夏刚《论韩愈古文醇和之美的生成》(《中国文学研究》2022年第3期)认为韩愈古文以气势雄伟、说理透彻传世,其内面渗透了醇和之美。韩愈古文中的书、序、碑志等代表性文体,作为其酬应投赠之作多是对"五伦"为主的儒家情本体的深刻表达,它从思想本源上规范了醇和之美的生成。韩愈古文创立了既谨严又迂曲的法度,它是醇和之美的表达范式。情感的正大温醇与法度的纡徐曲折,化成韩愈古文的浩荡而渊深的美感,对后世散文发展产生了深远的影响。洪叶《试论韩昌黎散文创作特色的研究》(《作家天地》2022年第21期)认为韩愈清醒地意识到中唐藩镇割据、宦官专权、吏治腐败、士风浮躁等社会问题后,诉诸儒家道统的重建来解决现实问题,其散文碑铭创作中句式特色鲜明,具有长短句相结合、气盛言宜、排比博喻以及铿锵顿挫等特色。黄雪梅《论韩愈对骈文的态度》(《名家名作》2022年第17期)认为韩愈虽然作为唐代古文运动的倡导者,提倡古文,主张文以明道,但是他不反对骈文这一文体,而是反对文道分离的浮靡文风。韩愈认为六朝以来的骈文内容空洞、过度追求形式。其吸收骈文的长处创作出不少优秀的文章,对欧阳修等人产生了重要影响。殷可《韩愈赠序中理性议论的渗透》(《江苏工程职业技术学院学报》2022年第1期)认为韩愈在继承临别赠言类文体传统功能的同时,结合所处时代的现实环境展开思考,将理性的议论引入以叙情为主的赠序类文体中,其于赠序中所阐述的思想和所传达的理念也各不相同,体现出他对政治、教育、思想等不同维度的思考。王东峰《中唐历史文化视域下韩愈的碑志文书写动因考述》(《社会科学动态》2022年第5期)认为韩愈大量写作碑志文与中唐历史文化密切相关:一是中唐时期藩镇割据,造成中央财政收入减少,官员俸禄随之降低,其时自然灾害频发又造成粮价暴涨,导致官员家庭经济压力大增;二是中唐商品经济的发展对文人传统价值观念的强力冲击;三是唐人丧葬重视碑志以及中唐时期"家自为谱"的社会风尚。李佳哲《唐代"河北故事"的文本起源、历史内涵及确立过程——以韩愈〈魏博节度观察使沂国公先庙碑铭〉为线索》(《黑龙江社会科学》2022年第6期)认为"河北故事"最早见于元和八年(813)韩愈撰写的《魏博节度观察使沂国公先庙碑铭》,是韩愈在"故事"一词的基础上化用而来。其内涵包括政治独立、节帅世袭、唐廷和河北藩镇的政治态度等,是河北藩镇与唐廷在"叛乱与平叛"关系结束后形成的新的相处模式,在德宗建中平叛失败后开启，经过宪宗、穆宗两朝的变动和调整，最终在穆宗长庆年间确立。徐乐军《唐代乡试问题研究——从韩愈〈赠张童子序〉一文谈起》（《广东农工商职业技术学院学报》2022年第3期）通过韩愈《赠张童子序》一文研究了唐代的乡试问题：唐代乡试以明经和进士科为主，荐送名额分配至地方。乡贡明经名额自中唐后下降较大，乡贡进士下降不多。地方解送考试中，县试多半流于形式，州府试执行得较好。乡贡举子身份待遇和名位均不同于平民，这也是众多文人哪怕省试通过的希望不大也要追逐的原因。郭睿《韩愈的另类传记——〈祭十二郎文〉新论》（《重庆电子工程职业学院学报》2022年第3期）认为《祭十二郎文》通过回忆与侄子共同的生活经历，回顾了自己一生的坎坷经历，宦海沉浮与人世沧桑尽在其中，抒发了作者埋藏心底的遗憾之情和孤独之感。郭新庆《论韩愈奇文〈毛颖传〉》（《文史杂志》2022年第3期）认为韩愈《毛颖传》不是传奇小说，是以寓言说事，"以文为戏"讽世。郭中发《韩愈〈师说〉和〈进学解〉的比较研究》（《新纪实》2022年第9期）指出韩愈的《师说》和《进学解》都是从学习的角度出发，力图改变社会风气，勉励世人勤奋学习，但在语言艺术风格、结构技巧等方面有异有同。

三、思想研究

韩愈思想复杂又多元，本年度关于韩愈思想的研究主要从文学思想、为政理念、书学思想、辟佛理念、教育思想等方面展开。

刘宁《从"务反近体"看韩愈文章复古的激进追求》（《文学评论》2022年第1期）指出韩愈的文章复古以"务反近体"的激进态度展开。他在一切文体中追求避骈就散，体现了极端化的语体选择；在语言表现上，以散体为本改造骈体、追求骈散的对抗性融合；其"务反近体"的激进追求，在很大程度上排斥了唐代复古作者的中和艺术趣味。龚丹《从俳谐诗文创作看韩愈"以文为戏"的文学观》（《花溪》2022年第26期）剖析了韩愈俳谐诗文的艺术特点，对韩愈"以文为戏"的文学观进行探讨。许妍《浅论韩愈"不平则鸣"说的形成与演变》(《新纪实》2022年第6期)指出韩愈在《送孟东野序》中不仅提出"自鸣其不幸",还提出要"鸣国家之盛",这不但与其个人经历有关,还与中唐时期寒门子弟难登仕途的时代背景有关。"不平则鸣"说主要是探讨文学创作,在理论发展中,韩愈又加入了"穷苦之言易好"的创作理论,逐渐将"穷苦"等同于"不平",使得"不平则鸣"说的内涵逐渐窄化。霍兴聪《韩愈文派意识的表现》(《韩山师范学院学报》2022年第4期)认为韩文派的形成渗透着韩愈强烈的文派意识,提出不同于李华、萧颖士等前辈作家的古文主张,并作育一批继承自己文学观的弟子,不仅影响了唐代古文,也影响了后世古文的发展。

喻中《依道治国:韩愈开辟的法理命题》(《思想战线》2022年第1期)认为韩愈治国依据的道是儒家圣人之道,实体内容是仁义,具体体现为礼乐刑政,构成了"宋学"或"道学"的先导,为宋代的"四书"编纂提供了思想铺垫,构成了中国法理学史在汉宋之间的一个关键性纽结。张宪《论韩愈为政理念的当代价值》(《济源职业技术学院学报》2022年第3期)指出韩愈为政理念的精髓是担当、爱民和廉洁,对于我们加强干部队伍建设具有重要的启示意义。张圆圆、乔清举《生态视域下韩愈天人观的多层面诠释》(《人文论丛》2022年第1期)认为韩愈的天人观包含天人感应、天人相分和天人合德,反映了他在宗教信仰、社会实践和道德认知各层面对人敬畏自然、改造自然和仁爱自然的认识。王延智《感物与缘情:韩愈"情本论"书学思想研究》(《大学书法》2022年第6期)认为韩愈以张旭为个案引申出"情本论"书学思想,"机应于心,不挫于气"探讨了书家的主体性条件,"可喜可愕,一寓于书"之论突破了以"中和"审美观为代表的抒发普遍性情感的"抒情论",转向个性化情感自由表达的"抒情论",揭示了"意象之奇"的审美传达与个性化情感之间的勾连。

刘宁《从〈论佛骨表〉看韩愈崇儒排佛思想中的身体关切》(《北京大学学报(哲学社会科学版)》2022年第2期)指出《论佛骨表》反映了韩愈崇儒排佛思想中的身体关切,对进一步理解唐代儒佛冲突的复杂内涵颇具意义。表文的叙事体现出强烈的驱邪焦虑。韩愈高度重视身体在儒者履道中的意义,认为弘扬儒道应以充分尊重和彰显儒士的身体力量为基础,健康的身体和旺盛充沛的生命力,是履践道义的保证,而佛骨令人身残寿短的邪祟之力,则会导致华夏风俗教化的隳败。对君王身体的关切是此表重要的出发点。韩愈期望保护君王之身体免受侵害,进而维护华夏道德教化之根基不被动摇。李雪涛《韩愈辟佛及其对中国文化的深层影响》(《中华文化论坛》2022年第3期)指出韩愈从夷夏之防、三纲五常、经世济用等方面对佛教展开了猛烈的批判,试图捍卫孔孟之道,恢复"独尊儒术"时期儒学的社会地位。韩愈依据佛教之法统建立了儒家之道统,并借助于佛教之义理创立了儒家之心性学说。正是在韩愈辟佛思想的影响之下,宋明理学开始对作为异质文化的佛教进行了改造和吸收,形成了系统的理学思想。韩愈之辟佛同样影响了16世纪末来华传教的耶稣会士,他们使用辟佛的方法以避免与中国文化全面为敌。段永升《韩愈反佛思想刍议》(《咸阳师范学院学报》2022年第5期)指出韩愈反对佛教的观点是对韩愈的误读。韩愈对古代各家思想兼容并蓄,对"佛迹"展开批判的真正原因在于中唐时期的因佛害政与因佛害民;韩愈对于佛教思想理论是融会接受的,其诗文创作理论及与佛教高僧的交往,正说明其对佛教思想是接受而非排斥。

马传江《〈师说〉中"传道"之"道"的所指——以互文性理论为基础》(《名作欣赏》2022年第30期)在互文性理论的基础上,认为在韩愈的话语系统中,"传道"之"道",是一种以仁义为立足点的儒家学说,其本质是一种实践理性,它以修齐治平、经世致用为最终目的。房春艳《韩愈"立德与树人"教育思想探析》(《唐史论丛》2022年第2期)认为韩愈的教育思想中包含有立德与树人的双重内涵。戴红宇《论韩愈的"为师之道"及当代启思》(《中国德育》2022年第17期)认为韩愈在《师说》《进学解》中提出的"为师之道",强调教师通过教育来体现自身的道义责任和道义担当。针对中唐儒家思想不能适应社会变迁和门阀政治动摇师教传统而产生的"耻师"之风,韩愈力图重塑师道传统。刘美琼《韩愈读写观对现代读写教育的启示》[《文学教育(下)》2022年第6期]认为韩愈的读写观主要有:在阅读方面提倡"贪多务得，细大不捐""口不绝吟，手不停批"，在写作上强调"不平则鸣""自树立，不因循"的观点。史继菲《为师之责与为师之道——〈师说〉中教师形象的阅读梳理与当代启示》(《教育研究与评论》2022年第11期)认为韩愈的《师说》对教师形象做了具体分析，指出为师之责和为师之道的要点。梳理《师说》中的教师形象，追溯教师形象的概念及其演变，有助于当代教师获得启示，具体包括明确职能、术业专攻、因材施教、相互学习，探寻成长和发展之路。冯超《"批驳"流俗而非"论证"观点：〈师说〉说理论析》(《福建基础教育研究》2022年第11期)从统编版高中语文必修上册配套的《教师用书》对《师说》的解读入手，分析"论证说"的矛盾之处，进而重新探析《师说》的论述逻辑，指出《师说》并非论证从师必要的观点，而是为了批驳士大夫"耻相师"的行为与出于身份、地位、年龄等外在因素干扰而不愿相师的心态。郭新庆《论韩愈和柳宗元师道观》(《湖南科技学院学报》2022年第4期)认为韩愈作《师说》论为师之道，从而确立了师道的尊严，影响至今；柳宗元讲益师益友，他不求师名而唯传师道之实，更受人们的敬重和赞赏。张艳芳《论韩愈"通业成德"教育思想及其对师范生培养的启示》(《周口师范学院学报》2022年第3期)指出韩愈的教育思想以"通业成德"为核心，主张教师的任务就是传授学生知识，同时塑造学生高尚的道德品质；其教育思想对当代高校师范生培养有着积极的鉴戒作用。伍萍萍、巩聿信《从〈进学解〉看韩愈治学思想》(《边疆经济与文化》2022年第5期)认为韩愈《进学解》的文本内容详细记载了韩愈治学的具体路径与方法，以及其治学思想的核心内涵。

四、文献研究

关于韩愈相关文献的研究，郭平《〈朱文公校昌黎先生集〉汇聚两位先贤的学术成就——朱熹校勘的韩愈作品成为后世底本》(《辽宁日报》2022年9月26日)指出辽宁省图书馆珍藏的宋刻《朱文公校昌黎先生集》字迹清晰，校对精严，印刷精良，至今仍具有重要的学术和版本价值。郭平《省图藏元刻〈朱文公校昌黎先生集〉——存世最早的韩愈文集注音版》(《辽宁日报》2022年11月18日)认为元刻《朱文公校昌黎先生集》是在朱熹校正的韩愈文集基础上,南宋名臣王伯大编入了注音,进一步增强了韩愈文章的普及效果。顾思程《〈五百家注音辩昌黎先生文集〉所见韩文石本与集本的依违分合》(《成都理工大学学报(社会科学版)》2022年第5期)认为,由于拓本天然存在的缺陷,后世韩集校勘者转向对韩文遣词义法之推敲。南宋韩集注本《五百家注音辩昌黎先生文集》呈现了宋代金石之学的勃兴、宋人对诗艺技法的钻研形诸韩集校理的痕迹。刘尧《〈五百家注音辩昌黎先生文集〉音注来源考辨》(《古籍研究》2022年第1期)通过与韵书、字书、前代音义及祝充《音注韩文公文集》音注进行比较,认为魏仲举《五百家注音辩昌黎先生文集》音注来源有三个层级:基础来源为《广韵》《玉篇》《经典释文》等韵书、字书、音义注疏;直接来源为祝充、韩醇等十一家音释;第三层级为魏氏根据实际语音自创的音切。张弘韬《以义法注韩文的林明伦〈韩子文钞〉》(《周口师范学院学报》2022年第1期)认为清乾隆年间林明伦评注的《韩子文钞》是其为指导州人士子学习古文而刊刻的,此书的选编、评说有很强的针对性和指导性。李文博《〈韩愈资料汇编〉的几个问题》(《古籍研究》2022年第1期)指出吴文治先生20世纪80年代编纂的《韩愈资料汇编》限于当时的客观条件及其他可能的因素,存在材料失收误收、标点不当、文字脱衍讹误等问题,并对这些偶失之处进行了补正。

五、接受与传播研究

近年来,韩愈相关接受与传播的研究已成为学者们关注的一个热点。本年度不仅有关于韩愈对前代的继承与接受,也有后人对韩愈的接受,还有学者对韩愈的海外传播进行了研究。

马小琪《试论韩愈散文对〈诗经〉的接受》(《商丘职业技术学院学报》2022年第1期)认为《诗经》是韩愈经学复古思想的渊薮之一。在理论构建上,韩愈以传统诗教来弘扬道统、阐述己志;在文学创作中,韩愈吸收《诗经》艺术特点,建构自己的散文篇章。郭江波《韩孟诗派的崇骚倾向》(《佳木斯大学社会科学学报》2022年第2期)认为韩孟诗派作家在情感抒发、生命意识和创作心理矛盾三个方面学习屈骚,不仅展现出文学革新的精神,同时透露出唐诗审美风尚的转变,且开拓出融文学抒情传统与时代精神为一体的新天地。熊婉祥《两种"道"的辨析——〈文心雕龙·原道〉和韩愈〈原道〉》(《名作欣赏》2022年第3期)以刘勰《文心雕龙·原道》和韩愈《原道》的"道"为例,从内涵、思想来源、写作背景及目的这三个角度进行比较分析,指出刘勰的"原道"思想并非后世的"文以明道"和"文以载道"思想的直接来源,其关联性和继承性是较小的。路鹏飞《唐宋之际〈孟子〉阐释的进路比较——以韩愈、苏辙的阐释为例》(《理论界》2022年第2期)指出韩愈对《孟子》的阐释主要强调儒家统治之道和佛老统治的不同,高扬儒家治统思想以及师道论、心性工夫思想等,强调儒学的政教功能;苏辙深化了儒家治道的内涵,将道悬置于圣人之上,阐释了《孟子》的心性论、工夫论等,同时在学理上对孟子也有批评。杨梓艺《〈柳子厚墓志铭〉对〈史记〉写作手法的继承》(《文学教育(中)》2022年第1期)认为韩愈的《柳子厚墓志铭》是吸取《史记》创作手法的典型代表,采用《史记》中人物传记的写作手法,变革了墓志铭的固定写作模式,继承了《史记》等先秦、秦汉文的写作技巧,赋予了墓志文较高的文学审美价值,是对墓志铭文体的一大贡献。任帅《论唐传奇对韩愈诗文的影响——以〈毛颖传〉和〈华山女〉为例》(《新纪实》2022年第2期)认为韩愈诗文受到了当代其他文学样式的积极影响,以《毛颖传》和《华山女》为代表,从表达方式、讽刺笔法和结构技法三方面深入分析唐传奇对韩愈诗文的影响。刘志强《唐代"文学"新解——从韩愈〈毛颖传〉所受批评谈起》(《海岱学刊》2022年第1期)认为韩愈《毛颖传》在唐代被目为"怪"或遭到批评的原因在于今天的文学概念与唐人眼中的"文学"概念有很大不同。

李博《欧阳修祭文"拟韩"与"变韩"考论》(《乐山师范学院学报》2022年第7期)指出欧阳修始终秉持着扬弃的态度来学习和模拟韩文,其祭文的散文化程度高于韩愈,唱叹力度也远大于韩愈,讲究平易叙事,简记逝者大节,一尽弃改韩愈祭文中的烦琐叙事、奇崛用语,原因是欧阳修受尹洙"简而有法"古文创作风格的影响,且有自己独特的创作理论。张培高、马春玲《宋儒仁学建构的激励者——契嵩批评韩愈仁学的三重进路》〔《西南民族大学学报(人文社会科学版)》2022年第10期〕认为契嵩着重批评了韩愈《原道》中的主旨而建构了自己的仁义观。在本质上,契嵩认为仁义并非人性先天所本有的,而是后天教育的产物,是"情之善者"。契嵩在批评韩愈仁义观的基础上所建构的仁学思想,从正反两个方面影响了宋代新儒家仁学的理论形成。阮忠《论苏轼关于韩愈的评说》(《海南热带海洋学院学报》2022年第3期)认为苏轼《韩文公庙碑》形成了关于韩愈的诸多经典评价。他以韩愈为百世师、万世法,誉韩的文、道、忠、勇说关乎天地造化、时运盛衰;而"能者天""不能者人"说,前者有天人感应思想的内驱,后者有对社会的尖锐批判。曹丽萍《论杨万里散文对韩愈尚奇文风的传承》(《周口师范学院学报》2022年第4期)认为杨万里对韩愈其人其文高度认同,创作历程颇为相似,其散文在文体、构思、想象、语言等方面追新求奇,风格奇崛诞幻,带有明显的宗韩倾向。研究杨氏散文创作和文学理论中尚奇与反奇的矛盾纠结,有助于更准确地把握杨氏散文的特色与成就,揭示唐宋散文传承发展的复杂性。

裴云龙《寓正于奇:茅坤对韩愈散文典范性的重构》(《文学遗产》2022年第4期)认为在茅坤的文论体系中,"奇"是建构韩愈散文典范性的基本要素。茅坤对韩文之"奇"的褒扬具有双重的历史意义:一是以此还原唐宋八大家散文原本具有的丰富面貌,扭转士人对唐宋文的偏颇认知;二是在当时的政治文化语境下,对士人独立人格和话语地位的维护与捍卫。戴怡悦《明代文人的韩愈诗歌接受——以明代唐诗选本为中心》(《汉字文化》2022年第8期)指出韩愈诗歌在明代不受重视的原因与诗歌篇幅、风格、名家选本影响力、民间话题度有关,与诗歌题材无关。唐哲嘉《林兆恩对韩愈道统思想的继承与发展》(《韩山师范学院学报》2022年第2期)认为明代林兆恩批判性继承与发展了韩愈的道统论,借鉴了韩愈所阐明的道统谱系,并在此基础上进一步完善了道统谱系,从形而上的层面对韩愈道统内涵的偏颇进行了补足。

查金萍《"杜韩":从并提到并称》(《天津社会科学》2022年第1期)认为"杜韩"从并提到并称的发展历程与内涵演变蕴含着丰富的学术史意义。杜甫与韩愈之间有着千丝万缕的联系,韩诗师承杜诗并与杜诗一起成为后代宋型诗歌的宗法对象,从并提到并称,直至被标举为诗坛典范。丁俊丽《清代韩诗经典化进程中被遮蔽的一环——清初诗学语境下汪森的韩诗研究及其意义》〔《新疆大学学报(哲学·人文社会科学版)》2022年第1期〕指出,复旦大学图书馆藏清初汪森《韩柳诗合集》批点韩诗是较早的韩诗批点单行本,汪森肯定韩诗上承李、杜,下启宋风的地位,从文本刊刻及评点入手,全面解析韩诗风格,探析韩诗内在价值,揭示了韩诗在古典诗学史上的地位,是清代韩诗经典化历程中的一环。吴敏、潘务正《沈德潜评选韩愈古文发微》(《文化创新比较研究》2022年第28期)指出沈德潜的《唐宋八家文读本》评选的韩愈文章数量最多、范围最广、质量最高,积极关注韩文文体,具有明显的文体辨析意识;重新整合、归类韩愈文章,为读者展示了选录韩文的不同标准;在评点韩愈古文的过程中,展现了沈德潜的古文观,反映出评选家与文章作者的相知相合、相和相应,实现了两朝文章风气的碰撞。查金萍《〈御选唐宋诗醇〉与清代韩愈诗歌的接受》(《江淮论坛》2022年第4期)认为《御选唐宋诗醇》大量选入韩诗,并以古体为主;指出韩诗本源或类似《雅》《颂》《史记》《文选》、汉乐府之处,与杜诗一脉相承,深入揭示了宋人宗法韩诗之事实,并对韩诗排佛宗儒思想以及文学理论进行了高度肯定。这种特色的形成与清代浓厚的文治风气、唐宋诗之争与汉宋之争以及君臣编选团队的韩诗喜好密切相关,又对清中叶研韩、学韩高潮的产生,乃至韩诗经典地位的确定以及嘉、道之后的宗韩,都产生了重要影响。陈芳盈、胡海义、王依《韩愈忠谏风骨对状元吴鲁的人文影响》(《福建教育学院学报》2022年第10期)指出韩愈的忠谏使吴鲁的诗情在敬仰先贤的"习惯"中,迸发了满腔的爱国真情。在维护儒学道统发扬人文教化方面,吴鲁将韩愈作为自己的行政楷模和人文榜样。在韩愈道统思想的大纛之下,锤炼出了自己的传化结果,宣示了中华道统绵延传承的文化事实,也是中华文化在整体和局部、过往和现在的美好融合。查金萍《文笔之辨视阈下扬州学派对韩文的接受及影响——以阮元为中心》(《周口师范学院学报》2022年第4期)认为扬州学派的"文笔之辨"尊骈废散、扬汉抑宋,对桐城派古文的正统地位与宋学主张构成了极大威胁,且对韩愈散文的接受也产生了极大影响,客观上带来了嘉道之际继明代前后七子"凭陵韩欧"之后的第二次贬抑韩文的思潮。陈迟《历代对韩愈〈讳辩〉的评点——以古文选本为中心》(《贵州师范学院学报》2022年第8期)认为《讳辩》文章结构精密,历代评点者对《讳辩》中涉及的"后尾抱前"问题,或认为文章结构为前三段分论,末段总结,构成平行式论辩;或认为前三段与末段形成递进式论辩。针对《讳辩》存在的"以文为戏",部分评点出于传统论文思想持批判态度,而更多的评点从论辩效果及文章论辩构出发,赞赏这种超越常规的创作方式。谢能欣《论〈讳辩〉的创作缘由与后世接受》(《文学艺术周刊》2022年第6期)通过分析《讳辩》的接受史,指出随着时代的变革,世人对它的态度由唐朝时期无法解众人之惑到清代以乾隆为代表的群体认为《讳辩》论之甚详,总体上呈现出越来越开明的趋势。

刘锋焘《文人精神的积淀与抒发——说秦岭韩愈祠及相关诗作》(《陕西理工大学学报(社会科学版)》2022年第3期)认为明、清两代吟咏秦岭韩愈祠的诗篇,主旨基本都是在文学的角度赞颂韩愈"文扶八代",在精神层面赞扬韩文公之道、忠、净。这表明,韩愈的人格、风骨和精神,已经化为中国文人的一种传统精神,其核心内涵坚守本心和铮铮风骨,成为中国文人乃至中华民族精神的一个重要内核。宋雨林《"韩愈文化"在中原全域文旅视角下的传承与弘扬》(《文化产业》2022年第23期)从提升文化内涵和树立综合性、体验性的旅游发展角度出发,解读"韩愈文化"蕴含的丰富内涵,提倡宣传"韩愈文化"对中原地区的价值传承。赵松元、常娜娜《〈大千居士六十寿诗〉对〈南山诗〉的承与变》(《韩山师范学院学报》2022年第1期)认为饶宗颐先生追和《南山诗》成《大千居士六十寿诗》,在诗歌体式、用韵、赋法铺排之技巧及精神气度方面对韩诗有所承继,实现了自身的创变。

唐晓恬《浅论李泽厚文学批评的标准——以韩愈散文与盛唐之音的关系为例》(《参花(中)》2022年第1期)认为李泽厚在《美的历程》中将韩愈的散文划归为盛唐风貌，并非文学史观的混乱，而是马克思、恩格斯关于"美学和历史的观点"的引渡，是他融汇中西文学理论后对中国古典文学批评的一次尝试。李雪香《韩愈〈师说〉的文创思考》(《武夷学院学报》2022年第4期)以韩愈创发立说典范为创意思考，明其韩文公一生行止，运用文化创意发想，延伸与发挥韩愈的时代价值，以资开发文创产品。

安生《〈南山诗〉与"神童"群像——论朝鲜朝汉诗发展中的次韵诗学》(《外国文学评论》2022年第3期)指出在朝鲜朝汉诗学发展史上，出现了以过目成诵或次韵《南山诗》作为"神童"象喻的集群性书写。朝鲜朝对韩愈"倒学有得"的定位成为弥合《南山诗》艺术技法与思想内涵评价分歧的关键。韩愈兼具诗、赋二体的《南山诗》为朝鲜朝士人们的创作实践提供了满足其科举应试与外交酬唱双重目标的典型范本。梁淑英《关联理论下韩愈诗中"幽默"和"反讽"的英译研究——以韩愈〈早春呈水部张十八员外(其一)〉〈左迁蓝关示侄孙湘〉为例》(《韶关学院学报》2022年第7期)以韩愈的《早春呈水部张十八员外》中的"逐春心"的幽默和《左迁蓝关示侄孙湘》中的"咒己"的反讽愤懑的诗意作为研究对象，在关联理论"明示—推理"观照下，探讨韩愈诗中轻快式的幽默和狂躁式的反讽在英译中的转换与传递，分析诗人创作中"喜""怒"的翻译，为诗作翻译提供借鉴和启示。

六、专著和学位论文

本年度有四部韩愈研究专著，另有两部专著部分内容涉及韩愈研究。姜云鹏《韩愈古文评点的整理及其研究》(社会科学文献出版社2022年)从搜集、整理韩愈文集原始文献资料出发，以历代对韩文的评点作为论述对象，将韩文评点的发展过程分为发轫和奠基期(宋代篇)、兴盛和拓深期(明代篇)、繁荣和巅峰期(清代篇)三个时段进行整理、研究，既完整呈现了各时段韩文评点的真实面貌，又理清了韩文评点的发展脉络。金涛声《韩愈诗传》（巴蜀书社 2022 年）以诗文解读为基础为韩愈立传，反映一代文化伟人的心路历程和人生业绩，展示其忧国忧民、为人生理想而奋斗不息的崇高品德，领略其诗其文的高超技艺与独特风采。吴修丽、翟玉梅《韩愈：雪拥蓝关马不前》（河海大学出版社 2022 年）由韩愈的生平与创作及其作品选编两部分组成，展现了韩愈命运多舛的一生以及其在诗歌、散文领域内的文学艺术成就。梁永照《韩愈故里辨析》（河南大学出版社 2022 年）分析了韩愈故里之争的缘由，引证了大量文献及拓片资料，对新近出来的一些文献进行了细致的考证、分辨和甄别，指出了韩愈故里争辩中存在的问题。李芳民《李杜韩柳的文学世界》（中华书局 2022 年）以唐代李白、杜甫、韩愈、柳宗元四位作家为讨论重点，围绕他们的人生遭际、政治理想、个性品格、家世家风、文学创作几个方面展开论述，从多个角度对这四位作家做出新的挖掘，揭示其独特的个性品格与杰出的文学创造。张炜《唐代五诗人》（人民文学出版社 2022 年）中《韩愈二十三讲》揭去了贴在韩愈身上的诸多传统标签，还原其清新生动的面目。

本年度有六篇韩愈研究相关硕士论文，未出现相关博士论文。刘晓《韩愈碑志文的"奇崛"研究》（东北师范大学 2022 年硕士论文）以韩愈碑志文研究为中心，探究韩愈碑志文的"奇崛"特点，分析韩愈碑志文"奇崛"创作对其创作思想的实践；指出韩愈碑志文的创新之处，除语言上的"破骈为散"外，还有内容、体式、写作手法等方面。尹亦凝《韩愈诗歌版本异文研究》（吉林大学 2022 年硕士论文）主要研究韩愈诗歌文本中因别集文献版本流传而产生的异文，通过对各版本韩愈诗歌集中诗歌文本变异现象进行考察，探讨版本异文产生的原因，梳理版本异文的发展变化过程，分析版本异文所引发的相关讨论研究及其在韩愈诗歌研究中的意义。赵丙立《明清韩文选评视域下的〈韩文起〉研究》（兰州大学 2022 年硕士论文）将林云铭的《韩文起》置于明清韩愈文选评本历史环境中，通过历史纵向和时代横向的比较，指出《韩文起》以"神理"为评点的核心思想，注重"意"在文章生成中的统摄作用，尝试将评点的各部分和各角度有机地融为一体，以改变明代以来文章评点中"意"与"法"的割裂，并以繁复周到、细致条理的评点在明清韩愈文选评中独树一帜。梁伟荀《李黼平〈读杜韩笔记〉研究》(闽南师范大学2022年硕士论文)考察了李黼平《读杜韩笔记》的成书时间、成书原因、写作体例和内容特征,分析了《读杜韩笔记》在笺释杜、韩诗句过程中的阐释方法与阐释特色。汪倚筠《高澍然〈韩文故〉研究》(华中师范大学2022年硕士论文)对高澍然编选的韩愈文章评注专著《韩文故》进行研究,认为此书收束此前韩愈文章阐释分支,吸收前代韩文评注文献的优良传统,融考注与评点为一体,规模庞大、体例完备、评点新颖、考注详赡,呈现出韩文评注文献进入清代后期总结阶段后的典型样态。崔迎辉《〈韩园讲解词〉汉英翻译实践报告》(西南科技大学2022年硕士论文)是一篇汉英翻译实践报告,翻译原文为《韩园讲解词》。在翻译过程中,以传神"云译客"为翻译辅助软件,建立了相应的术语库和语料库。在翻译完成后,基于韦努蒂提出的异化和归化翻译策略,对本次实践进行了反思。这些硕士论文均从比较具体的角度切入而进行较为深入的研究,遗憾的是近年来韩愈研究相关的博士论文比较少。

总而言之,2022年度的韩愈研究无论是论文还是专著,均有高水平的成果面世。研究内容涵盖韩愈生平、作品、思想等各方面,不仅运用文献学、文艺学、文化学等多种研究方法,还有越来越多的学者关注海外汉学的研究与韩愈研究的海外传播,进一步扩展了韩愈研究思路,开拓了更广阔的研究领域。

柳宗元研究

□ 李 乔

2022年度的柳宗元研究,延续着比较低迷的状态,全年共发表以柳宗元为主题的期刊文章73篇,为2010年以来的新低。

已知年内出版的与柳宗元有关的著作有两种:一是杨再喜、吕国康的《湖湘唐诗之路视野下的柳宗元研究集成》(中国书籍出版社2022年),该书是对柳宗元诗歌研究史料的系统整理和在此基础上较为整体的研究。全书收录柳诗一百多首,依柳诗写作时间排序,分为早期长安诗、永州十年诗、奉诏往返诗、晚年柳州诗四部分。每首诗由题解、原诗、校勘、注释、集评五部分构成,是欣赏、研究柳诗的重要资料。二是李芳民的《李杜韩柳的文学世界》(中华书局2022年),该书论述了唐代李白、杜甫、韩愈、柳宗元四位作家的人生遭际、政治理想、个性品格、家世家风、文学创作等方面内容,揭示其独特的个性品格与杰出的文学创造。书末另附有四篇论文,涉及唐代张九龄、岑参、李商隐与宋代苏轼四位作家,或考证其生平事迹,或分析其作品,重在掘隐发覆,阐述新意。

年度学术论文主要围绕柳宗元学术思想、诗文研究、柳宗元与其他作家的比较、柳宗元思想渊源与影响等展开,限于篇幅,下面择要予以介绍。

一、柳宗元思想研究

关于柳宗元哲学思想,傅水怒《儒骨、释经、道风——试析柳宗元山水游记中儒释道精神的统一》(《晋城职业技术学院学报》2022年第3期)通过对柳宗元山水游记分析认为，儒释道精神及影响在柳宗元山水游记中是和谐统一的，体现为儒家的骨骼、佛家的经络、道家的风采。倪缘《"儒教""中"与"佐世"——评〈柳宗元儒佛道三教观新论〉》(《湖南科技学院学报》2022年第1期)认为，张勇的《柳宗元儒佛道三教观新论》关于柳宗元儒佛道三教思想可概括为三个方面，即"儒教"是柳宗元处理三教关系的身份本位，"中"是柳宗元处理三教关系的方法，"佐世"是柳宗元处理三教关系的目标。段鸿丽《柳宗元天人思想研究》(河北师范大学2022年硕士论文)认为，在解释宇宙的生成问题上柳宗元吸收了荀子和王充等人的思想，认为世间万物的产生和发展都是"元气自动"的结果，对天的起源、天的形态、宇宙的时空问题以及万物的生成问题在回答屈原的《天对》中都作了较为详细的解释。柳宗元认为天和人事具有同等重要的地位，所以他一改传统儒学思想中重伦理而轻哲理的倾向，提出"天人不相预"的观点。在对待天与人的问题上，不是单纯地停留在自然观和宇宙论上，而将天人思想引申到社会历史发展问题上。

关于柳宗元的民本思想，白贤《柳宗元"吏为民役"思想的历史考察》(《河北青年管理干部学院学报》2022年第4期)认为，唐代士大夫对儒家"民本"思想中关于"官民关系"的继承和发展是柳宗元"吏为民役"思想产生的历史因素，中唐以来各种社会矛盾不断激化和官民冲突不断加剧是柳宗元"吏为民役"思想产生的现实因素。

关于柳宗元的民族思想，王娟《略论柳宗元的民族观及其当代价值》(《中华民族共同体研究》2022年第2期)认为，柳宗元的民族观包括华夷一体、夷夏若均、以夏变夷和对少数民族地区文化认同四个部分，其中"华夷一体"的共同体思想是基础，"夷夏若均"的平等思想是核心，"以夏变夷"是以中原文化助力民族共同体形成，认同少数民族地方文化是实现途径和双向的互动、互化方式。柳宗元民族观既受到传统儒家民族观的影响，也和唐代的民族政策、历史现实密切相关，同时还和其个人经历有关。

二、诗文研究

在柳宗元诗文研究方面,刘淼《柳宗元山水诗文的生态探析》(《咸阳师范学院学报》2022年第3期)认为,柳宗元山水诗文中借对自然山水的描绘所彰显的或身心俱疲的苦闷不平,或人性旷达的舒展,或与万物冥合的自由超越等精神世界之境况,都是其现实政治、社会及封建习俗文化整体生态环境下生发的产物。贾茜、聂小园《柳宗元柳州诗文风物分类的意蕴探究》(《文化创新比较研究》2022年第28期)认为,柳宗元在柳州时期创作的诗文中的不同风物,赋予的情感、精神、状态有不同特点:一是山水建筑类,体现了柳宗元羁囚阻隔的愁思;二是动物类,体现了柳宗元到达险恶柳州后的恐惧;三是植物类,体现了柳宗元茫然而凌乱的思绪;四是民风类,体现了柳宗元在奇异民风的柳州感到陌生而哀伤。

在柳宗元诗歌研究方面,南超《风物书写与诗风嬗变——柳宗元柳州风土诗创作的变与因》(《湖北文理学院学报》2022年第6期)认为,柳宗元在柳州的诗歌创作,与在永州时摹山擘水不同,更加注重风物、山川和俗尚的刻画,呈现出典型的地域特点,映射出风土书写的渐变倾向。诱发柳宗元诗风转变的原因,一是岭南环境苦毒、经济落后且较为闭塞以致诗人生活境遇和心理的双重痛苦;二是接连遭贬,思乡之情与失意悲愤以致诗人心灰意冷。而柳州独特的区域环境与多舛的人生遭际相和,使柳宗元对生命的体验更为深刻,诗风呈现出冷峻愤悱的风格,同时也是诗人生命体验的真实流露。祁萍萍《柳宗元交往诗研究》(广西师范大学2022年硕士论文)认为,由于个人经历、地域限制等因素的影响,柳宗元交往诗所涉的交往对象以活动于岭南地区的人为主,交往诗类别以寄赠酬答类为主;其交往诗根据不同的交往对象表达出了颂扬、抒情、说理等不同的思想情感内容;其交往诗在体式、语言、意象、意境等方面常表现出刻意的追求。与刘禹锡同类作品相比,由于性格的差异,二人在交往诗创作上有较明显的不同:在交往诗所涉交往对象数量上,柳宗元少于刘禹锡；在交往诗类别上，柳宗元也不像刘禹锡那样有较多的唱和诗、宴饮诗，且有联句诗；在情感表达上，刘禹锡交往诗情感色彩积极开放，语言简单自然，善于使用借代手法和典故，诗体相对自由等。

在柳宗元散文方面，高胜利、郭晓芸《贬谪文化视域下的柳宗元山水游记创作——以〈永州八记〉为例》(《湖南科技学院学报》2022年第1期)认为，柳宗元以《永州八记》为抒情载体，表现了柳宗元对被贬谪弃置的不满，为广大希望建功立业、革故鼎新的士大夫发声，为后世的贬谪之士提供了以文学方式解决精神难题的范式。《永州八记》将表现与再现两种手法结合起来，不仅客观描摹永州的自然山水美景，而且在描写中注入自我的寂寥情绪，借助对山水的审美观照来表现一种永恒的悲天悯人的情怀。范浩然《以〈宥蝮蛇文〉为例看柳宗元动物寓言的思想特质》(《河北北方学院学报(社会科学版)》2022年第3期)认为，《宥蝮蛇文》集中显示了柳宗元的佛教思想与生命意识、多元审美与主体意识以及现实讽喻性与反抗精神。

三、比较研究

柳宗元比较研究是2022年的热点之一，有多篇文章论及柳宗元与其他作家的比较，在同时代作家间的比较方面，涉及与韦应物、柳冕、韩愈、刘禹锡等作家的比较。韦文燕《韦应物与柳宗元山水诗意境比较》(《齐齐哈尔师范高等专科学校学报》2022年第3期)指出，韦应物和柳宗元都精通于山水诗意境的创造，从诗歌意境的角度来看，韦应物和柳宗元在山水诗创作上的不同特点是：韦应物山水诗表现出"无我""幽僻""淡远"的意境，而柳宗元山水诗歌表现出"有我""幽独""淡朴"的诗境。任彦智《试论柳冕与柳宗元文论思想比较》(《长春大学学报》2022年第1期)认为，柳冕与柳宗元的文论思想对古文运动的发展有前后的承接关系：柳冕从"道"和"教化"的角度对六朝以来绮丽浮靡的文风进行了过度的批评，以期文风回归文质并重的道路；柳宗元则从更全面的角度出发，调和了文与道，文与教化之间的关系,使两者有机结合,既扩展和丰富了道的意义,同时也强调了文的地位,这对古文运动的发展有着重要的影响。郭新庆《论韩愈和柳宗元师道观》(《湖南科技学院学报》2022年第4期)认为,柳宗元和韩愈一样都重教讲师道,但柳宗元不愿称自己为师,这是其遭贬处于困境后的无奈之举;柳宗元讲益师益友,他不求师名而唯传师道之实,受到人们的敬重和赞赏。梁镨文《柳宗元与刘禹锡贬谪后山水诗的异同探讨》(《文化产业》2022年第9期)认为,刘禹锡与柳宗元都经历了官场失意,饱尝贬谪之苦,因此二人在贬谪后所创作的山水诗歌中常常带有孤独的凄凉感,和萦绕不去的落叶归根的思乡之情。但二人不同的生活态度、对屈原情结的差异化接受以及个体心理承受能力的差异,使得他们的山水诗歌在风格、内容和情感上又有所不同,即刘诗雄壮豪美,柳诗幽怨孤峭;刘诗搏击反抗,柳诗悲伤沉浸;刘诗乐观旷达,柳诗满腹郁结。

在与后人的比较方面,有把柳宗元与司马光、张载相比较的。如张丽《"天人不相预""天人相济"与唐宋儒学进路》(《运城学院学报》2022年第1期)认为,柳宗元"天人不相预"和司马光"天人相济"的天人观分别通过"势"和"礼"建立起天人观的内在理路来理解天道人道,柳宗元破除天命,回归大中之道,司马光则以维护封建统治强化人伦为出发点,两人天人观的认识和讨论促进了唐宋儒学的转型,体现出宋学从思想的经典形态走向社会的行为规范,走向生活世界的新儒学的发展趋势。陈佩辉《封建之义的解构与重构——以柳宗元和张载为中心》(《平顶山学院学报》2022年第3期)认为,柳宗元从制度设计和制度价值等诸多层面否定了封建制是神圣的政治制度,消解了封建制的政治哲学内涵,使封建制沦为一种"坏制度",对后世产生了深远影响。但张载认为柳宗元不识圣人之意,并从相同层面论证作为道德共同体的封建制优于郡县制,有力地驳斥了柳论,扭转了柳宗元对封建制的解构,又通过《西铭》为封建制提供了本体论基础和新的价值根基,使封建制重新获得了生命力,也为后世儒者坚守封建政治理想树立了典范。

四、影响与接受

在柳宗元思想渊源方面,刘雨晴《柳宗元文章取法诸子论及其文章学意义》(《社会科学》2022年第10期)认为,柳文取法诸子论在明清以降流行的原因,一方面是子学的复兴,使得评文者自身的知识结构发生了变化;另一方面是对四部之学辨章学术、考镜源流式的梳理,也推动了文论家去勾连唐宋古文与先秦诸子间的发展脉络。柳文强调取法诸子使其论辩文受到更多的关注,有助于改变柳文接受史中山水游记独受重视的局面。蔡德莉、邱芬子《论屈原对柳宗元的影响》(《文学教育(上)》2022年第4期)认为,柳宗元与屈原在人生际遇、理想抱负方面极其相似,故在柳宗元的诗文作品中能看到其对屈原"骚怨精神"的继承,同时因时代、性格的不同,柳宗元的诗赋作品对屈原的作品又有所创新,如在艺术表现上,柳宗元的作品没有屈原作品那种震撼人心的情感张力,但在创作手法、批判力度等方面却有所发展。刘城《柳宗元的人物传记对〈史记〉的师承》(《渭南师范学院学报》2022年第1期)认为,柳宗元对《史记》文法的推崇、摹写与拓深,不仅是其文章写作的精进之途,更让其人物传记成为像《史记》般的经典,同时亦是《史记》经典化历程中极为关键的一个环节。罗娱婷《〈文心雕龙〉对柳宗元文论观的影响》(《山西能源学院学报》2022年第1期)认为,《文心雕龙》对柳宗元文论观的影响主要是六个方面:一是文章要反映现实,反对偏重形式、忽视内容的不良文风;二是从"镕钧六经"到"五经"为本而旁及子史;三是从"情采"到重道不轻文;四是从"通变"到文章的继承与创新问题;五是从"叙情怨"到"感激愤悱";六是道德修养对文章写作的影响。

在柳宗元对后世影响方面,周玉华《刘基对柳宗元〈天说〉中"天人说"的接受》(《温州职业技术学院学报》2022年第1期)认为,刘基《天说》篇与柳宗元的《天说》篇都继承和发展了屈原《天问》、荀子《天论》中的"天人说"思想,柳宗元《天说》中"天人说"强调天地是自然存在物,没有意志,不能赏功罚祸。刘基《天说》

上篇继承和发展柳宗元的"天人说",批驳了"天能赏善罚恶"观点,认为"天之不能降福祸于人"。周玉华《王夫之对柳宗元诗歌接受情形探究——以〈唐诗评选〉为考察中心》(《湖南科技学院学报》2022年第4期)认为,从王夫之《唐诗评选》所选柳宗元两首不同体裁的诗歌可以看出,王夫之赞同柳宗元忠君报国之情,这是因为身处明末清初朝代更替的特殊时期,王夫之与柳宗元有着相似的忠君情结,因此,他非常同情柳宗元的不幸贬谪遭际,但他并不完全赞同柳宗元参与政治革新谋划和行动。

在桐城派对柳宗元文接受方面,宋甜甜《以"序"为"记"与由"体"及"用"——〈古文辞类纂〉柳宗元序文归类辨》〔《郑州航空工业管理学院学报(社会科学版)》2022年第2期〕指出,柳宗元以"序"名篇之《陪永州崔使君游宴南池序》《序饮》《序棋》,历代分体编录的别集与总集多归入"序"体,《古文辞类纂》将其归为"杂记类",造成同文异体的原因,一是在创作过程中,文学运动的改良和文体自身的发展等原因使得多种文体核心要素互渗,文体内部产生新变,导致具体篇章文体界限模糊;二是总集编选者分体立类标准,批评角度的不同所引发的"体""用"之辨对文体归属亦有所影响。纵观古代文学创作及文体分类历程,名同而实异的分类现象并非个案,只有深度剖析文体形态与流变过程,充分体认部分文体兼有他类文体的功能特征,才能更好地把握文体的归属问题。邓美思《桐城派对柳宗元文的评点》(辽宁大学2022年硕士论文)认为,柳文在桐城派内部并非一直被推崇,经历了一个轻柳到重柳的曲折过程,从方苞以贬为主到林纾将韩柳并举,桐城派文人对柳宗元文的评价逐渐全面客观,柳文的价值也逐渐被发掘、地位不断提高。

五、其他

在《柳文指要》研究方面,郭华清《从〈柳文指要〉看章士钊的古文观》(《关东学刊》2022年第4期)认为,《柳文指要》扬柳抑韩倾向寄寓了章士钊对唐宋古文运动和古文的认知,反映了他的古文观,即古文不能只"笔"而不"文",一个优秀的古文家应该吸收骚赋等文体长处，做到"文""笔"兼擅、骈散俱工、经骚并重。郭华清《〈柳文指要〉论柳骚赋》（《玉林师范学院学报》2022年第1期）认为，《柳文指要》对柳宗元的骚赋作品进行了详细的论述，揭示了柳宗元的骚赋与屈骚貌合神合等四个特点。章士钊对柳骚的推崇，实际上反映他对骈文的推崇。

在柳宗元文的对外传播方面，胡维、刘梅婷《生态翻译学视角下柳宗元山水游记英译》〔《湖南工程学院学报（社会科学版）》2022年第4期〕从生态翻译学理论出发，分析了生态翻译学的"三维转换"在柳宗元山水游记英译本中的具体运用，从生态翻译学中探寻其英译本的文化价值，从而推动柳宗元文化更好地对外传播。罗琼《柳宗元〈永州八记〉中山水意象的异域重构》（《文化学刊》2022年第11期）认为，美国汉学家石听泉在英译《永州八记》时，对山水意象的保留和补偿重构了柳宗元山水诗文的意境和意象隐喻，他的翻译为英语读者了解中国山水游记提供了独特的视角。译者通过视域融合在英语文化中对中国古代山水游记中的山水意象进行了异域重构，通过"信任""浸入""吸收"和"补偿"等四个阐释过程实现了文本视域和译者视域的融合。

在柳宗元与地方文化方面，莫山洪《论乾隆〈柳州府志〉对柳宗元的叙述》（《广西地方志》2022年第2期）指出，柳宗元虽然没有撰写方志类著作，但后来的柳州方志多与其相关。乾隆《柳州府志》记录了柳宗元在柳州的政绩，突出其榜样作用；所涉及的柳州山川风物，大多与柳宗元有关；还收录了柳宗元的有关诗文。总之，乾隆《柳州府志》以柳宗元为地方先贤，将之推崇为柳州文人的最高典范，反映出柳宗元对柳州文化的深远影响。陈彤、王湘华《论柳宗元对永州地方景观的建构与书写》（《湖南人文科技学院学报》2022年第4期）认为，柳宗元与永州地方的关系具有矛盾性，但他首先通过打造专属于自己的物质与精神空间，尝试缓和尖锐对立的人地关系。其次，他以区别于过往审美自然的方式，以心灵对永州地方音景进行聆察，使山水书写在唐代呈现出新的气象。程怡雯《文人视野介入下的永州地方书写》〔《文学教育（上）》2022年第5期〕认为，柳宗元谪居永州所作山水游记以清峻绮丽的笔触发掘了永州山水之美,赋予了永州一些地点特殊的含义,使得文人骚客了解永州,并以此怀念柳宗元,而后人对柳文的推崇和效仿,进一步促进了地方书写的延续,加强其内涵,对柳宗元构建的人文永州给予历史的回应。李文华《基于柳宗元文化活动的柳州文化与旅游联动发展体系构建探索》(《柳州职业技术学院学报》2022年第2期)提出以文化传承为工作理念、以"政府+协会+企业"协同共办为工作机制、以时间节令为顺序和以古迹景点为平台的工作流程,以及以民众参与为评价反馈,最大限度发挥柳州柳宗元文化"地以人传人以地"的独特优势,促进柳州旅游业的升级转型并带动其他产业共同发展的基于柳宗元文化活动的柳州文化与旅游联动发展体系的构建策略。

陈松柏《柳宗元研究中仍须辨析的两组关系》(《广东技术师范大学学报》2022年第1期)对影响柳宗元研究的王叔文与唐顺宗、唐顺宗与唐宪宗两组关系做了辨析。文章认为王叔文与唐顺宗关系方面,王叔文大权在握却恃宠而骄,蔑视大臣与旧臣,人心尽失;唐顺宗病体沉重,"内外皆欲"定太子而稳人心、安天下,王叔文却"默不发议",李诵因此而大失所望。在唐顺宗与唐宪宗关系方面,两人基于27年父子关系,一荣俱荣,休戚与共,为了大唐王朝的和平稳定,为了李诵新政的顺利实施,短期内完成了由太子到皇帝的正常过渡。

周欣、罗薇《打造特色栏目赓续文化传统——〈湖南科技学院学报〉"柳宗元研究"特色栏目建设略论》(《湖南科技学院学报》2022年第4期)认为,"柳宗元研究"栏目是《湖南科技学院学报》打造了42年的特色栏目,积淀深厚,充分体现了湖湘地域特色。栏目依托学会、应用特色学科优势,重视文献建设,凸显问题意识和交叉学科特点,聚焦栏目资源,扩展文旅应用,融合现代媒体,取得了一系列成绩。在今后的选题组稿中,应进一步扩大"柳宗元研究"的内涵和外延,提升栏目的影响力。

白居易、元稹研究

□ 陈才智

元白文采独卓,照耀后世。后之视今,当犹今之视昔。2022年,适逢白居易诞辰1250周年。在数字化时代飞速进展的时代,这位"广大教化主"依然散发着"野火烧不尽,春风吹又生"的影响力。回首十年前的元白研究,作家作品、文体流派等传统研究方法日渐深入,新兴的角度也在逐渐拓宽,不少选题拓展至文化学、思想史、历史学、社会学、考古学、文物学、地理学、建筑学、园林学、养生学、心理学等,学科界限日渐模糊,但问题认识则愈发清晰。江山代有学人出,各领风骚十几年。十年过去,一批又一批元白研究的新成果,随着新的研究队伍的成长,已然结出累累硕果。那么,在刚刚过去的2022年元白研究有哪些新材料、新判断、新观点?以下分为五个方面加以介绍。

一、由多维文化视野展开外部研究

河南是白居易的故乡和终老之地,今年又恰逢白居易诞辰1250周年。《汉语言文学研究》2022年第1期刊发了一组3篇文章加以纪念。其中海滨《论白居易们的文化矛盾心态——以唐诗表现西域器乐审美意味为例》认为,唐代西域器乐悲绝的感染力,加上激越的表现力,二者结合产生了极致性的审美效果;反映在唐诗中,其隐性层面也潜藏着悲绝而激越的内在审美意味。以精通音乐的白居易为代表,唐代诗人既固守诗歌讽喻以言志的立场,又抱定诗歌任性以娱情的主张,这两种态度悖反式地统一在诗歌创作中,形成较为明显的文化矛盾。对于这种矛盾,海滨教授溯其源流,认为是审美观念的深层次冲突所致。白居易是生活在唐代社会历史条件下以汉语为生活和写作语言的诗人。唐代社会即使有着再多的胡化色彩,也只是中国传统社会的一个环节,不可能独立于传统文化而存在。白居易无论多么酷爱西域的胡乐胡舞,其讽喻和抨击无论多么激烈,作为浸渍在中原传统文化中并深受传统诗学和美学观念影响的中原诗人,其诗歌创作和美学追求的起点和源头,都离不开中原的深层文化传统。这个认知,对于众多兼具中原和西域文化背景的唐代诗人而言,可谓深富启发意义。尤其是对于陈寅恪及其学生姚薇元曾推论的白居易先世出自西域胡姓的观点,更具有针对性的意义。音乐、诗歌、传统、血缘、地域,诸多元素的交织潜渗,使得这篇文章的广度、深度和厚度显得格外醒目。

史美珩、史莫野《白居易诗歌多元兼容的哲学思想及启示》(《浙江师范大学学报》2022年第1期)认为,白居易诗歌中所蕴含的哲学思想,从逻辑上讲,是一个兼容儒、释、道诸家之学又内含矛盾的思想体系,即多元兼容的思想体系;从思想发展过程讲,是一个动态的以儒学的积极入世、希望为国为民建功立业、"图上凌烟阁"的理想开始,而后逐步走向明哲保身、消极出世,最后步入"四大皆空""人生如梦""在家出家"结局的演变过程。白居易的仕途起起伏伏,他的思想演变过程具有封建社会为官入仕致仕的典型性。汪翔、张金铣《论白居易的致仕观念》(《河南科技大学学报》2022年第1期)认为,白居易对于致仕有自己的认识和见解。他人致仕方面,白居易对年及而致仕者予以高度赞扬,对年未及而有意求退者予以劝阻,对年及而不致仕者予以批判。这既是对官场道德的坚决维护,也是心系朝廷和国家命运的表现。个人致仕方面,白居易先是主动乞闲,年及七十后主动悬车,捍卫了自身名节,体现出儒家士大夫在修身养性方面的严于律己及对传统道德的严格遵守。在洛阳乞闲和致仕生活中,白居易始终保持恬淡通达、乐天知命的积极心态,这又是士大夫在入世时遇到困境、坎坷之后的智慧之举。

寓直是白居易在朝廷任职期间的重要朝事活动,元和初年和长庆初年，白居易都曾以草诏的职使寓直，傅绍良《论白居易寓直诗中的非朝事情感及其成因》(《西北大学学报》2022年第1期)认为，在白居易的寓直诗中，表现出了强烈的非朝事情感。元和初年以左拾遗充翰林学士，正值翰林学士以殊职向普职转化的时期，白居易的寓直也没有殊遇之感，因而其寓直诗中有一种强烈的求闲养拙的情怀。长庆初年，他以考功员外郎知制诰，后任中书舍人，在仕途走向平顺时，他又生发了强烈的病衰心理，知足保和意识成了他此时寓直诗的主要情感特征。白居易的寓直活动，虽然官阶品级不同，政治环境不同，但都有明显的非朝事情感，这也构成了他政治心态的鲜明特色。

白居易一生创作"宴饮诗"60余首，刘馨阳《从"宴饮诗"看白居易思想变迁》(《齐齐哈尔师范高等专科学校学报》2022年第5期)认为，这些宴饮诗反映了诗人不同阶段的人生经历与思想变迁，其中的情感内涵复杂多样，值得深入研究。陈家煌《白居易诗人品味研究》(万卷楼图书股份有限公司2022年)延续其《白居易生命历程对诗风影响之研究》(1999年)、《白居易诗人自觉研究》(2007年)的观点，跳脱过去着重于白居易讽喻诗、《秦中吟》《长恨歌》《琵琶行》的深研，从其洛下生活的态度，搜罗、分析其人对"物"大量且零散的吟咏，依次从"基础""建立""追求""展现"入手，铺展白居易独树一格的生活品味：一个与众不同的诗性，一位看似平凡却奇绝的诗人。作者认为，"品味"由吃食延伸为品尝，进而蜕变为指称判别优劣美丑的鉴别力，与文化教养息息相关，也藏身于"物"所构成的物世界——恋物、收藏物、咏物到物我交融，交会成一套套的个人知识系统，稳固人与物的关系网。书中分析了白居易独特的风格与影响，细数其兴趣嗜好，举凡贮石养鹤、酿酒饮茶、弹琴训妓、鉴赏山水等，从闲适、自由、吏与隐之间，描绘朝堂之外一位行歌而狂的老翁、居士，寻觅其讽喻之外另有的高闲，政治权力之外别生的天地。

白居易喜欢书写生活的各种细节，不仅喜欢在诗中咏及年老等，还喜欢书写俸禄与品服，南宋学者洪迈《容斋随笔》较早注意到这一点，陈寅恪《元白诗中俸料钱问题》也留意到元白诗有关俸禄的记载具有重要的史料价值。莫砺锋《白居易诗中的俸禄与品服》(《南方周末》2022年10月13日)依年代为序,详细分析白居易咏及俸禄与品服的这类诗中反映的人生态度。张锦辉《官服·仕宦·心态——论白居易的官服书写》(《陕西师范大学学报》2022年第5期)则认为,在唐代政治制度、礼仪制度、社会风貌和审美格调影响下,官服成为文学作品常见的书写对象。官服是品秩、身份、地位和角色意识的外在象征,在文人政治生活中扮演着极为重要的角色。在唐代文人中,白居易的官服书写极具代表性,涉及官服佩饰、服色,以及借服、赐服、典服等特殊的官服现象等,构成了唐代礼制文化制度的重要组成部分。官服承载着白居易初入仕途时进取与不甘、迁谪起伏时喜忧参半以及晚年退隐时厌宦与知足等复杂的仕宦经历、角色意识和心态变迁,形成了在服饰文化传统、政治统治力量以及官本位意识作用下的多元仕宦情结,体现了复杂政治生态下中唐文人的角色抉择与挣扎,在丰富诗歌内容,增添诗歌韵味,强化诗人情感之外,为中唐诗歌的多样书写开拓了新的领域。

李准《从"文"义角度看白居易诗中的品色衣描写》(《黄山学院学报》2022年第4期)旨在还原诗中品色衣的历史文化语境,体现出品色衣这一"文"义实体所包含的"文"义内涵、"文"用与"文"理。白居易诗中的品色衣表现出政治、人格、审美三层"文"义内涵,三者之间相互交融、相互作用。作为政治实体的品色衣强化了白居易诗的"文"用;作为人格实体的品色衣表现出"兼济之志"或"独善之义"的"文"用;作为审美实体的品色衣体现出白居易诗写实性的"文"理,并表现出多重的诗歌意蕴。汉英《论白居易官服书写中的仕宦情结》(《咸阳师范学院学报》2022年第5期)认为,在唐代政治制度、礼仪风俗、精神面貌等因素的影响下,官服成为文学作品中常见的书写对象。官服作为官阶地位的象征,在文人的政治生活中扮演着极为重要的角色。白居易的官服书写极具代表性,涉及官服配饰、官服颜色、特殊的官服现象等,记录了诗人初入仕途时进取与不甘、迁贬起伏时喜忧参半以及晚年退隐时厌宦与知足等多元矛盾的仕宦心态变化,形成了在政治历史渊源、唐代社会文化、个人多重心理作用下的仕宦情结。相关文章还有丁骋骋《官优有禄料:白居易如何晒工资单》(《金融博览》2022年第10期)。

白居易诗集中有86首笼禽诗歌。付兴林《白诗笼禽意象的喻指类型及其诗意的多元变调》(《陕西理工大学学报》2022年第4期)认为,白居易的笼禽诗不是一种突发、零时、僵化的表现形式,而是一种频发、自觉、灵动的甚至是持续的、有意为之的结晶;在这类题材中灌注着他难以割舍的悲悯意识、生命体验、敏心慧识、艺术构思,是其彰显命运纠结、精神焦虑、哲学抉择的显性符号。白居易笼禽意象的喻指类型十分丰富,包括家养的婢女、诚实的品格、凄婉的音乐、独居的身影、拘羁的官场、遭贬的生活。由于诗人所处政治环境、生存状态的迁变,价值追求与外部环境匹配度的变化,处事态度、人生哲学的变异,官居京城、贬谪江州、量移忠州、外放苏杭、分司东都等重要时段,笼禽意蕴呈现出变调迁转的多元性,且生动勾画出白居易人生观、价值观、哲学观的变异轨迹。

白居易诗歌中"雪"的意象共出现148次,金顺淼《论白居易诗歌中"雪"意象的解读》(《文化学刊》2022年第6期)认为,在"雪"意象的运用中,最令人熟知的便是借"雪"来营造闲适、孤寂、悲凉等意境,但其中也有不少暗含着对人生路途充满艰难与险阻的感慨以及对人生短促的哀叹,白居易诗歌中的"雪"意象,可以通过对当时诗人所处的生活背景的分析,来探究其不同的深刻内涵。

古琴是中国最古老的弹拨乐器之一,在音乐史、文化史中都占有非常重要的位置。白居易是唐代著名的文学与音乐兼善的士大夫,在《全唐诗》1000多首琴诗中,白居易的琴诗便占了十分之一的份额,远超他对其他乐器的吟咏。李尔康、赵丽萍《白居易之琴诗初探》(《作家天地》2022年第15期)认为,白居易100多首琴诗不仅仅展现了当时唐代音乐的发展状况,更反映了中唐时期白居易作为士大夫,其先进的文艺思想和复杂的情感流变。

中唐以后,商人阶层快速崛起,社会也发生急剧变化。元稹、白居易等诗人清醒地看到商贾阶层的兴起对小生产者的冲击与破坏,认识到官商(尤其是盐商)勾结对国家社会的巨大危害。陈冬根《试析中晚唐元、白等人诗中的"估客"形象》(《商丘师范学院学报》2022年第11期)认为,在元、白诗歌中,不免夸张地丑化"估客"的形象。实际上,中晚唐时代,像元、白笔下那种官商勾结的豪商巨贾如盐商毕竟是少数,多数是张籍、刘驾等笔下那种一生漂泊的"估客"。元、白等诗人分别代表着中晚唐社会不同阶层的心理,也反映了中国小农经济下不同人群的价值观和审美观。

唐代作家中,元稹的写作在自述恋情上有最多样的尝试。洪越《元稹:自述恋情的尝试与难题》(《北京大学学报》2022年第1期)认为,从二十多岁到三十出头这十年间,元稹用不同文体,从不同角度反复书写年轻时的一段情爱经历,包括追忆恋情美好瞬间的短诗,讲述与自己的情爱有千丝万缕关联的故事《莺莺传》,以及反思这段感情的人生意义的自叙诗《梦游春七十韵》。从这些尝试可以看到中晚唐自述恋情的写作在伦理、文体(自叙诗、艳体诗、传奇故事)的规约上遇到的问题,以及元稹为解决这些困难所采取的策略。

刘国伟《白居易佛禅诗的成因与风格体现》(《武夷学院学报》2022年第4期)认为,白居易的处世哲学里,儒、释、道三者相济并存。早年初登宦途,他胸怀儒家入仕精神,以忠君爱民为己之官守,到后来宦场失意,潜藏于心的佛禅思想溢出胸臆,不可休止。佛禅思想启发了诗人的"中隐"观,这些对其诗作影响颇深,是以产生佛禅诗。他的佛禅诗多具禅意,诗采与禅理交映成趣,可以说,佛禅思想深刻影响了白居易的文学写作,将其诗风引向与前期判然两殊的轨道。研究白居易的佛禅诗不难发现,官场上环境险恶并屡遭排挤,诗人夙结佛缘又喜交僧侣,这构成他由"儒"转"佛"的外因与内因。

二十四节气里压轴的是大寒,过了大寒,意味着又过了一年。陈才智《大寒与乐天相伴》(《古典文学知识》2022年第1期)梳理白居易对大寒节气的书写,认为在远贬江州之际,46岁的诗人能够苦中作乐,在大寒之节撰写《问刘十九》,寒中送暖,期盼一份最最平凡的友情,这与他42岁时,撰写《村居苦寒》这样的讽喻诗,在村里的农民苦寒之际,愿意站出去,写下来,同情并呼喊，是心同此理、情同此怀的，皆岁寒然后知松柏之后凋也。被视为充满"寒气"的鲁迅，在《为了忘却的记念》里面曾说："天气愈冷了，我不知道柔石在那里有被褥不？我们是有的。"也和白居易《村居苦寒》一样，是对比着自己来写的，这不仅是面向已逝友人的亡灵，也是面向所有需要温暖的天下苍生。鲁迅惯于在浩歌狂热之际中寒，但寒的极点后面就是春天，所以他也曾说：寒凝大地发春华。

放生是唐代佛教诗歌新兴题材，白居易则是具有放生情结的代表。李小荣《白居易放生诗略论》（《宝鸡文理学院学报》2022年第2期）分析说，正如白居易所持多元宗教观一样，其放生诗创作也是多重要素的综合影响所致，除了佛教放生仪轨和儒道思想的熏染外，净土观想念佛对其以"池"为中心的放生意象之选择及意境之建构起了主导作用，特别是贬谪江州后在庐山白家池的宗教体验，成了他后来"独善"精神的不二法门之一。白居易放生诗的题材类型有二：一是实写具体放生行为者，二是以放生池相关意象进行观想念佛者。后者更能体现白乐天的佛教生活面相和思想境界，其来源可追溯至庐山慧远教团的净土观想和谢灵运的佛教山水诗。白居易创作的放生戒杀诗及相关偈颂，在后世也产生了较大的影响。

二、从文体文类角度展开内部研究

在元白所在的中唐时代，"格诗"是唐人对古体诗的概称。由于年代隔阂且词义变异，不少学者或望文生义，或据后世用法，在唐代"格诗"研究中提出了省试诗"格样"、省试诗、"齐梁格"、律诗等误说，有些说法相沿至今而未能得到纠正。杜晓勤《唐代"格诗"体式考原》（《文学遗产》2022年第2期）认为，如果仔细分析唐人"格诗"一词之用例和所指作品之体格律，即可发现，高仲武《中兴间气集序》中"格律兼收"之"格"，乃指与"律诗"相对之体，即此集所有古体诗，含五言古诗、七言古诗和杂言诗，苏涣《变律诗》亦属"格诗"。白居易和元稹所云之"格诗"，亦涵盖所有非律诗，并不等同于"古调诗"，更非单指"齐梁格"诗。中唐人标举"格诗"、创作"格诗",反映了对近体诗因声律精切而导致骨格不存这一创作流弊进行反拨的艺术用心。

古典诗中的风景书写的流变,是人走进风景,进而参构风景的"人化自然"的过程。吕梅《风景书写的递变——论白居易诗中的"人化风景"特色》(《厦大中文学报》2022年第00期)认为,景与人的关系,由中古早期单纯的看与被看之分隔,渐生出情景交融的意境之美;至中古晚期诗中,"人化风景"的书写大盛。白居易乃其中之代表。他借风景中的"行动"将陌生地域转化为富有意义的"存在空间"和"家宅",也从中展示了他的生活美学、生存哲学、儒者内心。在诗句法层面,表现为小句主题之"人"和"人工景致"的出现及增多,取代了单纯以自然景致作为主语的单一形态;搭配"人"的述语的动词渐趋多样,从"游""观",到"游宴""嬉乐",再到"开掘""种植""侍弄""营建","风景"由远离人寰到日常可见。

王刘凌波《从缘事到叙事:浅论白居易的叙事艺术》(《作家天地》2022年第18期)认为,白居易的叙事性诗歌在内容选取、情节编排及写法上,都超越了汉代乐府诗歌"感于哀乐,缘事而发"的传统,进而体现出现代意义上的"叙事"特征。文章采用西方叙事学理论,对白居易诗歌中的叙事分层、时间处理、虚构特征进行分析阐述,以此说明白居易叙事诗的先锋性质。

在白居易的讽喻诗创作中,《续古诗》十首是其自我兴寄意味最为深刻的代表。谢思帆《白居易〈续古诗〉中的自我兴寄》(《乐山师范学院学报》2022年第1期)认为,该组诗以《古诗十九首》为主要仿拟对象,同时参照了其他诗作。集中的主题与严密的结构,是诗人在拟古创作中表现出来的突出特点。而诗人对游子思妇之典型形象的个人凝视,使组诗在不同的抒情视角中呈现出相同的道德立场,实现了对《古诗十九首》的价值重塑。《续古诗》的独特意义在于生动刻画了诗人的理想自我,这也是白居易其他讽喻诗所不具备的功能。相关研究还有李冰《白居易新乐府诗叙事模式探究》(《河南牧业经济学院学报》2022年第5期)。

对于白居易"立意为先,能文为主"的律赋观,傅宇斌、钱泽

《立意为先，能文为主——白居易诗教观视野下的律赋观》（《学术探索》2022年第9期）认为，白居易重视诗之六义传统，同时不排斥文辞，这是上承汉儒"尚用"的赋学观，是其诗教观在律赋领域的延伸。其律赋观的本意依然是"意在文先"，本质上是为皇家统治服务的。与汉人论赋重"讽谏"的功用相比，白居易更重视赋作"颂美"的功能，"润色鸿业""发挥皇猷"成了律赋最主要的作用。白居易《赋赋》为律赋的生存、壮大奠定了理论基础，并极大地影响了清代的律赋创作。

白居易是新体古文的宣导者和创作者，在中唐文体革新运动中具有重要地位。陈才智《洁净中含静光远致——白居易散文谫论》（《汉语言文学研究》2022年第1期）认为，在任职翰林学士、中书舍人期间，白居易执掌纶言诰命，达到文章事业的高峰。其文学性散文主要是记、书、序这三类，公文性散文则涵盖策问、奏议、论、传状、碑碣、志铭、箴、赞、偈、判等。白居易的赋作也很有影响，他是赋体形制方面积极创新并完备的实践者，其律赋涵盖体物、言情、纪事、说理、论文五种题材，无施不可，穷极变化，留下一批脍炙人口的作品。内容丰富且保存完整的白居易散文，不仅是这位"广大教化主"的一生经历与思想情感的写真，同时也可窥见有唐一代的社会面貌以及生活点滴。除此之外，该文意在探讨诗文两种不同文体在白居易笔下的互动性体现。相对于诗史互证，白居易的诗文互证，包括《白氏六帖》与其诗文之间的互证，还远未受到足够的重视。这是作者在撰写《白居易小品》过程中的心得。

《与元九书》的重要性和影响力在白居易25封书信体文章甚或全部文学作品中位居前列，具有不容忽视的多元价值。付兴林《论白居易〈与元九书〉的文学、认识、审美价值》（《河南科技大学学报》2022年第1期）认为，从文学价值看，《与元九书》对唐前诗歌演变历程进行了勾勒、批评，对现实主义诗论进行了阐发、总结，文本体现出严谨缜密、叙议兼举的艺术特色。从认识价值看，《与元九书》为后世提供了了解作者成长历程、诗人在当时的社会美誉度、与诗人相关的诗坛佳话及唐人诗歌生产的方式、诗人对自己文学创作评判的文献依据。从审美价值看，《与元九书》具有浓烈的感情色彩和人文情怀，读者于其中深切感受到诗人与元稹的倾情晤谈，以及他对唐代诗人成就的赞赏与遭际的同情。

郭树伟《元稹〈莺莺传〉"尤物论"劝诫主旨与文本建构之关系研究》（《南腔北调》2022年第11期）认为，元稹的《莺莺传》首先是一篇中唐士人对唐代安史之乱及贵族女性参政问题进行反思的劝诫文章，其次才是一篇描写唐代爱情故事的传奇小说。元稹对唐玄宗为杨贵妃这个"尤物"所困，一不能"以德胜尤"，二不能"忍情补过"，终于导致安史之乱提出了严肃批评。作者的观点得到了当时士人阶层的普遍认同，李绅、杨巨源、白居易和陈鸿诸人的唱和之作，进一步强化了作者"惩尤物，窒乱阶，垂于将来者"的劝诫命题，这表明《莺莺传》与《长恨歌传》《李夫人》等以劝诫为主旨的作品具有同时代文化共振的内在联系，也是对唐代宪宗皇帝"多内宠"的政治生态提出的委婉警醒。

元稹、白居易的情谊向来为人称道。他们同在长安任职期间，公务之余重要的休闲活动之一即是结伴同游。在欣赏山水名胜，诗歌唱和中，不仅加深了友谊，而且对唐诗的发展起到了积极的推动作用。田恩铭《长安游赏时的元白和唱——"休闲与文学"之一》（《博览群书》2022年第3期）认为，从文学唱和而言，长安时期的三个阶段并不是元白创作的高峰期。可是，他们寓居京都均任清职，游遍长安行乐地，每过一段贬谪或者外放的生活就会回到大唐的政治、经济、文化中心，他们安居于此，长安大道周边的一花一草、一车一马、一山一寺都留下了他们追求激情和梦想的印记。

刘顺《元、白制诰的话语训诫与元和长庆之际的政局》（《政治思想史》2022年第4期）认为，元稹、白居易以对宪宗政治遗产及穆宗朝政治现状的认知，尝试通过政治训诫强化官僚群体职分意识的方式，平稳实现国家治理策略的转变。经义、制度、故事与情境成为元、白政治训诫的正当性资源；制度身份、德性、才能与权力边界则成为职分的内涵，其训诫对象亦达成了自外朝官员而内廷宦官的全面覆盖。在此意图之下，元稹、白居易制诰回眸《尚书》、西汉武帝诏令，完成了文本形式上"尔汝面谕"与

"警训诫谕"的新变,达致王言"与三代同风"的政治效应。

元稹是杰出的文学家、政治家,今存制诰150多篇,占其散文总量一半以上,历来评价颇高。范洪杰《本源〈尚书〉:元稹制诰改革重审》(《文学评论》2022年第1期),该文认为元稹制诰革新的思路是以《尚书》诰、命、训、誓为宗范,使制诰写作向政治化、儒学化、写实化方向推进。针对传统制诰的礼仪展演性和政治教化功能的缺失而提倡复古;把脉长庆政局,切入士风主题,学习《尚书》训诫之义,通过制诰对治清流无为之风和政风乱象;宗法《尚书》"命"体阐宣治道的功能,就中唐政弊开列药方,提供治术指导;通盘考虑选士、审官制度改革,有意在制度层面改变文人制诰诸弊的现实基础。最终将制诰由时下的文人制诰变成本源意义上的政治家制诰。白居易长庆制诰和李德裕会昌制诰可以对比、印证元稹的制诰改革思想与实践。钟志辉《文本的制度性:论元稹制诰改革》(《文艺理论研究》2022年第5期)认为,元稹的制诰改革,内容优先于形式,其内容可分为训导职业与指言美恶两部分。前者是训示官职的责任、意义以及指导如何履行职责,后者是直接叙述受官者的功过得失,两者属于制诰的制度属性。对制诰进行改革,元稹首先寻求的是权力的支持,而其改革也受制于制度运行的过程,由此导致其制诰展现出浅近的文风与语体改革的不彻底性。经过元稹的努力,制诰形成了新的不成文制度,为后来者所仿效。元稹对唐前期制诰持批判态度,但并非绝对排斥,而是吸收了符合其理念的某些成分,因此其制诰与唐前期存在共通性。他的制诰措辞、风格以《尚书》为典范,但对其模仿也并非亦步亦趋。元稹意在改革制诰的程式化措辞,在文本中贯彻其追求事实的文学思想,以此实现制诰褒贬美恶的制度功能。与古文运动及新乐府等试图自下而上地以文学影响政教的方式不同,元稹制诰改革是自上而下的,代表着文学改革的新变。

三、空间展开的诗迹研究势头未减

龙成松《空间中的日常——白居易长安诗歌的"空间转向"》

(《汉语言文学研究》2022年第1期)从大唐之都长安这一具体空间入手,分析白居易对于长安空间的感知、记忆和书写,材料翔实,分析透辟,在有效消化相关前沿成果的基础上,清晰地架构起自己的分析。相比于赵建梅《心安是归处——白居易诗歌空间书写研究》(中国社会科学出版社2020年),像素更为扩大、内涵更为增强、角度更为别致,其意义还不仅仅在于作为唐代长安研究的重要"诗料"。诚如作者所云,白居易的长安诗歌,不仅是长安空间知识生产的重要助推器,而且在一定程度上引发了中唐文学的空间转向。中唐时期地理学、舆图学的新发展,引起了白居易的关注,并对其诗文创作中空间表现技巧产生了实质的影响。其中典型的形式,既有妹尾达彦所谓"空间耦合"结构,即在诗歌中用对偶句方式把两京(洛阳和长安)的特征加以对照性描写,也有王敖所谓"双联"形式,即通过对仗、意象并置、叙述视角、结构形式来呈现元白诗歌的互动性。

纪永贵《白居易池州诗考》(《中国诗学研究》2022年第1期)分析说,白居易曾在今安徽大地上生活并多次穿行,在宿州符离集和皖南宣城留下不少诗作,但在皖江其他地方的诗歌相对稀少。《白居易集》中有一首经过池州的诗《冬至宿杨梅馆》,是他贞元十五年(799)从江西浮梁县任职的兄长处"负米"回洛阳途中所写。杨梅馆在今池州市贵池区唐田镇境内,是唐代池州东西官道上的一处驿馆。诗人写作此诗时,可能还同时写有表达行役之苦的《伤远行赋》和思人的《寄湘灵》等诗。

谢琰《论西湖诗歌的景观书写模式——以白居易、苏轼、杨万里为中心》(《文学遗产》2022年第5期)认为,宋末"十景"诗词的涌现,标志着西湖诗歌的景观书写模式的凝定。此前,白居易、苏轼、杨万里对于西湖景观的典范书写,形成三种模式:白、苏诗歌分别以"全景模式"和"主体模式"为主要特色,杨万里诗歌则将"焦点模式"发扬光大,确立了"湖面中心主义"的景观审美效果,为"十景"诗词提供了范本与法门。唐宋时期西湖诗歌的发展史,反映出权力、习俗、山水、文学之间的复杂互动关系。

陈迟《自适与焦虑:白居易诗歌中的长安居处》(《湖南广播电视大学学报》2022年第2期)分析说,白居易生活在长安时频繁更换居处，其诗歌中的长安居处书写成为观照其自适与焦虑心态的独特视角。白居易对长安居处环境的书写整体上体现出其对物质生活的自适态度，诗中对遥远里坊位置的呈现与偏僻曲巷的表达颇具象征意味，展现了白居易内心的矛盾。诗人努力化解被皇权疏离的苦闷以及因社会等级差异带来的不平衡感，而早朝所需经过的里坊距离造成的酸楚艰辛却让诗人感到难以调和。从在长安城内租赁住所到购置住宅，白居易因没有房屋所有权引起的无处安贫的精神焦虑逐步消解，并在宦游京师十余年后成功实现一位普通官员融入街东区域的奋斗目标，诗人所表达的对永久居住权的渴望隐含着其对稳定仕宦生涯的期望。相关研究还有杜文玉《白居易与长安》（《文史知识》2022年第8期）。

曲江是唐长安城内游览兴盛的公共园林区，在唐人的生活及唐诗里有着重要地位。赵新哲《试论白居易的曲江书写》（《新纪实》2022年第3期）认为，白居易的曲江书写内涵丰富而独特，大致可分为怀友、春秋感怀、忆曲江等方面，主要建构在怀念亲友、伤春悲秋两种情感上，这在唐人的曲江书写里独树一帜，是诗人生活经历、诗歌理念、天赋秉性等合力的结果。

被贬江州是白居易人生的转折点，由前期积极进取、直言敢谏的"兼济天下"之志向中期知足而止的"朝隐"思想和后期处事圆滑的"中隐"思想转变。《琵琶行（并序）》作为白居易被贬江州的代表作，其艺术魅力因诗人对琵琶女音乐的描写以及二人情感的共鸣而千古不衰。刘沛璇《人生的代表作与转折点：白居易被贬江州时期》（《名作欣赏》2022年第9期）通过对《琵琶行（并序）》进行文本解读并对白居易人生的转折点进行分析，探讨白居易被贬江州后的生活状态，分析其隐逸思想。相关研究还有刘淑丽《白居易被贬江州途中的思想、情感及心理变化》（《文史知识》2022年第8期）等。

四、时间展开的接受研究渐趋深入

作为"中华文化走出去"的最佳代言人，白居易在东亚诗学语境中，具有无可替代的地位和重要意义。处于汉文化圈的东亚地区，保存着大量有关这位"广大教化主"的传播与接受资料。陈才智《白居易资料新编》（中国社会科学出版社2021年）限于汉语文献，所以远未对有关目标文献做到一网打尽式的全息性展示。如何在东亚诗学视野中全面展开白居易接受史研究，势必需要进一步扩大语种范围和研究视野，打破地域限制。陈才智《东亚诗学视野中的白居易接受史研究》（《东亚唐诗学研究论集（第三辑）》，上海辞书出版社2022年）认为，白居易接受史的研究价值和作用，在于承继传统，启迪当下，总结以往，开启未来。白居易接受史的意义，包含以白集文献整理者为主体的白集编纂史，以历代白居易诗文选本与评点为主体的选本沉浮史，还有以普通读者为主体的接受效果史，以文学作品为主体的作品效仿史，以文学批评家为主体的作品评论史，以地域空间为主体的诗迹传播史，以作家为主体的接受影响史，这七个方面大致涵盖了白居易接受史的研究范围，而意义即蕴于其中。梳理这七个问题，白居易的影响力也就不言自明。要而言之，从时间线索上展开的接受史研究，与从空间领域展开的诗迹研究加在一起，一纵一横，则是未来白居易研究需要大力拓展的两个方向。

陈才智《从枕藉乐天诗到意摹香山体——论陆游对白居易的接受与超越》（收入《陆游与浙江诗路文化研究》，中国社会科学出版社2022年）认为，陆游和白居易分辉唐宋两朝，存诗数量各冠其代，诗歌风格均以平易流畅著称，在放翁气象与醉吟诗风之间，存在千丝万缕的联系，故前人常常白陆并称同尊。陆游不仅枕藉乐天诗，而且意摹香山体，放翁气象取法醉吟诗风，早年偏于对现实生活的投入与关注，中年尤其是晚年，则偏于闲适诗风，尤其是淡泊虚静的神情气味，而贯以始终的则是逼真的描写笔法与平易明白的语言风格。陈才智《千古绝唱〈长恨歌〉的继古与开新》（《中华瑰宝》2022年第11期）认为，作为迄今为止中外学界已有20多部相关著作、600余篇论文的研究对象，《长恨歌》几乎每行诗句乃至每个字词，都被历代学者爬梳、咀嚼、玩味、注释并解说过，任何想在其中加上一把柴火的后学者，无论涉及主题之谜，还是风情之魅，都必须首先了解这个灶台上已有的柴与火。因为开新的前提是继古，《长恨歌》的接受史和已有的研究学术史，也是探讨其继古与开新这一问题所难以绕过的一笔文化财富。在继古方面，《长恨歌》最重要的表现即以汉代唐。在艺术层面上，《长恨歌》的继古，主要来自初盛唐的七言歌行传统。就开新而言，作为长庆体创作的第一篇，《长恨歌》的艺术成就可谓备受赞许和称扬，作为一篇千古未磨的经典诗歌，《长恨歌》开新的另一层意义在于，开启了后世的续作、仿作者。比如南宋四大家之一的范成大，撰有《续长恨歌七首》，明代诗人高启、何乔新皆撰有《明皇秉烛夜游图》，亦深受《长恨歌》影响，明清之际高珩撰有《后长恨歌》，清代杭州人朱樟（1677—1757）撰有《续长恨歌（用白香山元韵追悼女郎何玉桃寄王贞父孝廉）》，清代周青原亦有《续长恨歌》。没有哪部作品的成功可以复制，但没有哪部作品的成功不可以模仿。模仿者越多，被模仿作品的经典化概率就越大。《长恨歌》所具有的无穷的艺术魅力，正是通过学习与模仿，才得以在诗歌史上完成其伟大级别的定位，成就其继古与开新的历史使命。

《长恨歌》和《琵琶行》是古代叙事诗的经典之作，也是白居易叙事歌行中不朽的姊妹篇。赵翼《瓯北诗话》云："此即无全集，而二诗已自不朽。"陈文忠《"天下有情人"与"天涯沦落人"——〈长恨歌〉〈琵琶行〉阐释史比较》（《古代文学理论研究》2022年第1期）认为，两首杰作为中国文学提供了"天下有情人"与"天涯沦落人"一对具有普遍生命意义的永恒母题。然而，对两首诗的价值地位，白居易生前评价不同，白居易身后歧见纷纷；对两首诗的艺术特点，现代诗评缺乏系统的比较研究。作者首先探寻白居易生前的自我评价，然后考察白居易身后的优劣比较，最后对两首诗的旨趣和诗艺加以比较阐释。

中国历代丰富庞杂的《长恨歌》图像谱系中，大多数是诗意难求的未确定或是有争议的图像，严格意义上的"长恨歌图"处于缺位状态。对此，袁晓薇《诗意难求：关于中国历代"长恨歌图"不兴的一个文图学考察——兼论诗意图的文本选择和诗意生成》（《浙江学刊》2022年第5期）认为，《长恨歌》题材的特殊性及其叙事性和传奇性特点使其更符合市民阶层的文化娱乐需求,而与文人对于抒情写意和深远超然神韵的追求异趣。传统诗意图采取的单幅山水人物画形式不利于《长恨歌》的图像化。因此,中国古代画家图绘《长恨歌》的兴趣和热情远不及《琵琶行》。中国历代"长恨歌图"的缺失也体现了诗意图在文本选择和诗意生成方面的独特要求。

刘晓旭《白居易诗歌的年老书写及其对宋诗的影响》(《新国学》2022年第2期)认为,持续书写年老这一生命现象是白居易诗歌的一大特点,早在青年时代,白居易就在诗中多次表达对于年老的畏惧及忧虑,并试图用佛道思想来排解这一忧惧。贬谪江州时期的白居易对衰老格外敏感,在诗作中反复自陈衰老的具体表征,而同一诗歌题材的重复写作恰使诗人获得了心理上的慰藉,年老以及与之相关的种种生命现象都成为诗人关注和潜玩的对象。将年老作为诗歌特定审美对象的趋向在白居易晚年的诗作中更为明显,诗人以一种平和的笔触记录了年老缓慢的过程,以一种主体精神高扬的超越姿态体味着这一过程中丰富的生活趣味并将之赋诸诗歌,由此呈现出平易恬淡和疏散颓放两种风格特征,极大地开拓了传统诗歌的写作题材和艺术表现。另一方面,白居易创造的"老色""老面"等辞藻以及对"送老"和"寄寓"的细致书写都在一定程度上影响了后来宋代诗人的相关写作,体现出北宋中后期至南宋在宋初"白体"之外对于白居易诗歌接受的另一重面向。

庞明启《南宋鄞县真率会及白居易诗歌接受——以楼钥〈攻媿集〉为中心》(《铜仁学院学报》2022年第4期)分析说,真率会起源于白居易的九老会,始创于司马光,并在后世流行开来。南宋中期汪大猷、楼钥等人的明州鄞县真率会,因规模之大、时间之长,成为宋代著名的真率会之一。楼钥在《攻媿集》中详述了真率会的起源、主持者、成员、意图、会规等情况,生动描写了家族内部的作会情形,亦可见出南宋中期仿九老会风气之一斑。汪、楼二人不仅热衷于举办、参与、颂扬仿九老会,对白居易充满追慕的情怀,在诗歌风格上也带有明显的白体倾向,即以通俗浅易的语言书写淡泊闲适的生活及心境,在宋代白居易接受史上理应占有一席之地。

苏轼自称"出处依稀似乐天"，那么，这一倾向是在哪里奠基的呢？陈才智《苏东坡眼中的白乐天——以徐州为中心》（《河北大学学报》2022年第3期）认为，是在徐州时期。该文以徐州为中心，梳理和分析苏轼眼中的前代诗豪白居易。从"乐天知命我无忧"，可见白居易诗歌对徐州太守苏轼的影响痕迹；从"我是朱陈旧使君"，可见苏轼对白居易致敬的别样形式；从"燕子楼空三百秋"，可见苏轼已经将对前贤白居易的理解，与自身、眼下和未来无痕而有机地衔接起来，因此，自称"出处依稀似乐天"的苏轼，不愧是白居易接受史上十分典型和优秀的代表。假如站在苏轼的角度向前追溯，白居易和陶渊明是对苏轼最具影响力的前辈和榜样，而陶、白、苏三人，又构成中国文学范式的三块重要基石，中国文人思想也随之经历"起转合"三个阶段。这三个阶段大致所处的元嘉、元和与元祐，正是中国文化三大重要的转关时代，伴随着魏晋玄学经佛学至宋学的三级跳，中国文人心态的发展亦经历由青春至壮而老成的三境界，也即前人所谓诗学三元或三关。在苏轼的诗世界里，陶诗的融激情于沉静，白诗的融风流于日常，升级为融豪旷于枯澹，而明朗畅达的意脉，平易自然的语言，淡泊情趣的追求，则有着一脉相承的精神联系。尤其是苏之于白，更由钦慕、效仿而至于并称，堪称两位伟大文人之间的跨代对话。

白居易和苏轼都创作有很多咏花诗，白璇《白居易与苏轼咏花诗比较研究》（《齐齐哈尔师范高等专科学校学报》2022年第2期）认为，从内容上看，二人皆借咏花诗表达爱花惜花之情，借咏花来歌颂友情，不同的是白居易咏花诗多披露社会现实，而苏轼咏花诗多书写日常生活；从风格来看，二人咏花诗明快自然，精巧脱俗，不同之处是白诗浅切通俗，苏诗内敛隽永；在创作方法上二人皆用铺排和比兴手法，但白诗善用比喻拟人，苏诗长于抒情用典。通过比较，我们能够清楚地了解唐宋咏花诗的差异。

《琵琶行》《赤壁赋》分别是白居易和苏轼贬谪期间的代表作，何璇《白居易与苏轼迁谪心态之异同》（《文教资料》2022年第19期）以二者为载体，对比研究白、苏两人在贬谪过程中的心路历程和背后的原因。《琵琶行》通过"琵琶女自述"的方式含蓄透露白居易因外放迁谪而产生的强烈落差和挥之不去的京城之思,《赤壁赋》则以"主客问答"的方式委婉展现苏轼战胜人生巨变的过程,体现了其圆融通达的心态。总体来说,两人在迁谪历程中均经历了艰难漫长的心态转变过程,其中白居易更在意宦海浮沉,而苏轼则以顺处逆,实现了自身的超越。相关论文还有郭聪颖《〈御选唐宋诗醇〉对白居易诗歌"诗史"价值的重新审视》(《河南理工大学学报》2022年第6期)、杨成凌《晚唐选家对元稹诗歌的审美接受》(《新纪实》2022年第6期)等。

在域外研究方面,李逸津《俄罗斯译介白居易绝句的历史与经验》(《东北亚外语研究》2022年第10期)介绍,俄译白居易绝句始于20世纪初,现代俄罗斯汉学大师В.М.阿列克谢耶夫对此提出过指导性意见。他的门生Б.А.瓦西里耶夫、Ю.К.舒茨基、Л.З.艾德林先后做了大量工作。尤其是艾德林的白诗俄译,是苏联时期出版最多的版本。但他的白居易绝句俄译除了不押韵,某些译文缺乏考证甚至误译,用词不当等缺点以外,最大问题是他遵循当年苏联的思想政治路线和文艺方针,用庸俗社会学和机械唯物论来解说复杂的文艺现象。2017年,俄罗斯科学院东方学研究所女汉学家Н.А.奥尔洛娃出版《白居易:百绝句》一书,该书一方面按照现代翻译科学的要求,立足原始文本,联系中国古代历史文化背景和哲学宗教观念,推敲译文词句,纠正了前辈的一些错误;另一方面又适合俄国诗歌的主流传统,在译文的艺术性上大为提高。但奥尔洛娃译作也存在一些阐释过度、解说失当的白璧微瑕,需要中俄两国文学翻译家共同努力进一步提高。王铮、王硕丰《白居易〈琵琶行〉三俄译本音乐与文化负载词的译介对比》(《牡丹江教育学院学报》2022年第4期)则从音乐与文化负载词等翻译技巧与理论方面对《琵琶行》三种俄译本(译者分别是艾德林、舒茨基和佩雷莱申)进行对比赏析,有助于我们了解《琵琶行》在横跨20世纪的三位译者手中的译介情况。

和歌作为最具日本民族特色的古老文学形式,在继承本民族古代民谣的同时,也深受中国诗歌的影响,其中对日本平安时代文学影响最大的即是诗人白居易。李学睿《日本平安时代和歌中"三月尽"意境研究——以白居易诗歌的受容为例》(《名家名作》2022年第10期)从意象和情趣两个角度分别考察平安时代和歌中"三月尽"意境的表现及白居易诗歌"三月尽"意境的受容情况,探究白居易诗歌对和歌这一文学形式的影响,阐述白居易诗歌在平安时代和歌中发挥的作用,探索和歌所反映的日本民族性格和文化特色,以期为中日文化交流研究提供借鉴。相关论文还有张怡《白居易诗歌的传播对日本文学的影响——以平安时代为例》(《青年文学家2022年第17期》)、刘火《日本文化里的〈白氏文集〉——纪念白居易1250周年诞辰》(《文史杂志》2022年第3期)等。

五、文献整理研究受到充分的重视

"沙中金屑苦难披",白居易诗是学问,而如何选、校、注、评白居易诗,也是一门学问。留存至今的历代白居易诗选共111种,在充分吸收前贤成果的基础上,拙著《白居易诗品汇》(崇文书局2022年)以宋绍兴刻本《白氏文集》(七十一卷)为底本,按照写作时间编排,参考具有代表性的22种白诗选本,甄选白居易诗300篇左右,篇幅和数量为目前白诗选本之冠,兼顾白诗各种风格,涵盖白诗各类诗体,力求展示白居易作为"广大教化主"的成就和全貌。注释侧重诗中典故、人物、地理、史实、职官,及对白诗用语产生影响的前人诗文用例。评析首先介绍写作时间、写作地点、创作背景,再汇集前人评论,主要取材自中唐到清末有关白诗的各类评论,兼顾褒贬美刺。除各种诗选、诗话而外,并采集诗文集、史籍、碑刻、方志、佛藏、类纂、杂著、笔记、随笔、小说、年谱、日记等,兼及海外汉学中关于白居易研究的成果,是在拙著《白居易资料新编》基础之上,广泛收集并删订而成。在此基础上,根据笔者多年研究成果和心得,评析所选白诗之立意、结构、修辞和艺术表现,力求循其文而申其意,阐其艺而畅其趣。尽己所知,介绍与题旨相关的作品,以资比较;同时联系所选白诗对后世的影响,以见传承。榜样固然好,比较更有趣。借此可以勾勒白诗承上启下之接受与影响的线索和轨迹,再现这位"广大教化主"之于前世的继承、之于后世的遗泽。

《文苑英华》卷六二五收有《论裴延龄表》《又论裴延龄表》两文，题下小注"德宗"，是对时间的说明，作者署名元稹（779—831），这是一个明显的错误。两文内容都是揭发批判裴延龄，裴延龄卒于贞元十二年（796），元稹才十八岁，文当作于更早，文中内容与元稹年龄、身份不合。文中言作者"忝职谏司"，应是拾遗、补阙一类官员，元稹于贞元九年（793）十五岁明经及第，约在贞元十九年（803）二十四岁时中书判拔萃科才释褐授秘书省校书郎。至元和元年（806）二十七岁登制科才识兼茂明于体用科，才被授左拾遗。这又在裴延龄逝后十多年了。南宋彭叔夏作《文苑英华》时已发现了这个错误，明代马元调刊印元稹集时，不同意彭说，提出代作之说，今人又提出几种猜想。继吴伟斌《辨伪明误清舛弃讹——论〈论裴延龄表〉〈又论裴延龄表〉的作者肯定不是元稹》（《宁夏师范学院学报》2017年第2期）之后，查屏球《〈文苑英华〉误作元稹文的两文作者应是谁》（《古典文学知识》2022年第1期）全面排比相关史料，认为其最有可能的作者是韩愈好友王仲舒。《文苑英华》中这两篇可体现出王仲舒当年的风采，展示出了贞元文风激荡有气的力量。

王建勇《白居易的佚诗〈麻姑山〉》（《读书》2022年第2期）认为，明嘉靖间陈克昌编《麻姑集》卷七收有一首题为白居易的七律《麻姑山》："籍庭云色卷青山，昔有真人种得仙。金骨已随鸾驭去，古坛犹在石岩边。鸟啼花笑空朝日，树老松高积岁年。愿学麻姑长不老，擗麟开宴话桑田。"（《四库全书存目丛书》集部第304册，齐鲁书社1997年，第133页）北宋李觏《麻姑山重修三清殿记》云"若麻姑山著称久矣，元和辞人白乐天辈咸有咏歌絭于屋壁"（《李觏集》卷二三，中华书局1991年，第256页），而《记纂渊海》卷一一《郡县部·建昌军》、《舆地纪胜》卷三五《建昌军·诗》皆节录尾联作白居易"愿学麻姑长不死，时观沧海变桑田"，可证宋人已视为乐天之作。然白氏本集、清编《全唐诗》及各种今人整理本均未见。南宋白玉蟾《麻姑山仙坛集序》云"比来仙都，批阅志集，参以青城耳闻目见，及四方观宇所述，江湖云鹤所传，碑额文字所志，括为一传，以便观览，题曰《小有洞天麻姑神仙传》"(《全宋文》第296册,第185页),应当就收有刻于屋壁的白诗,惜是集散落无存。《麻姑山丹霞洞天志》《续刻麻姑山丹霞洞天志》《麻姑山志》及乾隆《建昌府志》等都载入该诗。周绍良《清墨谈丛》记所藏清代黄锦宣古玉斋墨也以楷书阳识之(紫禁城出版社2000年,第197页),并可为证。元和十年至十三年,白乐天被贬江州司马,其间或至抚州游览麻姑山并题诗。末句"擗麟开宴话桑田"系化用颜真卿《抚州南城县麻姑山仙坛记》中语,宜从《麻姑集》《麻姑山志》等。

杜光熙《白居易自编〈白氏文集〉诗歌部分的编排体例与文集面貌》(《作家天地》2022年第28期)认为,《新唐书·艺文志》著录的《白氏长庆集》七十五卷,实为白居易生前最终编定的《白氏文集》。该集历经千年流传,虽有所散佚,但绝大部分被保存下来,形成今天所见的七十一卷篇幅的《白氏文集》前后续集本。这一版本较忠实地反映了白居易自编别集原貌。以此为基础,可在一定程度上梳理、还原文集诗歌部分的编排体例与文本原貌。这对于考察白居易自编别集的情况,唐代写本文集的面貌特征,具有重要意义。杜光熙《元稹自编百卷本〈元氏长庆集〉诗歌部分体例原貌初探》(《名作欣赏》2022年第36期)认为,《新唐书·艺文志》著录"《元氏长庆集》一百卷",为元稹生前自编规模最大的诗文别集,奠定元稹作品后代流传的基础。该集在北宋后期已大量散佚。不过,由刘麟父子重编的《元氏长庆集》六十卷本中,仍保留有许多百卷本元稹自编集的原貌信息。分析这些信息,可梳理出二十二组百卷本《元氏长庆集》诗歌部分的文集原貌片段。这些片段在一定程度上反映出元稹自编文集的诗歌编排体例、作品呈现思路、文体分类观念。

孙思旺《元稹〈野节鞭〉考释》(《中国诗歌研究》2022年第2期)认为,以往论者多将《野节鞭》视为元稹谪居江陵时的诗作,但参据诗内职官、元稹生平及地方人事可以推知,此诗当作于元稹谪居通州期间。诗中"使君""我""司马"三人皆是元稹的"代言者",各借咏马鞭代言未来抉择、现实处境、历史评价之一端。因所涉稍广,元稹遣用大量典故以隐晦其辞。唯有厘清典故由何所取,方能推明这首长诗的真正寓意。《野节鞭》作为一首以咏物诗形式写成的政治自省诗,对于解读元稹的诗文创作、仕途心态,均属于较具研究价值的典型案例。

王小蝶《杨巨源、白居易唱和诗考述——兼论〈寄江州白司马〉的主旨》(《阜阳职业技术学院学报》2022年第2期)分析说,白居易《赠杨秘书巨源》赞美杨巨源的诗名才气、苦吟精神及其在诗坛上的影响力,为二人日后交往奠定了情感基础。白居易被贬江州,处于人生低谷,杨巨源作《寄江州白司马》关心和劝慰他,加深了二人的友情。此后二人唱和更加频繁,留下了许多真挚感人的诗篇。《寄江州白司马》诗中第二句"惠远东林住得无"是对白居易的关心和问候之辞,并无"劝诫"之意。

白居易《赋得古原草送别》到底写作于何时? 其写作背景、写作缘起,以及由此导向的主旨思想是什么? 木斋《论〈赋得古原草送别〉的写作时间和背景》(《山西大学学报》2022年第6期)别出新解,文章认为,如果考察其中的几个关键词:古原、送别、王孙,就其浅层次的写作缘起而言,应为元和八年(813)春季,白居易为其祖兄白皡远道华州而来参加迁葬活动送行而作,其原上指的是渭水下邽;就其深层次而言,则其中深深寄寓着对符离恋人湘灵的思恋之情。符离其"符"字的含义原本就是"草","离离原上草",由原上草想到符离菀草之意,由此生发出对故乡之人的思念之情,如同"野火烧不尽,春风吹又生"。《赋得古原草送别》一诗的写作背景主要有:母亲于两年之前去世,并在此时与外祖母等一起安葬于原上;白居易在距金氏村西北方向三里许的北原修建了白氏陵园,将祖父、祖母、父亲、外祖母和四弟白幼美的灵柩从外地迁来和他母亲的灵柩葬到一处。白居易自编诗集,将此一首诗作放在考中进士之前,尤其是明显放在十五岁诗作一篇之后,很容易让后来读者理解为十六岁之作。是否白居易自己记忆混淆了? 其实,正如白居易一直以小说写法虚构自己的家族历史,在编辑自己诗集的时候,夸大一下自己曾经是天才少年,这也无可厚非。后来,果然就有后人编撰弱冠拜谒顾况的故事,而这个编撰的传奇故事,却一直被信奉至今。

以上就是2022年元白研究的大致情况。在五个领域之外,有关传记文学方面,有梅署平《白居易》(中国文史出版社2022

年)、随园散人《白居易传：我生本无乡心安是归处》(台海出版社2022年)，以及收入历史文化名人传记小说丛书的杨武凤、刘敬堂《酒狂引诗魔，悲吟到日西——白居易传》(中国文史出版社2022年)。作为唐代文学艺术宝库中灿烂的一分子，元白文学历来受到高度关注，学术进展和更新速度一直保持着旺盛的劲头，已有研究已取得丰富的经验，但成熟也意味着老化，经验也易于形成套路；面对丰硕的学术成果，如何在已有基础上坚守文学本位，变换研究视角，力避陈旧选题与低水平重复，还需"潜心积虑以求精微，随事体察以验会通，优游涵养以致自得"(王廷相《王氏家藏集·潜心篇》)。尤其面对日益加快脚步的数字化时代，如何接榫数字人文，充分利用科学技术迅猛发展带来的便利，通过数据检索、数据分析、数据挖掘等手段，构建新的富于规律性的知识图谱，但不只在知识、技术层面求积累、求变化，而是在技进于道的层面，将人工智能与人类智能有机融合，寻求整体性、系统性和颠覆性的学术创新，更成为未来应予重点思考的问题。回顾起来，在白居易研究领域，笔者至今已经耕耘了三十年。三十年河东，三十年河西，一点一滴，一丝一毫，一枝一节，一鳞一爪，一丘一壑，好像变化很大，但相对于1250周岁的白居易而言，则白驹之过隙，忽然而已。白居易的时代，距今已经遥远，他所生活着，并为之喜为之怒为之哀为之乐的环境，也已成为历史陈迹，但他的诗文还活着，著述长存，没有失去生命力，既属于未来，也属于当今，且其神日新。

李商隐、杜牧研究

□ 高　璐　刘　娟　王　彬　吴振华

一、李商隐研究

2022年李商隐研究热度相较往年势头减弱,在以往研究的基础之上,向着多元化发展,其中诗评与鉴赏、接受美学视角类成果尤多,体现了李商隐研究视角转变的一种趋向。除国内研究外,本年度还有日本学者川合康三的著作《李商隐诗选》。现择要予以概述。

（一）生平与作品考据研究

付定裕《李商隐会昌中入太原李石幕考》(《中国诗歌研究》2022年第1期)认为,(1)会昌三年初冬,李商隐自河阳出发奔赴太原河东节度使幕,途中经霍山驿作《登霍山驿楼》诗,表达了"壶关有狂孽,速继老生功",即对刘稹积极用兵的主张。(2)李商隐从太原返回永乐作《大卤平后移家到永乐县居书怀十韵寄刘韦二前辈,二公尝于此县寄居》,诗中"脱身离虎口,移疾就猪肝"是其亲历"杨弁之乱"的直接证据。(3)《过故府中武威公交城旧庄感事》《寒食行次冷泉驿》《戏题赠稷山驿吏王全》等诗证明了会昌四年三月中旬,李商隐自太原出发,经交城、冷泉驿、稷山驿到达永乐,全程约1020里,到达永乐家中已是暮春时节。(4)会昌五年春,李商隐作《喜闻太原同院崔侍御台拜兼寄在台三二同年之什》,此诗是李商隐入太原李石幕的直接证据。诗句"刘放未归鸡树老"的今典指:李石开成三年(838)遭遇暗杀被迫辞相离京,会昌四年(844)遭遇"杨弁之乱"被迫罢职并分司东都,久而未得还朝。诗句寄寓了李商隐对李石政治遭遇的深切同情。

冯灿《〈夜雨寄北〉中"巴山"地点和诗人情感争议的再评价》(《名作赏析》2022年第35期)认为,《夜雨寄北》一诗是作于李商隐在梓州担任幕府期间去参访游览缙云寺之夜,诗中的"巴山"位于重庆市北碚区嘉陵的缙云山。作者认为诗人在雨夜中倍感孤苦,辗转难眠,天人永隔的妻子唯有在梦中才能相逢,因此诗人便挥笔写下了这首孤寂伤感的千古名篇。

(二)文体文类与语言研究

况晓慢《李商隐古文思想内蕴及对其骈文写作之影响》(《河北大学学报》(哲学社会科学版)2022年第5期)认为,晚唐时期古文式微,骈文复兴,在承认这一总体趋势的前提下,还应把视角放在部分文人崇韩慕古的古文创作上。他们以韩柳古文创作理论为指导,将古文思想渗入骈体公文写作中,进而指导和影响骈文的文体创新,力求为古文创作寻找新的出路和更大的创作空间。文中以李商隐古文创作为切入点,对其古文作品进行分类梳理,借此剖析其古文思想渊源,探究其古文对骈文写作的影响。文中所论李商隐古文涉及论说文、抒情文和叙事文,涵盖书、序文、行状、杂文、传等文体,其他文体如赋、黄箓斋文等不在论述范围。李商隐虽拜令狐楚为师,但其古文创作既受韩愈古文思想精髓的熏染,又有独立清醒的文道观念和文体意识。李商隐古文存世篇目虽不多却各有特点,表达方式以议论、抒情和记人叙事为主,议论文字笔锋犀利,抒情篇章笔势流畅,记人叙事笔法简约。受古文观念影响,他的骈文既远追六朝骈文华美的文体本质,又融入古文的雅颂正声,以情动人,与晚唐诸家骈文相比,别具一格。

汪麟怡《李商隐〈杂纂〉笺注及俗语词研究》(辽宁师范大学2022年硕士学位论文),作者以《杂纂》一书中的词汇为研究对象,研究其中具有时代性的词汇以及疑难俗语词。对《杂纂》进行全文笺注的同时,从语言文字角度和发展脉络上对其中涉及的歇后语和俗语词进行讨论和梳理。

周鹏波《李商隐赠答诗研究》(聊城大学2022年硕士学位论文)从赠答目的、诗歌风格、诗歌体裁、用典情况等多个角度着手,探讨李商隐交游情况、人际关系、人生际遇和思想情感。文中探讨赠答诗起源与李商隐赠答诗新变,认为相较于前代,李商隐赠答诗展现出了新的特点,即在诗歌内容上涉及大量爱情与艳情书写,形式上创作出拟代、寓言赠答等赠答诗的变体。在探析赠答诗的创作情况时,文中谈到在李商隐赠答诗中,诗题除标有"赠""寄""答""和"等字外,亦有《凤》《失题》等隐晦诗题和失题赠答诗存世。认为李商隐的赠物诗中普遍使用了"拟物"手法,常将歌妓和姬妾比拟成自然界的柳、荷花、樱桃等事物,名为赠物,实为赠人。而其赠神诗中则希望借传说中神的造福能力,助其实现与亡妻相见和永葆青春的心愿。除此之外,李商隐《代魏宫私赠》《代元城吴令暗为答》和《代越公房妓嘲徐公主》《代贵公主》两组诗兼有拟代和寓言性质,内容亦写历史人物之间的爱情。最后将晚唐藩镇幕府与李商隐赠答诗创作联系起来,认为藩镇幕府给诗人提供了较为丰厚的待遇和相聚场所,为赠答诗创作提供了条件。

(三)比较研究

常雪纯《诗性隐喻:唐诗中"幽人"的"非隐"向度及其诗学意义》(《杜甫研究学刊》2022年第1期)认为,"幽人"在魏晋时期的文人作品中多被引用为隐士的代称,至唐代,"幽人"在诗文作品中出现频次增高,其诗性隐喻之特质由此而浮现。陈子昂、杜甫与李商隐的"幽人"诗,在看似"向隐"的维度背后,包孕了诗人"非隐"的现实观照与历史沉思。陈子昂、杜甫与李商隐等人的"幽独""幽忧"是对"幽隐"反向的生命体悟,"幽人"的生命底色因此而愈加丰厚。"幽人"意象所蕴含的诗性隐喻为唐诗之解读提供了深厚而广阔的诗意阐释空间。

杨晓霭、王震《杜甫和李商隐的"黄昏"》(《古典文学知识》2022年第3期)认为,首先"黄昏"这一特殊的时段,自《诗经》而到唐诗一直为文人所青睐,具有丰富的文化内涵,杜甫和李商隐均为"黄昏"赋予了深重的家国忧患。而且李商隐诗中的"黄昏"意象和杜诗有继承关系,李诗之中总有杜诗的脉绪。这两位生活在同一王朝不同时期的诗人,均借"黄昏"营造氛围,抒写悲愁,都能做到怨而不怒,哀而不伤。身处晚唐的李商隐,尽管有"夕阳无限好,只是近黄昏"的抒写,但并未走向人们习常理解的悲凉哀叹,而是和杜甫一样,写景叙事,借古讽今,充分体现了大唐知识分子的社会担当与家国情怀。

杨舒雅、沐远《论李商隐〈行次西郊作一百韵〉的少年情怀》(《大众文艺》2022年第20期),作者通过与杜甫的《自京赴奉先县咏怀五百字》《北征》两首同类型的诗作进行对比,显现出两位诗人对唐朝政治变迁与国运兴衰的描摹方式与情感变迁上的异同,及诗人李商隐在诗中表现出的沉痛的少年情怀。

(四)文学鉴赏研究与接受美学研究

本年度有多篇文章从文学鉴赏研究和接受美学研究的角度探讨李商隐诗歌。具体见下面列举的学者观点。

董乃斌《从典故叙事到情境创置——李商隐〈泪〉诗的结构与意义》(《文史知识》2022年第6期)认为,冯浩《玉谿生诗集笺注》中对《泪》的假说是比较合理可信的。冯浩的阐释使《泪》诗的内容廓大,突破了寒士一己落魄的牢骚,而与牛李党争和朝廷体制改革、利益分配等重大矛盾相联系,还与历代朝廷高官难以自主的个人命运相关,已经触及封建王权专制制度这一根本问题。诗的思想内涵和意义由此大为提升。而在艺术表现上,此诗采用叙而不抒不议之法,其比喻隐约、朦胧含蓄的风格,正与义山的一贯作风相同。董乃斌另一篇《诗人与花树的对话——说李商隐〈临发崇让宅紫薇〉》(《名作欣赏》2022年第7期)一文从叙事色彩和戏剧性追求两个角度出发,分析《临发崇让宅紫薇》中的叙事因子。作者认为诗人设置了对话者紫薇,而不是将其当作单纯的景物,诗人设置角色,安排情节,使诗歌具有了一定的戏剧性,故事的核心是即将离别,是临行前的对话。同时作者根据李商隐的生平遭际对该诗创作的背景进行想象,认为是李商隐于公元851年要去东川节度使幕府任职前所作。作者以此猜想弥补前人对于该诗创作背景构想中的不圆满之处。

李雁红、武正国、阎凤梧《可望难求珠有泪 妙冠无题胜有题——三公共寄李商隐》(《文史月刊》2022年第8期)，就《一诗一境一文章》之"李商隐篇"，李雁红先生以书信方式畅谈读后感，再创诗评之新形式。文中，其赞赏武、阎两位先生的治学精神和独到见解，同时，对李商隐之无题诗提出了自己的看法。李雁红认为，首先义山以心象熔铸物象，刻意表现心灵世界的创举具有里程碑式的意义，突破了我国古代抒情诗传统的主要以直接抒情（如李白等）和寓情于景物或于叙事之中（如杜甫等）的两种方式，在情景交融、主客观交融的整合上更进一步。其次，义山的无题诗中心为反映男女平等，诗可谓至情至性，已经超越爱情而具有执着人生的永恒意义。接着，提出义山的诗之所以有余韵是因为作品的歧义性。

黄星涵《李商隐诗与无望——从中国爱情诗的抒情传统看李商隐的诗》(《名作欣赏》2022年第32期)认为，首先李商隐写出数量颇多、内容丰富且独树一帜的经典至情之作的原因，一是早年的经历造就其忧郁、敏感、清高的性格进而将忧思融入诗中，二是与一位女冠有着不为世俗所容的恋情使其诗中饱含幽怨之感，三是与亡妻温婉蕴藉的夫妻之情使其无法忘怀，于诗中不断追忆。其次李商隐在爱情诗歌史上既是继承者，又是开创者。李商隐的爱情无题诗，承《诗经》《楚辞》及其后一脉的浪漫抒情，启宋词及其后一脉的婉约晦涩，无望是李商隐爱情无题诗的底调，亦是中国古代爱情诗歌中对挣脱桎梏、摆脱封建礼教束缚的反抗。

薛冰花《李商隐诗歌花意象研究》〔《西安石油大学学报》(社会科学版)2022年第5期〕认为李商隐在艺术手法上继承的是先秦诗骚的比兴传统，而传统的比兴手法经由其人生经历与性格的锻造，蕴含着独特的精神特质。思想内容上，其诗中的花意象主要表达了诗人漂泊无依的人生感悟、求而不得的情感意绪、悲怆超逸的佛禅体证。艺术形式上，通过意象的错综跳跃与搭配组合，不仅营造了凄艳浑融的诗境，也强化了他诗歌内涵的多义性，具有衰寂凄艳的美感价值。

万静《黎简对李商隐诗歌的接受》(《文学研究》2022年第2期)认为,在李商隐诗歌接受史上黎简是不应被忽略和遗忘的重要诗人。黎简对李商隐的接受不仅仅体现在其对李商隐的热情赞美、同题仿写、诗句化用上,还体现在他"取艳于玉溪",其"艳"经历了一个由明艳到香艳到凄艳再到浓艳的变化过程。同时由于婚姻爱情经历的相似使黎简对李商隐有了更深层次的接受,其诗作在人生的特定时期有与李商隐相似的感伤情调。在写作手法上其学习李商隐的创意与构思、章法与句法、意象和词汇,并由此创作出不少艺术价值很高的作品。

单芷君《明清唐诗选本中李商隐诗歌接受研究》(宁夏师范学院2022年硕士学位论文),文章将李商隐诗作为独立的研究对象和审美接受对象,按时代先后选取明清时期四部具有代表性的唐诗选本,试图考察李商隐诗在不同时期唐诗选本中的接受情况,探析李商隐诗被阐释和接受的过程,进一步认识李商隐诗的艺术独创性。

单芷君《〈又玄集〉与李商隐诗歌接受研究》(《戏剧之家》2022年第10期)认为,韦庄《又玄集》编录于晚唐五代,是首次选录李商隐诗的唐诗选本,对李商隐诗歌传播与接受产生重要影响。首先,《又玄集》作为今见首个选录李商隐诗的唐诗选本,促进了李商隐诗的传播与接受,并为后世李商隐研究的开展创造条件。其次,《又玄集》所选李商隐诗均为七言律绝,体现出韦庄对李商隐近体诗艺术成就的认识,抓住了李商隐诗的主要诗体特征。再次,《又玄集》从其"清辞丽句"的选诗标准出发,选录了四首情感色彩淡远冲和之作,忽略了李商隐诗直面现实、讽喻悠远的一面,对李商隐诗歌接受产生了一定的负面影响。但总的来说,韦庄《又玄集》对李商隐诗的选录具有开创性,对李商隐诗的传播与接受具有重要价值。

李晨《关于晚近吴下诗人集李商隐诗的文献考察与文本探微——以〈楚雨集〉为中心》(《常熟理工学院学报》2022年第1期)认为,《楚雨集》的考辨有助于厘清晚近吴下诗人从事集李诗创作的总体情况,亦可加深对"西砖"诗歌集群的认知和把握。《楚雨集》的集李诗句中对李商隐诗歌的接受,不仅仅是形式层面的,更多是精神层面的。这应该是诗歌创作和诗歌评价所追寻的真谛,绝不可以"游戏文字"一言蔽之或一笔带过。

(五)多元文化的阐述与学人研究

李谟润、王捷翔《"堕蝉"与"栖鸟":李商隐禅意的人生书写》(《文艺评论》2022年第4期)认为,李商隐在奔波的生命里完成了禅意的人生书写,其实质是为生命行旅寻求一丝超脱与获得一种自洽。李商隐禅意的人生书写离不开贯穿一生的访寺经历,亦关涉其本身对孤独的深切理解及对朦胧空灵的艺术追求。基于此,李商隐如"堕蝉"、似"栖鸟"的灵魂得以寻觅到一方心灵的栖息地。

胡丽娜《晚唐诗人李商隐诗歌的禅宗美学特性研究》〔《南昌师范学院学报》(社会科学版)2022年第4期〕认为,禅宗思想对李商隐诗歌有所渗透,李商隐对禅宗思想有所吸收,诗人开拓出较之前人更为精妙幽深的境界,为晚唐诗歌注入了一种新风格,展现了独特的禅宗美学意蕴。作者认为,首先,强调内心世界清净无碍的禅宗美学使得晚唐诗人们忘却尘世间烦恼,不为红尘所累,达到对人生境界的超越,发现未曾发现的美学意蕴,作品趋于纯粹;其次,李商隐为佛教文化和诗歌文化搭建桥梁,诗歌中反映的思想内容和禅宗对于人生的感受相同;最后,李商隐将此种人生经验与对禅宗佛法的参悟运用到无题诗中,诗歌中有一种朦胧之美。

白靖宇、马绒绒《李商隐诗歌复合认知策略研究》(《黑龙江教师发展学院学报》2022年第7期)一文,从区别于单一策略的复合认知策略研究李商隐诗歌,通过隐喻、转喻的渗透及叠用手段发掘出诗人的新奇视角与别具匠心的语言魅力。研究得出,李商隐诗歌语言新奇性的本质即源于诗人独特的认知思维。李诗便是"隐与秀"之范本。诗人个性化地将身世体验移情于各类意象,玄虚奇幻、深幽隐晦,强烈的主观内倾特征在一定程度上赋予读者多元解读的创新力。田竞《"獭祭曾惊博奥殚"——清儒冯浩笺注李商隐诗特点发微》〔《湖州师范学院学报》(社会科学版)2022年第3期〕认为,冯浩以朴学考据法注解李商隐诗,以求实的方法将义山年谱与以史证诗相结合,辨析前代注李诗的谬误,立足诗人所处的时代,故而其注文更加贴合李诗本意。其笺注的"穿凿附会"之感,一方面是由于冯浩以考据法注李诗,难以与李商隐诗表情达意的审美完美平衡,另一方面是由李诗隐晦感伤、纡曲诞漫的艺术特点所决定的,不应以此贬低冯注的学术价值。

李凌晨《叶嘉莹笔下的李商隐》(《山西能源大学学报》2022年第4期)认为,古典诗词批评专家叶嘉莹在解读李商隐时,除了运用传统知人论世的方法讲述诗人充满悲剧的一生外,还挖掘出其诗歌哀伤怅惘的感情基调、窈眇幽微的特异品质和理性呼应的结构的特点;认为叶嘉莹的评点较客观地审视了李商隐诗歌的美丽和价值,为进一步探讨开拓了更加宽广包容的空间。

(六)中学语文教学研究

李商隐的一些优秀作品入选了高中课本,优秀的教学论文反映了李商隐作品在当代的传播接受情况。周俏《群文阅读视域下的李商隐诗歌教学探究》(华中师范大学2022年硕士学位论文)认为,李商隐的诗以沉博绝丽、深情绵邈的艺术风格自成一派,在中国古典诗歌史上占据重要地位。因此,高中人教版教材选入了李商隐的《锦瑟》和《马嵬(其二)》两首诗。文中提到,李商隐在学生心目中的形象非常单薄,不利于学生对李商隐诗歌内容的理解。作者认为,可以运用群文阅读教学的理念帮助学生全面了解李商隐的诗歌,同时又能够扩大学生的阅读面,提高学生的阅读能力。以题材为议题进行群文阅读,可以帮助学生对李商隐同一种题材的诗歌有整体的认识。而深入了解某一题材的诗歌,又可以帮助学生总结出鉴赏这一类题材诗歌的途径和方法。文章尝试将群文阅读的教学方法运用到李商隐不同题材的诗歌教学当中,希望帮助学生系统地了解李商隐的诗歌风格,并以题材为中心对高中语文李商隐诗歌进行群文阅读教学设计。

贾梓仪《对话的姿态,审美的境界——了解〈锦瑟〉的陌生化技巧》(《教育界》2022年第5期)一文根据新课标理念,提出在高中语文新教材"对话的姿态——了解诗歌的陌生化技巧"这一诗歌品读学习专题中，教师应改变以往"以主旨为王"的教学模式，突出对学生的历史思维、形象思维、审美情趣等能力的培养，尝试以对话教学和"学习任务群"的形式开展项目化学习，引导学生"入史、入情、入境"，品析诗歌意象和诗境，自觉建立起一种品读朦胧诗等诗歌的新思维、新模式，达到审美的新境界，从而取得满意的教学效果。

最后补充介绍2022年度出版的李商隐相关著作，兹参考出版信息，按照出版时间先后顺序列举。日本学者川合康三的《李商隐诗选》（凤凰出版社2022年），陆颖瑶翻译。书中选取李商隐诗94首，附有译、注及补释。底本选用继承宋版系统的清代席启寓《唐诗百名家全集》（康熙四十七年序刊）所收之《李商隐诗集》，诗歌也依此书顺序排列。文中对李商隐唯美的意象、徘徊的思绪、迷离的情感和失意的人生都有所涉及，而且川合康三以通达谦逊的胸怀解读李商隐的诗歌，不断接近诗歌的精髓。张逸尘主编的《李商隐》（台海出版社2022年）精选李商隐经典诗篇并配有详细的注释和译文。书中对于李商隐的生平和创作有详细的论述，对其卷入牛李党争而致毕生潦倒困顿、辛酸无奈的境遇详细论述，而后精选部分李商隐的诗作进行具体阐释并在其中提出自己的见解。晚来秋的《此情可待成追忆——李商隐诗传》（北京航空工业出版社2022年），以李商隐的个人经历为主线，从其代表作入手，探寻李商隐诗歌中的精妙绝伦之处，挖掘李商隐丰富的内心世界。全书一共分为六章，分别从青葱少年、玉阳学仙、错失柳枝、琴瑟和鸣、宦海沉浮、情深不寿这几方面将李商隐所处的历史时期、经历的牛李党争、人生的穷困潦倒、用情至深的恋情与婚姻全部囊括其中，将李商隐立体全面地呈现于读者面前。李中华、谢泉《李商隐诗品汇》（崇文书局2022年），书中选择李商隐不同诗体中的代表作170余首，分诗体编次。书中注解力求通俗易懂，其对诗歌的评析博采众长，辨析品汇，斟酌前贤诸说，择善而从，并独立作出作者自己的解析。书中注释精炼，对诗中典故、人物、地理、史实加以释义；并且梳理诗意、引经据典，方便学者体会其意，探求前代诗人之表；而后逐层推进评析，将同一首诗诸家评论和理解列举出来，进行多维度品鉴，并且对众说纷纭的诗歌主题提出合理猜测。刘学锴《刘学锴讲李商隐》（中州古籍出版社2022年），此书为李商隐研究大家刘学锴先生毕生从事李商隐诗文整理及其生平、创作研究的总结性著作。全书分上、下两册，近90万字。上册通过对相关诗文和历史材料的疏解印证、连缀贯串，呈现出一个真实而立体的李商隐，是一部兼具文学性和学术性的李商隐传；下册系统而深入地对李商隐的诗文艺术风格进行研究，抽丝剥缕、条分缕析，对李商隐诗文的艺术特色逐一细说，体现了刘学锴先生严谨扎实的考据功底和深细精微的学术品格。

二、杜牧研究

这几年杜牧研究总体上趋于平稳，但今年在多文化阐释研究方面的硕士论文数量有所增加。现将研究情况综述如下。

（一）生平、交游与作品考证研究

金一文《论扬州"二十四桥"的数目》（《扬州职业大学学报》2022年第3期）通过对比唐代三首载有"二十四桥"的诗歌之后，明确了扬州二十四桥存废的时间并驳斥了"一桥说"。

周岩壁《在故宅辞世的杜牧及其诸多房产》（《博览群书》2022年第6期）指出杜家在安仁里、樊川和洛阳东都有房产，但后来逐渐被消耗掉了，杜牧也在杜家故宅中去世。

胡可先、林洁《新出墓志与杜牧研究》（《图书馆杂志》2022年第5期）立足于新出墓志与传世文献的对照，从三个方面打开杜牧研究的学术空间：一是杜牧生平印证，重在史馆修撰与湖州刺史的经历；二是杜牧诗歌印证，重在杜牧与李甘、韦楚老、崔钧、陆洿的交往诗；三是杜牧散文印证，重在《牛僧孺墓志铭》等五篇叙事性散文。

（二）诗文艺术与比较研究

吴晋邦《杜牧七律拗峭风格新论》（《文学遗产》2022年第6

期)认为杜牧诗歌的拗峭特征在声律上指出律的拗体而非"丁卯句法"一类变更奇数字平仄的拗句,与许浑等晚唐诗人间畛域明显。杜牧七律中的出律现象分布较散,主观性不强,多源于其"以意为主"的创作思想。在句法上,打破传统节奏、离析语句结构、字面对仗而结构不同的"假平行"也时常导致"意深语僻",是促成拗峭的重要手法。

周宇飞《"纤秾"诗品与杜牧诗歌的联系对读》(《齐齐哈尔师范高等专科学校学报》2022年第1期)认为明丽华美的色彩、细致精工的描写以及内蕴的自然本真构成了纤秾一品的丰富内涵,而杜牧的诗歌深刻地体现着纤秾这一诗品特征。他用语华丽纤美,却又饱含人生深刻的感悟与情愫,在笔尖下透露出景色、生活、时代、命运的真,使作品不流于外表。他的作品真正地体现了纤秾诗品中"如将不尽,与古为新"的内涵,即作品中要有超越于形式的内容,这样华丽的外表不仅不会令人生厌反而会增色,从而使诗歌常读常有新意。

李佳艺《论杜牧对李贺诗歌新变的批判》(《运城学院学报》2022年第1期)指出杜牧对李贺诗歌颇有微词,委婉地表达了对贺诗新变的不满,原因是贺诗与杜牧的诗歌审美趋向相背离以及杜牧致力于扭转晚唐文坛的浮艳之风。

王成锁《论杜牧诗和辛弃疾词用典之风格——以咏史诗感怀类诗词为例》(《语文天地》2022年第5期)认为作为各自时代最为耀眼的诗词巨擘,杜牧和辛弃疾在创作上均偏好借典用事讽喻当世,感慨时局抒郁结情怀,但有着不同的风格。在怀古诗中,杜牧偏重于谈古讽今,寄寓自家怀抱;而辛弃疾偏重于怀古伤今,借事遣怀。在感怀诗中,杜牧的风格是落魄江南,诗酒惆怅;辛弃疾的风格是闲愁最苦,欲说还休。

(三)地域与人物形象研究

任映雪《论杜牧诗中女性形象的类型、写作手法及艺术特点》(《湖北第二师范学院学报》2022年第3期)将杜牧诗中所涉及的女性形象分为四类,即民女、宫女、歌妓、皇妃,认为杜牧在塑造女性形象时采用大量的写作手法使其笔下的女性形象具有独特的写作风格,且多有着凄凉、悲惨的结局。

程宏亮《杜牧与长三角"唐诗之路"》(《金陵科技学院学报》2022年第1期)认为杜牧与今长三角地域结缘深厚,其仕宦途中取材于该地域的作品众多,丰富了长三角"唐诗之路"的诗意内涵。《江南春绝句》诗境图式在杜牧江南写景诗中居于纲领位置;"春恨却凄凄"的女性画廊寄寓了诗人刻意"伤春""伤别"的深情;"至竟江山谁是主"的发问令人深思。杜牧咏史诗的媒介功能显著,对于学术界和现代社会建设都有着重要作用。

唐荣昆《州官与牧童的亲切对话——杜牧〈清明〉主题人物新探》(《大学语文论丛》第2辑,华中科技大学出版社2022年)认为《清明》以仅28个字的小小篇幅包容了起承转合的、耐人寻味的、完整的故事情节,而且还塑造了生活在典型环境中的、性格独具的、令人难忘的人物形象:进士出身的刺史州官,扮成平头百姓"行人"的"我"和活泼机灵的乡村"牧童",展现出具有民俗地域风采的风情鲜丽的景物。

丁利《商女一曲,家国兴亡——时代的悲歌〈泊秦淮〉》(《名作欣赏》2022年第35期)将"商女"解释为歌女和商人女眷,代表了当时社会最底层的女性。作者认为杜牧用"商女"意象来观照自己的内心世界,映射着自己对底层女性疾苦的同情和对统治者昏庸的愤慨,同时将"后庭花"意象解释为"亡国之音"和"亡国之因",尖锐地讽刺着晚唐统治者的荒唐颓废,表达着对报国无门的强烈不满,嘲弄着这个时代的必然灭亡。

龚银红《杜牧池州诗歌研究》(《古今文创》2022年第36期)列举杜牧在池州的写景诗18首、作别诗5首、赠寄诗6首和其他诗文7首,认为自然景色秀美的池州鼓舞了杜牧的创作,经济上落后的池州推动了杜牧的创作,政治上远离京都的池州引发了杜牧的创作。

(四)多文化阐释研究

吴晟、吴偲《元杂剧〈扬州梦〉对杜牧诗酒风流的演绎》(《四川戏剧》2022年第4期)认为,《扬州梦》作为一部才子佳人戏,剧作者在改编上主要致力于打造杜牧的诗酒风流和表现张好好色艺双绝。

柴小山《杜牧〈张好好诗卷〉艺术风格研究及对我创作的启示》(华东师范大学2022年硕士学位论文)通过研究《张好好诗卷》的艺术风格与创作实践,最后以《张好好诗卷》的风格进行创作,为适应书法发展的要求,在章法上进行多种尝试。

陈思凡《一度创作与二度立美:筝曲〈山隐·水迢〉之解读》(扬州大学2022年硕士学位论文)从"一度创作"和"二度立美"两个视角来解读《山隐·水迢》这部原创筝乐作品,认为作品以杜牧《寄扬州韩绰判官》为素材进行创作,诗乐相融,表达出杜牧对江南风光和对友人欢聚的无限向往,也唤起了曲作者对扬州美景的相关回忆。作者借鉴美学理论,运用美的原则,试图通过内在和外在的审美听觉,再现音乐形象,指导音乐行为的呈现。

徐莹《古诗词声乐艺术套曲〈秋之歌〉的作品分析及演唱探究》(哈尔滨师范大学2022年硕士学位论文)认为古诗词艺术歌曲起源于我国近现代,是将诗歌、音乐与伴奏完美融合的具有鲜明民族风格的产物。在中国众多的艺术作品中,罗忠镕先生所创作的艺术歌曲大部分以古诗为词,并且将西方的创作技法与中国的五声调式完美结合,展示出了古诗词艺术歌曲新形象。《秋之歌》是他以诗人杜牧的三首作品为词、通过不同作曲手法创作的艺术套曲,并且在钢琴伴奏的编配上独树一帜,巧妙运用不同的旋律走向以及弹奏手法用钢琴演绎出一首优秀的民族乐曲。

(五)接受史与译介研究

苏铁生《论金元人对杜牧及其诗文的接受与传播》(《内蒙古大学学报》2022年第1期)认为,金元前中期,杜牧的诗文较少引起文坛的关注,金代后期,文人逐渐重视杜牧的诗文,对其诗歌风格和艺术特色较为关注,认为其诗歌有豪俊之气、文笔宏放雄健、是辞胜之作且常误用字词。元代前期,诗坛对杜牧的绝句、律诗较为关注,主要表现为:在五言七言古律与绝句的发展中,杜牧是杜甫之派;杜牧的绝句雄伟,律诗极工而全美,振遗响于开元、天宝之后;杜牧之文四方落落;杜牧的绝句是上品诗。

元代中期对杜牧诗歌风格较为关注,主要表现在:杜牧的诗"好奇";杜牧诗情豪迈,语率惊人,如"铜丸走坂、骏马注坡"。杜牧对金元人诗文作家的创作产生了重要的影响,元好问借用杜牧诗意用词,元人模拟学习杜牧的诗歌。而金元人接受杜牧诗文的原因主要有宗唐复古的诗学思潮、金元时期战乱不断的社会环境和尚俗的审美风潮。

高玥《动态对等理论下许渊冲唐诗英译研究——以杜牧〈清明〉为例》(《今古文创》2022年第39期)指出在唐诗英译的热潮中,尤金·奈达的动态对等理论同样适用于文学翻译。译者通过词汇、修辞、句法、风格各方面的调整,尽量还原了《清明》在中国读者心中隽永纤浓、自然通俗的风格。

周末、张艳娟《文化空缺视角下杜牧古诗〈秋夕〉中意象的俄译策略分析》(《汉字文化》2022年第18期)认为,采用"直译+脚注"的翻译策略能够有效地填补译文中文化的空缺。直译可以使读者更直观地理解和体会作者想表达的内容和思想,使描写更加生动,有画面感;而脚注可将词语的意义和内涵解释清楚,为读者营造作品的原初语境;两者的结合更可以使译文读者与原文读者在阅读时都能联想到相同的画面,理解文字背后深刻的文化内涵。

(六)中学语文教学研究

杜牧的一些优秀作品入选了中小学语文课本,优秀的教学论文反映了杜牧作品在当代的传播接受情况。刘缤《杜牧的人物评论技巧》(《中学语文教学参考》2022年第15期)认为杜牧是颇有评论技巧的诗人,在杜牧的诗作中,他评论的对象不局限,包括才能欠缺的君主、开一代盛世的贤君和地位低下的歌姬;他评论的视角多元,包括人物得失的视角、朝代更替的原因、宣传人物体现的正能量、针砭时弊;他评价的视角很讲究,客观、明确、表达方式有技巧、语言简洁。

何世勇《"江涵秋影雁初飞"解读辨正——兼议诗歌解读的文献佐证与实地考证》(《中学语文》2022年第31期)通过考证得出"江涵秋影雁初飞"不大可能是杜牧登临齐山时的眼前实

景，而极有可能是诗人通过"嫁接"自己曾经在他处观景所得来"艺术性"地表现、表明当下登临齐山时的时令，即在"江涵秋影雁初飞"的时节，诗人"与客携壶上翠微"。"江涵秋影雁初飞"一句看似是诗歌中的实时实地实有之景，其实隐含的则是诗歌创作的生成机制。

左寅生《用索亚的第三空间理论看〈阿房宫赋〉》(《文学教育》2022年第1期)认为爱德华·索亚的第三空间理论是对空间本体论与认识论的重构，同时也为文学批评提供一个崭新的视角。作者将阿房宫分为物质与精神的阿房宫，分别代表着位于西安的秦朝大型宫殿和一种"思想性和观念性的领域，在形象性、自足性的思想和符号化的表象中概念化，是一种想象的构想性空间"。认为阿房宫作为建筑空间的同时并非仅仅是历史事件发生的背景或容器，还具有社会性和历史性的维度特征。阿房宫在杜牧的笔下并不仅仅是始皇修筑的宫殿，同时也是整个秦帝国的缩影，与秦朝兴衰与共、息息相关。

总的来说，今年的杜牧研究在诗文艺术研究方面有新的发现，在地域与人物形象研究方面有多重视角，在中学教育领域得到广泛的关注，显示了杜牧研究的吸引力。

新书选评

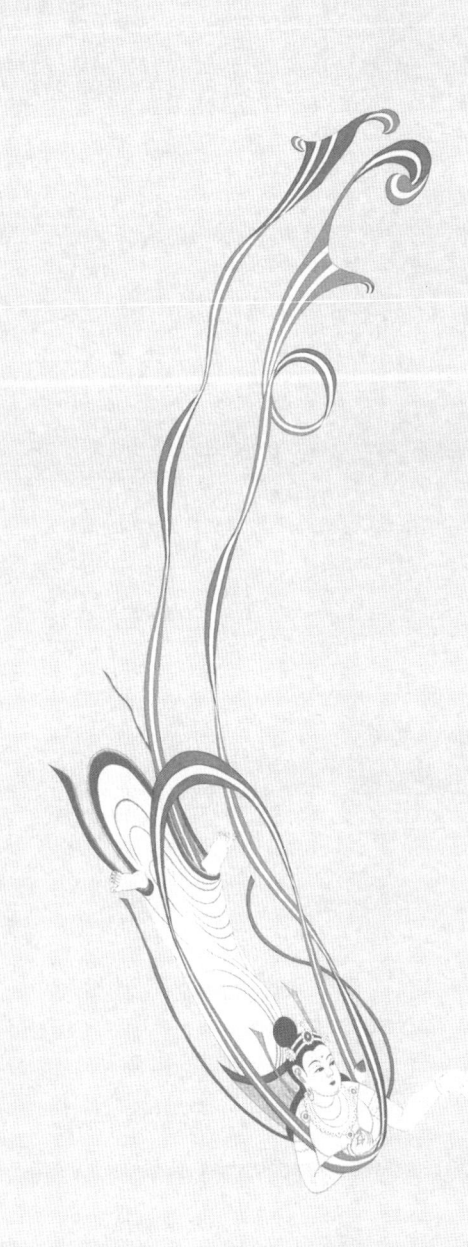

《唐代文学的文化视野》

□ 王 伟

（杜晓勤著 中华书局 2022年4月）

有唐近三百年，文学创作蔚为大观。唐代文学不仅诗文创作数量甚巨，且名家名作冠绝古今，唐代文学革新与变创亦与文化思潮不变、政治风向迁移等旁通秘响、桴鼓相应，并相互涵摄，故唐代文学作品不仅是研究古代文学演进的核心要素，同时也为史学、宗教学、思想史甚至经济史等研究领域所宝重。自宋以降，历代学者各据其说，对唐代文学予以多维研究，成果虽异，体式亦殊，然多富创见，学案连缀，学谱清晰，体现出唐代文学旺盛的生命力和后世对其持续不断的接受热情。及至20世纪，伴随古典学术的现代转型和新学术典范的生成与确立，唐代文学研究遂与现代学术接轨，逐渐脱离旧时以笺注、疏证为主要范式的门径，始进入对文学内在相关质素和规律的探索，并寻求与文学外部思想、宗教、社会思潮等文化相关性的研究，且先后产生了一批颇具现代意义的研究之作，引领一时一地之风潮。尤其是进入20世纪80年代以来，以傅璇琮为代表的一代学者，充分借用文学社会学的研究方法，发以往研究未发之覆，以唐代经典作家、作品为对象，相继推出一系列颇具分量和启示意义的著述，昭示学术风气之潜转暗换，广开研究法门，唐代文学研究多途奔竞之势由此成为重要的时代文化标帜。职是，在唐代文学研究视角转换、方法更新的语境下，一批颇富理论创见，且文献扎实、立论新锐的著作如雨后春笋般迭现，其中杜晓勤教授所著之《唐代文学的文化视野》（中华书局2022年），即为其中的优秀典范。

《唐代文学的文化视野》共分上、下两册。该书是杜晓勤教授多年来从政治、思想、文献等文化多维视域对唐代文学之"通变""转型""重构"等一系列问题进行研究的重要成果。全书除"绪论"外，总分十一章，对唐代文学研究之阐释框架、经典生成、海外典籍、文化转型等问题多作深入推进。整体而言，全书结构精严、文献翔实、结论可靠。就研究内容言，全书则可概分为三类：一是唐代文学与社会文化之互涵同构的关系研究，此主要体现于第一、二、三、四章和第十一章，主要以"融合"与"转型"为关键词，着重讨论南北朝文化文学与初盛唐文化文学的关系，以及以茶事为观测点，论析唐宋文化转型，宏大却不失精致。二是唐代文学作家专题研究，主要包括第五、六、七、八章，在文化学的广谱视角下，主要对唐代诗坛久享盛誉的作家如杜甫、白居易、元稹、柳宗元进行精深研究，所论契合学术前沿，观点亦能自成一说。三是文献传播、交流与文学创作的影响，主要包括第九章和第十章，主要以骆宾王西行与隋唐典籍东传为切入点，论述东西方文化交流对于文学创作与繁荣所具有的意义。总体而言，全书各章自成系统，但章节间又彼此关联，潜伏逻辑暗线，呼应"唐代文学的文化视野"之总题。

晓勤教授大作一出版，笔者因因缘巧合幸得先睹。忆及2008年前后，我在撰写博士论文《唐代京兆韦氏家族与文学研究》期间，因论文与魏晋以降士族社会变迁与隋唐家族文化转型等话题关涉颇深，就曾细细拜读过晓勤教授于1997年在东方出版社出版的《初盛唐诗歌的文化阐释》一书，该书收入吴先宁先生主编的"日晷文库丛书"，傅璇琮先生曾为该套丛书作序，评价甚高，阅读后益感新颖，获益匪浅。《初盛唐诗歌的文化阐释》以"初盛唐"为时间断限，共分"通论"与"正论"两部分，对初盛唐诗歌的重要作家与文运迁变多有精辟论断，融理论思辨与文献考订于一体，论点深入，对笔者博士论文撰写颇具参考，论文中多有征引。今次新出之《唐代文学的文化视野》则对前书予以新增若干章节内容，并将其研究内容一路贯通至中晚唐，乃至宋代。内在格局与视野更见宏富与通彻，显示出作者对此一论题持久的关注与思考。晓勤教授近年来专力于唐诗体格尤其是唐代律诗的体式研究,并多从六朝声律源头入手立论,条分缕析,考镜源流,辨章学术,屡有创获,代表成果有《六朝声律与唐诗体格》(北京大学出版社2017年)。二书虽所论、所见不同,但学术思路与理念则庶几相近,或仍可将其涵括于唐代文学与文化这一命题之下。若吾见不谬,则益见晓勤教授对于唐代文学与文化相关问题思考几近30余载,其学术观点之推演和治学理路之轨迹清晰可见,学术成就与贡献则无待笔者赘辞。

借先睹之机,兹就《唐代文学的文化视野》一书,略陈读后之若干体会,以与学界博雅君子分享新著阅读之收获。

首先,全书研究视角独特。古代文学研究的纵深发展,重视发掘文学演进的内部规律和对经典文本的研究诚然重要,但文学作为重要的社会活动,其发展所受到的外部文化因素亦理应受到重视。新中国成立以来,古代文学研究长期以来的一个重要特点,是较偏重于对古代文学作家与作品"内在性"质素予以研究,而对其所处时代之政治、社会文化,则多片面理解或予以标签化的粘贴,从而忽视了不同作家对于社会文化的差异化接受与社会文化思潮对于文学创作润物无声的个性化影响。此种境况从20世纪80年代始得逐渐改观,将晓勤教授此书置放于这一时代的学术语境中予以考量,或更能见出其学术价值与意义。

尤值究意的是,作者在言及"文化"时,并未掉入泛文化论的窠臼,而是紧扣初盛唐诗歌最显著的艺术特点——"刚健"与"风骨"。为厘清此一文学特质的形成,遂转向对创作主体之群体性社会命运的探索,进而结合南北朝门阀社会向隋唐庶族社会转变的历史趋势,提炼出中、近古社会文化转型过程中最重要的两条线索——"士庶力量消长"与"地域文化整合",从而对史学界所热议的"唐型文化"研究予以呼应,最终为盛唐诗歌所蕴含之雄浑壮大的文化精神之形成过程与文化动因予以深入阐释。在此背景下,对南北朝文化向隋唐文化转变的内在推动力量予以准确把握。笔者以为,若将"士庶力量消长"视作文化因素在不同社会阶层间的对流,"地域文化整合"则无疑属于社会文化因素在不同地域间的横向交流,二者如同坐标轴的横轴与竖轴,不仅构成了中古社会文化变迁的全息图谱,也为隋唐文学之生成与展衍提供了重要的阐释框架。在此图谱与框架之下,对于学界理解初盛唐文人命运之跌宕起伏、文学创作内在质素之迭代更新、文学集团之聚散分合、文学事件之缤纷繁复,无疑提供了一种思路清晰且视角别致的观测角度,使学界对南北朝文学向初盛唐文学转变的研究实现了从"硬着陆"到"软融合"。在此理论体系下所提出的观点,对推深唐代文学研究具有重要价值和意义。

其次,该书研究思想圆融通达。回顾20世纪以来的唐代文学研究和文学史写作,在南北朝文学和隋唐文学间的承继关系上,习见的观点多认为北朝文学质木无文、理胜其辞,而南朝文学则多文过其辞,亦无可取。故学人多以魏徵《隋书·文学传序》与陈子昂《修竹篇序》作为唐代文学最重要的逻辑起点展开研究,并将建安文学视作唐代文学的精神母体。然揆以史实,则不难发现,有唐一代,举凡重要作家如沈宋、文章四友、吴中诸子及李杜王孟等,莫不从南北朝文学摄取养料。江河不捐细流,方成湖海巨涛。此理于初盛唐文学发展亦无例外。晓勤教授洞察敏锐,认为"无论从诗歌的情感质素还是从艺术形式上看,初盛唐诗歌都不全是对南北朝诗歌的一种反拨,而是在递嬗渐进中对南北朝艺术传统的继承和发展"(第2页)。此论一反学界惯有之唐人对南北朝文学多做否定之论,而强调隋唐文学与南北朝文学之间事实上存在的承继关系,无疑颇具新意,并对初盛唐文学的发展与演进另辟新径。此观点最终落实在具体的研究内容上,则充分体现在该书第一章"南北文学融合与唐前文化格局"、第二章"初唐诗风的嬗变与唐型文化的建构"、第三章"初盛唐诗歌的文化特质及其形成过程"、第四章"盛唐诗风及其政治文化动因"等具体的细节论述和观点上。如在全书第二章中,作者对隋唐之际王绩文学精神形成时认为,"以往人们在探讨王绩诗歌的艺术渊源和文化渊源时,多直接追溯到魏晋之际的阮籍、嵇康以及晋宋之际的陶渊明,将其率真、疏狂的人生态度与魏晋风度联系在一起考察,这无疑是有道理的。但我认为,王绩诗歌艺术的近源是卢思道、薛道衡等由齐入周、再由周入隋的山东诗人,其文化精神的近源是当时隶属于山东文化体系的河汾文化。只有认识到这一点,才能解释王绩诗歌相对于晋宋诗歌传统所呈现出来的新变特征的艺术机制与文化内涵"(第158页),王绩身处易代之际,时代风云多变,其文学创作风骨凛然,不合流俗,对稍后之初唐四杰、陈子昂、张九龄等初盛唐诗人的诗文革新都产生了深远影响,借此一条线索的展衍,我们则可具体而微地见出北朝文学对于初盛唐诗歌发展所具有的影响。其实与王绩这样一位在野诗人不同的是,初唐时期的武德朝廷、贞观朝廷和高宗朝廷充斥着大量由北朝、隋入唐和由南入北的文人,他们身负南北朝文学影响和家族文化的濡染,说他们一脚踏入唐代,就完全摒弃数百年南北朝文学的影响和家族文学积淀,而转投五百年前汉魏文风的怀抱,于情于理,殊难服人。近年哈佛大学田晓菲教授亦先后在国内的中华书局出版《烽火与流星:萧梁王朝的文学与文化》《尘几录:陶渊明与手抄本文化研究》等著述,亦多此类研究,可与晓勤教授在该书中相关学术观点交相印证。

事实上,如同芳林之新叶与旧叶有序交替一样,文化与文学之"前波"与"后波"也难以断然截分,文学与文化的发展是文明接力的最好例证,学术研究的视域同样需要圆融通达。偏执一端,如执矛入城,恐难预流。

再次,全书义理与考据并重,结论可靠,所论有据,不务游谈。细读文本,对相关史料作细密梳理与发明解读是文学研究的逻辑起点,任何研究,如无文献支撑,则如沙上筑楼,亦易荒腔走板。因此,历来有影响、有成就的学者如陈寅恪、岑仲勉、傅璇琮、陈尚君等,既是卓越的文献学家,方才是出色的文史学家。《唐代文学的文化视野》在注重理论体系建构时,也在具体问题的研究方面表现出扎实的文献功底。如该书第九章"'草原丝绸之路'与骆宾王西域之行",先通过文献载录,将中古时期草原丝绸之路的存续、发展与建构等问题逐一梳理,随后结合学界有关骆宾王在高宗朝中后期的仕宦经历和从军西域的具体史实,予以具体辨析,最后认为骆宾王从军西域前仅在朝担任过奉礼郎,其约于咸亨元年四月离京,随阿史那忠远征西域,安抚、劳问被吐蕃威胁、挟制的西域诸藩部落,此可以与骆宾王诗中的相关记载相互印证。将具体的诗人与诗作,置放于宏大的丝路文化语境中,进而见出大时代背景下具体人物的命运遭际。史料、史实与史识彼此贯通,融为一体。另如第十章"隋唐典籍之东传与日本古代典籍之研究价值",则针对国内研究多关注新出土文献,而结合数量巨大、亦富价值的域外典籍,尤其是日本古代汉籍立论,指出隋唐汉籍大规模东传日本,是在公元7—9世纪之间,当时两国邦交频繁,遣唐使、学问僧成为汉籍东传日本的主力,并对若干日僧携归之书目和日本古代典籍著录引用的隋唐文学文献予以了较为全面的文献普查与梳理,据此推动唐代文学中的经典作家研究,如结合正仓院藏抄本《王勃诗序》一卷,其收序文41篇,但中有20篇皆不见于今本王勃集,而从该集题署的时间看,其成书于日历庆云四年七月,即唐历中宗景龙元年(707),此距王勃去世仅40年,故具有较大的文献价值。另有《白氏文集》多种抄本的文献价值与文体研究价值、日藏唐诗汇抄本、京都大学所藏明人黄用中《新刻注释骆丞集》、周弼《唐诗三体家法》,皆借助日本所藏相关唐代文学典籍,与国内所存版本予以比勘,进而推动唐诗版本与专书专家研究走向深入,显示出作者宏阔的学术视野、敏锐的文献意识与扎实的文献功底。

此外,该书还对杜甫政治悲剧与文化史思想史意义、杜甫在盛中唐时期的接受现状与局限、元白二人在各自作品中所蕴含之"文化追忆情结"、柳宗元《封建论》与美政理想观念等问题进行较为细密的研究与讨论,皆从具体史料出发,并旁及历史、宗教与思想文本,论皆有据,观点深入,对学术进步各具推进之功。

学术研究无有止境,惟勤勉力行,方能精进,治唐代文学尤其如此。在近千年的学术发展中,唐代文学研究无疑是深耕细作的典范,先后被无数代优秀学者反复开掘过,并取得了许多优秀的学术成果,因此在此研究领域,任何一种推进都要付出数倍努力,始能有所创获。晓勤教授在北大获名师亲炙,并在此领域长期躬耕深作,撒种施肥,故能所获颇丰、所见精深。《唐代文学的文化视野》一书就是最好的证明。当然,晓勤教授成就远不止于斯,与此书同时再版的还有《20世纪隋唐五代文学研究述论》

上下两册，已于2021年底由北京大学出版社出版。近年他在忙于系政之余，逐渐将研究重点挪移至唐代诗格学的梳辨与研究，亦取得一系列重要成果。晓勤教授年富力强，别具学术活力，是中青年学人的榜样，期待他能继续保持多出精品的学术势头，为学界贡献更多精彩的研究成果，为推动学术进步和弘扬传统学术精神而继续奋斗。

（原载《中华读书报》2022年10月19日第15版）

《王维集》

□ 于春媚

(陈铁民解读　国家图书馆出版社　2022年6月)

中国社会科学院研究员陈铁民先生解读的《王维集》于2022年6月由国家图书馆出版社出版。全书31.7万字,选录王维诗132题160首,文3篇,按照原有的宋蜀刻本《王摩诘文集》的文字和南宋麻沙刊本《王右丞文集》的结构进行编排,保留了古本风貌。依照"中华传统文化百部经典"丛书的体例,本书正文前有导读,全面介绍王维的生平思想,诗文创作,地位影响,最后介绍版本流传情况和凡例;正文先有注释,后有点评,旁有批注;文末附有参考书目。

陈铁民先生现为中国社会科学院文学研究所研究员、博士生导师,中国社会科学院荣誉学部委员;兼任全国古籍整理出版规划领导小组成员。陈先生是唐代文学特别是王维研究的大家巨擘,曾任中国王维研究会会长、《文学评论》编委、《文史》编委等。著有《唐代文史研究丛稿》《王维论稿》《王维新论》《王维集校注》《岑参集校注》(合著)等,主编《唐代文学史》(上卷)、《增订注释全唐诗》等。其中《王维新论》(27万字,首都师范大学出版社1990年)获1990年北京版优秀图书文艺类一等奖、全国首届高等学校出版社优秀学术专著优秀奖。《王维集校注》(90多万字,中华书局1997年初版,2018年修订版)获第三届中国社会科学院优秀科研成果三等奖。正因如此,"百部经典"编委会一致认为陈先生是丛书《王维集》解读的不二人选,陈先生也欣然接受了这一任务，于是遂成此书。笔者有幸成为本书责编，就笔者的编辑和阅读感受，简述本书的特点和价值。

一、集王维研究之大成的选本

历史上著名的作家往往注释者众，如陶渊明、杜甫、苏轼等，但也有一些作家成就巨大，却因种种原因，注本并不多。王维就是一个典型的例子。王维（701—761）是唐代成就最高的几位诗人之一，也是开元、天宝时代名望最高的诗人。唐代宗称王维"天下文（这里的文指诗赋等韵文）宗""诗名冠代"。与他同时代的诸多评论家也都认为王维为盛唐诗人之首。他同时还兼具绘画和音乐的卓异之才，他能够和李白、杜甫、韩愈、柳宗元、白居易一起，作为唐代成就最高的几位文学家入选中国传统文化的"百部经典"序列，具有毋庸置疑的文化地位。王维虽是最杰出的诗人之一，但他的诗文在当时就散佚过多，十不存一。后世的校注本也可称寥落。因王维是天才型诗人，多才多艺，又深受佛教影响，他的诗文用典很多，并多有佛教用语，为其做注绝非易事。从唐至明清，王维诗注释本仅有三种，即明嘉靖年间顾起经的《类笺唐王右丞集》，稍晚于前者的顾可久的《唐王右丞诗集注说》，以及清乾隆初赵殿成的《王右丞集笺注》。三者中，赵殿成的注本是古代注本中的最佳，但也有很多不足之处。时间到了现代，接起王维诗文注释接力棒的是陈铁民先生。陈先生《王维集校注》1997年8月由中华书局正式出版。该著精心考证、校注、编年，去伪存真，粹选历代评语，汇录王维事迹资料，编撰王维年谱等，是他穷几十年积累的学问功力专注于王维诗文的扛鼎之作，同时也吸纳、融入了前贤与今人研究的有益成果，集当时王维研究学术成果之大成，代表了当时王维研究的最高水平。此书一出，超越前代，为广大读者学人提供了王维集的一个最佳善本，20余年来，成为王维研究者首选的必备之书、必引之书。在首次出版之后，陈先生又分别于2001年和2006—2008年对该书进行了两次修订。第三次修订后由中华书局2018年出版《王维集校注（修订本）》，该版吸收了首版后20年来他自己不断研究整理王维诗文的新发现以及学界对王维研究的很多新成果，做到了精益求精，久久为功。而本书作为陈先生2022年出版的王维诗文的选集，完全吸纳了他自己《王维集校注》的修订成果，而且是包含校勘、标点、注释、笺证、编年、翻译、集评多项内容以及误收诗文、事迹资料、诗评、画评、年谱、版本考等多项研究成果的"全要素"式的吸纳。

因此，"百部经典"《王维集》应是集王维研究之大成的选本，优中选精，如果说其是近年来王维诗文最好的选本，应不是过誉。

二、既体例详明又于细处用心

在校注凡例中，可以见出本书的体例详明，细处用心。在底本、参校本的选择上，本书诗集以国家图书馆藏北宋蜀刻本《王摩诘文集》（宋蜀本）为底本，参校日本静嘉堂文库藏南宋麻沙刊本《王右丞文集》（麻沙本）、元刊本《须溪先生校本唐王右丞集》（元本）、明正德、嘉靖间刊本《王摩诘集》（明本）、明嘉靖三十五年刊顾起经编《类笺唐王右丞集》（顾本）、明凌濛初刊《王摩诘诗集》（凌本）、清赵殿成笺注《王右丞集笺注》（赵本）、《全唐诗》及《唐人选唐诗》《文苑英华》《唐诗纪事》等唐宋以来群书。文集以宋蜀本为底本，校以麻沙本、明本、赵本、《全唐文》等。凡对底本文字有所改动，一般均在校记中说明校改的依据（据某本改，明显的笔误则径改，不出校）；对各本具有参考价值的异文，择要在校记中加以反映；作校记时，遇有数本文字相同的情况，仅列举其中的几本作为代表，而不一一详列各本。入选诗歌不见于底本者，据他本及有关资料收录（目录中列为"集外诗"，凡五首），并在注释中作说明。

在诗文选择上，可见遴选比例得当，体现了以选为评的功力。王维今存诗374首，文70篇。本书选录王维诗132题160首，文3篇。所选诗歌内容丰富，王维不同时期、不同体裁、不同题材的名作、代表作均有体现。文则只选3篇，因为陈先生认为，王维的文名并不显赫，当时文名显赫者有张说、苏颋，所谓

"燕许大手笔"。《述书赋》说,时议论笔"则曰王缙、李邕",唐时又有"朝廷左相笔,天下右丞诗"之说,左相指王缙,他的文名超过其兄王维。当时还有以草诏闻名的孙逖、苑咸等。且王维今存的文章,应用文较多,大体仍沿袭六朝以来之习,采用骈体。当然也有少数文章骈中见散,甚至可称为散文,显示了由骈文向散文过渡的迹象。总之王维文章作品的思想、艺术价值与诗歌相比逊色不少,但其中也并非没有佳作,因此仅选注了3篇思想内容价值高的文章。作为补充,陈先生在导读中对王维文的情况进行了概述。

在编年的问题上,体现了作者既遵从丛书体例,又尽量补充编年信息的妥当用心。本书为了遵循"百部经典"的体例,尽量保留原典面貌,未能对王维诗文以编年即"编年诗""未编年诗""文"的顺序编排。《王维集》即按宋蜀本的结构编排(取消编年);然而宋蜀本虽是最古的本子,却诗文混编,四卷文插入六卷诗中(如卷一诗,卷二、三文,卷四、五、六诗,等等),宋陈振孙因称此本"编次尤无伦",所以本集的文字以宋蜀本为底本,各卷的编排顺序则改依麻沙本。麻沙本是以宋蜀本为底本改编的,它按照先诗后文的原则调整了宋蜀本各卷的序次(改成前六卷诗、后四卷文),而各卷中的篇目、序次,则皆同于宋蜀本。本书依编委会的要求改为这样的编排,虽保留了宋蜀本与麻沙本的某些面貌,但编年的好处却也丧失了,所谓鱼与熊掌"二者不可得兼"也。陈先生认为,为诗文集作编年,才能弄明白作品与当时社会生活的关系,真正做到知人论世。又,为古代诗歌编年,还有助于我们掌握诗人思想的发展变化,以及诗歌的内容与艺术风格的发展变化,所以长期以来,为唐诗编年,已成为唐诗研究的一项重要内容。今天我们编辑整理唐人诗文集,只要条件许可,就应当采用编年的方式编排。因此,陈先生在依从体例的基础上,将入选作品的写作时间,还是尽最大努力加以考证,并在各诗文的第一条注释(篇题注释)中作扼要说明。如此妥当安排,可见陈先生解读此书之用心。

三、兼具学术性与普及性的典范

"百部经典"本《王维集》既是王维诗文的一个选本,又是"百部经典"系列丛书之一种。在这里还要简要介绍一下"中华传统文化百部经典"项目。该项目是中华优秀传统文化传承发展工程的重点项目之一,是国家社科基金重大委托项目,由中宣部支持指导,文化和旅游部委托国家图书馆组织实施。项目延请中央文史馆馆长袁行霈先生领衔编委会主任委员,众多学界德高望重的大家耆宿担当顾问,众多知名专家组成编委团队。主要由国家图书馆出版社负责编辑出版(其中几部科技类图书由科学出版社出版)。

"百部经典"编纂项目立足于中华民族几千年积累的传统文化典籍,从中慎重选择在哲学、文学、历史、科技等各个学术领域具有重大思想价值、社会价值、历史价值和学术价值的100部经典著述,每一种经典都延请国内研究该文献的权威学者担任解读人,每一部经典著作都选取获得学界公认的底本作为"原典",并对其进行导读、诠释、注解、点评。这套书的编纂宗旨是"激活经典,熔古铸今,立足学术,面向大众",一方面立足学术,深入诠释古代经典,达到当今学术研究的最高水准,体现当今传统经典研究的权威性和新高度;另一方面着力于深入浅出,化繁为简,让大众读懂经典,更好地理解经典,实现用优秀传统文化来滋养当代读者的目标。本书就很好地实现了"百部经典"编纂的宗旨,即做到了经典著作学术性和普及性的融合统一。

融合首先体现在体例上。本书与普通的学术性文集校注在体例上有所不同,就是将传统校注的序跋、释义、点评、批注等形式重新整合,以"导读""注释""点评""旁批"为大类,各司其职,更全面地对经典原文进行多角度的阐释解读。

"导读"部分是大家写小文,是对研究对象的全面解读。在《王维集》导读中,作者详细介绍和论述了王维的生平,思想,诗文创作概要,王维在诗史画史的地位、影响,以及王维集的版本流传等最重要的几个大问题,让读者对王维其人其作品有一个非常清晰、全面的认识；另外诸如王维生年、住所，他在盛唐文坛的地位、他所受佛教思想影响的具体层面、王维诗与画的关系等学界比较有争议的较为微观的问题，也都在导读中得到充分的展开和辨析。无论是大论点还是小问题，本书导读所做的很多论述和结论看似娓娓道来，自然而然，实际上学术性很强。例如导读中对王维七律创作时间和数量的定性，对王维山水诗所受时代思想等的影响和山水诗类别的细分等，都可称定论。

在具体篇章中，"注释"部分是对经典文献中重要字句进行注解、诠释。如典故、人物、名物等，有时也做句意串讲和对背景做简单阐释。繁难字有注音，个别字句兼有校勘。特别是对典故的注释，在尽量引出原典和出处的同时，又能详略得当，不芜不粗。本书受体例限制未用系年的先后做编排，但作者给王维作品编年的成果通过注释具体篇目得到展示。如《鱼山神女祠歌》的注释1就指出这两首诗应作于开元九年至十三年（721—725）在济州任职期间。本书的注释通达详赡，字句注释外尽量疏通了原文，这种白话翻译极大提高了初学者的阅读体验。对于白话翻译，陈先生曾经在《王维集校注》修订版说明中有这样一段话："要翻译得准确，就必须对诗意有透彻的理解，每个字的含义是什么，都要弄清楚，不能有丝毫马虎。可以说，这段儿翻译的实践（指作者2009年出版的《新译王维诗文集》的白话文翻译工作），加深了我对王维诗意的理解，并使我发现原来注释的一些不足和过去未曾注意到的问题，从而也就得以对它们做了一次较为全面的修订……自然要把它们全部吸收到修订本中来。"（第1页）仅仅是注释部分，就可以让读者对诗文的内容知其大要，而详细的串讲和评论则留在点评部分完成。

"点评"重点阐述篇章写作背景和诗文大意，并对诗文作赏析式评点。每一篇点评赏析都能体现出陈先生的学养识鉴，不仅引经据典、旁征博引，还穿插陈先生独特的阅读体验。例如对《终南别业》一诗后半章"行到水穷处，坐看云起时。偶然值林叟，谈笑无还期"的点评，陈先生先后引用明陆时雍、清冯班、清查慎行、近人俞陛云等诸多诗评大家对此联的说法后，对末联"偶然"二字则有自己的体会："其中'偶然'二字很值得我们注意。其实不但遇林叟偶然，乘兴独游亦偶然，行到水穷、坐看云起也都偶然。诗人任兴所至，非有期必，无心得趣，纯任自然，犹如行云之自在翱翔。在这些无所用心的偶然中，存在着诗人的一种随缘任运、自求适意的生活态度。"（第139页）赏析之功力可见一斑。除此之外，陈先生的点评还经常从单篇诗（文）升华出去，就此诗（文）在王维创作生涯中或者文学艺术史上的所可关注的要点进行定位。如《为画人谢赐表》一文的点评，先结合唐代"表章"这一体裁的介绍而展开，同时，还将王维在这篇文中的绘画艺术思想与苏轼的艺术思想进行比较，境界开阔，体现了作者深厚的学养。陈先生在自己的"时评"中还不时穿插历史上一些著名诗评家对诗文篇章字句的"古评"，互为佐证，甚或还突破了诗文评的体系，引用灵活，纵横捭阖。如《辋川闲居赠裴秀才迪》一诗，在对"渡头余落日，墟里上孤烟"一句的点评中，说此联诗向以描画景物特别生动逼真著称，用以佐证的例子就是《红楼梦》第四十八回香菱评王维诗一段，读者读到此必有会心一笑。

"旁批"是"百部经典"系列丛书特别有意思的一个形式创新，旁批作为点评的有益补充，是中国古代文学评论方式中重要的一种做法。鉴于陈先生对王维诗文文献和接受史的熟稔，本书的旁批几乎篇篇都有，粲然旁列于诗（文）原典之侧，多是前人对原典某字某句某写法的精华所在和精彩之处的批语，陈先生自己也有少量批语，点到即止，揭示篇章中最精华、最可注意之处。如《凉州赛神》诗的旁批："写军中赛神，为唐代边塞诗所仅见。"（第334页）这是陈先生爬梳大量史料后所下的十分确定的结论，体现了学术自信力，可谓掷地有声。

综言之，"中华传统文化百部经典"《王维集》是建立在王维研究集大成之上的一部优秀选本，也是一本很好地兼顾了学术性和普及性的古代文学整理佳作，专业研究者可读，普通大众亦可读。本书充分显示了一位德高望重的前辈学者才、学、识方面的综合素质和深厚的文学修养，可以说是近年来唐诗选集类和经典普及类读物中的精品。

《刘学锴讲李商隐》

□ 王树森

(刘学锴著　中州古籍出版社　2022年6月)

《刘学锴讲李商隐》(中州古籍出版社2022年)是著名唐诗研究专家刘学锴先生的新著,这部上下两册,近90万字的皇皇巨著,不仅深入具体地探究了李商隐的人生经历与文学成就,著者本人的卓绝史识、敏锐文心,与精益求精的工匠精神,也在其中得到了淋漓尽致的展现。

清代以后,李商隐研究是长期的热点,岑仲勉说:"唐集韩、柳、杜之外,后世用之最勤者,莫如李商隐。"但是就是这样一位大家,其生平行踪、作品系年却存在大量缺失乃至重大失误,需要在重新思考的基础上加以纠正、补证。本书关于李商隐人生与作品的新考订结论,达六七十项之多。其中,关于义山"开成五年江乡之游"的辨正和"梓幕期间归京"行程的考辨,最为典型。

清人冯浩、近人张采田等人认为李商隐在唐文宗开成五年秋末至翌年(武宗会昌元年)春曾有过一段历时数月的"江乡之游"(今湖南洞庭湖一带),岑仲勉对此虽有质疑,但因缺乏有力内证,并未获得学界普遍认同。本书中,著者根据李商隐诗中的内证,特别是对《哭刘司户蕡》诗"更惊骚客后归魂"一句的正确解释以及对罗衮《请褒赠刘蕡疏》文中冯、张误引的"身死异土,六十余年"一句的还原,又证之以新发现的刘蕡次子刘理墓志中关于刘蕡"贬官累迁澧州员外司户"的记载,以及文宗开成五年秋冬间，李商隐随王茂元赴陈许幕府前夕、途中、初到时代拟的一系列表状启牒和诗作的翔实考辨驳正，彻底否定了冯、张之说，从而对30余首义山诗文重新做了系年和阐释，纠正了冯、张等人的错误。

唐宣宗大中五年至九年，李商隐在东川柳仲郢幕府生活了五个年头，此间他是否回过长安？在历代研究中，只有曾国藩在《十八家诗钞》中说过一句李商隐"曾回京一次"，但未提供任何佐证和考证。著者则由《留赠畏之》《行至金牛驿寄兴元渤海尚书》等诗中出现的明显矛盾生疑，继而通过对《为同州张评事（潜）谢辟启》《为山南薛从事（杰逊）谢辟启》《赠庾十二朱版》等诗文所涉人物行迹的细致辨析，考明大中七年仲冬，在梓州幕主柳仲郢的安排下，李商隐曾有过一次归京探亲之旅，并指出这段行程的意义，在于释放了李商隐郁结已久的怀土思亲之情，从而导致其后两年的诗歌"没有再出现先前那种强烈而频繁的思乡情绪"（上册第387页）。类似考辨，显能深化对李商隐其人其诗的认识。

清人吴乔云："唐人能自辟宇宙者，惟李、杜、昌黎、义山。"但新中国成立以后，义山诗歌却长期被当作唯美主义、反现实主义而遭到轻视。即便有毛泽东、范文澜等人的辩护，亦未能根本改变对李商隐艺术评价的片面性。本书既在整体上概括义山"感伤情调、朦胧诗境、象征色彩，抒写内心幽隐情绪，歌咏悲剧性爱情体验、人生感慨"的诗歌风貌，又揭示李商隐"在一系列传统题材、各种体裁中都有一流之作和创造性贡献"，本书对义山多方面文学成就，特别是其政治诗、咏史诗、咏物诗、爱情诗、无题诗等主要题材，七律、七绝等主要体裁的诗史贡献进行深入讨论，如在回顾李商隐之前咏史诗的发展历程之后，著者指出："从班固正式创体到中唐，咏史诗的创作尽管代不乏人，而且出现了一些优秀之作，但并未在某一时期形成创作风尚，艺术上也没有全面的突破性进展。这是因为，咏史诗的繁荣，既需要特定的时代和社会心理背景，又需要杰出的诗人在大量创作咏史诗的艺术实践中比较妥善地处理和解决咏史诗发展过程中所遇到的一系列关键问题，诸如歌咏史事与面对现实、历史真实与艺术真实、议论讽刺与情韵意境等关系。"（下册第109页）而"李商隐适逢其会,以其对现实政治的关注和高超的诗艺大力创作咏史诗,在实践中较好地解决了上述关键问题,遂有力地推进了咏史诗的发展"（下册第110页）。同样,李商隐的以"托物寓怀之作",则因较好地处理了物与人、形与神、情与理等复杂关系,实现了中国古代咏物诗由类型化向个性化的重大发展。著者的类似结论,不仅有助于当代读者重新认识李商隐的文学成就,更证明改革开放以后学术界将李商隐提升到与屈原、陶渊明、李白、杜甫、曹雪芹等大家同列的改变,确有其依据。不仅符合李商隐的创作实际,对相关文学史问题的研究亦颇具启示意义。

以《锦瑟》为代表的无题诗,是李商隐的艺术独创。著者指出:相对于在其他传统诗歌题材的突破与超越,李商隐的无题诗,"前无古人,一空依傍,完全是他个人的创辟"（下册第136页）。在著者看来,李商隐的无题诗,一是把"古代文人的爱情诗真正提升到纯粹感情的领域,实现了由欲到情的升华超越。……是一种严格意义上的高品位的纯情诗"（下册第152页）。二是"它的主观性与抒情性。……排除了一切叙事的散文成分,即非诗因素的'纯诗'"。三是"将相互对立的感情的交融与渗透表现得非常深刻细致,善于表达非常复杂微妙的心理状态"（下册第152页）。四是"在表现方式上多用有神无迹的象征。它们的共同特点有二:一是语言明白如话,没有任何奥涩难解之弊;二是象征与比喻、写实结合,往往让人感觉不到其中含有象征"（下册第153页）。正是基于对无题诗特征的这种把握,著者进一步分析了《锦瑟》诗的艺术特色:一是"总体含义的明确和局部含义的朦胧,象征性图景的鲜明与象征含义的朦胧"（下册第161—162页）。二是"同时兼有音乐意境、画面形象和诗歌意象的三重暗示性,……一方面使得它们的意蕴显得特别丰富复杂,另一方面又使它们兼有画面形象美、音乐意境美和诗歌意象美"（下册第162页）。三是"片段的独立性与整体的统一性的结合"（下册第162页）。这些结论,对理解最能反映李商隐艺术特色、体现李商隐诗歌成就的无题诗,显然具有特殊的指引意义。

李商隐是中国历史上一位比较纯粹的诗人,但是这部《刘学锴讲唐诗》并不因此而忽略了对李商隐所处时代以及李商隐与时代关系的把握。相反,无论是对元和中兴、牛李党争等晚唐政治史上的重大事件,还是对李商隐其人其诗所受时代的影响,著者都有深刻而不失分寸的认识。譬如他指出:"元和时期,不仅是军事上取得平叛斗争的一系列胜利,政治上实现全国统一的中兴时期,而且是一个人才荟萃的时期。在某种意义上,也可以说正是由于人才荟萃而又使他们的才能在一定程度上得到发挥,才出现元和中兴的局面。"(上册第 3 页)又如他对李商隐的恩师令狐楚的评价:"令狐楚虽然也参与了朝臣间的党争,但主要是在宪、穆、敬时期,与李逢吉友善,而与裴度不协。从敬宗宝历年间起,楚历任方镇(仅短期入朝为户部尚书),已经不再参与朝廷中的党争,与李宗闵、牛僧孺之间也没有多少交往。前期虽然党附李逢吉而反对对叛镇用兵,但在地方官任上也还有些惠政,与李逢吉、李宗闵之流显有不同。其仕历的主要特点是连续做了十三年的幕僚,并以善写章奏而为皇帝赏识,入朝后又当过知制诰、翰林学士的差使,直至为相,可以说是以文章起家的典型。"(上册第 51 页)完全可以为人们认识和研究唐史提供有益参考。李商隐因为就婚王氏、入郑亚幕被令狐绹等人视为"忘家恩,放利偷合"。著者虽根本上不认同令狐绹对李商隐的污毁,但在具体问题的讨论上又是审慎辩证的。譬如他如实指出樊南文中篇幅最长的《祭外舅赠司徒公文》存在明显的对王茂元的"溢美之词或回护之笔"。与此同时,著者又高度肯定李商隐大中初年入桂林郑亚幕的选择。他认为:"在牛党势力复炽,李德裕政治集团遭到有计划的打击时,商隐罢秘省正字而入李德裕主要助手之一郑亚的幕府,其行动的政治含义和所表示的政治倾向是相当清楚的。这既不能用'为贫而仕'来解释,也不是单纯的酬答恩知,而是在较长时期的观察和思考的基础上做出的一种政治抉择。"(上册第 215 页)分析入情入理,具有很高的逻辑可信度。

义山诗歌哀感顽艳,具有独特的艺术魅力。但由于大量使用虚词、以心象熔铸物象、非逻辑性等艺术特征,导致其诗旨号称难解。本书著者则在力避穿凿比附、索隐猜谜基础上,追求更高层次的融通众说,而支撑这种融通得以成功的关键,则是著者的细腻文心。著者评价《锦瑟》:"这是一位富于抱负和才华的诗人在追忆悲剧性的华年逝岁时所奏出的一曲人生哀歌。全篇笼罩着一层浓重的哀伤低回、凄迷朦胧的情调氛围,反映出一个衰颓的时代中正直而不免软弱的知识分子典型的悲剧心理:既不满足于环境的压抑,又无力反抗环境;既有所追求向往,又时感空虚幻灭;既为自己的悲剧命运而深沉哀伤,又对造成悲剧的原因感到惘然。"(下册第161页)这不仅可以作为《锦瑟》诗旨的准确判断,更应被看成是著者对李商隐性格气质的客观把握。著者文心绵密,固然首先体现在他对义山代表诗风的理解和阐释上,同时也体现在他对李商隐创作不同阶段、不同方面特征的细腻分析上。譬如他说李商隐的《燕台诗四首》是学李贺的作品,而甘露事变后所作的《曲江》《有感二首》《重有感》等诗,明显追摹杜诗,"不但深得杜诗之精神风貌,而且在历代学杜之作中也堪称第一流的作品"。(上册第95页)再如他说大中元年李商隐初至桂幕时创作的《桂林》《晚晴》《高松》等五律,流露出"一种托身有所的喜悦感"和"一种乐观自信的人生态度",都是洞察李商隐心理状态的正确判断。本书下编第十四章对李商隐七绝艺术的分析、第十六章对李商隐诗歌白描手法的探究,第十八章对李商隐文(主要是骈文)中所蕴涵诗情诗境的揭示,第二十章发明中国古典诗歌发展史上存在的从宋玉到李商隐的写人生感慨的感伤主义传统,都是前人时贤所少曾留意更未深有关注,而为著者所首次做出相当具有深度的考察的。著者所以能够如此,根本上缘于他拥有一颗敏感的文心。

这部《刘学锴讲李商隐》更是著者精益求精工匠精神的杰出代表。本书从初版到增订版到全新的第三版,每次都有大大小小的修订,将三种版本对读,会发现仅从目录上就有鲜明的前后变化与发展。不仅如此,对于各种文字讹误和材料、观点的缺憾,著者只要发现或者获悉,就会做出修改完善。尤其值得称赞的是,作者不辞年高手颤、不会使用现代电子技术的客观限制,对一些之前经过自己的考订可以成为定案的问题,也能做出新的补充。本书上编附考四《李商隐〈哭刘蕡〉"溢浦书来"补笺》就是这种精益求精、力求完美的典型例证。针对清人提出的李商隐开成末至会昌初曾有过一段长达数月的"江乡之游",著者从20世纪80年代连续写出三篇考证论文,从文本内证、其他文献的正确解读、出土墓志三个方面证明此事纯属子虚乌有。但是大中二年春初李商隐与刘蕡相遇之后,刘蕡去向哪里?著者之前只做过一些或然的推测,并未有确证。这个问题无论是对李商隐研究,还是对考察刘蕡人生,都无关宏旨。但由于著者注意到千唐志斋新藏裴夷直及其妻李弘的两方墓志,遂将这个残留的"小尾巴"完美解决了。著者根据两方墓志都提到的裴夷直从开成五年正月武宗即位后被出为杭州刺史到大中三年春量移江州司马的十年间,有过"四授郡佐"的经历。推测与裴夷直同样在武宗初被贬又在宣宗继位后内召并多次量移的刘蕡,应该是在黄陵晤别李商隐后,由另一量移之地顺湘水北上,越过洞庭湖而至澧州这一新的量移之地报到,他的死讯应该是由毗邻澧州的江州官员写信告知后来已经返回长安的李商隐的,这就是"溢浦书来"的人事含义。著者自言他通过这个考证,既进一步认识到"包括墓志在内的出土文物对史实考证及文学作品笺释的作用",又感到"一个问题的解决不大可能一次性完成,往往需要新材料和时间"。(上册第451页)正是这种书不惮改的胸襟和精益求精的追求,使这部在著者90华诞之际隆重推出的《刘学锴讲李商隐》,必将会在读者和时间的考验中,不断凸显它的永恒价值。

《新定杜工部草堂诗笺斠证》

□ 戎　默

（曾祥波新定斠证　上海古籍出版社　2022年9月）

中国古典诗歌自以唐诗为最高成就，唐代诗人中，自以杜甫为佼佼者。后世至有称杜甫为"中国最伟大的诗人"的说法。杜甫在其所生的唐代声名不彰，至宋其诗歌艺术的价值与典范作用方才为人所称道、宣扬，至有"诗圣"之目。也因为他的诗歌在宋代有着如金科玉律一般的典范作用，不特模仿其诗歌风格句法者众多，其诗歌之注本也蔚为大观，"千家注杜"，虽然是夸大之言，但也足以证明两宋之间，诗歌注本中最多、最为人关注的应该就是杜诗。较为可惜的是，杜诗宋注本至今存世者，已经不多，仅十余种。蔡梦弼《杜工部草堂诗笺》即其中之一。

《杜工部草堂诗笺》，据作者蔡梦弼自跋云，"因博求唐、宋诸本杜诗十门，聚而阅之，三复参校，仍用嘉兴鲁氏编次，先生用舍之行藏，作诗岁月之先后，以为定本。每于逐句本文之下，先正其字之异同，次审其音之反切，方作诗之义以释之，复引经子史传记以证其用事之所从出，离为五十卷目，曰草堂诗笺"（第1923页），俞成《校正草堂诗笺跋》亦云"其始考异，其次音辨，又其次讲明作诗之义，又其次引援用事之所从出。凡遇题目，究竟本原，逮夫章句，穷极理致。非特定其年谱，又且集其诗评，参之众说，断以己意，警悟后学多矣"（第1970页），似其据鲁訔（嘉兴人，有《编次杜工部诗》十八卷）之诗歌编次，参酌各宋注本后，再进行按断，以己意出之，似精心结撰之作。但实际不然，蔡书注解，主要来自其参酌诸书,且多不详考,承讹踵谬,多引伪注。更为可恨的是,蔡氏引众书皆不称注家主名,有掠人之美之嫌。这也导致后世不少注本,又参考蔡书,将书中所引注释,径作蔡注。

如此,蔡书从内容上来说,似非杜注之佳本,但实际该书又自有其独特的文献价值在。其一,它的文献形态为杜注之编年本,前人读杜诗,即以编年本为最上乘,如浦起龙《读杜心解·发凡》即称:"编杜者,编年为上,古今分体次之,分门为类者乃最劣。"(中华书局1961年,第1页)王国维《宋刊分类集注杜工部跋》亦云:"杜诗须读编年本,分类本最可恨。"(《观堂集林·观堂别集》,河北教育出版社2003年,第679页)而杜集宋人编年注本,今存者唯有两种,一为旧题王十朋《王状元集百家注编年杜陵诗史》,二即蔡书。而据曾祥波教授考证,蔡书成书,更在今存《杜陵诗史》刊本之前,所以,从蔡书的编次角度来说,他保留了鲁訔《编次杜工部诗》的编年本形态,可以说是现存杜诗注本中保有鲁訔编年形态最早者。这对杜诗的阅读与研究、杜集版本早期形态的研究都有很大的意义。其二自然是其作为杜诗早期注本,其中的注解对于后世之注产生了影响,虽然它征引伪注,是后世伪注流行的一个重要源头;又隐去注家主名,甚至将有些注改头换面,导致了后世如刘辰翁评点、高崇兰编《集千家注批点杜工部诗集》等,将其征引的书直接误会为蔡注,引为"梦弼曰",造成文献来源的歧异,误上加误。这些影响可能都是"负面"的,但也都实实在在存在,成为杜注流变的一种现象。如此,蔡书自然也应成为研究杜诗注本史中的重要一环。

曾祥波教授《新定杜工部草堂诗笺斠证》即是对《杜工部草堂诗笺》这一宋注杜诗的整理工作。整理工作即致力于蔡书上述的两大价值。《草堂诗笺》可分为宋本五十卷与元本四十卷加补遗十卷两大系统。元本实先以四十卷残本为底本,再对文本进行补遗而形成,这直接导致了该版本的篇目编次淆乱,无法展现该书正确的篇目编次,如此,蔡书可以体现杜诗早期编年形态的特点,在该本中完全体现不出来了。而如今较为流行易得的版本,正是承袭元本系统的黎庶昌《古逸丛书》本。这也直接导致了之前的研究者对《草堂诗笺》价值认识不足。实际上,篇目有序、注文完整的五十卷宋本完璧一直存于天壤之间，只是以数部残本的方式保存于各大图书馆中。近年来，"中华再造善本"工程，据国家图书馆、北京大学图书馆藏宋刻本影印《杜工部草堂诗笺》，这次影印虽已拼合了两个主要的残本，但尚有阙卷（卷二十、卷二一）；2018年5月末，上海图书馆本部未编古籍书库清点中发现了宋刻本《杜工部草堂诗笺》一册，正为卷二十、卷二一，与国家图书馆藏本是同一部。本书作者所做的第一项工作，即将藏于各处的残宋本拼合成为完璧，作为底本整理，从而将编次有序、注文完整的杜诗宋注原貌再现于读者眼前。其整理工作中的"新定"二字，即体现于此。而蔡梦弼将其引用的如《百家注》《分门集注》等书中注家主名隐去，不止有掠人之美之嫌，也不利于厘清杜诗注解从蔡书再到后世各家注中的一个流变过程，曾祥波教授则比对《杜诗赵次公先后解辑校》《门类增广十注杜诗》《新刊校定集注杜诗》《王状元集百家注编年杜陵诗史》《分门集注杜工部诗》《黄氏补千家集注杜工部诗史》等宋元注本，把蔡书中的注解一一比对，逐条标出蔡书注解可能的来源。蔡书征引注文，情况繁多，有全部征引某注，文字基本全同者，此注之注家主名又较清晰，没有异文；亦有在几种文献中皆有保存且所属之注家主名不同，或者注文源头文献未明确为何人所注者；还有一种情况，就是蔡梦弼有时会据己意就将注文改头换面者。遇到第一种情况，自然十分简单，作者标注该条目所属之注家名即可。第二种情况，则需考辨清楚此注究竟为何人所作，如《分门集注》中多有"郑曰"，曾教授于《望岳》"荡胸生层云"句下考证乃"郑印曰"，《集千家注批点杜工部诗集》引该注，则称"郑昂"，又别是一人，误。（第8页）无法考清者，则又两存之，以标出姓名的顺序来代表自己的态度。对第三种情况，作者则将来源文献的注文全部引用，与蔡注作比较，以明其改写之迹，从而也可帮助厘清注文从来源文献到蔡注再到后世征引（或误引）蔡注的一条清晰脉络。这些情况，在该书的"凡例"中都有说明，详细情况，读者自可查阅。可见，曾祥波教授并非将蔡注与相关文献的相同注解简单捋扯出来，而是有自己精辟的案断与考辨的，该书的所谓"斠证"，即指这一部分的工作。附录中，他又考证后世的一大重要注本刘辰翁评点、高崇兰编《集千家注批点杜工部诗集》中"梦弼曰"之真相，并从此出发，进一步厘清该书注文之源与流，并进一步探讨宋元杜集注本系列的成书与价值。这都是基于他对《杜工部草堂诗笺》进行详细"斠证"前提之下的，可以说是为读者提供了一个对该书成果应用的一个范例。

近年来，一直在提倡要对古籍文献进行"深度整理"，2022年发布的《关于推进新时代古籍工作的意见》中即提到"推进基础古籍深度整理出版"。其实，所谓古籍文献的"深度整理"，并非仅对古籍文献中的一些关键词、地名、人名进行名词解释即可称"深度整理"，而是须先深度考虑文献的性质，再选择最能体现其价值的整理方式。比如，文学名家之诗词作品，自是须以寻觅其作诗之用意、典故、本事为先；史料文献，则应参证其他史料，考证其记载异同是非为上。就这一点来说，曾祥波教授之"新定斠证"，虽然并非是深度整理的常例，甚至可以说是一个创例，但却实实在在地深度考虑了文献的性质：《杜工部草堂诗笺》之重要价值一为其编年性质，但后世通行本编次淆乱，曾之先为"新定"寻觅、拼合宋之各残本，还原宋本原先之形态编次；二是其作为早期杜注文献，对前注有沿袭、有改写，后注又对其有引用、有流变，在历代杜诗注本研究中起着承上启下的作用。但又因蔡梦弼将其参考之各家各注之注家主名隐去而导致源流不清，甚至后世注本之误认、误袭之处也鲜为人知，曾之后为"斠证"，则追寻注释本原，找到被蔡书隐去的注家主名，从而使得该书的面貌清晰，也可辨清后世注文对蔡注沿袭之真相。从考虑文献性质来选择整理方式这一角度来说，曾祥波教授"新定斠证"这一新尝试，无疑是成功的。

前人对宋人"千家注杜"一般的印象是，虽然注家很多，且具开创性，但宋人注本伪注盛行，加之多为坊刻本，总体水平逊于清注。因此，今人较早的、较经典的杜诗古注整理本，皆为清注，其中具有代表性的，有中华书局的《杜诗详注》、上海古籍出版社的《杜诗镜铨》及《钱注杜诗》等。但随着杜诗文献整理与研究的深入，宋注杜诗的重要性也逐渐显现，并受人重视。近年来，宋注杜诗的整理本也逐渐出版，其中上海古籍出版社关注较早，目前已出版的有：林继中整理之《杜诗赵次公先后解辑校》(2012年)、曾祥波整理之蔡梦弼会笺《新定杜工部草堂诗笺斠证》(2022年)，以及聂巧平整理之郭知达辑注《新刊校定集注杜诗》(2022年)，三书皆为宋注杜诗中十分重要的文献；其余如凤凰出版社近期出版之《杜诗宋元注本丛书》。这些书的出版，无疑为宋代杜诗注本文献与杜诗学研究提供了丰富而可靠的材料。

《融通与建构:〈唐声诗〉研究》

□ 罗婵媛

(张之为著　社会科学文献出版社　2022年6月)

20世纪50年代,任半塘先生撰《唐代"音乐文艺"研究发凡》,标举"唐代音乐文艺学",展开为敦煌曲、唐代戏剧、唐代燕乐歌辞研究三个部分,其《敦煌曲研究》《唐戏弄》等系列著述,在学界引起了强烈关注,反响巨大,深刻影响了唐代文学研究。《唐声诗》是燕乐歌辞研究的代表成果,也是"声诗学"的开山之作。正如王小盾先生所评价:"从目的、效果两方面看,《唐声诗》都是一个先行者,它代表的是一个宏大的事业。"(《古代音乐文学研究的观念和方法——在北京大学中国诗学研究中心的演讲》)《唐声诗》指向词之起源问题的探究,从唐代诗乐繁荣现象入手,打通艺与文的研究界限,展现了广阔的学术视野,不仅让学界全面认识唐五代的诗乐资料、重新审视唐代的诗乐,而且建构了极具前沿性的文学史理论、开辟了全新的研究范式,对中国古代音乐文学研究产生了极为重大的影响。

张之为《融通与建构:〈唐声诗〉研究》(以下简称《〈唐声诗〉研究》)是第一部关于《唐声诗》的专书研究。是书在整体观照任半塘先生的"唐代音乐文艺学"的基础上,追溯唐艺研究的学术渊源,全面梳理任先生的学术架构、声诗研究的理论体系、文献资料和研究方法,对学术史上的"唐声诗"相关论争进行辨析,揭示《唐声诗》对唐代音乐文学研究的影响,展示了任先生的学术成就、学术品格与学术史价值。

一、揭示研究范式

著者对《唐声诗》一书的研究是围绕着任半塘先生的学术架构展开的，主要有三个层次："一是从散曲学到唐代音乐文艺学的发展过程"，"二是对共时存在的诸种艺术品类之横向研究"，"三是对传统学术与当代学界的反思与碰撞"（第3页）。

《唐声诗》是任先生"唐代音乐文艺学"的系列成果之一，唐艺学又是任氏散曲学的延伸。从散曲学到唐艺学，两个研究阶段之间具有明显的承接关系。基于此，《〈唐声诗〉研究》首先梳理了任老学术从散曲学向唐艺学发展的过程："研究对象从散曲向词迁移，触发点是'探源'，探索散曲起源，由此追踪至词；再进一步探求词之起源，由此上溯至诗。"（第11页）从问题指向、研究视野等方面阐述了任氏唐艺学的建构与格局："从问题指向上看，是对诗词之变的思考，即词源问题；从研究视野上看，从音乐变化的层面考虑文体的发生与演变，即对文学与音乐相互关系的思考……它也意味着一种学术范式的成熟，随着材料的积累与思考的不断深入，'唐艺学'铺开的面更大，以有唐一代为限，力图横扫此历史时期内音乐文学之诸种品类。"（第12页）

其次，结合20世纪古代文学研究学术史，阐述学科研究范式从传统的文本中心向学科交叉、多元整合的转变，呈现了任先生在此过程中的带动与贡献：开拓学术区域、建构自成一体之理论体系、全面翻新研究范式。

再次，对《唐声诗》的资料、方法、理论展开论释。

文献资料方面，《唐声诗》在文献资料的搜罗、汇整与利用上富有特点、极具功力，涵盖并融合了敦煌文献、域外资料、本土材料，《〈唐声诗〉研究》均进行了细致分析。在某种程度上说，研究材料是学者的视野与所研究之问题的反映。《〈唐声诗〉研究》对《唐声诗》文献资料的阐析实质上也指向这一点，通过归纳其资料利用的特点，如追踪前沿、赅博丰赡、问题中心等，来揭示任氏学术的风格、面貌。

研究方法方面，《〈唐声诗〉研究》指出任先生研究方法的理论渊源是诞生于19世纪的实证主义,整合了新考据派的工作方法,并将之归纳为四点:考据精审、以唐证唐、引入定量分析法、考驳并重。其中最精彩的是以唐证唐和定量分析法的引入,前者可谓以当代史料治当代史的典范,后者引入了自然科学的研究方法,"摆脱了传统研究多停留于个案分析,以个别代替整体的弊端,可以说是研究方法质的飞跃"(第49页)。

声诗理论方面,著者系统阐述了《唐声诗》通过广阔的文化人类学视野观照唐诗,结合唐代的歌舞等表演艺术和宴饮等文艺活动,从音乐和文学的共生关系角度立体研究唐声诗的发生状态,从而创建"声诗学"。从对《唐声诗》理论建构过程的分析中,阐释《唐声诗》在研究视野、研究思路和学术理念有别于传统古典文学研究的独特和前沿之处,即"主艺不主文"和"歌辞总体观念"。前者旨在改变以文本为立场的文学研究路线,摒弃诗乐为本末关系的观念,而把音乐和文学视为同一事物的表里。后者是以"歌辞"概念统摄诗、词、曲等文体,不再局限于从文体差异切入研究,而是转向文体背后的表演形式和活动,把音乐文学视为主体,实现对伎艺和文学共同构成的"歌辞系统"的研究。

二、辨析学术公案

《〈唐声诗〉研究》正面梳理和辨析学界关于"唐声诗"论争的学术公案,从多重角度探讨论争涉及的相关问题和实质,并以此为契点,深入阐释了任半塘先生的声诗理论。

有关"唐声诗"的学术论争集中在三点:"唐词"与"唐曲子"的正名之争、声诗的严格化定义、声辞的配合方式。首先是"唐词"与"唐曲子"的正名问题,关系到三方面的认知:一是唐曲子与宋词的关系,二是诗词之辨,三是学术概念的规范化。著者比对史料文献与学者们的观点,梳理"唐词"的文献使用情况,明确宋代已有"唐词"之称,到明清更成为约定俗成的词学用语,近现代学者从王国维到饶宗颐等都习用"唐词",而从敦煌写卷看,"唐曲子"也是唐人常用之例。任半塘先生并不是没有看到唐人称"词"之例,但他为何要拈出"唐曲子",否认"唐词"一名呢?原因在于"唐词"派是将二者视为同体的不同阶段,任先生则以唐证唐,其出发点在于唐人对"唐曲子"和"唐词"的使用和认知,强调二者之异。"唐词"偏重文本,指向文人本位,"唐曲子"强调音乐角度,体现其民间本色,符合唐代歌辞的实际情况,比之"唐词","唐曲子"一名更能包涵唐代音乐文学的复杂现象。著者又结合任先生对《全宋词》的批注进行分析,《全宋词》在录词时同时使用了体式、词集归属、是否唱入词乐三条标准,但这三条标准并不能有效解决诗词之辨的困境。任半塘先生主张以"歌辞"概念观照诗词,以是否与词乐配合来辨别诗词,这是把词视为歌辞之一体,从伎艺角度认知词的思路。著者在总结论争之后指出,"在一定的历史时段内,从本质上讲,'唐词'与'唐曲子'指向的都是同一种文学形式"(第68页),"唐词"与"唐曲子"其实是对事物不同特征的强调,任半塘先生选择"唐曲子"这一称谓,是基于音乐文学研究的理念:"真正的意义在于强调看问题的角度,强调的是'曲子'作为一种音乐的文艺的身份,强调的是其与唐代音乐文艺活动整体之间的联系与互动。"(第61页)

其次是唐声诗是否限定为"近体齐言"的争论。任半塘先生的"声诗"定义排除雅乐和雅舞辞、大曲歌辞和杂言歌辞,限制为以近体齐言的燕乐曲子辞为主。这一界定与唐人所认可的"声诗"概念并不一致,此亦是学界聚讼所在。著者认为,任先生"在圈定研究对象时,确立'近体齐言'这个限定条件,近似一种对研究对象的自觉'提纯'"(第77页),这与声诗定义排除大曲歌辞实际是同一种研究策略,目的是在燕乐曲子辞内部把齐言和杂言放在并立位置,破除杂言曲子辞由齐言声诗转变而成的传统观念,指向对词的起源研究。

第三是声辞的结合方式。《唐声诗》曾经提出曲辞声合乐的三种方式:"(甲)由声定辞""(乙)由辞定声""(丙)选辞配乐"。梳理相关学术史,著者论证了合乐方式乃是学界区分"诗"与"词"的重要依据,并且这一划分标准符合唐宋人的实际认知。曲辞的合乐方式实可归纳为两种:一是先诗后声,二是因声度辞,前者是声诗合乐的主要方式,后者乃词的典型创作方式。由此,延伸出两个问题:其一,在同一曲调下,能否同时容纳齐言与杂言歌辞？这涉及杂言、齐言是否各有其调，也关涉齐言、杂言在音乐层面是否存在对立。其二，杂言入乐还是齐言入乐、先诗后声或是因声度辞，是否受到其他非音乐因素的制约与影响？对于上述问题，著者进行了深入探索。第一个问题，从曲调和歌辞的辨析入手，考证中唐释德诚《拨棹歌》实为《渔父》之异名同调曲，其写作方式是典型的依调填辞，曲辞既有七七三三七的杂言体，又有七言四句的齐言体，说明某些曲调确实可以在不改变旋律节奏、结构的情况下，同时填入齐言与杂言歌辞，"齐言体与杂言体在音乐层面并不存在绝对对立，也不受合乐方式的绝对限制"（第89页）。第二个问题，其本质是追索以体式差异、合乐方式两个角度来区分"诗""词"这一学术理路的缘起。著者回溯唐宋文献，指出这种思维路径在元稹《乐府古题序》中已经确立，是源自先秦的"诗""乐"伦理观念与中唐复古主义思潮共同作用的结果，从文化层面诠释影响曲辞体式与合乐方式的因素，跳出了在技术层面解释词体生成的常规思路，颇具新意。

三、推进声诗研究

学术史研究是一项在学术成果及其研究对象中往返钩索、梳理辨析的工作。《〈唐声诗〉研究》在揭示"声诗学"研究范式、辨析相关学术公案外，还力图回到唐声诗本身，以对具体问题的探讨来回应、推进当代声诗研究。其中表现得最鲜明的是第四章关于《何满子》的讨论。

此部分是以《乐府杂录》的一则佚文为起点，考察文人"依调填辞"的曲体规范。今本《乐府杂录》收文三十八条，著者从《琵琶录》中辑得其佚文一则，所记乃教坊妓人胡二姊于李灵曜宴会歌《何满子》事。通过对其所涉人物、地名、职官等的考证，还原了事件的历史背景。同时，著者钩稽材料，整理《何满子》曲、舞、辞的相关记录，厘清其曲的发展流变，考证其在宫廷内从曲子向大曲演变，并以安史之乱为契机向民间传播的过程。《琵琶录》材料的价值在于，它反映出作为宫廷乐曲的《何满子》与其流于民间者，二者的曲式存在显著差异，揭出《何满子》在民间传播过程中衍生了同名异调曲,这是一种隐性的同名异调现象。文人"依调填辞"的现象是以安史之乱后宫廷音乐曲调大批流入民间为背景的,这种隐性的同名异调的现象暗示,虽然《教坊记》中记载的曲目与中唐以后公私宴集、歌舞娱乐中所用的曲目重合颇多,但这些宫廷音乐的曲式规范不能直接等同于文人依调填辞的曲式规范;并且,证实了曲调在流传过程中产生的变异,是同名异调产生的原因之一,也是同调异体辞产生的原因之一。

除了《何满子》的考辨,《〈唐声诗〉研究》还作了一些文献整理考证工作,对俄藏敦煌文献 Дx02153V、Дx01468 中的两首曲子辞,以及《乐府杂录》的佚文进行了考察。这种"先搜集材料,再发现规律"的路数,与任先生"材料—理论—材料"式的工作方法,一脉相承。此类工作也可以为相关研究扩展资料,提供便利。

《唐声诗》自1982年由上海古籍出版社付梓,已历卅载,其中所涉及的一些问题,至今仍是学界关注的焦点,常见探讨和争鸣,可见其所论问题之重要、影响之深远。《唐声诗》中展现的学术视野、研究路径、问题角度乃至一些学术观点,在今天仍有很强的示范意义与启发作用。《融通与建构:〈唐声诗〉研究》从理论范式、方法资源等各个层面对之进行梳理、总结、阐释,不仅有助于呈现任半塘先生的杰出成就,也有助于我们更好地继承这份珍贵的学术遗产。

《浙东唐诗之路唐诗全编》

□ 吴钰欣

(卢盛江编撰 中华书局 2022年6月)

自20世纪80年代竺岳兵先生提出"唐诗之路"、后1993年中国唐代文学学会正式将此概念明确为"浙东唐诗之路"以来,"浙东唐诗之路"相关研究成为学术界的热门增长点。2018年浙江省政府工作报告提出要打造"浙东唐诗之路",后一年,中国唐代文学学会唐诗之路研究会随之成立,此后更是涌现出众多成果,涵盖诗集资料编纂、诗人行迹考察、诗人群体研究和诗歌艺术鉴赏等多个方面。

浙东唐诗之路是广义唐诗之路的一个重要组成部分〔据肖瑞峰《唐诗之路视域下的刘禹锡》,广义唐诗之路应包括京洛唐诗之路、沅湘唐诗之路、关陇唐诗之路、巴蜀唐诗之路、岭南唐诗之路、浙西唐诗之路等多条路线。《河南大学学报(社会科学版)》2022年第1期〕。卢盛江先生提到,"经考证,共有451位唐代诗人游弋于浙东,占《全唐诗》收载的2200余名诗人总数的五分之一,留下了1500多首唐诗"(《浙东唐诗之路是如何形成的》,《光明日报》2019年6月3日,第13版),可见浙东唐诗之路材料丰富,可挖掘空间较大,对浙东唐诗之路的深入探索不仅有助于以新的视角对诗人诗作和地域空间进行整合,从而深入推进唐诗研究的整体进程,而且能为今后其他唐诗之路的研究起到示范作用。而对浙东唐诗之路的诗歌材料进行全面细致的整理统合,有着为其他研究打下基础的重要意义,故而在浙东唐诗之路研究初期，就出现了竺岳兵《唐诗之路唐诗总集》（中国文史出版社2003年），后又有邹志方《浙东唐诗之路》（浙江古籍出版社2019年）这样的浙东唐诗之路诗歌选集。随着浙东唐诗之路研究的不断推进，卢盛江先生主编的《浙东唐诗之路唐诗全编》2022年在中华书局出版了，相比之前的两部著作，本书以诗人时序为系进行编纂，且搜罗更全，去粗取精，去伪存真，对研究者有很大价值。

《浙东唐诗之路唐诗全编》对今后浙东唐诗之路相关学术研究有着重要的基础性作用，它有着独特的编纂方式和精审的搜罗考辨，这意味着它将不仅停留在浙东唐诗之路学者的参考材料这一层面，更会不断给学者启迪，为浙东唐诗之路研究标明宗旨、指明方向。甚至不局限于浙东唐诗之路，对国内其他唐诗之路乃至国际唐诗之路的体系建构都有重要的示范和参照作用。

《浙东唐诗之路唐诗全编》归入"唐诗之路研究丛书"第一辑，在书前的总序中，卢盛江先生高屋建瓴地提出了唐诗之路研究的八点宗旨，在对此前（浙东）唐诗之路研究进行总结的基础上，为今后的浙东唐诗之路乃至整个唐诗之路的研究指明了方向、路径和方法。

本书以诗人出生时序为系分为七卷，先列诗人及其生平，侧重诗人在浙东游历情况，对诗人在浙东行迹的考察很有参考价值；再列诗人与浙东唐诗之路相关的诗歌作品，直录原典正文，诗下标明出处，偶有笺注异文、地名等；主要参考文献和诗人姓氏笔画索引则以附录形式列于全书之末，注释短而精，体例规范详备。

一、收诗范围的拓展与编纂方式的创新

与此前的浙东唐诗之路唐诗集相比，《浙东唐诗之路唐诗全编》拓展了收诗范围，并在编纂方式上进行了创新，取得了一定的突破。

（一）收诗范围的拓展

相比结集在先的竺岳兵《唐诗之路唐诗总集》（以下简称《总集》），《浙东唐诗之路唐诗全编》（以下简称《全编》）一书在收诗范围上有所拓展。《总集》所收诗篇全部来自《全唐诗》和《全唐诗补编》，总计1594首诗；而《全编》以《全唐诗》和《全唐诗补编》为主体，综合如《会稽掇英总集》等地方文献，《送贺秘监归会稽应制》组诗就是源自《会稽掇英总集》。《全编》体量更大，粗略统计有约2600余首诗歌，为浙东唐诗之路的后续研究提供了更丰富的基础材料。

《全编》收诗数量的大大增加不仅与其编纂来源的扩充有关，更与"浙东唐诗之路"的地理范围和"浙东唐诗之路唐诗"的选录标准的明确有关。在地域范围方面，《总集》将浙东唐诗之路的区域较模糊地界定为"浙江东部地区"，即绍兴、台州、宁波、舟山四地；而《全编》据《元和郡县图志》将"浙东"明确界定为浙东观察使所辖的越州（今绍兴）、婺州（今金华）、衢州、处州（今丽水）、温州、台州、明州（今宁波、舟山）七州（第1页），实际上是八地，比《总集》多出四地。

在选诗标准方面，《全编》也在《总集》"反映唐诗之路所经之地的人文风光"（《总集》第7页）这一标准的基础上有所扩充和细化。在《全编》的说明中，编者将收诗范围定为：与浙东尤其是浙东人文风光相关的诗篇，明确可考一生均在浙东的诗人之诗，在浙东唱和联唱等诗歌，以第一种为主体，并对过长诗歌进行截录。（第1页）其中，第二、三种很大程度上解决了未出现典型浙东地名、景名的诗歌是否收录、如何收录的问题，填补了浙东唐诗之路诗歌材料的一些真空地带，给了研究者更大的发挥空间。举例来说，《全编》录秦系诗23首，而《总集》仅录13首。秦系许多诗歌中未出现典型的浙东地名景名，如《山中赠张正则评事（系时授右卫佐，以疾不就）》诗："终年常避喧，师事五千言。流水闲过院，春风与闭门。山茶邀上客，桂实落前轩。莫强教余起，微官不足论。"（第249页）但他是会稽人，且785年前主要隐居会稽，根据他的生平和行迹，就能推断诸如《山中赠张正则评事》等诗仍属浙东唐诗之路诗歌的组成部分，也反映了浙东山水和人文风光。再举一例，浙东唐诗之路上有名的严维、鲍防联唱这一文学活动，以严维为首的57人联唱，题为《状江南》的一系列诗歌正是其中的作品，这组诗歌吟咏四季江南景象，诗中基本不出现浙东典型的地名、景名，但描写的却正是浙东一带典型的风景人文，当属浙东唐诗之路诗歌。然而，《总集》中却不见这些诗歌的踪影，这让基于浙东唐诗之路的浙东联唱文学活动研究难以开展，也容易让浙东唐诗之路研究走入"以诗歌为旅游景点附会"的狭道，有僵化、流俗之弊。

（二）以诗人生年时序为系编纂诗集

《全编》在收诗方面的拓展折射出当今学界在"浙东唐诗之路"研究上的理论提升和这一课题的学术性的增强，也即"浙东唐诗之路"这一主题内涵的深化。正如肖瑞峰先生所言，我们应当区分旅游学视阈中的"浙东唐诗之路"和文学视阈中的"浙东唐诗之路"。〔《"浙东唐诗之路"研究的学术逻辑与学术空间》，《绍兴文理学院学报（人文社会科学版）》2018年第6期〕浙东唐诗之路并不是一条清晰可见、固定不变的旅游线路，唐代诗人并非都走同一条线路，同一诗人也往往不只走一条线路，"路"是动态变化的，"浙东唐诗之路"更是一个较为模糊、泛化的概念，难以描绘出具体明确的路线图（当然，大致的路线图有助于读者理解浙东唐诗之路的概念和意义），许多诗歌游离在这些"路线"之外，前面提到的秦系、严维浙东联唱诗就是例证。对浙东唐诗之路的研究要有"路"的意识，不然就丧失了研究主题；但同时不能被过于具体的"路"所限制，否则学术研究就容易走向让文学为文化产业亦即经济服务的死胡同。

《全编》以诗人生年时序为系编纂，这一点是有突破性的。在此前，无论是竺岳兵先生《唐诗之路唐诗总集》这样希望搜罗全尽的著作，还是邹志方先生《浙东唐诗之路》这样举诗例以见浙东唐诗之路面貌的著作，都是以浙东唐诗之路的地理路线为系的，按唐人游览浙东的景点（或地理区划）顺序列举相关诗作。这种编排方式无疑切中了"路"的关键，引人入胜，适合读者对浙东唐诗之路进行初步了解，也方便文化产业工作者据此进行文旅开发。然而，在学术研究进一步推进后，这种以景点为系的编排方式就让人们难以从时间维度观照时代诗风转移背景下浙东唐诗之路诗歌的变化，也难以看到同时代诗人们集群创作、唱和酬对的文学现象，更难以对个体诗人在浙东唐诗之路游历的原因、创作情况等进行考察，而这些问题都是很有价值的。

　　以诗人生年时序为系编纂诗集，一是方便读者了解诗人行迹，对诗人的整体行迹研究和诗人的浙东诗歌创作背景研究都有重要意义。二是容易看到同时代诗人们的文学活动和创作集群，如《送贺秘监归会稽应制》组诗（第43—78页），其中涉及的诗人基本都被编排在一起，一目了然。前面严维的唱和组诗也是如此。三是便于读者从时间维度整体观照浙东唐诗之路诗人创作的大体变化：这条道路上的诗歌创作是初盛唐多还是中晚唐多？浙东在唐诗人心中的地位到底如何又有何变化？浙东唐诗之路诗歌的诗体、诗风有何流变？这些都涉及时间维度的考量。

　　《全编》很好地体现了浙东唐诗之路研究的主题深化与理论提升。本书总序强调"'路'是载体，'诗'是内涵，而作为灵魂主体一定是'人'"（第3页），故而《全编》以诗人为系，在诗人行迹、流寓的考察方面独树一帜。在此基础上，《全编》不会失收重要的浙东集会联唱、幕府酬唱诗歌，还能较为清晰地展现诗人群体中各个诗人的紧密联系，也更能很好地展现具体某一位诗人一生在浙东的行迹，其诗歌创作按诗人生年时序编排，共性、变化等也就有迹可循。从《总集》到《全编》，浙东唐诗之路研究从以"路"为中心转向以"人"为中心，逐渐从散落的"点"拧成一股绳，这一演变显然是对学术发展有益的。

　　总之，《全编》以诗人生年时序为系编纂诗集的方式为此前以路线为核心的诸多著作提供了有力补充，且对当今学术研究的价值可能更高。读者将两方面的著作参照起来读则更好，不仅能对浙东唐诗之路产生具体、形象、直观的认知，还能发现更多有价值的学术问题。

二、研究方向的启迪与研究问题的凸显

本书丰富的收录内容和独特的编纂体例使得一些有价值的问题和研究方向凸显了出来，对今后浙东唐诗之路研究有重要的基础性作用，对国内其他唐诗之路乃至国际唐诗之路的体系建构有重要的参照意义。下面简单列举一些《全编》凸显出的、近年已有学者进行研究的问题和方向。

（一）诗人行迹考察

《全编》以诗人时序为系的编纂方式便于对某一诗人在浙东的行迹进行细致考察、梳理，这对诗人整体流寓创作研究有很大价值。以李白为例，他曾多次游越，从《古风（其十七）》到《采莲曲》《渌水曲》等，《全编》就较为清晰地展现了李白从金华到若耶溪、渌水等地的游览创作行迹。不仅如此，"浙东唐诗之路"乃至整个唐诗之路更多的是给研究者们视角上的启发，如肖瑞峰先生所言，"不是简单地勾勒出他们在唐诗之路各区段的踪迹，而是要从深层次上揭示他们与这条蕴含着多种政治元素和文化基因的道路之间的交涉与互动"〔《唐诗之路视域中的刘禹锡》，《河南大学学报（社会科学版）》，2022年第1期〕。从这个角度研究诗人行迹，不但能明了诗人诗作如何为诗路增添光彩，更能挖掘这条诗路、这段游历经历给诗人本身的精神启迪、文学养料。

在单个诗人行迹考察之外，400多位诗人在浙东的共同行迹也让人思考唐代诗人漫游浙东的特征、影响问题。当然，众多诗人行迹纷繁复杂，这要求我们对诗人游历浙东状况进行分类研究。这些诗人的漫游路径有何共性和个性，这对他们的诗歌创作有何影响？他们漫游浙东的原因是什么，浙东在诗人心中的印象如何？这都值得进一步讨论。

更广地延伸开来，同一诗人在不同诗路上的行迹与诗歌创作情况的比较研究也是可行的，如肖瑞峰《唐诗之路视域中的刘禹锡》就将刘禹锡的生平创作分为沅湘唐诗之路、岭南唐诗之路、巴蜀唐诗之路等方面，这在一定程度上将时空打通了。

(二)诗人群体研究

诗人群体研究尤其是诗人唱和、交游的情况,是《全编》体现出的重要且有价值的问题。

首先,是酬唱应制的文学现象,如贺知章归隐会稽时曾有以唐玄宗为首、大批文人应制唱和的《送贺秘监归会稽应制》一组诗歌,这在《全编》中体现得比较明显。

其次,是诗人联唱这一文学活动,大历年间出现鲍防、严维主导的《大历浙东联唱集》,当时共有57人参与浙东联唱,创作了许多唱和诗和联句诗,唱和诗可参见前面的《状江南》例,联句诗则可以《松花坛茶宴联句》(第194页)和《柏梁体状云门山物并序》(第197页)等为代表,当时诗人们交游宴饮,创作了许多赞美浙东山水的诗歌。而在《全编》中,这类联句诗和唱和诗也较为显眼,易于使读者产生兴趣、发现问题,从而进行研究。

最后还有诗僧群体值得注意。浙东是佛教天台宗的发源地,尚佛之风兴盛,诗僧众多,他们不仅自己作诗,还经常为僧人朋友送别赠诗,更与文人交游广泛,互赠之诗着实不少。例如,会稽灵澈就与刘禹锡、刘长卿等人交游密切,这些诗人为他写过不少赠诗、送别诗,这类诗人与僧人之间的往来酬赠是值得挖掘的。另外如寒山、拾得、贯休等诗僧在《全编》中所录篇目亦不少,也可进行群文参照研究。

(三)中外交流与国际唐诗之路

本土诗人、僧人为外国僧人举办的集会酬唱活动在《全编》中能够凸显出来,如日本高僧最澄来天台宗访道,回国时有吴觊、孟光、毛涣等人为其作诗送别,留有题名为《送最澄上人还日本国》的一组诗歌(第316—320页),可窥见当时盛况。又如空海归日本时,也有许多人为其作诗送别,如朱千乘、朱少端、昙靖等人(第321—323页)。这些酬赠送别诗歌都反映了浙东唐诗之路上中外交流的问题,体现了浙东唐诗之路的国际化,甚至对所谓国际唐诗之路的建构有一定意义。

近年来,许多学者关注到浙东唐诗之路的国际化延伸,即当时外国人对浙东风景人文的吟咏（往往以汉诗的形式出现）。例如，肖瑞峰先生在《浙东唐诗之路与日本平安朝汉诗》（《文学遗产》1995年第4期）一文中就对日本人在汉诗中常用浙东文化符号的现象进行了较为细致的考察，成果颇丰。此外，胡可先先生也有《天台山：浙东唐诗之路与海上丝绸之路的交汇》（《浙江社会科学》2019年第12期）一文，提出应重视天台山处于浙东唐诗之路与海上丝绸之路交汇处，海上丝绸之路经过这里，就意味着这里是中外交流和文化传播的重要枢纽。通过对诸如送别最澄组诗这样的诗歌的研究，或许能打通国内唐诗之路与国际唐诗之路的研究，开拓出更广阔的天地。

除了上面提到的三点，还有许多值得研究的方向与问题，有待读者在《全编》的阅读中进一步探索。

三、问题的讨论与阅读的体会

《全编》也并非尽善尽美，在后续修订过程中应进一步完善补充。同时，读者当与同类诗集进行对比阅读，扬其长避其短。我在阅读时发现本书编纂似有不尽完备之处，在这里浅加讨论，有不当之处敬请指出。

（一）长诗截录有伤诗意

与《总集》相似，《全编》也选择了对过长诗歌进行截录、仅选取其中与浙东唐诗之路有关的部分呈现的方式。这是诗集编辑出版时常见而不得不为之的情况，但这种截录存在弊病。

首先，《全编》的部分截录是机械地截取了诗歌中出现浙东地名景名的句段，孤立的诗句前无因后无果，让人云里雾里，还容易造成误读。如虞世南《奉和幸江都应诏》一诗仅截录"南国行周化，稽山秘夏图。百王岂殊轨，千载协前谟"（第2页）四句，有伤全篇诗意。

其次，有时并非截录了与浙东相关的诗歌，而是将诗题中出现浙东地名的长诗进行了没有道理的截断，似乎只是因为全诗过长而仅录前几句。如玄觉《永嘉证道歌》截录"君不见，绝学无为闲道人，不除妄想不求真。无明实性即佛性，幻化空身即法身。法身觉了无一物，本源自性在真佛"（第38页），截出的几句全为佛理，全篇也都是类似的佛理阐释。若是因为《永嘉证道歌》反映了浙东唐诗之路的宗教文化，那何不全录？若是只有这截取的几句反映了浙东唐诗之路的风土人情，那又有何理由？

总体上看，《全编》进行截录的诗篇并不算多，或可干脆全篇录入；如若一定要截录，还望审慎截录，不能伤及全篇的连贯性。

（二）时序编写遮蔽诗路布局

本书的编排方式是按照诗人生年时序进行编纂，这样优势当然很多，不仅仅是上文所述的这些方面，但也毋庸讳言，这种编写方式也存在一些缺陷——主要是难以体现"诗路"的面貌和特点，缺乏对浙东唐诗之路的整体形象感知。本书总序八大宗旨中提到"要弄清每条诗路的面貌"（总序第2页），在重视"人"的同时，也要对诗路进行一定的梳理，或许可以以附录形式添加浙东唐诗之路大致路线图供读者参考，也可以对浙东唐诗之路上的部分重要诗人（游历久、创作多、路线典型）的浙东行迹进行梳理，让读者对"路"有一个更清晰的体认。

必须承认，这是诗人为系的时序编纂难以避免的缺陷，但与这种编纂方式的益处相比无伤大雅，不必因为这个缺陷而复归以景点路线为系的形式。但读者最好将两种编纂形式的诗集进行比较阅读，相互印证、补充。

（三）选诗范围界定宽泛

首先，《全编》中有些诗歌并不能反映浙东自然或人文风光，但因诗中有浙东地名或作者在浙东所作而被收录。如前面提到的玄觉《永嘉证道歌》，全诗尽为佛理，与浙东唐诗之路没有具体关联，仅是玄觉在永嘉悟道后所写的诗歌。当然，如果将这首诗提升到浙东宗教文化层面，也不是不能与浙东唐诗之路关联，但又有点流于空泛了。

其次，《全编》收诗范围的拓展也产生了一个问题：诗歌通过典故的形式提到浙东地名或历史故事（如西施浣纱），但篇幅极短,全篇意旨也并不在浙东之上,这样的诗歌是否能算作浙东唐诗之路的唐诗呢？从最宏大的文化角度来看自然也是行得通的,但这样的诗歌太多,尽录之只会让浙东唐诗之路的主题逐渐失去意义,还需谨慎思考、对待。

这两类问题归根到底都是广义浙东唐诗之路(唐诗)与狭义浙东唐诗之路(唐诗)的关系问题,过广则失于空疏,过狭则没有研究余地,处理好二者的关系是困难的,也是必要的。

(原载《惟学学刊》第 1 辑,浙江大学出版社,2022 年 12 月)

《李杜韩柳的文学世界》

□ 田恩铭

(李芳民著　中华书局　2022年7月)

《李杜韩柳的文学世界》是李芳民教授的一部力作。从书名就可以看出，这是一部以李白、杜甫、韩愈、柳宗元为研究对象的文学研究著作。唐代文学研究领域成果众多，几乎没有不被开垦的园地。尤其大作家研究已经有丰厚的成果累积，不仅别集整理成果扎实丰厚，而且在传记、文本阐释、文体学、文学史价值等方面的研究卓有成就。李白、杜甫、韩愈、柳宗元更是大作家的重中之重，杜牧《冬日寄小侄阿宜》云："李杜泛浩浩，韩柳摩苍苍。近者四君子，与古争强梁。"已有的研究著述不少，李浩教授在"序"中钩稽出相关文献整理成果，在此基础上，研究者还有发掘空间吗？还能产生创新性成果吗？李芳民教授以《李杜韩柳的文学世界》回应了上述问题并给出了肯定的答案。作者在该著作中坚守文学本位，采取中外融通的研究方法，更是体现出明确的问题意识。

一、文学本位：切入文体与文本交互的着力点

《李杜韩柳的文学世界》乃是长期学术积累的结晶，如作者所言："若就原始论文的写作而论，从最初之作，到最末一篇，前后已历三十年之久"，故而所集中呈现的是"多年来围绕中国古代文学几位经典作家及其作品的思考与心得"。（第621页）如

果将著作与发表的论文相较,却又不是简单的汇集,而是有一个"琢磨润饰,屡经增删"的打磨过程,全书共计47万字,以著作呈现出来别是一种气象。从整体架构上看,著作依研究对象构成四个单元,分别以"谪仙的遭际与诗文""诗圣的理想与情怀""文坛北斗韩昌黎""屈子遗魂柳河东"命名而形成专题研究格局。从每个单元题目即可看出,这四个单元又可以分为两组:李白、杜甫为一组,韩愈、柳宗元为一组。李、杜研究从融入盛唐到走出盛唐,而韩、柳研究则直面中唐,两组研究又能因时序衔接在一起。"附录"中附有关于张九龄、岑参、李商隐、苏轼的四篇文章。

　　文学研究要坚守文学本位,却并不是仅仅就文学而研究文学。文本离不开人,人因文本而留下生命的轨迹。韩愈用"李杜文章在,光焰万丈长"而给出评价,李芳民教授则抓住"谪仙""诗圣"这两个关键词而立论。李、杜、韩、柳均是大文学家,以"文学世界"作为核心着力点,这些都昭示了文学本位。这部著作钩稽史事而侧重以此阐释文本。以李白单元为例,六章内容相互勾连,而各自独立。从名士风度到创作成就,构成了学术探微的完整历程。李白并不想走参加科举考试的途径入仕,而是树立以名士直取卿相的理想。先是以文本为中心钩稽史事还原话语构成的历史背景,而后便是文本细读中的定点分析。置身翰林是李白实现人生理想的第一次机遇,北上幽州,从璘入幕,报国许身。前三章以诗人为中心的研究聚焦李白积极入仕的两次悲剧,事中有诗,诗因事成,揭橥诗人的人生体验与盛唐气象、人生遭际与文学创作的关系。基于此,李芳民教授在考察李白的四处干谒和任翰林待诏时期的活动过程中,便有了合理的解释。李白因家国情怀而从璘,却因从璘而入狱乃至流放。从璘是李白研究的一个焦点,乔象钟、邓小军、周勋初等学者均有所考论,李芳民教授则从历史背景出发,考察李白暮年悲愤产生的政治背景。后三章以文学创作为中心考察文学成就,乐府诗、佛教、现代价值,构成了文学专题研究部分。两个部分,一个以人为中心,一个以诗为中心,文化研究则是贯穿始终的伏线。

　　《李杜韩柳的文学世界》的诸多篇章以文体立题,以文本阐释解题,这是文学本位的另一种表现形式。以韩愈单元为例,抓住文本,分赠序、书启、讲稿等三类完成。第一章"君子赠人以言"以唐代盛行的赠序为对象探讨韩愈的创造性贡献,如以史事思想而拓展内容,融史传、议论于其中,以散句行文而打破传统写法。第二章"书启摅胸臆"则以书启为对象探讨韩愈此类文章的抒情内容,以写干谒求进与寒士窘迫、写牢骚愤懑与抑塞磊落、写古道热肠与大师胸襟、写守道不屈与立身有节进行内容概括,更注重抒情特征的发掘,结论是:"韩愈一生抱道守义,崇儒反佛;为人重交道,乐于助人,有古君子风范;为官重操守,直道而行,不以私废公。其荦荦大端,备见书启之文。因此,其书启之作,可谓是他心灵世界的呈现与个性人格的写照。"(第317—318页)第三章则直面文本,以《答刘秀才论史书》为中心探讨韩愈史家身份的自我认知。第四章"传道有遗稿"则以《论语笔解》为中心考察韩愈的学官经历与文本生成的关系。四章内容放在一起,文体研究中有整体,有部分,有整体与部分的结合,而文体形式与表现的内容相互结合,以史衡文,因文论人,彼此交相辉映而构成了韩愈研究的有机组合。柳宗元单元同样注意文体与文本衔接,墓铭文、赠序、游记、议论文、山水诗分别构成五章内容的关注文体,在向外延展、向内收敛中收到良好的论证效果。

由此可见,整部著作充分体现出文学本位意识,立足文本而对准文体,文化语境、历史背景融入其中。这是一部扎扎实实又言之成理的文学研究成果,四位大作家研究各有侧重又两两相关,而落实到章节内容则部分之间互有交叉,著者别具新意地为每章加上学人的"入话"片断,更是提纲挈领,整体读来循此入曲径幽处而觉豁然开朗。

二、文史互证:抽丝剥茧中以窥知人论世内涵

文史互证自钱谦益《钱注杜诗》以来一直是行之有效的研究方法。陈寅恪、邓小军等学者在这方面均有所开拓。这部著作分为四个单元,李、杜、韩、柳各占其一,作者试图从文本中发现历史,让历史重新介入文本,进而知人论世。历史文化背景的发

掘对于理解诗人的重要性不言而喻。关于李白与安史之乱，邓小军、胡可先、吕蔚等学者均有所揭示，李芳民教授则从文本引出文化背景，将李白的遭际与时代语境变化结合起来。定点分析与全景观照相结合，别有一番气象。定点分析体现在李白生平两大悲剧研究上，诗史互证之方法得到恰如其分的运用，而且能够解决学术问题。如以从璘入幕方面围绕玄肃之争，以常见史料分析造成李白被流放夜郎的命运，分析崔圆、宋若思作为玄宗旧党与李白的关系，分析李白为宋若思撰文带来的危机。史事与诗情相互印证，熟题因而生新意。如此看来，大作家研究尚有发掘空间。李、杜研究从融入盛唐到走出盛唐，李芳民教授考察李白、杜甫与盛唐文化，同时探寻平藩战事与诗人创作的关系。韩、柳研究则将士风与文学联系起来，展示出元和时期的文学风貌。关注杜甫山水诗，关注李白忆旧游，关注韩愈论史书，关注柳宗元游记文则既将诗人所处情境烘托出来，又将日常生活的诗意审美阐发出来。

　　文史互证要做到史中有文，据史论文，文中有人，史事一定要能证诗情。陈寅恪《艳情及悼亡诗》《读莺莺传》就是典范文章，著者抓住婚姻、仕宦观念对元稹之巧婚、巧宦与《遣悲怀》《莺莺传》等文本构成的关系进行申论。李芳民教授将李白关于安史之乱的认识与《经乱离后天恩流夜郎忆旧游书怀赠江夏韦太守良宰》书写情境联系起来可谓异曲同工。相比之下，李、杜比较，杜不及李用力；韩柳比较，韩不及柳用力。因长期积累，著者还对于佛教文学主题怀有一份特别的关注，李白、柳宗元自然在其中。李白与佛教藕断丝连，故而所触及的只是一般典籍；柳宗元则浸于其中，居于佛寺而能够肯于接受。因言而有据，这样的结论才是可信的。

　　文化记忆融入文史互证，则会为传统研究方法注入活力。文化记忆是当前学术研究的热点。随着扬·阿斯曼《文化记忆——早期高级文化中的文字、回忆和政治身份》、阿莱达·阿斯曼《回忆空间——文化记忆的形式和变迁》以及埃尔·纽宁主编《文化记忆研究指南》等著作的翻译出版，文化记忆理论为文学研究带来激活的动力。文化记忆如何介入中国文学传统，彼此结合而产生新视角则是聚焦的话题。李芳民教授就是寻求突破的实践者,他将历史文化背景与文化记忆结合起来考察李白、杜甫、韩愈、柳宗元的文学文本中的自我书写。李白单元"怅惘旧事与记忆重构",杜甫单元"往事回忆与故国之思",柳宗元单元"家族图谱与家世记忆"均可划入其中,甚至韩愈单元"书启摅胸臆"亦与之息息相关。以李白为例,李芳民教授在文本细读中融入文化记忆之理论,分析具体问题善于归纳而层层入理,从而将李白的自述放在个人话语与集体认同的关系中加以厘定,新旧方法相互融合取得不错的效果。北上幽州、从璘入幕,李白《忆旧游》中有所遮蔽,李芳民教授进行了较为合理的解释,做出了突破传统的努力。这样就能够穿透文本认识李白的重构记忆,从而诸多细节百川汇海形成既感动人心又有说服力的论证过程。

整部著作读下来,论史中之诗如拨云雾而见天日;析诗中之史如倾听流水而思江河。处处围绕文本展开而不拘于文本,呈现出层层入理的辨析过程。《李杜韩柳的文学世界》带给我们的方法论启示在于:文化记忆理论也好,文史互证方法也罢,学术研究需要根据所提问题确定方法,理论乃是为方法插上创新的羽翼。

三、问题意识:建构具立体化的文学研究空间

问题意识要求选题要言之有物,提出的问题要有独特性。李白单元围绕李白的人生际遇立题,以提出的学术问题展开探索,寻索走出盛唐的进程。杜甫单元从安史之乱后杜甫的政治理想、山水诗写作的情感融入、故国之思入手,完成杜甫形象的书写。李杜相比,李白单元不仅篇幅长而且思之弥深,杜甫单元则以三章就政治理想、诗歌特色、人生体验立论,条理清晰而各自独立。韩愈单元则聚焦文体提出问题,进而走进韩愈的心灵世界和文学世界。柳宗元单元则围绕贬谪生活提出问题,然后依文体阐释文本,围绕家世家风、思想世界、文学表现完成论证过程。关于柳宗元的贬谪文学研究,学术界已经有深入的研究,

如尚永亮《贬谪文化与贬谪文学——以中唐五大诗人之贬及其创作为中心》《唐代逐臣与贬谪文学研究》等著作。李芳民教授则聚焦于佛教文本、山水游记和山水诗中,将生活空间与文学空间连缀起来,将学术议题立体化,从而有了新发现。再如关于杜甫纪行客居的漂泊感与山水诗结合分析其创新之处,也是一个独到的发现。只有能够提出有价值的问题,才能解题和结题,最终达到将已有研究进一步深化的研究目标。

问题意识体现研究过程中解题的思路及路径选择。家族文化是作者关注的内容,杜甫、柳宗元单元均有专门的篇章。李芳民教授发表过《"离散家族"与李白的家世记忆——兼论其与李白个性气质及诗歌艺术特征之关联》(《兰州大学学报》2022年第3期),认为李白的家世记忆与文化认同密切相关,借此能让我们深切地理解诗作中体现的"英特越逸"之气。在作者看来,柳宗元同样是在与人对话中完成家族记忆书写,故而笔下充满"了解之同情"。人生是一段与人相伴的旅程,与家族中的先人遇见就不容易,那么要思考的是:在交互的过程中如何书写昔日的影像,成为个人历史记忆的一部分。家族地位升降的过程中,总会有成就感与缺失感联系在一起,尤其是从巅峰中滑落的时刻。我们或许无法再创造新的可能,却可以让相关的影像长存,并用设想未来可能的图景。李白、杜甫、柳宗元,也包括韩愈都会把相关的家族记忆留下来,融入自己的人生轨迹中。这样的选题就将传统学术方法与现代理论有机地结合起来,收到极佳的学术效果。几篇文章组合起来构成文化记忆研究的系列文章,放在作家专题里亦可融于其中。再以韩愈单元第四章"传道有遗稿"为例,李芳民教授通过考察韩愈的学官经历得出一个结论:《论语笔解》是讲稿。整章内容围绕文本是如何生成的构成全篇,韩愈何时何种原因写作此书,此书为何没有收入文集?开篇就提出问题并给出结论,作者"以为此书当出韩愈任国子博士时之讲稿。李翱则是与其共同讨论者。此书之成,当与韩愈数次任国子监教职的经历有关。由于其原本为国子监之授课讲稿,韩愈将之视为学术性著述,且其中多有李翱参与讨论的意见,故其无意将之收入本人文集之中"。(第343页)于是,从韩愈的家世学养入题,先是梳理屡为学官的历程;在此背景下考察国子课程设置与讲授《论语》的关联;再进一步确认《论语笔解》是讲稿,进而论证此书不是韩愈独立完成的,而是与李翱的参与有关,最后解释未收入文集的原因。提出问题、分析问题,再解决问题,论证的逻辑性和科学性就得以丝丝入扣地展示出来,具有难以撼动的说服力。

　　研究者具备问题意识才会形成相对独立的研究空间。因采取创新性的研究视角、研究方法而不断拓展。就唐诗研究而论,研究王、孟、韦、柳的山水诗已经难以出新,而李芳民教授则在柳宗元的身上有了新的发现。柳宗元单元第三章"空间营构与创作场景"就别具眼光地阐释柳宗元如何创造出独特的贬谪文学世界。该章第一部分抓住"员外置"与居住空间的独特下笔,还原柳宗元居于龙兴寺、法华寺、愚溪营构空间的过程;第二部分则考察柳宗元居于贬所的游历空间,列出游历空间表后,归纳出排忧遣闷游历和探寻式游历两种情形;第三部分则转向柳宗元的社会交往空间,与朝中官僚的交往,与永州地方官员、文士及贬谪者的交往,与政治同道的交往,与同辈友人的交往,构成逐渐从封闭到开放的空间;第四部分则将"三维空间"与创作场景融合,"将空间营构变成文学创作场景,有两点是最为突出的。一是其营构居住空间,将之化为相关诗文创作的对象并提炼相关作品的主题;二是以游历活动为中心,创造出独特的游记文学世界。"(第453页)第五章"贬黜南荒与山水抒写"则有次第地厘定山水诗的诗史意义、情感特征、个性风格,拓展了柳宗元山水诗与贬谪文学的研究空间。这是以柳宗元山水诗文而熟题生新的例子,还有一种熟人新题的例子。比如著者注意到杜甫纪行客居与山水诗的关系,从其山水自然中可见家国情怀,从其山水自然中见其风格多样,从其山水自然中见其审美境界,因之杜甫山水诗创作的贡献就此呼之而出。

　　阅读《李杜韩柳的文学世界》,李浩教授归纳出"从重文心诗艺的探索向重史事拓展",却不失文学本位;"从重作家履迹考索向重文化史事拓展",以文史互证见长;"从重传统功夫向兼采学术新方法拓展",融入文化记忆理论。总体而论,这部著作因坚守文学本位而见其扎实,因运用文史互证而见其通脱,因问题意识而见其厚重。因积累厚、用力深而方法科学,方能因阐释经典的深度而为"大众阅读经典提供新的样本"。(序第4—5页)此外,这部著作是站在中华文明视野下研究文学的,物质文明、精神文明、制度文明的相关元素均介入文本之中。这样一来,既从学术视野上拓展了研究格局,又能围绕"文"与"人"落到实处,李芳民教授以长期的研究积累取得了沉甸甸的学术硕果。

《大唐创业起居注笺证(附壶关录)》

□ 徐紫悦

(仇鹿鸣笺证　中华书局　2022年8月)

温大雅《大唐创业起居注》(以下简称《创业注》)以年月为序,记载了隋大业十三年(617)五月李渊太原起兵至义宁二年(618)五月受禅建唐357天的史事。有关《创业注》的性质、成书时间、史料价值等方面,学者已有充分的讨论。一般认为《创业注》乃武德年间温大雅担任陕东道大行台工部尚书时撰成进上。李渊太原举义后,开府辟署僚佐,温大雅被任命为府中的记室参军,"专掌文翰"(《旧唐书·温大雅传》,中华书局1975年),因此温大雅《创业注》对李唐开国创业史的记述更为直接,具备一手史料的性质。仇鹿鸣在《大唐创业起居注笺证》(以下简称《笺证》)的前言中,从《创业注》的纪事范围、专名的混用、前后叙事的差异三个方面指出《创业注》从筹划起兵至攻克长安的纪事或多据温大雅任记室参军时的一手记录,而卷一叙李渊早年经历、卷三记攻克长安后群雄之动向等或出于后来增补,《创业注》系一部经过加工缮写后的史书。

《创业注》的史料价值早在司马光编《资治通鉴》时便已得到关注,《通鉴考异》中有多处引用《创业注》,通过比读《创业注》与高祖、太宗《实录》及《旧唐书》对同一件事的不同记载,评判出最接近真相的说法,以此来作为材料取舍的依据。"四库全书总目提要"亦提到:"此书得诸闻见,记录当真。"现代史学家研治隋末唐初历史时,也对《创业注》多有援引,讨论所围绕的问题大致有太原起兵的首谋者、李渊称臣于突厥事、李建成的功业、李唐制造的符瑞谣谶，代表性论著如陈寅恪《论唐高祖称臣于突厥事》（收入氏著《寒柳堂集》，生活·读书·新知三联书店2015年）、汪篯《唐太宗》（收入氏著《汪篯汉唐史论稿》，北京大学出版社2017年）、李树桐《唐史考辨》（台湾中华书局1972年）、罗香林《大唐创业起居注考证》（收入氏著《唐代文化史研究》，上海文艺出版社1992年）、赵贞《李渊建唐中的"天命"塑造》（叶炜主编《唐研究》第25卷，北京大学出版社2020年），等等。

上海古籍出版社于1983年出版了由李季平、李锡厚整理点校的《创业注》（以下简称点校本）。点校本充分查考了当时所能见到的版本，校订精详，颇便阅读，为此前学界利用《创业注》的通行本。《笺证》对点校本亦多有参酌。此外，由于《津逮秘书》本《创业注》是据《秘册汇函》旧版刊刻的（冉旭《〈秘册汇函〉考》，《古籍整理研究学刊》2004年第3期），因此《笺证》改以明万历《秘册汇函》本为底本。

《笺证》除了完成笺疏体例所要求的内容——主要是注释人物、职官、地理，字词训解，疏晓文义。还有以下特点：

其一，也是最重要的，作者在凡例中亦有说明"尤注意《创业注》与《册府元龟》引《实录》《旧唐书》三者间的因袭、增删与改动，剥离史源，揭示文献的不同层次，辨正史实"。作者先据《通鉴考异》引高祖、太宗《实录》所提示的线索，比对出《册府元龟》（以下简称《册府》）中节钞自高祖、太宗《实录》的部分。《实录》又是《旧唐书》本纪最重要的取材来源。继而，作者推断"贞观中纂修《高祖实录》，曾将《创业注》作为重要的取材对象"。于是"《创业注》—《册府》中的《实录》节钞—《旧唐书》帝纪"就构成了一个文献层层相因的链条。

在上述着力点的观照下，《笺证》有不少精彩的考论。例如卷一记述太原起兵前夕的筹谋，"释帝而免仁恭，各依旧检校所部"条下，《笺证》举出《册府》卷七节录自《高祖实录》及《册府》卷一九节录自《太宗实录》的内容均将首谋之功归于李世民[①];"仍命皇太子于河东潜结英俊,秦王于晋阳密招豪友"条据《册府》卷一九及《旧唐书·太宗纪》指出《太宗实录》的润改:不仅隐去《创业注》"命"的细节,抹杀李渊在太原起兵过程中的主导作用,还有意删略了李建成的行动。再如卷二"愚夫所虑,伏听教旨"条,事系贾胡堡退兵之议,是决定李渊阵营生死存亡的关键时刻(参张耐冬《太原功臣与唐初政治》,中国社会科学出版社2018年)。《创业注》云建成和世民都力主进军,反对回师太原,李渊对此欣喜并定议进军。《笺证》将《册府》中的高祖、太宗《实录》、《旧唐书·太宗纪》,以及相关的碑志材料一一胪列。一来可以发现《实录》及承《实录》而来的《旧唐书·太宗纪》将功劳全归于李世民一人,李渊和李建成或被隐没或意欲还师,这一点已为《通鉴考异》指出。二来,从裴寂和唐俭墓志的叙述来看,裴寂和唐俭都曾谏止还师,这意味着当时反对退兵的臣僚为数不少,《创业注》将聚光灯打在了李渊父子三人身上,《旧唐书·太宗纪》更诬裴寂主张退兵。《笺证》通过排比材料和分析考证,相当直观地展现了相因文献间的重重缮写,以及不同系统文献间的记述参差,颇见功底。又如卷二"(王长谐及孙华等)追奔至于饮马泉,斩首获生,略以千计"条,叙击败隋将桑显和一事。《通鉴考异》已指出"太宗时未过河西",击退桑显和突袭的是孙华和史大奈,《高祖实录》有粉饰太宗之嫌,《创业注》或亦隐去了先败后胜的过程。《笺证》继而据《旧唐书·柴绍传》及《旧唐书·突厥传》认为立功者是柴绍与史大奈,又发覆了当时参与饮马泉击桑显和一役的刘弘基等人。

其二,《笺证》的材料参取范围广泛,包括碑志、佛教文献等,尤其是还注意到了考古资料。例如卷一"俄而山上当童子寺左右有紫气如虹"条围绕童子寺展开的笺注,不仅关注到了《法苑珠林》和《入唐求法巡礼行记》中有关童子寺周边环境、寺内陈设

---

① 作者另文《隐没与改纂:〈旧唐书〉唐开国纪事表微》认为:"或可怀疑太原从龙功臣传记中,常见的经太宗招募从义或由太宗引见高祖等表述,亦是一种有意设计的叙事格套。"

等细节，使童子寺更为具体形象地呈现在读者面前，还征引了童子寺的考古简报，介绍了童子寺遗址的基本情况，最后引用诗句"西望童子寺，东望晋阳城"来说明童子寺和晋阳城的空间关系。通过此条笺注提供的丰富信息，不难想象出一个兴造于北齐，至唐高宗时期尚有巡幸之事的恢宏寺院。童子寺有北齐摩崖敞口式大龛，龛内有三尊大佛，佛寺重楼高阁，地处显豁，自晋阳城内当可望见童子寺，李渊因此选择在童子寺造作祥瑞，以为太原起兵之应。其他例如卷二"（大业十三年七月）丙辰，至于西河，引见民庶等……自外当土豪隽，以资除授各有差"条注引《汾阳市博物馆藏墓志选编》刊布的多方参与李渊起兵的西河士人墓志，其中就包括当地豪强任氏、郭氏，可能也包括粟特人曹怡。《汾阳市博物馆藏墓志选编》出版于2010年，曹怡墓的考古简报发表于《文物》2014年第11期，笺注中引用的王永平《粟特后裔与太原元从——山西汾阳出土唐〈曹怡墓志〉研究》发表于《山西大学学报》2019年第4期，可见作者对学界动态的持续关注和追踪。另如卷一中的"初，帝自卫尉少卿转右骁卫将军，奉诏为太原道安抚大使，郡文武官治能不称职者，并委帝黜陟选补焉"条笺注云"隋时常遣官员分道巡省各地……至隋末，天下大乱，群雄纷起，炀帝常于诸道设讨捕大使弹压之"，例证不仅引自《隋书》《旧唐书》，还引用了杜憨墓志，进而指出"李渊名为太原道安抚大使，实以讨捕为主要职责"，与后文卷二"宿于绛郡西北之鼓山，此山帝为讨捕大使时旧停营所，故逗而宿焉"相呼应；卷一"令与晋阳宫监裴寂相知检校仓粮"条列了近年山西省考古研究所、太原市文物考古研究所对晋阳古城及晋阳宫遗址所做的考古工作成果；卷二"密以百姓饥弊，说来据洛口仓，屯守武牢之险"条举出洛阳市文物部门对回洛仓的两次发掘；卷三"乃奏神人太原慧化尼、蜀郡卫元嵩等歌谣诗谶"条引《册府》卷九二二及敦煌文书来说明"卫元嵩是一箭垛式的人物，当时纬谣多托名于他"；等等，兹不赘举。

其三，《创业注》事涉隋末唐初史事，《笺证》较为全面地搜检了记载这段历史的文献，如《大业杂记》《壶关录》等，并校录《壶关录》附于书后。《壶关录》，《新唐书·艺文志》题为韩昱撰，三卷本，《崇文总目》亦记为三卷。《笺证》云三卷本《壶关录》可能在两宋间亡佚，今本《壶关录》一卷，出自元末陶宗仪编纂的《说郛》卷三五，通篇记李密事，主体是隋唐之际与李密有关的六篇文告、书启。《笺证》以张宗祥校刻涵芬楼《说郛》一百卷本为底本，校以中国国家图书馆藏明弘治十三年钞本《说郛》，同时附上了辑录的《通鉴考异》引《壶关录》佚文，为研治隋末唐初历史提供了便利。

笔记、小说多数刊刻于明中期以后，并无宋元旧本，除个别旧钞本外，传统文本校勘上可做的工作相对有限，而这类材料的史料价值尤需笺疏来加以阐发，方能便利学界使用。诚如《笺证》在凡例中强调的"尤注意《创业注》与《册府元龟》引《实录》《旧唐书》三者间的因袭、增删与改动"，这也正是《笺证》的特色所在。这一工作着重点背后的旨趣，与近年来学界对"历史文本批判研究"话题的不断研讨和推进密切相关。学者关注文本自身的生成、缮修、定型，以及历史文本与政治权力、创作背景及意图之间的关系，如徐冲《中古时代的历史书写与皇帝权力起源》（上海古籍出版社2012年）、苗润博《〈辽史〉探源》（中华书局2020年）、聂溦萌《中古官修史体制的运作与演进》（上海古籍出版社2021年）等等。受限于史料，若是将上述研究理路运用于唐以前时段的研究，常常会出现"难为无米之炊"的情况，盖因研究者面对的往往仅有文本的终端产品，此前诸多环节的"中间文本"付之阙如，也就难以发覆诸如"正史"之类的最终定型文本，它们自身的生成史。于是，《笺证》据《通鉴考异》引《实录》提示的线索，从《册府·帝王部》比对出高祖、太宗《实录》，正是旨在寻找《旧唐书》帝纪之前的"中间文本"。

另一方面，《笺证》揭剥史料层次之工作重心，也体现了作者对"平行辨析史料"做法的反思。所谓"平行辨析史料"，即两处或多处记载是"非正即误"的关系。随着研究的推进，学界愈发意识到材料之间并非"非正即误"的关系，而是层次关系，需探求材料的史源，通过史源来排比出材料的层次。以《创业注》为例，对研治李唐开国史而言，作为李渊起兵时的记室参军温大雅所撰写的成书于武德年间的编年纪事撰述（尚在太宗即位后主导李唐创业建国史的书写之前），尤其是从筹划起兵至攻克长安的部分，处于诸种史料中最接近"真相"的层次。高祖、太宗《实录》及《旧唐书》帝纪则相继处于其后两个层次，对应着从编年体实录至纪传体国史的文献生成环节。位处后面环节，经过润改缮写后的文献记载不能就此认为是不确的便直接摒弃，它们都从各自的角度立场反映了某种真实。关注史料层次，本质而言就是根据史源排比出史料的层次，在发掘出其中最原始、一手记载之同时，对史料的复杂面貌产生更明晰的认识。这一研究思路或可推进相关研究的深入。

从上述两个方面来看，《笺证》无疑是作者追求"古籍'深度整理'"的一次成功尝试。《笺证》的工作着力点有助于我们更深刻地理解《创业注》在记述李唐开国史的材料群中的位置，明晰《创业注》在诸种文献中的所处层级，从而对《创业注》的特点能有更好的把握。《笺证》取材广泛，考证精当，若欲了解或研究隋末唐初李唐开国这段历史，翻阅《笺证》当可获得不少启发。

最后稍可商榷之处有以下几点：一、作者推断"贞观中纂修《高祖实录》，曾将《创业注》作为重要的取材对象"，理由例举了《册府》卷七高祖破历山飞的事迹。《册府》卷七《帝王部·创业三》有关高祖从大业中至受禅建唐的编年纪事，因为有《通鉴考异》引《高祖实录》提示的线索，且《册府》多采唐《实录》（参岑仲勉《唐史余渖》卷四《杂述·册府元龟多采唐实录及唐年补录》，上海古籍出版社1960年；陈垣《影印明本〈册府元龟〉序》，中华书局1960年），所以将之推断为节钞自《高祖实录》尚无太大问题。但按《创业注》对此事的记载，两者在一些细节上还是有点出入，而且凭叙事顺序、重点和文字的大同小异，以及一条例证，证据恐稍嫌单薄，不足以推断《创业注》是《高祖实录》的重要取材来源。此外，卷一"获其特勤所乘骏马，斩首数百千级"条笺注认为《册府》卷七叙炀帝时高祖奉命击退突厥的部分节录自《高祖实录》，究其史源乃承自《创业注》，但是此事与上述的破历山飞一事都属于李渊太原起兵前的事迹，这部分内容并非承自温大雅任记室参军时的一手记录，那么也就很难判定此类大同小异的叙事是《高祖实录》承自《创业注》，还是《创业注》与《高祖实录》乃同源异流的关系。也就是说,"《创业注》—《册府》中的《实录》节钞"这一文献相因链条的存在尚缺乏有力证据。不过,《创业注》和《册府》中的《实录》节钞,这两者间还是存在一个文献层次的前后关系,因此《笺证》所做的工作仍具有相当意义。二、卷三"乙丑,榆林、灵武、五原、平凉、安定诸郡并举城降,并遣使诣义军请命"条笺注,在吴玉贵《突厥汗国与隋唐关系史研究》(中国社会科学出版社1998年)"唐灭西秦史事钩沉"中有更为深入的讨论,可参考。三、《笺证》在凡例中说明"字词训解、文章典故,若非有关史实,一般不予笺证",卷三所载的劝进册命文书多格套之辞,按《笺证》凡例的规定的确无需做多少笺注,不过卷二的誓师文中,有些史实还是可以考虑出笺注以便阅读,如"我高祖文皇帝……豹变陕左,龙飞汉东,诛尉迥于韩魏,则神钲遏响;剿王谦于巴蜀,则灵山斯镂"。不过瑕不掩瑜,《笺证》不仅是研治隋末唐初,尤其是李唐开国史的重要参考书,也为"史部书笺注的工作重点"这一话题作出了范例式的回应。

《音乐雅俗流变与中唐诗歌创作研究》

□ 蒋瑞琰

（柏红秀著　社会科学文献出版社　2022年9月）

扬州大学柏红秀教授著作《音乐雅俗流变与中唐诗歌创作研究》是2014年国家社科基金一般项目"音乐雅俗流变与中唐诗歌研究"（项目批准号：14BZW177）的结项成果，结项等级为"良好"（结项证书号：20204529）。该著作于2022年9月已由社会科学文献出版社出版。此书共38.5万字，在唐代雅乐与俗乐流变的历程中考察中唐诗歌创作的新变，选题新颖，研究视角独特，是对中唐诗歌研究的进一步深入与又一次拓展。

关于音乐与文学互动关系的研究，柏红秀教授著有《唐代宫廷音乐文艺研究》《音乐文化与唐代诗歌研究》《音乐文化与盛唐诗歌研究》等多部学术著作，对于这一课题的研究已经建立了非常完备的文献资料库，形成了成熟的研究体系。新作《音乐雅俗流变与中唐诗歌创作研究》在前期相关研究成果的基础之上，以音乐文化视域下的雅俗流变切入，在唐代雅乐与俗乐的流变中，通过理性思辨与感性体悟相结合，深入探究中唐诗歌的创作情况。在雅乐与俗乐的流变历程中梳理出与诗歌创作联系紧密的宴乐之风，以此为中心展开中唐诗歌的创作情境、创作队伍、创作特点与创作内容的研究。著作很好地体现了音乐与诗歌发展过程中的互动关系，以其严密的逻辑思路与流畅的文气，扎实细致的文献工作与丰富有力的逻辑论证以及辩证发展的学术研究方法彰显了著作的学术价值与文化意义。在交叉学科研究这一热点问题上,《音乐雅俗流变与中唐诗歌创作研究》贡献了它的学术价值,同时体现了著作者深厚的学术素养与创新发展的治学理念。

一、逻辑严密,文气流畅

从整体思路来看,著作《音乐雅俗流变与中唐诗歌创作研究》具有严密的逻辑性与思辨性。著作者逻辑的严密、思路的清晰形成了书中文气的流畅。

首先,《音乐雅俗流变与中唐诗歌创作研究》整体上分为三部分:第一部分是对唐前雅乐与俗乐发展概况的梳理与对唐代雅乐与俗乐流变的整体考察;第二部分是对中唐音乐雅俗流变与宴乐之风关系的探究;第三部分考察中唐宴乐之风兴盛之下对诗歌创作的影响,并与初盛唐音乐诗作比较,考察在诗歌题材、内容等方面的变化和特点。从整体思路来看,著作以音乐雅俗流变切入,考察中唐音乐雅俗流变与诗歌创作的关系,而对宴乐之风的考察成为联系音乐与诗歌创作的中间介质。著作探究并提出中唐俗乐的繁荣进一步催生了宴乐风气的兴盛,而宴乐活动的丰富与全面开花带动了诗人的诗歌创作与吟唱,在音乐雅俗流变—宴乐之风—诗歌创作三者之间建立了严密的逻辑关系,显示出关于著作者学术研究的科学严谨态度与极强的思辨能力,贡献出音乐与诗歌关系研究的一部力作。

其次,著作整体内的每一部分均体现出逻辑严密、合理思辨的特点,显示出论述的严谨与文气的流畅。在中唐音乐雅俗流变与诗歌创作关系的研究中,作者爬梳了中唐雅乐与俗乐的发展流变历程,重点考察了俗乐,包括俗乐的发展及特点、俗乐全面繁荣的原因和表现,以及宫廷俗乐表演机构与民间音乐等方面。此类文献资料分散、琐碎,但是作者条分缕析,梳理出中唐雅乐、俗乐的发展脉络。比如中唐雅乐的建制工作涉及唐肃宗、唐德宗、唐顺宗和唐宪宗朝,从乐工、乐器、乐章与表演机构等的建制中得出中唐雅乐建制工作举步维艰,不但没有得到很好的发展,反而一直朝着衰退的方向前行的结论。关于中唐俗乐,著作探究了中唐俗乐发展的特点是全面繁荣，包括南方音乐迅速超越了北方音乐、民间音乐全面超越了宫廷音乐两个方面。其原因有两点：一是宫廷音乐封闭发展的格局被打破，使得宫廷音乐与民间音乐有了频繁交流和密切互动，带动了民间音乐的活跃与繁荣；二是中唐时期帝王们对音乐的普遍喜好促成了俗乐的快速发展。俗乐繁荣的表现有三点：第一，宫廷俗乐机构的地位超过了太常寺；第二，乐人授官一事不再受到排斥和反对；第三，乐人职能使命全面转向娱乐。作者通过上述雅乐与俗乐在中唐的发展线索的考察，梳理出中唐雅俗乐的流变状况，提出中唐时期的雅乐在不断地走向衰落，而俗乐经历短暂的沉寂以后更加地活跃与繁荣，一直朝着全面繁荣的局面发展，中唐音乐这种雅俗流变的特点带来的最直接的结果就是整个社会宴会娱乐之风的兴盛。至此，著作者顺理成章地爬梳出音乐雅俗流变对中唐诗歌创作影响的最深刻的点在于中唐俗乐的繁荣带动了宴乐之风的兴盛，紧密衔接了随后的宴乐活动与诗歌创作关系部分的论述，一气呵成，显示出逻辑上的严密、论述上的自然流畅，中心论点与分论点浑然一体，文气流畅。

二、感性体悟方式彰显人文关怀

《音乐雅俗流变与中唐诗歌创作研究》不仅具备理性思辨，而且内含感性体悟，显示出人文学术研究的人文关怀。该书中蕴含了深厚的音乐文化与人文情怀，与中国传统感悟式的文学批评相结合，一方面展现了音乐与文学结合研究对传统文化的继承性与创新性开拓，另一方面体现了著作者的学术热情与人文关怀。

首先，中唐宴乐之风的兴盛对音乐诗创作的影响在著作者感性体悟之下呈现出音乐与士人、与文学的紧密联系。著作考察了宴乐之风与中唐诗歌创作内容的关系，提出更多丰富、真实的日常生活细节被融入诗歌，所表达的情感也更加朴实而富有个性，具有个性鲜明的时代特征。宴乐之风影响中唐诗歌创作队伍的构成，君王、官员、士人、方外人士乃至乐人也参与其中。

其中,士人作为中唐宴乐诗歌的创作主体,呈现出新的特点:底层文士逐渐成为宴会诗歌创作的主体,文士对宴乐诗歌创作由被动变为主动。

其次,著作对宴乐诗歌创作题材的研究显示出音乐与士人精神和情思的密切联系。中唐宴乐之风的兴盛促进了音乐诗创作的迅速繁荣,从题材上分为乐器诗、乐歌诗、乐舞诗和乐人诗几类,其中乐器诗主要从乐器的使用场合、所寄寓的情感、文化寓意与审美特征等方面考察中唐乐器。如琴作为俗乐的对立面,有着特定的审美特征,包括清、澹、幽、泠、寒、悲、哀、怨等,在中唐诗歌里被大量用来描写士人,成为中唐士人情思与趣味的典型载体,象征着文士独特的生活内容与精神情趣。再有,书中通过考察提出中唐乐舞诗更关注乐人的生活状况而非表演,热衷于描写唐前乐舞诗,如铜雀、西施等;在内容上也更加注重乐人的情感与精神世界,淡化对乐人容貌的描写,注重描写乐人的技艺,全方位描写乐人的生活,深入乐人的精神世界,融入更多的情思。该书对上述中唐音乐与士人、与诗歌之间密切关系的研究展现了著作者人文学术研究中的情感与温度,这也正是人文学术研究有别于其他学科的独特之处。

三、扎实细致的文献工作与丰富有力的论证

从著作内容来看,《音乐雅俗流变与中唐诗歌创作研究》一书展现出著作者扎实且细致的文献功力与对这一问题丰富有力的论证。

首先,文献功力与论证的丰富体现在该书对唐前雅乐与俗乐发展概况的整体把握。著作从唐前雅、俗乐的发展概况开始梳理,并研究了唐前雅乐与俗乐的性质特点。著作者认为雅乐的性质特点主要包含三个方面:第一,德的根本与昭德的使命;第二,首要功能是治政和教化,其次才是娱乐和审美;第三,雅乐秉持简易态度,在审美风格上呈现出平和舒缓的特点。俗乐的性质特点主要包括:第一,不承担宣传伦理道德纲常的使命,因而没有治政和教化等政治功能,仅为个人娱乐之用;第二,在音

乐形式上并不具有盛大的表演规模和严格规定的表演程序,表演形式相对自由灵活;第三,在音律使用和表演技法上力求创新和丰富多变,而非追求简易;第四,在音乐审美上,追求以喜乐为美,以悲凉凄楚为美;第五,表演者是贱民和女性而非上流社会的贵族成员。著作者通过对比雅、俗乐的性质特点,提出朝廷音乐并非全为雅乐,也有娱乐之用的俗乐;地方音乐也并非全为俗乐,也可能被朝廷采纳,用于观风俗、察民情,以助治政,因而提出雅乐与俗乐的区别并不完全在于音乐作品的内容,还与其所承载的功能、演奏的场合、表演的规模、乐律的使用、审美的特质以及表演者的来源等密切相关。从著作对唐前雅、俗乐性质特点的研究与流变的爬梳可以看出,著作者不仅对唐代音乐与文学的文献资料具有很好的储备,并且对唐前音乐与文学的文献资料亦丰富占有,进而对音乐与文学的历史发展脉络有着清晰把握与认识,为研究唐代音乐与文学的关系奠定了坚实的基础。

其次,中唐宴乐之风与诗歌创作关系的研究运用了丰富的文献资料,增强了论证的丰富与力度。著作对中唐宴乐之风全面兴盛以及原因的探究,涉及了历史、社会、政治、音乐与文学等多方面的文献。比如对中唐宴乐之风全面兴盛的原因分析有三方面:第一,中唐时期君王对音乐的喜好以及朝廷对百姓宴乐一如既往的政策支持和有力倡导;第二,宦官专权后将发展音乐作为其独有的固宠之术;第三,藩镇割据以后权力的膨胀导致了他们在个人享乐特别是音乐享乐上需求的骤增。这三方面涉及了政治、社会、历史、音乐等方面文献,全面概括了雅乐风气兴盛的原因,有力地证实了中唐宴乐活动的影响之大。

四、坚持辩证发展的学术研究方法

《音乐雅俗流变与中唐诗歌创作研究》对音乐与诗歌创作关系的考察均建立在对唐代音乐与文学发展的整体把握的基础之上,具有整体与部分研究相结合的特点以及辩证发展的研究路径。著作对中唐音乐雅俗流变的考察建立在对整个唐代音乐文化的整体研究之上,而对唐代音乐文化的考察又是基于唐前雅乐与俗乐发展概况的梳理之上，显示了整体与部分研究相结合的方法，清晰展现了中唐雅乐与俗乐在整个唐代，乃至唐前至唐代这一时段的特殊地位与突出特点。

首先，著作对中唐雅乐建制与俗乐发展的观点也均在与初盛唐的比较之下提出，具有发展变化的学术眼光。著作者将中唐俗乐与初盛唐俗乐相比，认为中唐俗乐打破了盛唐封闭繁荣发展的格局，呈现宫廷与民间双向常态化交流局面，表现出全面繁荣的发展特点；中唐宫廷俗乐表演机构与盛唐相比明显增多，除了原有的教坊、梨园和仗内教坊以外，宣徽院和仙韶院也负责俗乐表演；中唐时期刘禹锡、独孤及、白居易、元稹等文士对音乐与诗歌创作关系认识的不断加深，使得士人对宴会诗歌创作活动更加热衷，对宴乐诗歌的创作也由被动变为主动。著作对中唐宴乐之风影响之下的音乐诗创作的考察首先便论述了乐器诗、乐舞诗、乐歌诗与乐人诗几类诗歌在初盛唐时期的概况，突出中唐宴乐风气影响下音乐诗的创作特点。

其次，书中对诗歌类别的划分体现出多样化的特点，依据研究对象的不同制定适宜的划分标准。如著作对中唐乐歌类别划分的标准，包括依据演唱者人数可分为独歌、对唱和齐歌三类，依据诗歌的篇制可分为短歌和长歌，依据乐歌发生和表演的场域可分为劳歌、田歌、钓歌、渔歌、棹歌、山歌和樵歌，依据演唱者的精神状况以及乐曲的审美特质可分为狂歌、放歌、悲歌、哀歌与缓歌，依据表演时的乐器伴奏情况可分为无伴奏演唱的清歌、有乐器伴奏的笙歌和筝歌以及载歌载舞的踏歌等，依据歌的功能和审美分为离歌和艳歌，等等。书中对中唐乐人诗的划分涉及了时间方面的唐前与唐代、初盛唐与中唐，空间方面的宫廷与民间，地域方面的北方、南方与边地。划分标准的多样化一方面依据当时的历史文献资料，另一方面依据著作者对文献资料敏锐的洞察力、归纳现象与凝练观点的能力，其结果催生了《音乐雅俗流变与中唐诗歌创作研究》——这一具有学术价值与文化意义的学术研究著作。

《音乐雅俗流变与中唐诗歌创作研究》是柏红秀教授在音乐与文学交叉研究领域不断耕耘的学术成果，倾注了其对学术研究的极大热情与心血,蕴含了柏教授个人的学术心得与治学理念,并提出了许多具有研究价值的学术观点与问题,值得后来研究者对其深入挖掘,不断拓展音乐与文学这一交叉研究领域。

《西域文化与唐诗之路》

□ 秦帮兴

（海滨著　中华书局　2022年10月）

2011年，我考入新疆师范大学中国古代文学专业，开始了硕士生阶段的学习。业师星汉先生彼时正在攻坚国家社科基金重大项目"全西域诗整理与研究"，借此因缘，我也开始关注古代西域诗歌的研究，并常听星汉师介绍相关的前沿动态。在一次请益时，我问起唐代西域诗的搜集与研究，星汉师答复说："海滨教授于此用力最勤，成果最好，给我们这个课题铺平了很长一段路。"当天我回到宿舍就在中国知网下载了海教授的博士论文《唐诗与西域文化》，可惜限于当时自己见识浅薄，零星地读了一些章节后就放下了，但对星汉师给予海教授的评价仍然记忆深刻。

时间过去了十余年，前不久，海滨先生惠赐大著《西域文化与唐诗之路》（中华书局2022年），使我有幸得以先睹为快，然而与学界一直以来的期待相比，此书的出版可谓"千呼万唤始出来"。全书除"引言"外共有五章，前四章分别是："西域经营方略与唐诗之路""西域地理文化与唐诗之路""西域乐舞文化与唐诗之路""西域民俗文化与唐诗之路"，第五章总论"路文化与诗本质"。拜读之后，我深感此书在先生博士论文的基础上，又有修订完善及新的理论发覆，是对研究唐代西域文化与唐诗之路的一次重大推进，为我们重绘了唐代的诗与远方。

一、狂胪文献

与前贤优秀的研究成果一样,《西域文化与唐诗之路》首先占有了充分的基础文献,为此项研究提供了广博深厚的基石。龚自珍诗句云"狂胪文献耗中年",截取前四字来形容此书应该是合适的。此书爬罗剔抉古今文献,一则见其广,一则见其精。试述如下。

先言其广。无论是对西域文化抑或是对唐代诗歌的研究,都是陈寅恪所谓"预流之学",也是传统文史研究中热度极高的学问。众多的学界前辈在这一领域持久深耕,既使得后来的研究梯航日广,实际上也为后继者设下了更高的门槛。欲在前人的基础上继续推进西域文化与唐诗相关问题的研究,则须全面掌握相关文献并熟知学术史。《西域文化与唐诗之路》在这方面做得极为出色,可以说是一部无愧前人的扛鼎之作。

选题的难度决定了写作的难度。按照海教授所总结的,西域文化具有复杂性、混沌性、开放性的特征(第26—28页),因此在书的第一章中,想要对西域的历史、地理、民族、宗教、民俗、文化等方面进行提纲挈领的总论,难度之大可想而知。从书中的征引来看,海教授不惧其难地深度阅读了《史记》《汉书》《三国志》《后汉书》《北史》《隋书》《旧唐书》《新唐书》等正史中的西域史料,还参考了《资治通鉴》《唐六典》《唐会要》《元和郡县图志》《册府元龟》《大唐西域记》等其他史部文献,可以说通盘掌握了唐代及唐以前的西域史料。除历史文献外,海教授还广泛吸收陈寅恪、金克木、季羡林、白寿彝、严耕望、蔡鸿生、荣新江等现当代学者的研究成果。因此,此书最终呈现给读者的关于西域文化的论述,可说是对目前学界成果的一次综览。海教授在纷繁的考证论述中去粗取精、间出己意,真正做到了不偏不倚,显示出中正平和的治学态度。

再举一个具体的例证以证其广。书中第三章论及胡旋舞时,作者从唐诗中书写胡旋舞的三首作品入手,结合《旧唐书》《通典》《周书》《隋书》《新唐书》《册府元龟》论述了其形制、流变及传入中原的动态过程。至此,作者并未停笔,而是借助舞蹈史和图像学的相关研究成果,一一对证了相关的多个考古出土文物,如太原隋代虞弘墓石椁后壁中部的浮雕、宁夏盐池县苏步井乡窨子梁唐墓石门阳刻胡舞图、敦煌莫高窟二二〇窟胡旋舞壁画等,最终还原了唐代朝堂与民间共同流行胡旋舞的历史盛况。在我国近代学术史的开端,王国维、陈寅恪等倡言"二重证据法",如今此说已经被反复验证和发扬光大。海教授的研究自觉秉承了前人的治学方法,成熟的运用和充分的发挥也为此书增添了不少亮点。

再言其精。当进入唐诗与西域文化的具体问题时,海教授则往往以胗不厌细的态度操之,所以尽管以"西域文化"这样一个宏阔的范畴作为研究的重要内容,但本书依然精审地论证了很多细节问题。胡筚之辨即为其中一例。涉及胡筚的唐诗是比较令人疑惑的,岑参的诗句"君不闻胡筚声最悲,紫髯绿眼胡人吹"说胡筚是吹奏乐器,但李颀的诗句"蔡女昔造胡筚声,一弹一十有八拍"又说胡筚是弹拨乐器,且关于胡筚的这两种说法都并非孤证。那么胡筚到底是如何演奏的呢?书中为彻底厘清这一问题,征引了大量文献,排列对比、梳理源流,最终得出结论,首先明确了胡筚是典型的西域吹奏乐器,然后才由乐人将胡筚曲翻写成了琴曲。如此结论自然坚实可信。如此一类的细节问题看似无大关涉,但却是我们理解诗歌首先需要冲过的关卡。再如《西域文化与唐诗之路》详细叙述了唐代酿造葡萄酒的两种主要方法,只有了解其中的加曲酿造法,方才能对"竹叶连槽翠,葡萄带曲红""此江若变作春酒,垒曲便筑糟丘台"这样的唐诗诗句有确定的理解。笔者曾经注解明代外交家陈诚的诗作《葡萄酒》,开头两句便是:"不见垆头垒曲糟,看看满架熟香醪。"当时只知是化用自李白诗句,但却不太确定酿造葡萄酒是否需要"曲糟",读海教授是书,则心中疑惑涣然冰释。我想,这就是对文献的功夫下在了细处的好处,它能带给我们对古诗更为确定的感受。

其实,按照"文献"一词的本义来说,以上所述也仅停留在图书典章与文物图像层面。朱熹《论语集注》云:"文,典籍也;献,贤也。"从《西域文化与唐诗之路》的内容来看,在此书写作的过程中,海滨先生既是学缘甚广又是善于博采众长的,众多的"贤"也给予是书充分的滋养。书中提及了给予作者指导和帮助的众多专家学者,包括但不止于:薛天纬、孟二冬、杨镰、李肖、朱玉麒、荣新江、陈尚君、赵昌平、吴相洲、李浩、戴伟华、王兆鹏、陈才智、竺岳兵、卢盛江……清人刘大观的诗句云:"济济群英隽,结成文字缘。"庶几与之相称。笔者以为,更重要的是,海先生不惟记录了成书的过程,其实也展现了当代学术界的一种风义和气象。

二、评骘文学

近年的古代文学研究特别强调"文学本位",《西域文化与唐诗之路》中转述了傅庚生先生的教诲:"不懂得鉴赏的人,与文学永远绝缘。"海教授坚持以文本细读与文学感悟为文学研究的第一要义,这在该书的论述中体现得非常明确。

在书的第二章中,海教授对岑参的诗歌成就予以了高度评价,认为他构建了文学艺术层面的西域唐诗之路。分析到岑参诗中对西域自然风貌的书写时,海教授选取了西域之风、西域之沙、西域冰雪三种典型意象进行重点赏析,最后得出结论:"极狂的西域暴风、极广的西域沙漠、极大极寒的西域冰雪,这一系列极致性的自然地理景观对于任何一位从中原来到西域的诗人来说都无疑是陌生的、新鲜的,也是可怕的、令人震撼的,岑参的超迈之处,就在于他敢于直面这种极端残酷的西域自然地理景观并以其才情诗笔淋漓尽致地描摹和渲染了这种景观。这是岑参整个诗歌创作中的一次忽变。"(第108页)读者不难看出,海教授不惟对岑参的诗烂熟于心,而且在新疆长期生活的经验使得他对西域风景的感悟是深刻而准确的。这样的论述既是充分的,也是有性灵的。

文本细读的"细",为作者论述西域唐诗之路提供了基石。在论述唐代西域诗开阔的地理图景时,海教授总结出了唐诗书写"远"的三种方式,分别是:直接描写西域的遥远广袤;通过对举、连缀来描述西域的遥远广袤;交通与诗歌非同步性所显示的地理视野。笔者认为海教授的分析非常全面和恰当,如此方不负古人创作时的一番苦心。另外,文本细读的"细",还要求研究者有"入情"的能力,不然则易失之皮相。《文心雕龙·知音》云:"缀文者情动而辞发,观文者披文以入情,沿波讨源,虽幽必显。"然而要想透过遥远的时空距离,透显出古人的幽情,这又谈何容易?我通读过《西域文化与唐诗之路》之后深感,作者是有一颗诗人之心的。例如作者在论述唐诗中的西域器乐所表现的文学特质时,拈出"激越"与"悲绝"四字概括之,读者如若结合书中征引的大量诗句去品味,则一定会认为作者的论述是精当之至的不刊之论。

如果说以上所列举的文学鉴赏和分析更多体现的是作者对唐诗的感悟力,那么以下两个问题的论述则体现的是作者深厚的文学理论功底。首先是对文学母题理论的运用。作者全面地总结了西域唐诗之路上的三个常见文学母题:昭君出塞与琵琶诗、文姬归汉与胡笳诗、公无渡河与箜篌诗,并依次进行了穷尽源流式的论述。可贵的是,作者论及文学母题时既紧扣了西域文化,同时又刻意发散,将唐诗整体都纳入了论述的范畴。如此,则西域唐诗之路的影响及意义,不再停留在单一的面相上,而展现出了更为宏阔的历史图景。另外,作者在利用传统文论概念分析诗歌作品时也是明确而细致的。如在论述唐诗所描写的西域器乐丰富深刻的表现力时,海教授将其归结为了三种方式,分别是拟音、拟象、拟境。这样的分析既层次分明,又做到了由象入境、浑然天成。而仅其中所谓"拟象"一类,作者又细分出珠玉系列、流水系列和猿鹤系列,鉴赏评价可谓细致入微。

一代诗学大家胡应麟的《四知篇》诗云:"雄心贯今古,风雅恣评骘。"笔者从《西域文化与唐诗之路》中确实看到了这样的风雅情怀与批评风范。

三、昌明文化

广而言之,在国人的心目中,唐代诗歌已经不只是一种简单的文学样式,而成为唐代文化最重要的载体。如今唐代文学研究也已高度成熟,正如蒋寅先生所言:"学术观念的变革,使唐代文学研究改变了过去单一的价值判断倾向,而代之以对文学史现象、过程及意义的关注,将以往点的研究扩展到面;'文化热'和方法论的讨论则开阔了研究的范围和思路。"〔《唐代文学研究的回顾与前瞻》,《学术的年轮》(增订版),凤凰出版社2010年,第164页〕其中,由文学研究转进到文化阐释,几乎成为今日唐诗研究必须要予以回应的命题。在这个方面,《西域文化与唐诗之路》的选题是极有意义的,做出的开拓是可贵的。

从文化心理上说,唐人拥有非同寻常的汉代情结。这一现象并不鲜见,但对其历史渊源、现实背景、文学表现进行通盘阐释的研究尚未之见。海教授不避其难,做出了令人信服的回应。观是书,方知唐人之所以能形成广泛而浓郁的汉代情结,实与社会文化的方方面面都有干系:史学领域里,唐人修史明鉴常以汉代故实为渊薮;科举考试中,唐人常以《史记》《汉书》为题;读书风尚方面,唐代学者文人沉溺《史》《汉》,蔚然成风;现实背景方面,汉人万里封侯的豪情壮志或马革裹尸的悲剧情结也无时无刻不在催动着唐人的心弦。又正是因为汉代情结的存在,唐人诗中动辄将斩敌的剑指向现实中早已消亡的"楼兰",而往往以"轮台"代称现实中的北庭都护府。《西域文化与唐诗之路》中干脆给这两个地名下了这样一个定义:"汉唐叠加的西域地理文化景观。"这个定义下得何其准确和有力!对一个文学现象的解释就这样在书中成为一次唐代文化博览,这样的阐释足够丰厚与坚实。

优秀的研究当然应该对文化进行深刻的阐释与发明,应该如一把火炬去照亮历史文化中的那些幽微之处,而不只停留于简单的描述。在这一方面,《西域文化与唐诗之路》也显示出深厚的功力。比如,胡腾舞、胡旋舞与柘枝舞都是唐代西域舞蹈的杰出代表,也都在唐诗中留下了它们的身影。但是仔细考察,三者在诗歌中得到的待遇又有明显不同。首先从数量上说,根据海教授的统计,现存唐诗中,正面描写胡腾舞的仅二首,描写胡旋舞者仅三首,而歌咏或语涉柘枝舞的作品(包括赋作)则有三十多篇。从情感倾向上来说,元、白对胡旋舞多道德讽喻,而白居易等诗人对柘枝舞却又频频叹赏、积极劝进。要回答何以如此的问题,单纯的文学评析显然不足以支撑,而必须从文化的视角进行考量。海教授的分析巨细无遗,先从三种舞蹈的动作、姿态总结出它们的审美趣味有极大差异,次从三种舞蹈的华化程度不同进行分析,而对诗人劝讽态度的不同,则联系到了唐代华夷之辨的政治诉求及元、白文学主张的内在矛盾。最后得出的结论略云:"西域乐舞文化之被激赏与被讽喻之处,恰恰是其饱含西域唐诗之路的独特文化意蕴,如极致性、异质性;……这样一种诗歌创作中流露出来的审美与道德之间的冲突紧张感,是西域唐诗之路的重要特质。"(第330页)这样的结论不可谓不是鞭辟入里的。

正如作者自己所言,《西域文化与唐诗之路》既阐释了"路文化",又落实在了"诗本质",真知灼见比比皆是,本文所举数例无疑是挂一漏万。如果说读完尚有什么意犹未尽之处,我想应该是图像资料的不足。书中的部分内容作为前期成果已在期刊上刊载,彼时文中有大量的配图作证,也直观传递了许多文化信息,但此次全书出版时则一律将图片刊去。这或许是出于技术处理的考虑,但不得不说也留下了些许的遗憾。

以上皆是从我个人阅读的感受出发对海教授新著的一番评介,非敢谓知者之言,其中郢书燕说之处,尚乞作者与其他读者批评。

《晚唐五代士风递嬗与古文变迁研究》

□ 范洪杰

（李伟著　上海古籍出版社　2022年11月）

　　李伟教授的《晚唐五代士风递嬗与古文变迁研究》一书近期由上海古籍出版社出版。该书是作者在博士论文基础上历经十年的修改完善而成，可谓十年磨一剑，因此读来厚重、翔实。该书聚焦于晚唐五代时期的古文发展。相对于中唐和北宋的两次古文革新，晚唐五代时期属于过渡阶段，该书立意发掘这一学术洼地，从社会历史风貌与士风嬗变的视角切入，全面展示该阶段古文发展的详细样貌，呈现在两次古文创作高峰之间的继承、蜕变、开启等各种历史逻辑及其事实论证，丰富和推进了唐宋古文研究的专题。所以，该书的学术价值是不言而喻的。

　　作者秉持葛晓音先生提出的古文革新的关键在于儒"道"之内涵的更新的观点，在此基础上探讨古文中"道"的具体内涵与政治形势的关系，沟通"道"与"文"之间的内在联系，重点关注"文""道"之间的转化问题，以此解答古文盛、衰之根因，具体阐述更为细化和翔实。作者对晚唐五代"文""道"关系的观察是全面的，注意到雅颂观念和讽喻观念对晚唐古文发展的不同影响，以此线索勾勒晚唐五代古文发展的两种不同趋向，从而呈现此期古文创作的复杂多元的态势。作者通过深入分析皮日休同时存在讽喻和雅颂两种倾向的作品的原因，进一步揭示这种复杂性。作者认为，皮氏雅颂文学是因应其礼乐理想对比现实而发的，和讽喻作品一样具有强烈的现实精神，因此和粉饰时局的文章根本有别。这样的结论立足于对大量作品例证的梳理，是能站得住脚的。作者将这两种趋势延伸到宋代文学发展中，展示正反两方面经验或教训，说明只有彻底摒弃雅颂文饰的古文观念，真正继承晚唐以小品杂文为代表的讽喻现实的传统，古文革新才能取得成功。这样的观察也是具有说服力的。

作者把博学而通达的学风称为"子学精神"，用来解读古文家对"道"的理解中所具有的现实关怀和个性创新的精神面向。比如韩愈是坚持儒道的，但又强调主体的个性，其中的逻辑统一性在于儒道在韩愈文章中的转化是依循个体精神的抒发来实现的。"我们可以清晰地看出'子学精神'的盛衰实际上是影响当时古文家理论认识的一个重要因素，'文''道'之间的转化赖此维系，'子学精神'所强调的创作主体的个性保证由'道'及'文'的过程中不会走入陈陈相因的模拟境地，同时又可以从内在精神的层面实现不断更新'道'和'文'两方面的要求，从而使'文''道'在创作主体个性的联系下真正成为一个有机的统一整体。"作者指出，这样一种"子学精神"在晚唐五代逐渐消退，并将其与王通拟经之学在此时受到的重视联系起来。王通的著作模仿儒经的色彩突出，作者认为皮、陆等对王通的推扬体现了文学创作上追求个性突破精神的衰落。从学说思想的特征论及文学精神的表现，从对儒"道"的理解推展至文学风气，作者的论述一直贯彻这一思路；具体的解说意见也给人以启发，值得思考。

延续至晚唐五代的韩门弟子的古文创作，偏离了韩愈古文的路线，向来被认为是此期古文衰落的证明。书中探讨了韩门弟子究竟"从哪些方面传递了古文衰落的消息"以及在衰落的趋势中，他们的古文有无值得肯定之处。作者对李翱和皇甫湜的"精于理"与"联于辞"的不同特点进行了细剖，具体阐发多有新意。如李翱《复性书》提倡通过"寂静"来摆脱"情"欲的干扰，沉潜诚、明之境，恢复人心本"性"，作者认为此处李翱提出的"复性"过程中的"寂静"的特征就是为那些身处困境的儒士指出了安贫乐道、喜怒不动于心的理想状态。对"寂静"的讲求是要平复内心剧烈的情感冲突，这意味着韩愈古文强调的愁思怨苦之言中所蕴含的抒情色彩的消解。这番见解同样是通过思想解读文学观念，其中的逻辑转换是很自然的，是言之成理的。作者辨证学界关于李翱的"创意造言，皆不相师"（《答朱载言书》）的"创意"一词来源于韩愈《答刘正夫书》的说法，指出李氏所谓"创意"追求的是在具体内容中表现的创新，而在理论上注重儒教道德的灌输。这是对韩、李二人的观点同异的全面认识。

对于学界论述较多的如孙樵古文创作的特点这一问题，作者也从文道关系入手，在相关研究成果基础上推出更新的认识。孙樵对文风和士风问题有一系列评述，他注意到创作主体在文章创作中的价值，他对文道关系的认识因此具有深刻和广泛的社会意义。孙樵从古文创作的流弊中看到背后隐藏的士风问题，也就抓住了中晚唐古文发展的核心，即古文运动的开展与寒士文人的仕进问题，对穷士精神的呼唤体现孙樵对士人的独立的精神品格的企盼。这与前面关注的问题角度是一致的，贯通性地解释了孙樵的作品在古文发展流变中的特点和所占据的位置。作者还发现孙樵对"文"倾注了很大心力，他在古文创作中引入对声韵美的追求，实际上也是在借鉴赋等骈体文的经验，比韩、柳在这方面的尝试走得更远，成效也颇凸显，体现出晚唐古文发展的新局面。这样的分析建立在对孙樵作品的细致分析上，可视为不易之论。这就部分回答了本书前面提及的寒门弟子的创作是否有值得肯定之处这一问题，答案是显而易见的。

作者在论述杜牧的文章写作思想时，详细梳理了中唐以来儒学思想中王道政治、礼乐之道等因应时势而发生的变化，以及社会中人才理想由初盛唐推重文儒向中晚唐重视吏能型士人的转变，这影响到古文创作内容方面的强烈的现实指向性。杜牧的文章书写了不少改革时弊的具体方案，作者将其放到上述思想背景下予以认识，甚为豁然。那么杜牧的文章写作与中唐古文家之间的继承和发展的关系也能借此进一步看清了。

有关韩、柳之后到晚唐前期的古文创作的普遍风气，该书在不同章节予以关注和论述。如论定晚唐前期古文创作中有片面复古的倾向，这种倾向乃蔓延于一般士子如贾希逸等人身上，以之作为"钓荣邀富"的工具。这是一个重要的背景因素。验之于李商隐回忆早年学古文时所述"始闻长老言，学道必求古，为文必有师法"(《上崔华州书》)等说法,可以有新的认识。由此也为观察李商隐后来相对于一般时风的特异表现奠定了基础。又如作者注意到为补救韩愈古文在晚唐影响的负面因素,元结古文受到越来越高的评价和取法。从刘蜕到李商隐,再到皮日休,都有推举元结的理论表述,他们在创作上也是重点关注元结的短篇杂著,这无疑促成了刘、李、皮等人在小品文写作上的闪光成就。这就从文体流变上把握了与之相关的文学思潮之变。小品文的创作成就无疑是晚唐五代古文另一个值得肯定之处。

古文是与政治、儒学相表里的一种文体,与士人的思想、行为风气密切相关。所以从士风变化的角度,可以窥知古文变迁的内在依据。根据作者的判断,古文家对"道"的阐释就包含对士人"道德"的新的重视。所以士风问题也就自然属于古文之"道"的范围了。晚唐五代在韩、柳基础上,有不少以"道"的内涵为讨论话题的文章,都涉及士风问题。作者进行了详细分析,指出这类文章的共同观点是君子立身处世,不以外在得失为意,而以内在守道为心。书中进一步举证韦处厚、李绅、李德裕等对士人人格的重要意义的讨论,结合他们在党争愈演愈烈的政局中能够不畏强御、敢于正道直行的具体表现,突出了此期士人在君子操守的坚持上的自觉性。作者进一步找出了晚唐前期士风讨论形成热点的背后的现实政治原因:科举取士与选贤任能,将这一问题推向深入。作者分析了不少古文作品的例证,材料丰富,视野开阔,相信读者在阅读该书过程中会有同样感受。唐代尤其是中唐士风问题,新世纪以来也有一些新作关注该话题,如葛兆光《中国思想史》(复旦大学出版社2013年)唐代部分、王德权《为士之道——中唐士人的自省风气》(中西书局2020年)等,在材料利用和分析深度上,都可称赏;李伟的著作以古文发展为论题,以文道关系切入,将士风问题带入儒"道"范畴中看待,勾连其与古文发展之间的内在关系,在唐代士风问题的研究上显示其研究特色。

作者将小品文视为韩、柳古文的后劲,系统梳理了小品文概念的内涵和唐末五代小品文的内容特征。作者吸取学界成果,倾向于认为小品文是一个包含多种文体的文类,而对其中在晚唐五代较典型的辩、说、解、铭等都进行了详论。学界在论述小品文时主要关注皮日休、陆龟蒙、罗隐三家，作者则以《全唐文》《唐文粹》等为基础资料，以《唐文粹》的"古文"类文体设定为参考，搜罗了皮、陆、罗之外的一系列此前未曾引人注意的小品文作家，进行了简要考证和较详的作品分析。如此就丰富了人们对小品文创作的认识，扩展了该体的版图。书中注意到皮、陆、罗的小品文多作于蹉跎科场之际，皮日休《文薮》、罗隐《谗书》且为科考行卷而作，那么可见小品文的讽刺现实是和科场风气乃至整个社会的文化风气密切相关的。该书对此的具体论述是可圈可点的。

作者长于在古文发展史脉络中分析各体作品的写作特点，特别对创作实绩较突出的墓志文、厅壁记等古文的代表性文体，进行了自中唐至晚唐的勾勒，有详有略地对代表作家、代表作品进行细讲，既说明了韩、柳的相关创新，又说明了晚唐五代的创作特点，呈现其前后之变，并以其中的演变线索和逻辑延伸至宋代相关文体的变化情况，讲明其规律。作者的视野是宏阔的。

本书还对唐代文学发展中的文学地域因素进行了个案考察，得益于杜佑、白居易对江西文化、文学的先期概括，本书聚焦江西文人在古文创作领域越来越重要的地位和作用。以代表性作家作品及其所体现的鲜明的地域性创作特色这两个方面作为主要的考察角度。中唐长期隐居于此并供职于江西观察使府的苻载和曾在庐山隐居的李渤，其实在当时拥有很高的知名度，只不过在文学史中探讨得少，在地域文学视阈下，其人其文在书中得到较详细的考索和论证。可知苻载、李渤都属于创作活跃的古文家群体成员，江西文学的发展得益于他们与柳宗元、韩愈等代表作家之间的思想、文学的交流关系。晚唐的刘轲、沈颜等，作为代表作家所论较详。作者探求江西古文取得突出发展的原因，注意到中唐以后一批具有崇儒稽古思想特点、与古文家交集较多的文士官员在此任职，得以促成江西地域文化特点的形成，且由此可以看出古文是怎样自上而下地产生广泛影响的。作者的多方研讨相当于呈现了一部江西古文发展断代史。

关于韩愈与李翱并称韩李，在晚唐五代和北宋流行，作者深究其因，指出这与道统思想的盛行有关。同时相关的一个现象，是王通在晚唐五代以至北宋的地位一度甚高，原因也是王通善言理道，在重视道统、重视言道的文章的氛围中，王通的地位也就提高了。王通如何被看待，还影响到北宋从太学体到欧阳修所倡导的古文革新之间的演进进程。作者的相关论证，将文学与思想的变动现象在思想史和文学史的动态背景上给予严丝合缝的解说，使读者获益良多。

作者对晚唐五代古文的论述和描述是立体的、深刻的。虽不能说是晚唐五代古文发展史的全景图，然就全面性而言，已堪称不易。作者有较广的唐宋古文发展史的视野，在具体论述诸多议题时兼顾大的发展进程，使得对具体对象的观察能获致全局的对照，或在全局中审其位置。这表明李伟教授所具有的优秀的研究水平，其在把握思想与文学之关系的综合研究方法，更是值得借鉴和学习的。葛晓音先生有《序》冠于书前，是权威、中肯的评审意见。我草此一短文，是为阅读此书的收获的记录和简短的读后感，亦不特意对葛先生《序》的内容避犯，权作读者的参考，就教于方家。

问题研究综述

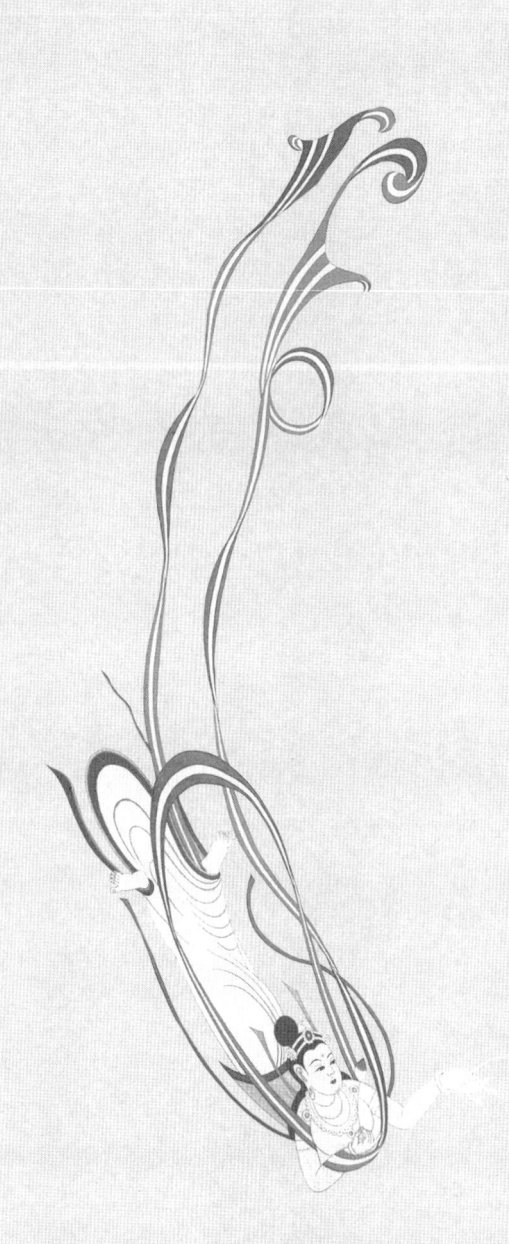

唐代新出石刻文献的新视野与新潮流

□ 宋德熹

借由新出石刻材料探究新问题,一时蔚为石刻学研究的新潮流,这一现象在唐代文学研究领域表现得尤为突出,近年来有不少学者在这一方面做出了显著成绩。石刻研究是跨学科、跨领域的交叉研究,其跨学科交叉包括生命伦理学、遗址景观学、丧葬人类学、图绘现象学及碑刻文献学,跨领域则含摄政治、中西交通、民族关系、佛教与女性信仰、宗教建筑及美术、宗教学、书法史、刻石工艺学、古代乐律学等诸多课题。

陈尚君曾引述陈寅恪一段常被忽略的运用新旧材料方法的诤言,指出:"必须对旧材料很熟悉,才能利用新材料。因为新材料是零星发现的,是片断的。旧材料熟,才能把新材料安置于适当的地位。正像一幅已残破的古画,必须知道这幅画的大致轮廓,才能将其一山一树置于适当地位,以复旧观。"[①]陈寅恪的看法于今仍然深具针砭作用,晚近以来大陆墓志石刻"井喷式"出现,一时石刻学复兴呼声风起云涌,但也带来包袱,墓志研究繁荣的背后存在着歧路亡羊的"碎片化"隐忧。(陈爽《中古墓志研究三题》,《隋唐辽宋金元史论丛》第七辑,2017年)关键是不能孤立地只根据一两方墓志即见猎心喜,而忽视新旧材料的互证,

---

① 李浩《摩石录》序,联经出版事业股份有限公司2020年,第14页。陈寅恪语原见蒋天枢《陈寅恪先生编年事辑》1935年谱;另参陈尚君《贞石诠唐·陈寅恪先生唐史研究中的石刻文献利用》,复旦大学出版社2016年,第187页。

并进行墓志的史学分析,非仅止于史料整辑排比而已。① 过分炫耀抢救性及善后性的工作,并将破解古人所设机巧视为重大的发现发明,究竟是幸焉,抑或不幸焉? 这又牵涉到碑刻的作伪与辨伪问题,如近期网络喧腾一时的唐鸿胪寺丞(从六品上)李训墓志真伪问题,其中"朝臣备"是否想当然耳为日本国朝臣吉备真备? 拜读辛德勇《由"打虎武松"看日本国朝臣备的真假》讲稿之后,对照真品《李训夫人王氏墓志》透露李训卒于长安官舍而非河南圣善寺别院的铁证,故而李训墓志连同墓志书丹的朝臣备皆判赝品造假,此桩公案也随之沉寂。

但新出土墓志石刻犹如抢滩,历史解释的新发现也一步一步随足迹推进,诚如饶宗颐《法国远东学院藏唐宋墓志拓本图录引言》指出的,碑志之文,多与史传相表里,阐幽表微,补阙正误。譬如高明士和陈尚君先后为文提及墓志发现日本国名的一段趣闻,指出从唐玄宗开元年间井真成墓志到武周末中宗朝徐州刺史杜嗣先墓志中先后披露日本国号,历经叶国良笔录古董店杜嗣先墓志拓本,高桥继男、金子修一、韩昇等众多学者相继探讨"日本来庭"的系年,终究无法吻合高宗咸亨元年(670)武后改"倭国"为"日本国"的定说。此一课题卒有赖2011年王连龙《百济人"祢军墓志"考论》引用"大唐故右威卫将军上柱国祢公墓志铭并序"拓本图片,透露出祢军卒年为高宗仪凤三年(678),虽然未能一锤定音,仍是今存墓志所见日本国号最接近咸亨元年的依据。② 石刻证史之功,由此可见。

以唐代新出石刻证史方面李浩卓有贡献,笔者拟就陈寅恪所谓新材料研求新问题的说法,表彰其《榆阳区古代碑刻艺术博

---

① 陆扬《从墓志的史料分析走向墓志的史学分析——以〈新出魏晋南北朝墓志疏证〉为中心》,原刊《中华文史论丛》2006年第4期,第95—127页;也收入《清流文化与唐帝国》,北京大学出版社2016年,特别是第306—314页。此处所谓"整辑排比,谓之史纂",见章学诚《文史通义》卷五《浙东学术》。

② 陈尚君《气贺泽保规〈新版唐代墓志所在总合目录〉出版以来新发表唐代墓志述评》,见《贞石诠唐》,第383—384页;另详参高明士"'日本'国号与'天皇'制的起源——以最近发见的墓志、木简为据》,《台湾师大历史学报》第48期,第260—268页。

物馆馆藏志》166方(其中唐代146方)运用9方墓志(其实延伸引用尚有多方)主题研究后的几点重要成果如下。

其一,探讨唐初乐律学家祖孝孙生卒年、祖氏家学传授与师承毛爽、沈重名家,以及其对隋末唐初乐律学的贡献。文中不厌其烦地针对祖孝孙墓志铭所涉乐律的专门术语和关键词进行疏解,展现中文系本行一贯的素养,值得肯定。待斟酌的是,北齐祖珽兄弟与唐初祖孝孙字号为孝字辈,是否即为孝孙同辈?年代落差可再斟酌。(李浩《摩石录》,第54页)

其二,隋末名将薛世雄之妻冯五娘源出北魏外戚长乐冯氏①,双方家族累世显贵,以及其诸子薛万彻等唐初军政事迹。至于薛世雄家族是否系出河东薛氏南祖房,拟详下讨论。

其三,本书透过新发现唐初著名文学官僚李百药墓志铭中丧葬地的变化,观察赵郡李氏汉中房迁徙、迁厝的现象,特别揭橥李百药墓志铭援引杜预等四位古人未归葬原籍祖茔,反而未循安土重迁的传统,"遗令"迁葬京师长安所居的雍州万年县少陵原,"利于便近"抉择居家(或卒地)而就近选择葬地。李浩重新检讨陈寅恪所谓李德裕家族归葬传说,反证多数山东士族迁葬于两京之说,以及毛汉光借由中古士族双家形态中央化移居两京的现象,认为转型理论(transformation theory)下士族变迁流动,潜转暗换于中唐之前,甚至早于初唐或西魏北周前就已出现,故而唐宋变革期学说的"上限"可以往前推。(《摩石录》,第139—142页、第147—148页)此问题意识,拟详下讨论。

其四,借由《李偘妻宗氏墓志铭》,勾勒宗氏为武后韦后宠臣宰相宗楚客次女、李隆基唐隆政变中宗楚客伏诛后家道中衰,从辉煌归于平淡,冷暖自知地呈现家族的兴衰史,大诗人李白续弦宗氏也出自此一家族。本书文中对墓志中的语词概念详加疏

---

① 本书参用张说《故括州刺史赠工部尚书冯公神道碑》和维基百科《中国士族世系图列表》之《长乐冯氏世系图》;可再详参注添庆文《长楽冯氏に関する诸问题》,《立正史学》111号2012年,收入氏著《墓志を用いた北魏史研究》,东京汲古书院2017年。

解,对宗氏世系有所厘清,并进而探讨李偡妻宗氏、李白妻宗氏[①]与李林甫女李腾空、蔡侍郎女蔡寻真,同赴庐山学道,俨然形成"开元天宝时期一个以女性为主的权贵道教信仰俱乐部"(《摩石录》,第174页)。待斟酌的是,宗氏丈夫李偡开元二十七年的职衔是主爵郎中,亦即司封郎中从五品上[②],墓志又提及宗氏"出适皇族"(《摩石录》,第152页),由于年代不相当且墓志未及爵位,故李浩已辨证李偡非寿王李瑁之子广阳郡王,笔者认为此李偡亦非《通鉴》卷207记述张柬之五王政变时入宫倒周的李湛(武周奸臣李义府之子,非皇族)。岑仲勉《郎官石柱题名新著录》"司封郎中"条有李湛题名,《郎官石柱题名新考订》"司封郎中"条则未见李湛,应皆与李偡无关,故而宗氏的丈夫李偡形同历史人事悬案。本书指出李偡职衔为主爵郎中、彭州刺史,前者翻查严耕望《唐仆尚丞郎表》,后者检索郁贤皓《唐刺史考全编》,皆徒劳无功。确如本书所言,可补郁贤皓彭州刺史名单的空白,但唐人于官名喜用省称,丞郎为尚书左右丞和六曹侍郎的官称缩略(张小艳《敦煌书仪语言研究》,商务印书馆2007年,第324页),严先生该书所谓的"郎",只及侍郎,未逮下级的郎中,其实应查《郎官石柱题名考》才是。

其五,榆阳古代碑刻艺术博物馆馆藏新发现唐代刻石名家邵建和墓志,透露出邵氏长期担任中书省镌字官、玉册官,属于内廷御用刻石工匠,同时也是柳公权书法的固定合作伙伴。墓志呈现邵氏家族的系谱,虽刻工的社会地位不高,一般墓志铭只提及墓志与铭文的作者,特别是知名作家或书法家参与撰述,倍

---

① 以诗史互证的方式探讨李白与宗夫人的婚姻生活,可参李从军《李白家室考辨》《李白与宗氏婚配考》、《李白考异录》,齐鲁书社1986年;范震威《李白的家庭与婚姻》、《李白的身世、婚姻与家庭——兼质疑郭沫若等的李白论》,黑龙江人民出版社2002年。特别是周勋初《李白两次就婚相府所酿成的家庭悲剧》,《李白研究》,湖北教育出版社2003年,第300—317页,指出李白两次就婚相府系入赘。

② 《大唐六典》卷二"司封郎中"条,文海出版社1974年,第39页上栏,指出唐初主爵郎中,武后光宅元年改为司封郎中,中宗神龙元年复名主爵,玄宗开元二十四年又改为司封。

觉光彩,刻史工匠鲜少留名,但刻工工艺的技术专业仍有家族化、集团化现象。志文更特别提到同行的八位刻石名家排行榜,诚如李浩所谓"几可构成一部唐代石刻工简史纲要",殊为难得,本书也借重程章灿《石刻刻工研究》、曾毅公《石刻考工录》研究成果,分别逐一表彰这几位技术名家的一生成就。[1]

其六,本书最后三篇文章皆集中于四方外族墓志的初步考察。其中唐代吐谷浑慕容氏成月公主墓志指出,公主为吐谷浑国主诺曷钵(慕容钵)与太宗宗室女弘化公主所生,幼年即入长安兴圣寺出家为尼,二十三岁卒于寺内。李浩借此综合濮仲远、周伟洲共十四方涉及吐谷浑的墓志,加以胪列成表简介,并特别对读弘化公主墓志以解析成月公主的身世与背后的国际关系。[2] 另外值得注意的是,李浩借由成月公主出家兴圣寺为引子,比较兴圣寺主尼法澄塔铭,观察唐代贵族女性崇佛现象,附带谈及兴圣寺的建筑及其变迁,其中法澄卒后葬于马头空的石室,此即刘淑芬详为考证的所谓石室瘗葬。但成月公主入寺为尼究竟是一种坚定的信仰,抑或"要么就是一种处罚"(《摩石录》,第218页),惜本书并未提供进一步的解答。李浩也指出刘淑芬误以为法澄是唐初宰相萧瑀的五女"法灯",可能是误笔(《摩石录》,第224页)。其实刘淑芬《中古的佛教与社会》引用的《大唐故兴圣寺主尼法澄塔铭》载有法澄俗姓孙氏,可能是错

---

[1] 赵振华《唐代石工墓志和石工生涯——以石工周胡儿、孙继和墓志为中心》,《唐史论丛》第14辑,陕西师范大学出版社2012年,第113—121页也特别表彰石工技艺及其生涯。拙文《北魏前期文化的转折与肆应——以〈嘎仙洞石刻祝文〉、〈南巡碑〉为线索》,韩国中国学会《国际中国学研究》第12辑,2009年,第222—223页提及鲜卑石室祝文末尾注记"东作帅使念凿",书法犷悍沉稳朴拙,出自军士之手,显然这位名字叫念的军吏还是一位技艺高超的刻工。

[2] 和亲背后所显示唐朝与吐谷浑、吐蕃的国际关系,详参周伟洲《中国中世西北民族关系研究》,西北大学出版社1992年,第283—287页;同氏《吐谷浑史》,广西师范大学出版社2006年,第230—234页;卢勋等《隋唐民族史》,四川民族出版社1996年,第112—123页。

引《金石萃编》和矢吹庆辉《三阶教之研究》混淆法澄出身所致。①

唐代稀见双语的安优婆姨（姨亦作夷，梵语异译，第240页）塔铭，本书侧重汉文部分释读，先后针对塔铭文体、优婆姨意旨女居士即信女、安氏源出凉州姑臧的粟特人定居于长安群贤坊等语词概念进行疏解。值得注意的是，本书再次揭示三阶教有普法、别法两种佛法，以及诸多慕三阶教创始者信行禅师而死后归葬于信行塔侧的现象，其中以女性优婆姨居多，而安优婆姨则是外族更为特殊，"迁柩于终南山大善知识林侧，起塔焉……遵遗命也"（《摩石录》，第232页）。此处所谓大善知识指的就是信行禅师，以致僧俗信众"小塔累累相比"，唐宋时谓之百塔（第255—256页）。本书征引刘淑芬研究指出的如安优婆姨之流信女，景仰高僧善知识，往往死后采林葬而后起塔陪葬其塔侧，缘于"信仰佛教、寡居多年、独自抚子"等原因，因此寡居的孀妇也往往不祔葬（夫妻合葬）。李浩根据安优婆姨粟特文铭文，更发现其既非寡居也非无子女的特殊现象。② 关于夫妻不合葬的所谓次文化现象，陈弱水称之为"夫妻关系的超越"，理由往往是基于佛教信仰，譬如"吾业以清净，心无恋著，岂以诗人同穴之言而忘老氏各归之本？"③刘淑芬更指出禁断情欲、守身清净的关键缘由，譬如"吾奉清净教，欲断诸业障。吾殁之后，必烬吾身"，

---

① 刘淑芬《石室瘗窟——中古佛教露尸葬研究之二》，《中古的佛教与社会》，上海古籍出版社2008年，第260—261页。该文原刊《大陆杂志》1999年第98卷第2期，误载法澄为萧瑀的五女，古籍本反而一再错打为"法灯"。

② 《摩石录》，第261—264页；详参刘淑芬《林葬——中古佛教露尸葬研究之一》《石室瘗窟——中古佛教露尸葬研究之二》，《中古的佛教与社会》，特别是第209—211、219、224、229、242、264、272、279页。至于李浩所提高宗朝名臣裴行俭以继室库狄氏为翁媳婚，库狄氏信奉信行禅师，卒后因而也不夫妻合葬，另参卢向前《唐代胡化婚姻关系试论》，《敦煌吐鲁番文书论稿》，江西人民出版社1992年，第33—37页。

③ 陈弱水《唐代的一夫多妻合葬与夫妻关系——从景云二年〈杨府君夫人韦氏墓志铭〉谈起》，原刊《中华文史论丛》2006年第1期，第191—197页，也收入《唐代的妇女文化与家庭生活》，允晨出版社2007年，第290—296页，特别是第293页。

"归骸反真,合葬非古。与道而化,同穴何为?","时人以生死同于衾穴,厚葬固于尸骨。吾早遇善缘,了知世幻。"①林欣仪探讨佛教的女身观和妇女信仰,特别指出女人身秽,而三阶教主张"痴泥得生莲花",所以墓志铭中经常强调清净、洁、澄来表达信仰追求和自我认知,解脱方式之一是求转女身往生西方净土,可能也是夫妻死不同穴的症结(林欣仪《舍秽归真:中古汉地佛教法灭观与妇女信仰》,稻乡出版社2008年,第270—279页)。

本书最后披露西安新见两方回纥贵族墓志,一为移建勿,二为李秉义,前者为英义建功毗伽可汗(即登里可汗,详参卢勋等《隋唐民族史》,第144—147页)侄子,后者为前述可汗的堂弟。李浩对这两方墓志与另三方已出回纥人墓志进行比较,探讨回纥改回鹘名称在德宗贞元四年或五年,回纥人以质子身份旅居长安的葬地居所以及丧葬资费等问题。关于"留舍鸿胪"和"送终之饰"两制度现象(《摩石录》,第287页),《大唐六典》卷十八《鸿胪寺·典客署》条已有明文规定:"凡朝贡、宴享、送迎预焉,皆辨其等位而供其职事。凡酋渠首领朝见者,则馆而以礼供之""若身亡,使主、副及第三等已上官奏闻。其丧事所须,所司量给"。(唐代在制度和法律上对蕃客的生活关照与送终之饰,可参林麟瑄《唐代蕃客的法律规范》,《新史料·新观点·新视角:天圣令论集(下)》,元照出版有限公司2011年,第394—403页。)

最后,由于笔者较为侧重家族社会史,所以不揣浅陋,想针对本书揭示的两个问题提出两点管见,聊供参考。首先,隋末唐初薛世雄、薛万彻父子武将家族,已知其祖先从敦煌迁徙雍州咸

---

① 刘淑芬《石室瘗窟——中古佛教露尸葬研究之二》,《中古的佛教与社会》,第280—285页。合葬非古之言,周绍良《唐代墓志汇编续集》,万岁通天004《大周故纳言博昌县开国男韦府君夫人琅耶郡君王氏墓志铭》,上海古籍出版社2001年,第350页也指出"况合葬非古,前圣格言"。拙文《唐代代北胡族家族的婚宦与门风——独孤氏、窦氏及长孙氏再探》,《中国历史文化新论——高明士教授八秩嵩寿文集》,元华文创股份有限公司2020年,第370页也注意到润州刺史王美畅妻长孙氏"深悟法门,舍离盖缠,超出爱网,以为合葬非宜,何必同坟?"因而遗命采石室瘗窟。

阳,寓居关中,《隋书·薛世雄传》谓其本河东汾阴人,可能出自家状伪托,世雄父薛回曾任官泾州(今甘肃省泾川县)刺史,惟李浩所征引薛万彻弟万备、薛世雄兄弟贵珍等两方墓志,前者透露出万备祖父薛迥(回)曾担任北周泾州、扶州(今四川松潘县)总管。薛贵珍墓志则指出祖父薛宁任官敦煌太守,"因以家焉",所以《旧唐书·薛万彻传》才称其为雍州咸阳人,"自敦煌徙焉"。由此可以看出,此支薛氏疑非关中郡姓河东薛氏南祖房(《摩石录》,第96、98、99、105、106、110页),即使曾待过四川,与北魏时期谑称的"蜀薛"有所牵连,但似也不能相提并论视为正统的河东薛氏。①

其次,赵郡李氏汉中房李百药遗令迁厝关中,而未遵循安土重迁的传统归葬原籍河北②,此为毛汉光《从士族籍贯迁移看唐代士族之中央化》所说中央化的士族变迁流动现象,或如韩昇《南北朝隋唐士族向城市的迁徙与社会变迁》(《历史研究》2003年第4期,第46—67页)所考究,连带也导致祖茔地改变。李浩因此发想唐宋变革期的转型,并非如陈寅恪指出只能出现在安史之乱前后的中唐,而提早出现在唐初(第137、139、140、142、

---

① 详参宋德熹《唐代河东薛氏门风再探》,《第四届唐代文化学术研讨会文集》,成功大学1999年;《薛仁贵与薛元超:唐代河东薛氏门风的两种典型》,《史学:传承与变迁(台湾大学历史系博士班成立三十周年)纪念研讨会论文集》,台湾大学1998年;刘淑芬《北魏时期的河东蜀薛》,《中国史学》2001年第11卷,第40—43页;林宗阅《试论河东"蜀薛"的渊源问题》,《早期中国史研究》2009年第1卷,第45—62页。

② 唐人小说《吴保安》中,郭仲翔为报恩亲身跣足步行千里,将吴保安夫妇遗骨归葬家乡河北的故事,可见一斑。至于人物与事件的真假,另参赖瑞和《小说的正史化:以〈新唐书·吴保安传〉为例》,《唐史论丛》2009年第11期,第343—355页。详细的案例可参裴恒涛《唐代的家族、地域与国家认同——唐代"归葬"现象考察》,《河南科技大学学报(社会科学版)》2011年第6期;爱宕元《唐代荥阳郑氏研究——本贯地归葬为中心》,京都大学教养部《人文》35集,1988年。至于"利于便近"的因素背后,或许与"至性过人"的李百药鉴于"初侍父母丧过乡,徒跣单衣,行数千里,服阕数年,容貌毁悴"(《旧唐书·李百药传》),体恤奔丧劳苦有关。

148页)。晚近以来,柳立言、李华瑞和张邦炜[1]已先后抉发历来唐宋变革论历史分期和时代性质的疑诘和解读,高明士《战后日本的中国史研究》(中西书局2019年,第一篇二及第三篇二)则越发有力诠释时代区分与唐宋变革的内涵,中唐或8世纪唐代中叶,终究仍是主流说法的变革关键期。

其实李百药遗命交代迁厝的个案并非孤证,笔者随手检阅周绍良《唐代墓志汇编》唐代前期即有多例,譬如永徽118《唐故象城县尉李(果)君墓志铭并序》,指出李果"其先赵郡平棘人,远祖因宦河南,今即河南洛阳人也。……永徽五年十二月十九日(夫妻)合葬于邙山之阳礼也";永徽148《唐故始州黄安县丞高君墓志铭并序》,高俨仁渤海蓨人,贞观十五年除扬州高邮县丞,寻迁始州黄安县丞。永徽六年卒于洛阳里第,夫人清河崔氏贞观十五年卒于高邮馆舍,归窆芒山之掌。(以上李果志、高俨仁志,分别见周绍良主编《唐代墓志汇编》,上海古籍出版社1992年,第208、228页。)圣历010《大周故银青光禄大夫使持节利州诸军事行利州刺史上柱国清河县开国子崔君墓志铭并序》、011《大周故银青光禄大夫使持节利州诸军事行利州刺史上柱国清河县开国子崔公夫人李氏墓志》、012《唐故前国子监大学生武骑尉崔君墓志并序》、013《唐故至孝右率府翊卫清河崔君墓志铭并序》四志,揭露了清河崔玄籍宦游四方,家人先后殒命的悲欢离合故事,最后一家合葬或迁祔于京师洛州。(见《唐代墓志汇编》,第929—934页,墓志主包括崔玄籍的大夫人李氏、两子韶和歆。其家庭事迹另参鲁才全《跋武周〈崔玄籍墓志〉》,《魏晋南北朝隋唐史资料》1988年第9—10期,第42—48页。)另检《唐代墓志汇编续集》龙朔017《大唐故司宗寺丞上骑都尉王君墓志铭并序》,墓志主王植太原晋阳人,"因官徙宅",今为京兆万年人,卒于会稽,归葬于京城。仪凤002《唐右金吾郎将马君夫人

---

[1] 柳立言《何谓"唐宋变革"?》,《中华文史论丛》2006年第1期,第125—171页;李华瑞《"唐宋变革"论的由来与发展》,原刊《河北学刊》2010年第5期,也收入氏著《"唐宋变革"论的由来与发展》,天津古籍出版社2010年;张邦炜《唐宋变革论的误解与正解——仅以言必称内藤及会通论为例》,《中国经济史研究》2017年第5期,第70—76页。

敦煌令狐氏墓志铭》指出"即夫人家迹，非远先茔，□令归魂而无依也"，卒后葬于关中岐山。长寿002《大唐故邢州任县主簿王府君墓志铭并序》，墓志主王挺其先太原人，"乃考因官徙业"，自北而南，始寓居于神都洛阳县，故今为洛阳人氏，卒后葬于洛阳。长寿005《大周故前尚方监兼检校司府少卿中山县开国伯王公墓志铭并序》，墓志主王基并州太原人，唐因"徙官"，故又为洛州伊阙县人，卒后葬于洛阳北邙山。长寿006《唐故左卫刘府君墓志铭并序》，墓志主刘僧本河间郡人，五代祖"因官"关右，遇乱不归，故今为长安县人，卒后葬于长安。延载001《大周故河东柳府君墓志铭并序》，指出柳怀素夫人元氏随子任官山东，中途染病，权殡宋州，其后三子奉敕从雍州移贯属洛州洛阳县，"旧墓田先在始平，兄弟所移，□神都坟墓不可更依，旧所亦□形胜"，卒迁神改葬于洛阳。（以上王植志、马君夫人令狐氏志、王挺志、王基志、刘僧志、柳怀素元夫人志，分别见周绍良、赵超主编《唐代墓志汇编续集》，上海古籍出版社2001年，第129、230、320、323、324、331—332页。）李浩《摩石录》（第51页）也曾指出祖孝孙虽乡居河朔，今乃安厝关西。以上诸例显示出科举官僚化乃至中央化[①]因而迁徙的现象，甚至也影响籍贯里居和葬地。余扶危、张剑胪举《大唐中兴弘农郡杨使君墓志铭文》，指出杨思玄其先华阴人，因官从居洛州今为河南伊阙人，中宗神龙元年卒于私第，葬于洛阳邙山（余扶危等编《洛阳出土墓志卒葬地资料汇编》，北京图书馆2002年，第86页），即其显例。孟繁峰、刘超英指出，"即使以往的著录，可确定出土于河北的亦寥寥无几。……可见仕于唐的河北士族大姓，大部分已不归葬族茔。

---

① 详参今堀诚二《唐代士族の性格素描（二）》，《历史学研究》1940年，第10-2期，第46—47、56、72页，以及竹田龙儿《唐代士人の郡望について》，《史学》1951年，第24-4期，第29—31页；惟伍伯常《"情贵神州"与"所业唯官"——论唐代家庭的迁徙与仕宦》，《东吴历史学报》2008年第20期，第1—72页，特别是第34—45页；郑雅如《"中央化"之后——唐代范阳卢氏大房宝素系的居住形态与迁移》，《早期中国史研究》2010年第2-2期，第1—63页，特别是第18—47页，则先后指出中央化之后，由于宦游、战乱乃至经济压力导致寄居他乡，归葬才还故里。

这是值得引起注意的变化"。(孟繁峰等主编《隋唐五代墓志汇编·河北卷》,天津古籍出版社1991年,《前言》。)而毛汉光或今堀诚二揭橥北朝末迄唐代前半期中央化或科举官僚化,导致人口迁徙萃居两京,特别是卒葬洛阳的人生归宿,此即所谓的"邙山认同"的现象(李京《唐代的邙山认同研究》,郑州大学2019年硕士学位论文)。

职是之故,毛汉光认为几乎所有中古时期大士族在洛阳地区皆有坊所,且葬于洛阳地区,而有一部分落贯洛阳,无论是大士族或官宦之家,洛阳地区是当时人物荟聚之地。(毛汉光《唐代前半期居住洛阳姓望之分析》,《中正大学学报·人文分册》7-1,1996年,第186—187页,以及1994、1995国科会两年期计划《唐代士族两京城坊居住地之研究》。另参尚民杰《唐代长安赵郡李氏家族墓地考略》,《洞幽烛微》,上海古籍出版社2020年,也指出赵郡李氏家族墓地多在两京。)韩昇前揭《南北朝隋唐士族向城市的迁徙与社会变迁》援引《新唐书·李乂传》"遗令薄葬,毋还乡里"关键史文,也指出有可能是科举(寄生)官僚的一时权厝暂厝之举。(《历史研究》2003年第4期,第11、13页)所以李浩指出李百药遗令交代迁厝雍州"何齿之宿而意之新"(《摩石录》,第144页)的创新思维,因而"捅破了士族保守性的窗子"(《摩石录》,第141页),其实可能也是受了大环境中央化或科举官僚化的潮流影响所致,"利于便近"地卒后葬于雍州,此与唐宋变革期的"转型"提前之说,似尚有讨论余地。

周伟洲曾言,将墓志作为新出史料进行录文、标点、考释、考证,是墓志研究的基础,本身就是史学分析、史学研究,而对墓志进行进一步的综合研究,即是墓志的史学分析,两者均有存在的价值。(周伟洲《新出土中古有关胡族文物研究·前言》,社会科学文献出版社2016年,第4页。)由此观之,以李浩为代表的唐代文学学者利用新出石刻所做的研究,虽然局部深度与广度可再商榷,但已然开启了跨域石刻证史的新视野与新潮流。

(原载《汉学研究》2022年第6期)

唐诗之路研究断想

□ 尚永亮

唐诗之路,简单地说,就是众多唐人走过、创作有一定数量诗歌并负载特定文化内涵的交通线路。这些路,有大路,有小路,有长路,有短路,有陆路,有水路,有实经的路,有虚拟的路,有争相前往的路,有不得不走的路,但其共同点,则是须有一定的时间长度、诗歌数量、代表性诗人和相关诗路书写作支撑。

要研究唐诗之路,一要有路,二要有诗,路是诗的触媒,诗是路的升华。借助于路,诗人行迹和诗作特点得到集中展示;借助于诗,路的自然景观和文化意蕴获得突出彰显。有路无诗,或有诗无路,都算不上真正的唐诗之路。当然,除了路与诗外,还有两个要项,那就是地与人。地,指唐人于路途行走后所抵达之地,这是路的延伸,也是较之路途创作更为集中深入的对地域景观、风土人情、文化生活等方面的书写;人,是诗路创作的核心因素,只有了解人,了解人的身世遭际、心路历程、关怀目标和情感变化,才能对路与诗获得更全面、更透彻的认知,才能使唐诗之路的研究展示出独具的特点,并使之鲜活起来。

一般而言,唐诗之路研究有几个重要维度:一是空间维度,重在横向展开,关注的主要是不同诗路的地域特点,如浙东之路、宣歙之路、运河之路、湘粤之路、赣粤之路、容桂之路、商於之路、关陇之路、秦巴之路、陇蜀之路、西域之路等,以及各条线路之地理形貌、总体长度、经由地点、行经时间、标志性景观或驿站、水路、陆路之转换衔接、步行或骑乘、舟行所需时长等。二是时间维度,重在纵向延展,关注的主要是同一线路不同时段的状态和特点,如初唐、盛唐、中唐、晚唐或更小时段的诗路状况,以及不同时期诗人的创作情形、诗作内涵和特色变化。三是主题维度,重在深度掘进,关注的主要是诗路的主题内涵,诸如漫游之路、山水之路、贬谪之路、商旅之路、科考之路、边塞之路等,以及各主题之文化专有性、诗人代表性、艺术独特性。四是个体维度,重在点的聚焦,关注的主要是具体诗人特别是代表性诗人的行走经历、书写重点、关注目标、精神指向和表现特点,如李白的浙东之游、杜甫的陇蜀之行、岑参的西域从军、韩愈的岭南之贬等,均构成具有自我特色的具有标志性的诗路书写。分别对以上几个维度展开考察,可以获得多角度、多层面的进展,也可集中力量以求取局部的突破。

　　就每条诗路来说,又有其历史传承性、时代独创性、后世延续性。所谓历史传承性,盖指前代诗人即行走此途,赋予其特定的文化内涵,唐人受其影响,予以进一步承接、发展和扩大。如浙东之路,除其佳丽山水外,东晋以来即有王羲之、谢灵运等知名士人行走、活动于其间,创作了大量文艺珍品;而广布各地之寺院道观及流行之佛道思想,亦为此一地域奠定了浓郁的宗教文化氛围。唐人或是因景闻名、迢迢千里而前往,或是游剡溪天台、览前人遗踪而创作,其诗路书写本身即包含大量历史文化的因子。所谓时代独创性,盖谓前代虽已有路,但却较少诗人行走,或较少诗歌创作,而自唐代,其路始得与诗歌紧相关联,进入人们的观照视野。如关陇、西域之路与边塞诗之书写,商於之路与贬谪流放之书写,均至唐代而大放异彩,开创出一条条特色独具的主题性诗路。所谓后世延续性,盖指唐人开拓的某些具有特定文化内涵的线路,在后代得以延续,并进一步发展了其主题取向。如浙东之路、宣歙之路、湘粤之路、赣粤之路等在唐后历代之延续、拓展。而有些诗路,或缘于政治文化中心之位移,或由于军事、经济形势之变化,一度或长期中断了这种延续性,如商於之路在唐代以后即日趋冷落,西域之路则于中唐冷落后,直至清代而复兴。了解了上述传承、独创、延续、中断诸种情况,就有了一个较宽阔的文化视野和比较的眼光,就易于给研究对象作准确定位。

此外，考察唐诗之路还宜关注其实存性与虚拟性特点。实存性，指诗人实地经行且有相当数量作品的线路，这在唐人的诗路书写中占据多数；而虚拟性，则指诗人并未经行其路，但在诗歌创作中悬想该路之情形，由此展开虽作意主观而手法写实的一些描写。如唐代边塞诗创作中有些诗人并未涉足西域、北疆或参与军旅生活，却作有不少《前出塞》《后出塞》《塞下曲》《从军行》《燕歌行》等表现异域景观、边塞征战的作品；一些贬谪诗人则通过异地酬唱和邮路传递，将相距甚远的两地连结起来。如中唐元和年间元稹、白居易被贬通州、江州，东西相望，彼唱此和，由此形成一个"通江唱和"的关联性地理空间，可谓之虚拟诗路。这类情形虽然不多，但在唐诗之路研究中却不宜忽视。

当然，换一个角度说，作为一个开辟不久的新兴领域，唐诗之路研究还应有所避忌，亦即应尽量避免一些问题。

一是避免泛诗路研究。顾名思义，泛诗路即过度扩大诗路之外延，将凡有诗人行走的路途都视为唐诗之路，随意抓取一两条缺乏代表性的路线或一两个诗人，即展开冠以"诗路"之名的考察，而忽略这一概念所内含的"诗"与"路"的独特性、丰富性、经典性，其结果便易于导致"诗路"称谓及其研究的泛化、简单化、随意化。

二是避免浅层次研究。这里说的浅层次，是任何研究都应避免的现象，但对唐诗之路研究来说尤其重要。这是因为唐诗之路研究历史较短，亟需在初始阶段拿出过硬的、有深度的成果，以发挥示范效应。倘若相关研究缺乏应有的深度，特别是缺乏理论上的敏锐观照和规律性的准确把握，只是就事论事，浅尝辄止，有可能就名不副实，坏了唐诗之路研究的名声。

三是避免单一性研究。就唐诗之路涉及"诗"与"路"两大要项言，这乃是一项跨学科的研究，其中既包括传统的文学研究，也包括不少中文学人相对陌生的历史地理学、文化地理学的研究，而后者某种程度上可能更为重要。它既能为研究者提供一个新的观察视角，也能从概念、方法乃至理论上丰富并提升研究者的研究手段、认知眼光。其中涉及人地关系、文图关系、地理分布与历代行政区划的关系、不同地域风俗与文化传统影响的关系，如此等等，不一而足。倘若不注意此点，仍然因循固我，进行单一的文学研究模式，将"路"仅视为"诗"的附庸，就可能新瓶装旧酒，大大缩小、降低唐诗之路这一概念所负载的创新度和学术含量。

四是避免缺乏实证的宏观研究。宏观与微观，在学术研究中缺一不可，但前者应以后者为基础，后者应以前者为归趋，由此构成二者的逻辑关系。而在唐诗之路研究中，当下更急需的乃是微观层面的实证研究。倘若每一条路、每一位诗人及其创作的基本情形尚未摸清，一些史地类的基本典籍尚未细读，一些有争议的问题尚未辨明，就急于去做宏观判断和理论提升，就很难将立论落于实处，甚至游谈无根，误己误人。仅以韩愈元和十四年被贬潮州为例，他在《潮州刺史谢上表》中说："臣以正月十四日蒙恩除潮州刺史，即日奔驰上道，经涉岭海，水陆万里，以今月二十五日到州上讫。"那么，这里的"今月"到底是三月还是四月？历来争论纷纷，莫衷一是。此外，从长安到潮州究竟是韩愈所说的"八千里"，还是《元和郡县图志》所载诸段之和的5810里（郴州路）、6810里（虔州路）？抑或是《通志》《太平寰宇记》所载的7667里、7600百里？韩愈在贬途各段行进速度几何，原因何在？他说自己"南行逾六旬，始下昌乐泷"，此六旬是整六十日吗？又在韶州写诗说"下此三千里，有州始名潮"，这里的"三千里"靠得住吗？其实际里程是多少？他是在多长时间内走完这段路程的？……类似这样一些问题，不独出现在韩愈这里，也出现在柳宗元、刘禹锡初贬所经路途上，出现在元稹、白居易被贬通州、江州时所作"通江唱和"的具体过程中。若不辨明这些据现有材料本可辨明的基础性问题，其诗路行程及相关书写的研究便很难获得学理性的支撑。关于此点，可说的话很多，限于篇幅，不作展开，留待另文再作申说吧。

（原载《惟学学刊》第 1 辑，浙江大学出版社，2022 年 12 月）

港台及海外研究动态

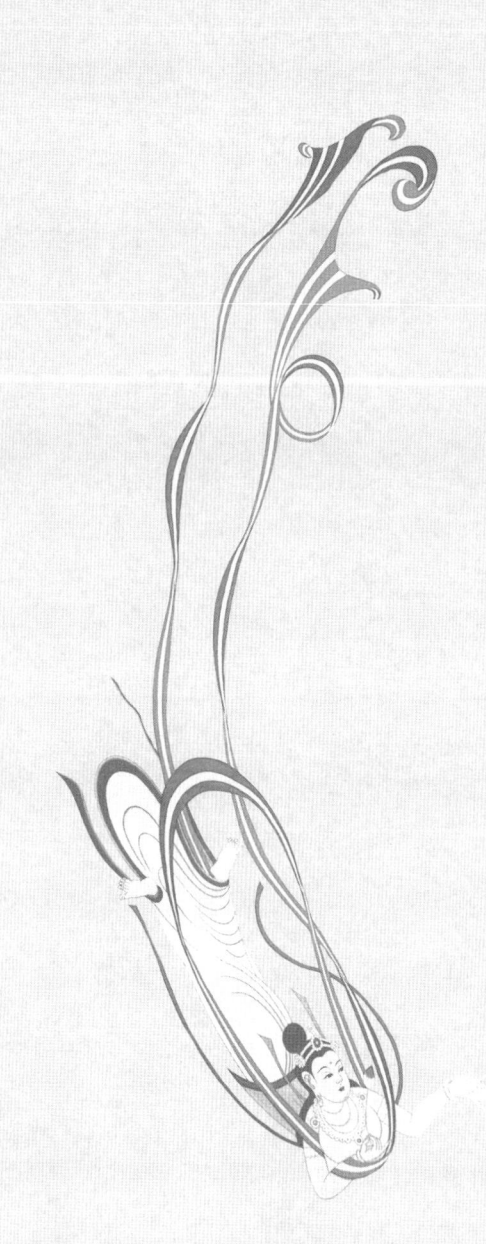

香港唐代文学研究概况(2021—2022)

□ 吕牧昀

本年度香港唐代文学研究,继续秉承唐诗研究之传统,与此同时,不少学者开始转向对复合议题的探讨,研究视野由"点"及"面",其中又有所交汇,取得的成果令人欣喜。本文接续《香港唐代文学研究概况(2020—2021)》,收录文章之期限,原则上为2021年下半年至2022年。部分2021年上半年之研究,未及收录于往年《概况》,则于本文中补足。同样,部分最新研究成果,或未对外公开,或仍待原作者修改,此处暂不作介绍。要之,据笔者搜罗所见,本年度香港地区唐代文学研究,共出版专著5本,发表学位论文、期刊论文及会议论文合计24篇。皆取自各大学图书馆资料库、论文期刊资源网站、学术研讨会论文集、线下、在线图书馆资源或实体书刊等。另有部分论文,承蒙原作者惠赐,笔者亦在此致谢。

为方便论述,本文拟分为唐诗(词)研究、唐文研究、唐典籍研究三类介绍,以期能廓清眉目。唯因篇幅有限,笔者或未能完全呈现原作精华,恐有挂一漏万、断章取义之虞,敬请读者见谅。

一、唐诗(词)研究

本年度之唐诗(词)研究成果甚繁,数量居各类研究之首。笔者再根据细部研究之范畴,设置"总体唐诗研究""唐代诗(词)人研究""唐诗接受研究"三节,分而论之。兹择要综述如下。

（一）总体唐诗研究

本节引述之总体唐诗研究，共见出版之专著 2 本、发表之学位论文及期刊论文各 1 篇。陈耀南所著《原韵译唐诗新赏》（香港中华书局 2021 年）一书，以原韵翻译唐诗为新创，以求贴近唐人创作初心之余，亦能满足一般大众阅读所需。为此，作者精选唐人七十四家诗，简述其生平，原韵新译其作并略加评说。值得留意的是，本书开首所附《唐诗概论》，乃陈氏对唐诗发展、风格、成就的研究心得，值得读者细参。该文不仅论诗，更广泛考察唐代历史背景、政治风气、科举官制、地方行政等，以求掌握唐诗发展之完整面貌。作者认为，唐诗之兴盛，原因有五：一、承袭六朝尚文传统；二、政治上以诗赋取士为贵；三、习诗具备"身份"及"文化"象征；四、唐代交通、文化发达，致使三教思想活跃，促进创作；五、承继齐梁声律，各类诗体发展成熟。此外，作者亦关注唐诗中的女性作者，认为唐代女性虽长期受到歧视，但凭借天赋与开放的心态，作品仍足可观；但由于生活圈子的限制，注定其作品的题材、格局等都较为狭窄。最后，本书着重介绍了唐诗的体裁、格律发展，从平仄四声之缘起到唐人绝、律创作之偏重、用韵等，除去理论学习之价值，此处所论，亦可资创作古典诗歌的今人进行参考。

《唐代帝王诗歌与诗坛》（初文出版社 2021 年）一书，为周瀚之博士论文，作者广泛考察《全唐诗》中所收录的帝王诗歌，以存诗数量最多的太宗、武后、玄宗之诗为探讨核心，辅以其他帝王诗作作补充析论。据作者所言，该书以初盛唐帝王诗与诗坛研究为"点"，以整体的唐代帝王诗特征分析为"面"，经由文本细读及分析比较，微观与宏观结合，探讨三位帝王对唐诗发展至高潮所起的作用与影响，还包括初盛唐诗人群体的形成，帝王与诗坛的关系，从而揭示唐代文学的发展特点与流变规律。此外，作者研究发现，三位帝王通过各种方式，如修订典籍、成立文学机构、推行科举制度、尊重和延揽文学人才、游宴赋诗等，促使唐诗不断发展并达至高峰。其中，太宗扭转六朝浮靡文风，奠定基础；武后承上启下，直接影响盛唐气象之形成；玄宗任用张说、张九龄等文士，促使文学创作风气继续发展，开启盛唐人才辈出之盛大局面。最后，结合其人其作，作者指出，太宗诗既有雄迈壮阔之风，亦饶纤巧细腻之致；武后诗雄壮宏丽，实见一代女皇之气魄与胆略；玄宗诗工于声律，刚健真朴，极具个性化；其余帝王之诗，虽各有特点，但都具帝王气势，以富丽堂皇为本色，而少凄苦、寒酸、不平及愤懑之笔。

卢俊霖《语体语法与唐代古、律诗体的语体对立》（香港中文大学2021年博士学位论文）以语体语法学及汉语韵律学为理论基础，试图重新建构唐代古、律诗体的关系论述。该文首先阐述唐代古、律诗体研究的理论架构，接着从节律、句法、词汇等方面作分析论述，研究其在不同诗体中的分布差异。据作者考察所得，唐代古、律体诗在语言系统上既有对立，也有杂糅，而在节律、句法、词汇三方面存在的语体差异，其本质是口语体与正式体对立的结果。古体诗是口语体语体规则运作的结果，律体诗则是正式体语体规则运作的结果，各自都受语体机制限制。最后，作者提出，针对唐代古、律诗体之研究，或许能为唐诗语言、词汇系统、文体学等研究提供新思路。同时，在唐诗以外，上追古诗、六朝诗，下探宋诗等，皆是未来可持续深入探讨的方向。

张万民《唐代比兴观辨析——以诗格为中心》（《岭南学报》复刊2021年第14辑，第173—193页）一文，借由唐代刘知几、皎然、王昌龄涉及诗格的众多论述，还原唐人的比兴观念。文章中指出，比兴观念的各种义项，包括原始义与衍生义，都有各自发展、重新组合、熔铸新义的现象，如"兴刺""兴讽""兴寄"等概念。因此，唐人所论"比兴"乃是由本义和衍生义层叠交织所形成。而自唐代以后直至五四以来，学者持续辨析比兴概念，产生出不同于传统之理解，如原始歌谣修辞手法之"兴"与诗学概念之"兴"，作者认为，前者是宋代以后才出现的叙述，后者则属于传统政治教化意义上之意涵。除此之外，宋代以后，比兴观存在着物在情先、由物及心的先后次序，这与唐人理解之次序截然相反。作者认为，今人凡欲探讨唐人比兴观，应当回归唐人视野，尤其要避免强加现代观念于古人。

(二)唐代诗人研究

本节介绍之唐代诗人研究,成果丰富,数量最多。其中包括卢照邻兼骆宾王研究论文1篇、孟浩然研究论文1篇、李白研究论文2篇、杜甫研究论文1篇、元结研究论文1篇、吴筠研究短文1篇、刘禹锡研究论文1篇、温庭筠(词)研究论文1篇。以下即按诗人年代先后,分别论述。

卢照邻、骆宾王研究见陈伟强"Amorous Adventure in the Capital: Lu Zhaolin and Luo Binwang Writing in the 'Style of the Time'"(*Tang Studies*, number 40, 2022, pp. 1-54)一文,该文以杜甫《戏为六绝句》其二为切入点,探讨"王杨卢骆当时体"之"当时体"有何意涵与新创。为此,作者以卢照邻《长安古意》、骆宾王《艳情代郭氏答卢照邻》《代女道士王灵妃赠道士李荣》为论述核心。文章认为,"当时体"由卢照邻开风气之先,骆宾王承前启后,最终收束于王勃之手。具体而言,卢诗继承前代汉赋以来的京城描写,模仿乐府设置年少轻狂的英雄形象,又以"轻薄之风"创作爱情主题,并就七古体裁写成《长安古意》,此为"当时体"之初始典范。其后,骆宾王也运用相同的主题、文字、韵律等,创作《艳情代郭氏答卢照邻》与《代女道士王灵妃赠道士李荣》。作者继而指出,骆诗延续传统的弃妇代言体书写,直言卢照邻及道士李荣之私事,由此带来文学上的互动,加速了初唐诗歌圈子的形成,"当时体"由此发展。究其本质,乃是卢、骆等人带着对前代宫体的反拨情绪,行复古开新之举。作者还提到,"当时体"文风之华丽,并未能得到后来读者的认可,是以杜甫才有"哂未休"之语,不过,骆宾王以赠、与、寄、答为题的诸多作品,终究还是开启了中唐言情文学、传奇的先声。

孟浩然研究见纪懿恬《儒释道视野下的孟浩然仕隐心态新考》(《文学教育(上)》2022年第3期)一文,该文从以往学界较少论述的三教思想及盛唐精神切入,探讨孟氏的仕宦与隐逸生涯。文章首先梳理孟氏的仕宦经历并分析"拜见玄宗"与"失约朝宗"二事对孟氏之影响。作者认为,"拜见玄宗"一事的真实性或可存疑,不可尽信。而"失约朝宗"则是孟浩然一生与仕无缘的典型象征。其后,作者又以孟诗为例,说明其求仕之热忱导源于济世用事之儒家思想,"盛唐精神"也同时发挥作用。所谓"盛唐精神"即因国力强盛、经济繁荣、思想开阔而带来的昂扬进取的风尚,这使得孟氏有报效国家之意。接着文章转而指出,孟浩然虽积极求仕,却在四十岁时方才首次应举,此细节常为人所忽略,这表明孟氏或有意循推举、献赋之途入仕;或因唐开元以前,政局不稳,遂持"无道则隐"之心态。作者随即探讨并认为孟氏之隐逸思想早已有之。其诗作多次提到汉末隐士庞德公,又频用魏晋高士的典故,其中尤以陶潜影响孟氏最深。孟氏也因此秉持"任真"之性,自由而为。文章中认为,其思想渊源,部分源于佛、道义理的熏陶。最后,作者推断,在"仕"与"隐"中,孟氏应更倾向于隐,其最终目的在于从归隐中得到心灵的升华。

李白研究之期刊论文有 2 篇,同为陈伟强之研究。首先是"The Transcendent of Poetry's Quest for Transcendence: Li Bai on Mount Tiantai"(*Buddhism and Daoism on the Holy Mountains of China*, volume 34, 2022/3, pp. 203-244)一文,该文借由李白《天台晓望》与《琼台》二首诗作,探讨道教圣山天台山与李白之内在联系。作者首先梳理两首作品的真实性与创作背景,指出《琼台》一首出处存疑,但未必不能用来理解李白在宗教信仰与政治生涯间的妥协过程。值得注意的还有二诗中的蓬莱仙境与鹏鸟书写。诗中对蓬莱仙境的描绘,并非直接引用道教经典,而是自游仙诗传统而来。至于鹏鸟书写,则与李白的道士好友司马承祯相关。作者提及,司马承祯过去曾受到武后、睿宗和玄宗的礼遇,最终得以功成身退,因而成为李白心目中的典范。于是,李白不仅把对蓬莱的向往转移至天台山,也借鹏鸟的意象隐喻长寿登仙,表达了诗人欲长留天台山之期愿。

其次是《众神护形,步虚玉京——李白的谪仙诗学》(《清华学报》新 52 卷 2022 年第 4 期)一文,作者借由考察李白诗中的道家、道教和神话传说元素,尝试建立李白诗学体系之论述,并将之归纳为"谪仙诗学"。文章认为,"谪仙诗学"之意涵,包括李白吸收传统道教内涵来开拓诗境,以及结合"谪仙"遭遇和回归天界的奇想,所展现的崭新诗歌风格和艺术构思。具体而言,作者认为李白具有"来自天上"之意识,因此亟欲回归天界。另外,作者注意到,李白常以东方朔之仙游自比,相同的"谪仙"身份,也为李白的诗歌创作奠定了重要基调。随后,作者进一步阐发李白返回天界的方式,包括取法上清派之存思修炼,如其所作《赞十七首》,即为观图存思之典型。又或借助道教神话意涵,登上名山,沟通上天。其中,玉京山的众神朝会在李白笔下衍生出新的意义。文章即以李白的三首作品为例,分别阐述其对玉京山意象的不同理解与阐发。如《题随州紫阳先生壁》一首,保留了李白运用灵宝经系求仙的原始意涵;《凤笙篇》一首,则有求仕以回到属于人间的"仙界"之意;至于《经乱离后天恩流夜郎忆旧游书怀赠江夏韦太守良宰》一首,作者推断李白经历放逐,于是借由"白玉京"之书写,表达政治上退隐之意。

杜甫研究见邝尔欣"Portraits of Du Fu in English Translations"(Mphil. Thesis., University of Hong Kong, 2021)一文,该文旨在考察杜甫形象及作品在西方世界的接受。作者首先梳理中国文坛对杜甫的关注,从唐代的诗歌选本开始,到明清时期杜诗的广泛流衍,杜甫被后人赋予了"诗家兼史家""自传诗人""博学诗人""诗圣""诗歌集大成者"五个形象。以此为基础,作者转入世界文学领域,考察西方世界如何接受杜甫,并首先考察西方世界的诗歌翻译传统,包括16—18世纪的翻译观念、19世纪具体的诗歌翻译论讨,以及20世纪现代主义兴起后,对中国古典诗歌英译的影响。随后,文章继续按时间顺序,梳理杜甫进入英文世界及杜诗译本流播以来的接受史。作者发现,古典诗歌的转译,方方面面都受到文化、语言的限制。譬如古典诗之外部形式难以完全复刻。而杜诗内容之广博,典故之运用,仅在现代译者手中得到有限的诠释,其与传统注解之详尽截然不同。又,杜甫之忠义形象也难以在西方世界的传播中深入人心。总之,经过转译后的杜甫形象,在不同的文化视野中还是呈现出与中国传统认知不同的独特面貌。

元结研究见黄自鸿"Yuan Jie 元结(719—772) as the Writer of Self-Distinction"(*Monumenta Serica*,69:1,2021/6,pp. 19-48)一文。所谓"自我区别"(Self-Distinction),是指元

结本人性格、文学创作所秉持之中心思想，带有与当代精神格格不入之气质。作者首先回顾现代文学史中对元结及其诗作的介绍，往往将之与现实主义的新乐府一并而论。同时，元结与杜甫之共通性也被夸大。作者认为，简单地以现实主义来理解元诗并不妥当。因为新乐府风格的创作，只占其作品的一小部分。又，元结与杜甫也有着方方面面的不同，不仅在诗歌上，还体现在对朝廷、朝政的态度上。由此，作者进一步探讨元结诗中之"古"有何具体意涵。文章中指出，元结反对盛唐而追求先秦汉魏之风，除了文学创作，还体现在思想、生活方式上。新乐府风格的书写，只是其中一种在文学上表现"古"的方式。且元结的作品严肃而好用生僻字，这也与新乐府风格有所差异。至于思想与生活方式，作者从元结诗中的自我叙述及地名论述，揭示其性格上甚为强烈的自尊心，且有自我区别、反主流的意识。因此，作者认为，元结于文学史上的评价，应得到重新衡量。

吴筠研究见陈伟强为 William H. Nienhauser, Jr.、Michael E. Naparstek 主编之 *Biographical Dictionary of Tang Dynasty Literati* (Bloomington: Indiana University Press, 2022/4, pp. 401-406)一书撰写的小传。该书收录了由现代学者撰写的 140 位唐代文人传记，旨在为西方学界提供认识唐代文人生平、诗文特色之途径。陈伟强择取了吴筠生平之重要事件作介绍，借此阐述其人其诗之风格。如从《游倚帝山》诗看其山水绘画式书写。又提及其举荐李白、隐居前应考科举的轶事。作者提及，吴筠身为道士，曾两度得到皇帝召见，其道教信仰也在诗歌作品中呈现，使之具有游仙诗的面貌，书写奇幻的道家仙境与传说。但不同于传统的政治寓言式叙事，吴诗的内容更加实际地展现了登仙道路。与此同时，其作品中也有宗教色彩较淡的抒情诗歌，展现其咏怀而逍遥自在之精神。

刘禹锡研究论文1篇，见黄自鸿《贬谪的意义：刘禹锡传记比较研究》(《文学论衡》2022 年总第 39、40 期)一文，考察记录刘禹锡生平的传记材料，比照不同文本如何取材、褒贬传主。为此，作者以"回溯式框架"的研究方法，首先整理现代传记之评价，进而回溯新、旧《唐书》等正史材料，最后考察刘氏《子刘子自传》，从外围逐步深入，最终回归到对传主本人的认知。作者首先指出，顺宗朝的"永贞革新"是影响后世评价刘氏之关键。就现代传记材料来看，在诸如袁行霈主编之《中国文学史》，子葵《刘禹锡研究》及卞孝萱、卞敏《刘禹锡评传》等著作中，因对"永贞革新"的进步性评价，刘氏也被赋予了贬谪诗人、改革志士之正面形象。而在正史中，情况有所不同。作者发现，史臣对刘氏参与"永贞革新"持否定态度，亦少聚焦于其文学才华。"永贞革新"评价之扭转，刘氏的正面形象之逐步确立，与北宋范仲淹、王安石为其翻案有关。至于刘氏自传《子刘子自传》，作者认为，这一材料远较诗文重要，当中记载了其与王叔文分道扬镳的心路历程，呈现了刘氏的自辩与心理剖白。这或许证实了正史记载中，刘氏追随王叔文时之气焰嚣张。据此，借由现代传记、正史与自传这三重阅读，刘氏的真实面貌得以在"局部的真理"中逐渐呈现。

温庭筠（词）研究见尤雅《温庭筠"花外漏声"辨疑》（《文学论衡》2022年总第39、40期）一文，该文以温庭筠《更漏子·柳丝长》为探讨核心，关注其中"花外漏声"意象之运用。文章首先指出，学界历来探讨"更漏"，却未有清晰定论，如雨声、打更声、更鼓声等说法，仍待商榷。作者遂广泛考察晚唐五代时期的社会生活、律历制度，探析官方与民间如何于夜间报时、如何获知时间，相关书写又如何呈现于文学作品。又，借着"花外漏声"的启发，作者重点考察晚唐五代诗词中"花""漏"意象结合之表达传统。如"宫漏穿花"一语，文章中指出，作品中"花""漏"意象结合，往往具有宫廷背景，体现钟鼓声对官员朝廷生活的重要意义。至于"花"要素，其在盛、中唐诗中与"漏"并无直接关联，直到中唐晚期乃至晚唐五代，"花""漏"在杨巨源、皇甫曾、和凝的诗歌中才建立联系，出现了"宫漏穿花"之表达，意即宫廷报时的漏声穿花而来。作者进一步考察《花间词》与温词，发现《花间词》继承了这一书写范式，而温庭筠仍有例外，笔下兼具钟鼓与漏水之声。因此，作者最终结合《更漏子》一词所标示的时间，以及上下文中更漏书写相关之线索，推断"花外漏声"应指笼统的钟鼓报更之声。

(三)唐诗接受研究

本年度唐诗接受研究见论文 2 篇。梁鉴洪《被忽略的唐诗英译里程碑——理雅各唐诗英译考察》(《中国文学"典律化"流变的反思国际研讨会论文集》,2021 年 10 月,第 353—365 页)一文,聚焦于英国汉学家理雅各(James Legge)唐诗英译之成果。文章首先指出,以往学界较多重视其翻译之《诗经》,却忽略了此书《序言》中尚有九首英译唐诗,包括王维、卢群、李白、杜甫等诗人的作品。作者认为,理雅各的唐诗英译,虽未曾独立出版,仍应有其重要地位,是继 1829 年德庇时(John Francis Davis)著《汉文诗解》(*On the Poetry of the Chinese*)以来,首见体裁多样、原作者各异的翻译成果,具有里程碑式的价值。但考察理氏译作,作者也发现,其翻译仍有商榷之处。如对比中国传统注家的诠解,则知理氏偶有作品背景认识不清、意境理解不到位之情况。且理氏译作所据底本也并未清晰交代,当中或有错漏,殊为可惜。不过,作者还是认为,理氏的译作足以看出其对唐诗各体裁、声律之清晰掌握,甚至在英译中尝试引入、效仿中国古典诗之用韵形式,可以说为后来的英译唐诗建立了典范,其重要价值不言而喻。

黄自鸿"The Two Interpretive Dogmas of Zhiren lunshi and Yiyi nizhi as 'Rules of Competition' and 'Perspectives of Historicity': A Study of Annotated Editions of Du Fu's Poetry from the Late Ming to Early Qing"〔*Acta Orientalia Academiae Scientiarum Hungaricae*,75(2),2022/11,pp. 285-310〕一文,以明末清初的杜诗注本为研究对象,重点关注王嗣奭《杜臆》、钱谦益《钱注杜诗》、朱鹤龄《杜工部诗集辑注》、仇兆鳌《杜诗详注》及浦起龙《读杜心解》五部杜诗笺注本。文章指出,这些注本往往采用知人论世、以意逆志笺注杜诗,也有两者混用之情况。然而,各注本最终呈现的诠解却不尽相同,且针锋相对。作者首先引入了"rules of competition"的概念,说明当时笺注杜诗,不仅要完全理解杜诗词句,还要如杜甫般"读书破万卷",才有诠解杜诗之资格。其次,作者尤其指出,在注家手中,知人论世和以意逆志变成了可灵活使用的诠释方法,这导致各家观点之差异。又,该文提出"Perspectives of Historicity"一说,指出这些注家的观点都建基于历史文献材料与前人注解,由此亦引申出"诗"与"史"之关系。就五部笺注本的内容来看,注家甚至会认为杜诗比正史更加可靠,而这一现象发展到最后即是"诗史互证"。最后,作者发现,注者的生平遭遇、身处背景等,也会对注释产生影响。如不仕新朝的王嗣奭,在注杜时即强调读者与作者(杜甫)之融合;相反,钱谦益则因降清,有于注杜本中为自身处境辩护的潜在动机。可见杜甫的价值乃由后来的注者所赋予。而清中叶杨伦笺注的《杜诗镜铨》,可谓是此五部杜诗笺注本的综合呈现。

二、唐文研究

本年度的唐文研究,成果较往年更多,计有专著 1 本,论文 5 篇。总的来说,除针对个别散文、赋作的单体研究,其中不少篇章也结合了诗学、史学、思想、文化等领域作新探,因各篇论述仍以文章为文本核心,是以置于此章作介绍。

梁鉴洪《论翟理斯对柳宗元散文的创意诠释》("第一届华文创意写作与跨媒体实践国际研讨会"会议论文,香港,2021 年 5 月)一文,关注清末民初的英国汉学家翟理斯(Herbert Allen Giles),其于 1922 年出版之《中国文学选粹》中选译了柳宗元散文六篇。作者择取其中的《送僧浩初序》《小石城山序》及《种树郭橐驼传》三篇,重点探讨翟理斯如何重新诠释柳文,尤其翟氏并没有采取中文直译的翻译策略,其背后的原因值得探讨。文章首先考察翟氏对柳宗元之评价,认为翟氏尤其欣赏柳宗元,其对柳宗元之诗、文乃至于书法等皆有深刻认识。而后,就翟氏的三篇译作,作者首先指出《送僧浩初序》一篇,翟氏同样采取了宗教式的诠释来翻译。不过,译作忽略了"序"这一文体的存在意义,诠释上也有不少遗漏,导致文本翻译仅停留在思想层面。《小石城山序》一篇,翟氏将柳文中提及的"造物主"译作"God",并作神学层面的诠释,试图探讨造物主的存在。然而作者指出,柳宗元的贬谪经历导致其从根本上否定"造物主"的存在，因此翟氏所译，未能知人论世，导致与原文内涵有别。至于《种树郭橐驼传》一篇，翟氏借法语翻译文题，意谓"不可过多管辖"。作者认为，翟氏所译加入了政治哲学的阐释与解读，内容恰当，只是缺乏了对《种树郭橐驼传》创作背景的考察，以至于除文字以外，翟氏在翻译的过程中，仍欠缺具有深度的分析。总之，就此三篇作品来看，翟氏所译虽见创意诠释，但在具体的呈现上，仍有诸多美中不足之处。

伍钧钧《论杜甫"沉郁顿挫"之文风及其述作之文学价值》（《中国文学"典律化"流变的反思国际研讨会会议论文集》，香港，2021年10月）一文，以杜诗学常见之"沉郁顿挫"评价重新探讨杜甫赋作之价值。文章指出，传统诗论中频繁出现的"沉郁顿挫"论，不仅未能提高杜甫文章的价值，且部分学者所理解的"沉郁顿挫"也并非唐人语境中的真实含义。是以作者首先梳理"沉郁顿挫"之概念，参考原典——《进雕赋表》的文章思路与结构，从中得出"沉郁顿挫"乃是杜甫对扬雄、枚皋赋作而论。作者认为，"沉郁"应当作"学识渊博，积累深厚"解；"顿挫"则宜考虑唐代语境，意指作品声调及思想内容之回旋转折，笔法多样。又，据杜甫自评"诗笔"及"述作"有"沉郁顿挫"之特征，作者进一步指出，以往学界虽对"述作"所指有所探讨，但未能深入。杜甫原意是以"沉郁顿挫"总结个人"述作"之风格，而"述作"与"诗笔"一样，泛指一切著述与创作。就文体而言，不但包含诗歌，也包含《雕赋》及更早的赋、表、祭文、墓志、述、碑文等作。而就创作数量来看，赋是除诗以外杜甫最为重要的创作文体，尤其从杜甫创作之用功，作品中对扬、枚二人的比拟，及诗文并称之观念等处可见。接着，作者以《雕赋》与《义鹘行》二篇为例，赋、诗对照，阐释二篇如何体现"沉郁顿挫"。据作者探析，杜甫化用经典，熟悉鸟名，故能于作品中灵活运用，足见其博览古今群书，学识渊博，此即"沉郁"之特征。其次，二篇结构、艺术手法相似，或高潮迭起，或平和宽缓，俱能展现杜甫文思之跌宕起伏，也给予读者情感、思想之冲击，此即"顿挫"之笔法。最后，作者指出，杜甫诗名虽胜文章，但就文学艺术而论，文赋与诗内涵相通，由是，针对杜甫文赋的评价，仍值得重新评断。

吕家慧《盛世叙事：中宗、玄宗朝的龙池书写》〔《北京大学学报（哲学社会科学版）》2022年第2期〕一文，关注在现代历史、文学史的盛唐叙述中，颇为边缘的符瑞叙事——以龙池书写为典型。文章指出，玄宗朝的龙池书写在唐人的盛世叙事中，实则处于中心地位。虽然相关作品多缺乏情志，徒为美化帝王所作，但却是探究唐人盛世叙事之关键。作者梳理出唐代龙池书写的数条发展脉络，包括历史叙事、神异叙事，以及在玄宗继位后，进一步衍生出的符瑞叙事。作者分别追溯此三条脉络，征引史籍、诗文等材料，阐释龙池建构之过程。重点在于，龙池自玄宗继位后，成为圣王叙事之核心。据作者考察，开元初年的龙池书写，既借汉代符瑞——芒砀之气类比，又熔铸涌泉、佳气等元素于其中。在玄宗朝前期，"池"是书写的主体。而后，张九龄、李林甫等透过作品书写，进一步建构龙池的符瑞要素。作者认为，此逐步叠加之过程，文人颂圣的应制诗，既有拥戴新朝的政治意义，也宣告了玄宗朝秩序之建立与统治之成功。因此，龙池书写的探讨价值，不仅在政治史、文化史中，也能为我们呈现盛唐文学的另一侧面。

吕氏另撰有《史学意识与中唐文章观念的新变》〔《复旦学报（社会科学版）》2022年第4期〕一文，观察唐代文学如何从初盛唐之盛世文学观转变至中唐以后之中兴文学观。据作者言，初盛唐的盛世文学观强调"致太平"——建立理想的人间秩序。然而，自安史之乱以来，中兴观念取而代之，其内核包括改善政治、改良道德，以重建理想秩序。褒贬和美刺遂成为这一时期文学观念的重要特征。其中，文章以褒贬为要，诗歌以美刺为重，功能相通。作者广泛考察白居易、柳宗元、李商隐等人的看法，指出诗、文合流乃中唐以后出现之新现象。又，此一时期，史学勃兴，则诗歌与古文皆向史学传统靠拢。作者即分而论之，先谈史学意识对中唐诗歌之渗透与改造，包括从"主文而谲谏"转变为"直谏"，重视史家实录精神，强调以诗补史、褒贬人物等。至于文章，则以《春秋》为根源。中唐以后，否定《春秋》与周公制礼作乐关联之声日壮，史学遂与礼学脱钩，转而重视褒贬之义，这正是中唐文章观念变化的重要原因。不过,作者亦观察到,中唐并非没有褒美主题的诗文,只是为学界所忽略。究其原因,在于中唐以后,朝廷积极取仕,有意体察下情,使文章之褒美得以彰显。要之,中唐以重建道德、革新政治为目的,是以在文章观念中体现出新变。

陈伟强"Yuefu and Fu: Wang Bo's New Prosody for 'Spring Longings'"(*Reading Fu Poetry: From the Han to Song Dynasties*, 2022/3, pp. 109-137)一文,围绕王勃《春思赋》与诗之创作融合展开讨论。文章首先论及南朝以降,诗赋趋同之况,王勃正是其中的重要推动者,在诗赋受到严格的声律规范以前,开拓了新的赋作形式,即以《春思赋》为典型。作者着重考察王勃创作《春思赋》的文学和历史背景,梳理其根源,认为王勃应参考了潘岳、庾信等人的作品,且与梁朝宫体诗、春诗、乐府等作品类型关联密切。如在内容上,王勃发挥春思这一传统主题,将边塞、闺怨题材创新性地融入其中。而在篇章结构上,则采取乐府式的修辞、场景转换、词语串联等。以上种种,皆为王勃创造了书写长篇的有利条件。作者进而指出,由五、七言构成的《春思赋》,正是王勃以诗写赋、将诗赋化的结果。只是这种新颖的做法,未能真正打破文体界限,得到时人认可。

冯志弘所著《想象的世界:唐宋观念与思想》(香港城市大学出版社2022年)一书,乃受葛兆光《中国思想史》、张岱年《中国观念史》等启发,试图探索唐宋时期的文学、历史、宗教鬼神等观念与思想。据作者所言,本书旨在观察唐宋时人如何在乱世中,经由"属灵"(鬼神)与过去(历史),想象并寻找生命的价值与意义。全书共收录10篇文章,其中与唐代文学领域相关之篇章有:一、《始于现代的发现和诠释?——唐宋"古文运动"观念及相关问题》,该篇析论当代学者如何以"运动"(Movement)这一现代观念想象古代文学史上的各种革新。该文借此展现现代研究与传统研究的分野,据此,或能为我们提供研究、论述唐宋古文的新思路。二、《盛唐是否可媲美三代?——韩愈及其同时代文人的盛唐观》,该篇探讨中唐时人如何想象及理解"盛唐",辨析其中的时代性影响。作者注意到韩愈甚少评价盛唐名臣的现象,也未尝把贞观、开元比况三代,其背后之缘由,文中亦作阐发。三、《鬼神、祭礼与文道观念——以韩愈〈潮州祭城隍文〉等祭神文为中心》,该篇从韩愈的祭神文切入,探讨鬼神祭礼与儒道之关系。作者尝试追溯韩文中的用语来源,指出其多征引《礼记》《仪礼》《左传》等著作中的祭物,这些在唐代祭神文中并不常见。又,献祭不同的祭物有何用意,祭祀地方神明体现何种观念,作者亦借此篇逐一剖析。四、《李贺父讳问题之礼法及流俗考——以韩愈〈讳辩〉及唐代嫌名律为中心》,该篇探讨中唐时人如何理解及想象避讳问题,作者据此析论避讳的界限,剖析"经律诠释"与"流俗"之关系,并对士人建构"不成文之礼"后产生的礼学意义展开讨论。

三、唐典籍研究

本年度的唐典籍研究,总体上看,仍以《群书治要》为学界深耕之领域,同时偶见其他典籍之探讨,共计有资料汇编2部,论文6篇。笔者以为,部分典籍相关研究似与文学关联不大,实则基本文献的校勘与整理,亦是文学研究之基础与根据。是以本章并作介绍,以供学界同人参考。

潘铭基《论〈群书治要〉去取〈史记〉之叙事原则》(《岭南学报》复刊2021年第14辑)一文,探讨《群书治要》收录《史记》之情况。文章认为,《治要》有谏书之用,因此收录之《史记》,地位尤高,为《治要》全书之重。尤其在史实方面,《治要》所载汉代以前史事,悉数参考《史记》,作者广泛考察《治要》史部典籍所载史事,证实《史记》记载之可靠。又,《治要》所取之《史记》,只见"本纪""世家""列传",而去"表""书"。作者指出,《治要》载录"本纪""世家"旨在反映君道;载录"列传"则以阐发臣道为要旨,透过原文叙事,寓褒贬于其中,见论断于无形,此即为《治要》去取《史记》之叙事原则。最后作者认为,针对《治要》所引《史记》之研究,未来仍可从校勘学角度开拓新的面向。

潘铭基《论〈群书治要〉的以史为鉴:兼论〈治要〉的"通史"意识》(《中国文化》2021年第53期)一文,考察魏徵等人编纂《治要》时，如何在收录史部典籍之过程中体现以史为鉴之思想。该文全面考察《治要》收录之史籍文献，梳理内容之侧重，进而指出，《治要》收录史书，以"考兴衰""审沿革"为核心精神。同时，各卷史籍也有史事之分工，如采用《史记》论述先秦及秦代史事、采用《汉书》论述前汉史事等。又，史籍中所引内容旨在彰显理想中的君臣之道。据作者考察所见，《治要》多载历代帝王诏书、臣下奏疏等嘉言善策，此可为唐代君主治国提供参考。最后作者认为，所谓"通史"意识，乃以《治要》之编纂，开初唐风气之先。至于中唐以降，"通史"观念之复兴，宋代司马光、郑樵等人的撰史之风亦承《治要》精神而来。

潘铭基《〈群书治要〉所引〈说苑〉研究》（《第三届〈群书治要〉学术研讨会论文集》，2021年11月，第82—112页）一文，首先梳理《治要》援引《说苑》之收录情况，继而回顾清代以来诸家校勘《说苑》之成果，并认为向宗鲁《说苑校证》补足最多，其功最大。又，作者据王念孙校雠古籍之法，比勘《治要》征引典籍与今本之异同，于文中尝试以此法勘正《说苑》之脱文与误文，因而证成王念孙所言确可凭此补正《说苑》文字。又，作者比对《治要》诸版本，发现金泽文库本与骏河版《治要》较尾张本更早。据此，作者进一步认为，今《治要》卷四十三所引《说苑》，应以金泽文库本与骏河版为主，而以尾张本为辅。最后，作者考察《治要》择取《说苑》之篇目，认为《说苑》收入《治要》，旨在为帝王提供治国要道，此亦契合《治要》具谏书之用的编纂精神。

潘永锋《〈群书治要〉引〈荀子〉研究——兼论金泽文库本、骏府御文库本及骏河版的关系》（《第三届〈群书治要〉学术研讨会论文集》，2021年11月，第259—276页）一文，聚焦探讨《治要》收录《荀子》之版本，试图探索《荀子》一书之本来面貌。作者首先认为，当下学者整理《治要》所收《荀子》时，往往偏取天明本而忽略金泽文库本、骏河版《荀子》，恐未妥当。文章中以金泽文库本、骏河版及天明本三种《治要》之异同为例，证明勘证《荀子》实应兼采诸本。又以此为基础，文章考察了《治要》各本所收《荀子》之篇目序次，亦可知《荀子》一书自刘向校定以后，及至初唐年间《治要》编定之时，应未作更动。最后，作者还根据不同版本

《荀子》文本之对读，异文比较，为日本学者福井保、尾崎康的相关论述提供实证，以此与前人进行对话。

郑楸銮《〈艺文类聚〉选辑先秦儒道子书道说条文研究》（香港中文大学 2021 年硕士学位论文）一文，从"阅读史"与"接受史"的角度，对《艺文类聚》中选辑之《晏子春秋》《孟子》《荀子》《老子》与《庄子》五部典籍之条文作探究。重点在于探讨《类聚》编者以及初唐时人如何阅读、诠释、取用与接受上述典籍之文本与核心思想。作者指出，《类聚》不仅根据编者文学审美之品味去取条文，亦以群书之思想义理为选文准则。其中与唐代文学研究相关者，则见论文第四、五章。第四章中，作者析论唐人对《老》《庄》道说之接受，观察初唐宫廷诗文对《艺文类聚》所收《老》《庄》典故之使用。文章中认为，《类聚》所收"文"类较诸"事"类更可体现初唐宫廷文人对于《老》《庄》"道家道论"之接受。第五章则论及《类聚》中收录《列子》《庄子》《论衡》三部经典的诋儒条文。作者考察诸条文后认为，唐代文人虽有运用相关典故于诗文中，但在正式场合，或风格端庄之作品中，则多不取此类诋儒内容，可见唐代文人参考《类聚》用典，仍会根据作品语境、目的而有所斟酌。

许建业《宣传与争讼：题李攀龙〈唐诗训解〉和刻本的出版信息》（《东亚汉学研究》第 12 号，2022 年 10 月，第 57—67 页）一文，接续近年学界颇为重视之东亚汉籍研究，如张伯伟提出之"汉文化圈"、陈正宏提出之"东亚汉籍版本学"等议题。作者循此方向，以《唐诗训解》之出版为例，考察日本江户时代汉籍文本的翻刻始末与呈现样态，以至于被禁弃之原因等。该文以日本江户书商宣传销售所用之"书籍目录""藏板目录"与《济帐标目》为参考，回顾书商如何变改汉籍内容以出版的销售策略，以及当中又有何版权争讼议题等。譬如最先进入日本刊售的《唐诗训解》，因后来《唐诗选》的传入，导致《训解》的伪书身份曝光，从而使其逐渐消失于在售目录之中。由此，日本汉籍刻本的流播与销售史，便得以完整呈现。

何志华、朱国藩编著之《唐宋类书征引〈礼记〉资料汇编》（香港中文大学出版社 2022 年）与《唐宋类书征引〈晏子春秋〉〈吴越春秋〉〈越绝书〉资料汇编（合订本）》（香港中文大学出版社2022年），属香港中文大学出版之《唐宋类书征引古籍资料汇编》系列，书中原始文献乃根据香港中文大学中国文化研究所刘殿爵中国古籍研究中心建立之类书电子数据库编排整理而来。两部书分别搜罗唐宋重要类书所引《礼记》《晏子春秋》《吴越春秋》与《越绝书》等数部经典，包括正文及注文等，皆收录在内，以为相关典籍研究者之参考。

四、结语

综合来看，香港唐代文学研究仍保持着一贯的传统优势，一是以唐诗研究为重心，这一点从本年度收录相关论文数量之多即可见得。更值得注意的研究趋势，还包括跨领域、多议题的探究。本文将各研究成果分为"唐诗（词）研究""唐文研究"及"唐典籍研究"三类论述，旨在廓清眉目。实则当中不少讨论，因涉猎议题之广，本就难以精确归类。如吕家慧《盛世叙事：中宗、玄宗朝的龙池书写》《史学意识与中唐文章观念的新变》二文，是对史学、诗学、文章学的综合探讨。尤雅《温庭筠"花外漏声"辨疑》一文，深入唐宋律历制度与社会生活，颇见文化研究之气息。又如陈伟强"Yuefu and Fu: Wang Bo's New Prosody for 'Spring Longings'"、伍钧钧《论杜甫"沉郁顿挫"之文风及其述作之文学价值》，均从文体结合之脉络入手。邝尔欣"Portraits of Du Fu in English Translations"与梁鉴洪《被忽略的唐诗英译里程碑——理雅各唐诗英译考察》《论翟理斯对柳宗元散文的创意诠释》，则就唐诗英译开拓新的讨论面向。据此不难发现，跨领域、多议题，乃至结合宏观与微观的议题探讨，是当下学界多所尝试的研究方向。同时，如许建业《宣传与争讼：题李攀龙〈唐诗训解〉和刻本的出版信息》一文，接续东亚汉学的研究方面，补足唐诗选本的演播视角。又如冯志弘《想象的世界：唐宋观念与思想》，承继前人新观念史、思想史之书写，效仿建构新的论述，也尤其值得我们注意。

此外，与西方学界之密切交流也是香港学界的一贯优势。

在诸位学者的研究成果中,亦得到不同层面的体现。其一是对西方研究理论、研究成果的借鉴与参考,如尤雅《温庭筠"花外漏声"辨疑》一篇,即考察了西方学者对唐宋"更漏"书写的研究成果。又如黄自鸿《贬谪的意义:刘禹锡传记比较研究》、陈伟强《众神护形,步虚玉京——李白的谪仙诗学》等文,均可见西方研究理论之引入。其二,即如邝尔欣的硕士论文"Portraits of Du Fu in English Translations"、梁鉴洪《被忽略的唐诗英译里程碑——理雅各唐诗英译考察》及《论翟理斯对柳宗元散文的创意诠释》等文章,着眼于西方学界对中国古典文学的关照。其三,则是与西方学界展开更为直接的对话,如透过外文期刊发表研究成果,或与西方学界合作,参与著作编撰等。笔者以为,中西学界之交流,不仅在于自身研究成果之传播,行文间旁征博引之资料,也能让西方学界更多认识当下中文学界的研究面貌。

美中不足的是,香港地区的唐代文学研究规模不算庞大。除了唐诗研究以外,不少领域的成果产出并不稳定,诸如唐五代词学、唐传奇、唐文化等范畴均较为"冷门"。笔者以为,相关领域的探索,不妨结合传统研究课题,或能开展新的讨论面向。又如陈伟强、黄自鸿、吕家慧、许建业等学者,已在唐代文学研究领域持续深耕,成果颇丰。但与内地、台湾学界相比,仍应期待更多新生代年轻学者加入其中,共同推动唐代文学研究的持续发展。

台湾唐代文学研究概况(2021—2022)

□ 洪国恩 林淑贞

时间不断递嬗,历史不断堆叠,近年来的唐代文学研究从"融合与转变"中创造典范又忽尔扭转经典,又在"流动与流域"中体现出空间和新义的特性,让文学研究得以在继承的前提下不断突破和超越。而本年度的研究概况则以"变迁与衍义"为标题,一方面系因本年度不论在学位论文上或者单篇论文上,篇章研究思维和问题意识都具有明确的"变迁"性质——从对于既有研究事物的再商榷、再框定,到对于新元素和新定义构成范围,并展现新的诗学思路和系统。除此之外,更在"衍义"方面将经典变成新经典,原先因陈的研究在新事物或新观点的介入下,似乎逐渐朗现出唐代文学的崭新风貌和思考脉络。

本文承袭自诸多前人之研究成果,及承继笔者前所撰写之《典范的继承与文化观察——2017 年 7 月至 2019 年 6 月台湾地区唐代文学研究概况》《融合与转变——2019 年 7 月至 2020 年 6 月台湾地区唐代文学研究概况》与《流动与流域——2020 年 7 月至 2021 年 6 月台湾地区唐代文学研究概况》等多篇论文,本文原时间界限为 2021 年 7 月至 2022 年 7 月,本年度拟重新订定起讫时间,因各学期学位论文发表最后时限为 7 月 31 日送件,8 月 1 日为新学期起始,故将原先收讫 7 月改为 8 月,并将部分 6 月未补录者一并补上,来年则一并改为 8 月起 7 月讫,望读者先进知悉。爬梳本年度研究唐代文学的论文,彰显台湾地区本次对于唐代文学的研究成果,并细分为诸文体类别,包含总论、专家诗、唐人文学、唐人小说及其他,依学位论文、单篇论文、专书等分门别类，以期能较清晰地呈现本次台湾在唐代文学研究的关怀对象、思维突破和新观察。

然本论文实囿于近年包含期刊资料、学位论文等在流通上的限制，不仅刊载渠道众多，搜集不易，更有甚者，线上查询包括台湾期刊论文索引系统、台湾博硕士论文知识加值系统在内，无任何一平台统整全文，甚而在台北图书馆翻阅资料，却发现部分连摘要、关键词等皆无，不对外流通，或论文未公开和遗失等状况，或者关键词未标录唐代，仅能透过一笔笔资料的翻查侥幸觅得。因此笔者仅能分别至北、中、南各大学图书馆，通过逐个翻找或索取资讯的方式查询，故在资料搜集与编汇上，确实难以全面，仅能尽量搜罗统整，若有疏漏处，还望诸先贤指正。

一、学位论文

本次有关唐代研究的学位论文数量虽不如以往，但多有博士论文之书写，使唐代诗学透过文化、思想等嬗变，构建出一种细致化、情感化以及脉络化的唐代文学视域。而在相关研究部分，可分成唐代诗学研究、唐代文化研究、唐代小说研究等三个方向。相较于过去，今年唐代小说研究较少，取而代之的是唐代专家赋学的大量出现，并且进入主题式的划分，以下分类别综合论述之：

（一）唐代诗学研究

本次在唐代诗学研究的学位论文上，明显展现出唐诗的变迁与衍义，包含对于"唐末孤寒诗人"的定义和对于时代思维之转变，展现出"传统"和"转化传统"的一面，对于时间递嬗和文化转变深入思索，并流衍、开展出对于后世的诗学理路进程的想象。

针对诗学的流衍，李奇鸿在《从科举到文学——唐末孤寒诗人研究》（台湾清华大学 2021 年博士学位论文）一文中，对"孤寒诗人"群体进行定义，将唐时受科举制度所左右的知识分子，即"是举子也是诗人"的这一群体进行归纳与研究。在停举次数少,但世家大族日渐衰亡的情况下,"孤寒诗人"乘势而起,在家乡、幕府与科场之间移动,一方面需取得乡贡进士的资格,一方面通过干谒和发表诗作获取名声与赏识,故而形成"好奇风气",以达成让社会认识之目的,即用诗作干谒、求荐以觅得知音。

"孤寒诗人"有对于"时、命与息机"的想象,除了企盼着诗作的知音与公道,在对当朝时局不过度期待的情况下,仍旧表现出"待时"的积极性,或"息机"的隐逸性。在"待时"的积极性上,并非纯然等待,而是以"干谒活动"及"苦吟创作"来表现,一方面通过干谒者与被干谒者之间的文学交流,契合者甚至能发展为知音的朋友关系;另一方面则在文中提出另一种可能,由于举子与诗人身份结合,苦吟也与谋身相结合,竟成为当时诗人的普遍生命型态。在"行藏之思"方面,因取才渠道的转换,在科举成为抡才主要途径后,亦深受当时制度影响,原先依靠家族的终南捷径已然不见,转而更重视进士科的资格。最后文章指出进入中晚唐后,有诗人"普遍苦吟"之说法,"苦吟"虽然是一种后设的解读,但作为一种风格,却实质影响了晚唐"贾岛时代"与其后的观念与思想,并为之后转化成宋诗的新典范埋下可能的线索。文末亦附录"唐末孤寒诗人列表",供后来者进行参酌、研究。

针对专家诗,吴嘉璐在《白居易与中国感伤诗学传统》(台湾清华大学2021年博士学位论文)一文中,即对白居易《与元九书》中"事物牵于外,情理动于内,随感遇而形于叹咏者"的"感伤诗"的概念进行深化,认为与其说是"伤感"的诗作,不如说是带着"情感"的诗作,可见"感伤诗"虽然以表现悲情为主,却兼容并蓄,带有"泛感伤性"的特色。文中通过"抒情传统"谈白居易感伤诗的创作实践,认为其中展现出的伤春悲秋、黄昏意识、恨人意识等都带有强烈的自我色彩,从"私我化的感伤""关注自我"到"意念化",《楚辞》的继承对于白居易诗作的艺术表现也起到了重要的作用。而除《楚辞》外,其又继承并发展了江淹、杜甫、刘长卿等前辈诗人,对其具有感伤意识的作品进行进一步加工和改造。

而白居易在集结文集时,受到感伤本质和生平回忆的影响,体现出高于众人的时间意识,亦使白居易通过不断地以日记化和回忆构筑出具有时间层次的、带有个人生活史特色的作品，复现诗歌题材和语言，将具有叙事文学特色的抒情文学展现出来。也因此文中举出数种范式，如"明月"连结到白居易对"爱、亲切与占有"的表现形式；透过夸饰与美化，加强"断肠"与音乐的联系，弱化生理违和感，使其成为表现感伤的固定诗语；而"衰荷"则以视觉化与象征性的方式，连结到对于"枯、衰、死"等意象的重视。如同文中所言："白居易从来没有否认感伤，也没有否认感伤的力量，他对感伤的认识是全面的，他既意识到感伤的软弱与造作，又能从中找寻动力和快乐。"文中更将白居易推向"承唐开宋"的诗学地位高峰，认为其感伤诗创作的意象语言介于唐型诗学和宋型诗学之间，同时表现出强烈的齐梁风格。对于两种诗学的互渗也使白居易的感伤诗对后代诗学起到了牵一发而动全身的重要作用。

范宁鹇《一生行经——贯休诗入世与出世精神之研究》（政治大学 2021 年硕士学位论文）一文亦针对专家诗进行研究。贯休诗歌的风格、情韵、题材都形貌多变，被评为"文士气重而少衲子气"，故历来诗评家与研究者往往以儒家的角度切入，忽略佛典对贯休观世所具备的意义。文章先针对其学思历程进行爬梳，并进一步确认其和《维摩诘经》《金刚经》《法华经》《六祖坛经》等四部经典的思想关系，此外包含修行历程、意象使用、行为与思想表现，皆有诸多能与四经旨趣及修行相互印证的地方。

在贯休入世精神书写表现上，文中以边塞诗、社会写实诗、酬酢诗、颂德诗、游仙诗为主要探讨对象，尤其是在"佛家化世修养"与"习异教缘由"的角度上，可窥见时代下的人民处境、沙门为僧的处世面貌，以及其行经意识如何贯彻其间，展现弘法与度世上的弹性，体现慈悲与智慧；而在出世精神书写表现上，则以回归"本来面目"的僧人书写、与僧人的往来诗、《山居诗》二十四首及诗风孤峭澹泊者为论述范围，不仅认为僧人"本来面目"未必与世之所见相同，亦显露其身向心的山居与出世辩证，展现其"山林意识"及其旨趣。综而论之，文章将贯休诗回归其源于经教之本心，窥见经教对其人格、艺术、出世和入世观的意义，在超越有空不二的思维下，体现出贯休创作精神的多元性。

选本研究也是唐诗学目前非常重要的课题,如张嘉俱《黄叔灿〈唐诗笺注〉研究》(成功大学 2021 年硕士学位论文)一文,即以顺应清代选诗潮流之作——黄叔灿的《唐诗笺注》为主要标的,提出黄叔灿尤为重视"感情"的选评旨趣,无论是对于"近情"的重视,对"温柔敦厚"的调和,还是对于七言绝句的特殊编选,均展现出自成一家的诗法观、四唐诗观,并揭示自身重视的近体诗写作要点与典范诗人,对编选唐诗卓有贡献。而郑宜娟《清代唐诗选本中的中唐诗观研究——以杜、沈、李、姚四家选本为研究对象》(成功大学 2021 年硕士学位论文)一文,将问题锁定在选本内容偏重的转移,发现明代唐诗选本半数以上为盛唐诗,清代选本虽同样推崇盛唐诗,但所选盛、中唐诗比例更为靠近,可知清人较前朝更关注中唐诗。故分别列举分析杜诏、杜庭珠兄弟《中晚唐诗叩弹集》、沈德潜《唐诗别裁集》、李怀民《重订中晚唐诗主客图》、姚鼐《今体诗钞》等选本作品,认为一方面是学诗风气的差异,另一方面中唐诗人在选本与诗集上,也有形象落差和代表诗人,或可能是造成其和明选本差异之原因。

姓名	学位论文	学校/系别	硕/博士
李奇鸿	从科举到文学——唐末孤寒诗人研究	台湾清华大学/中国文学系	博士
吴嘉璐	白居易与中国感伤诗学传统	台湾清华大学/中国文学系	博士
范宁鹏	一生行经——贯休诗入世与出世精神之研究	政治大学/中国文学系	硕士
张嘉俱	黄叔灿《唐诗笺注》研究	成功大学/中国文学系	硕士
郑宜娟	清代唐诗选本中的中唐诗观研究	成功大学/中国文学系	硕士

(二)唐代文化研究

本次唐代文化研究的学位论文以博士学位论文为主,将唐代历史、文学和文化等诸多方面的关怀进行结合,展现出融合与多元式的可能。徐伟轩在《韩愈文儒地位的确立及其典范形成》

（政治大学 2021 年博士学位论文）一文中，从文学、思想、神祀等角度审视多元的韩愈典范，重视其经典地位的巩固，以及身为经典人物的衍义。不仅更加确立了韩愈文儒，或者身为古文家的经典地位，更将其经典地位分开梳理，形成了古文家、道学家等多重经典地位叠加的情形。文中进一步聚焦韩愈《原道》，汲取经史进入古文，使古文具备"原体"的典律化性质。而韩愈还兼备了"文宗""圣徒"与"循吏"三种身份，除了自诩圣人之徒外，更尝试以文见道，以"笔"代"文"，让"文"和"儒"有机结合，拥有"文统"与"道统"地位。此外，文中亦考证韩愈能在"孔庙从祀"及在地方信仰的地位，包含"潮州韩愈信仰"和"台湾屏东昌黎祠"，使韩愈亦占据"神统"地位，以此构成韩愈作为典范人物所具有的多元且丰富的价值。文末并附 2000 年至 2020 年两岸以韩愈为主题的硕博士学位论文一览表，以供参酌。

姓名	学位论文	学校/系别	硕/博士
徐伟轩	韩愈文儒地位的确立及其典范形成	政治大学/中国文学系	博士

（三）唐代小说研究

本次的唐代小说研究，仍然可用"变迁与衍义"来归纳其特色，一方面是对唐人小说中的元素进行剖析，展现出"长安寺院"这一空间的特色和性质；一方面以《宣室志》为例，对中唐以来小说的创作趋势进行突破，以求经典再诠释。李昀蔚在《唐代小说中的长安寺院空间》（台湾大学 2021 年硕士学位论文）一文中首先指出"长安寺院"对于时人有特殊的意义，常出现"舍宅为寺"的现象，虽然是从私人宅邸到公共寺院的性质转换，但也是一种同时融涉了政教、园林、艺术的如书画鉴赏的空间，不仅有多元形象，同时具有社会功能与意义。与此同时，在唐人小说中，"长安寺院"也能够作为"活动"与"居止"的空间。在"活动"上，能开展宗教与世俗生活，包含"事僧积德""参拜祈福""体验神迹"，同时具备占卜预言和游赏休憩的性质；在"居止"上，亦作为士人、学子与僧侣暂时停留的场域,更有着"收藏"与"庇护"的功能,从佛教圣物到奇宝异物,以及人物的庇护和安置。这些都是"长安寺院"在唐代小说中展现出的空间特色和功能,以及空间和时人的互动,从而呈现出文学性和社会性上的独特样态。附录有《唐两京城坊考》所载之长安寺院与建寺缘由及《长安寺院分布图》,可供读者参酌。

而陈平玮《张读〈宣室志〉研究》(台湾大学2021年硕士学位论文)一文,则是一种经典的衍义。文中指出,晚唐小说创作的趋势回到志怪小说并以小说"集"的方式来创作,借志怪故事反映现实生活,寄托思想及寓意。其以晚唐小说家张读创作的《宣室志》为研究主体,先考究其家族和版本,再从三个面向分别论述《宣室志》的特殊性。在"谐隐精怪故事"里,其以精怪特质及身份,或以叙事情节设置隐语,并借谐趣的营构赋诗吟咏或自报家门,进而能够寄托人生省思和推动小说发展;"历史轶闻与异兆"中,以仕宦吉凶之书写和仕宦命定论的文化意义,谈命格、仕宦与寿命的连结,论及仕途决定于命而非才德,并连结国朝历史轶事,包含朱泚、淮西、淄青等三场兵变世乱的平定,天命图谶的预兆,与玄宗轶事的追念;最后在"佛教神异叙事"上,纪录僧人、佛寺、佛法的异闻异事,并宣扬善恶惩报,应验因果报应与护生,有动物报恩者,也有杀生受惩者。故而在唐人小说上,《宣室志》突破中唐时缺乏托讽寄寓的调笑、逞才之作,以叙事手法展现文采,一面记述当代事件、搜罗历史轶闻,一面在隐语及谐趣的构设上继承并突破,更寄托个人生命和省思,以忧患意识面对世道变化,将有兆可循的事件悉归于命定,深受佛教文化影响,开创唐人小说于此类型的新变。

姓名	学位论文	学校/系别	硕/博士
李昀蔚	唐代小说中的长安寺院空间	台湾大学/中国文学系	硕士
陈平玮	张读《宣室志》研究	台湾大学/中国文学系	硕士

（四）小结

综观本次学位论文，台湾博、硕士在唐代文学的研究成果上，可谓重质不重量，虽然数量不多，但每篇论述都非常精彩。主要聚焦点仍以唐诗学为主，包含《从科举到文学——唐末孤寒诗人研究》《白居易与中国感伤诗学传统》《一生行经——贯休诗入世与出世精神之研究》《黄叔灿〈唐诗笺注〉研究》及《清代唐诗选本中的中唐诗观研究》诸篇，除了定义"孤寒诗人"和展现群体性，将近年的研究热点"抒情传统"融入白居易的"感伤诗学"，也将贯休的多元性、经典性呈显出来。此外亦提及唐诗选本相关议题，以期能看到唐诗经典的脉络变迁。在唐代文化研究方面，有《韩愈文儒地位的确立及其典范形成》一篇，突出韩愈的经典地位，无论是作为古文家，还是道学家，都能有"文统"与"道统"乃至于"神统"地位，足见其价值。最后在唐人小说部分，《唐代小说中的长安寺院空间》一文切入"长安寺院"这一独特场域，除窥见空间特色和功能外，更展现空间和时人的互动，呈现出文学在社会性上的独特样态。而《张读〈宣室志〉研究》则论述专著之特殊性，结合佛教信仰和命定特色，进一步继承并突破中唐以来缺乏托讽寄寓的调笑、逞才之作。

综而言之，虽囿于筛选搜罗之需要，故而进一步排除了大部分关联性较小之论文，如中文教材编制、应用，以及唐代与文学关联甚少的文化研究，诸如音乐、艺术、绘画等，还有唐史的研究等。譬如王丽雅《高中国文生命书写文本与应用之研究——以唐宋选文为范围》（彰化师范大学2021年硕士学位论文）一文，作者考虑到近年学生缺少思考与思辨的能力，故以《始得西山宴游记》《岳阳楼记》《醉翁亭记》和《赤壁赋》四篇的教学应用，去谈生命书写和人文教育，表达创作者各自的遭遇及面对困境的态度。从其创作心理、生命态度与不同的表现技巧，探讨不同教学法，如柳宗元在《始得西山宴游记》中从贬谪的消沉中重新肯定自我的价值，并以此讨论教学法设计其教案。而诸如此类论文，因本文着重唐代文学相关著述，不在本文讨论范围，仅能列举数则较为相关的类型供参酌，其余遗珠则待后进者挖掘。

二、单篇论文

近两年有关唐代文学研究之单篇论文，多散见于各大学的学报之中，以及部分研讨会所出版的定期性期刊中。近年来，针对唐代一朝，或唐代专书如《群书治要》之研究，也逐渐形成相关体系。不仅是期刊，研讨会之篇什亦可观察到唐代文学之研究趋势与脉动，故本次将其收录于此，惟研讨会论文非正式刊行，为维护作者后续出版权利，故仅简单叙述与收录名称。然在资料搜集方面，仍以台湾期刊论文索引系统之资料为主，并循台北图书馆之途径查找，但部分论文在资料杂沓、全文阙漏和关键词难以连结等状态下仍较不完备，部分较非学术的文章亦屏除于此文之外，仅能以分别翻查为主。我们大抵可以分为几个部分观之，分别为唐代诗学研究、唐诗专家研究、唐代文学研究、唐人小说研究等，皆是近年单篇论文较为常见之类目，以下分别论述：

（一）唐代诗学研究

本次唐代诗学研究，主要呈现出的是一种视域的拓展，除经典的主题性研究外，更着重于历史的更迭与流衍，并且从中生出新义。譬如将唐诗学和身心感知进行结合，融涉出更多姿的风貌和更具连续性的思考，刘顺《具身之感与生命之思：中晚唐诗歌中的"身—心"与"心—事"》（《文与哲》2022年第40期）一文中论及中、晚唐诗歌自名士文化转型，从放浪形骸的通性表达转成自我身体的真实感受，包含身体的感受书写及对自我身体的观看与戏谑。其中在身之心或称行事之心，"心—物"及"心—事"的再问题化，就在中唐的认知与氛围中，形成对古物或故物的情感投射，面对时局压力，进一步以"了事""无事"回应，形成独特的"事"的书写。

在主题性研究方面，王家琪在《唐诗中"辽海"书写之探究》（《台北海洋科技大学学报》2022年第13：1期）一文中，便以《全唐诗》中含有"辽海"一词的33首诗歌为界，厘定廓清"辽海"的意义,并分别从"军事""外交""交通""宗教"与"文学"等五大方面深入探索,阐明唐人对于海洋的概念与思维,以及在诗作中建构出的深层强大的海洋文化框架。李妮庭在《转向内闱——论唐宋诗中"丑妇"涵义的衍变》(《东吴中文学报》2021年第42期)一文中指出,唐代诗人以"丑妇"作为人格、社会、家国等失序的象征,并以此综合论述出"丑妇"的审美意识与妇德观的衍变。后言到北宋、南宋时,对于美丑逐渐解构,丑妇的审美意识在某种程度上转型、连结至以道德至上的德妇,足见其意识转变与思维变迁。杨孝柔在《唐宋"苦吟"观念的变化及其诗学意义——以中唐至南宋杨万里为范围的讨论》(《景文学报》2021年第30:2期)一文中,阐发了中唐以降,对于"苦吟"的基本认知和认同,并探讨自晚唐、有宋一代,"苦吟"逐渐变成一种标杆,但在社会文化递进与转型下,却呈现出对此的不同思维和评断。

此外,尚有近年较流行的接受研究或唐诗选本研究。接受研究方面如唐人选唐诗研究,代表论文有蔡瑜《唐代〈国秀集〉诗律探微——以诗选、诗格交互印证》(《成大中文学报》2021年第74期)一文,以唐代国子生芮挺章所编选的唐诗选本为分析对象,因其与国子监过从甚密,从中可见与盛唐时期教育制度及进士科考具有直接的关系。文中尝试以早期诗格的诗律规范对《国秀集》所收两百多首诗作进行全盘的类型分析,结果证明,此时"二四(六)黏对"虽已成为主导规范,但五言尚存"拈二体",七言则有"折腰体"的调节空间与多元化的选择,充分反映出盛唐时期虽然严整却仍不失自由与创意的诗律观。在清人选唐诗方面的研究,有杨思源《清代选本与岑参接受》(《静宜中文学报》2022年第21期)一文,该文从对岑参诗歌风格的评鉴开始,从"语奇体峻""孤秀幽逸"到"慷慨壮阔""奇俊雄伟"的变化,岑参也由唐人眼中的"山水述怀诗人"逐渐转变为"边塞诗人"。而清人对岑参其人其诗的接受,不仅从"雄奇壮阔""幽致孤秀"两方面认同岑参诗歌,更重视和赞赏其边塞诗歌。

在唐诗选本研究方面,则有何楚《森槐南〈唐诗选评释〉说杜要旨探析——兼及森氏对诗评家论杜的评判》(《云汉学刊》2021年第42期)、陈美朱《析论屈复〈唐诗成法〉的"诗法"观》(《东华汉学》2022年第35期)等作。前者从汉学家森槐南《唐诗选评释》对于杜诗的思考和评析进行切入,进一步扩及唐诗选本和域外汉学的范畴;后者则评析屈复《唐诗成法》,论及屈复如何以诗法指点学诗、评论诗作,以及在诗法之外兼顾"诗意"的说诗特点;认为其不仅是一部单选五、七言律诗的唐诗选本,书中的圈点及诗评与众多的诗法名目也提示了读者应该留意诗作的"法好""法密""合法",彰显出屈复对唐代诗家的评价和对四唐诗作的高下分判,对于清代对唐诗初学能有所了解。

姓名	论文名称	期刊名称/日期/页数
刘顺	具身之感与生命之思:中晚唐诗歌中的"身—心"与"心—事"	《文与哲》40期/2022年6月/页99—134
王家琪	唐诗中"辽海"书写之探究	《台北海洋科技大学学报》13:1期/2022年3月/页33—57
李妮庭	转向内闱——论唐宋诗中"丑妇"涵义的衍变	《东吴中文学报》42期/2021年11月/页81—110
杨孝柔	唐宋"苦吟"观念的变化及其诗学意义——以中唐至南宋杨万里为范围的讨论	《景文学报》30:2期/2021年6月/页1—19
蔡瑜	唐代《国秀集》诗律探微——以诗选、诗格交互印证	《成大中文学报》74期/2021年9月/页47—93
杨思源	清代选本与岑参接受	《静宜中文学报》21期/2022年6月/页83—108
何楚	森槐南《唐诗选评释》说杜要旨探析——兼及森氏对诗评家论杜的评判	《云汉学刊》42期/2021年9月/页102—138
陈美朱	析论屈复《唐诗成法》的"诗法"观	《东华汉学》35期/2022年6月/页147—182

(二)唐诗专家研究

在唐诗专家研究的期刊论文中,仍旧延续上期,呈多点开花的研究态势,杜诗研究数量较多,韩愈诗次之,此外尚有李白、李贺的篇章。但不管是在主题研究、知人论世，还是在咏物、生命思想等方面，都具有一定的研究能量，这正可以明显地反映出唐诗，或者说唐代文学，或者唐代专家在中国文学史中都具有高度的典范性质。

在杜甫诗研究方面，陈雅婷在《茗饮蔗浆携所便——论杜甫饮茶诗中的生命意识》（《问学》2022年第26期）一文中，从杜甫着眼于对庶民百姓的关怀从而显现理性写实的诗史风范开始，通过讨论杜甫的品茗、饮茶之诗，包含《巳上人茅斋》《重游何氏五首之三》《寄赞上人》《进艇》及《回棹》等五首，扣紧诗人独特坐标定位及生命历程；借"境界说"析论诗中的内在自我与真感情，再串联起自我与佛僧、友人、爱妻的深刻记忆连结，进而呈现出返归我心的真实关怀。黄慧玲在《杜诗瘦病审美及咏枯病树诗探析》（《世新中文研究集刊》2022年第18期）一文中，则关注杜诗"瘦"和"病"的风格在审美上的呈现，并将焦点放在杜甫于公元761年创作的《病柏》《枯棕》《病橘》《枯楠木》等组诗，寄托社会现实的隐喻并投射情感于其中，展现出其对于社会衰微的观察，及对政治、思想之寄托。此外，尚有研究杜诗中交谊关系者，如陈雅涵《春树暮云——从杜甫诗〈春日忆李白〉浅谈李杜情谊》（《国文天地》2021年第439期）一文，即以《春日忆李白》作为研究主题，虽然该诗只有短短八句，但诗人不仅在诗中表现出对李白的尊重和对李白诗史之定位，更隐含着两人深厚的情谊，"何时一樽酒，重与细论文"，从其诗背后的意象，足以带出两人私下的过从甚密。

在韩愈诗的研究方面，郑思娴《"笔力扛鼎"——韩愈一韵到底七古体式、体貌初探》（《中国文学研究》2022年第53期）一文，从句式、内容、格律的角度，探讨韩愈如何运用不同词性的词语以及不同类型的句式来实现不转韵七古的节奏变化。由于句式的节奏，其通过不同意涵的片段丰富诗篇之内容与层次，参考部分诗话中对韩愈一韵到底七古格律特色的解读，以数据分析之方式对相关评论者的意见予以核实，并考察其接受情况，以此分析呈现该作的艺术风格。吕梅《韩愈诗中风景书写的特色析论》（《北市大语文学报》2022年第26期）一文，亦标举中唐"风景书写"的重要性,并围绕韩愈的"景"字进行研究,认为其对风景的开拓在于感知风景的观念、心态与笔法上,扬显其自娱意趣之"乐"与儒者责任意识之"忧"两面,且追求"意新语工",加入叙事、赋笔及议论,使其自我觉察并观照事物,令其展现出儒者的高度,并从中得以探察风景书写的承变,窥见其对后世之诗与宋调的开先。

而对于其他作家的研究,包含有林芊孜《论李贺诗中的死生之美》(《问学》2021年第25期)一文,李贺虽被世人誉为"诗鬼",然据统计其一生诗作计200余首,涉及鬼怪、死亡者却仅约40来首。而"鬼诗"却使之在文学史上独放异彩,盖因其不仅具备艺术价值,更隐含李贺的人生感悟。故从诗中探究李贺所言死生,以知人论世的方法连结鬼诗与人生,并观察诗人的美感意识与心理状态,继而对死与生进行一场深度哲思,体认生命之有限后,将生命升华至无限的境地。另如陈荣灼《李白道诗思想之研究——从海德格现象学视野出发》(《清华学报》2022年第52:2期)一文,以海德格认为"诗歌具民族最根源之统一性"为切入点,并论证李白诗在本质上乃是"道诗",是对"道"的"唱和",起到"语言乃是存有之家"的作用。而后从结构上与"贺德龄诗解"对比,展示李白"道诗"之思想特色,并在最后论证李白的"道诗"能够代表"中华性"。除了以主题为主的专家诗学外,亦有偏向于概念史的评判,如任可怡《中唐言论尺度:白居易的讽喻诗实例》(《科际整合月刊》2022年第7:4期)一文,以白居易的讽喻诗《长恨歌》《重赋》《宿紫阁山北村》为出发点,漫谈中唐时期讽喻的尺度并没有后世的局限性大,而是得以透过较尖锐的言语或较开阔的尺度,辩论政策或为人民发声。

在研讨会方面,有林家丞《兴寄以外——陈子昂诗歌的再思考》和洪俪芸《论綦母潜于〈河岳英灵集〉中的选本形象》(以上二篇,第三届文华初绽——全国中文系优秀研究生暨110-1《辅大中研所学刊》论文发表会,辅仁中文系举办,2022年1月21日—22日);陈鼎崴《杜甫诗诠释新思考——以宇文所安〈The Poetry of Du Fu〉卷一为例》(第二十届校内研究生论文发表会,暨大中文系举办,2021年6月9日);黄绢文《韦应物诗中的疾病隐喻及病后复原力》(第16届有凤初鸣——汉学多元化领域之探索全国研究生学术研讨会,东吴中文系举办,2021年4月22日);钟志伟《韩愈〈谴疟鬼〉之传播影响与诗学意义析论》(第14届通俗文学与雅正文学——"媒材与传播"国际学术研讨会,中兴中文系举办,2021年10月15日—16日)。

姓名	论文名称	期刊名称/日期/页数
陈雅婷	茗饮蔗浆携所便——论杜甫饮茶诗中的生命意识	《问学》26期/2022年7月/页29—43
黄慧玲	杜诗瘦病审美及咏枯病树诗探析	《世新中文研究集刊》18期/2022年7月/页169—198
陈雅涵	春树暮云——从杜甫诗《春日忆李白》浅谈李杜情谊	《国文天地》439期/2021年12月/页94—98
郑思娴	"笔力扛鼎"——韩愈一韵到底七古体式、体貌初探	《中国文学研究》53期/2022年2月/页1—41
吕梅	韩愈诗中风景书写的特色析论	《北市大语文学报》26期/2022年6月/页23—54
林芊孜	论李贺诗中的死生之美	《问学》25期/2021年8月/页277—293
陈荣灼	李白道诗思想之研究——从海德格现象学视野出发	《清华学报》52:2期/2022年6月/页345—390
任可怡	中唐言论尺度:白居易的讽喻诗实例	《科际整合月刊》7:4期/2022年4月/页62—63

(三)唐人文学研究

本次唐人文学研究,大抵从"韩愈"研究转向"古文"研究,且有扩大到流衍和推进的情形。譬如董金裕《韩愈〈原性〉的内容大要暨"性三品说"的形成与商榷》(《孔孟月刊》2021年第707/708期)一文,整理韩愈《原性》的基本论调、思维方式和逻辑推演,并认为自董仲舒"性三品说"以降,虽然王充等亦有类似想法,但韩愈的"性三品说"无疑是有其创发性和继承性的。而盖琦纾《从文章评点看南宋时文与古文"论体"之交涉及其意义——以柳宗元〈封建论〉、徐霖〈太宗治人之本〉为例》(《淡江中文学报》2021年第44期)一文,即阐发其流衍,从唐柳宗元《封建论》、晚宋徐霖《太宗治人之本》二篇,论述古文"论体"至时文"论学"发展,指出古文文法、时文程式逐渐相互融渗,在宋、元期间作"论"已成为专门学问。宋人虽批判柳文观点,仍推许《封建论》"真可为作文之法",虽和时文同以"命意布局"为核心,体现论体"析理精微""精密圆活"之追求,但时文与古文仍争论不休。

在研讨会方面,唐代文学方面结合了敦煌学、传播媒材、义理内蕴等部分,展现出不同以往的新视域。诸如梁树风《唐代郁金考述》、简佩琦《敦煌维摩诘经变图像释:初唐》(以上二篇,第14届通俗文学与雅正文学——"媒材与传播"国际学术研讨会,中兴中文系举办,2021年10月15日—16日);江淑君《杜光庭〈道德真经广圣义〉义理内蕴的几点观察》(第三届《群书治要》国际学术研讨会,成功大学中文系举办,2021年11月5日—6日);廖志玹《中唐儒佛之争——以韩愈〈论佛骨表〉为例》、唐圣扬《韩愈〈鳄鱼文〉之心态变化与历史形象》(以上二篇,国文系第28届系所友暨第15届研究生学术研讨会,高师大国文系举办,2021年4月23日)。

姓名	论文名称	期刊名称/日期/页数
董金裕	韩愈《原性》的内容大要暨"性三品说"的形成与商榷	《孔孟月刊》707/708期/2021年8月/页39—47
盖琦纾	从文章评点看南宋时文与古文"论体"之交涉及其意义——以柳宗元《封建论》、徐霖《太宗治人之本》为例	《淡江中文学报》44期/2021年6月/页63—99

(四)唐人小说研究

在唐人小说方面,有从主题性方面对该时期文化进行发微者,借由书写统合性的脉络史和小说学史的方式,呈现出唐人小说独特之处。如邓郁生《帝国之眼:唐代"大象报恩"故事新探》

(《淡江中文学报》2021年第45期)一文,以"动物报恩故事"母题下的"大象报恩"进行探索,并以五篇唐代文本为考察对象,就援助情节所述"拔刺""除兽"及"吞象怪兽"原型,仍呈显出重情重义的叙事内容,给予人敦品励德、仁洽万物之阅听感受。然而"大象报恩"故事虽本事于佛经慈悲护生理念,却承汉典事例导致其具备丰厚报偿与强化人事之描写,《广异记》中书写象牙"贸易"与"贡献",隐含着政治中心望向边陲的特殊论述,更得见唐帝国的物质、风尚、道德观与文化精神面貌。此外,陈昶融在《类同与混融:唐代"齐推女故事"的流衍》(《中国文学研究》2022年第54期)一文中亦有相似处。该文将《齐推女》与《齐饶州》进行比较,在时代接近、情节相仿的情况下,从文章破题、对话描写、人物塑造、叙事手法等四个面向观察,判定两篇小说未必如学界普遍认为具有原本与改编的关系,或受作者个人经历等因素影响独立撰作而成,是唐代小说内容来源同时间在不同地域"横向"传播的结果。而两篇"类同"的文本问世后,经时间流衍不断"混融"新的讯息,通过"再写""辑录"与"仿作",进而可窥见其混杂性、流动性,及有意的叙事介入而呈现出唐人小说写作的多元与复杂。

然而以文本为例,试图带出唐人文化和形象,亦可视为文化研究的一部分。如蔡沛勋《太平广记》豪侠类人物形象与唐代文化关系——以〈虬髯客〉与〈聂隐娘〉为例》(《国文经纬》2021年第17期)一文认为,唐代游侠之风兴盛,吟咏侠客的诗作涌现,豪侠小说亦大量产生,将民间精神、时代背景带入其中。然豪侠篇中对于侠客、豪杰之描写多与《史记》中游侠、刺客之形象类似,皆为民行仗义之事,但唐代儒家、道家(教)因政治、信仰所需而多有相互吸收之处,使得豪侠小说不仅增添许多当代文化,更展现出唐代所独有的风格与流变。专书研究方面,如张佳琪《〈南柯太守传〉之修辞研究》(《国文经纬》2021年第17期)一文,以《南柯太守传》为研究文本,将布斯《小说修辞学》作为研究方法,并从作者、叙述者、文本、读者之间的"视点的掌握""讲述与展示的调节""对比与重复的运用"三个方面进行论述,认为唐代小说不仅已具备创作自觉,幻设技巧和文采亦有长足发展。

黄馨霈《唐传奇〈霍小玉传〉情感世界的诠释与省思》(《警察通识丛刊》2021年第14期)一文认为,《霍小玉传》一直是唐人小说中相当知名且受欢迎的作品,其中情节影响后世甚多,所呈现的情感转折亦非常足观,该文从对其情感的诠释和反思切入,展现出其多姿性和省思性。

更为深入的研究者,则梳理出更深层次的脉络,从唐人小说递进到音乐,再进一步关注到政教等方面。如康韵梅《对应与共振——唐代小说音乐书写的两个面向》(《政大中文学报》2022年第37期)一文认为,唐代小说对于音乐的书写非常丰富,但多与政治的发展息息相关,不仅以音乐为政治教化的工具,同时在许多与"玄宗"和"安史之乱"相关的音乐叙事中,寄寓了对唐代政治衰微的关切,甚至在专门记述音乐的小说专书中展现出"审乐以知政",以及将音乐与政治相对应的儒家思维。而唐代音乐蓬勃发展的情况,让小说中不仅出现大量与音乐有关的叙事或情节,亦不乏以音乐引发万物共振的叙事,可想见当时对于知音是充满渴望的。但另一方面来说,音乐的介入则表现出小说主题能够越界的感通交会,揭示出从小说递嬗到音乐,再递嬗到更高层次的超越性和无限性的过程。

在研讨会论文方面,小说研究可谓题型多元。如李峻玮《唐传奇梦的精神分析——以〈枕中记〉〈三梦记〉〈南柯太守传〉为例》、邱彧珮《唐传奇〈任氏传〉与电视剧〈三生三世枕上书〉人物之比较》、陈俊翔《从〈任氏传〉〈谢小娥传〉〈霍小玉传〉〈步飞烟〉〈华州参军〉浅聊唐朝后期之男女观》、詹昀庭《唐传奇〈谢小娥传〉与〈聊斋·商三宫〉之女性复仇对比探讨》(以上三篇,2021青年学者论坛,文化大学中文系举办,2021年6月4日)。此外,如王欣慧《晚唐"士"之人生理想与唐传奇的"失位"叙事》(2021湛华国际华文研究生及大学生研讨会,清大华文所举办,2021年5月8日);黄学文《别具政治意义的故事创作——以褚遂良〈玉玺记〉为例》(国文系第28届系所友暨第15届研究生学术研讨会,高师大国文系举办,2021年4月23日)。

姓名	论文名称	期刊名称/日期/页数
邓郁生	帝国之眼：唐代"大象报恩"故事新探	《淡江中文学报》45期/2021年12月/页33—65
陈昶融	类同与混融：唐代"齐推女故事"的流衍	《中国文学研究》54期/2022年7月/页47—90
蔡沛勋	《太平广记》豪侠类人物形象与唐代文化关系——以《虬髯客》与《聂隐娘》为例	《国文经纬》17期/2021年7月/页111—121
张佳琪	《南柯太守传》之修辞研究	《国文经纬》17期/2021年7月/页69—81
黄馨霈	唐传奇《霍小玉传》情感世界的诠释与省思	《警察通识丛刊》14期/2021年12月/页94—110
康韵梅	对应与共振——唐代小说音乐书写的两个面向	《政大中文学报》37期/2022年6月/页229—273

（五）小结

本次的台湾期刊论文里，唐代文学仍以唐诗研究为多，共计有16篇。专家诗和唐诗研究的数量相等，专家诗研究方面计有8篇，多从专家介入时代、政治、文化、思想等方面，可见得近年研究者在唐诗研究的开拓中，其脉络和概念已逐渐超越文本或专家本身，更多着墨的是文本背后的风景。其次，本年度小说研究可谓丰硕，计有6篇，从原先偏向单一文本研究，扩展到主题类型研究、专书文本研究，乃至于文化研究，都可以见其特殊性和思辨性。在唐人文学的部分，则是锁定在古文及其流变研究，皆从韩愈《原性》或柳宗元《封建论》的单篇古文介入，来探讨其思想变迁，或者文化思维流衍。因此，总结来看，本年度唐代文学的单篇论文虽仍百花齐放，但似乎届临转型，一方面在持续细致化的前提下，扩大唐代文学的研究面向与范畴，另一方面则着力于流变的细思和建构脉络。本次台湾地区的唐代文学研究仍致力于开创新局面，从对唐文或唐诗的一种观念、脉络的研究和批评，渐转为一种变迁下的流衍，见微知著，变得能够见微而知其文化，知其流变和推衍。

在唐代文学的延伸部分，更多有如"接受史"或如其他篇什与唐人类书功能相关的交互参酌研究，譬如在鹿忆鹿《〈山海经笺疏〉引唐代类书考》（《东吴中文学报》2021年第41期）一文中，即聚焦于郝懿行《山海经笺疏》对唐代类书的引用，包括《北堂书钞》《艺文类聚》以及《初学记》，其不只着重在文字版本的考订参校、名物训诂，目的更在对于经典的阐发释微，不仅对于残缺的《图赞》进行校雠，并补充尤袤以来《山海经》版本的缺失，又可与其他典籍相互印证。而在梁树风《从敦煌写本〈朋友书仪〉中植物的叙事看唐代的信函套语》（《国文天地》2022年第446期）一文中，则以《朋友书仪》为中心，对唐代信函套语的使用进行了诸多考证和阐发，寻出一条独特的"植物"叙事，从中不仅能够窥见唐人的书仪，理解文化的因陈，更或许能成近世之借鉴和参考。

三、专书、讲座及其他

本次唐代文学虽无研究专书出现，但在研讨会、讲座、课程等方面皆硕果累累。唐代文学在台湾学术研讨会的研究成果，除前面单篇论文所述之各散见于研讨会的篇章外，唐代文学研究研讨会以成功大学中文系主办之"《群书治要》国际学术研讨会"为主。其以《群书治要》为核心，不同于以专家、人物的眼光审视唐代文学与文化，另辟蹊径以专书视角延伸，并和其他主题、专书、思想连结出更多唐代文学的可能性，包含"第二届《群书治要》国际学术研讨会——《左传》学之多元诠释"（2020年9月11日、12日）、"第三届《群书治要》国际学术研讨会"（2021年11月5日、6日）。第三届有王三庆《试论魏徵等编纂〈群书治要〉及〈励忠节〉之关涉和影响》、林朝成《以道治国：〈群书治要·老子〉析论》、李圣俊《〈群书治要〉所录〈老子〉与唐初治国方略之关系》、潘铭基《〈群书治要〉所引〈说苑〉研究》、宋惠如《先王与先王之道：论〈群书治要〉资鉴的理想政治与君主类型》、高佑仁《金泽本〈群书治要·吴越春秋〉字词研究》、郭庭芳《由唐太宗的政治思想论其对〈群书治要〉的接受——以〈群书治要〉节选〈左传〉部分为例》、邱诗雯《远读群书：以词语显着性探讨〈群书治要〉的编纂旨趣》、江伊薇《〈群书治要〉编选〈抱朴子·酒诫〉意蕴：贞观时代的饮酒与政治关系》、戴荣冠《〈群书治要〉〈周易〉"象以明道"观》、黄丽频《因众成一：论〈群书治要·淮南子〉的政治思想》、邱冠儒《至公之道：贞观典范与〈治要·晋书〉关涉抉微》。除了从《群书治要》此一专书出发讨论其抄录部分，更多的是和其他各种典籍相结合，如《周易》《说苑》《老子》《左传》等作，亦有从其典范、文化、编纂、关系等方面出发者，可见《群书治要》可阐发的多元性。

而本年度各大学亦基本皆有开设唐代相关课程，除大学部的基础课程外，在专家诗、唐诗学或唐诗接受学的研究方面，有中央中文李宜学"杜诗接受专题研究"、东吴中文许清云"李白诗学专题"、世新中文苏怡如"杜甫诗专题研究"、东海中文钟晓峰"唐诗专题"等研究所课程；其他唐代文学方面，有东吴中文王国良"唐代小说研究"、成大中文王三庆"敦煌学专题研究"、南华文学廖秀芬"敦煌文学研究"、铭传应中汪娟"敦煌学专题研究"、东华中文张蜀蕙"唐代文学专题研究"、淡江中文黄丽卿"唐传奇专题研究"、静宜中文朱锦雄"晚唐政治与文人心态"等，悉将更多的后进学者吸纳到唐代文学研究领域，以期获得更多元、更有延续性的研究。或者延邀相关学者进行唐代专题的讲座，包含台北图书馆2022春天读诗节"舞雩归咏春风香——诗歌阅读的美好体验"等讲座，同时延邀萧丽华教授主讲"禅意的唐诗"（2022年3月5日）；其他演讲如黄东阳《由狂僧、恶僧入〈续高僧传〉谈宗教文学研究方法与论题之建构》（中山中文系演讲，2021年4月26日）、廖美玉《经学、科举与文学：省识"唐诗学"的文化意涵》（中兴中文系演讲，2021年4月6日）、竺家宁《声韵学与唐诗的赏析：晚节渐于诗律细的杜甫》（台北清华大学中文系演讲，2022年3月31日）等，包含有唐代诗文、声律、文化等不同类型的演讲，对于唐代文学的延续性，都有高度的重视和贡献，因所在多有，故于此不详列。

四、结语

于此,笔者或可将本年度的唐代文学研究概况以"变迁与流衍"进行归纳。相较于前一年度的"流动与流域",本年度更着重于在原先的基础上进行变迁,包含再定义、再架构新的传统和规则,以及寻出一种对于时间指标的流衍。唐代文学和文化研究很显然地正在进行转变,研究者们不满足于经典文学的研究,而逐渐开始重新解构、定义传统文学文本,建构新的文学标杆和传统,并联系时代思维,讨论唐代文化在各个不同时代的流衍和变迁。本篇唐代文学研究概况整理自2021年7月至2022年7月,时序上基于学期结束的分野,故略有所变动。台湾地区诸唐代文学研究的期刊论文、学位论文、学术研讨会和专书研究数量众多,文献杂沓必然有误,还请方家指正。以下则简单对于学位论文、期刊论文及研讨会论文做概括性的小结。

(一)学位论文

在学位论文上,本次收录篇章计有8篇学位论文,包括3篇博士论文和5篇硕士论文,虽然在数量上并不甚多,但含金量十足。本次特殊点在于对传统的重新框定,譬如《从科举到文学——唐末孤寒诗人研究》《白居易与中国感伤诗学传统》《韩愈文儒地位的确立及其典范形成》等文章,即将其主要观念进行框定探讨,并加之以新定义,让其背后的文化脉络和思维辩证能够更加明显;在脉络研究中,《黄叔灿〈唐诗笺注〉研究》《清代唐诗选本中的中唐诗观研究》等都立足于不同时代背景来审视唐代文化及创作,表现出独到的眼光和想象;较经典的研究,如《一生行经——贯休诗入世与出世精神之研究》和《张读〈宣室志〉研究》;亦有融合取法其他观念者,如空间诗学的观念,并将其融合入小说研究中,如《唐代小说中的长安寺院空间》。无论如何,都让唐代文学在对于经典深入发微之余,开创出更多变迁与流衍的可能性。

（二）单篇论文

本次唐代的期刊论文共计20篇。除却纳入的研讨会论文篇章，仍以唐诗研究为众，计有16篇。但专家诗和唐诗研究的数量不仅渐趋平衡，更隐然从专家诗研究中，可窥见唐代文化研究的脉络，即在专家诗研究的基础上，开始思考专家、专著在该时代所面对的困境、所思考的问题、面临的考验及如何解决等更具文化意义和价值的情形；唐人文学的研究共有2篇，主要锁定于古文研究部分，从韩愈《原性》和柳宗元《封建论》入手，谈其背后的思想，追索其源头与流变，和向后的文学史研究；唐人小说的研究共有6篇，主要是将现当代的概念纳入，包含主题研究和批评研究以及单篇文本的细致追索，或者介接到音乐等主题，都展现出对于时代文化的追索和想象。本次期刊论文逐渐反省文本，一方面带动着变迁，一方面又关怀着唐代文学在文化史上的定位，逐步将其汇整和统合，塑造出更多姿的唐代文学与文化视野。

（三）专书、讲座及其他

本次唐代文学研究的专书、讲座、课程等方面，虽并未产生相关学术专著，但成功举办"第三届《群书治要》国际学术研讨会"，发表12篇重要的关于《群书治要》的论文，以专书为核心进行辨证、阐发，更将举办"第四届《群书治要》国际学术研讨会——《群书治要》与老庄思想"（2022年9月23日、24日）和"第15届唐代文化国际学术研讨会"（2022年11月18日、19日），因时间断限，故将其收录于下篇。在讲座、课程上，唐代文学研究主要深植于各大学课程之中，除大学部的基础课程外，在研究所的课程上，有专家诗、唐诗学或唐诗接受学的课程，亦有唐人小说、敦煌学、唐代文学及文化史相关课程，足见其对唐代文学的重视，不仅在于书写诸多唐代相关篇什，更重要的是教育与培养后进的力道甚大。

（四）其他

本年度台湾地区的唐代文学研究，虽然就数量上来说，远逊于前几年，但就质量来说，并不输于往年。然对比近几年硕博士班的招生量、论文总量来说，仍可称得上是重要的研究标的，可见虽然囿因于少子化、后疫情时代的多重性，唐代文学仍在台湾古典文学研究中占据重要地位。近几年唐代文学研究正面临转型，潜藏着变迁、再定义和逐渐反省的流衍，我们将唐代的作品、思维、意识等置入自身生命，用更多的分析方法，不断辩证，进行反省，或许在文学名家与历史记忆的交错和感知下，能从旧体中得到新变，唐代文化就能被不断地树立、解构、再建构，这不仅受惠于古典文学，最终也能让当代人寻觅出一片逃离现实桎梏、远离熙攘与战乱的文学乐土。

日本唐代文学研究概况(2022)

佐藤浩一

日本2022年的唐代文学研究成果甚多,既有综合性的研究专著,同时也不乏高质量的单篇论文。从内容上看,主要包括京都大学中文系有关中国诗歌方面的研究、日本汉文研究、音韵研究、女性诗人研究及其他方面的研究,而作家研究的热点依旧围绕杜甫、白居易、元稹等来展开。从研究方法上看,既有传统的文献考证解析,也有跨区域、跨学科的对比研究方法。现择其要加以介绍。

一、京大中文研究成果

2022年最令人感到欣慰的学术喜报是川合康三教授的《中国的诗学》(研文出版社)的刊行。川合康三教授于京都大学退休以后,将在广岛大学、东北大学、台湾政治大学等多所大学的讲课内容汇集成为《中国的诗学》一书,2019年由政大出版社首次出版了。2022年的这本书是修订的日语版,一共分二十四章。其构成如下:

第一章 何谓"诗"? 何谓"诗学"	第五章 诗的政治性
第二章 传统的一贯性	第六章 诗的社会性
第三章 文学的从属性价值	第七章 肩负起诗的人们:文化共同体
第四章 诗的道义性	第八章 规范的形成与展开

第九章　文学史与文学史观
第十章　恋爱之文学
第十一章　友情之文学
第十二章　女性的文艺
第十三章　诗与情感
第十四章　诗与景物
第十五章　诗与修辞
第十六章　文学的动机
第十七章　从集团到个别
第十八章　诗与事实
第十九章　经验与虚构
第二十章　可视与不可视
第二十一章　人生的诗、灵感
　　　　　　的诗
第二十二章　诗与谐谑
第二十三章　作者、话者、
　　　　　　读者
第二十四章　诗的存在意义

与台湾版相比较，目录有修订处，川合先生说以该书为定稿。

2022年刊行的还有铃木虎雄先生的《中国战乱诗》（讲谈社学术文库）一书。此书原是1945年2月出版的《禹域战乱诗解》。半年后日本战败，可见是在极其艰难的状况下出版的，仅印刷了3000册，而且几乎都毁于战火。1968年筑摩书房把这本书的书名改成《中国战乱诗》并出版了，卷末有京都大学教授小川环树的解说。2022年出版的讲谈社学术文库《中国战乱诗》是重印本，卷头有川合康三先生写的序文。小川环树先生与吉川幸次郎先生被称为日本研究中国文学和中国语言学的"双璧"，小川环树先生是川合先生的恩师，而铃木虎雄是小川环树与吉川幸次郎的恩师。所以这本书可以说是师承了京都大学中文系的学术传统而出版的。在凄惨的战乱中问世的这本书，是很值得认真阅读的。

关于讲谈社学术文库，想做一下说明。"文库"是指小型书籍，日本出版界有很多各式各样的文库，其中讲谈社（讲谈社学术文库）、筑摩书房（ちくま学艺文库）、平凡社（东洋文库）、岩波书店（岩波文库）、角川书店（角川Sophia文库）这五家出版社的编辑水平都很高，约稿撰写的专家也都是著名的一流研究者。所以这家文库出版的书籍是可以大力推荐的。

京都大学中文系的学术杂志《中国文学报》是吉川幸次郎先生和小川环树先生创设的，2022年迎来了第95册的刊行。唐代文学论考有两篇：一篇是二宫美那子先生的《孟浩然的行旅诗——兼论六朝行旅诗的发展脉络》，一篇是静永健先生的《明末异人唐汝询与其唐诗注释》。二宫先生的《孟浩然的行旅诗》是精读多篇作品并加以详尽分析的大作。二宫先生最近出版了孟浩然的注释本（二宫美那子、好川聪《王维、孟浩然·新释汉文大系·诗人编3》，明治书院2020年），想必一定是挖掘出了许多新的材料。

静永健先生的《明末异人唐汝询与其唐诗注释》是关于《唐诗解》作者唐汝询（1565—1660）的卓论。唐汝询5岁时双目失明，但常常默坐静听父兄讲授诗经及唐诗，日久成才。唐汝询旁通经史，能作诸体诗，凭借这些渊博的知识，撰写了《唐诗解》。日本也有一位这样的奇才，叫塙保己一（Hanawa Hokiichi, 1746—1821），是江户后期的盲人文献学者，塙先生也自幼失明，凭口授耳治，博通群籍，并且编纂了巨册《群书类丛》。对日本人来说，唐汝询相当于中国的塙保己一。请唐汝询校阅杜诗的钱谦益也很赏识其水平，对他有很高的赞誉。值得注目的是，静永健先生考证了唐汝询的杜诗注释和仇兆鳌《杜诗详注》的注释，感觉两者内容有的部分很相似，从而认为仇兆鳌是把《唐诗解》放在同一张桌子上而撰写的《杜诗详注》。

二、日本汉文研究

2022年，高田宗平先生主编的《日本汉籍受容史——日本文化的基层》（八木书店）是由29名专家合著的水平很高的概说集。分为古代（至平安）、中世（镰仓、室町）、近世（江户以后）、文献研究四个部分。第一部分古代篇收录了"律令官人与汉籍""僧侣与汉籍""摄关期贵族社会的汉籍收藏""医学知识的接受"等8篇；第二部分中世篇收录了"韵书与学问""年号勘文（新年号的候选方案）""清原家的学问与汉籍""五山禅林的学僧"等7篇；第三部分近世篇收录了"汉籍的出版与读者阶层""古文物收藏家的装订与装具""儒学与经学"等6篇；第四部分文献研究篇收录了"林罗山与古活字版""琉球汉学""汉籍的分类与《日本国见在书目录》"等7篇。

半谷芳文先生的《敕撰三汉诗集的研究》(研文出版社)是关于《凌云集》《文华秀丽集》《经国集》和《怀风藻》《杂言奉和》的考察。《凌云集》《文华秀丽集》《经国集》是日本最早期的敕撰汉诗文集,《怀风藻》是私撰的汉诗集。针对这些文化教养的渊源,半谷先生做了更深入的探究。比如,韵律的区别。敕撰三汉诗集的平安初期相当于初唐至中唐时期,但是平安汉诗却和同时代的唐代韵律不对应,有时混用了六朝韵书。唐代的七言排律仅占0.3%,但是平安汉诗却有8%的七言排律,可见平安时代产生了很多七言排律。半谷先生对此做了详述:作为外因,是由于省试出题中有七言排律;内因是当时的平安官人具有"文章经国"的价值观,其旺盛的创作欲使他们做了大量七言排律。

峰岸明先生的《变体汉文》(吉川弘文馆)是1986年东京堂出版社刊行的新装版。峰岸明先生(1935—2012)是横滨国立大学的名誉教授,专业是日语文章的历史变迁。"变体汉文"是指不完全、不规则的汉文,日本人古来写正式文章的时候,一定要用汉文(中国文言)来写,但是由于外国人写文章的能力有限,文章里常常出现不完全、不规则的地方,这样的日式汉文叫变体汉文。该书对这样的日式汉文的表记、语汇、语法、文体做了详细的解说。

蔡毅先生的《清代日本汉文学的接受》(汲古书院)是近世以后的日本汉文研究,前半部分是考察江户时期与明治时期以后的日本汉文如何出版,后半部分是考察这些日本汉文在中国如何接受。一般来说,日本的汉文研究者以前主要是针对平安时期、镰仓室町时期来研究。但是,从最近的研究倾向来看,针对江户时期以后的研究越来越多了,蔡毅先生的这本大著代表了这种对近世日本汉文的研究。

此外的日本汉文研究还有:中山大辅《以〈菅家文草〉〈菅家后集〉为中心的上代、中古前期的汉语叠语——兼将川口久雄先生校注旧大系本的"适々遇"改正到"适遇"》(《学习院大学人文》)、马艳艳《唐诗选送别诗的收录情况——与唐诗三百首比较》(《じんもんこん2022论文集》)、辜承尧《对青木正儿〈中国文学史〉的评论和其探讨》(《日本汉文学研究》)等。

三、音韵研究

2022年两位毕业于早稻田大学的研究者发表了值得注目的音韵研究方面的成果。一位是水谷诚先生。水谷先生是松浦友久(1935—2002)的开门学生,松浦友久虽然作为李白的研究者很有名,但是他对音韵学向来也是很感兴趣的,其毕业论文就是有关日语的语调考察方面的。其高弟水谷先生也是在研究古典诗歌的同时研究音韵学,从创价大学退休以后也在陆续地发表新学说,《用杜甫韵字组合式来的继承与影响》(《杜甫研究年报》第5辑)就是其中的一篇。水谷先生提倡的"韵字组合式"(韵字ユニット)是由本人命名的,指的是每句的下三字的搭配。唐代避讳下三字的模仿,但是水谷先生经过调查,找出了好几例模仿句。比如白居易模仿杜甫:

杜甫　○○诗送老,○○酒开颜。(《宴王使君宅题》)
白居易　○○○○诗引兴,○○○○酒开颜。(《自咏》)

如此可以理解为,白居易模仿继承了杜甫的下三字。水谷先生不但着眼于这个下三字的"韵字组合式",而且还着眼于非"韵字组合式"的上边,五言句的上两字,七言句的上四字。(水谷诚《白居易律诗对偶论》,《中国诗文论丛》40)关于这个上边,他调查了白居易的律诗是否有利用上两字、上四字的例句,结果找出了白居易在五言373首中的105首、七言569首中的272首有过再利用。白居易律诗的对偶诗三分之一是再利用的。水谷先生说,五言里在颔联中的再利用最多,七言里在颔联、颈联的上四字中再利用最多。

另一位是丸井宪先生。他的《杜诗双声叠韵研究——超越联绵语》(研文出版社)接续2013年出版的《唐诗韵律论——拗体律诗的系谱》(研文出版社)一书,是丸井先生的第二论文集。

丸井先生毕业于早稻田大学中文系，之后去了中国，一边在北京大学葛晓音教授的指导下研究古典诗歌，一边在大陆游历并吟咏诗歌。丸井先生是一位中国古典诗歌研究者，也是一位诗人，所以他的音韵学研究包含着作者本身特有的观点。丸井先生在《杜甫研究年报》第5辑里发表了《去海宁拜访跟周春先生有缘分的安澜书院——毕写杜诗双声叠韵研究》，这篇文章相当于该书的后记。

四、杜甫研究

下定雅弘先生的《杜甫的闺情诗》(《杜甫研究年报》第5辑)考察了杜甫比其他诗人要少的闺情诗，下定先生说数量少并不能说明杜甫对闺情诗缺少关心。闺情诗本来属于贵族的一种游戏，用虚构来咏诗。杜甫把这样的素材与表现改变成"即事"的作品，用来咏战乱的社会和自身的不遇。

后藤秋正先生的《从"带"用法来看的杜甫诗》(《杜甫研究年报》第5辑)是擅长以词语为中心进行考察的后藤先生独特的研究。顺着杜甫在长安、秦州、成都、夔州的各个时期，通过杜甫使用动词"带"的变化，考察杜甫诗的特质。长安时期，"带"的用例只在《文选》的范围之内，秦州时期以后"带"的描写范围越来越广了。后藤先生的结论是：杜甫为了回避陈腐表现，也在多义词"带"上做了巧妙的配置，为自己的诗歌增加了深度和明暗。

后藤先生的《杜甫诗的真伪——〈虢国夫人〉札记》(《中国文化》80)是对把张祜作的七绝《虢国夫人》误认为杜甫作品的背景考察。后藤先生认为，把《虢国夫人》当作杜甫作品的仇兆鳌、曹树铭等人，认为这部作品里每句都含有委婉的讽刺而将其列在了讽刺作品里，所以判断其为杜甫的诗作。其实杜甫诗中也有追思和怀古的作品群，并不都是讽刺作品。这是一种判断上的失误。

大桥贤一先生主持的国家社科项目《杜甫散文研究》是筑波大学毕业的研究者们通过读书会的方式，翻译杜甫的29篇散文，并加上注释的一项研究计划，分5年来陆续做。2022年的成果如下：大桥贤一的《杜甫〈画马赞〉译注》（《中国文化》80）、谷口真由实的《杜甫〈雕赋〉译注》（《杜甫研究年报》第5辑）。谷口真由实先生是30年来一直在关注杜甫散文的一位杜甫研究专家。大桥先生2022年也有一篇，《关于杜诗的二人称代词——以"汝曹"为中心》（《杜甫研究年报》第5辑）。

五、白居易、元稹研究

前川幸雄先生的《元白唱和诗研究》（朋友书店）很值得一读。《元白唱和集》早已丢失了原貌，花房英树先生复原了原来的123组。（《元白唱和集》，京都府立大学中国文学研究室1960年。）前川先生的《元白唱和诗研究》是对这123组中约四分之一的30组追加了注释和考察的劳作。开头有橘英范先生的序文《前川幸雄老师的〈元白唱和诗研究〉》。

橘英范先生的《关于元稹〈使东川〉连作的制作时期》（《中国文史论丛》18）一文，对吴伟斌《新编元稹集》（三秦出版社2015年）的考证提出了异议。橘先生说，吴伟斌先生的制作时期考证混同儒略历Julian calendar和格里高利历Gregorian calendar。

埋田重夫先生在《白居易的咏死诗》（《中国文学研究》47）中说，白居易享有75年的天寿，但是他从青年时期到晚年都在意识自己的蒲柳体质（体质衰弱），白居易在长寿的75年中，目睹了周围太多的死亡，所以对生死非常敏感。

2022年的研究还有谷口高志先生的《白居易、元稹的祝文与其周边——唐代祝文系作品的地方官和神灵、怪异》（《九州地区国立大学教育系文系研究论文集》）、内田诚一先生的《白居易〈山中五绝句〉剖析》（《安田女子大学大学院纪要》）、高桥良行先生的《白居易诗的"羞、耻、惭、愧"表现》（《中国诗文论丛》40）。

六、女性诗人研究

詹满江先生主编的《浣花溪的女校书——读薛涛诗》（汲古书院）是日本薛涛研究会主办的读书会的成果。日本学界有读书会这一文化活动,日本的研究者读中国古典文学的速度虽然不能和中国的研究者相比,但是字字句句推敲精读的做法可谓日本研究者的一个特色。这种日本的研究特色在该书中得以充分体现。

横田睦先生的《唐代女性诗人研究序说——上官昭容、李冶、薛涛、鱼玄机与诗作》(汲古书院)是日本薛涛研究会会员的个人劳作。前半部分是关于唐代女性诗人的诗与文学考察,后半部分是关于日本如何接受薛涛诗。

七、其他

2022年唐代文学其他方面的研究主要包括以下诸篇成果:吴雨清先生的《边塞诗研究序说——边塞诗分野意识的形成》(《文化交涉——东亚文化研究科院生论集》、金鑫先生的《张说的碑志文与其变革的意义》(《集刊东洋学》)、加固理一郎先生的《李商隐诗歌的曹植与〈洛神赋〉》(《六朝学术学会报》23)、柴田寿真先生的《关于唐代文学的用别号来自称的表现》(《中国诗文论丛》40)、绀野达也先生的《清赵殿成〈王右丞集笺注〉的〈辋川集〉》(《中国诗文论丛》40)、丸井宪先生的《贞元期的韩愈赠答诗(五)——与张建封的应酬》(《中国诗文论丛》40)、高崎骏士先生的《汉唐诗经学的"历史化"——以郑风诸篇为中心》(《集刊东洋学》)、小川隆先生的《禅僧们的生涯——唐代的禅》(春秋社)、彭浩先生的《传统文化里的"汉诗"之美——茶挂的禅语》(《人文研纪要》)等等。

唐宋研究著作有如下两本:东英寿先生主编的《唐宋八大家研究》(中国书店)和宇野直人先生的《唐宋诗词丛考》(研文出版社)。

韩国唐代文学研究概况(2022)

□ 金昌庆　黄玥明

2022年韩国唐代文学研究的层次进一步加深,研究领域进一步拓宽,出现了一批考论翔实、视野开阔的高质量的学术论文和几部功力深厚的代表性学术专著。纵观本年度的研究成果,可以看出韩国唐代文学研究呈现以下几个特点:一是在一般性的文学作品研究中,研究的内容更具有特征性,研究方法也呈现出多元化的趋势;二是侧重从新的视角或采用新的研究方法对重点作家作品进行研究,同时也注重对作家作品的考订分析工作;三是注重从文化、哲学、宗教的角度来观照文学创作,着重揭示它们对文学的影响。本文将围绕这几个特点对2022年韩国唐代文学研究做出阐述和总结。

一、一般性文学研究

爱情一直是诗歌文学中永恒的主题,金俊渊的论文《中国古代"爱情"观念和"爱情诗"的主题——以先秦到唐代的爱情诗为中心》(《中国语文论丛》第111辑)一文以先秦至唐代的爱情诗为研究对象,通过信息检索用TF-IDF指数对诗歌进行主题研究。这是一种通过分析诗歌关键词的使用频率来分析诗歌主题的方法。在中国古代,爱情是一个与婚姻社会制度密切相关的概念。随着时代的变迁,从先秦到唐朝,总体而言,"思"即"思念"为中国古代爱情诗的特征,同时包含了"分手"和"烦恼"这两个副标题。先秦情诗的特点是歌唱纯情的作品较多,以女性为主。汉魏六朝的爱情诗虽也以女性为主，但从男性角度出发的间接性或比喻性增强了，分手很快成为一个主题，描述也变得更加细腻。怨恨的成分被加强，背叛的主题也时常被提及，经常出现"眼泪"。在用 TF-IDF 索引的前 50 个词中，分析那些每个时期都不重叠的词，以查看爱情诗情感表达方式的变化，进而得出结论。作者认为，先秦爱情诗的特征是"伤"，汉魏六朝爱情诗的特征是"忧"，唐代爱情诗则突然变为了"怨"。先秦的爱情诗常抒发不能与所爱之人相见的心碎之情。汉魏六朝则多写妻子或丈夫因离别或丧亲独居的忧愁。唐代的爱情诗中多次体现因爱情难成而产生的怨恨和哀叹。这篇论文用了信息检索和统计学的方法，以对重点词语及相关词语的统计和分析为基础材料，并在此基础上进行分析，有理有据，是一个很好的尝试。

除了爱情，2022 年韩国学界对于"哀伤"这一主题也有较多的关注，除了关注到了重点诗人作品中所包含的这一主题以外，李修祯的论文《唐代哀悼诗研究》(梨花女子大学博士学位论文)以《全唐诗》收录的 600 余首哀悼诗为研究对象，探究并阐释唐代哀悼诗的艺术及文学特征。首先以内容为中心把哀悼诗划分为两大类："对公共人物的哀悼"和"对身边人物的哀悼"。前一类的对象主要以王的同族和前贤为主，诗歌内容侧重于称颂故人及探讨教训；后一类的对象则主要涉及作者的亲友、故人和家人，内容主要表现为与故人的情谊或日常的思念之心。接着，在内容分类的基础上来剖析唐代哀悼诗的表现手法。作者认为在叙述构成方面，悼念公共人物的时候经常呈现出继承传统悼祭文特色的一面，而悼念身边人的时候，为了表达诗人本身的抒情和经验，则采用了"直接表达感情的手法"和"以自我为中心的心理描写"的写作手法。论者在内容特征决定诗语的前提下，又以自然物、事物、典故诗词为中心，分析了唐代哀悼诗情感的表现方式。作为一篇博士论文，非常全面地分析了唐代哀悼诗的内容、表现手法及艺术特色，并认为其具有重要的文学价值，不仅扩大了哀悼文学的涉及范围，而且脱离了传统文学的习惯性规范，因此提出对唐代的哀悼诗应给予足够的重视和应有的评价。

另外还有一篇以唐代诗人的"哀伤"为主题的论文。李修祯在文章中认为，"哀伤"这一主题是在唐代开始正式成为诗人们所关注的对象的，也正式成为诗歌主题中重要的一部分。《透过诗歌看唐代诗人的"哀伤"——以白居易、刘禹锡、元稹的作品为例》（《中国语文学志》第79辑）一文以白居易、刘禹锡、元稹三人以"哀伤"为主题的诗歌作为研究对象，将他们的"哀伤"分为三个阶段。第一阶段是"哀悼"，以家人和友人为中心；第二阶段是悲伤的外化，他们试图消解由身边人的死亡而引发的哀伤，如实表达个人情感，并引起对方的同情；第三阶段是"共情"，哀悼的范围不仅仅局限于个人情感，而是通过分担他人的哀伤进而产生情感上的理解和同情。唐代哀悼诗体现出的人文关怀具有对人的情感进行抚慰与疗愈的作用。此篇论文的研究目的也在于探讨唐代诗人与外界他人分享"哀伤"的方式及其所具有的内在意义。

金东镇《唐诗中"顾"字的意义研究》（《中国学》第80辑）一文以唐诗中具有"看"这一视觉行为意义的"顾"进行分析和研究。"顾"这个词同时具有"后"和"转身"的意义，这与其同义词"看"不同。"顾"这一行为的对象通常是诗人本人，能够指自己的影子、过去或历史，以及他的家乡或重要的地方，这些对象都与"自我"的概念有关，也与诗人在诗歌中所蕴含的情感关系密切。此研究分析了当诗歌叙述者回望这些对象时"顾"所传达的具体含义。文中基于用"顾"中"后"的意义所传达的细微情感以及相关的隐喻概念，认为"顾"是表达诗人情感的一个非常恰当的词语。

从唐诗中使用的字、词入手对诗歌进行研究的还有金东镇的《唐诗中的方向研究——以东西南北为中心》（《中国学研究》第99辑）一文。该文以唐诗中出现的方位词，尤其是东、西、南、北这四个词为基点对唐诗中的方位进行考察，这些方位所代表的意义与"五行""人情""四时""贵贱"有关。论文从文学的角度分析诗人如何创造性地将这些意义融入自己的诗歌，以及这些意义如何传递诗人的情感和思想。此论文采用文化地理学引入了空间的概念，同时用同一性理论来探索包含方向性词的诗歌。唐代被流放的文人心态有两种不同的变化：一些诗人仍以文人自居,志在必得,怀揣着回到故土的梦想;一些诗人习惯了新的生活,通过歌颂乡村生活的乐趣向过去的生活告别。这种心态的变化体现在他们对现实生活或自然环境的接受或排斥上,以及他们对方向性词语的选择和使用上。从这个层面出发去深入理解诗歌的主旨和作者的思想也是一种很有意义的尝试。

金秀姬《唐代传统乐舞和歌词的相关研究——以中原〈白纻歌〉为线索》(《中国语文学》第 89 辑)一文以传统"白纻舞"及其歌词为研究对象。"白纻舞"原为乐府吴舞曲,后虽舞曲失传,但歌词以文字的形式流传下来,并在不同的时代有不同的特点。在唐代文人中,初唐一些词人作词时,摒弃了南朝梁时的"四时白纻歌",继承了魏晋时期的"中原白纻歌"。唐代的《白纻歌》在形式上多采用七言一行的形式,这是早期民歌的一个特征。在内容上,它把美女西施与吴的没落联系起来,并表达了其批评的态度。这篇文章的论者力图透过音乐舞蹈来研究与之相关的歌词文学,这也是多角度、多学科融合研究的一种尝试。

词被称为"诗余",虽在宋代时期达到鼎盛,但晚唐时期以温庭筠为代表的花间词派的成就也不容小觑,韩国学界的研究对此也颇为关注,譬如金贤承《〈花间集〉离别词研究——以离别情景交融的结构为中心》(韩国外国语大学博士学位论文)一文。现今学界对《花间集》的研究对象主要是特定词人或词作中经常出现的景物,此文则将《花间集》中呈现出婉约风格的"离别词"进行集中考察。"离别"是"被迫分离"的意思,在人际关系上,是指人的离去或被迫分离。这种充斥着不安定和悲伤情绪的离别词主要用于表达男女隐约而微妙的情感。在《花间集》的离别词中,有直接抒情和对周边景物进行描写并抒情的"情景交融"这两种艺术情感表达方式。《花间集》的离别词运用了多样的咏物方式和题材分类,此文一方面对寄托着离别情感的离别词进行了细致的考察,另一方面又考察了大量使用"情景交融"技巧的词是如何表现人类的普遍情感的。"爱情和哀怨"这两个主题具有不可分割的关系,在《花间集》的离别词中也是如此。

唐代文学发达,各种文学题材都获得了发展的空间,初唐小说基本上继承了六朝小说的传统。特别是中唐时期产生了很多作品，实现了前期小说的独立状态。超现实的、不科学的梦境，不朽的世界，天堂、冥府、龙宫的故事等题材和内容受到市民阶层的欢迎和喜爱。李炳旻《〈三梦记〉基于叙事结构的故事情节研究》(《中国小说论丛》第66辑)一文用荣格学派梦的理论来分析《三梦记》叙事结构，并将其与同为叙事作品的小说和电影进行对比。《三梦记》中第一个梦的故事与奥地利小说《梦境》的叙事结构相同，丈夫的现实经历与妻子的梦相联系。《三梦记》中第二个梦的故事和电影《如果只是》相似，一个人在另一个人的梦中看到了现实。《三梦记》中第三个梦的故事是两个人有一次短暂的相遇，两人在前一天就已经做了同样的梦；在结构相似的电影《我们做同一个梦》中，安德烈和玛丽亚本应该更加努力地去了解和相爱，就像梦中的鹿一样深情，但他们做不到。这种对比和分析跨越了时间和空间，也跨越了题材，把相类似的题材和叙事结构放在一起，而把二者构架在一起的则是心理学派的理论。

2022年韩国唐代文学研究的领域里出现了一些新的力量，不仅有比较全面和成熟的博士论文，也有一些硕士论文出现。高载润《〈因话录〉校释及试论》(延世大学博士学位论文)一文以唐代赵璘所著的一部史书集《因话录》为研究对象。虽是一部史书，但其中收录了唐朝君臣、百姓的各种题材的故事，具有一定的文学价值。卷一《宫部》收录了唐朝8位皇帝的轶事，共21个古代故事；卷二、卷三的《商部》是当时朝廷臣民的故事；卷四《角部》包含普通人、僧人、道士的内容；卷五《征部》主要收录了当时的文化财产制度及其考据证明的内容，有20个古代故事；卷六《羽部》收录了不属于其他部分的杂七杂八的离奇故事，共28个古代故事。此论文将各部分的故事翻译成韩文，并在校释的过程中进行了注释、评论和分析，同时对内容不流畅的部分进行了补充说明。这篇论文对于《因话录》在韩国的传播起到了很好的作用。

二、重点作家作品研究

在作家个体研究方面，李白、王维、白居易、李商隐、韩愈等作家作品仍然是学者们重点关注的对象。特别是李白和王维，一直以来都深受韩国学者重视，对其研究的角度和范围也很广。关于李白的研究，既有从思想主题方面入手的研究，有从艺术表现手法角度的分析，也有对李白诗歌的翻译。

从主题思想的角度对李白进行研究的有徐榕浚的《李白〈春夜宴桃李园序〉的评价和"浮生"的释义研究》(《中国语文学》第89卷)一文。该文认为对于李白的作品《春夜宴桃李园序》的解读有诸多的误解，这是体现李白鲜明个人文学自我意识的作品，他是具有极大自信的人，从某个角度说甚至是狂妄的人。此文在对"序"进行对比论证后认为"浮生若梦，为欢几何"中的"浮生"应该理解为一种追求和奋斗到底的生活态度，而不是一种被动消极的接受。

崔宇锡《李白乐府诗的主题——以〈将进酒〉和〈行路难〉为例》(《中国语文论丛》第108辑)一文，在代表李白乐府诗的著作中，有针对性地对《将进酒》和《行路难》进行梳理，试图推导出诗中所蕴含的主题。《将进酒》写于开元二十四年(736)与友人相会时。从表面上看，这首诗似乎是在自由表达乐府诗中经常出现的"行乐"主题，但论者认为这首乐府诗是李白在感叹自己长安之行的无所获，以及空有才华却未被重用的失落。《行路难》三首有着不同的创作时期。第一首，表达了对现实政治的不满，并表达了施展理想抱负的豪迈气概；第二首诗表达了被选拔而不被重用的不满和愤懑；第三首诗则通过张翰的辞官来表达自己的观点态度。这三首《行路难》透过"行路坎坷"的诗句，既表达了现实人生的艰难，也暗含了政治道路的艰难。

对李白的关注除了思想主题，还有其诗歌创作的艺术手法。李白既有不同常人的精神追求，同时也具有非凡的文学修养和语言表现力。李白的诗歌中对于各种典故的使用更是信手拈来，每一处都有其妙用。高志英《李白〈上李邕〉中典故的运用研究》(《中国文化研究》第 56 辑)一文即为该方面的研究。关于李白《上李邕》的创作时间至今仍争议颇多,主要有两种说法,创作于 719—720 年或 742—744 年,是李白二十岁或四十岁左右创作的作品。因其伪造、创作时间、题名等方面的诸多争议,对《上李邕》内容的研究一直不够完整也不太充分。这篇论文透过对作品中所使用的《庄子》和《论语》中的典故来分析李白创作《上李邕》的用意和技巧。其借用《逍遥游》中"鲲"的形象来比拟李邕,既是对其的赞颂也是暗指"我"同"您"具有相同的特质,借"您"的"东风"就可以如"鹏"一样展翅翱翔。

林道铉教授是一位多年来一直关注李白作品的学者,他的《从李白作品使用的"谢安"典看李白隐居的本质》(《中国文学》第 111 辑)一文即通过李白作品中所使用的"谢安"典入手分析李白求隐的本质原因。谢安隐居东山,直到四十岁成为东晋名士,后上任要职,成就了救国于危难的功绩。林教授认为李白在他的作品中塑造了一个新的"谢安"形象:一是先隐居东山,得隐居之名;二是借隐居生活,慰藉和恢复未能进仕的心情;三是功成身退。进而得出李白的求隐实则是为其求仕做铺垫,是遭受困顿之后的蓄势待发。

"意象"是中国古典诗歌的灵魂,也是学界一直关注的重点。李白是一个高产的诗人,其诗歌中的意象更是不拘泥于一个范围或同一种类,同他的个性一样,天马行空、肆意奔腾,不论是自然山水,还是生活中的器具物象,都能在他的笔下被赋予新的灵魂。卢垠静《李白岳州时期诗歌中的"洞庭湖"意象研究》(《中国语文论丛》第 108 辑)一文认为,李白虽然是最伟大的诗人之一,但他一生的大部分时间都在无法实现梦想的孤独和悲伤中挣扎。李白 59 岁时被赦免后到越州,与一些处境相似的人在一起漫步洞庭湖登岳阳楼,在自然界中感受着自由的气息。但其一生都在"求仕"与"隐逸"中纠结徘徊,当面对在湖中训练的镇压叛军的水军时,其要与之一同征战沙场的雄心壮志又被激发了。李白获赦后到过的洞庭湖,"洞庭湖"的意象如同他的一个与世隔绝的空间,同时也包含了他要报效国家的雄心壮志。

赵成千、赵得昌两位学者近几年都在延续对李白诗歌的翻译和研究工作，2022年先后在《中国学论丛》第76辑和《中国学论丛》第78辑发表《李白"赠诗"译解及考察(13)——第47首至第49首》和《李白"赠诗"译解及考察(14)——第50首至第53首》两篇论文。这两篇论文都是在对李白诗歌翻译的基础上对内容进行解读，通过对李白写给自己家人和朋友的赠诗的解读和分析，加深了人们对李白个性特征及理想信念的理解，同时对李白的诗歌在韩国的传播起到了一定的促进作用。

对于王维的研究主要体现在格律章法、构思审美及佛教思想这几个方面。安炳国《王维七言律诗章法和格律分析》(《中国语文学论集》第133辑)以王维21首七言律诗为研究对象，在对每首诗都从创作章法和格律规则及形式进行详细分析的基础上得出结论。认为王维的七言诗有三种艺术创作形式，其格律诗的表层构造和深层构造都被赋予了两种诗意且都被安排在第三联中。尽管在格律规则上有一些不和谐的部分，但也基本遵循了同时期的一般创作原则，韵律也很精确。王维诗歌的创作文法及其创作形式对杜甫的七言体诗歌创作颇有影响。

金昌庆、黄玥明的《王维诗歌画家视角下的审美观照》(《中国人文科学》第81辑)从"画家"王维的维度对其诗歌进行分析和探讨。王维在创作诗歌的过程中用"画家的自觉"来经营其诗歌的结构，在同一时间维度中选取不同的景物构成画面，其用绘画的意识来作诗：摒弃了语言表现思想情感的明晰性和准确性，采用绘画"再现"的形式体现。古人强调"以天下观天下"，即从观照客观物象为起始，融合自我的主观立场和主体意识进行审美创作。此文从王维"画家"的视角重新品读他的写景诗，并分析了其用大背景烘托小意象的审美观照方式，重新审视作为一名专业的画家，其在创作诗歌的过程中对景物的观察选取及在诗歌的构图、意象择取与组合、结构氛围的创设等方面所展现出的审美特征。

王维和孟浩然同为山水诗的创作者，常常会被放在一起进行研究。Jeon Garam的《"远读"中国古典诗歌——以王维和孟浩然为对象》(《中国语文学志》第80辑)就是一篇以韩文发表的相关论文。论文以佛朗哥·莫雷蒂(Franco Moretti)提出的"远读"法为基础对中国古典诗歌进行研究和分析。"远读"法是对文学研究进行定量分析的一种研究方法,并以数字人文方法论和文学社会学相结合的角度重新审视。此论文从是否可以将"远读"的方法论纳入中国古典诗歌研究的问题开篇,并以《全唐诗》为基准统计出二人具有相同特征的诗歌及共同之处。在二人相同题材的自然诗中,孟浩然的词汇多样性(Vocabulary Diversity,TTR)指数高于王维。用这种定性研究方式衡量诗人使用词汇的丰富性和多样性,为下个研究任务即如何评价"孟浩然"诗歌的艺术,以及孟浩然的诗境为什么达不到王维自然诗的审美境界,提供进一步研究的基础。

对于王维的研究不仅仅体现在一些"成熟型"学者身上,一些从事古代文学研究的硕士、博士生对其关注度也很高,研究的视角和范围也涉及诸多方面。如车东荣的《王维诗中彰显出"禅"思想》(金刚大学博士学位论文)即是对其诗歌思想的研究。此论文以王维诗中的"禅宗"思想为出发点,在探讨其思想变化及其对诗文创作影响的过程中推导出三个特征。首先,他在自然中发现了自我,并以期在大自然的怀抱中寻找到内心的平静;其次,将"禅宗"思想展现在诗歌作品中,禅诗出现;最后,其"禅宗"思想统领下的诗歌中融入诸多儒家和道家的思想和典故,使其更利于传播和接受。论者认为王维对佛教的选择既是出于宗教信仰,也是一种生活方式的选择。他的诗歌对于现在与现代文明共处的我们也存在着慰藉心灵与净化情绪的作用,使人们能通过对其诗歌的阅读和欣赏去思索自然和生命的本质。

唐代是一个开放的时代,多种思想、文化和艺术都能在这里找到生根发芽的土壤并蓬勃地发展起来,佛教思想的传播与接受也自是如此。王维的"禅诗"是禅宗思想与"自然山色"的融合,是一种自我体悟式的创造,是思想与自然界的互通,是自然与生命的共鸣。"禅宗"引导众生观照自我的内心而明见自我的本性,这种内在探索的思想和态度符合当时文人对自我的要求。除了王维、寒山、白居易等唐代诗人皆将禅法内化于心,外化于行,将禅修融于日常生活,诗法也与禅法同体,诞生了很多吟咏感悟的诗歌。对白居易诗歌研究的关注点也集中在"禅诗"这一主题。

申懿先《痛苦和克服的诗意体现——以中唐白居易的禅诗中生老病死问题为中心》(《中国学报》第100辑)一文,重点从思想主题角度进行分析和探讨,通过对白居易所创作的"禅诗"的分析,寻找出他摆脱生老病死之苦的过程和途径。白居易因长期患有各种疾病,对"生老病死"的痛苦有着切身的体会和深刻的思考。他透过佛教思想的指引去认识这些痛苦的本质,进而去主动面对和化解这些苦痛,最终享受身心自在。此论文结合白居易的生活现实,试图探寻其作品所体现出的克服痛苦思想的路径,希冀能为有同样痛苦的人提供思想性的指引和启发。

李胜超、崔矜傅的《〈白氏六帖事类集〉编者与编纂时间新考》(《中国语文学志》第80卷)是关于白居易的文献研究。《白氏六帖事类集》是唐代现存四大类集书之一。学者大多对其进行文献综述性质的阐述,专门而深入的研究则相对较少。关于其编者是不是白居易、具体编撰时间等问题,由于缺乏更有力的证据,长期以来一直存在诸多争议。此文用文献研究的方法对"六帖"的名称来历、成书时间等进行了详细深入的考证,创新之处在于用文献对比的方法把《白氏六帖事类集》中的"原创"文字与《白氏长庆集》进行文本对照,经过统计和深入分析,考证编者与编撰时间,故而得出《白氏六帖事类集》为白居易所撰,编纂的时期为贞元十九年(803)稍早的一段时间。这篇论文的论证方式和方法都很扎实,在文献阅读与对比考证中得出结论,其治学的态度也非常严谨。

2022年韩国学界对李商隐的研究也关注到了典故的使用和不同时期作品的特点。宾美贞《李商隐诗中历史典故活用研究》(《中国语文学志》第79卷)一文梳理了李商隐诗歌中使用历史典故的作品。该文认为:首先,李商隐诗歌中所使用的历史典故,在其情感诗、政治诗、社会诗等各类诗歌中都曾出现,甚至被用作创作素材。二是历史典故的内容广泛,包括三国时期、南北朝时期的史料和文学作品中记载的政治事件、人物、遗迹等。表现出作品将时间的过去与现在交汇的特点。第三,历史典故在作品中混合使用了一个或另一个时期的手法。在五言律诗和七言律诗中用得最多,在排律中也用得很多。诗人将诗意世界、学术知识和意识紧密结合,并在诗歌中表现为知识分子特征。

金俊渊的论文《李商隐徐州和汴州幕府时期的诗歌研究》(《中国文学》第110辑)一文主要的研究对象是李商隐徐州和汴州做幕府时所创作的诗歌。李商隐这一时期一共创作了18首诗,数量虽然不是很多,但在心态和所表达出的意义上与其之前、之后所创作的诗歌都有很多的不同。首先体现在题材上:一是使用了大量的动物意象,这些诗暗指当时将军府的情况,体现出很高的艺术成就;二是突出"黄金台"这一典故,蕴含对友人才华的崇敬之心;三是夫人王氏去世后创作的悼亡诗。从其在这一时期创作的诗歌中还可以发现新的探索尝试。其次,这一时期还出现了几首活跃、欢快的作品,这也是因环境的改善而产生心境变化的表现。此文对这一时期李商隐诗歌的分析和论文目的在于论证这一时期生活环境的变化在李商隐的诗歌创作中具有转折点般的意义。

对于杜甫的研究则体现出新角度、新方法的特征。研究者在中西理论融合的基础上进行研究尝试,使用语言学与文学相结合的认知诗学理论来分析古典诗歌创作,这种新的理论实践无疑会给研究者一种新的启示,同时也提供了一些新的研究视角和研究范式。河姓延的论文《通过认知诗学的理论分析杜甫的五言律诗》(高丽大学博士学位论文)即利用认知诗学理论分析杜甫诗歌中的时空、想象空间及诗歌的结构,从概念隐喻、意象、背景几个层次分析杜甫诗歌的时空结构,进而探讨读者可以透过空间特征和动作的描写察觉和解读到哪些情绪,以此提出解读杜甫五言诗的一种新的路径和新的方式。论文中还从直观性、题材性、概念混杂性等方面分析了杜甫五言律诗中留白的特点,进而分析了为什么读者会感知到诗歌中的留白,以及他们如何填补空白并解读诗歌。在此基础上,论文还对杜甫五言诗的结尾结构进行了分析和探讨。作者认为通过认知诗学来分析读者对诗歌的解读模式,可以重新认识和评价杜甫诗歌的思想和内容。作为一篇博士论文,研究者尽可能地使用认知诗学的理论从各个方面对杜甫的五言律诗进行分析和解读,但也不可避免地有一些分析和论述不够充分和翔实。

2022年的唐代文学研究不仅仅有中西方研究方法，也有从跨学科的角度入手进行研究和分析的尝试。金宜贞的《从电影角度分析杜甫诗的场景》(《中国语文学志》第81辑)就是一篇从电影学的角度来解读诗歌的论文，此论文源于一系列对于经典诗词形象化想象的研究，同时也从电影的构图、画面的展现等角度去分析诗人创作诗歌时的视角和方式。在此文中，作者提出了以"视频"观看的形式来理解诗歌，即把诗歌"视频化"，把整体的构图和屏幕扩展，融入主观感受和客观的描写，把诗歌延展成一部电影。本文的目的是借助"电影"的手段阐释杜甫诗中的场景，而不仅仅是从扁平的视角对诗歌进行被动的理解。这篇论文很有创意，结合现代影视技术对诗歌场景进行还原和再现，力图将平面化的理解立体化，这是一种新的尝试，但也因其包含着阅读者的"二次创作"，视频化后的杜甫诗场景是否确能阐释杜甫创作的意图还有待商榷。

对于韩愈的研究使用了对比法，常见的有相同时期风格相近的诗人对比，也有不同创作者相近题材、相同风格作品对比等等。Na Nuri和金俊渊的论文《孟郊与韩愈"泪"题材诗比较研究》(《中国文学》第113辑)就是一篇相同时代、不同诗人使用相同的素材进行诗歌创作的对比研究。孟郊和韩愈在诗歌创作中都曾使用"泪"这一题材，"泪"是人类表达个人情感的一种方式。每个人都有痛苦，也有治愈疼痛的能力。诗人孟郊、韩愈通过"泪"这一素材将痛苦、伤痛等情绪用诗歌的形式表达出来。"泪"在孟郊、韩愈的诗歌中体现出"分别""感慨""失望""孤独""思念"等情感特征。此论文在对中唐时期孟郊、韩愈各自"泪"素材诗歌的梳理和对比分析的基础上评价他们各自的独特成就，以及孟郊、韩愈在"韩孟诗派"中各自的地位和作用。这篇论文的贡献在于提出韩孟二人以"泪"为题材的诗作极富作者个人特色，进而在中国诗歌史上占有一席之地。此论文能够从诗歌素材的角度入手，关注到"泪"这一具有典型性的素材，具有一定的独特性和创新点。

金越会《再读韩愈〈伯夷颂〉》(《中国文学》第111辑)一文的

研究对象是韩愈的《伯夷颂》。《伯夷颂》继司马迁《伯夷列传》之后,开创了伯夷话题的新维度。司马迁将伯夷的话题与"纪史"相结合,为伯夷、孔子和司马迁本人发声。相比之下,"仰慕伯夷"则是另外一种"立言"。韩愈将伯夷和武王封为圣人,从而为伯夷和武王设定了不同的伦理基础,为其赋予了新的意义。换句话说,韩愈对司马迁的伯夷话语进行了修改,以此揭示了伯夷和武王是一种"对立统一"的存在——"反圣为圣"对"武王之圣",证明了伯夷和武王是相辅相成的共生关系。从这个角度上说,笔者认为《伯夷颂》具有打破以往传统认识的历史意义,引领了一种新的对伯夷话语的关注和讨论。

李贺不仅在唐代是一位非常有特色的诗人,即使在现代的文学创作领域中他的创造风格也是非常独特的。金东镇《李贺诗歌的跨东亚研究——从其与异世界轻小说的比较着眼》(《中国人文科学》第82辑)一文,比较的对象不仅仅来自不同的国别、不同的时代,还是不同的体裁。把流行于东亚的日本轻小说与中国唐代的李贺诗歌进行对比,关注点是那些奇幻、曲折、荒诞的内容和想象。此论文通过整理异世界轻小说的常规内容和写作套路并归纳出特征,进而与李贺的诗歌内容进行对比。日本异界轻小说的主人公通常是通过死亡或传送的方式进入异界,然后迅速取得巨大的成功进而获得女性的尊重和热爱。类似的内容在李贺的诗中也能找到,李贺因身份的低微与外貌的平凡而产生的自卑使他十分渴望得到女人的爱,也十分希望有人能认可他的能力进而得到重用。因此他对现实的不满、对死而复生的渴望、对获得他人关注的渴求都通过其诗歌中所幻想出的女性形象得到了替代性的满足,这在异界轻小说中均有所体现。这篇论文打破了时空甚至是文体类型的界限,对具有相同创作构思和题材的内容进行对比和分析,很有独特性和新颖性,在研究领域是一个有趣的尝试。

除了比较集中的重点作家作品研究,还有两位晚唐时期的诗人也是2022年韩国学界关注和研究的对象。如柳晟俊《晚唐李远诗研究》(《中国研究》第90辑)一文。李远是晚唐诗人,他的个人处境以及晚唐时期社会的动乱对他的诗歌创作产生了影响。该文旨在分析其诗歌的主题。李远现存诗约39首,文中将其分为四种类型:哀思类、隐退、友谊及思想、女性的悲伤和怨恨。李远的诗歌虽然数量不多,但体现出了晚唐诗歌的多种风格,故而论者认为李远的诗歌可以称作"晚唐诗歌"的缩影,这个定位和评价都相当有分量。

对于晚唐时期的文人皮日休的研究大多集中在其生平时代、出生背景及其与唐朝末期黄巢起义的关系,或他的文集《皮子文薮》这几个方面。朴惠敬《晚唐时期座主和门生的关系与文学上的影响——以皮日休和郑愚为例》(《东洋学》第86辑)一文则是从他与"座主"的关系角度来探讨这种具有政治属性的"门徒"关系对其诗歌文学创作的影响。这也是传统文论中"文以载道"的一种表现和诠释。皮日休是晚唐文学家,公元866年把自己的作品集《皮子文薮》献给郑愚,一个成功的考生和礼部侍郎随之建立起门生和座主的关系。郑愚在咸通三年被任命为岭南西道节度使,肩负重任,率领南诏讨伐。皮日休的《皮子文薮》中特别收录了其用借古讽今等手法来表达对时局看法的文学作品,进而批评和批判了咸通六年的南诏政策与岭南官员的无能腐败与军纪不严,因其与郑愚的门生与座主的关系,他的政治态度也被认为是郑愚的政治立场。他试图通过诗人的身份表达自我的政治态度和观点,进而捍卫其儒家的道德观念、文学传统以及实现其理想抱负。

三、比较研究与接受研究

对于韩国学界来说,中国唐代文学作为一种域外文学,其与韩国古典文学的相同和不同之处是常被关注的焦点。金贤珠、裴景珍的《李商隐与许兰雪轩的道教诗对比研究》(《中国研究》第93辑)将中国晚唐时期李商隐和韩国朝鲜时期许兰雪轩的道教诗歌进行了对比和分析。他们生活在不同时代、不同地点,诗歌创作却有着相似的特点。尽管他们的性别和所处年代不同,但两位诗人都是道教诗歌的代表作家,其诗歌都充满道教色彩。且许兰雪轩很喜欢李商隐的道教诗,时常模仿他,二者的诗歌有很多相似之处。此文的重点在于从二者诗歌使用的材料和修辞手法入手分析二者的不同之处，从"言情""仙境""典故"的运用几个方面进行了具体的分析论述。

侯美灵《东亚视野下的海东青意象研究——以中韩古代海东青诗歌的比较为中心》(《中国语文学志》第81辑)认为，"海东青"是中、日、韩等国古代皇家的猎鹰，在东亚诸国的古代交往中占有重要的地位，也是古代东亚诗歌中重要的吟咏对象。论文的研究范围，中国从隋唐至清共搜集到188位诗人的299首诗，韩国则从新罗至朝鲜共有103位诗人的189首诗。所收诗歌的创作主体大抵都以皇帝、宗室、文臣为主。在创作体裁上皆以两国的题画诗为主，中国以辽金人游猎中的海东青形象为主，韩国则以李岩的黑白鹘为主。在海东青意象上，中国以象征太平盛世的祥瑞为主，是功臣、藩属国的代名词；而韩国诗人笔下的黑白鹘意象则有表现出祸端、君主玩赏之物以及民族英雄等不同含义。此文根据史料进行归纳和总结，对中韩诗歌中的"海东青"意象进行了对比分析，这篇文章虽然不是以唐代诗歌为主要研究对象，但其中也有一部分内容涉及唐代诗歌中的海东青意象，故也概述如上。

金智英《东西方诗文中的月亮形象比较研究——以中国的抒情想象力与西方的神话想象力为视角》(《中国学报》第100辑)一文认为，月亮是东西方诗歌中重要的想象来源，然而尽管月亮在东西方诗歌中具有共同的重要性，但从比较的角度来看，较少关注。此文旨在研究月亮意象在东西方诗歌中的使用方式，并考察其用法的异同。对于东方诗歌，文章在对中国太阴神话进行了简短的考察之后，对李白和杜甫这两位具有代表性的唐代诗人的诗歌进行了研究。对于西方，则首先研究月亮在古希腊和罗马神话以及创世纪中的表现，并研究它在几位主要诗人的诗歌中的文学转变，特别关注英国诗人斯宾塞和济慈。最终发现东方诗歌中的月亮形象更受抒情想象的支配，而西方诗歌中的月亮形象更受神话想象的支配，并得出结论：东西方诗歌遵循两种不同的传统，在表达方式上表现出更多差异。

韩国人对于唐诗是一种什么样的态度，他们的偏好和选择对于他们的创作具有什么样的影响，韩国人的唐诗观具有什么样的特征，徐宝余的论文《夺换法下韩国人的唐诗观》（《中国语文论丛》第111辑）对这一话题进行了分析和论述。韩国诗人在创作过程中模仿唐诗的例子很多，改写唐诗是他们学习唐诗的重要途径。唐代一些大诗人如李白、杜甫、白居易等，是他们最常模仿的对象。同时，韩国诗人还表现出对中晚唐尤其是晚唐诗人的特殊偏爱。韩国诗人对唐代的某首诗或某句诗也表现出特别的偏爱，创作了很多"改写诗"，在韩国诗歌史上也有一定的影响和地位。韩国诗人改写唐诗的方法有很多，比较有特色的是"五七法""翻案法"和"集句法"。"夺换法"是模仿和学习，而如何在文字中寻找到"创造"之道，则是韩国诗人面临的重要课题，这在韩国早期的诗歌创作领域也有诸多的讨论和论证，在文中也有相关的说明。

除了对韩中唐代文学的关注，2022年韩国学界还将研究的视角扩大到东亚其他国家对唐代文学的接受与传播。日本诗集《古今和歌集》也走进了研究者的视野。谢丽梅《〈古今和歌集〉对〈白氏文集〉的接受研究》（中央大学硕士学位论文）认为，九世纪上半叶传入日本的《白氏文集》在当时的日本诗坛非常流行，然而随着"国风文化"在日本兴起，推崇日本独特国风文化、复兴传统"和歌"的热情高涨，加之《古今集》的编纂，日本第一部和歌集逐渐取代中国诗歌成为日本诗歌的主流。即使是在这样的时代背景下，《古今集》中也处处可见白居易诗歌的痕迹。此篇硕士论文即通过《古今和歌集》与《白氏文集》的比较分析，讨论日本"和歌"对白居易诗歌的接受和转化。

2022年，学者郑镐俊写了两篇与"越南"相关的文章。其中《交州诗人广宣研究》（《中国学研究》第100辑）认为，交州是唐朝"安南都护府"所辖地区，被视为中国的一部分，但在某种程度上是独立存在的领域。交州诗人广宣，《全唐诗》现存其17首诗歌，他在唐生活了很长时间，并与当时著名诗人有很多的诗歌交流唱和，此文即借其作品来考察中国诗歌传入越南的早期情况。

郑镐俊的另一篇文章是《沈佺期驩州贬谪诗中对安南地域观念的考察》（《中国研究》第93辑）。越南旧称"交趾"，是一个长期与中国有着密切关系的国家。越南史书《大越史记全书》中记载交趾属周，称越上氏，"越"名就是从这个时候开始的。秦始皇统一中原六国后，秦朝在此设象郡，并将其纳入版图。经过汉到唐各代都设立安南都护府加强对越南的统治，可以说唐朝在政治、经济、文化等各个领域的影响力都得到了进一步加强。唐朝时期，有很多人被贬或被任命为政府官员前往交趾。沈佺期在被贬谪到驩州时创作的诗歌，一是与安南风土人情相关，一是与佛教相关。他的诗歌创作对越南的诗歌创作产生了一定的影响，同时越南在独立的过程中也逐渐形成了具有自己特色的文化。

在韩国，杜甫的受众和传播是独树一帜的，不仅仅表现在喜欢者和研究者众多，研究杜甫的文献资料也是非常全面的。比如刘婧的《正祖御定本〈杜律分韵〉的编纂、版本及影响研究》（《东亚人文学》第59辑）一文即对此有所论述。《杜律分韵》是朝鲜正祖御定选本，以分韵方式编撰杜甫五七言律诗七百余首。此书在正祖时期由内府整理并以大字印行，纯祖时期整理小字本印行，地方官衙又有多种翻刻本，其版本种类较多，出版背景和过程以及影响都较为复杂。此论文从出版史的角度对《杜律分韵》的成书背景和编印过程、版本及影响进行了考察梳理，对杜诗文献在朝鲜时期的出版和传播研究有所助益，同时对研究杜甫诗歌在韩国的接受与传播也有很大的辅助作用。

此外，刘婧《朝鲜时期〈虞注杜律〉的传入和翻印版本研究》（《中国语文学志》第81辑）一文对朝鲜时期木板翻刻和金属活字本《虞注杜律》的翻印版本进行了实物调查和版本梳理，得出了较为翔实的结论，同时也指出朝鲜学人对《虞注杜律》伪书问题的讨论并没有阻止此书的持续翻印，其即使作为伪书价值亦不可小觑。在大约17世纪初期，朝鲜学人已经明确判断了此书为伪书，可是这并没有影响到当时的翻印流通。朝鲜官府仍继续翻印流通此书的原因，除了科举应试之需，还因为在外交活动和日常创作中，杜甫诗是研习模仿的重要对象。而《虞注杜律》作为注杜诗选的范本，随着翻印次数的增多，其经典化程度也不断加强，至于是不是真正的虞注，并没有动摇当时朝鲜文人的

"学习"之心。

四、佛教故事及敦煌研究

唐代是一个综合发展的大时代,各种思想艺术在这个时代都得以发展并彼此促进,彼此碰撞。佛教作为外来的宗教,其在域内的传播自然就借助了人们所熟悉的文学艺术形式,在这个"形式"与"内容"不断融合的过程中,自然是诗歌中有佛,故事中也有佛了。譬如金金男《敦煌"时间类"定格联章体歌辞中"时间"意义——以敦煌〈五更转〉为例》(《中国文学研究》第88辑)一文。敦煌联章辞具有易记忆的特点,用相同的曲调和固定的形式来表达事件、思想和情感,其最大的特点就是"图式化"。这些作品因事先可以猜到故事情节的"图式"而在民间广为传唱,佛教也利用这些歌曲来传播佛法。此文以"时间"作为引出论题的手段来研究"时间"的意义,重点研究敦煌《五更转》。在分析了敦煌《五更转》的起源与形式特点以及作品的叙事结构后,进而推导出《五更转》的图式化与延展性特征。这些含义大多复杂地出现在整个作品中,例如象征意识的出现及转变,进而提醒人们时间的短暂和宝贵。

此外还有张鑫、孙惠欣的《佛家视域下的"一场春梦"——以〈枕中记〉〈南柯太守传〉与〈九云梦〉为研究中心》(《韩中人文学研究》第76辑)一文。中国古典小说的传入对朝鲜半岛的小说创作有着直接而深远的影响。《枕中记》《南柯太守传》和《九云梦》三部小说都是"梦游类"小说,它们的故事背景都设定在唐朝,且它们在思想特征和故事结构上皆有诸多相似之处,这也是两国文学互相影响的印证。此文以《枕中记》《南柯太守传》和《九云梦》三部同为"梦游类"的小说作为研究对象,探讨"人生无常""守意极乐""色即是空",以及一切现实都是"梦前、梦中、梦后"的幻影这些主题。论者结合两国作家的经历和创作时的历史背景,探寻其因民族文化和国情不同,小说所表达的主题和意图亦有不同之处,并试图挖掘隐藏在文本中的文化意识,进一步探究两国"梦游"传奇文言小说的相关性。

五、其他相关研究

其他相关研究如敖朝军《张彦远〈法书要录〉理论贡献探微》(《中国学》第79辑)一文。《法书要录》是一部重要的唐及以前书法理论汇编文献。全书在内容上重艺轻技,从文化的角度则突显出传承性和历史性,对书法艺术进行不同角度、不同方面的整理、编目、考释、辨伪、批评、鉴定、传说、叙述。此书主次分明、观点突出,或叙或论、或著或编,立体展示了中国古代书法理论的博大精深和尊崇二王的正统书学思想。《法书要录》具有珍贵文献保存、对历史文献去伪存真、促进二王书法正统地位、为后人确立汇编文体范式等积极的历史价值,其书法理论贡献不可磨灭。很多唐代著名的诗人既是文学家也是书法家、画家,还有很多题画诗也是备受研究者关注的领域,了解诗人的书画及其他生平相关信息对于研究个人及作品都有所助益。

另如金镐《〈御选唐宋文醇〉的编纂和文学观》(《中国文学》第110辑)一文。《御选唐宋文醇》是乾隆三年亲笔编撰的唐宋文选,是乾隆皇帝为当时的知识分子提供创作标准的选集。此文考察《御选唐宋文醇》的编纂与格式,以及《御选唐宋文醇》所呈现的文学观,虽然这个文学观是清代的观念,但因其选录了诸多唐宋作品,也是值得唐代文学研究者关注的。

此外还有崔晢元的《当代中国的唐诗阅读与经典的唐诗》(《中国语文论译丛刊》第50辑)一文。在当代社会,人们对"诗"的认识出现了变化。本文旨在考察20世纪初与唐诗相关的选集的出版概况,借以探讨在20世纪的背景下应该如何阅读这些选集。在那些"经典"的唐诗中,其独特的视角以及感知是否会在现代的文化语境中重新获得经典的地位,抑或是失去这个地位。这个研究的目的是考察在现代教育文学话语和体系中出现的"唐诗",其内在的文学和文化意义。

六、结语

纵观2022年韩国唐代文学研究,可以很明显地感到学者的视角是打开的,是自由不受拘束的。对于唐代文学的研究没有囿于固有的范围和固有的方法,充满了一种清新且活泼的气息。这种整体的学术氛围是积极且充满生命力的。学者从不同的角度、不同的方向找到突破口,放大了唐代文学研究的时间和空间,同时2022年的几篇硕博论文也标志着学界新生力量的加入。

韩国的唐代文学研究还有一个比较明显的语言形式"多样化"的特征,学者构成也具有典型的域外古代文学研究的普遍特点。一部分是韩国本土的研究者,以中国文学、中国文化、中国历史为主要研究对象,其论文写作一部分是以中文进行的,也有一部分是用韩语撰写的,这是韩国唐代文学研究的主体。还有一部分论文是由中国台湾地区的学者用繁体字撰写的,同时也有一些中国大陆地区学者用简体字撰写的论文,还包括一些日本研究者撰写的日语论文。韩国唐代文学研究的交流具有国际性和开放性的特征,且与中国大陆地区的唐代文学界有着密切的合作和交流,这都将成为唐代文学研究进一步发展的契机,同一领域内的研究者互通有无,互相启发,共同发展,携手共进。

美国汉学家陈受颐和他的《中国文学史略》(下)

□ 吴琦幸

四、华裔学者的反应

　　从以上两位重量级的汉学家书评中可以看到,对于陈受颐《中国文学史略》一书,他们毫无例外地轻轻放过此书在英语中国文学史编写中的整体性开创价值,而在此书的枝节上吹毛求疵,似乎以此可以否定整部《中国文学史略》,并希望立刻把该书打入冷宫,让位给所谓主流汉学界。不过,遗憾得很,陈氏此书在北美居然流行了四十年之后,才出现了现在的两部新英文版中国文学史(梅维恒主编《哥伦比亚中国文学史》,2001年;孙康宜、宇文所安主编《剑桥中国文学史》,2010年),为数十位北美汉学家集体编著的成果。

　　有意思的是,前述当年两位哈佛、牛津重量级汉学家海陶玮、霍克思的书评出现之后,主流学界引起的一些较大反应,却导致了居美的华裔学者惊恐不定,生怕株连而遭主流汉学家排挤。这种普遍存在的"兔死狐悲"心情,我们可以在当年出版了《中国现代小说史》一书的夏志清与其兄夏济安的通信中见出:

夏志清致夏济安信(1961年2月24日)
　　陈受颐新出的《中国文学史略》,不知你已见到否?我把他讨论戏曲、小说几章都看了,没有什么新见解,但不失为一部有用的参考书。他书题名 A Historical Introduction 而不是 A Critical Introduction 亦是避重就轻也。陈受颐以前写过几篇中西文学姻缘的文章,大概学问也(比)他弟弟好得多,陈受荣(陈受颐共有三个弟弟:陈受康、陈受荣、陈受华)以前也学英国文学,写的论文是 Milton,这是上次芝加哥开会时他告诉我的。柳无忌也在写《中国文学史》,由英国 Wisdom of the East Series 出版,美国由 Grove Press 出版,他写的两本孔夫子的书,大家一起痛骂,这本文学史大约也是同一性质的书。

(《夏志清夏济安书信集》第四卷,第497—498页)

夏济安回夏志清信(1961年10月20日)

我……曾和 Birch(吴注:白芝 Cyril Birch,1925年出生于英国兰开夏郡,中国古代白话文学研究者,曾担任加州大学伯克利分校中国文学教授,翻译《牡丹亭》和《桃花扇》等。此处指夏志清的《中国现代小说史》)夫妇吃过一次晚饭,他很佩服你的书,但是有一点难过,他说以后要研究近代中国文学,非得根据你的书不可了——不是从你的意见出发,就得推翻或修改你的意见,因此文章更难做了。他这句话倒是真心话。陈受颐的书他也介绍给我,他的意见:(一)没有 Bibliographs,没有 Nots,于研究无助;(二)书中不注出什么意见是别人的或是中国通行的,什么意见是作者自己的;(三)太注意 gossip,忽略了作品本身的研究,如司马相如,关于他和卓文君的恋爱说得很多,作品反而极少。

(《夏志清夏济安书信集》第四卷,第503页)

夏志清致夏济安(1962年6月29日)

陈受荣为自己叹气,大骂 Nivison(吴注:倪德卫 David S. Nivison,1923年—2014年,美国汉学家,斯坦福大学荣休教授,对中国古代思想史、西周系年都有深入研究,擅长做文献学精细分析以及哲学的细密思考),(他在会上的

concluding speech，应为出口成章，讲得很漂亮）。中国人因陈受颐《文学史》被 David Hawks（吴按：应为 Hawkes，即前述的霍克思）大骂，大家抱不平，好像洋人和华人 sinologists 是势不两立的。Hightower 在 Harvard Journal of Asiatic Studies 登载的 review，有人也看过，也是骂得很凶。（JAS 本来请李田意评《文学史》的，但他既怕得罪洋人，又怕得罪华人，所以 decline 了。）柳无忌也在写《文学史》之类，前车可鉴，心中大约很慌张，他为人和李田意不同，相当厚道，对我大约也很有些佩服。

（《夏志清夏济安书信集》卷五，第 28 页）

夏志清致夏济安（1963 年 2 月 24 日）

陈受颐那本书，错误百出，我也看得出，他看来一点 research 也没有做，连《文心雕龙》也没有读过。他译《文心雕龙》为"Secrets to Literary Success"，一定是把《文心雕龙》误解为《文坛登龙》了。

（《夏志清夏济安书信集》第五卷，第 133 页）

海外的华人学者，当时大凡能够在大学中谋得一个教职者，常常需付出比外国人更多的研究时间和学术成果。在北美，中文本身是一个小语种，但研读中国文学历史者众，而高校开设中国文学课的并不多，以至于僧多粥少，仅有的几个学校中除本土汉学家外，华人学者圈中为了仅有的几个教职，相互竞争不已，这一点由上述所引的通信可见一斑。

二夏都指责陈受颐没有对中国文学下过功夫做研究，连《文心雕龙》都没有读过，以致把书名搞错，就来独立撰写中国文学史，可见其用语之刻薄。事实上，陈受颐自幼在私塾熟读经书，家学渊源深厚，哪有可能将《文心雕龙》书名弄错？相煎竟如此之急。实际上陈受颐根本没有把《文心雕龙》的书名译错，他在书中第 227 页上谈及《文心雕龙》一书时是这样说的："在刘勰出家之前，他也崇尚佛学，并写了一部 55 章的文学批评著作《文心雕龙》Wen Hsin T'iao Lung，或可译为 The Carved Dragon of *the Literary Mind*，也可以粗略地意译成 *The Secrets to Literary Success*。"（陈受颐《中国文学史略》，第227页）陈受颐为海外大学生研读此书，将这本古代文学理论的经典著作首先直译为"文心雕龙"，再意译为"文学成功的秘诀"有何错误？对于初读中国古代文论的外国学生来说，该书是一种参考，夏氏何必非要嘲笑为"文坛登龙术"？这里的"文坛登龙术"颇有贬义，语出鲁迅《准风月谈·登龙术拾遗》："章克标先生做过一部《文坛登龙术》，因为是预约的，而自己总是悠悠忽忽，竟失去了拜诵的幸运，只在《论语》上见过广告，解题和后记。"后人用此语常讽刺人用不正当的手段获取文坛虚名。

毫无疑问，在美国传播中国文学观念和历史是一项非常艰巨的工作，既要参考西方学生从母语中了解中国传统和文学理念的表现形式，又要在中国文学历史的源流中参照西方文化的术语来进行翻译和诠释。这种双重性的工作加上中西文学的观念、形式、历史等等的不同，甚至在书写形式和论证规律上都可分属东西方两个极点，由此在文字、历史、文化乃至表现形式上都展现了不同的方式。中国古代文学历来以经学为典范，以原道、载道为价值追求，以简洁典雅的文字表现对社会人生的思考，记叙现实中发生的人与事，或勾画山水湖石，或寄情于山水之间，以期引导社会向善。中国古代文学有数千年的历史，在20世纪之前一直按照自己的运行方式为中国的读者提供着文学消费，承担着作者和读者所认同的社会责任。这都与西方文学不同。如果仅局限在19世纪以来西方文学概念中的中国文学史撰写视角，就很难全面正确地了解中国古代文人的写作状态和文学发展的全景。

陈受颐1926年获美国芝加哥大学中西文化比较研究博士，研究中外历史是他的强项。因此，胡适在50年代与陈受颐通信中就鼓励陈受颐写一部英文版《中国小史》，这对于陈受颐来说，不仅驾轻就熟，同时也可凸显他长期以来进行中西文化比较研究的历史观。他在1945年后就已经陆续撰成《中欧文化交流史事论丛》《有关中西文化接触与比较之西文著述目录》，翻译《西洋中古史》等等，均得益于他中西历史研究之专长。但陈受颐最终没写胡适建议的《中国小史》,是由于他的教学工作所致。自1941年始,陈受颐在克莱蒙大学任教的课程是中国文学和文学史,而非纯粹的中国史学课程。因此他只能通过撰写中国文学历史,将自己的历史观融会到文学和文学史的教学中,这也给了他充分发挥以其史学理论研究中国文学"史"的特长。从这一解读来观察,《中国文学史略》(Chinese Literature: A Historical Introduction)是陈受颐以一己之力、一个史家的眼光、一个中国文学史教授的角度,向西方介绍完整的中国文学史的结晶。从立意规划到最后的定稿,陈受颐始终与胡适保持着较为频繁的通信联系,达成了深度默契。胡适发表的中英文文章,陈受颐总要设法取得,发给学生传阅,带领学生讨论。尤其是胡适的《白话文学史》,是陈受颐在课堂上常用的教材,这部书对于陈氏写作文学史有很大的启迪,特别是其中关于佛教文化对于中国文学的影响。对陈受颐的著作,胡适也保持着相当关注,间或通信提出意见。可以说,从一开始立项,陈受颐的《中国文学史略》就一直处在胡适的关切下,直到出版。1959年年中,陈受颐的《中国文学史略》初步成稿,在交付纽约罗纳德出版社(New York: Ronald Press)出版之前,他特意将全稿寄给胡适审阅。胡适不仅认真阅读了大部分,还在稿子上夹了很多小纸条作为夹注。7月7日,胡适将书稿寄还陈受颐,并写了一信,对该书作了整体性的评价:

受颐兄:

　　大作告成,最可庆幸!

　　可惜百忙中不能仔细读,又不能读完,十分歉疚!前三分之一,有一些意见,夹在纸条上,有时记在原稿上,都不关重要,都是些小节目,乞恕之。

　　匆匆中夹的条子都是这样指出小枝节的条子。其实老兄这部大著作的大关节目都是我完全赞同的。千万请老兄不要太注意我的小条子!上古几章,次序似尚可斟酌。今夜把此稿留给以忠兄奉还。我很抱歉,尤其是憾我没有能作建设性的批评。

明天走了，不能过 L.A 一谈，怅恨之至！

敬祝双安！

弟适　一九五九，七，七夜

请注意胡适的写信日期，这是他在1958年返台担任"中央研究院"院长之后，再次赴美之后与陈受颐的通信。陈受颐按照胡适的意见修改了全稿，并于1960年6月15日致信胡适，汇报该书即将付印，"惟书中有好些地方是征引先生的《先秦名学史》"，因此需要胡适提供一份"许可证明书"，以满足美国出版社的要求。6月22日，胡适复信，并将"许可证明书"签字附上。以上通信原件现藏美国加州克莱蒙大学图书馆。

林语堂在为《中国文学史略》写序言时，着意强调了陈著的几个优点。第一，系统而连贯地梳理历史。该书论述了从甲骨文到文学革命之间三千余年的中国文学史，系统地勾画了中国文学的发展脉络。而在陈著之前，尚未有一部连贯的、成体系的英文中国文学史。第二，严谨而自然地组织语言。作者将审慎的学术观点和语言流畅度、文本可读性结合起来，使文本兼具深度和趣味。第三，充分而科学地利用材料。作者将中国文学史作现代学科的处理，不预设经典独尊的地位，超越了清儒"只认一部经典、排斥所有伪作"的局限，对史料博揽广收，更为科学和全面。第四，平等地对待哲学思想。作者在处理各时代文学的哲学底蕴时，能平等对待儒家哲学和诸子哲学，因而可以跳脱一家一派的局限。正是基于陈著的以上特点，才有林语堂被英美汉学家嘲笑的那段话："未来很长一段时间里，本书都将会是英文中国文学史的权威之作。"（林语堂序："Chinese Literature: A Historical Introduction"）

林语堂指出的这些特点，确实客观地概括了陈著，并可以触摸到陈受颐所明显师法胡适《中国古代哲学史大纲》所开创的现代史学范式。那就是：证明的方法、扼要的手段、平等的眼光、系统的研究。其中"平等的眼光"和"系统的研究"被陈受颐接受后，直接反映为"充分而科学地利用材料"和"系统而连贯地梳理历史"。（参见蔡元培《中国古代哲学史大纲·序》）而其"证明的方法""扼要的手段"则被转化性地吸收,呈现在裁选史料的过程中。例如在论述清代小说时,陈受颐不仅重视作品与本国社会背景之间的相互影响,也辨析西方文化的影响,有意识地以同时期西方文艺作品作对比,增添了中西文化接触史的横向维度,对胡适的史学范式进行了扩展。而这种方式,同样渗透在陈著中有关文学现象、体裁、艺术等方面的比较研究。

需要指出的是,陈著自始至终英文名未变,但中文书名曾有三个版本。在胡、陈1959年、1961年的通信中,分别以《中国文学史稿》或《中国文学·历史导论》之名出现,但公开发行、流传至今的版本定名为《中国文学史略》。这个书名的选择颇有意味。1959年7月,胡适在美国夏威夷大学"东西方哲学家会议"上宣读论文《中国哲学里的科学精神和方法》。胡适认为若要了解东西方文化,必须要有一种"历史的方法"(a historical approach),即"东方人和西方人的知识、哲学、宗教活动上一切过去的差别都只是历史造成的,是地理、气候、经济、社会、政治,乃至个人经历等等因素所决定、所塑造雕琢成的。这种种因素,又都是可根据历史,用理性、用智慧,去研究、去了解的"。此时正是陈受颐完成初稿的时间。陈受颐最终选用《中国文学史略》(Chinese Literature: A Historical Introduction),意为"从历史的角度(或立场)来简略评介中国文学",因此与其他中国文学史的编撰不同之处也在此,不是纯粹按照文学发展的模式来介绍中国文学,而是文学的史学再现——"the historical representation of literature"。

五、陈著《中国文学史略》的学术价值

平心静气地说,如何来正确评价陈受颐的《中国文学史略》? 这部书在海外中国文学史的研究上应该居于何种地位? 为此,我们必须要将此书放在海外中国文学史的教学背景中来考察。

对于以英语为母语的美国高校学生来说,学习中国文学史面临的首个重要问题就是与西方文学语言的对峙和比较。所谓对峙,也就是以脱胎于表意文字的现代汉语汉字书面形式,与拼

音化的以希腊字母作为拼写方式的英语之间的对峙。很多中国学生认为是不言而喻的文学现象,在英语学生眼中则是不可理喻的异域现象:如汉字整齐排列的七言五言的唐诗,或以长短句为代表的宋词,甚或可以歌泣、可以传诵的元曲等等,英语学生都要经过很繁复的汉语声韵调的长期训练才能理解其形式与意义的统一性。此外,中国文学史从最早的甲骨文到刻写在竹简上的文字,以及由此而总结的六书造字法,或唐韵、广韵等声韵系统的演化,具有平仄规律的声韵结构,以及可以吟诵歌唱的诗词之间的关系等等,对于外籍学生来说无疑进入了一个完全陌生的文字世界、文学领域。更兼中国历史中的文学发展形式、流派与文学本身的发展脉络,以及外部环境变化如佛教的输入、西域风格以及其他不同民族的文化艺术等等,构成了中国文学史庞大的体系,不用说学习研究中国文学史对海外学生来说是一种挑战,它更是世界文学中一种最独特的代表东方文化的宝贵遗产。要用英语来阐明其中的脉络、历史和发展规律,确实是对写作者中英文能力的一种挑战。

这也是为什么在陈受颐之前,海外没有一位汉学家敢于编著一部真正的全本中国文学史,而陈受颐之后也没有一位专家能够单独撰写这样一部英语中国文学史的原因。这里的"真正的全本中国文学史"不是如早期西方汉学家用一种非常简略的方式翻译一些中国历代文学作品,串成一个年代纪事的文学过程,而是要有一种宏观历史的视角,并在作品和作家方面进行深度探索的文学文化史。

下面我将从五个方面来分析陈著在英语中国文学史研究中的意义。

(一)中国文学史的划分

陈受颐是一位史学家和中西文化比较研究专家,他来撰写中国文学史,体现出与专研文学史专家有别的另类视角和陈述方式。在这部文学史中,他并没有按照以往文学史家按部就班地依据中国各朝代的划分来进行文学史的阐述,而是按照各时代的文学思潮起伏来进行重点阐述。不可否认,后起的两部英语中国文学史《剑桥版中国文学史》和《哥伦比亚版中国文学史》也继承了这一特点。

此书的第一章，出人意料地将"最早的文字记录（The Earliest Record）"作为文学史的源起。这在中西方的中国文学史编撰上是较为少见的。陈受颐指出，在此之前，已经编有两部中国文学史，一部由翟理思教授撰写并在英国牛津大学出版（1901），另一部则是德国的汉学家顾儒伯于1902年出版（德文本）。在他们的文学史中，由于无法穷尽中国文学的真正起源，也即无法阐述汉字的最早发现和使用，而只能从孔子或管子开始讲中国文学。陈氏认为如果不掌握中国文字起源及其奥秘，就无法真正从独特的中国文字的特点上来研究和欣赏中国文学。陈氏在第一章中描述甲骨文在殷墟出土之后，印证了中国早期象形文字（包含了六种造字法即六书）为代表的汉字产生，并解释了用以祭祀、占卜以及随之而来的卦象语，这就使非汉语的学生了解到了中国文学的表现形式——方块字、一字一音，从最早的象形文字转化到后来大量的形声字。为此陈氏在书中用了唯一一张插图——早期汉字的象形、假借、形声三种最重要的功能和文字原型。按传统文字学的说法，汉字造字法有六书之说——象形、会意、形声、假借、指事、转注，其中主要是前四种。陈氏在书中列出三种，以简驭繁，对于海外学生了解中国文字起源已经足够。

为什么要在汉字的使用方面溯源？陈氏认为，甲骨文之后的中国诗词曲赋、散文小说、笔记歌颂等等，无不从独特的汉字的书写结构（文字学）、意义运用（训诂学）以及语言发音（音韵学）中产生它的意义、结构艺术和表现的美感。此为中国文学之源，故单立一章以示中国文学的别样性和独特性，非此无以了解中国文学之载体和源头。接着才在第二章"《诗经》"——中国最早的诗歌总集的诞生，阐明收录自西周初年至春秋中叶（约前11世纪—前6世纪）的诗歌305篇，自汉朝起儒家就将其奉为经典，后世遂称之为《诗经》，而正式使用《诗经》一名，最早在南宋初年。《诗经》内容丰富，反映了劳动与爱情、战争与徭役、压迫与反抗、风俗与婚姻、祭祖与宴会，甚至天象、地貌、动物、植等方方面面，是周代社会生活的一面镜子。该书的第三章"《论语》《道德经》"，作者虽是介绍中国史上最重要的两部经典，却暗含中国最早的两个哲学流派儒家与道家，分别以孔子和老子为代表。在第四章"《楚辞》"、第五章"儒家经典"中开始比较全面地介绍中国文学史上的重要代表书籍。至此可视为第一部分，也就是从文字开始过渡到中国文学史上富于代表性的作品——中国文学的源头。

出于史学家的习惯，陈受颐特列一章"秦文学"，与其说是谈秦的文学，不如说是让国外学生了解中国的历史。秦无文，为此，在此章中陈氏将《诗经》中的十首秦风来介绍一番，以便让学生了解兼并六国之后首次统一了中国的秦朝的文学。（由于这部文学史是为海外学生讲述中国文学史，陈受颐在讲到中国各代文学特征时，往往附加西方的"基督前后××年"来让西方学生对照掌握中国的文学年代。）在接下来的第八章"赋"中主要区别了前期的"诗"到汉代的"赋"概念之不同。在此章的结尾，点出了其时出现的承上启下之汉赋作家曹植，以此既作为汉赋的式微，也为后世的诗歌蓬勃发展起到了开启作用。在下一章"赋以外的汉文学"中，将枚乘、李陵、苏武等作为汉代文学的代表。在这种环境下，由民间歌曲催生了五言诗和杂言诗，即不拘句句之长短，达意而已。陈受颐特别注意将这个时期的民歌代表作《战城南》作为代表。中国历史上出现过很多无名氏的民歌，与官方拟定的用以教化的诗赋不同，因此陈受颐特别重视民间创作如何走进各个阶层。为此他再举一例——《孤儿行》，这是一首汉乐府诗歌，属《相和歌辞》，也是一首民歌。通过孤儿对自己悲苦命运和内心哀痛的诉述，真实有力地描绘了社会人情的冷漠与人们道德观念的扭曲，揭露了社会中人际信任基础解体后的黑暗与冷血，是一首具有强烈的人道主义感染力的优秀诗作。全诗语言浅俗质朴，句式长短不整，押韵较为自由，具有明显的口语型诗歌的特征。在书中全文引用，以见陈受颐的文学观：

孤儿生，孤子遇生，命独当苦。父母在时，乘坚车，驾驷马。父母已去，兄嫂令我行贾。南到九江，东到齐与鲁。腊月来归,不敢自言苦。头多虮虱,面目多尘。大兄言办饭,大嫂言视马。上高堂,行取殿下堂。孤儿泪下如雨。使我朝行汲,暮得水来归。手为错,足下无菲。怆怆履霜,中多蒺藜。拔断蒺藜肠月中,怆欲悲。泪下渫渫,清涕累累。冬无复襦,夏无单衣。居生不乐,不如早去,下从地下黄泉!春气动,草萌芽。三月蚕桑,六月收瓜。将是瓜车,来到还家。瓜车反覆,助我者少,啖瓜者多。愿还我蒂,兄与嫂严,独且怎归,当兴较计。

乱曰:里中一何诡诡,愿欲寄尺书,将与地下父母,兄嫂难与久居。

这种揭露人情冷暖的诗,在文学史中极少被采为例证。为加强民间文学在中国文学史上的地位,陈著还举了当时不少的民歌如《罗敷行》(又作《日出东南隅行》)、蔡文姬的《悲愤诗》(全诗引用)、《孔雀东南飞》等等。与一些官方色彩的文学史介绍此时期诗歌的目光往往聚焦于达官显贵作品相比,可见陈著对普罗文学之重视,既显示了陈受颐对于秦汉文学的看法,也是陈氏受胡适《白话文学史》影响之结果。

接下来的第十章"魏晋"、第十一章"中世纪文学"、第十二章"分裂的年代"着重叙述了魏晋南北朝期间文学由于社会动荡而达到了新的高潮,正合了清朝诗人赵翼所言:"国家不幸诗家兴,赋到沧桑句便工。"从唐代诗歌(第十三章)开始,陈著用大量的笔墨描写辉煌的中国诗歌艺术,特别强调其中最具中国特色的格律和意境。然后专门另辟一章"小说的曙光"(第十四章)来叙述中国讲故事的传统。而"文学改革"(the literary reform)即古文运动(第十五章)则将当时的古文之争,韩柳、三苏文章作为中国文章奠基者。陈氏引用胡适的一段话:"古文不但作了二千年中国民族教育自己子孙的工具,还作了二千年中国民族教育无数亚洲民族的工具。这件事业的伟大,在世界史上没有别的比例,只有希腊、罗马的古文化,靠着拉丁文作教育的工具,费了一千年的工夫,开化北欧的无数野蛮民族;只有这一件事可以说是同等的伟大。"(胡适《白话文学史》)此后的几章顺着这条伟大的文学道路前进，达到了辉煌的世纪：唐代的俗文学（敦煌发现的卷子）（第十六章）、五代文学（第十七章）、宋代散文（第十八章）、宋代诗词（第十九章）、词的黄金时代及蜕变和没落（第二十章、第二十一章）、辽金文学（第二十二章）、中国戏剧的诞生（第二十三章）、早期的白话小说（第二十四章）、从话本到小说（第二十五章）、明散文和诗（第二十六章）、明杂剧（第二十七章）、清代早期的诗（第二十八章）、清代早期的散文（第二十九章）、清小说（第三十章）、西方的影响（第三十一章）、文学革命（the literary revolution，第三十二章）终。

从上述的章节编排和重点论述，笔者认为，陈受颐的这部中国文学史为国外学生学习中国完整的文学起源和发展提供了全面的背景和文学资料。今天，当我们打开这部六十年前由华裔学者独立编撰的英文版文学史时，应当感到骄傲和自豪。至于学术史上"前修未密，后出转精"的例子则举不胜举，陈著自然也有值得商榷之处。作者如此不惜笔墨列出所有的章节，丝毫没有否定海外的其他中国文学史之意，主要是为中国文学史的编撰提供一种思路，即文学史也可以如此编而已。

（二）"中古文学"的概念

受到欧美汉学家攻讦的"中世纪文学"（我将之译为"中古文学"，以与西方的"中世纪"概念区分）一章是陈著最被质疑的一点，也恰是他讲述中国文学史最有创意的一部分。作为研究中外交流史专家的陈受颐，编著《中国文学史略》的第一步就是要将他的有关中外文化、文学交流的历史和研究成果融会进书稿中。中国文学并不只是在中华文明的土壤上成长成熟的一个封闭式结构，它在发展的过程中，接受了外来民族及域外文化的影响，逐渐形成了可以包容各种文学体裁和文学样式的中国文学。也就是说，在陈受颐看来，叙述中国文学的发展历史，要在世界文学发展的大范围中考察。更何况，这部文学史是用英语撰写，并且主要在英语国家的高校中传播中国文学，它的世界意义超过了文学史本身。因此陈受颐在编著这部书的一开始，就把其目光和思路放在世界范围中考察。这是海外中国文学史的重要开端。至今很少由海外中国文学史家来继续这个传统。

欧洲中世纪从公元5世纪后期持续到公元15世纪中期。"中世纪"(Medieval Ages 而非 Middle Ages)一词是15世纪后期的意大利人文主义者比昂多开始使用的。由于这个时期的欧洲没有一个强有力的政权来统治,造成了封建割据,且带来频繁的战争,以至于科技和生产力发展停滞,人民生活在毫无希望的痛苦中,因此中世纪或者中世纪早期在欧美普遍被称作"黑暗时代",传统上认为这是欧洲文明史上发展比较缓慢的时期。其名称"Medieval Ages"或"Dark Ages"(黑暗年代)即有蒙昧落后之意。(陈著第181页,下同)

陈受颐的《中国文学史略》一书中将这一时期的中国文学繁荣创作的年代称作"中古文学"(Medieval Literature),虽借用了"中世纪"之词,其用意却并非指中国的这些年代就完全等同于西方中世纪的黑暗蒙昧年代,相反他认为:"中国文学的中世纪与西方历史上的中世纪相反,是一个文学发展极为繁荣的时期。"借用"中世纪"一词只是为了让美国学生了解这个年代而已,也即相对应西方这个年代的中国,正处于公元318年开始的东晋、南北朝、隋唐时期,五代十国,宋朝,元朝,到元朝至明朝正德年初期。陈受颐的这一划分是建立在中国文学最繁荣和吸收海外文化而创立各种新文学样式的年代,他反复强调此与西方中世纪相反,中国的中世纪文学(中古文学)有着辉煌的成就,并在文化自信的基础上,吸收了中国的周边民族、印度文学、佛教文化中的思想和艺术,导致了很多新的文学样式的产生,其中包括了长短戏剧、说唱文学、小说等等。很难想象如果没有天苍苍、野茫茫的周边民族以及远隔高原的印度文化、佛教文学等的传入,中国文学会形成今天的硕果。他运用"中世纪"这个概念,特意提醒读者不要由于黑暗的欧洲中世纪而误会中国文学。在海陶玮的五个不同意中,认为陈受颐大错特错地把中世纪概念引到中国文学史中,那不是误解就是根本没有读懂陈受颐的原意。陈受颐认为佛教文化的输入,不仅以许多的造像、洞窟为其标志,大量的经书翻译如《心经》《无量寿经》《四十二章经》等,在深入中国知识层和一般百姓中之后,激发和改造了中土文学的形式和表现方法。作为一个擅长中西文化交流史研究的学者，陈受颐的本意认为文学必然会反映这种影响。这就是他用"中世纪"这个年代概念来进行中国文学的分期的创意，而这个分期符合中国文学发展的过程。

出于这一点考量，陈受颐关于中国文学发展的具体年代划分就与众不同。他将东晋（陈著此处笔误为"南晋"）建武元年（317）开始到初唐天宝年安禄山造反年（755）止作为中土文学繁荣、个性解放的第一个时期。第二个阶段则从755年到北宋的结束即1127年（靖康二年）。这个时期，中土文学样式从诗词曲赋到小说已渐成熟，佛教和印度文化的影响使中国文学呈现出了丰富、多元和更多的主题。从佛教故事到文学创作、民间说唱、说书讲经的形式，都根本上颠覆了原有的中国传统文学样式，其中最有代表性的如"变文""说唱"等等民俗文学，均大量采用佛教讲经的方式。

第三个文学变革时期从宋朝迁都（1127年）之后的一百年（1228年）到明朝的正德年间（1521年）。在这个时期，中国的文学进入了成熟阶段，不仅继承了唐诗、宋词、元曲、古文等大量的历朝文学遗产，更增加了大量介于知识层与民众的文学，散曲、诸宫调以及说书（讲史）、章回式的小说等等，大众接受文学的比例以前所未有的数量增长，活跃于市井酒栏间的通俗文学，正是佛教传播的一种方式。此后发展出现代意义的长篇小说、戏剧表演、曲艺弹唱等等，则与佛教的讲谈故事有着极其密切的关系。

请注意上述的三个年代划分并非以历史朝代为起始，而是陈受颐从文学作品和文学样式发展的过程来判断，也就是文学史的断代年代。因此就有了陈著中不同于传统文学史按照朝代来划分的规律，例如：海陶玮很不赞成这一划分并予以尖刻的批评，但没有说出理由。我认为这恰恰是陈受颐这部文学史中的创意。从文学史的编撰来看，陈受颐并没有完全按照历史的朝代变迁来划定文学的发展史，他尊重文学的发展规律，且照顾到了中国文学受到印度文学影响之后在精神、样式、想象力等方面的重大变化。例如海陶玮举出陈受颐书中的一段叙述，认为是错误的:"nor should we allow ourselves to be misled by the mere label 'medieval' which, in European history, has always suggested a long hibernation and recovery, if not quite complete darkness."(译文:我们不应该简单地被所谓"中世纪"的标签所误导,在欧洲历史上,它虽然总是暗示着漫长的冬眠和苏醒,但并不是完全黑暗的。)陈受颐认为,从文学的角度,划分中国的"中世纪"作为一个文学觉醒的年代,也就是个性获得某种程度解放的年代,是合适的。因此他在叙述魏晋南北朝时期的文学发展时,特意将东晋与西晋分开,把公元318年东晋大兴元年作为中国文学逐渐苏醒并具有个性化作品出现的开始。这一时期的文学样式和艺术的精细化得到前所未有的提升。尤其是摆脱了先秦两汉的意识形态,也即从政治到文学都要具有高尚、庄严、正统的说教意味,导致文学成为歌功颂德的工具。他认为汉大赋就充盈着这种功能。

元朝时期,统一的多民族国家进一步巩固,疆域超越历代。元朝商品经济和海外贸易较繁荣,且与各国外交往来频繁,各地派遣的使节、传教士、商旅等络绎不绝。在文化方面,出现了元曲等文化形式,更接近世俗文化,包括了吸收外来文化而逐渐形成的文学开放和活跃的阶段。中土佛教传播已经不仅聚焦于修建佛像洞窟、庄严庙宇,还大量引进外来的文化和文学作品,产生许多新的文学艺术样式。陈受颐指出印度佛教中的魔幻想象力,佛经的精义以及各种传说流传到中国,从很大程度上改变了中国文学的样式,催生了中国文学的浪漫主义想象力。如果没有佛教文化的传播,中国的文学发展可能会是另一种面貌。当然他也指出,这一"中世纪"概念不必误解成欧洲的中世纪,他认为这只是文学领域中的年代,不是西方中世纪宗教黑暗年代。因此我认为陈受颐此处的"中世纪"即可作为中国文学的"中古"时代。

无论如何,中世纪这个词是西方历史的一个相当重要的历史分类概念,中国的历史按照二十四史的序列,早已采用唐宋元明清之类的排序法。陈受颐认为应该从文学的发展过程突出这一阶段。在本书中,他除了按照历史的排序法对早期文学、《诗经》《论语》与《道德经》《楚辞》等进行年代排序之外,还穿插了文体、文类的排序法,如儒家经典、晚周哲学、文学改革、唐俗文学、词的黄金时代、词的衰变期、西方影响等等,最后以五四之后的文学革命结束。当然,他叙述中国的"中世纪文学"最引起西方学者的质疑,认为简单地将中世纪文学与中国从魏晋到元代这样的时间叙述相关联是出人意料的不适,其根本原因是西方学者对"中世纪"这个词语已经有了固化的认识,无法将这个概念与中国的魏晋文学、唐诗宋词、元杂剧等等样式联系起来。他们没有仔细读懂陈受颐的"中世纪文学"中的"文学"二字。

(三)俗文学的再发现

从历史眼光看,陈著在1961年正式出版之时,正是敦煌文学的研究进入了从单一研究敦煌文献历史价值,到深入研究其无可代替的文学和史学价值的阶段。

敦煌在中国汉唐时期是丝绸之路的重镇。光绪二十六年五月二十六日(1900年6月22日),道士王圆箓在清理第16窟时发现墙壁后面有一个密室,洞内满是各种佛教经卷等文物,总数量约5万余件。佛书占敦煌汉文文献的百分之九十左右,作品包括经、律、论、疏释、伪经、赞文、陀罗尼、发愿文、启请文、忏悔文、经藏目录等。敦煌写本发现后,1909年,罗振玉《敦煌石室书目及发现之原始》是敦煌文献(包括文学作品)著录介绍的先声。次年,王仁俊《敦煌石室真迹录》刊布敦煌文献30余篇,这是第一部敦煌文献的资料集,其中有数篇文学作品。王国维《敦煌发见唐朝之通俗诗及通俗小说》(1920)实为敦煌文学研究史上最早学术论文,该文已描述出敦煌学的大致畛域,具有发轫之功。1924年罗振玉《敦煌零拾》出版,使学人进一步了解到敦煌文献中的文学价值。该书收录了13种通俗文学写本,多为唐代诗词小说,可谓敦煌学史上第一部文学资料汇编。陈受颐在其《中国文学史略》一书中将上述研究成果以及他本人目睹的敦煌资料作综合研究,使他的《中国文学史略》具有了独一无二的地上资料与地下资料相结合的价值。

具体而言,上述敦煌史料为陈受颐写作此书第十六章——

"唐代的俗文学"(Tang Popular Literature)和第十七章"五代文学"(The Five Dynasties)提供了重要的资源。为写作这两章,陈氏申请了基金赴海外寻觅第一手史料。1958年,陈受颐获洛克菲勒基金会(Rockefeller Foundation)的一年资助,得以脱开教学工作专心著述。同时他又得到古根汉姆基金会(John Simon Guggenheim Memorial Foundation)资助,得以到法国国家图书馆和英国伦敦博物馆阅读了大量敦煌文献。作为史学家出身的文学史研究者,他是第一个将地上史料和地下史料相结合的文学史家,其研究成果集中体现在《中国文学史略》的唐五代讲唱文学和俗文学章节中。

敦煌藏经洞的发现是敦煌学界的重大事件,当时对于洞中文物究竟如何流落外邦,一直有不同的说法。50年代陈受颐在英法两国的博物馆目睹敦煌原始资料,他将这一经过写入书中,成为文学史中首次注意到地下文物的学者。斯坦因的自述 Serindia: Detailed Report of Explorations in Central Asia and Westernmost China(《塞林提亚:在中亚和中国西部地区的考察报告》,汉译为《斯坦因西域考古记》五卷本,1921年出版),陈述了斯坦因敦煌盗宝的因果,其中就有非常详尽的敦煌盗宝经过。在国内敦煌学研究中,斯坦因是到敦煌巧取大量画像和经卷的第一人,但从来没有学者指出斯坦因是受何人指使。在陈著中,明确指出当时是在匈牙利地理学会会长 L. de Loczey 的建议之下,匈牙利籍(后入英国籍)的考古学家斯坦因,时为印度考古调查学会(Indian Archaelogical Survey)成员,正在新疆等地考古,于1903年转道来到中国敦煌探宝,他此行的经费均为印度政府资助,项目为研究中国本土的印度佛教艺术。其人先是不得其门而入,后以巧言花语,以为千佛山大量塑像做功德,重振洞窟为由诱骗王道士带其进入藏经洞,取走大量珍贵文献史料。这份报告成为后来斯坦因给印度考古调查学会的结题报告。陈受颐从英法两国的博物馆中阅读了大量第一手资料,因此得以在这部《中国文学史略》中详细介绍了从藏经洞的发现,王道士如何拿一些画像和文字经书给当地官员,这些官员又如何用来巴结当时的甘肃学政叶昌炽(吴琦幸《叶昌炽与敦煌研究》，《兰州学刊》1985年第2期），而作为石刻学研究高手的叶氏，居然没有发现这批史料的价值，仅从画像之艺术、石刻之史料的方面予以高度赞扬，却未能赴藏经洞一探，使这批史料应该在叶昌炽任上可以重见天日的机缘错过，此为敦煌研究史上一大遗憾。以叶昌炽的功力和督察包含敦煌在内的甘肃学政的地位，如能实地考察藏经洞并保护起来，或许能够避免文物流落国外。这是叶氏本人后来都感到极大遗憾的事。1909年12月13日，他的日记中记载："午后张言如来携瞻鸣沙山石室秘录一册，即敦煌之千佛山莫高窟也。唐宋之家，所藏经籍碑版释氏经典文字无所不有。其精华大半为法人伯希和所得，置巴黎图书馆。英人亦得其零。中国收徒之吏熟视无睹。鄙人行部至酒泉，虽未出嘉峪关，相距不过千里，已闻石室发现事，亦得画像两轴，写经五卷，而竟不能罄其宝藏。猷轩奉使之为何？愧疚不暇而敢责人哉！"（《缘督庐日记抄》卷十三，第71页）文中所说画像两轴为绢画，一为地藏菩萨，一为水月观音，在叶氏身后流出。吾师周子美先生1930年在上海中国书店主人金颂清处获观，云每幅约半尺见方，土黄色绢布。叶氏家人售与中国书店约数百大洋，后闻金氏以五万元之高价售与一日本人。此卷今在市上偶见。至于叶氏所收之经卷，已不知流落何处矣。

陈受颐以极大篇幅的第一手资料，例证敦煌变文的内容及大量手卷，并从中推断出这是本世纪发现的最重要的第一手唐宋文献，其对后代文学的影响，集中地表现在说唱文学或曰讲唱文学中。陈受颐认为这些民间俗唱和讲谈手卷直接催发了中国戏剧的成熟。他认为，变文本身又可以分为佛曲、俗文和讲唱文，使长久处于庙堂之上的高雅艺术诗词曲赋渐渐失去其吸引力，民众活泼的想法、习俗、爱与恨都通过这种文学样式表达出来。他举例说如《维摩诘变文》中的《持世菩萨卷》和《降魔变文》，就是先用散文讲述故事，然后用原声歌唱。有的用散文作为引子，之后用唱来叙述故事，很像后来的弹词或戏曲中的念白与歌唱。陈受颐举例如《大目连乾冥间救母变文》，散文、韵文的交杂使用，成为一种混合的形式；又如《伍子胥变文》对中国讲唱文学的发展起了很大的作用。此外，有的变文杂以骈文的表达方式,如《维摩诘经变文》和《降魔变文》骈文的写作,色彩艳丽,情节生动,对中国此后的长篇小说创作很有影响。后世的《金瓶梅》《水浒传》《西游记》描写宫廷美女、市井勾栏或战争风云等,都会加进一些争奇斗艳的骈文,此均效法于敦煌出现的变文。此处仅以概括的方式摘录陈著中的长篇论述,英文原文见陈受颐《中国文学史略》第324页、325页。

(四)《秦妇吟》

对于西方学生来说,诗歌的中国形式是最难以掌握的。中国的方块字,一字一顿,一音一读,从而形成了独特的诗词韵律。而西方尤其是北美的英语学生,习惯了英语诗歌的自由体,以及在句尾的押韵形式。两个语言世界形成了两种审美的标准。同时要选择最富于代表性的诗词作为当时社会和历史的重大反映,这是文学史的功能。陈受颐在书中着重介绍了唐诗、宋词、汉赋、元曲这四大中国文学史上最负盛名的文学现象及历史影响。其中最有特点的是,他在第十七章"五代"中以极重的篇幅介绍了韦庄的长诗《秦妇吟》,是为这首诗翻案的最早、最重要的论述。关于这首长诗,自宋元明清千余年来,只有寥寥数十字的记载,即韦庄之后的孙光宪在其《北梦琐言》中所言:"蜀相韦庄应举时,遇黄寇犯阙,著《秦妇吟》一篇。内一联云:'内库烧为锦绣灰,天街踏尽公卿骨。'尔后公卿亦多垂讶,庄乃讳之。时人号'《秦妇吟》秀才'。他日撰家戒,内不许垂《秦妇吟》幛子,以此止谤,亦无及也。"

从此《秦妇吟》在历史上消失,竟无人知有《秦妇吟》一诗。近千年之后——公元1900年,王道士在敦煌鸣沙山石室中发现了许多古代写本书籍及文件,分送各位当地官员,后于1903年、1905年分别为英国人斯坦因、法国人伯希和取去一部分最重要的手写经卷(以伯希和获得的经卷价值更高)。经过整理,居然发现了几件《秦妇吟》不同年代的完整写本,使这部作品重现天日。最早的一篇是天复五年(905)张龟写本。此时韦庄还在世。另有贞明五年(919)安友盛写本,韦庄死后不久。可见当时《秦妇吟》知名度之高,已流播至辽远的西域边疆。后应中国学者的要求,这些写本由伯希和整理誊抄并寄回中国,中土研究敦煌的学者如罗振玉、王国维、陈寅恪、俞平伯等方得以读到这首失传了千年的作品。学者们首次了解到《秦妇吟》并非如传闻中的小品诗文,而是一部中国文学史上罕见的叙事长诗,共1666字,238句,比同时代的白居易《长恨歌》(840字)长出将近一倍,可称中国文学史上的鸿篇巨制。1936年陈寅恪曾发表《读〈秦妇吟〉》,1940年发表《韦庄〈秦妇吟〉校笺》,1950年又写有《〈秦妇吟〉校笺旧稿补正》。

直到陈受颐编撰《中国文学史略》,《秦妇吟》才获得海外学界的关注。为此,陈受颐在《中国文学史略》一书中专辟一章"五代文学",将此诗作为唐诗之殿军,后起的曲子词、宋词之前导,可见其对该诗的重视。陈受颐在书中详细叙述了此诗写作和消失的经过,进行了高度的赞扬和肯定。陈受颐指出,《秦妇吟》是一首"七言历史纪实诗",其叙事场景的转换有长安、三峰路、杨震关、新安东等地。全诗都通过一位经历了黄巢起义过程的妇女的描述,客观地写出这场造反引起的灾难。陈受颐的书中将《秦妇吟》整首诗分为两大部分,其前半部分146句,1022字,通过秦妇之口,详尽描述黄巢乱军攻占长安之后的惨状;后半部分92句,644字,写秦妇逃出长安、东奔洛阳,路上目睹黄巢之乱带给社会的灾难毁祸,到处是人民流离失所,生灵涂炭。该诗是中国诗史上第一次正面描写由于农民起义导致的全国性灾难,无情地控诉了黄巢农民起义带给当时的社会无以言状的惨状。具体而言,韦庄描写了黄巢占领长安时,由于部队纪律不严,人民遭受掳掠和奸淫的情况;同时谴责了关外许多节度使的拥兵自保,不肯出兵勤王,从而导致更大的人为灾难。虽然从全诗倾向性看来,韦庄两边都否定,但主要的一面还是在谴斥黄巢起义军,因此诗人借秦妇之口,称之为"贼"。尤以起义所造成的生灵涂炭、社会混乱、饿殍遍野等祸害,描绘得极为生动传神。这首诗在被禁之后,在中国文学史上仅留下两句脍炙人口的诗:"内库烧为锦绣灰,天街踏尽公卿骨!"而这两句诗在唐代即引起了公卿世族的不满,韦庄受到打击。此诗在当时已经公开传颂,韦庄在压力之下,居然不得已收回原本,并在家诫内特别嘱咐家人不许"垂《秦妇吟》幛子"。他去世后，弟弟韦蔼给其兄编定诗集时，最终未收此诗以致失传。

陈受颐在书中指出该诗在当时被百姓热捧，几乎成为当时最流行的一首诗。许多人家都将诗句刺在屏风、幛子上，"流于人间，疏于屏壁""冬寒夏热，入人肌骨，不可除去"。他引用了众多史料，如时人称韦庄是"《秦妇吟》秀才"，与"长恨歌主"白居易并称。此外，对于该诗的学术和艺术价值，陈受颐作了高度评价，将该诗的原文翻译成英语，在北美的大学课堂上，首次进行原汁原味的解读，使"《秦妇吟》秀才"韦庄的名字在海外中国文学史教学中登场，影响巨大。

客观地来说，《秦妇吟》无疑是中国诗史上最富才气、关注民生、鞭挞农民造反的长篇叙事诗之一。如上所述，长诗甫一诞生，民间就广有流传，后将其中的警句制用布幛悬挂。布幛，也称挽幛，是古人为悼念死者而送的一种成幅布制成的哀悼品，也称礼幛。百姓悬挂布幛是悼念韦庄诗中描写的"明朝晓至三峰路，百万人家无一户""千间仓兮万斯箱，黄巢过后犹残半"等惨状。由于其中尖锐鞭挞朝廷、讽刺官僚以及对农民运动的否定，遭到当政者不喜，从公元900年之后就渐渐消失，甚至成为禁诗，消失于中国诗史。一直到1903年外人斯坦因、伯希和之流在敦煌藏经洞的卷中发现此诗，彼时已过去九百多年。但在这首诗的故乡——中国官方出版的文学史上都杳无踪迹，没有收录此诗。不仅从抗战到建国之后的文学史均从缺，甚至在最近再版的号称最具有思想解放精神的复旦版《中国文学史新论》中也仅用了一段话来介绍此诗，原文却只字不提。唯施蛰存先生的《唐诗百话》中全文收录了此诗，并以当时通行的阶级论来予以评价："韦庄是封建贵族地主阶级知识分子，他对黄巢的农民起义，当然持反对态度。他在这首一千三百六十九字的叙事诗中，描写了黄巢占领长安时，由于部队纪律不严，人民遭受掳掠和奸淫的情况；但同时也谴责了关外许多节度使的拥兵自保，不肯出兵勤王。从全诗的倾向性看来，韦庄是两边都否定的。但主要的一面，还是在谴斥黄巢起义军，所以他称之为'贼'。"

除此客观介绍之外，施先生还是中国大陆第一位为《秦妇吟》翻案的学者,他在文中指出:"解放以来,《秦妇吟》被目为反动诗,从来没有人选读。如果把抗日战争以后十多年的动乱时期一起算进去,这首诗又已失传了五十年,今天要找一个印本也不容易了。长篇叙事诗,在中国诗坛上历来就不多,《孔雀东南飞》以后,名篇屈指可数。作为唐代篇幅最长的叙事诗,《秦妇吟》应当有它的文学史地位。再说,《秦妇吟》的思想性虽然属于反动的一类,但这是作者阶级意识的客观反映。作者的态度只是反映现实,而没有意识到诅咒农民起义的革命行动。中国历史上有好几次农民革命行动,多数是由于军纪不好,在打倒封建统治阶级以前,先骚扰了人民,非但没有取得人民的拥护,反而使人民成为他们的敌人。黄巢起义的革命意义,我们应当予以肯定,但也不必连带地肯定他的部队对人民的骚扰和迫害。如果从以上几个角度来评价,我以为《秦妇吟》还不应当受到'反革命分子'的处分。为了免得它再度失传一千年,所以我把《秦妇吟》作为韦庄的代表作来讲解。"上述有关《秦妇吟》的文章在施蛰存《唐诗百话·九三韦庄:秦妇吟》中可见,这可以说是自陈受颐之后对《秦妇吟》最新的全面评价。当今的文学史家尚未突破既定的思维方式。

从生活在国内的施蛰存到海外的陈受颐,都能够站在时代的高度,从客观的角度评价《秦妇吟》为中国最伟大的纪实诗,其反映的激烈社会矛盾,在百姓的颠沛流离、特权阶层的骄奢淫逸中展示了一幅无可比拟的画卷,是世界文学史上少见的杰作。陈受颐虽在书中没有从所谓的地主阶级出身之类的阶级分析观点出发,却就此诗从纪实文学(诗歌)的角度,对其反映社会矛盾和黑暗现实的意义进行了高度的赞扬,他认为在此之前中国文学没有一首如此深刻的纪实诗歌,韦诗与杜诗一道开创了中国诗歌批判现实主义的新途径。这与中土文学界以《长恨歌》《琵琶行》来树立长篇诗歌创作的出发点和品味均不一致。值得重视的是,陈受颐在美国课堂上撇开意识形态来教学这首诗的意义,让海外学生更加深刻地了解中国历史和社会,但它的意义早已经超出文学之上。从文学方面来说,《秦妇吟》无疑是中国文学史上最具有现实意义的诗史,置于著名的三唐歌行中毫不逊色，在反映社会颠沛流离的现实感方面更胜"三吏""三别"，其艺术价值不输《长恨歌》《琵琶行》。陈寅恪先生曾誉此诗是端己（韦庄字）"平生之杰作，古今之至文"；俞平伯先生称道："不仅超出韦庄《浣花集》中所有的诗，在三唐歌行中亦为不二之作。"而陈著认为该诗在鞭挞社会现实方面的意义更大。该诗借秦妇之口叙述黄巢农民军攻占长安以后三年的社会生活状态，从皇帝仓皇出逃，百姓慌乱被杀，巢军残忍粗鄙，到社会衰败，民生凋敝，以及官暴勾结，残害生灵。全诗结构严密，层次分明，行文流畅，辞藻警丽，无论是反映社会现实的深刻抑或是艺术创作的精美，都达到了相当的高度。可见此诗在中国历朝历代被遮蔽的现实背后，是其强烈的批判甚至是鞭挞黑暗社会的力量。

（五）文学形式与内涵

在传统的中国文学史教学中，教科书或任课教授一般都是将文学史的脉络和各时代、各诗人及各流派串联进行介绍。讲授方式通常都是对历史上已有定论的不同时代的代表作进行分析，很少用现代的比较文学或比较文化的方式来讲中国文学史。

作为世界文学发展中重要的一脉，中国文学在与其他民族的文学交流中，必定会互相影响、互相渗透，从而发展出新的流派和风格。唐代的流派纷呈，诗人林立，除了从现实主义到浪漫主义，还有很多个人的风格，这些风格构成了唐诗百派，从今天的眼光来看，其中有些流派和风格符合现代主义的标准。陈受颐在美国讲授中国文学史，就常常用比较文学的方法讲解中国文学，并将一些现代流派用来解释中国文学发展的不同风格。例如，杜甫在中国文学史上一向被视为伟大的现实主义作家、诗人。但一个人的文学风格常常并不是一成不变的，在不同的时代和不同的题材中，尤其是在诗人不同的年龄段都会进行创造性的变化和转移。陈受颐对杜甫诗作有过非常精深的研究，他举出文学史上现实主义伟大作品《北征》《丽人行》以及耳熟能详的"三吏""三别"，认为这是"诗史"。

同时他又举出杜甫晚年的两首小诗《绝句二首》进行西方现代派视角的解析：

其一

　　迟日江山丽,春风花草香。
　　泥融飞燕子,沙暖睡鸳鸯。

其二

　　两个黄鹂鸣翠柳,一行白鹭上青天。
　　窗含西岭千秋雪,门泊东吴万里船。

陈受颐认为从现代眼光来看,这两首诗属于印象派小诗。这在60年代的中国文学史中闻所未闻,恐怕至今尚无人可以做出这样的论断。作为一种19世纪末叶创立的画派,印象派注重于色彩的敏感度,着重于描绘自然的刹那景象,使一瞬间成为永恒,并将这种表现方法运用到绘画中,因此印象派观察美的事物不是靠外观,而是直接有着主观的色彩感受,滤去事物的外形,将最令人感动的一刹那表现出来。这种微妙地表现色彩变化的画风,影响到后来的现代艺术。用一句话来说就是脱离了传统的纪实以及对历史和现实的依赖,大胆地抛弃了传统的创作观念和公式,将焦点转移到纯粹的视觉感受形式上,作品的内容和主题变得不再重要,而重在表现内心情感。陈氏分析这两首诗的写作就有这种风格。他认为在第一首诗中,杜甫忽视任何场景的具体性,而聚焦于自然界中一刹那之间的色彩——金色的夕阳、壮宏的江山、悠悠香味的花草、黄黑色的软泥与穿梭其间的黑色精灵、斑斓的鸳鸯、温暖深黄的沙滩等,构成了一幅明灭闪烁的画面。这里没有任何杜甫诗的现实关怀,只有色彩在变化着。陈氏认为第二首更是如此,不仅上续第一首的色彩,更是将声音的灵巧美和飞翔的动作融化在一瞬间——黄鹂、翠柳、白鹭、青天、窗含的白雪,而这一切与可停可航的船系连着:动中有静,静中却又有暗动的潜在可能。说是画,比画又更胜一等,仿佛从中可以嗅到自然的气息。语言着重于描绘自然的刹那景象,使一瞬间成为永恒,莫此为甚。

　　本文的结束,将顺延着《中国文学史略》作者的思路,从印象派作品的思路转到陈受颐本人的愁思——四首李煜的词。在第十七章中，陈受颐主要介绍了五代时期诗词之间的转换。诗以韦庄《秦妇吟》为例，而词则选李煜的五首亡国词，写尽家国之恨，感慨既深，词益悲壮。与《花间词》缕金刻翠、堆砌华丽辞藻的作风迥然不同，这五首堪称泣尽以血的绝唱，使亡国之君成为千古词坛的"南面王"。这些后期词作，凄凉悲壮，意境深远，为世界文学增添了一道亮丽的光芒。

破阵子·四十年来家国

四十年来家国，三千里地山河。凤阁龙楼连霄汉，玉树琼枝作烟萝。几曾识干戈？

一旦归为臣虏，沈腰潘鬓消磨。最是仓皇辞庙日，教坊犹奏别离歌。挥泪对宫娥。

虞美人·春花秋月何时了

春花秋月何时了，往事知多少。小楼昨夜又东风，故国不堪回首月明中。

雕栏玉砌应犹在，只是朱颜改。问君能有几多愁，恰似一江春水向东流。

浪淘沙·帘外雨潺潺

帘外雨潺潺，春意阑珊。罗衾不耐五更寒，梦里不知身是客，一晌贪欢。

独自莫凭栏，无限江山，别时容易见时难。流水落花春去也，天上人间。

相见欢·无言独上高楼

无言独上西楼，月如钩。寂寞梧桐深院锁清秋。

剪不断，理还乱，是离愁。别是一般滋味在心头。

相见欢·林花谢了春红

林花谢了春红，太匆匆。无奈朝来寒雨晚来风。

胭脂泪,相留醉,几时重。自是人生长恨水长东。

联想到陈受颐自1936年到美国研究访学,1937年回国述职,因抗日战争起而不得不在当年又回美国,从此飘零异国他乡,以一个大名鼎鼎的北大史学系主任而执教于加州西部高校的大学课程,到写作本书时已经客居他乡廿五载,其孤独无力之感不言而喻。在这部文学史中,连续引用同一个作者同一个题材的五首小词,已打破了他撰写这部文学史的体例,其中"别有一番滋味在心头"。其间他除了到过台湾讲学一次之外,直到1979年病逝于美国克莱蒙大学校园旁的故居,再也未能回故国一看。

最后,以陈受颐《中国文学史略》中《虞美人》词(英文)作结:

Beauty Yü

Spring flowers, Autumn moon, come and go ——
When will they know an end?
What memories crowd into my mind?
As last night the East Wind stole once again into my garret,
and the moonlight brought with it wistful thoughts of home.

Carved balustrades-marble stairs
surely they remain there still,
But alas! The bloom of youth must have faded.
How much sadness, you ask, is harbored in my breast?
Even as the swollen rivers in spring flowing toward the East.

2022年4月5日于洛杉矶白庐,2023年1月29日修改

盛德清风

横山弘先生与魏晋隋唐文学研究

□ 郝润华

横山弘先生(1938—2022)于2022年10月16日仙逝,闻此噩耗,国内许多与其相识的学者都以悲痛的心情加以悼念。笔者曾有幸赴日师从横山先生学习过,受其恩惠,加之一直从事唐代文学研究,承蒙《唐代文学研究年鉴》相邀,在此将横山先生有关魏晋隋唐文学研究的相关情况做一个简要论述,借以表达我对横山先生及其治学精神的深深敬意。

1938年4月,横山弘先生出生于日本北海道,1958年春考入京都大学文学部,师从吉川幸次郎、小川环树、平冈武夫、清水茂等著名学者学习中国文学。毕业后先后任教于天理大学、大阪女子大学、奈良女子大学等,退休前为奈良女子大学教授。著有《朝鲜整版寒山诗集整理》《〈文选集注〉研究论著目录》等,参与编撰《中国文学岁时记》《汉诗岁时记》《汉魏六朝唐宋散文选》《李义山七绝集释稿》《李义山七律集释稿》《新潮世界文学小辞典》等著作。横山弘先生20世纪80年代初、90年代初曾多次在中国南京、北京进修访学,与中国学者顾廷龙、钱锺书、周祖谟、程千帆、孙望、钱仲联、周勋初、莫砺锋、董乃斌等先生均有交往。其对中国的访日学者、留学生多有学业与生活上的关照,是中国学者的益友与良师。横山弘先生酷爱中国传统文化,毕生致力于中国古典文学的教学与研究,他的研究领域颇广,从先秦诗文到明清小说甚至近代文学以及天理图书馆所藏汉籍均有涉猎,尤其在魏晋隋唐文学研究方面颇有建树。

一、相关学术活动与交游

　　横山先生精通中文，主要研治中古文学。在条件允许的情况下，他尽量前来中国参加国内高校和文化机构举办的六朝文学与唐代文学相关国际会议以及受邀学术讲座，据我所知的就有几次。如1990年秋，参加在南京大学中文系举办的中国唐代文学学会第五届年会暨唐代文学国际学术讨论会，提交论文《奈良平城宫遗址新出土一首唐代诗歌》，并作大会发言。1993年7月，应中国唐代文学学会邀请，参加在浙江省新昌县举办的"唐诗之路论证会"。1995年11月，参加南京大学中文系举办的首届魏晋南北朝文学国际学术研讨会。2000年8月，参加在长春师范学院举办的第四届文选学国际学术研讨会，并作《旧钞本〈文选集注〉传存（流传）概略》的大会报告。2008年11月，受邀为武汉大学师生做以《正仓院与唐代文化》为题的学术报告，对奈良正仓院珍藏唐代文物的学术价值进行了深入解读。横山先生参加过的国内学术活动还有很多，限于篇幅，不一一介绍。参加学术会议的目的之一是结交朋友，通过参会横山先生结交了不少中国学者。

　　近代以来的日本汉学家尤其是"京都学派"学者具有与中国学者交往的良好传统，如狩野直喜与王国维、罗振玉等，吉川幸次郎与杨锺义、马裕藻等，受老一辈汉学家影响，横山先生也非常乐意与中国学者交友。横山先生于1981年到南京大学做访问学者，联系导师是程千帆先生与周勋初先生，由此与南京大学结缘。在南京访学期间，在程千帆先生引荐下，横山先生于1981年、1985年两次拜访孙望先生，相谈甚欢，后撰有《我与〈元次山年谱〉的作者》（竺祖慈译，载江苏《文教资料》1996年第3期。原文《怀念孙望先生》，载奈良女子大学文学部中国语中国文学研究室《橘颂》第3号，1992年3月）一文，深情追忆与孙望先生的交游过程，并对孙先生的去世感到悲痛与惋惜。在横山先生与周勋初师的共同努力下，南京大学与奈良女子大学结为友好学校，并开展互派博士生交换留学项目，1997年到1998年笔者有幸在奈良女子大学留学，横山先生当时为博士生所开课程是"《杜诗详注》研读"。在课堂上，他一边结合程千帆先生有关杜诗的研究论文，一边引导学生细读杜诗。其中一篇便是《少陵先生文心论》，此文是程先生的本科毕业论文，用半文言文撰写，横山先生边读边讲，讲解十分细致，并让学生讨论学习心得。在课下聊天时他也会经常讲起程千帆先生对他学术的影响。

1994年8月，周勋初师受横山先生之邀作为奈良女子大学特聘教授赴日讲学，在横山先生的积极奔走与大力协助下，勋初师将天理图书馆所藏《文选集注》以及日本其他图书馆所藏该书残卷与残片复制带回国内，后交由上海古籍出版社，以《唐钞文选集注》的书名影印出版，为国内《文选》学研究增添了新的、重要的珍贵文献材料。勋初师后在《长期积累，一朝奏功——我为什么能看上〈文选集注〉〈册府元龟〉这两本冷门书》与《孤掌难鸣，得道多助——感谢学术旅途中的一些同道》（《艰辛与欢乐相随：周勋初治学经验谈》，凤凰出版社2016年）二文中对《文选集注》的访书、复制、出版过程有所详述，文中对横山先生及其弟子的帮助表示了诚挚谢意。

日本奈良县的天理图书馆收藏有汉籍两万多种，在日本各大图书馆中都是屈指可数，因此经常有中国学者前去访书或查阅资料。横山先生于京都大学毕业后在天理大学工作过，与该馆研究员金子和政先生相熟，仅我在日本读书的一年时间里，横山先生接待过的中国学者就有五六位，包括孙昌武、卢盛江、罗时进等先生，每次横山先生都是亲自陪同查书，每次查书结束都会在奈良最好的餐厅请客餐叙。

二、横山弘先生魏晋隋唐文学著述简目

此目录据《横山弘教授业绩目录》选录，笔者翻译，原文载日本《奈良女子大学文学部研究年报》第45号。奈良女子大学大平幸代教授提供原文与相关论文，特此致谢！根据奈良女子大学文学部的统计，笔者将横山弘先生有关六朝文学与唐代文学研究主要著作与论文成果目录列举如下：

（一）著作

1.《汉魏六朝唐宋散文选》(《中国古典文学体系》第 23 辑），合著，伊藤正文、一海知义编，平凡社 1970 年 10 月；

2.《唐代诗人的传记》，合著，小川环树编，大修馆书店 1975 年 10 月；

3.《朝鲜整版寒山诗集（附校勘记）》，独著，奈良女子大学、苏州大学共同研究项目"寒山诗综合研究"班 2001 年 3 月。

（二）参与辞典编写

1.《新潮世界文学小辞典》，新潮社 1966 年 5 月；
（撰写"何逊""颜之推""谢朓""徐陵""任昉""沈约""庾信"等各条）

2.《新潮世界文学小辞典》（增订本），新潮社 1990 年 4 月。
（撰写"何逊""颜之推""谢朓""徐陵""任昉""沈约""庾信"等各条）

（三）学术论文

1.《陆庾连珠小考》，独著，京都大学文学部《中国文学报》第 22 册，1968 年 4 月；

2.《庾开府传论稿（一）》，独著，《天理大学学报》第 65 辑，1970 年 3 月；

3.《萧子显〈南齐书〉文学传论试笺（一）》，独著，《天理大学学报》第 78 辑，1972 年 3 月；

4.《萧子显〈南齐书〉文学传论试笺（二）》，独著，《天理大学学报》第 81 辑，1972 年 9 月；

5.《萧子显〈南齐书〉文学传论试笺（三）》，独著，《天理大学学报》第 90 辑，1974 年 3 月；

6.《张说〈谏避暑三阳宫疏〉校笺》，独著，天理大学国语国文学会《山边道》第 18 号，1974 年 3 月；

7.《李义山七绝集释稿（二）》，合著，京都大学人文科学研究所《东方学报》京都第 51 册，1979 年 3 月；

8.《李义山七律集释稿(二)》,合著,京都大学人文科学研究所《东方学报》京都第54册,1982年3月;

9.《李义山七律集释稿(三)》,合著,京都大学人文科学研究所《东方学报》京都第56册,1984年3月;

10.《李义山七律集释稿(四)》,合著,京都大学人文科学研究所《东方学报》京都第57册,1985年3月;

11.《李义山七律集释稿(五)》,合著,京都大学人文科学研究所《东方学报》京都第58册,1986年3月;

12.《李义山七律集释稿(六)》,合著,京都大学人文科学研究所《东方学报》京都第60册,1988年3月;

13.《李义山七律集释稿(九)》,合著,京都大学人文科学研究所《东方学报》京都第68册,1996年3月;

14.《〈先秦汉魏晋南北朝诗〉谢灵运部分补遗》,独著,大阪女子大学《女子大文学》(国文篇)第36号,1985年3月;

15.《〈先秦汉魏晋南北朝诗〉北周庾信部分补遗》,独著,大阪女子大学《女子大文学》(国文篇)第37号,1986年3月;

16.《关于奈良平城宫新出土的一首佚诗》,独著,奈良女子大学人间文化研究科《国际交流和日本》(特定研究"国际交流中的日本"报告书),1990年3月;

17.《奈良平城宫遗址新出土一首唐代诗歌》,独著,中国唐代文学学会、西北大学中文系、广西师范大学主编《唐代文学研究》第3辑,广西师范大学出版社1992年8月;

18.《〈文选集注〉研究论著目录(1856—1997)》,独著,奈良女子大学人间文化研究科《人间文化研究科年报》第13号,1998年3月;

19.《〈文选集注〉研究论著目录(1856—1999)》,独著,《唐钞文选集注汇存》(三),上海古籍出版社2000年7月;

20.《旧钞本〈文选集注〉传存(流传)概略》,独著,《〈昭明文选〉与中国传统文化——第四届文选学国际学术研讨会论文集》,吉林文史出版社2001年6月;

21.《建构寒山文化研究的学术之厦——兼论项楚〈寒山诗注〉的研究成就》,横山弘、罗时进合著,奈良女子大学《人间文化研究科年报》第17号，2002年3月；

22.《庾信的文学》，日本中国学会第17回大会报告（冈山大学），1965年10月。

以上统计列举不一定完备，但可从中一窥横山先生的研究领域与研究方法。

三、横山弘先生的魏晋隋唐文学研究

横山弘先生受学于京都大学吉川幸次郎、小川环树等汉学家。吉川幸次郎在六朝与唐代文学研究方面的成果有《中国诗史》《唐代的诗与散文》《新唐诗选》《杜甫笔记》《杜甫私记》《读杜札记》等。小川环树则有《中国小说史研究》《唐诗概说》《唐代的诗人》《风与云：中国诗文论集》《唐诗选》等著作。受到前辈老师的影响，横山先生从年轻时即开始在六朝与唐代文学方面表现出研究兴趣，并在以后的研究中取得了重要成就。

横山先生首先在魏晋隋唐作家作品整理方面颇有代表性论著。如，《萧子显〈南齐书〉文学传论试笺》对《南齐书》中的文学传论做出详细笺证。又如，《朝鲜整版寒山诗集（附校勘记）》是对朝鲜整版《寒山诗集》的校点整理，此书出版后将是《寒山诗集》朝鲜本的最新整理本，便于学者研究利用。再如，《李义山七律集释稿》（合著）一书是日本关西地区的主要汉学家集体完成的一部著作，参加者有荒井健、松尾良树、西村富美子、松冈秀明、横山弘、深泽一幸、森濑寿三、松田佳子、茂木信之、川合康三、中原健二、井波陵一、矢渊孝良等，共选录李商隐七言律诗100首，横山先生完成了其中6首诗的集注和诠解，广征博引，在汇集中日新旧注释的基础上也提出了自己的不少诠解意见。

在六朝文学研究方面，除了对庾信、陆机、谢灵运等作家及其作品有所深入考察外，横山先生对《文选集注》写本的流传、存藏、学术史等问题也展开深入探讨。《〈旧钞本〈文选集注〉传存（流传）概略〉》在唐代作家作品相关研究方面有两篇文章值得关注，一篇是《奈良平城宫遗址新出土一首唐代诗歌》，另一篇是《张说〈谏避暑三阳宫疏〉校笺》。前者是对1989年在奈良平城

宫遗址发现的一首七言绝句的研究，诗云："山东山南落叶锦，岩上岩下白云深。独对他乡菊花酒，破泪惭慰失侣心。"此诗写在一条木简上，并无时代、作者姓名，横山先生首先分析此诗格律（押韵、平仄）等，又将其与初唐王勃、卢照邻诗以及同时期日本人的汉诗从题材、风格方面进行比较，认为此诗作者与抄写者应该为奈良时代初期的日本人。通过研究指出："这次发现的木简诗的风格已摆脱了六朝形式主义的风貌，向唐代绝句特有的抒情性转变。像王勃《蜀中九日》诗那样，并不着力，意境浑朴自然，可耐玩味。这一现象说明，中国唐代诗风相当迅速地在日本流传开了。这将在日中两国文化交流史上具有相当重要的意义。"后者则是横山先生对一篇唐文的研究。张说《谏避暑三阳宫疏》一文，传世有多种版本，但文字都不甚理想，横山先生以"百衲本廿四史"中景宋绍兴刊本《旧唐书·张说传》所引为底本，结合《文苑英华》《册府元龟》《新唐书·张说传》《唐会要》等文献之早期版本或权威版本以及清编《全唐文》进行校勘，发现其中不少异文。如：

池亭奇巧，诱掖上心。削峦起观，竭流涨海。俯贯地脉，仰出云路。易山川之气，夺农桑之土。延木石，运斧斤。山谷连声，春夏不辍。劝陛下作此者，岂正人耶。《诗》云："人亦劳止，汔可小康。"此不可止之理三也。

笺云："池亭"，《册府》《新唐书》同，《文苑》作"造设"，《文苑·校记》："后篇作池台，唐书作池亭。"《管子·治国篇》："止奇巧而利农事。""诱掖"，《文苑》《册府》同，《新唐书》作"荡诱"。"削峦起观"，《册府》《新唐书》同，《文苑》作"凿山疏观"，《文苑·校记》："后篇、唐书，削峦起观。""竭"，《文苑》《册府》同，《新唐书》从土。"贯"，《文苑·校记》："集作穿。"鲍照《登庐山诗》（《艺文类聚》卷七"山上部·庐山"）："洞涧窥地脉，竦树隐天经。"《吴地记》（《学津讨原》第七集收）："包山下有洞庭穴，潜行水底无所不通，号为地脉。""路"，《文苑·校记》："集作端。"《庄子·徐无鬼篇》："匠石运斤成风。"《书·冏命》："其侍御仆从，莫匪正人。"

"耶",《册府》同,《文苑》《新唐书》作"邪"。"人亦",即"民亦",唐避讳耳。《诗·大雅·民劳》:"民亦劳止,汔可小康。"

通过广征异本细致对勘,笺证考订,判别是非,指陈讹误,为读者呈现出一篇权威的唐文,同时指出《文苑英华》《册府元龟》《新唐书》《唐会要》等文献迻录唐文的一些特点。

根据对近代以来的日本学者对中国文史研究的长期考察总结,国内学界已经发现,日本学者治学有三大特点:一是研究领域宽广,古今打通,平生学术研究并不局限于一个时代或一位作家或一部文献,因此很难界定某位日本学者是×××研究专家;二是在研究方法和思路上,十分注重从文献资料的考订整理入手;三是肯对文本作细致解读,喜欢在微观问题上深耕细作,以小见大。从以上论述基本可以证明横山先生的学术研究极其符合以上三个特点,后面两点前文已有论述。在研究视域方面,仅从日本《奈良女子大学文学部研究年报》第45号公布的《横山弘教授业绩目录》即可以看出,横山先生不仅对六朝和唐代文学有研究,对宋代文学、明清文学以及日本天理图书馆所藏珍稀汉籍也颇有研究,比如他对宋代《岁时杂咏》以及明清小说《隋唐志传》《三遂平妖传》(后者系天理图书馆藏本)的探讨,就引起中日有关学者的关注。因此,这里所谈的六朝与唐代文学只是横山先生研究领域的一部分,对先生其他研究领域的考察还有待中日学界陆续开展。

横山先生工作过的奈良女子大学位于古都奈良的东大寺附近,离唐代鉴真和尚创建的唐招提寺也不远,记叙鉴真和尚的《唐大和上东征传》中有一段话:

大和上答曰:"……又闻日本国长屋王崇敬佛法,造千袈裟,来施此国大德、众僧;其袈裟缘上绣着四句,曰:'山川异域,风月同天,寄诸佛子,共结来缘。'以此思量,诚是佛法兴隆,有缘之国也。"

中日人民结缘乃至友好往来已有一千多年,中日文化交流也源远流长,我们与横山先生的相识相知是一种缘分,横山先生因喜爱中国文化而研究中国古典文学,更是一种缘分。横山先生离开我们已经数月有余,由于笔者日语水平有限,以上总结只是略作客观论述,未必深入全面,唯以此文表达我对先生永远的追悼与怀念!

（本文为2020年度国家社科基金重大项目"日本天理图书馆藏汉籍调查编目、珍本复制与整理研究"阶段性成果〔批准号：20&ZD276〕）

索引目录

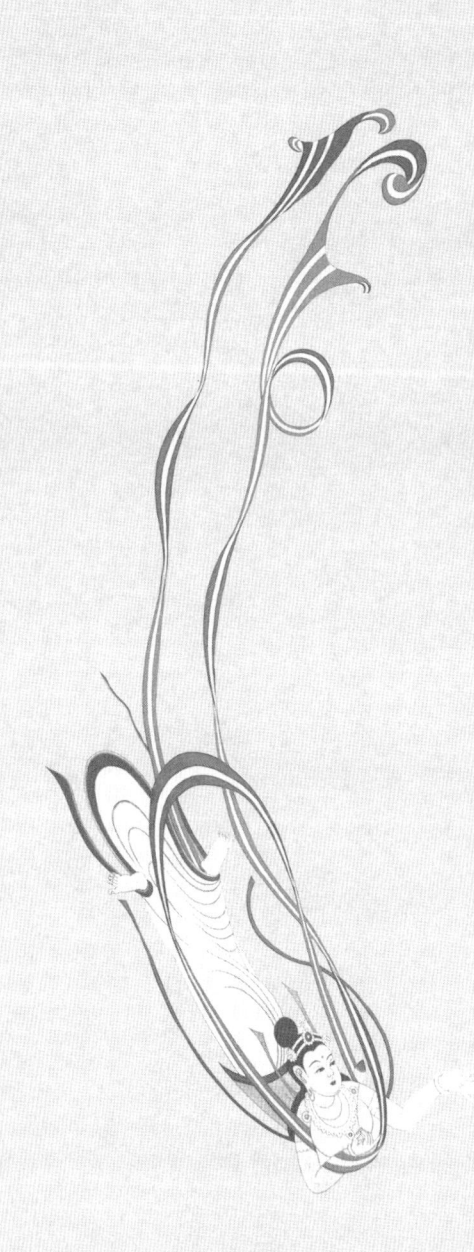

2022年唐代文学研究专著索引

□ 李青杉

茶的味道:唐代茶诗新解	杨多杰著	中华书局	2022.1
大唐气象:唐代审美意识研究	陈望衡、范明华等著	江苏人民出版社	2022.1
余恕诚唐诗研究论集	余恕诚著	安徽师范大学出版社	2022.1
湖湘唐诗之路视野下的柳宗元研究集成	杨再喜、吕国康编著	中国书籍出版社	2022.1
白居易:与君约略说杭州	司马一民著	浙江教育出版社	2022.1
宇文所安的唐诗英译及唐诗史书写研究	高超著	中国社会科学出版社	2022.1
杜甫历史文献汇编(金元明卷)	冀勤编著	巴蜀书社	2022.1
唐代女道士的生命之旅	贾晋华著	社会科学文献出版社	2022.1
杜甫:超越忧愁的诗人	(日)兴膳宏著 杨维公译	生活·读书·新知三联书店	2022.1
月在沃洲山上:浙东唐诗之路故事集锦	娄国耀著	中国书籍出版社	2022.2
大兴说唐诗	曾大兴著	河北人民出版社	2022.2
新修增订注释全唐诗	陈铁民、彭庆生主编	黄山书社	2022.2
唐诗中的家风家训	王士祥著	大象出版社	2022.3
唐诗甄品	王志清著	河北人民出版社	2022.3
韩愈故里辨析	梁永照著	河南大学出版社	2022.3
浙东唐诗之路学术文化编年史	李招红编著	中华书局	2022.3
唐诗三百年:诗人及其诗歌创作	黄天骥著	东方出版中心	2022.3
东亚唐诗学研究论集(第二辑)	查清华主编	上海辞书出版社	2022.3

书名	作者	出版社	时间
三家评注李长吉歌诗	(清)王琦等评注 蒋凡校点	上海古籍出版社	2022.3
天地沙鸥:杜甫的人生地理	聂作平著	中州古籍出版社	2022.4
唐代文学的文化视野	杜晓勤著	中华书局	2022.4
明代唐诗选本与诗歌批评	孙欣欣著	中华书局	2022.4
王维诗集笺注(第三版)	杨文生编著	四川人民出版社	2022.4
王维诗品汇	陈顺智、徐永丽著	湖北辞书出版社	2022.4
唐五代词赏析	王建忠主编	商务印书馆	2022.5
刘学锴讲李商隐	刘学锴著	中州古籍出版社	2022.6
敦煌变文叙事研究	程洁著	中国书籍出版社	2022.6
融通与建构:《唐声诗》研究	张之为著	社会科学文献出版社	2022.6
重订中晚唐诗主客图校注	(清)李怀民编撰 徐礼节校注	黄山书社	2022.6
文心见园:唐宋园林散文研究	李小奇著	九州出版社	2022.6
宋本李太白文集		国家图书馆出版社	2022.6
唐代文学研究(第二十一辑)	李浩主编	社会科学文献出版社	2022.7
李杜韩柳的文学世界	李芳民著	中华书局	2022.7
浙东唐诗之路唐诗全编	卢盛江编撰	中华书局	2022.7
《唐诗别裁集》与唐诗经典化	王宏林著	中华书局	2022.7
杜诗诗体学研究	韩成武著	九州出版社	2022.7
重订元次山年谱	肖献军著	中国社会科学出版社	2022.7
世界文学经典重构:王维诗歌在英语世界的译介研究	曹培会著	对外经济贸易大学出版社	2022.7
韩愈古文评点的整理及其研究	姜云鹏著	社会科学文献出版社	2022.8
贾岛诗歌研究	宝怀隽著	吉林大学出版社	2022.8
李商隐十五日谈	李让眉著	中国长安出版传媒有限公司	2022.8
台州唐诗考辨	何善蒙、张淇著	九州出版社	2022.8
唐代关中士族与文学(第四版)	李浩著	陕西人民出版社	2022.8
唐诗的文本阐释	李浩著	陕西人民出版社	2022.8
地域文化与唐诗之路	戴伟华著	中华书局	2022.8
唐宋诗词的语言艺术	蒋绍愚著	商务印书馆	2022.8
隋唐僧尼碑志塔铭集录	介永强编	上海古籍出版社	2022.8
唐诗接受史研究:以朝鲜宣祖时期为中心	张景昆著	社会科学文献出版社	2022.9

书名	作者	出版社	时间
东亚唐诗学研究论集(第三辑)	查清华主编	上海辞书出版社	2022.9
大唐人物志:唐诗人物形象描写艺术研究	杨贺著	南京大学出版社	2022.9
中唐诗人与山水诗创作研究	谢明辉著	厦门大学出版社	2022.9
唐诗说唐史	鲍远航著	商务印书馆	2022.9
杜甫十讲	莫砺锋著	北京联合出版公司	2022.9
草木诗心:张籍诗歌中的植物世界	徐斌著	天津人民出版社	2022.9
音乐雅俗流变与中唐诗歌创作研究	柏红秀著	社会科学文献出版社	2022.9
宋代闽地唐诗学研究	张艳辉著	上海古籍出版社	2022.9
张九龄研究:长安二年科举及开凿大庾岭路考辨	张效民著	商务印书馆	2022.9
西域文化与唐诗之路	海滨著	中华书局	2022.10
卢照邻集笺注(增订本)	祝尚书笺注	上海古籍出版社	2022.10
孟浩然诗全集	李翔翥编编	崇文书局	2022.10
唐代应试诗赋论稿	王士祥著	商务印书馆	2022.11
汉唐乐府学典籍研究	郭丽著	凤凰出版社	2022.12
唐代文学研究年鉴(2021)	中国唐代文学学会编	广西师范大学出版社	2022.12
李商隐年谱	宋宁娜著	万卷楼	2022.12
唐刺史考全编(增订本)	郁贤皓著	凤凰出版社	2022.12

2022年唐代文学研究论文索引

□ 李青杉

总　论

《三教珠英》的编撰特点及其对文学思想之影响
　　　　　　　　　甘生统　古代文学理论研究　2022.1
唐诗中"酒家胡"与"胡姬"文化　　　王川　文史杂志　2022.1
唐五代永州流贬官考　　　尚永亮　中国文学研究　2022.1
唐代荆州流贬官考　　　尚永亮　长江大学学报：社会科学版　2022.1
唐代郎官的兼任与迁转形态考论　　　王永波　铜仁学院学报　2022.1
地方文化记忆：唐宋文人的黄州书写
　　　　　　　　　方向红　黄冈师范学院学报　2022.1
中晚唐令狐氏的家族特征与文学影响
　　　　　　　　　吕江霞　河北北方学院学报：社会科学版　2022.1
性情渐显：论唐代文学创作对"才"的解放
　　　　　　　　　刘霖杰　西安文理学院学报：社会科学版　2022.1
顾况、孟迟、许浑皖南文学活动考　　　朱曙辉　宿州教育学院学报　2022.1
中和雅正：唐前期文学在文化共同体建设中的守望与求索
　　　　　　　　　苏利国　安徽开放大学学报　2022.1
文学交游的自觉与中唐文学生态　　　钟志辉　长江学术　2022.1
论文学与政事的融合：以唐代词臣的敏赡素能为中心
　　　　　　　　　钟志辉　南开学报：哲学社会科学版　2022.1
论初唐"关中本位"文化政策对文学的影响
　　　　　　　　　毛妍君、王影菊　陕西理工大学学报：社会科学版　2022.2
唐代诗人书法考略：兼论其"表意"倾向　　　李楚凝　文史杂志　2022.2
中唐新春秋学"通学"特质探源　　　李广欣　文学与文化　2022.2

从"蛮夷渊薮"到"富庶上国":论唐宋文人对福建书写的嬗变			
	张隽、黄擎	中国文学研究	2022.2
盛世叙事:中宗、玄宗朝的龙池书写			
	吕家慧	北京大学学报:哲学社会科学版	2022.2
从独孤及到权德舆:唐代姻亲与文学补论			
	田恩铭	社会科学论坛	2022.2
唐人隐居、游历茅山考			
	何安平	江苏科技大学学报:社会科学版	2022.2
初唐四杰"王杨卢骆"并称考论	周晓宇	巢湖学院学报	2022.2
唐代忠、万二州贬流官考	尚永亮	长江学术	2022.2
唐五代夔、归二州贬流官考			
	尚永亮	武汉大学学报:哲学社会科学版	2022.2
独孤及、梁肃、权德舆三家文学本体论试述:围绕言志、缘情之说及文道观的发展			
	刘青海	文艺理论研究	2022.3
唐宋文学中文房四宝的文化意蕴及社会风貌			
	董秀秀、杨健	滁州学院学报	2022.3
论唐代士人的恋京心态			
	洪迎华	湖北大学学报:哲学社会科学版	2022.3
初唐曹植接受研究	何燕	湖北文理学院学报	2022.3
《文选》李善注与唐初"汉书学"	黎思文	文学遗产	2022.3
"大国礼乐备,万邦朝元正":"宾礼"及唐人的诗意描述			
	高建新	古典文学知识	2022.4
隋代诗文研究文献(上)	刘跃进	文史知识	2022.4
元和时期西川幕府的文学活动	兰卡塔	文史杂志	2022.4
新时期唐代隐逸文学研究述论			
	龚艳	宁夏大学学报:人文社会科学版	2022.4
论唐僖宗避难入蜀时的巴蜀文学生态			
	孙振涛	集宁师范学院学报	2022.4
唐宋诗文中"呵呵"的"禅喜"旨趣	李晓峰、杨洪	中国韵文学刊	2022.4
"卢骆刘张"四杰说的成立及其意义	罗时进	江海学刊	2022.4
逃离罗网:唐代文人"弃官"现象研究			
	杨玉锋	华北电力大学学报:社会科学版	2022.5
论南朝至唐代"人文化成"文学观的流行历史			
	钱志熙	北京大学学报:哲学社会科学版	2022.5
唐代湖州钱氏文学世家述论			
	胡可先	江苏师范大学学报:哲学社会科学版	2022.5

| 隋代诗文研究文献（下） | 刘跃进 | 文史知识 | 2022.6 |
| 唐代播州贬流官考 | 尚永亮 | 湖南科技学院学报 | 2022.6 |

唐宋城市转型进程中城市声音景观的文学书写
蔡燕　中原文化研究　2022.6

| 寄情与流水：唐代文人的诗友人生 | 董雪静 | 名作欣赏 | 2022.6下 |
| 宫廷到市井：唐代住居与文学 | 杨为刚 | 中国社会科学报 | 2022.8.25 |

唐代书目中选本、评论的位置变迁与总集观念演进
翟新明　北京社会科学　2022.11

唐代文学研究接榫数字人文的若干可能
孙羽津　唐代文学研究　2022.第21辑

《文镜秘府论》"江宁侯"新考　李腾焜　中国诗学　2022.第32辑

诗　词

| 李杜优劣论背后的学理问题 | 蒋寅 | 文学遗产 | 2022.1 |

诗性隐喻：唐诗中"幽人"的"非隐"向度及其诗学意义
常雪纯　杜甫研究学刊　2022.1

俚语与禅趣："远观"诗的传播与僧俗两界的话语互动
卢翠琬、李小荣　福建师范大学学报：哲学社会科学版　2022.1

| 唐人以一诗名世者 | 陈尚君 | 古典文学知识 | 2022.1 |

唐代岭南贬谪文人驿道诗研究
袁文春　五邑大学学报：社会科学版　2022.1

| 论唐宋时期岭南诗歌美学思想的初建 | 潘林 | 嘉应学院学报 | 2022.1 |
| 贞元时代的南北文学集群及其诗风趋尚 | 罗时进 | 文学遗产 | 2022.1 |

试论生态批评理论与唐诗研究的几个契合点
俞宁　古代文学理论研究　2022.1

两首涉董庭兰唐诗补笺	亓娟莉	咸阳师范学院学报	2022.1
早朝大明宫唱和诗的传播与接受	李雅静	杜甫研究学刊	2022.1
唐代诗格对日本早期歌学之影响	杜晓勤	文艺研究	2022.1

体物、直感与工笔、写意：唐代人物诗的摹"形"艺术
胡婷婷　华中学术　2022.1

明嘉靖《全唐诗选》的诗学理念
孙欣欣　济南大学学报：社会科学版　2022.1

论陶渊明诗对初盛唐时期九月九日诗的影响
佐野诚子著、李寅生译　周口师范学院学报　2022.1

索引目录

盛唐"兴寄""兴象"范畴中的诗歌体制实践和诗歌功能观念
       黄琪 北京大学学报:哲学社会科学版 2022.1
朝鲜文人徐居正李杜观探析
       王红霞、陈泉颖 四川师范大学学报:社会科学版 2022.1
日本学者吉川幸次郎的唐诗研究述论
       杨衍亮、邱美琼 老区建设 2022.1
《唐诗三百首》中的奉和应制诗 张焕忠 黑河学院学报 2022.1
唐代《何满子》歌者考 郭丽、李可 古典文学知识 2022.1
多民族融合与唐诗繁荣的多元格局研究
       马路路、潘百齐 贵州民族研究 2022.1
佛寺与浙东唐诗之路 李谟润 南开学报:哲学社会科学版 2022.1
论唐诗"泪"意象的文化情结 高梓梅 南阳理工学院学报 2022.1
赋诗与寻诗:唐宋诗中诗人自我的呈现 刘晓旭 文学研究 2022.1
唐代文人道诗中的道教文化 孙月红 中国宗教 2022.1
唐诗中白帝城文学景观研究 吴春怡 湖北第二师范学院学报 2022.1
唐代"格诗"体式考原 杜晓勤 文学遗产 2022.2
唐诗之路镜湖客籍诗人行迹与诗作考述:兼论唐人镜湖诗创作动因
       马路路 玉林师范学院学报 2022.2
论唐诗中浙东地理空间的建构及其文化意蕴
       房瑞丽 天水师范学院学报 2022.2
《唐诗七言律选》编撰特点与价值再发掘
       杨金花 甘肃社会科学 2022.2
《全唐诗》中的江南运河风物书写 刘芹 档案与建设 2022.2
唐诗与竹林七贤 袁济喜 中国高校社会科学 2022.2
盛唐诗人群体的构成与分野 万伯江 中国文化研究 2022.2
唐代汴水诗研究 李秀如 河南广播电视大学学报 2022.2
论唐河湟诗中的"战争与和平"
       李梦巍 晋城职业技术学院学报 2022.2
唐诗中的游侠形象与都城空间
       辛晓娟 华中师范大学学报:人文社会科学版 2022.2
论文献记载的唐宋诗真迹之价值 吕宛庭 福建工程学院学报 2022.2
唐代帝王诗歌镜像中的中华民族共同体构建
       马路路、潘百齐 西北民族大学学报:哲学社会科学版 2022.2
唐代长安城的诗歌传播 魏景波 光明日报 2022.2.12
舞乐诗歌的盛中唐书写转变及其原因 肖阳东 名作欣赏 2022.2中

唐代诗歌自注发展轨迹探赜	魏娜	殷都学刊	2022.3
孔颖达论诗、乐关系及其诗学史意义	郑伟	中州学刊	2022.3
唐代的围棋诗	陈尚君	古典文学知识	2022.3
唐代应制诗修辞心理考证	朱栋	阜阳师范大学学报:社会科学版	2022.3
唐诗中"秉烛赏花"意象的形成及其审美意蕴	葛涵瑞	湖北文理学院学报	2022.3
《大唐三藏取经诗话》明皇太子考	田志豪	山东青年政治学院学报	2022.3
从用典角度看唐代诗人对孔门弟子的接受	于年湖	咸阳师范学院学报	2022.3
大历诗歌的琴乐书写及其意义	冀宇星	湖南工程学院学报:社会科学版	2022.3
唐代北部边境地带诗歌意象的生成与表征	米彦青	民族文学研究	2022.3
唐代横吹曲的拟作成就及诗学地位	陈倩	中国韵文学刊	2022.3
唐诗中的"胡""夷"之别	何蕾	学术交流	2022.3
唐诗中的开元盛世:兼谈后世诗人对姚崇的肯定和颂扬	石云涛	中原文化研究	2022.3
盛唐诗人的塞外想象及其文学意义	龙正华	青海师范大学学报:社会科学版	2022.3
唐诗"新丰"书写的政治空间考论	董碧荷	郑州师范教育	2022.3
盛唐诗人壮游活动略考:以李白、杜甫等十二位诗人为例	郭伟欣	广州广播电视大学学报	2022.3
初唐应制与七言近体	刘顺	文艺理论研究	2022.3
从自然地理到人文观照:唐诗中的黄河书写	施妍	平顶山学院学报	2022.3
唐诗中的丝缕意象	周凤莉、尹英杰	长江师范学院学报	2022.3
探析草原风情影响下唐边塞诗中表现出的民族融合性	王心宇	语文学刊	2022.3
论初盛唐边塞诗人仕进思想的矛盾性	任志宏	巢湖学院学报	2022.4
唐诗方位词语义研究	陈春雷	池州学院学报	2022.4
唐代刺史行县活动与诗歌	杨玉锋	北京科技大学学报:社会科学版	2022.4
识解理论视域下唐诗宋词的转喻分析	魏一鸣	河北民族师范学院学报	2022.4

中国古诗·文化心灵·宇宙结构:以唐诗的律诗、绝句、古体三大范型为中心　　张法　南国学术　2022.4

巴中南龛《九日南山诗》作者及年代考　李雪梅　中华文化论坛　2022.4

明代温庭筠诗接受研究:以明代唐诗选本为中心　　廖明星　唐山学院学报　2022.4

西域与中原文化交融的唐诗书写　胡可先　古典文学知识　2022.4

唐宋贬谪文化语境与送人流贬诗的嬗变　王莉　中国韵文学刊　2022.4

试探"扶桑"意涵在唐诗中的流变:以杜甫和李白诗歌为中心　　杨为刚、杜婷　杜甫研究学刊　2022.4

"人学"视野下唐诗精神和美学特质的解读　　程江霞　青岛农业大学学报:社会科学版　2022.4

文化交流与融通:论唐诗中的袈裟　　刘烨　贵州师范大学学报:社会科学版　2022.4

唐诗与中华文化共同体的构建　　黄立一　华侨大学学报:哲学社会科学版　2022.4

初唐浙东诗路的发展　　卢盛江、李谋润　江西师范大学学报:哲学社会科学版　2022.4

诗礼相酬:唐人诗化社交方式与唐诗通俗化机制　　冯海燕、黄大宏　西南大学学报:社会科学版　2022.4

唐诗中的黄山形象　张岳林、韩子谊　皖西学院学报　2022.4

玄学视域下的中晚唐五代"苦吟"与诗学发覆　　仲瑶　文艺理论研究　2022.4

唐诗中的禅学底蕴:以月亮和飞鸟的经典意象为例　　辛鹏宇　中国宗教　2022.4

唐诗中的"洞庭波"意象考察　钱垠　名作欣赏　2022.4 中

促曲急破:西域音乐融入隋唐燕乐的方式、意义及影响　　武君　内蒙古大学学报:哲学社会科学版　2022.5

羌笛意象与盛唐诗歌　龙正华　民族文学研究　2022.5

唐诗格律的统计分析及问题　李飞跃　文学遗产　2022.5

论唐诗中的"思"有"哀愁"义　李超、郝继东　唐山师范学院学报　2022.5

论盛唐送别诗酒意象的突破　　边国强　中北大学学报:社会科学版　2022.5

驿路唐诗边域书写中的中原中心叙事　吴淑玲　中原文化研究　2022.5

晚唐花鸟画与咏物诗的融通　王见楠　大连大学学报　2022.5

借诗颂古:云门宗颂古诗征引唐诗资料辑释　　侯本塔　宜春学院学报　2022.5

论唐代乐工歌妓文化对唐诗创作和传播的影响
　　　　　　　　　　　　　　　刘天骄　宜春学院学报　2022.5
再论李林甫与盛唐诗坛　　　　丁放　文艺理论研究　2022.5
唐诗中两处"不起眼"的春景　　邓芳　光明日报　2022.5.2
唐诗与宋词中的不同春景　　　王昕　光明日报　2022.5.2
听唱《赤白桃李花》：日本文献所见唐代春日乐舞
　　　　　　　　　　　　　　　吴真　光明日报　2022.5.2
唐代的鬼诗（上）　　　陈尚君　古典文学知识　2022.5
唐代的鬼诗（下）　　　陈尚君　古典文学知识　2022.6
名胜的文化记忆与诗人的心灵建构：以大林寺及其题写为考察中心
　　　　张谦　郑州航空工业管理学院学报：社会科学版　2022.6
唐宋诗歌灾害书写的沿革与异同
　　　　　李朝军　西华师范大学学报：哲学社会科学版　2022.6
唐诗中的"醉舞"精神　　　　　谭玉龙　美育学刊　2022.6
从咏物题材看晚唐诗歌与词的互动
　　　　　　王见楠　新余学院学报：社会科学版　2022.6
高丽国《十抄诗》所选赵嘏诗考释
　　　　　郭殿忱、金成林　淮阴师范学院学报：哲学社会科学版　2022.6
北固山唐诗述论　　　　胡可先　古典文学知识　2022.6
《全唐诗》"蝶"修辞符号情感意蕴阐释
　　　　　　　　　葛玉婷　黑龙江教师发展学院学报　2022.6
诗家与僧家的因缘：唐诗中佛寺上人房（院）书写
　　　　　　　　　　　　石云涛　社会科学战线　2022.6
唐怀古诗"时空感"来由：古、今双重空间的建构
　　　　　　　　　　　　陶柳　忻州师范学院学报　2022.6
胡部新声与新词新风：论胡乐对盛唐诗歌的影响
　　　　　　　龙正华　新疆大学学报：哲学社会科学版　2022.6
论初唐叙情长篇诗歌的艺术特征和诗史意义　杨照　文学评论　2022.6
唐代九华山流寓诗人考述　　方学森　乐山师范学院学报　2022.6
"宁诎青莲而奉少陵"：论梅鼎祚《唐二家诗钞》对李、杜的认识
　　　　　　　　　吴怀东、潘雪婷　滁州学院学报　2022.6
《入蜀记》称引唐诗考论　　谭子玮　滁州学院学报　2022.6
唐代山水诗与隐逸诗中的若耶溪
　　　　　景遐东　湖北师范大学学报：哲学社会科学版　2022.6
唐诗与唐传奇中洞庭湖书写异同及成因
　　　　　　　　　　谷文彬、朱文静　云梦学刊　2022.6

西陵·渔浦:浙东唐诗之路的起点	胡可先	浙江社会科学	2022.6
"龙朔变体"说内涵考辨	甘生统	青海师范大学学报:社会科学版	2022.6
诗人密码:唐诗作者身份识别	周爱、桑晨、张益嘉、鲁明羽	中文信息学报	2022.6
摩崖石刻上的唐诗	胡可先	光明日报	2022.6.27
初唐游侠诗与和亲公主诗的刚与柔	兰卡塔	名作欣赏	2022.6 中
驱疫与救治:唐诗中的疾疫书写	龙珍华	江汉论坛	2022.7
浙东唐诗之路上的"胡声":兼论浙东唐诗之路与丝绸之路的交会	龙成松	浙江大学学报:人文社会科学版	2022.7
《全唐诗》西施对王轩诗的由来	陈侃章	文史知识	2022.7
新出墓志与唐代乐舞	胡秋妍	浙江大学学报:人文社会科学版	2022.8
唐诗边域书写中的地理文学坐标	吴淑玲	中国社会科学报	2022.8.25
琵琶曲与唐诗中的文化意象解析	姜楠	文化学刊	2022.9
向海而兴:唐代扬州"海城"形象的诗意呈现	刘恋	档案与建设	2022.9
从唐代落第别离诗管窥唐代士人科场生活	孙艳红	文史知识	2022.9
新时期以来唐诗研究的热点	丁放	光明日报	2022.9.7
婚姻文化视野下的望夫石书写:以《全唐诗》为中心	张翠真	名作欣赏	2022.9 中
漂泊与还乡:唐代边塞诗中游侠、战士形象之异同	储冬叶、朱倩	名作欣赏	2022.9 下
王维、孟浩然、高适、岑参诗歌之"隽永超逸"议:以王士禛《唐贤三昧集》为考察对象	丁玉	黑河学院学报	2022.10
论初盛唐宗室贵戚子弟的文学教育与宫廷诗风演进	韩达	西南民族大学学报:人文社会科学版	2022.10
《全唐诗》中的乌鸦意象研究	张晨蕾	西部学刊	2022.10
空间视域下的唐代黄河河源诗歌书写	汉英	新乡学院学报	2022.11
自然地理生态影响下的唐代丝绸之路诗歌创作	梁嵩烽、李崎	光明日报	2022.11.14
《锄禾日当午》作者辨	王瑞来	光明日报	2022.11.21
唐代"赠杖"文化及其诗歌书写	曹世瑞	中南民族大学学报:人文社会科学版	2022.12
"平平仄平仄"的句调算合律吗	蒋寅	文史知识	2022.12
睹物增怀:唐代别诗的展义与骋情	廖美玉	唐代文学研究	2022.第21辑

| 初盛唐帝王师式诗人与唐诗风骨 | 郭丽 | 唐代文学研究 | 2022.第21辑 |
| 《襄阳耆旧记》与皮陆唱和 | 徐贺安 | 唐代文学研究 | 2022.第21辑 |

芮挺章《国秀集》的诗学意义与定位：重读吴相洲"歌诗"研究的启发
廖美玉　乐府学　2022.第24辑

| 司空图《成均讽》所记六曲考辨 | 邓小清、李德辉 | 乐府学 | 2022.第24辑 |

加拿大不列颠哥伦比亚大学藏《五律英华》薛雪批校辑考
韦胤宗　中国诗学　2022.第32辑

元人整理刊刻唐人诗集的贡献和特色	罗鹭	中国诗学	2022.第32辑
论道观与唐诗的创作、传播	韩文涛	中国诗学	2022.第32辑
唐代横吹曲拟作的继承与创新	陈倩	中国诗学	2022.第33辑
郑文焯批校《花间集》三题	杨传庆	古籍整理研究学刊	2022.1
《尊前集》编撰时代考论	周海燕、马里扬	中国诗学研究	2022.1
《花间集》的现代审美症候与福瑟克的对等译介诗学	涂慧	文艺理论研究	2022.1
《花间集》中"青"词群研究	罗玉清	名作欣赏	2022.1下
温韦词女性形象的异同及形成原因探析	黄静	盐城师范学院学报：人文社会科学版	2022.2
《花间集》的庭院建筑空间书写与词体体性建构	蒋昕宇	西安建筑科技大学学报：社会科学版	2022.3
唐宋词中的疾病书写及其审美心理隐喻	宋秋敏	中国韵文学刊	2022.3
隋炀帝开运河相关曲词在唐代的传唱与演变	滕汉洋、李伟丽	档案与建设	2022.3
论花间词中的闺阁器物意象	王雨晴	六盘水师范学院学报	2022.4
《花间集》里的边塞情结	沈传河、刘睿	宜春学院学报	2022.4
论《花间集》中的弱德之美及其差异性：以温庭筠、韦庄为中心	王方文祺、方盛良	皖西学院学报	2022.4
论贺铸词的沉郁风格	李一涵	镇江高专学报	2022.4
论唐代燕射乐曲、歌辞归类及相关问题	郭丽	文学评论	2022.5
晚明词坛的推尊唐词与"唐音"复归	陈水云	西北师大学报：社会科学版	2022.5
《花间集》中的"眉"意象及其文化意蕴	李彦湄	文化学刊	2022.6
天宝十三载改诸乐名与燕乐体系的确立	李飞跃	北京大学学报：哲学社会科学版	2022.6
诗分唐宋，词亦分唐宋：文化转型与词体审美范式的演变	符继成	光明日报	2022.9.7

传奇小说

篇名	作者	刊物	期号
唐代鬼魂小说与《金刚经》	迟鲁宁	哈尔滨工业大学学报:社会科学版	2022.1
谁是淳于楚	李小龙	古典文学知识	2022.1
规则的对应与逾越:唐五代笔记小说中人物的饮食行为与道德形象	朱红	复旦学报:社会科学版	2022.1
秽迹金刚信仰与唐五代剑侠传奇	雷天宇	浙江学刊	2022.1
叙事学视角下的唐传奇意图力论析	刘天禾	燕山大学学报:哲学社会科学版	2022.1
李公佐身世新证	王晶波	甘肃社会科学	2022.1
唐传奇文体融合形式及其文学史意义	熊碧	临沂大学学报	2022.1
唐代传奇骈化及其原因探析	朱银宁	贵州文史丛刊	2022.1
儒家诗教视域下的唐传奇浅析	张艺凡	长春大学学报	2022.1
论唐人小说《异梦录》思想主题	周承铭	淮北师范大学学报:哲学社会科学版	2022.2
略论晚唐小说《灵应传》的思想主题及价值	周承铭	兰州文理学院学报:社会科学版	2022.2
论诗歌在唐传奇人物塑造中的作用:以爱情题材为例	刘梦静	河北北方学院学报:社会科学版	2022.2
唐玄宗朝新科进士曲江沉舟事发覆	夏婧	古典文献研究	2022.2
唐小说"人鬼之辨"叙事构型及艺术思想新变	隋雪纯	东莞理工学院学报	2022.2
《玄怪录》生态美学及志怪文化述论	许劲博	河南牧业经济学院学报	2022.3
唐人小说音乐书写的维度及其审美意义	熊明	澳门理工学报:人文社会科学版	2022.3
《史通》偏记小说考论	熊明	中国典籍与文化	2022.3
唐代杂技对豪侠小说中武艺描写的影响	李伟丽	扬州教育学院学报	2022.3
唐代《金刚经》俗文学作品的入世倾向	张开媛	邯郸学院学报	2022.3
从张鷟到张读:一个不可多得的小说世家	陈文新	文史知识	2022.3
名随时迁:唐传奇文体名称在后世之因革	王瑜锦	语文学刊	2022.3
论唐代鬼魂题材小说的审美特征	迟鲁宁、关四平	求是学刊	2022.3

唐传奇爱情故事人物矛盾形象及其小说史意义
　　　　　　　陈际斌、冯万琴　三峡大学学报:人文社会科学版　2022.3
日本唐传奇研究综论　　　　　贾彦彬　古籍整理研究学刊　2022.3
《霍小玉传》中怨恨情绪的结构分析　　张斐斐　名作欣赏　2022.3下
唐代小说中外来文明的传奇性书写
　　　　　　　石云涛　武汉科技大学学报:社会科学版　2022.4
论晚唐小说《东阳夜怪录》主题与创新成就
　　　　　　　周承铭　集美大学学报:哲学社会科学版 2022.4
《全唐诗》渭桥意象研究
　　　　　　　王雨墨、杨雨、李哲　哈尔滨师范大学社会科学学报　2022.4
唐传奇中非现实形象的塑造
　　　　　　　王海英　河北北方学院学报:社会科学版　2022.4
论唐人传奇的历史进程与风格流变　　陈文新　长江学术　2022.4
唐代小说研究七十年:以研究的维度与问题为考察中心
　　　　　　　陈才训　文学遗产　2022.4
唐代笔记中"画通灵"故事的书写:类型、特点及成因
　　　　　　　冯鸣阳、赵泾铂　美术观察　2022.4
自叙与留白:《莺莺传》新解读　　吕玉华　名作欣赏　2022.4下
试论沈亚之小说中的诗性特征　　徐永丽　名作欣赏　2022.4下
以西释中:论英美汉学界的唐传奇研究视角　张莉莉　文化学刊　2022.5
唐传奇中人龙故事的三种类型
　　　　　　　朱逸潇　濮阳职业技术学院学报　2022.5
都城文化视角下《三梦记》作者及相关问题新考
　　　　　　　李小龙　陕西师范大学学报:哲学社会科学版　2022.5
长安—临安:唐宋"都城故事"叙事转向——基于经典作品比较的视角
　　　　　　　葛永海　陕西师范大学学报:哲学社会科学版　2022.5
《冯燕传》新解　　　　　　　朱建强　文史知识　2022.6
论唐传奇中洛阳意象的河洛文化特色
　　　　　　　赵爱华　洛阳师范学院学报　2022.6
《刺客聂隐娘》从传奇文到电影的再阐释
　　　　　　　杨雪、陆奕霖　吉林师范大学学报:人文社会科学版　2022.6
英语世界唐代小说翻译的文学价值认同
　　　　　　　何文静　三峡大学学报:人文社会科学版　2022.6
本事、故事与叙事:唐传奇《柳毅传》的表演研究
　　　　　　　王杰文　民俗研究　2022.6

对《本事、故事与叙事:唐传奇〈柳毅传〉的表演研究》的简短回应
　　　　　　　　　　　　　　　　赵世瑜　民俗研究　2022.6
怪异与边界:对唐人小说中边界与秩序的个案分析
　　　　　　　　　　　　　　　　刘晓峰　探索与争鸣　2022.7
论宋人对唐传奇的文体定位　　　　王庆华　学术研究　2022.8
鲁迅对唐传奇整理研究的贡献　　　贾彦彬、曹书杰　文艺争鸣　2022.8
从《虬髯客传》到《红拂记》人物形象的嬗变　陈畅　文化学刊　2022.9
从《太平广记》两性交往看唐朝的女性意识
　　　　　　　　　　　　　　　　薛哲　名作欣赏　2022.12 中
从《太平广记》看唐代的天命思想　吴静　名作欣赏　2022.12 下
唐传奇中的弃妇复仇:以《窦凝妾》与《霍小玉传》为个案
　　　　　　　　　　　　　戴倩倩、曲景毅　唐代文学研究　2022.第21辑
唐代虎伥故事的灾害叙事及其地方性知识
　　　　　　　　　　　　　张云民　俗典籍文字研究　2022.第29辑

散文、赋

双人合撰墓志铭:以张说、苏颋为例　　孟国栋　文史知识　2022.1
中唐骈文批评中的功利派与折中派
　　　　　　于景祥、张力仁　内蒙古民族大学学报:社会科学版　2022.1
将错就错:宋璟《梅花赋》的伪作、拟作及其经典生成
　　　　　　　　　　　　　　　　常亮　中国文学研究　2022.1
追寻唐人的仕宦足迹:以唐《姚珽墓志》为例
　　　　　　王瑾、王春印、王亚莉　陕西开放大学学报:综合版　2022.1
崔陲家族新出土墓志三考　　　　　刘儒乐　山师范学院学报　2022.1
唐代窦氏《述书赋注》的体例创新与著作成就
　　　　　　　　　　　　　黄大宏、吴健超　浙江工商大学学报　2022.1
古文运动视域下唐代佛像赞的演变
　　　　　　　　　　　　　陈文芝　太原师范学院学报:社会科学版　2022.1
庙学之间:论唐代孔庙碑的时空结构　张萌萌、曹虹　民俗研究　2022.2
《旧唐书》中晚唐人物列传史源辨析:以《顺宗实录》八传为中心
　　　　　　　　　　　　　　　　唐雯　中华文史论丛　2022.2
初唐谏文的尚道精神
　　　　　　赵乾坤、张蕾　河北大学学报:哲学社会科学版　2022.2
唐宋园林散文中的园居生活镜像　李小奇　中国社会科学报　2022.3.15

《碧岩录》德译本《前言》
      威廉·贡德特著、戴晖译 汉语言文学研究 2022.3
新出唐代吴兴郡夫人沈和墓志释读订正发微
          曾智安 华中学术 2022.3
日藏写本《天地瑞祥志》编纂诸问题考论
     宋小芹、曹建国 中南民族大学学报:人文社会科学版 2022.3
元明之际唐赋批评之演进:以"律赋非赋"与"唐无赋"为中心
         姚奎 辽东学院学报:社会科学版 2022.4
唐代俗赋的民间传播 尤红娟 西安文理学院学报:社会科学版 2022.4
虚实之间:《杨汉公墓志》的叙事与抒情 凌彤 唐都学刊 2022.4
《玉烛宝典》的历代著录与版本流传考述
    包得义、王树平、魏艳伶 河北民族师范学院学报 2022.4
唐代孙简墓志辨析   吕来好 中国典籍与文化 2022.4
史学意识与中唐文章观念的新变
        吕家慧 复旦学报:社会科学版 2022.4
论初唐四杰骈文观念的嬗变与骈体革新 王亚萍 理论月刊 2022.4
跋唐围棋第一人王积薪墓志   陈尚君 古典文学知识 2022.4
新出墓志所见盛唐翰林学士韩泫考 张驰 天水师范学院学报 2022.5
陈鸿《常府君夫人河东柳氏墓志》考辨
       黄大宏 宝鸡文理学院学报:社会科学版 2022.5
唐抄本《赋谱》撰年及相关问题考论   黄志立 北方论丛 2022.6
《大秦景教流行中国碑》的文体与撰述方式
          陈恩维 古典文学知识 2022.6
唐代碑志书写中的洛阳 宋婷 中国社会科学报 2022.8.25
赋句、赋段、赋题:唐抄本《赋谱》的读解维度
         黄志立、林雪珍 学术交流 2022.10

书 评

"儒教""中"与"佐世":评《柳宗元儒佛道三教观新论》
          倪缘 湖南科技学院学报 2022.1
地域学视域下的唐诗阐释:《宋代闽地唐诗学研究》序
      郝润华 闽南师范大学学报:哲学社会科学版 2022.1
一部推动唐诗经典流传的力作:《唐诗经典分类品鉴》读后
           刘朵朵 名作欣赏 2022.1下

阐释的深度与过度:评小南一郎《唐代传奇小说论》
　　　　　　　　　　陈庆、陈文新　文艺研究　2022.2
唐代诗人资料研究系统的更新与拓展:评《唐代诗人墓志汇编(出土文献
　　卷)》
　　　　　　　　　　田苗　中国韵文学刊　2022.2
对《黔之驴:一个文学形象的生成与物种迁徙、文化交流》的问答、评议与
　　讨论　　　　　　吴星潼、范晶晶　民族艺术　2022.2
历史叙述与诗心表达:评朱东润《杜甫叙论》
　　　　　　　　　　张宗福　铜仁学院学报　2022.3
唐音传海外,掷地有回声:川合康三《李商隐诗选》读后
　　　　　　　　　　李成秋　名作欣赏　2022.3 上
解读唐诗的门径:读程千帆先生的《唐诗课》
　　　　　　　　　　于信、张洪兴　中国诗学　2022.第 33 辑

作家作品

王　通

王通经典视域中风雅精神索隐:兼论初唐的文化趋向
　　　　　　　　　　廉水杰　安徽师范大学学报:人文社会科学版　2022.1

杨　广

隋炀帝江都诗歌风格演变
　　　　　　　　　　郭江波　西安文理学院学报:社会科学版　2022.1

虞世南

论宫廷诗风的隋唐之变:以虞世南诗作为中心
　　　　　　　　　　孟祥娟　中国韵文学刊　2022.4

王　绩

王绩《野望》的创作主题新诠　　李忠超　写作　2022.3
徘徊于仕隐之间,开五律之先声:王绩《野望》文本细读
　　　　　　　　　　麦嘉琪　名作欣赏　2022.3 下

元　兢

初唐秀句语境与元兢的秀句观
　　　　　　　　　　张晶、黄俊婷　河北师范大学学报:哲学社会科学版　2022.2

武则天

武后明堂乐章异变与武周政治
　　　　　　　　　　刘万川、曹向华　烟台大学学报:哲学社会科学版　2022.2

武则天的盛世构想与初唐诗歌

          卢娇 延安大学学报:社会科学版 2022.4

巧用意象,曲写怨情:说武则天《如意娘》 刘青海 文史知识 2022.12

宋之问

明代宋之问诗接受研究:以明代唐诗选本为考察中心

        胡明柯 洛阳理工学院学报:社会科学版 2022.2

王 勃

论王勃对屈原的批判与继承   张金 镇江高专学报 2022.1

新出土王勃撰《赵士达墓志》一误 林洁 江海学刊 2022.1

"时维九月,序属三秋"辨正

         李舒宽 宁夏大学学报:人文社会科学版 2022.2

王勃诗在明代的接受起伏:以诗选和诗评为考察中心

         胡明柯、张中宇 宿州学院学报 2022.7

"《滕王阁序》类俳"考辨:兼论宋代文章学视域下的王勃骈文接受

             王腾 名作欣赏 2022.9下

崔 融

"文章四友"边塞诗浅析   胡文俊 名作欣赏 2022.7下

"文章四友"与初唐后期的诗歌声律化 胡文俊 名作欣赏 2022.9下

陈子昂

陈子昂"风骨"说内涵探析   戴思奇 宿州教育学院学报 2022.2

试论陈子昂"唐之诗祖"称号   戴思奇 淮北职业技术学院学报 2022.2

陈子昂研究百年回顾与前瞻(上)

       王红霞、姚舒月 太原师范学院学报:社会科学版 2022.3

陈子昂研究百年回顾与前瞻(下)

       王红霞、姚舒月 太原师范学院学报:社会科学版 2022.4

陈子昂《修竹篇序》"正始之音"辨 赵晓华 中国典籍与文化 2022.4

张 说

江山之助的两重效应:张说岳州诗论析 钟志辉 光明日报 2022.2.28

刘知几

刘知几小说观念探析

        孔德明 西华师范大学学报:哲学社会科学版 2022.5

张若虚

张若虚《春江花月夜》作于镇江焦山之再考:兼与徐振宇《张若虚〈春江花月夜〉诗中景地推测》商榷   李金坤 语文学刊 2022.4

《春江花月夜》中的"海" 陶慧 古典文学知识 2022.6

贺知章

再谈贺知章返乡情:《回乡偶书》(二首)思想主旨探析
　　　　　　任志宏　淮北职业技术学院学报　2022.2
唐诗之路视域中的贺知章　肖瑞峰　浙江社会科学　2022.2
贺知章生平再审视:以历官与交游为中心
　　　　　　唐雯　复旦学报:社会科学版　2022.5

王　维

20世纪以来日本学者的王维诗歌研究述要
　　　　　　胡建次　咸阳师范学院学报　2022.1
论王维五绝"愈小而大"之妙:以王世贞《艺苑卮言》为中心
　　　　　　郑铃　乐山师范学院学报　2022.1
学术史、译介史、细读法与阐释学:美国《中国文学》杂志的王维诗学研究
　　　　　　李松、李培蓓　武汉理工大学学报:社会科学版　2022.1
王维与李白诗歌创作特色比较　姜东　长春教育学院学报　2022.2
关于王维"禅境诗"诸特征之跨文化比较研究:基于王维、松尾芭蕉及海德格尔诗作的对比分析而论
　　　　　　孟令兵　文艺理论研究　2022.2
论王维表类骈文的程式特征　高文绪　湖北职业技术学院学报　2022.3
《阳关》不止是"三叠"　李凤能　文史杂志　2022.3
射猎诗中的盛唐气象:读王维《观猎》札记
　　　　　　莫砺锋　古典文学知识　2022.3
山水诗的融通之境:王维《辋川集》中的空间叙事艺术
　　　　　　刘少杰　广西科技师范学院学报　2022.3
王维山水田园诗中的人物布局及其美学意蕴
　　　　　　高萍、刘凡　西安文理学院学报:社会科学版　2022.4
论王维初入长安与帝都文化的融合与疏离　高萍　唐都学刊　2022.5
《山居秋暝》及其英译本的生态话语分析
　　　　　　王丽娟　盐城师范学院学报:人文社会科学版　2022.5
王维诗歌桃源主题新变:以早期作品为中心
　　　　　　郭江波　乐山师范学院学报　2022.6
王维诗歌中的酒文化意蕴　谢玥　黑龙江教师发展学院学报　2022.9
净土的追寻:王维辋川理想世界的构建——以辋川诗作为考察中心
　　　　　　肖琳　乐山师范学院学报　2022.9
济慈与王维诗歌中的植物意象对比　王子涵　名作欣赏　2022.9下

华兹华斯与王维诗歌"杜鹃鸟"意象异同之探究

单硕　名作欣赏　2022.9下

樵夫何为者？——王维《终南山》"欲投人处宿,隔水问樵夫"意蕴解读

吴怀东　文史知识　2022.12

"神存富贵,始轻黄金"：论王维诗中的"富贵气"

苏莹莹　名作欣赏　2022.12中

诗意地栖居：从生态美学视角重读王维的山水田园诗

李天娇　名作欣赏　2022.12下

崔颢

家园意识与向空而有的价值建构：崔颢《黄鹤楼》经典性探原

程磊　云南大学学报：社会科学版　2022.2

王昌龄

新出《柴阅墓志》与王昌龄《送柴侍御》诗发覆

龙成松　杜甫研究学刊　2022.2

论王昌龄对盛唐离别诗创作传统的悖离与新创

吴昌林、刘泓希　中北大学学报：社会科学版　2022.6

刘长卿

存在主义视域下的刘长卿诗歌水意象观照　姜玲　名作欣赏　2022.3下

颜真卿

新发现颜真卿撰《康阿义屈达干墓志》释证

胡可先　浙江大学学报：人文社会科学版　2022.4

李华

新见唐代文学家李华墓志考疏　　　　　杨琼　文献　2022.1

孟浩然

认知视角下孟浩然诗歌风格与意境解析

王薇　浙江工业大学学报：社会科学版　2022.1

孟浩然送别诗情感的模式化特征　张晓涵　湖北文理学院学报　2022.6

湖北唐诗之路背景下的孟浩然诗歌旅游开发

黄晔、薛任琪　湖北文理学院学报　2022.7

明代唐诗选本中孟浩然诗的接受起伏及其原因

雷正娟　湖北文理学院学报　2022.10

孟浩然诗歌中的生态美学分析　　张朵　名作欣赏　2022.10中

李白

《风》《雅》嗣音,体合《诗》《骚》：李白《古风》溯源《诗》《骚》发微

谷维佳　中国韵文学刊　2022.1

| 李白:终生"在路上"的追梦者 | 屈小强 | 文史杂志 | 2022.1 |

一篇高尚的"饮酒"哲理诗:李白《月下独酌》之二的文化解读

| | 舒大刚 | 文史杂志 | 2022.1 |

从赋、书、序看李白文对《庄子》的继承

	肖悦	绵阳师范学院学报	2022.1
李白《清平调三首》是美是刺?	莫砺锋	古典文学知识	2022.1
论李白"酒"中的悲剧意识			
	成松柳、张碧云	长沙理工大学学报:社会科学版	2022.1
论李白的故乡情结与精神困境			
	刘伟安、张力	渤海大学学报:哲学社会科学版	2022.1
与李白,做一场跨越时空的对话	张瑞君	光明日报	2022.1.22
论李白二入长安时期的诗歌创作			
	卢雅雯、刘桂鑫	名作欣赏	2022.1 中
李白怎样修改自己的诗作	陈尚君	古典文学知识	2022.2
江油市李白纪念馆藏清查昉集太白句诗意册页考略			
	瞿江、左彩龙	文史杂志	2022.2
李白与佛教思想关系再探讨	钱志熙	社会科学战线	2022.2
青莲镇李白民间故事类型及其价值述略			
	李若熙	杜甫研究学刊	2022.2
李白诗歌中的自称现象溯源与特点探究	薛欢	文化学刊	2022.2
郭茂倩乐府学视域下的李白乐府诗	梁海燕	国学学刊	2022.2
秋浦河,太白情:李白秋浦与秋浦河书写及其意义探析			
	李进凤	淮南师范学院学报	2022.2
李白诗歌中太白与北斗意象研究			
	刘向斌、程晓雅	新余学院学报	2022.2
《蜀道难》到底说了什么?	李后强、李海龙	巴蜀史志	2022.2
"奇文共欣赏":李白、陶渊明与《山海经》	范子烨	名作欣赏	2022.2 上
论李白山水诗中的自由意识	王露雨	名作欣赏	2022.2 中
纵横术对李白思想及行事之影响述论			
	雷恩海、张志玮	兰州大学学报:社会科学版	2022.3

"离散家族"与李白的家世记忆:兼论其与李白个性气质及诗歌艺术特征
  之关联 | 李芳民 | 兰州大学学报:社会科学版 | 2022.3

师前贤而不泥古 法西学而未失本:詹锳先生整理李白全集的版本学、校
  勘学思想 | 任文京 | 宁波大学学报:人文科学版 | 2022.3

| 李白与庐山 | 王永波 | 贵州文史丛刊 | 2022.3 |

李白诗歌中夸张修辞的美学境界

         王红军 浙江工商职业技术学院学报 2022.3

略论李白游仙诗体制类型及渊源流变 钱志熙 文学遗产 2022.4

长安经验与李白后期诗歌的自叙模式   谢琰 文艺研究 2022.4

史书阅读与李白诗歌的史传思维特征

          胡振龙 绵阳师范学院学报 2022.4

诗教与审美影响下的清代李诗批评

          沈曙东 绵阳师范学院学报 2022.4

李白诗歌中的"胡风"与丝绸之路关系探析

        席蓬、汤洪 四川文理学院学报 2022.4

李白诗中的西域风光   胡可先 古典文学知识 2022.5

李白诗歌的审美认知:以济慈"消极能力说"为研究视角

          陶青 重庆第二师范学院学报 2022.5

李白《将进酒》若干争议综论

   武国强、余阳、邵宇航 赤峰学院学报·汉文哲学社会科学版 2022.5

《蜀道难》中的野性自然在英美世界的接受与变异

        何新 西华大学学报:哲学社会科学版 2022.5

略论苏轼《李太白碑阴记》及其他   王定璋 文史杂志 2022.6

论李白对大小谢山水诗风的传承、发展与超越

         华乐祺、吴冬红 丽水学院学报 2022.6

李白对唐代之前中国诗歌抒情传统的继承与超越

           杨景龙 河北学刊 2022.6

日籍客卿朝衡与李白交往考释:以相关诗文及和歌为中心

         张维薇、李广志 唐都学刊 2022.6

有谱·有料·有信:薛天纬先生的李白研究和唐诗研究

           海滨 光明日报 2022.6.20

李白诗文称引扬马探析 王红霞、熊苓灼 绵阳师范学院学报 2022.7

论清代王琦《李太白集注》对宋代杨齐贤注释的借鉴与吸收

          张佩 北京印刷学院学报 2022.7

李白"王岁育六甲"新考   林静 绥化学院学报 2022.8

从游仙诗中体味诗仙的精神变奏:浅析《梦游天姥吟留别》

   孙岩、李景梅 赤峰学院学报·汉文哲学社会科学版 2022.9

论李白诗歌中的云意象及其特征 张帅 绵阳师范学院学报 2022.10

《忆秦娥》(箫声咽):乐游原考辨   刘萍 名作欣赏 2022.11下

论李白诗歌对咏物传统的继承与创变

          隋雪纯 唐代文学研究 2022.第21辑

李杜重逢饭颗山:关于李白"三入长安"的再讨论
　　　　　　　　　薛天纬　唐代文学研究　2022.第21辑
两个"盛世"的时空对话:再论祇园南海与李白
　　　　　　　　　钟卓莹　中国诗歌研究　2022.第23辑
由词藻看"直挂云帆济沧海"句意:兼论李白离京时的仙游计划
　　　　　　　　　罗宁　中国诗学　2022.第33辑

岑　参

安史之乱后岑参诗歌的转型研究
　　　　　　　　　邹源芳　河南广播电视大学学报　2022.1
岑参西域诗中的汉代情结和英雄意识　裴佳敏　新乡学院学报　2022.2
论岑参的赋物送人诗　　　　　　　张明华　南昌师范学院学报　2022.3
类书与岑参送别诗的模式化探讨　　田雨鑫　唐都学刊　2022.3
高适、岑参边塞诗颜色词探微　　　王怡培　甘肃开放大学学报　2022.5
奇法绘奇景,奇景寓奇情:论岑参边塞诗之"三奇"及独特价值
　　　　　　　　　邹钰莹　名作欣赏　2022.6 下

高　适

敦煌诗集残卷高适诗读札　　　　　胡可先　古典文学知识　2022.1
解读高适《营州歌》　　　　　　　胡可先　古典文学知识　2022.2
高适《燕歌行》"李将军"人物辨析　张干　文史杂志　2022.3
"天寒万里北,地豁九州西":高适笔下的河西
　　　　　　　　　高建新　内蒙古大学学报:哲学社会科学版　2022.5
论高适《燕歌行》中的文学地理空间
　　　　　　　　　代晓艺　四川职业技术学院学报　2022.5
"有唐以来,诗人之达者,唯适而已"中"达"之意略论
　　　　　　　　　李振中　古籍整理研究学刊　2022.6

殷　璠

从《河岳英灵集》看殷璠"雅调"旨趣　亓颖　贵州师范学院学报　2022.1
论《河岳英灵集》的"雅调"观　　　王雨晴　重庆第二师范学院学报　2022.2

杜　甫

杜甫诗的儒家解读　　　　　　　　柯小刚　天府新论　2022.1
杜甫人格论:以"五伦"关系为中心
　　　　　　　　　赵睿才、赵金涛、夏荣林　天府新论　2022.1
"马骨"与"沧洲":杜甫"绘事"诗的渊源与义趣
　　　　　　　　　吴夏平、田姣姣　浙江师范大学学报:社会科学版　2022.1
皮日休、陆龟蒙学杜与"吴体"之谜　张忠纲　杜甫研究学刊　2022.1

杜甫与"小说":《前殿中侍御史柳公紫微仙阁画太一天尊图文》文体性质
　考论　　　　　　　　　　　　吴怀东　杜甫研究学刊　2022.1
朱德与杜甫:兼论朱德的诗歌创作　　方伟　杜甫研究学刊　2022.1
"诗以传诗"与唐诗经典化路径:以杜甫与崔涂《孤雁》诗的传播为例
　　　　　　　　　　　韩宁　湖南大学学报:社会科学版　2022.1
从杜甫的自我角色认同看杜甫的生存境遇
　　　　　　　　　　　　　　蔡锦芳　杜甫研究学刊　2022.1
论"舅甥和好应难弃"　　　　　张宗福　杜甫研究学刊　2022.1
杜甫求仕长安期间投赠诗中的讽刺意味辨析:以《钱注杜诗》为中心
　　　　　　　　　　　　张子悦、孙微　杜甫研究学刊　2022.1
2021年杜甫研究综述　　　　　蒋文正　杜甫研究学刊　2022.1
杜甫诗情的人民性与时代感应
　　　　　　　　　王向峰　辽宁大学学报:哲学社会科学版　2022.1
悲剧意识与杜甫卜居创作的思想蕴涵
　　　　　　　　　程磊　海南大学学报:人文社会科学版　2022.1
张绽《杜律本义》考述
　　　　　　　王燕飞、冯昊　西华大学学报:哲学社会科学版　2022.1
论宋代集句词中的崇杜倾向
　　　　　　　夏小凤、王梽先、刘小凡　宁波工程学院学报　2022.1
诗中有神:试论杜诗"大水"意象的神话色彩和原型意味
　　　　　　　　　　　　　　　　　邱晓　人文杂志　2022.1
杜甫"致君尧舜"政治理想论
　　　　　　　　　　李芳民　西北大学学报:哲学社会科学版　2022.1
我国杜甫研究现状及热点述论:基于CNKI的文献计量分析
　　毛锋、单建国、易苗苗、张建东、刘颖　河南广播电视大学学报　2022.1
孟子"《诗》亡而《春秋》作"说的文学史意义:论杜诗"诗史"说的思想渊源
　及其生成的学术逻辑　吴怀东、胡晓博　淮南师范学院学报　2022.1
韩国诗话中的杜诗批评　　　　　　程瑜　国际汉学　2022.2
杜诗中的弱水意象解读　　韩兴蓉　四川职业技术学院学报　2022.2
杜甫夔州诗的悲情色彩及成因　　黎荔　内蒙古财经大学学报　2022.2
何以悲情做歌:论杜甫夔州诗之哀及其发轫
　　　　　　　　　　　　　林航　佳木斯大学社会科学学报　2022.2
"狂的改样":论杜甫的寓身认知与《夜归》诗的风格
　　　　　　　　　　　　　　　　俞宁　杜甫研究学刊　2022.2
"穷途愧知己,暮齿借前筹":杜甫在严武幕府的心境、处境与作为
　　　　　　　　　　　　　　　杨胜宽　杜甫研究学刊　2022.2

重探杜甫天宝七载前后行迹及心态:以"奉赠韦济"三诗为切入点
              章聪 杜甫研究学刊 2022.2
杜甫曲江诗政治内涵发微:以名物为中心
              诸佳怡 杜甫研究学刊 2022.2
何时更得曲江游:试论杜甫的曲江书写 赵新哲 杜甫研究学刊 2022.2
宋代集注本对杜甫诗自注的运用   马旭 杜甫研究学刊 2022.2
杜甫民族观及其对少数民族诗人影响研究述评
               吴刚 杜甫研究学刊 2022.2
日本内阁文库藏"集千家注"系列杜集三种考述
          刘晓亮 广东开放大学学报 2022.2
杜甫与元结   龚木 文史杂志 2022.2
从对仇兆鳌的毁誉来看《杜诗详注》的价值
      佐藤浩一 闽南师范大学学报:哲学社会科学版 2022.2
《读杜韩笔记》考略
    王照年、梁伟荀 闽南师范大学学报:哲学社会科学版 2022.2
杜甫亲情诗的日常化书写及其对宋诗的影响
       王馨雨 闽南师范大学学报:哲学社会科学版 2022.2
从《冬日洛城北谒玄元皇帝庙》看杜甫对道家的态度
       赵谞鹏 闽南师范大学学报:哲学社会科学版 2022.2
杜甫晚年的家国情怀与诗歌艺术创新:以寓居夔州之初的诗歌创作为中心
            李芳民 复旦学报:社会科学版 2022.2
论杜甫《曲江二首》中的三重悲感
            张磊 延安职业技术学院学报 2022.2
西安碑林博物馆藏杜诗刻石七种 刘重喜 古典文献研究 2022.2
北京大学图书馆藏宋荦《杜工部诗钞》考论
            张学芬 古典文献研究 2022.2
秋山处处故园心:释解《秋兴八首》其一 王世海 古典文学知识 2022.2
相同主题的不同表现:读杜甫的《宾至》《客至》
            莫砺锋 古典文学知识 2022.2
"稀闻阁报"与"昼漏声稀":《紫宸殿退朝口号》别解
            陈道贵 古典文学知识 2022.2
茅斋慰远游:杜诗"茅屋"意象探微 张晓东 语文学刊 2022.2
《越人献驯象赋》是否为杜甫所作考辨
         孙微、张其秀 贵州文史丛刊 2022.2
试论杜甫名篇"三吏""三别"及其相关评说
           吕家乡 山东师范大学学报:社会科学版 2022.2

神话的再现:论"参灵酌妙"观在杜甫评画诗中的行迹			
	文依依	齐鲁艺苑	2022.2
宋诗话中的杜诗章法和句法艺术批评			
	李新	海南热带海洋学院学报	2022.3
《江南逢李龟年》作者问题新证	郭发喜	云梦学刊	2022.3
杜甫和李商隐的"黄昏"	杨晓霭、王震	古典文学知识	2022.3
杜甫陇右诗的盛唐西北边郡印象			
	陈江英、蒲向明	宁夏师范学院学报	2022.3
杜甫巴蜀诗作中的博物视野:兼论杜甫的博物情怀			
	高昱	四川文理学院学报	3022.3
杜诗叠字修辞与诗歌意境革新	王芳蓉	保定学院学报	2022.3
杜甫《天狗赋》作年新考	孙微	杜甫研究学刊	2022.3
《五盘》小考	王飞	杜甫研究学刊	2022.3
杜诗"法华三车喻"钱笺辨议	王帅、王红蕾	杜甫研究学刊	2022.3
论杜甫寺院游览诗的题材开拓与体式创新			
	王帅	渤海大学学报:哲学社会科学版	2022.3
论《蜀相》异文"丞一作蜀"的来源与性质			
	谢璐阳	杜甫研究学刊	2022.3
杜诗注释学中的形式批评理论及其意义			
	王汝虎	杜甫研究学刊	2022.3
津阪孝绰《夜航诗话》的杜甫接受:兼论江户时期杜诗的经典化进程			
	成天骄	杜甫研究学刊	2022.3
论虎关师炼《济北集》对杜甫的接受	隋雪纯	杜甫研究学刊	2022.3
杜诗"更调鞍马狂欢赏"释义考辨	陈迟	甘肃开放大学学报	2022.3
安史之乱初期杜甫行踪的史料生成与建构			
	李煜东	中国文学研究	2022.3
杜甫《草阁》歧解辨证:兼及杜甫情感世界的一个侧面			
	冯春辉、陈道贵	皖西学院学报	2022.3
"娇儿不离膝,畏我复却去"之"却"字解			
	黄人二、童超	文艺理论研究	2022.3
宇文所安的征兆诗学与杜诗新诠	胡旻	华文文学	2022.3
从"鹤膝"到"上尾"的概念错置:杜甫律诗"四声递用"说献疑			
	郝若辰	中华文史论丛	2022.3
杜甫"颇学阴何苦用心"考论	胡旭、万一方	文艺理论研究	2022.4
胡震亨《杜诗通》析论	张正	中国典籍与文化	2022.4

由仙人俊逸到逐客悲叹:论杜甫前后赠怀李白诗之变化
　　　　　　　　　　丁震寰、于慕清　重庆三峡学院学报　2022.4
宋代集杜诗的递嬗历程及其诗学阐释
　　　　　　　　　　杨海龙　忻州师范学院学报　2022.4
杜甫入蜀诗的艺术表现　　　胡可先　杜甫研究学刊　2022.4
《忆昔二首》写作时地考　　　贾兵　杜甫研究学刊　2022.4
"诗中有画":杜甫《观李固请司马弟山水图三首》析论
　　　　　　　　　　王雅娴　杜甫研究学刊　2022.4
《寄韩谏议》诗旨新说:以家族墓志披露的韩泚生平为中心
　　　　　　　　　　李有林　杜甫研究学刊　2022.4
朝鲜杜诗论评与杜诗学研究:以左江《高丽朝鲜时代杜甫评论资料汇编》
　　为中心　　　　　　王成　杜甫研究学刊　2022.4
论儒家思想对杜甫诗歌的影响　李丽黎　文化学刊　2022.4
"虚摹":明清批评家对杜诗艺术的发掘　伍飘洋　中国韵文学刊　2022.4
古代朝鲜文人李光接受杜甫的原因探析
　　　　　　　　　王红霞、刘佳敏　吉林师范大学学报:人文社会科学版　2022.4
客位视角下杜甫陇蜀诗中的桃源意象
　　　　　　　　　　王晓彤　六盘水师范学院学报　2022.4
论杜甫诗中鱼意象的多重意蕴
　　　　　　　　　　孙道潮　四川职业技术学院学报　2022.4
历史的误会,必须彻底纠正:再论杜甫《登高》诗的写作时地与评价问题
　　　　　　　　　　金志仁　名作欣赏　2022.4上
论杜甫诗歌的人民性
　　　　　　　　公道、王治涛　洛阳理工学院学报:社会科学版　2022.5
杜甫诗歌长题的叙事蕴涵及诗学史意义
　　　　　　　　　　黄小玲　河池学院学报:哲学社会科学版　2022.5
津阪孝绰对清代杜诗学的受容
　　　　　　　　程刚、杨玉琳　广东开放大学学报　2022.5
杜甫、严武"睚眦"问题覆议　张其秀　唐都学刊　2022.5
论杜甫的送别诗　　　　刘宁、魏佳乐　唐都学刊　2022.5
中华经典文本的形成与影响研究:以杜集祖本《杜工部集》在宋代的传播
　　为例　　　　　　方伟、彭燕　中华文化论坛　2022.5
杜诗英译的原则、策略与跨文化传播的话语权:以许渊冲与宇文所安的杜
　　诗英译为例　　　梅启波　河南大学学报:社会科学版　2022.5
《阁夜》新解　　　　　　　徐子娴　古典文学知识　2022.5

杜甫文儒身份意识之形成和嬗变探析	张丹阳	古典文学知识	2022.5
《分门集注杜工部诗》的版本、瑕疵与价值	王东峰	图书馆研究	2022.5
杜甫诗歌在俄罗斯的译介与研究	毛志文	中国翻译	2022.5
王夫之选评杜诗研究	王铮	黄山学院学报	2022.6

安史之乱中杜甫北上行迹考：兼论延安杜甫崇祀的文化意义
　　　　　　　　　　　乔壮　洛阳理工学院学报：社会科学版　2022.6

杜甫《壮游》的"逆向阅读"与其"前文本形态"蠡测：兼论解读文本的一种可能
　　　　　　　　　　　孙少华　中原文化研究　2022.6

7W模式下中国古典诗歌的海外传播分析：以杜甫诗歌传播为例
　　　　　　　　　　　李燕霞　周口师范学院学报　2022.6

理解与建构：宇文所安的《杜甫诗》英译研究
　　　　　　　　　　　李洁　燕山大学学报：哲学社会科学版　2022.6

诗人杜甫的理想情怀与现实困境：以秦陇诗歌为中心
　　　　　　　　　　　王志鹏　石河子大学学报：哲学社会科学版　2022.6

开阖排宕，抑扬纵横：论杜甫排律的诗法
　　　　　　　　　　　徐婉琦、沈文凡　西北民族大学学报：哲学社会科学版　2022.6

明清诗学批评视野下的杜甫《茅屋为秋风所破歌》
　　　　　　　　　　　杨恬　湖北第二师范学院学报　2022.7

从杜甫"凡百慎交绥"谈起	王树森	光明日报	2022.8.22
杜甫研究的文章学本位	吴中胜	中国社会科学报	2022.9.26
也谈杜甫诗"凡百慎交绥"意旨	胡永杰	光明日报	2022.9.26
杜甫《秋兴八首》的意脉与家国情怀	董嫚	名作欣赏	2022.9下
《花月痕》引杜诗研究	黎婕	湖北文理学院学报	2022.10

涕尽湘江家国情：杜甫在长沙的人生绝唱
　　　　　　　　　　　胡海义　名作欣赏　2022.10上

| 清代"杜诗"的评判与讨论 | 赵晓菲 | 名作欣赏 | 2022.10中 |
| 杜甫华州去官是弃官还是流放？ | 张起、邱永旭 | 中州学刊 | 2022.11 |

钱谦益对杜甫《秋兴八首》的结构解读析
　　　　　　　　　　　卢亚倩　黑河学院学报　2022.12

杜甫引贾谊典故诗的特征及政治意蕴
　　　　　　　　　　　聂济冬　汉籍与汉学　2022.第1辑

| 杜甫《示从孙济》系年新考 | 李煜东 | 中国诗歌研究 | 2022.第23辑 |

杜诗题赋：清代杜诗学的一条建构线索
　　　　　　　　　　　贾文霞　中国诗学　2022.第32辑

| 朱彝尊杜诗评点文献考辨 | 王新芳、孙微 | 中国诗学 | 2022.第33辑 |

贾　至
诗人贾至:被忽略的盛唐名家　　　　　陈尚君　文史知识　2022.1
元　结
大唐道州刺史元结事迹考略及任上所作诗考异
　　　　　　　　　　　　　　郭殿忱　湖南科技学院学报　2022.2
《元结年谱》补正　　　　　肖献军　湖南科技学院学报　2022.4
论元结的"漫家"思想及其思想史意义
　　　　　　　　　　　　　肖献军　海南大学学报:人文社会科学版　2022.4
刺时世与真淳语:元结的论辨文　　彭小乐　潍坊学院学报　2022.4
韦应物
建中之乱与韦应物宦滁诗　　　　祁萍萍　巢湖学院学报　2022.2
吏治精神与艺术因袭:论韦应物诗歌的建安余绪
　　　　　　　　　　　　　　杨沁璘　扬州教育学院学报　2022.2
《诗源辩体》对韦柳五古的接受及其诗学意义
　　　　　　　　王明霞　郑州航空工业管理学院学报:社会科学版　2022.3
浅析韦应物山水游览诗的中和之美　张宇洋　名作欣赏　2022.8 中
张　继
《枫桥夜泊》的思乡情感解析　　　孙桂平　古典文学知识　2022.4
月落乌啼是何时?——张继《枫桥夜泊》理惑
　　　　　　　　　　　　　　　　刘宇耘　光明日报　2022.9.5
张志和
中日文献互证的理路和方法:张志和止作《渔歌》一首考
　　　　　　　　　　　　　　　　戴伟华　学术研究　2022.2
吴　筠
吴筠《高士咏》五十首人物品藻探微　汪玉兰　宗教学研究　2022.1
李嘉祐
李嘉祐诗中的水域书写:形式、视角及其文化心态
　　　　　　　　　　　　　唐艳坤　重庆第二师范学院学报　2022.1
李幼卿
大历诗人李幼卿墓志考释　　王守芝、严寅春　滁州学院学报　2022.3
皎　然
从皎然题画诗看其佛教思想与诗、画观念的融通
　　　　　　　　　　　高帆　江苏科技大学学报:社会科学版　2022.1
唐代诗僧皎然生年新证:兼说大数据时代的文本细读
　　　　　　　　　　　　　　　　张培锋　古典文学知识　2022.1

僧身与士心:论释皎然诗歌的现实性

          金建锋 湖州师范学院学报 2022.1

戴叔伦

戴叔伦诗集中若干伪作再考辨 杨丁宇 中国诗学 2022.第33辑

卢 纶

卢纶生年新考及卢纶诗作中生年诗句新解

          吴淑玲、宋波 保定学院学报 2022.6

李 益

李益家世事迹石刻再证 黄清发 古典文献研究 2022.2

司空曙

司空曙涉佛诗述论 刘倩倩 闽西职业技术学院学报 2022.1

邯郸唐才子司空曙考略与其诗考异 郭殿忱 邯郸学院学报 2022.3

诗歌中蝉鸣的陌生化效果探究:以司空曙《杂言》《和王卿(一作太常)立秋即事》两首为例 董殷辰 名作欣赏 2022.11下

朱 湾

《中兴间气集》《诗源辩体》对朱湾诗的两极评判及原因探析

          常崇桦 保定学院学报 2022.1

权德舆

中唐古文运动的先驱:权德舆文质观及其影响

    陈江英、李青洁 西北民族大学学报:哲学社会科学版 2022.6

权德舆游戏诗创作探究 王红霞 中国诗学 2022.第32辑

寒 山

寒山:触目皆在的痕迹:日本接受唐诗的一种别调

          张红 光明日报 2022.1.24

寒山诗在美国"垮掉派"文学中的化用与价值延伸

          刘淑玲 华中学术 2022.2

观逝与审美:《寒山诗》的时间意识 王帅 世界宗教文化 2022.6

韩 愈

韩愈、李翱"幽怀"唱和解读(上):兼论韩愈阳山心结的郁积

          刘真伦 周口师范学院学报 2022.1

以义法注韩文的林明伦《韩子文钞》

          张弘韬 周口师范学院学报 2022.1

清代韩诗经典化进程中被遮蔽的一环:清初诗学语境下汪森的韩诗研究及其意义 丁俊丽 新疆大学学报:哲学·人文社会科学版 2022.1

从"务反近体"看韩愈文章复古的激进追求	刘宁	文学评论	2022.1
韩愈灾害诗初探	刘小琳、戴永新	湖州职业技术学院学报	2022.1
"杜韩":从并提到并称	查金萍	天津社会科学	2022.1
韩愈《石鼓歌》:元和中兴的先鸣之声	雷恩海	名作欣赏	2022.1 上
"以文为诗"辨正:从诗文之辨看韩愈长篇古诗的节奏处理			
	葛晓音	清华大学学报:哲学社会科学版	2022.2
从《论佛骨表》看韩愈崇儒排佛思想中的身体关切			
	刘宁	北京大学学报:哲学社会科学版	2022.2
从政治背景重论韩愈"谏迎佛骨"问题	胡文辉	中国文化	2022.2
韩孟诗派的崇骚倾向	郭江波	佳木斯大学社会科学学报	2022.2
文人精神的积淀与抒发:说秦岭韩愈祠及相关诗作			
	刘锋焘	陕西理工大学学报:社会科学版	2022.3
论苏轼关于韩愈的评说	阮忠	海南热带海洋学院学报	2022.3
论韩愈奇文《毛颖传》	郭新庆	文史杂志	2022.3
论韩愈古文醇和之美的生成	陶水平、夏刚	中国文学研究	2022.3
韩愈、李翱"幽怀"唱和解读(下):兼论韩愈阳山心结的郁积			
	刘真伦	周口师范学院学报	2022.3
韩愈《岳阳楼别窦司直》解读:阳山心结揭秘篇			
	刘真伦	云梦学刊	2022.4
论杨万里散文对韩愈尚奇文风的传承			
	曹丽萍	周口师范学院学报	2022.4
文笔之辨视阈下扬州学派对韩文的接受及影响:以阮元为中心			
	查金萍	周口师范学院学报	2022.4
《御选唐宋诗醇》与清代韩愈诗歌的接受	查金萍	江淮论坛	2022.4
寓正于奇:茅坤对韩愈散文典范性的重构	裴云龙	文学遗产	2022.4
韩愈反佛思想刍议	段永升	咸阳师范学院学报	2022.5
《五百家注音辩昌黎先生文集》所见韩文石本与集本的依违分合			
	顾思程	成都理工大学学报:社会科学版	2022.5
"韩柳齐名说"新论	郭发喜	周口师范学院学报	2022.6
乾嘉考据学影响下的韩集整理特点探析:以《韩集笺正》为中心考察			
	鲜敏、丁俊丽	周口师范学院学报	2022.6
历代对韩愈《讳辩》的评点:以古文选本为中心			
	陈迟	贵州师范学院学报	2022.8
韩愈忠谏风骨对状元吴鲁的人文影响			
	陈芳盈、胡海义、王依	福建教育学院学报	2022.10

| 韩愈阳山贬谪文学试论 | 尹逸如 | 名作欣赏 | 2022.12下 |

王涯

| 略论唐代诗人王涯的坎坷人生与诗歌创作 | | | |
| 孔繁歆 | 保定学院学报 | 2022.4 | |

柳宗元

《柳文指要》论柳骚赋　　　　　郭华清　玉林师范学院学报　2022.1
试论柳冕与柳宗元文论思想比较　任彦智　长春大学学报　　2022.1
柳宗元研究中仍须辨析的两组关系
　　　　　　　　　　　　　陈松柏　广东技术师范大学学报　2022.1
贬谪文化视域下的柳宗元山水游记创作:以《永州八记》为例
　　　　　　　　　　　　高胜利、郭晓芸　湖南科技学院学报　2022.1
柳宗元的人物传记对《史记》的师承　刘城　渭南师范学院学报　2022.1
以"序"为"记"与由"体"及"用":《古文辞类纂》柳宗元序文归类辨
　　　　　　　　宋甜甜　郑州航空工业管理学院学报:社会科学版　2022.2
黔之驴:一个文学形象的生成与物种迁徙、文化交流
　　　　　　　　　　　　　　　　　范晶晶　民族艺术　2022.2
柳宗元传记文思想性谫论　　　　　龚平　名作欣赏　2022.2下
柳宗元山水诗文的生态探析　　　　刘淼　咸阳师范学院学报　2022.3
以《宥蝮蛇文》为例看柳宗元动物寓言的思想特质
　　　　　　　　范浩然　河北北方学院学报:社会科学版　2022.3
儒骨、释经、道风:试析柳宗元山水游记中儒释道精神的统一
　　　　　　　　　　　　傅水怒　晋城职业技术学院学报　2022.3
论柳宗元对永州地方景观的建构与书写
　　　　　　　　　　陈彤、王湘华　湖南人文科技学院学报　2022.4
论韩愈和柳宗元师道观　　　　郭新庆　湖南科技学院学报　2022.4
王夫之对柳宗元诗歌接受情形探究:以《唐诗评选》为考察中心
　　　　　　　　　　　　　周玉华　湖南科技学院学报　2022.4
柳宗元说饮酒:兼及古典文学中的"酒文化"
　　　　　　　　　　　　　郭新庆　古典文学知识　2022.4
论柳宗元散文在明代地位的下降
　　　　　　　　　　　黄文浩　广西科技师范学院学报　2022.5
风物书写与诗风嬗变:柳宗元柳州风土诗创作的变与因
　　　　　　　　　　　　　南超　湖北文理学院学报　2022.6
友情为重　生死相托:感悟柳宗元的"情"之二
　　　　　　　　　　　　骆正军　湖南科技学院学报　2022.6

我与柳宗元研究	孙昌武	宝鸡文理学院学报:社会科学版	2022.6
柳宗元文章取法诸子论及其文章学意义	刘雨晴	社会科学	2022.10
柳宗元《永州八记》中山水意象的异域重构	罗琼	文化学刊	2022.11

柳宗元的江雪和苏轼的风雨:柳宗元的《江雪》和苏轼的《定风波》之生命
　范式和审美范式　　　　　　　　张芳丽　名作欣赏　2022.11下
柳宗元谪柳诗中的岭南风物书写　罗姣　文化学刊　2022.12
柳宗元自桂赴柳路线献疑及新说　钟乃元　唐代文学研究　2022.第21辑
论柳宗元《唐铙歌鼓吹曲十二篇》的复古意蕴
　　　　　　　　　　　　　　　方丽萍　乐府学　2022.第24辑

刘禹锡

刘禹锡七律风格琐议	魏耕原	中国诗学研究	2022.1
唐刘禹锡书《崔沼墓志》辨伪	马聪	文献	2022.1
唐诗之路视域中的刘禹锡	肖瑞峰	河南大学学报:社会科学版	2022.1

刘禹锡的屈子情结
　　　　　　　陈亚飞、王玉霞　南华大学学报:社会科学版　2022.2
高丽朝《十抄诗·夹注》所选刘禹锡诗校补
　　　　　　　　　　　　赵继红、郭殿忱　东疆学刊　2022.3
从诗歌地理书写看刘禹锡谪宦朗、连两州心态之异同
　　　　　　　　　　　　　　　刘春霞　临沂大学学报　2022.3
明代刘禹锡诗歌接受研究:以唐诗选本为考察中心
　　　　　　　　　　　　杨恬、张中宇　平顶山学院学报　2022.4
优秀火灾题材文学作品传播价值探析:以刘禹锡《武陵观火诗》为例
　　　　　　　　李醍、赵红云　哈尔滨师范大学社会科学学报　2022.5
接受美学视域下的刘禹锡《竹枝词》研究:兼论文人竹枝词经典化历程
　　　　　　　　　　　　杨恬、张中宇　兴义民族师范学院学报　2022.5
论刘禹锡诗歌自注的学术价值　黄静　武陵学刊　2022.6
先立言而后体物:刘禹锡的古文思路与审美倾向
　　　　　　　　　　　　　　　余莉　天中学刊　2022.6

张 籍

《节妇吟》中的人性观照	张莹雪	名作欣赏	2022.11下

李 贺

论杜牧对李贺诗歌新变的批判	李佳艺	运城学院学报	2022.1

李贺《雁门太守行》中应该有"鬼"
　　　　　　　　　盛大林　太原学院学报:社会科学版　2022.1

论小说对李贺诗歌创作的影响
        李昌平 洛阳理工学院学报:社会科学版 2022.2
李贺不写七言律诗?——简谈《南园十三首》的形成问题
            朱家英 古典文学知识 2022.2
论姜夔词对李贺诗的取法
        刘青海 北京大学学报:哲学社会科学版 2022.3
速度与激情之歌:李贺古体诗转韵技巧与诗风生成
        龙成松、张晖敏 中国韵文学刊 2022.3
一样幽艳,两般哀怨:读李贺《苏小小墓》与白居易《真娘墓》
            莫砺锋 古典文学知识 2022.4
李贺诗歌比喻修辞运用研究 蔡丰 黄冈师范学院学报 2022.4
李贺部分七古中的"断片"现象及其内在脉理
        葛晓音 北京大学学报:哲学社会科学版 2022.6
李贺诗在日本的传播与影响 张悦 中国社会科学报 2022.8.1
"白日梦"观照下济慈与李贺的诗歌世界 许丽 名作欣赏 2022.11中
论李贺诗风与其疏离心态 钟婷婷 唐代文学研究 2022.第21辑
论宋人对李贺诗歌的接受 张锦辉 中国诗学 2022.第33辑

梁 肃

中唐梁肃形象变迁考 韩中慧 唐代文学研究 2022.第21辑

崔 炜

《崔炜》的墓葬想象与现实合契:兼谈南越王墓映现的民族交融与文化认同
            李博昊 地方文化研究 2022.2

李 绅

被抹黑的"悯农诗人"李绅   吴歌 江苏地方志 2022.5

元 稹

元稹:自述恋情的尝试与难题
        洪越 北京大学学报:哲学社会科学版 2022.1
本源《尚书》:元稹制诰改革重审 范洪杰 文学评论 2022.1
《文苑英华》误作元稹文的两文作者应是谁?
            查屏球 古典文学知识 2022.1
文本的制度性:论元稹制诰改革 钟志辉 文艺理论研究 2022.5
元稹自编百卷本《元氏长庆集》诗歌部分体例原貌初探
            杜光熙 名作欣赏 2022.12下
元稹《野节鞭》考释 孙思旺 中国诗歌研究 2022.第23辑

白居易

"天下有情人"与"天涯沦落人":《长恨歌》《琵琶行》阐释史比较
　　　　　　　　　　　陈文忠　古代文学理论研究　2022.1

白居易诗歌多元兼容的哲学思想及启示
　　　　　　　史美珩、史莫野　浙江师范大学学报:社会科学版　2022.1

白居易《续古诗》中的自我兴寄　谢思帆　乐山师范学院学报　2022.1

论白居易《与元九书》的文学、认识、审美价值
　　　　　　　　付兴林　河南科技大学学报:社会科学版　2022.1

论白居易的致仕观念
　　　　　　汪翔、张金铣　河南科技大学学报:社会科学版　2022.1

白居易池州诗考　　　　　　　纪永贵　中国诗学研究　2022.1

洁净中含静光远致:白居易散文谫论　陈才智　汉语言文学研究　2022.1

论白居易们的文化矛盾心态:以唐诗表现西域器乐审美意味为例
　　　　　　　　　　　海滨　汉语言文学研究　2022.1

空间中的日常:白居易长安诗歌的"空间转向"
　　　　　　　　　　　龙成松　汉语言文学研究　2022.1

日本学者下定雅弘的《长恨歌》研究
　　　　　　　　朱霞、邱美琼　潍坊工程职业学院学报　2022.1

论白居易寓直诗中的非朝事情感及其成因
　　　　　　　　傅绍良　西北大学学报:哲学社会科学版　2022.1

白居易放生诗略论　李小荣　宝鸡文理学院学报:社会科学版　2022.2

自适与焦虑:白居易诗歌中的长安居处
　　　　　　　　　　陈迟　湖南广播电视大学学报　2022.2

日本文化里的《白氏文集》:纪念白居易1250周年诞辰
　　　　　　　　　　　　刘火　文史杂志　2022.3

人生的代表作与转折点:白居易被贬江州时期
　　　　　　　　　　　刘沛璇　名作欣赏　2022.3

南宋鄞县真率会及白居易诗歌接受:以楼钥《攻媿集》为中心
　　　　　　　　　　　庞明启　铜仁学院学报　2022.4

变异与新生:《长恨歌》在日本江户时代的文图流播
　　　　　　　　　　　丁莉　日语学习与研究　2022.4

从"文"义角度看白居易诗中的品色衣描写
　　　　　　　　　　　李准　黄山学院学报　2022.4

白诗笼禽意象的喻指类型及其诗意的多元变调
　　　　　　付兴林　陕西理工大学学报:社会科学版　2022.4

白居易新乐府诗叙事模式探究	李冰	河南牧业经济学院学报	2022.5

官服·仕宦·心态:论白居易的官服书写
　　　　　　　　张锦辉　陕西师范大学学报:哲学社会科学版　2022.5
论白居易官服书写中的仕宦情结　汉英　咸阳师范学院学报　2022.5
诗意难求:关于中国历代"长恨歌图"不兴的一个文图学考察:兼论诗意图
　的文本选择和诗意生成　　　袁晓薇　浙江学刊　2022.5
论白居易诗歌中"雪"意象的解读　　金顺森　文化学刊　2022.6
论《赋得古原草送别》的写作时间和背景
　　　　　　　　木斋　山西大学学报:哲学社会科学版　2022.6
白居易与长安　　　　　　　　杜文玉　文史知识　2022.8
白居易的诗意人生　　　　　　张国刚　文史知识　2022.8
白居易与宰相的距离　　　　　徐畅　　文史知识　2022.8
白居易被贬江州途中的思想、情感及心理变化
　　　　　　　　　　　　　　刘淑丽　文史知识　2022.8
立意为先,能文为主:白居易诗教观视野下的律赋观
　　　　　　　　　　　傅宇斌、钱泽　学术探索　2022.9
白居易的长安生活与诗歌创作　魏景波　光明日报　2022.12.17
《五常内义抄》对白居易《新乐府》的受容探赜
　　　　　　　　　　　　　　翟会宁　乐府学　2022.第24辑

薛　涛

唐代才女薛涛生年研究综述　　汪辉秀　文史杂志　2022.2
唐代才女薛涛被罚赴松州原因新探　汪辉秀　地域文化研究　2022.5

李德裕

政治博弈视角下李德裕会昌制诰新变探究
　　　　　　　王笑非、康震　广西民族大学学报:哲学社会科学版　2022.3

姚　合

论姚合五律诗的写作程式及其生成　周衡　中国韵文学刊　2022.3
论姚合、贾岛诗歌清新奇峭之美学风格　张震英　广西社会科学　2022.6

张　祜

论张祜的"涉酒诗"　　赵建军　广西科技师范学院学报　2022.5

雍　陶

成都唐才子雍陶诗校补:以高丽释子山《夹注名贤十抄诗》为中心
　　　　　郭殿忱、金成林　西华大学学报:哲学社会科学版　2022.1

杜　牧

论金元人对杜牧及其诗文的接受与传播
　　　　　　　苏铁生　内蒙古大学学报:哲学社会科学版　2022.1

文献辨伪的歧路与杜牧《清明》的追踪认证　　罗漫　江汉论坛　2022.3
论杜牧诗中女性形象的类型、写作手法及艺术特点
　　　　　　　　　　　　　任映雪　湖北第二师范学院学报　2022.3
杜牧《过华清宫绝句》为何独占鳌头　　莫砺锋　古典文学知识　2022.5
说杜牧诗四题　　　　　　　　　　　顾农　古典文学知识　2022.5
杜牧七律拗峭风格新论　　　　　　　吴晋邦　文学遗产　2022.6
可否换一种思路读《清明》　　　　　　刘学锴　光明日报　2022.7.11
杜牧《清明》的确认与释疑　　　　　　罗曼　光明日报　2022.8.1
商女一曲,家国兴亡:时代的悲歌《泊秦淮》
　　　　　　　　　　　　　　　丁利　名作欣赏　2022.12 中
杜牧撰《注孙子》的"仁义"　　高桥未来　唐代文学研究　2022.第21辑
杜牧《过华清宫绝句》"妃子"与"荔枝"探析
　　　　　　　　　　　罗瑾怡、戴伟华　中国诗学　2022.第33辑

李商隐

论李商隐诗风的形成(上)
　　　　　　　李明华、木斋　哈尔滨师范大学社会科学学报　2022.1
黎简对李商隐诗歌的接受　　　　　　万静　文学研究　2022.2
"獭祭曾惊博奥殚":清儒冯浩笺注李商隐诗特点发微
　　　　　　　　　　　　　　　田竟　湖州师范学院学报　2022.3
诗人与花树的对话:说李商隐《临发崇让宅紫薇》
　　　　　　　　　　　　　　　董乃斌　名作欣赏　2022.3 上
"堕蝉"与"栖鸟":李商隐禅意的人生书写
　　　　　　　　　　　　李谋润、王捷翔　文艺评论　2022.4
晚唐诗人李商隐诗歌的禅宗美学特性研究
　　　　　　　　　　　　　胡丽娜　南昌师范学院学报　2022.4
李商隐诗歌花意象研究
　　　　　　　薛冰花　西安石油大学学报:社会科学版　2022.5
李商隐古文思想内蕴及对其骈文写作之影响
　　　　　　　况晓慢　河北大学学报:哲学社会科学版　2022.5
从典故叙事到情境创置:李商隐《泪》诗的结构与意义
　　　　　　　　　　　　　　　董乃斌　文史知识　2022.6
李商隐诗歌复合认知策略研究
　　　　　　　白靖宇、马绒绒　黑龙江教师发展学院学报　2022.7
李商隐诗与无望:从中国爱情诗的抒情传统看李商隐的诗
　　　　　　　　　　　　　黄星涵　名作欣赏　2022.11 中

晚唐诗人李商隐诗歌的禅宗美学意蕴研究　　胡丽娜　文化学刊　2022.12
《夜雨寄北》"巴山"地点和诗人情感争议的再评价
　　　　　　　　　　　　　　　　　　冯灿　名作欣赏　2022.12中
李商隐骈文对徐陵、庾信骈文的追摹与延展
　　　　　　　　　　　　　况晓慢　唐代文学研究　2022.第21辑
李商隐诗歌中的光影书写　　上官国风　中国诗歌研究　2022.第22辑
李商隐会昌中入太原李石幕考　付定裕　中国诗歌研究　2022.第23辑

薛　逢
薛逢行年考补苴
　　　　　　　沈文凡、孙越　吉林师范大学学报：人文社会科学版　2022.4

贾　岛
何为"过桥分野色，移石动云根"　　　　徐樑　文史知识　2022.2
明月寺与贾岛祠考论　　　　　　　　　杨发鹏　文史杂志　2022.4

温庭筠
温庭筠对李贺乐府诗的继承与创新
　　　　　　　　　　　　侯佳宁　三门峡职业技术学院学报　2022.1

韩　益
新见唐韩益《悼亡诗八首》发微　　　陈尚君　文史知识　2022.11

段成式
论《酉阳杂俎》中的叙述空白　　　杭心仪　美与时代（下）　2022.10

陆龟蒙
陆龟蒙《书书铭》研究　　　　　　王景田　美与时代（下）　2022.3

司空图
《二十四诗品》"周易体系说"辨析：兼论《二十四诗品》体系问题
　　　　　　　　　　　　　　　　　章华哲　海峡人文学刊　2022.1

来　鹏
事关休戚已成空：论来鹏失意人生的诗歌创作
　　　　　　　　　　　　　　　阳达、陈瑾　新余学院学报　2022.2

罗　隐
罗隐七律的成就及其在唐末诗坛上的地位　莫砺锋　文艺研究　2022.4

郑　谷
《李朋墓志铭》与郑谷生年新证　　孟国栋　江海学刊　2022.2
郑谷诗歌的禅宗美学意蕴　　　　　胡丽娜　文化学刊　2022.9
试论郑谷诗歌的末世文人心态及艺术表现
　　　　　　　　　　　　　　　　　李小山　河南社会科学　2022.12

韩 偓
略谈《香奁集序》之误读与解读　　吴在庆　古典文学知识　2022.4
《香奁集》的编录与唐末回忆性书写　　洪越　中国人民大学学报　2022.5

崔 凝
出土墓志所见晚唐翰林学士崔凝考
　　霍志军、张驰　西北民族大学学报：哲学社会科学版　2022.5

杜荀鹤
诗人杜荀鹤的乱世书写与末路荣毁　　陈尚君　文史知识　2022.2
杜荀鹤的《春宫怨》是恶诗吗？　　莫砺锋　古典文学知识　2022.6

韦 庄
论韦庄词的叙事性特征及其抒情风格
　　沈芳　辽宁工业大学学报：社会科学版　2022.2
论韦庄词中时间的表现形式　　孙海鹏　名作欣赏　2022.2中
敦煌写本《秦妇吟》综合研究　　廖小红　平顶山学院学报　2022.3
百年来韦庄研究的"竟"与"未竟"
　　罗曼　宁夏大学学报：人文社会科学版　2022.3
《秦妇吟》作者的叙事学考察　　廖小红　保山学院学报　2022.4
率真与含蓄：浅谈韦庄词的艺术风格　　陈鹏宇　名作欣赏　2022.6中

齐 己
高僧与俗人之间：论唐代诗僧齐己的"俗化"问题
　　刘春景　唐都学刊　2022.3

卢汝弼
卢汝弼《边庭四时怨》在日本的经典化　　沈儒康　保定学院学报　2022.5

和 凝
曲子相公和凝：文武兼资的断狱爱好者　　陈尚君　文史知识　2022.4

李 煜
论李煜词中的夜景书写及其审美意蕴
　　谷文彬、林学阳　中国韵文学刊　2022.1
故国之思与清靡之诗：李后主、隋炀帝诗词比较
　　聂飞　山东农业大学学报：社会科学版　2022.1
李煜诗词中的禅意书写及风格成因探析
　　南超　四川省干部函授学院学报　2022.2
作为诗人的南唐三主　　陈尚君　文史知识　2022.3
论李煜词建筑意象书写　　侯飞宇　镇江高专学报　2022.3

李煜《虞美人》词的抒情逻辑与修辞技巧
　　　　　　　　　　　　王以兴、陈洁　潍坊学院学报　2022.3
论李煜词中暮夜书写的作用及其成因
　　　　　　　　　谷文彬、秦凡森　邵阳学院学报:社会科学版　2022.5
封闭、流动与循环:李煜词意象探微　　范炘宜　武陵学刊　2022.6
李煜词的章法新变
　　　　　　　吴晨骅　中南民族大学学报:人文社会科学版　2022.10

王梵志

王梵志诗的劝惩意义及"忧生乐死观"原因探析
　　　　　　　　　　杨云清　兰州文理学院学报:社会科学版　2022.1

敦煌文学

论敦煌《新合〈孝经〉皇帝感辞》成文年代及其体式特征
　　　　　　　　　　　　　　　　潘文竹　文学研究　2022.1
壁上笔生花:敦煌壁画中的文字因缘　张春晓　古典文学知识　2022.1
敦煌《月赋》的诗体特征及其生成原因　梁凤连　中国韵文学刊　2022.3
敦煌变文中女性形象的"善"与"恶"
　　　　　　　　　　陈蕾、韦正春　湖南人文科技学院学报　2022.3
论敦煌变文的文化融通特质　万宜之、张展硕　丝绸之路　2022.3
敦煌文学对中国文学史的重大贡献　伏俊琏　学术研究　2022.3
敦煌变文《前汉刘家太子传》"刘家太子复国故事"探微
　　　　　　　　　　　　　　　　许鸿梅　敦煌学辑刊　2022.3
变文来源及"变"字含义讨论的学术回顾:以20世纪中国大陆研究为中心
　　　　　　　　　　　夏广兴、付丽颖　敦煌学辑刊　2022.3
敦煌曲子词的民间色彩　崔语桐、李曙光　长春教育学院学报　2022.3
论《云谣集》的女性特色　　任其然　名作欣赏　2022.3中
《全敦煌诗》中敦煌地区的祈赛风俗　米文靖　法音　2022.4
敦煌写本《丑妇赋》校注补遗　彭慧　河西学院学报　2022.4
敦煌叙事文献《大目乾连冥间救母变文》英译的描写研究
　　　　　　　　　　　桑仲刚　湖南大学学报:社会科学版　2022.4
一件学术的"五缀衣":敦煌变文的三份目录
　　　　　　　　　　　　　　　　邵小龙　古典文学知识　2022.4
山一程,水一程:几件敦煌集部写本的丧祭仪式解读
　　　　　　　　　　　　　　　　邵小龙　古典文学知识　2022.5

一个叙事通例的旅行:敦煌出土世俗叙事文学的帝王形象及其文学史意义
     邵小龙 宝鸡文理学院学报:社会科学版 2022.5
从情景融合的运用看词体在发展初期的演进:以敦煌曲子词、《花间集》、
 冯延巳词为例   张杏 德州学院学报 2022.5
《敦煌歌辞总编》校勘记 王远 绵阳师范学院学报 2022.6
敦煌涉蕃纪行诗的时空建构与文化传达:以敦煌诗集残卷唐佚名氏为例
       李梦麓 忻州师范学院学报 2022.6
敦煌讲经文新论 计晓云 宝鸡文理学院学报:社会科学版 2022.6
论敦煌佛曲歌辞的形式特征   刘鑫 名作欣赏 2022.11中
敦煌《文选音》残卷抄录时代新探
     董宏钰、邹德文 华夏文化论坛 2022.27
敦煌写本 S.5692《山僧歌》研究 赵鑫桐 中国诗学 2022.第33辑
论敦煌讲唱文与白居易《新乐府》之关系
       刘志强 中国诗学 2022.第33辑